소설로 읽는 붓다의 가르침

그대는 장차
붓다가 되리라

소설로 읽는 붓다의 가르침

그대는 장차 붓다가 되리라

초판 1쇄 발행 | 2022년 5월 8일
저자 | 김정빈
펴낸이 | 이연숙

펴낸곳 | 도서출판 덕주
출판신고 | 제2018-000137호(2018년 12월 13일)
주소 | 서울시 종로구 인사동길 19-2(와담빌딩) 7층
전화 | 02-733-1470
팩스 | 02-6280-7331
이메일 | duckjubooks@naver.com
홈페이지 | www.duckjubooks.co.kr

ISBN 979-11-963795-6-8 (03810)

책값은 뒤표지에 있습니다. 잘못된 책은 구입처에서 바꾸어 드립니다.

그대는 장차 붓다가 되리라

소설로 읽는 붓다의 가르침

김정빈

덕주

일러두기

본서에 표기된 로마자는 붓다의 가르침을 전하는 가장 오래된 경전이자 스리랑카·미얀마·타이 등 남방불교권에 전승되어 온 불교 경전 모음에 쓰이고 있는 빨리(Pāl)어이다. 빨리어보다 산스크리트(Snaskrit)어가 더 널리 알려져 있는 경우에는 앞에 빨리어를 적고 뒤에 산스크리트어를 병기했다.

부처님,

히말라야 준령처럼 장엄하고,

아침에 피어난 흰 연꽃같이 청정하며,

맑은 허공과 같이 자취 없는 마음에 이르신,

신들을 포함하여 모든 생명 존재 가운데

가장 고귀하신 분께 바칩니다.

한국어판 서문

문학에 대한 사랑과 성스러움에 대한 우러름은 내가 걸어온 두 길이었다. 2012년 5월, 두 길이 하나로 만난 지점에서 760페이지에 이르는 소설이 출간되었다. '작게 설해진 불교 경전'이라는 의미를 담아 《소설경》이라 이름 붙여진 그 작품에서 나는 감히 기독교 사상을 숭고의 극치로 밀어올린 단테의 《신곡》을 본받아 전 우주를 배경 삼아 펼쳐지는 장려 웅대한 불교 문학 작품을 꿈꾸었었다.

책을 쓰는 동안 영국 출판사 놀리지펜KnowledgePen과 영국·미국·캐나다·오스트레일리아·뉴질랜드 5개국으로의 번역·출판·배포 계약이 체결되었다. 하지만 세상사 뒷일을 누가 알랴. 일은 나와 출판사가 원하는 방향으로 흘러가지 못했고, 나는 다음 인연을 기다릴 수밖에 없었다. 2013년 11월, 1년 반 동안의 하와이 체류를 끝내고 돌아온 뒤 새로운 인연이 시작되었다. 캐나다에서 국제사업을 하고 계신 최등용 회장님 부부의 후원에 힘입어 미국 워싱턴 소재 출판사 마스코트북Mascot Books에서의 출판이 성사되었던 것이다.

독자와의 소통에 대해 말해 보면 국내에서 《소설경》은 초판 5천 부가 읽히는 데서 그쳤었다. 책이 널리 읽히지 못한 이유는 논리 면에서 정밀한 이해를 요하는 불교 교리에 기초한 데다, 서사 면에서도 경박단소를 선호하는 시대 흐름을 거스르는 중후 장대한 느낌이 강했기 때문이 아닐까 한다. 그에 더하여 456개의 각주와 160페이지에 이르는 후

주까지 붙어 있었으니 독자들이 부담을 느낄 수밖에 없었을 것이다.

책을 읽는 어려움은 불교가 친숙하지 않은 해외 독자들에게 더욱 심할 게 뻔했다. 그래서 영어 판본에서는 각주의 경우 꼭 필요한 것만을 남기고 후주는 모두 제했으며 스토리 또한 많이 덜어내 원고지 3,400매에 이르던 길이를 1,700매로 줄인 다음 《Six Month with Buddha》라는 제목을 붙였다.

이 책은 《Six Month with Buddha》의 한국어 판본이다. 다만 한국어 판본에는 《그대는 장차 붓다가 되리라》는 다른 제목을 붙였는데, 《Six Month with Buddha》가 붓다와 불교 사상에 중심을 둔 제목이라면 《그대는 장차 붓다가 되리라》는 제목은 소설의 주인공 중 한 사람으로서, 붓다로부터 "그대는 장차 붓다가 되리라!"는 언명을 듣게 되는 빙기사와 그의 아름다운 연인 아유타에, 즉 불교 사상이라는 논리·철학의 면이 아니라 소설이라는 예술·서사의 면에 중점을 둔 제목이라 할 수 있겠다.

한국어판을 내는 출판사 이름은 '덕주'이고, 모기업의 이름은 '무우수'인데, 부처님께서는 '아무런 근심 걱정이 없는' 이 나무 아래에서 탄생하셨다. '무우'는 불교인이 '열반'이라 부르는, 또는 세상 사람들이 '참 행복'이라 부르는 그것에 다름 아닐 터이다. 이 책을 통해 필자와 인연 지어지는 이들의 삶이 누구나 바라 마지않는 참다운 행복에 가까워지기를, 장밋빛으로 붉게 노을 지며 동트는 새 아침을 기다리는 일곱 살 소년의 설레는 마음으로 가만히 기대해 본다.

2022년 3월 1일 김정빈

영어판 서문

숭고와 아름다움은 나를 이끌어온 두 빛이었다.

숭고는 태산처럼 높은 공자로, 히말라야처럼 장대한 부처님으로, 갈릴리 호숫가의 잔물결처럼, 또는 산들바람에 흔들리는 한 송이 백합처럼 순결한 갈릴리 예수로, 그리고 달관과 함께 유머를 동반한 옛 그리스의 소크라테스로 나에게 다가왔다.

그렇다면 아름다움은? 그것을 하나하나 말해야 할까. 그럴 수가 없다. 왜냐하면 세상 모든 것들이 다 아름다웠으므로. 청명한 아침으로 눈뜨는 새날 새날이, 신록처럼 싱싱하던 소년 시절이, 긍정으로 채워온 청년과 장년의 시간이, 그리고 나이 지긋한 지금에 이르러서까지도 삶은 이토록 곱게 빛나고 있기에.

물론 삶은 때로 흙탕물로 흐리기도 하고, 뼈와 살을 저미기도 한다. 그러나 다행하게도 나에게는 뼈와 살의 아픔을 어루만지는 숭고가 함께했고, 흙탕물을 맑히는 아름다움이 떠나지 않았다. 낙원이 어디 반드시 저 먼 곳에 있으랴. 나는 하루에도 여러 번 '지금·여기'에서 낙원을 만난다.

나타니엘 호손의 소설 《큰바위 얼굴》의 주인공 어니스트와도 같이 나는 평생에 걸쳐 숭고한 세계를 우러러보았고, 아름다운 무지개를 꿈꾸어 왔다. 어니스트는 마침내 큰바위 얼굴을 닮은 덕 있는 사람이 되었거니와 나는 어떨까. 그 점에서 나는 성현들과 문학 대가들에 멀리 미치지 못하고 있는 나 자신을 부끄러워해야만 한다.

그러나 다행히도 사람은 꿈꾸는 존재이다. 그런 존재로서 나는 오랫동안 숭고와 아름다움을 결합한 나만의 작품을 꿈꾸어 왔다. 그리고 마침내 그 꿈은 현실이 되었으니, 꿈이라는 뿌리로부터 잎과 꽃이 피어난 끝에 《Six Month with Buddha》라는 열매가 맺히게 되었다.

나의 이 이야기-꿈-꽃에서 어떤 향기가 풍겨날지, 이야기-생각-열매에서 어떤 맛이 느껴질지는 판단하지 않으련다. 훌륭한 창작가는 그 결과가 어떠한지와는 상관없이 창작 과정에서 많든 적든 보상을 받는 법이기 때문이다.

하지만 결과에 연연하지 않는 순수한 창작 정신만으로 글을 쓰는 사람은 일만 명에 한두 사람 정도나 찾아볼 수 있는 것이 엄연한 현실이기도 하다. 그러니 나처럼 대단치 않은 작가는 나의 작품에 순수한 면이 아주 없지는 않다는 수준에서 위안을 받아야만 할 것이다.

창작을 한다는 것은 세계에 지금까지 없던 무언가를 더한다는 것이다. 그것은 분명 보람 있는 일일 터이다. 나는 그 보람을 기억하며 부끄러우나마 이 이야기를 세상에 내놓는다.

2022년 3월 1일

대한민국 경기도 고양시에서 김정빈

차례

주요 인물 관계도

금생(0)

라자
천남
시리마의 남편

시리마
천녀
라자의 아내

도리천(쾌락의 하늘)에서 지상으로 내려와
붓다의 특별제자가 되어 6개월 동안 하늘사람으로서
몸을 감추고 여러 사건을 지켜보며 불법을 배움

전생(-1)

라자
소년 구도자

붓다를 만나기 위해 여행

사누
붓다의 출가 제자(남)

기생 시리마(천녀 시리마와
다른 인물)에게 애욕을 일으킴

전전생(-2)

야소자
꾼라와 쁘[illegible]의 딸

아버지에게 능욕당함

금생(0)

붓다

빙기사에게 수기*하기 위해
6개월 동안 여행

웁빨라완나

붓다의 비구니 제자
아유타의 스승

사리뿟다

붓다의 비구 제자
밧디야의 스승

밧디야와 함께 다른 길로
여행하여 붓다와 합류

아유타

밧디야의 아내 / 왕비

빙기사와 사랑=밧디야를 배반

→ 웁빨라완나의 제자
→ 깨달음(3단계) → 보살행
→ 죽어서 하늘 세계에 남 (후생=1)
→ 밧디야와 화해
→ 깨달음(최종 단계)
→ 반열반(죽음)

밧디야

아유타의 남편 / 왕

두 사람의 배반 후 출가

→ 붓다, 사리뿟따의 제자
→ 깨달음(최종 단계=아라한)
→ 사리뿟따와 함께 여행
→ 아유타와 화해
→ 빙기사와 화해

빙기사

밧디야, 아유타의 예술교사

아유타와 사랑=밧디야를 배반

→ 어릴 적 신앙 후루와교로 복귀
→ 강력한 후루와교 전교자가 됨
→ 종교 전쟁 후 회심
→ 아유타의 보살행을 계승
→ 붓다의 수기
→ 밧디야와 화해

*** 수기(授記)** 붓다가 뛰어난 수행자에게 "그대는 장차 붓다가 되리라."라고 말해 주는 것.

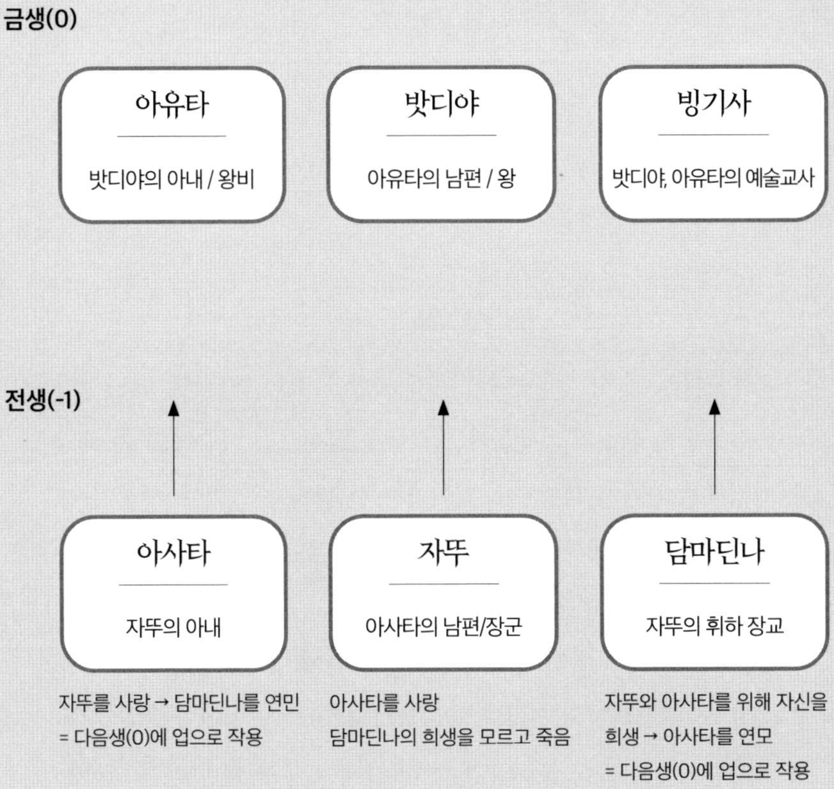
금생(0)
아유타
밧디야의 아내 / 왕비
밧디야
아유타의 남편 / 왕
빙기사
밧디야, 아유타의 예술교사
전생(-1)
아사타
자뚜의 아내
자뚜
아사타의 남편/장군
담마딘나
자뚜의 휘하 장교
자뚜를 사랑 → 담마딘나를 연민
= 다음생(0)에 업으로 작용
아사타를 사랑
담마딘나의 희생을 모르고 죽음
자뚜와 아사타를 위해 자신을
희생 → 아사타를 연모
= 다음생(0)에 업으로 작용

서장
음유시인 빙기사

태양족의 후예 사끼야무니 붓다가 세상에 있던 어느 때, 만년설에 덮인 힌두쿠시 산맥의 준봉들과 그것들을 굽어보는 아슴아슴 먼 하늘을 배경으로 황량한 사막길을 걸어가는 한 남자가 있었다. 서른 살쯤 되었을까, 그러나 다시 보면 일흔 살 노인처럼도 보이는, 그의 얼굴은 나이를 짐작하기 어려운 데가 있었다.

잠시 후, 검고 흰 여러 마리의 염소들과 함께 머리에 검붉은 터번을 올린 한 목동이 뒤쪽에서 나타나 천천히 걷는 그를 따라잡았다. 서북쪽에서 건조한 바람이 불어왔고, 그 바람에 목동의 터번이 훽 날아갔다. 목동은 불만 섞인 혼잣말을 중얼거리며 터번을 쫓아가 그것을 주워 자신의 머리 위에 얹었다.

남자도 머리 위에 코브라가 똬리를 튼 것 같은 머리 보호구를 쓰고 있었지만 그의 것은 바람에 날려가지는 않았다. 그러나 그의 터번이 정말로 멀쩡한 것은 아니었다. 그것은 천으로 된 것인지가 의심스러울 정도로 두터운 모래먼지에 덮여 있었던 것이다. 이는 그가 오랜 기간에 걸쳐 사막길을 걸어오고 있음을 의미했다.

지친 모습으로 그는 바닥에 털썩 주저앉았다. 그가 생각에 잠겨 있는 사이 목동은 언덕 너머로 사라져버렸고, 그럼으로써 그 광막한 공간에는 오직 사나이만이 남아 있게 되었다.

남자는 조금 떨어진 곳에 있는 키 작은 프리클리페어 선인장 한 포기를 발견했다. 그는 선인장을 향해 천천히 걸어가 그 앞에 쪼그려 앉았다. 그러고는 허리춤에 차고 있던 물병을 꺼내 병마개를 열어 땅에 물을 따랐는데, 땅이 워낙 메말라 있었기 때문에 물은 순식간에 땅속으로 스며들었다.

해진 신발 사이로 보이는 그의 발등은 가뭄 때의 논바닥처럼 갈라져 있었고, 얼굴의 피부 또한 그의 주변에 서 있는 몇 안 되는 키 작은 잡목들처럼 메말라 있었다. 그러나 그에게는 한 군데 촉촉한 데가 있었다. 그것은 그의 눈이었다. 그 눈은 놀라우리만치 신이神異한 기운을 풍기고 있었다.

그 기운은 멀고 깨끗했다. 멀어서 아름다웠고, 깨끗해서 슬펐다. 그리하여 그것은 사막이 배경으로 삼은 설백의 힌두쿠시 준봉들, 또는 준봉들 위의 흰 구름이거나 하늘이었다. 그러나 신비한 기운으로 가득한 그의 눈동자는 하나뿐이었다. 그는 시력을 잃은 왼쪽 눈을 흰 안대로 가리고 있었다.

그는 물병에 남아 있던 나머지 물을 선인장에 쏟아부었다. 그러자 그에 보답하기라도 하는 듯 선인장은 그의 키만큼 쑤욱 자라 올랐다. 그는 쪼그려 앉았던 자세를 일으켜 세우며 한 편의 즉흥시를 읊었다.

너 찌르는 가시는
돌아와 내 눈에

한 줌 탄식의 모래알.

무모한 사랑,
빗나간 열정이 흘리는
눈물, 슬픔의 딸이여.

운명은 난자하라!

검들의 숲을 넘어
피리가락으로 일어나

아득한 꿈의 꽃 그리며
흐린 사막을 나는 건노라.

시를 읊은 다음 그는 시를 가사로 삼아 즉흥가를 부르기 시작했다. 그의 노랫소리는 저 멀리, 풀 먹인 하얀 무명옷이 각지어 구겨진 것처럼 보이는 힌두쿠시 산맥을 향해 퍼져 나간 다음 침엽수 빼곡한 산골짜기를 울리는 메아리처럼 청아하게 되돌아왔다.

남자는 다시 선인장으로 눈을 돌렸다. 선인장의 줄기 하나에 노란색 작은 꽃눈이 맺혀 있었다. 그는 그 꽃눈을 응시하더니 곧 눈을 지그시 감았다. 선인장의 꽃눈은 그의 육안 너머 심안에서 조금씩 자라 아기 주먹 크기의 꽃송이가 되었다. 그리고… 프리클리페어 선인장의 노란 꽃은 그의 가장 간절한 마음을 반영했다. 그 꽃은 한 여인으로 변화하기 시작했던 것이다.

그의 심안에 떠오른 여인은 엷은 갈색 눈동자에 얼음처럼 투명한 피부를 가진, 사람이라고 믿을 수 없으리만큼 고운, 그 어떤 높은 신분의 남자도 그녀를 감히 자기 사람으로 만들 수는 없을 것 같은 드높은 기품을 지니고 있었다.

"오오, 아유타! 당신은 지금 어디에 있소?"

그러나 남자의 애절한 물음에 여인은 대답하지 않았다. 여인은 슬픔이 아름아름 번지는 눈으로 남자를 지그시 바라볼 뿐이었다.

"보고 싶소, 죽을 만큼! 아유타, 제발 그대가 어디 있는지를 말해 주오!"

눈을 감은 채로 남자는 허허로이 여인을 향해 손을 내밀었다. 그러자 여인의 모습이 뿌옇게 흐려지기 시작하더니 이내 물밀 듯이 몰려든 안개에 묻혀 버렸다. 새하얗던 안개가 엷은 분홍 색깔로 물들어 갔다. 이윽고 연분홍 안개 한 켠에서 은은한 담황색 빛덩어리가 생겨나 점점 커져 갔다. 연분홍 안개와 담황색 빛덩어리가 서로 엉켰다. 그 모양은 서로 얼싸안고 춤추는 남녀처럼 보였다.

두 빛깔이 스러지자 자욱한 안개 속에서 사람의 모습이 어른거리는가 싶더니 잠시 후 모습이 뚜렷해졌다. 그 순간 그는 눈을 떴는데, 그 앞에 나타난 것은 영락을 늘어뜨린 보관을 쓴 도리천[1]의 왕 삭까[2]였다.

남자에게서, 조금 전 여인을 향해 보이던 사나이의 애절한 모습이

---

1 도리천 불교는 물리적인 세계를 삼계, 즉 욕계·색계·무색계의 세 차원으로 분별하는데, 쾌락을 누리는 하늘인 도리천은 욕계의 두 번째 하늘이다.

2 삭까(Sakka) 도리천의 왕. 그는 전제군주가 아니라 도리천 33천왕들의 모임인 수담마의회(Sudammā sabhā) 의장으로서의 왕이다. 그는 불교의 열렬한 옹위자이다.

순식간에 바뀌었다. 그는 코끼리처럼 의젓한 태도로 어깨를 펴고 앞가슴을 내밀었다.

삭까가 남자 앞에 다가가 합장하며 말했다.

"수행자님, 문안 인사 올립니다."

"장엄한 모습으로 내 앞에 나타난 그대는 누구요?"

"저는 도리천왕 삭까입니다."

"천왕이여, 그대는 무엇 때문에 내 앞에 나타난 것이오?"

"빙기사 수행자님, 저의 웨자얀따 궁전에는 홍옥으로 만들어진 보좌가 있는데, 그 보좌는 제가 꼭 도와야만 하는 수행자가 있을 때 뜨거워집니다. 조금 전 저는 그 보좌에 앉아 휘하의 한 천왕과 이야기를 나누던 중 보좌가 뜨거워지는 것을 느껴 하늘눈으로 지상을 살피게 되었습니다. 그리하여 저는 수행자님이 아유타님을 찾고 계시다는 것과 수행자님의 마음이 매우 지쳐 계시다는 것을 알게 되었습니다. 그래서 다소나마 도움을 드리기 위해 이렇게 수행자님께로 온 것입니다."

"그렇소. 나는 삼 년 전부터 그리운 벗을 찾아 잠부디빠[3] 전역을 떠돌고 있소. 그러나 아직껏 나는 내 시의 정수이자 내 음악의 정묘이며, 내 마음의 꽃부리요 내 회한의 골짜기인 그녀가 어디에 있는지를 알지 못하오. 나의 발걸음은 무수한 마을과 도시, 시내와 강, 언덕과 산을 머물고 지나고 넘고 헤맸지만 끝내 그녀를 찾지 못하고 있는 것이오. 그러니 천왕이여, 부탁하노니, 부디 나를 도와주시오. 그대의 신력으로

---

3 잠부디빠(Jambudīpa) 인도(India). 인도의 지형이 잠부나무의 잎처럼 생겼기 때문에 잠부디빠라고 불리게 되었다고 한다.

써 나의 뜬 눈 앞에서 어른거리기를 멈추지 않는, 빛을 받아들이지 못하는 나의 다른 한쪽 눈에 티눈으로 박혀 있는, 그리움이 어긋남을 낳고, 어긋남이 무지를 낳고, 무지가 악행을 낳고, 악행이 참회로 이어진, 그 모든 과정의 시작이었고 또한 끝이어야만 하는 나의 여인이 지금 살아 있는지, 살아 있다면 어디에서 무엇을 하고 있는지를 알아내어 말해주시오."

삭까 천왕은 감상에 젖어 낮은 목소리로 신음할 뿐 아무 말도 하지 않았다. 빙기사가 다시 말했다.

"천왕이여, 밧디야[4] 왕의 가슴눈을 찌른 지난날 나의 행위는, 그의 가장 소중한 여인이었을 뿐 아니라 가장 소중한 친구이기도 했던 아유타의 몸과 마음을 훔친 나의 행위는 나의 몸눈에 찔림으로 되돌아옴이 마땅했다는 것, 나의 마음눈에 탄식의 모래알로 돌아와 뿌려짐이 마땅했다는 것을 나는 분명하게 알고 있소.

오오, 그것은 얼마나 아름다운 어둠이었던지! 그리고 그 어둠은 어찌하여 거룩한 악으로 이어졌던지! 천왕이여, 세상에서 가장 큰 악은 종교 신념으로 저지르는 악이며, 나는 그 '거룩한 악'에 빠져 수만 명의 사람을 살육한, 무겁고도 무거운 업[5]을 지은 중생[6]이오.

---

4 밧디야(Bhaddiya Kāligodhaputta) 붓다의 숙부인 깔리고다의 아들이었던 그는 아버지가 죽자 왕위에 올랐으나 출가하여 비구가 되었다. 그와 관련된 본 작품에서의 서사는 경전이 전하는 내용과 일부는 일치하지만 대부분은 일치하지 않는다.

5 업(kamma, karma) '행위'를 의미하는 이 말은 남방불교권에서는 본래의 뜻 그대로 쓰이고 있지만 북방불교권과 힌두교가 신봉되는 지역 및 불교와 힌두교가 전파되어 가고 있는 현대 서양에서는 '행위 때문에 형성된, 선악 과보를 유발하는 비물질적 힘'이라는 의미로 쓰이고 있다.

6 중생(satta, satva) 번뇌하는 생명 존재. 중생에는 인간만이 아니라 위로 하늘(deva)에 난 생명 존재와

업의 검고 음습한 진흙창에서 벗어나기 위해 나는 가장 먼저 아유타를 만나야만 한다고 생각했소. 그녀와의 아름다운 어둠으로서의 인연[7]에 동터 오는 아침의 밝음을 비춘 다음, 그녀와 함께 밧디야 왕을 찾아가 그의 가슴에 무수한 선인장 가시로 박혀 있을 아픔을 참회의 눈물로 씻어 주고 싶었던 것이오.

그리고 나는 거기에서 더 나아가야만 하오. 참회의 눈물이 샘솟는 그곳을 아름다움이 피어나는 시작점으로 바꿔야만 한다는 뜻이오. 천왕이여, 그때 이후 나는 세상의 수많은 아픈 사람들의 마음에 사랑·동정·기쁨·보람이 호수처럼 차고 강물처럼 흐르며, 바람처럼 불고 허공처럼 가없게 될 때까지 나의 신명을 모두 바치고자 하오!"

이렇게 말하는 동안 빙기사의 얼굴은 서서히 변했다. 처절했던 회한의 표정이 봄바람에 얼음이 녹듯 풀리면서 그의 눈에서 긍정의 빛이 돌기 시작하더니 마침내 그것은 결연한 의지와 결합하여 온몸에 강하고 힘찬 기운으로 차올랐다.

삭까 천왕의 얼굴에 찬탄의 마음 가득한 환한 웃음이 피어났다. 그가 공손한 어조로 말했다.

"저는 제가 이렇게 말씀드릴 수 있는 것을 매우 기쁘게 생각합니다. 수행자님, 아유타님은 살아 계십니다. 그러니 수행자님께서는 지치지

아래로 지옥(niraya)·아귀(peta)·아수라(asura)·축생(tiracch nayoni)에 난 생명 존재가 모두 포함된다. 생명 존재이기는 해도 깨달음을 성취하여 번뇌를 초극한 이들은 중생이 아닌 성자(ariya)이다.

7 인연(因緣) 불교는 모든 것(사물·사건)이 원인-결과의 법칙에 의해 일어나고 소멸한다고 본다. 이때 무언가를 일으키는 주된 원인을 인(hetu), 그것을 돕는 원인을 연(paccayo)이라 한다. 곡식의 경우 씨앗은 인, 씨앗이 싹트고 자라도록 돕는 흙·물·공기·거름·농부 등이 연이고, 사람의 경우 자기 자신이 인, 그 인이 결과를 낳도록 돕는 타인·타물의 영향은 연이다.

말고 그분을 찾아가는 여정을 계속 이어가시기 바랍니다."

"아유타는 지금 어디에 있소?"

"하늘의 법에 따라 저는 그분이 어디에 계신지까지는 말씀드릴 수 없습니다."

"좋소, 그것만으로 충분하오! 그녀가 아직 살아 있다는 것을 알게 된 것만으로!"

하고 외치며 빙기사는 삭까 천왕을 향해 두 손을 모아 감사의 마음을 표했다. 삭까 천왕은 활기를 되찾은 빙기사의 모습을 잠시 지켜보다가 말했다.

"그러면 부디 가시는 길 내내 안녕하시기를. 꼭 아유타님을 만나게 되시기를. 두 분의 인연이 고귀하게 마무리되기를. 그리고 빙기사님의 위대한 발원이 반드시 이루어지기를!"

도리천왕으로부터 축복의 말을 들은 빙기사는 하나뿐인 눈을 조용히 감았다. 잠시 후, 눈을 뜬 빙기사가 강인하게, 힘을 주어 발로 꾹꾹 누르는 듯한 어조로 말했다.

"도리천왕이여! 나는 반드시 그녀를 만날 것이오! 그리하여 그녀와 나의, 선인장의 가시로 치성하게 덮여온 지난날의 인연을 꽃과 향기 가득한 미래의 인연으로 새로이 피워낼 것이오!"

"사두![8] 사두! 사두!" 하고 삭까 천왕이 빙기사의 결심을 찬탄하자 "사두! 사두! 사두!" 하며 빙기사가 이에 화답했다.

---

8 사두(sādhu) '훌륭합니다', '좋습니다'라는 뜻으로 붓다와 불법, 또는 선한 일이나 그 일을 행한 사람을 찬탄하는 말로 쓰인다.

잠시 후, 삭까 천왕은 자신이 다스리는 하늘을 향해 공중으로 떠올랐고, 빙기사는 힘찬 걸음걸이로 다시 사막 길을 걷기 시작했다.

1

도리천인 라자와 시리마

그로부터 다섯 해가 지나 쾌락의 하늘 도리천에 라자라는 이름의 천인이 '났다.' 중생이 인간의 생을 받을 때는 어머니의 태를 통해 태어난다. 그러나 천인은 태를 통하지 않고 남자는 스무 살, 여자는 열여섯 살 모습으로 어머니의 몸이나 부모가 사용하는 침대 위에 홀연히 '나게' 되는데, 천인이 날 때는 그의 공덕에 걸맞은 호화로운 집과 온갖 즐길 거리가 함께 출현한다.

라자가 도리천에 나자 그의 부모는 그를 데리고 도리천왕 삭까의 웨자얀따 궁전으로 가서 도리천에 새로 난 천인들의 교육을 맡고 있는 미따 대천인을 만났다. 그러나 새로 난 천인들은 굳이 교육을 받지 않더라도 하늘세계의 법을 저절로 알도록 되어 있었기 때문에 미따 대천인이 라자에게 해 줄 조언은 그리 많지 않았다.

예외적으로 그렇지 않은 소수의 천인들을 제외하면 도리천에 난 모든 천인들에게는 저마다 자신에게 알맞은 짝이 나도록 되어 있다. 라자의 부모는 이들의 배필로 어떤 천녀가 났는지 궁금해했는데, 그들의 궁금증은 오래가지 않았다. 그들이 미따 대천인과 이야기를 나누고 있는 동안 천녀 시리마가 자신의 부모에게 인도되어 그곳으로 왔던 것이다.

"오오!"

시리마가 자신을 향해 수줍게 미소를 짓는 것을 보는 순간 라자의 입에서 자신도 모르는 감탄의 소리가 흘러나왔다. 감탄의 소리는 라자의 입에서만 나온 것이 아니었다. 라자의 부모는 물론 인간계의 시간으로 칠만여 년 동안 도리천에 살며 수많은 천인·천녀들을 교육해온 미따 대천인이 보기에도 시리마의 미모는 놀랄 만큼 뛰어났던 것이다.

라자는 시리마를 처음 보는 순간 그녀에게 절절한 사랑을 느꼈고, 시리마 또한 라자를 보자마자 한눈에 사랑에 빠졌다. 처음 만난 한 쌍의 천남·천녀가 사랑에 빠져드는 모습을 보며 양가의 부모들은 미소지었다. 그러나 자식을 낳아야겠다고 생각한 적도 없고, 자식을 기르기 위해 애를 쓴 적도 없는 하늘 부모들에게 자식에 대한 애착은 그리 깊지 않았다. 미따 대천인이 라자와 시리마에게 각각 청옥·백옥으로 된 반지를 끼워 짝지어 주는 동안 라자와 시리마의 부모는 담담한 표정으로 자녀들의 모습을 지켜보았다.

미따 대천인은 라자와 시리마가 도리천의 짝이 되었음을 선포하고 나서 두 천인에게 하늘세계가 존립, 운영되는 법에 대해 간단히 설명했는데, 요점은 하늘세계는 마음을 반영한다는 것이었다. 도리천에서는 마음을 일으키는 것만으로도 이루어지는 일들이 많다고 미따는 말했다. 미따는 두 신입 천인들에게 눈을 감고 마음을 집중해 자신들을 시중들 시녀 쉰 명을 떠올려보라고 말했다. 라자가 그렇게 하자 홀연 라자 옆에 쉰 명의 하늘시녀들이 나타났다. 시리마 또한 같은 방법으로 쉰 명의 시녀들을 화현시켰다.

잠시 후, 미따 대천인과 헤어진 두 천인은 양가의 부모에게 작별 인사를 한 다음 라자의 처소로 갔다. 처소에 도착하자 두 천인들을 옹위해온 하늘시녀들은 두 천인에게 입고 있던 옷보다 훨씬 더 얇고 가벼운 하늘옷을 갈아입힌 다음 수십 가지 보석으로 장식된 목걸이를 걸어준 다음에 향기로운 음식을 대접했다. 도리천을 비롯한 모든 천계의 음식은 영양분의 정수만으로 되어 있기 때문에 공기처럼 가볍다. 두 천인은 그것을 입으로 먹지 않고 코로 마셨다.

하늘음식을 충분히 먹은 라자와 시리마는 마음이 한결 느긋해졌다. 라자에게 조금 전 미따 대천인에게서 들은 환희동산[9]에 대한 궁금증이 생겨났다. 과연 그런 곳이 있을까? 더 이상의 즐거움은 없을 것 같은 이곳에서도 더욱더 즐거운 그런 곳이?

시리마는 라자의 생각을 금방 알아챘다. 두 천인은 연인들끼리만 통하는 짧은 눈짓을 주고받은 뒤 시녀들에게 둘러싸여 환희동산으로 산책을 나섰다. 과연! 환희동산에 들어서자마자 두 천인의 마음은 아련한 황홀경 속으로 빠져들어 갔다. 쌍무지개가 뜬 공중에 붉고 노란 날개를 가진 수만 마리의 하늘 새들이 날아가고 있는 가운데 은은한 종소리가 우웅우웅 결을 지으며 들려왔다. 그래, 저 소리는 지옥[10] 중생을 위한 범종 소리인 거야, 하고 라자는 가만히 중얼거렸다.[11]

휘영청 가지가 내리 굽은 망고나무들과 은은한 향기를 품어 내는 산

---

9 욕계의 여섯 하늘에는 여느 곳보다 강한 즐거움을 누릴 수 있는 환희동산(nadarana vana)이 있다.

10 지옥 전생에 악한 행위를 한 과보를 받는, 행복과 즐거움은 없고 고통만을 받는 곳. 큰 지옥 여덟 곳과 많은 작은 지옥들이 있는데, 기독교 등이 말하는 지옥과는 달리 불교의 지옥은 한번 그곳에 떨어졌다고 해서 영원히 머물러 고통을 받는 곳이 아니다. 지옥에 떨어진 중생은 자신이 전생에 지은 악행의 과보를 받은 다음 다른 차원 세계의 생을 받게 된다.

11 범종 소리를 듣는 동안 지옥 중생들은 잠시 고통을 잊는다.

달나무 사이로 천국의 바람이 불고 있었다. 다시 한 줄기 바람이 불었고, 그 바람결에 연꽃향과 재스민향이 코끝을 간질이며 흘러왔다.

시리마가 살짝 라자를 돌아본 다음 숲 안쪽으로 뛰어갔고, 그 뒤를 라자가 뒤따랐다. 하지만 얼마 지나지 않아 시리마는 도망치기를 멈추고 '나는 당신의 것이에요, 머리에서부터 발끝까지요.'라고 말하는 듯한 표정으로 무릎을 꿇고 라자를 올려다보았다.

라자는 그런 그녀 앞에 자신 또한 무릎을 꿇고 그녀를 품에 꼬옥 안았다. 그러나 그는 이내 안고 있던 팔을 풀고 그녀를 자신에게서 떨어뜨린 다음 장난스러운 표정으로 일어나 시리마를 내려다보았다. 그러고는 두 번째 숲의 안쪽으로 달리기 시작했다.

시리마와 백 명의 시녀들이 라자를 뒤따랐지만 라자는 나무 사이를 재빠르게 옮겨 다니며 그녀들을 피했다. 여자 특유의 높은 목소리가 라자의 귀를 깔깔대며 가득 채웠을 뿐 그녀들은 끝내 라자를 붙잡을 수 없었다.

라자는 점점 더 깊이 환희동산의 한복판으로 숨어들었다. 피처럼 붉은 따가라꽃이 흐드러지게 피어 있는 곳, 그곳은 일천 수레에 가득 담아 와 부려 놓기라도 한 것처럼 꽃향기로 첩첩 가득했다. 수십만 송이의 따가라꽃 향기를 맡는 동안 라자의 두 눈은 스르르 감겼다. 꿀물이 흐르듯 끈적하게 나른해져 오는 몸, 라자는 언뜻 자신의 전생을 기억했다. 그 기억은 순간이었으나 또한 매우 길었다. 이렇듯 하늘시간은 순간 속에 긴 시간이 머물기도 하고, 수십 년이 한순간에 지나가 버리기도 한다.

잠시 뒤, 라자를 찾아낸 시리마가 그에게 다가와 웃으며 말했다.

"저의 임금님,[12] 여기에 계셨군요!"

"나는 잠깐… 지난 생을 떠올리고 있었소."

"그렇다면… 제게 낭군님께서 지난 생에 어디에 나서 어떤 삶을 사셨는지를 말씀해 주세요."

"그게 좋겠소. 왜냐하면 서로 사랑한다는 것은 상대방에 대해 더 많이 안다는 것을, 또는 서로 간에 비밀이 없거나 적다는 것을 의미하기 때문이오. 그러니 그대도 내 이야길 들은 다음 그대의 전생 이야기를 해 주시오."

그러자 시리마의 눈동자에 슬픔이 겹치고 겹쳐 마침내 회한이 되어버린 빛이 살짝 스쳐 지나갔다. 잠시 침묵이 흘렀다. 그동안 라자는 아내를 지그시 응시했고, 그제야 그는 자신의 마음이 시리마에게 걷잡을 수 없이 쏠리는 이유를 짐작했다. 그것은 자신에게도 있는, 그러나 시리마에게서 더 깊게 나타나고 있는 지난 생에 대한 아쉬움이었다. 한숨이었다. 탄식이었다. 울음이었고, 마침내는 통한이었다.

"이미 짐작하고 계시겠지만…."

시리마가 낮은 목소리로 말했다.

"저의 지난 생 이야기는 이곳에서 말씀드리기엔 적당하지 않아요. 환희동산은 고통스런 생각이나 기억을 떠올리기 어려운 곳인데, 제 전생은 행복하지 않았거든요. 그러니 우리들의 궁전으로 돌아가 이야기를 나누도록 해요."

"그렇게 합시다."

---

12 라자(rāja)는 왕을 의미한다.

두 천인은 환희동산을 나와 그들의 영토로 돌아갔다. '라자시리마 천국'이라 이름 붙여진 그곳은 크기가 사방 십 분의 일 요자나[13]였으며, 그 한가운데는 커다란 궁전 두 개가 나란히 세워져 있었는데, 각각 흰색과 분홍색으로 지어진 그 궁전들은 갖가지 아름다운 보석으로 장식되어 찬란하기 이를 데 없었다.

두 궁전 중 흰색을 주로 쓴 것은 라자의 것, 붉은색을 주로 쓴 것은 시리마의 것이었다. 두 궁전은 약간의 거리를 두고 떨어져 있었지만 그들은 두 궁전을 오가는 데 있어 장애를 느낄 필요가 없었다. 하늘의 법은 단지 마음을 먹는 것만으로 이 궁전에서 저 궁전으로 금방 오갈 수 있도록 되어 있었던 것이다.

두 천인 부부는 시리마의 붉은색 궁전으로 가서 호박琥珀으로 만들어지고 루비와 에메랄드로 장식된 두 개의 의자에 마주 앉았다.

시리마가 라자에게 말했다.

"자, 이제 저에게 지난 생에 어디서 어떤 삶을 사셨는지를 말씀해 주세요."

이렇게 말하며 시리마는 맑은 눈으로 라자를 바라보았다.

---

13 요자나(yojana) 거리를 재는 단위. 약 11㎞.

2

라자는 전생에

라자는 전생에 어느 평민 집안의 외동아들로 태어났다. 평민이기는 했지만 그는 영유아 시절을 풍족한 환경에서 보냈다. 그런데 여섯 살이 되던 해에 그가 속한 호리족이 경쟁 부족인 무리야족과의 싸움에서 패망하고 말았다. 그럼에도 라자의 가족만은 어렵사리 살아남을 수 있었다.

라자의 아버지는 아내와 라자, 그리고 자신의 어머니와 함께 무리야족 사람들의 눈이 미치지 않는 산속의 한 마을로 들어가 몸을 숨겼다. 그곳에서 라자의 아버지는 할 수 있는 모든 일을 하며 재산을 늘려나갔다. 그러나 다시 한번 불행이 라자네 가족을 덮쳤다. 라자가 열여섯 살 되던 해에 할머니가 죽고, 그로부터 사흘 뒤에 어머니가 죽었다. 불행은 거기에서 그치지 않았다. 어머니가 죽은 지 석 달 뒤에 라자의 아버지가 열병에 걸려 죽었던 것이다.

라자는 두려움에 떨며 물었다.

'태어난 자는 왜 반드시 죽어야만 하는가?'

라자는 생각했다.

'나는 가족과 함께 이 마을로 도망쳐 온 여섯 살 때부터 아버지를 도와 양떼를 돌보아 왔다. 양들은 앞과 아래만을 볼 뿐 위와 뒤를 보지 않는다. 그에 비해 나는 양들을 위에서도 보고 뒤에서도 본다. 이것이 내가 양들과 다른 점이다.

그렇다면 나와 아버지의 관계는 어떤가. 나는 아버지의 양이 아닐까? 아버지는 위와 뒤에서 나를 보아 왔지만 나는 앞과 아래만 보아온 건 아닐까? 조금 더 생각한 끝에 그는 아버지 또한 양에 지나지 않음을 알아챘다. 아버지의 위와 뒤에는 마을의 여러 지도자들이 양을 굽어보는 목동으로서 있었던 것이다. 그 지도자들의 위와 뒤에는 마을의 촌장이 있었다. 그리고 촌장 위와 뒤에는 마을에서 가장 현명한 사람으로 알려진 수루 노인이 있었다.

죽음에 대한 의문을 품고 라자는 먼저 마을의 여러 지도자들을 찾아가 그에 대해 물어보았다. 하지만 그들은 라자의 질문에 대답해 주지 않았다. 그래서 라자는 촌장을 찾아가 같은 질문을 해 보았다. 그러나 그 또한 죽은 사람을 어떻게 처리해야 하는지 등에 대해서만 알고 있었을 뿐 그 이상의 것에 대해서는 전혀 알지 못했다. 그러나 라자는 그 이상을 알고 싶었다. 남의 죽음이 아닌 나의 죽음, 나에게 시시각각 다가오고 있는 것으로 느껴지는, 절박한 이 죽음이 무엇인가가 그는 궁금했다.

마지막으로 열여섯 살 소년 구도자는 수루 노인을 찾아갔다. 노인과 대화를 나누기 위해서는 먼저 그의 가족들에게 허락을 받아야만 했다. 하지만 노인의 가족들은 라자에게 기회를 주려 하지 않았다. 그래서 라자는 자신이 갖고 있는 스무 마리의 양 중 열아홉 마리를 값으로 치를 테니 부디 수루 노인을 만나게 해달라고 간청했다. 그들은 겉으로는 하는 수 없다는 듯, 그러나 속으로는 매우 기뻐하며 라자를 노인의 방으로 안내해 주었다.

노인의 방에 들어선 라자는 충격을 받았다. 열에 아홉쯤 죽음에 발을 디디고 있는 수루 노인의 모습은 추악했다. 노인은 벌어진 입으로 침을 흘리며 눈앞에 보이는 어떤 환영을 물리치기 위해 헛되이 손을 내저으려 하였다. 그러나 그의 팔은 그의 의사를 거스르며 아래로 축 늘어졌다. 검버섯으로 가득 찬 데다가 쪼글쪼글한 주름이 수십 가닥이나 되는 노인의 추레한 얼굴. 그의 두 눈에는 노랗고 끈적한 눈곱이 잔뜩 끼어 있었다. 한때 저 눈들은 젊음으로 빛났으리라. 하지만 지금 노인의 눈동자는 흐리멍덩했다. 그 눈에서 한 줄기 눈물이 주르르 흘러내렸다. 다음 순간, 노인은 두 눈을 크게 휘뒤집으며 숨을 거두었다.

아무런 소득도 없이 라자는 집으로 돌아왔다. 수루 노인의 아들이 그를 따라와 약속한 양들을 가져갔지만 라자는 억울해하지 않았다. 오히려 그는 이번 일이 자신에게 죽음에 대한, 그리하여 삶에 대한 의미 추구를 향한 강한 동기를 부여해 준 점에 감사했다. 라자는 남아 있는 양 한 마리와 아버지가 물려준 모든 재산을 처분하여 마련한 돈 삼백 루피를 쥐고 그날로 살던 마을을 떠났다.

무작정 걸었다. 아무것이나 먹었고, 아무 데서나 잤다. 빌어서도 먹었고, 주워서도 먹었다. 옷이 해져 갔으나 마음 쓰지 않았고, 몸이 젖거나 지쳐도 정신만은 초롱한 상태를 유지하려 애썼다. 가는 곳이 딱히 정해지지 않는 여정이었다. 발길 닿는 대로 가면서 라자는 만나는 사람 중 묻기에 알맞다고 생각되는 사람을 붙들어 세우고 물어보았다.

"혹 죽음에 대해 아시는 게 있나요?"

그러면 상대방은 한결같이 고개를 가로저었다. 라자는 지치지 않고 다시 물었다.

"혹 삶에 대해 좋은 말을 해 주실 만한 분을 아시나요?"

그러나 그에 대한 대답 역시 한 마디도 들을 수 없었다.

어느 날, 라자는 한 소녀로부터 가까운 야쿠 마을에 붓다가 와 계신다는 말을 들었다. "그분은 늘 죽음과 삶에 대해 말씀하시는 분이랍니다."라고 말하며 소녀는 라자에게 우유 한 잔을 주었다. 라자는 우유를 달게 마신 다음 그녀에게 자기가 가진 마지막 돈 일곱 파이샤를 주고 야쿠 마을을 향해 서둘러 길을 떠났다.

얼마쯤 걸어 산굽이를 돌아선 라자는 멀찍이서 길을 걷고 있는 한 노인을 발견했다. 노인은 얼마 안 가 곧 쓰러질 듯한 걸음걸이로 걷고 있었다. 라자가 노인에게 다가가 말을 걸었다.

"어르신, 제가 혹 도와 드릴만 한 것이 없겠습니까?"

노인은 걸음을 멈추고 라자를 바라보며 말했다

"아이야, 네 눈빛이 아주 곱구나."

"저 또한 그 생각을 하고 있었습니다. 어르신의 눈빛이 참 맑으시다고요. 어르신의 눈빛에는 머나먼 설산雪山의 기운이 서려 있습니다!"

"설산! 네가 정녕 설산을 본 적이 있느냐?"

"여기까지 오는 동안 중간 부분을 설핏 본 적은 있습니다만 전체 모습은 아직 보지 못했습니다. 그러나 설산의 중간 부분을 보는 것만으로도 저의 마음에서 말로 형언하기 어려운 영감이 떠오르곤 했습니다."

"그렇구나. 그런데 아가야, 나는 다른 의미의 위대한 설산을 알고 있단다."

"다른 의미의 위대한 설산이란 무엇을 가리키는 것입니까?"

"네가 한번 맞춰 보아라. 설산처럼 청정하신 분, 설산처럼 고귀한 분이 누구인지를 말이다."

"그 위대한 설산은 부처님이 분명합니다!"

"그렇고 말고!"

노인의 얼굴에 웃음이 피어났다. 노인이 가까운 풀밭을 가리켰다. 라자는 노인을 부축하여 그곳에 앉혀드린 다음 자신도 그 곁에 앉았다. 가빠진 숨을 고르고 나서 노인이 물었다.

"내 이름은 추추라고 한다만… 네 이름은 뭐지?"

"라자입니다."

"나는 부처님을 뵙기 위해 야쿠 마을로 가고 있다만 너는 어디로 가고 있는 것이냐?"

"저도 부처님을 뵙기 위해 야쿠 마을로 가고 있는 중입니다. 그런데 어르신, 부처님을 뵙는 것은 더없이 영광된 일임에 틀림이 없습니다만, 어르신께서는 이토록 몸이 쇠약하신데 어떻게 구도 여행을 떠나신 것입니까?"

"너는 마치… 쇠약한 몸으로는 구도 여행을 떠날 수 없다는 듯이 말하는구나…."

한참 동안 숨을 고른 다음 노인이 띄엄띄엄 말했다.

"순결한 눈빛을 가진 어린 친구야. 네 말처럼… 나는 여행을 하기에는 너무 늙었다…. 그러나 너는 알아야 한다. 낡은 몸을 이끌고 떠난 나의 이 여행은… (가빠오는 숨을 겨우 가누며) 생사윤회[14]의 여행보다는 오히

14 윤회(輪廻, saṃsāra) 중생이 자신의 선업·악업에 따라 그에 상응하는 좋은 세계와 나쁜 세계에 나고 죽기를 반복하는 것.

려 쉽다는 것을….”

이렇게 말하는 노인의 말씨와 얼굴에는 수백 생의 죽음이 한 번에 담긴 것 같은 짙은 회한이 배어났는데, 그런 노인의 모습과 말에 라자는 큰 감동을 받았다.

잠시 후, 라자는 어느 사이 자기가 노인의 발을 주물러 드리고 있다는 사실을 깨달았다. 몸의 긴장이 풀린 때문인지 노인은 앉았던 자리에 푸수수 쓰러지더니 곧 깊은 잠에 빠져들었다. 잠이 든 채로 숨을 헐떡거리는 노인을 보며 라자는 그의 수명이 얼마 남아 있지 않았다고 판단했다.

‘나에게는 지금이 아니더라도 부처님을 뵈올 수 있는 기회가 있겠지만 이분에게는 그런 기회가 없을 것이다. 이분은 이번 기회에 반드시 부처님을 뵈어야만 한다.’

이렇게 생각한 라자는 노인이 정신을 차리기를 기다려 노인을 등에 업고 걷기 시작했다. 하지만 골짜기를 하나 돌고 나서 그는 쓰러지고 말았다. 라자는 다시 힘을 내어 노인을 등에 업고 다시 길을 걷기 시작했다. 한 골짜기를 더 돌고 나서 라자는 노인을 등에서 내려 한 차례 더 몸을 주물러 드렸다.

라자는 다시 노인을 등에 업고 걷기 시작했다. 그러나 소년은 지쳐가고 있었다. 다리가 휘청거렸다. 몇 차례 정신이 아뜩해지는 것을 느꼈다. 그리고 다음 순간, 라자는 무언가가 풀썩! 하는 느낌을 받았다.

정신을 차려 보니 자신은 노인과 함께 까마득한 낭떠러지 밑에 떨어져 있었다. ‘아, 나는 이렇게 죽는구나!’ 하는 생각과 함께 공포가 온몸을 꽉 동여매었으므로 그는 꼼짝도 할 수 없었다. 격심한 통증이 밀려왔다. 뼈 삼백 개가 모두 아려오는 고통! 그 고통 속에서 라자는 몸을 가지고 있다는 것이 과연 복된 것인지를 생각했다. 그랬다, 몸은 행복의 원인이기도 했지만 고통의 원인이기도 했다.

그렇다면 마음은? 마음 또한 마찬가지일 것이었다. 마음을 갖는다는 것은 무언가를 원한다는 것이고, 무언가를 원한다는 것은 필경 아쉽고 쓸쓸하고 허전한 결말에 이를 것이기 때문에. 그때 문득 마음 깊은 곳에서 '그러나… 아닐지도 몰라. 삶에는 아쉽고 쓸쓸하고 허전한 결말에 이르지 않는 길이 있을지도.' 하는 생각이 떠올랐다. 그리고 그 순간, 이상하게도 몸의 아픔이 파도가 밀려가듯이 스르르 멀어져 갔다. '이건 신기한 일인데?' 하는 생각이 불현듯 스쳐갔다.

'그래, 마음은 이런 거야! 때로 아픔을 아픔 아닌 것으로 바꾸어버리는.' 이런 생각을 하며 라자는 눈앞에 펼쳐진 허공을 바라보았다. 그리고 그는 보았다. 아득히 머나먼 곳에 흰 눈에 덮인 채로 고요히 빛나고 있는 드높은 산봉우리 하나를. 라자는 그 장엄하고 숭고한 것을 뚫어져라 응시했다.

라자는 생각했다.

'풀이 있었다. 양이 있었다. 내가 있었고, 아버지가 있었다. 마을의 어른들이 있었다. 촌장이 있었고, 수루 노인이 있었다.'

그러나 아버지부터 수루 노인까지는 모두 같은 무리였다. 그들은 양보다는 나은 눈높이를 갖고 있었다. 하지만 아버지로부터 수루 노인에 이르는 단계 중 그 어느 단계에도 죽음과 삶에 대한 답을 가진 이는 없었다. 그리하여 그들 사이에는 본질적인 차이가 없었다.

'그리고 여기, 그들과는 다른 존재로서 추추 노인이 있다. 노인은 위를 바라보는 시점을 가진 사람인 것이다!'

그리하여 노인은 한 마리의 새였다. 아버지로부터 수루 노인까지는 모두 지상에 발을 디디고 선 짐승인 데 비해 노인은 지상으로부터 공중으로 날아오르는 새였던 것이다. 그가 어디까지 날아오를 수 있을까? 그것은 모른다. 다만 한 가지, 새들 간에는 여러 차원이 있다. 참새는 집 근처만 날아다니고 들새는 들에서만 날아다닌다. 그리고 독수리가 있다. 하늘 높이 솟구쳐 오르는, 그는 새들의 왕이다.

'아아, 내가 독수리가 되어 구름을 헤치고 하늘 끝까지 향상해 오를 수 있다면!'

또다시 고통이 밀려와 몸과 마음을 사정없이 옥죄었지만 라자는 정신의 등뼈를 곧추세우며 마음속으로 이렇게 열망의 소리를 외쳤다.

그때였다. 라자의 귓전에 무슨 소린가가 들려왔다.

"잠… 못… 이루는…."

목소리의 주인공은 추추 노인이었다. 노인은 정신이 아물거리는 죽음의 문턱에서 기억하고 있던 게[15]를 자신도 모르는 사이에 암송하고 있었던 것이다.

'이것은 부처님의 게송이다!'

라자는 고통으로 마음을 걷잡기 어려운 극한 상황에서도 혼신의 힘을 짜내어 노인의 얼기설기한 말들을 엮어 한 줄로 꿰었다.

갈망으로 잠 못 이루는 자에게 밤은 길고
피곤한 여행자에게 일 요자나는 멀며

---

15 게(偈)·게송(偈頌) 불법의 이치나 불보살의 공덕을 찬양하는 시. 이하 본문에 나오는 게들은 대부분 《법구경(Dhammapada)》에서 인용한 것이며, 일부 다른 경전에서 인용한 것도 있고, 작가가 창작한 것도 있다.

진리를 모르는 어리석은 자에게

생사윤회는 겁[16]으로 헤아리기에도 오히려 짧다.

홀연 마음이 공기처럼 가벼워졌다.

'그래, 죽는 거야, 모든 사람은. 그리고 나 또한.'

이런 마음으로 라자는 순수하게, 한 점 혐오감 없이 죽음을 받아들였다. 다음 순간, 라자는 죽어 홀연히 도리천에 났다.

---

16 겁(劫) 매우 긴 시간 단위. 우주가 생겨나 소멸하기까지의 시간 단위를 대겁(mahakappa)이라 하고, 한 대겁 중에 우주가 파괴되는 기간, 파괴된 채로 머무는 기간, 생겨나는 기간, 유지되는 기간 등 네 기간을 아승지겁(kappassa asaṅkhyeyyāni)이라 한다.

3
시리마는 전생과 전전생에

라자가 자신의 전생 이야기를 하는 동안 시리마는 이야기의 진전에 따라 기뻐하기도 하고 한숨짓기도 하며 라자의 이야기에 몰입했다. 이야기를 다 듣고 나서 몸을 부르르 떨더니 시리마가 부끄러움이 가득한 얼굴로 말했다.

"참 이상하지요? 만난 지 얼마 안 되었는데도 제 마음이 왜 이렇게 당신에게 쏠리는지 모르겠어요. 그래서 제가 부탁을…."

"무엇이든 말하오."

"제발… 저를 안아 주세요!"

"내가 듣고 싶었던 말이 바로 그것이었소!"

라자는 시리마를 품 안에 꼭 안았다. 시리마는 사랑하는 남자의 품에서 아기 새처럼 숨을 할딱거렸다.

잠시 뒤, 라자는 안고 있던 팔을 풀고 아내의 얼굴을 찬찬히 바라보았다. 라자에게 시리마의 얼굴은 그 어떤 미인보다도 귀엽고 아름답고 사랑스러워 보였다. 그러나 다음 순간, 라자는 시리마의 미모에 미묘하고 섬세한 어떤 느낌이 은은히 배어 있는 걸 보았다.

어찌하면 좋을까…. 그녀를 위해 나의 모든 것을 바치고 싶은, 그녀를 보호하기 위해 무엇이든 할 수 있을 것 같은 이 마음을 대체 어찌하면 좋을까…. 이런 생각과 함께 라자의 아내에 대한 사랑에는 슬픔의 빛이 배어들었다. 그런 라자를 바라보며 시리마가 말했다.

"이제는 제 차례군요. 당신께 저의 지난 생을 말씀드리겠습니다. 그런데 저의 이야기는 전생과 전전생, 두 번이에요."

전생에 시리마는 마가다국의 수도 라자가하에 사는 한 바라문[17]의 외아들로 태어났는데, 그 생에서 그의 이름은 사누였다.

젊은 시절 사누는 붓다의 설법을 듣고 큰 환희심을 내어 세속사를 정리한 다음 출가하여 비구[18]가 되었다. 그런데 워낙 제자가 많아 모든 제자를 직접 지도할 수 없었던 붓다는 그를 목갈라나[19]에게 보냈는데, 목갈라나는 사리뿟따[20]와 함께 붓다의 으뜸제자로 꼽히는 위대한 인물이었다.

그렇지만 뛰어난 스승의 지도를 받는다고 해서 그것만으로 수행의 진보가 보장되는 것은 아니다. 붓다는 "훌륭한 선지식[21]은 진리의 길을 가는 수행자를 돕는 점에서 '전부'라고 말해도 좋다."라고 설한 적이 있

---

17 바라문(brahmāna) 고대 인도인의 네 계급 중 가장 높은 승려 계급, 또는 그 계급의 사람.

18 비구(bhikkhu)·비구니(bhikkhunī) 비구는 불교 승단에 출가한 남자 승려, 비구니는 여자 승려.

19 목갈라나(Mahā-moggallāna, Maudgalyayana) 사리뿟따와 함께 붓다의 비구 으뜸제자.

20 사리뿟따(Sāriputta, Sāriputra) 목갈라나와 함께 붓다의 비구 으뜸제자.

21 선지식 우리나라에서 '진리의 스승'이라는 의미로 쓰이고 있는 이 번역어의 빨리어는 깔야니밋따인데, 본뜻은 '진리의 길을 함께 가는 좋은 벗'이다. 좋은 벗에는 스승이 포함된다. 붓다는 자신이 제자들의 좋은 벗이라고 말한 적이 있다.

지만, 선지식이 수행자를 돕는 전부는 타자의 도움으로서의 전부일 뿐 수행자가 스스로 자기 자신을 돕는 점에서의 전부는 아닌 것이다.

그 점을 잘 알고 있었던 사누는 전심전력을 다해 자신의 모든 능력을 수행에 쏟아부었다. 그 결과 약간의 진전을 이룰 수 있었지만 그 진전은 곧 멈췄다. 그는 수행의 최종 목표인 깨달음을 성취하지는 못했던 것이다. 그래서 그는 다시 한번 더 힘을 내어 노력했다. 본래 잠이 많았던 그는 잠이 몰려올 때마다 자신의 팔다리를 날카로운 꼬챙이로 찔렀고, 얼마의 시간이 흘러 그의 몸은 상처투성이가 되었다. 하지만 여전히 수행의 진보는 이루어지지 않았다.

그의 마음은 서서히 약해져 갔다. 탄식, 허무, 막막함, 눈물…. 나는 여기까지인가, 하는 생각이 들었다. 이윽고 수행에 대한 열정은 흐물흐물 물러지더니 어느 사이 마음에서 게으름이 생겨나 자라기 시작했다. 그리고 얼마 뒤, 게으름은 자괴감으로 변했다. 자신이 무가치하게 여겨지는 그 생각은 점점 부풀어 올랐고, 마침내 그는 수행을 놓고서 무위도식하는 승려가 되어 버리고 말았다.

그러다가 다시 생각을 거듭한 끝에 그는 한 번 더 노력해 보자며 마음을 다잡았다. 수행을 하다가 죽으리라는 심정으로 수개월 동안 수행에 매진했다. 하지만 여전히 진보는 이루어지지 않았다.

그래서… 남들이 보지 않는 사원 한구석에 앉아 사누는 울었다. 눈물을 쏟고 나자 마음이 한결 개운해졌다. 그때였다. 멍한 표정으로 앉아 있는 사누를 강력하고 신이한 힘이 휘감았다. 그 힘은 바람처럼 부드러웠으나 동시에 거부할 수 없을 만큼 단단했다.

사누는 그 힘이 스승으로부터 나온 것임을 금방 알아차렸다. 사누는 그 힘, 부처님의 제자 가운데 신통[22] 면에서 가장 뛰어난 목갈라나 마하테라[23]의 초월적인 능력에 힘입어 눈을 서너 번 깜박이는 짧은 시간에 자신의 전생 가운데 매우 중요한 시기를 얼핏 볼 수 있었다.

사누의 눈에서 뜨거운 눈물이 흘러내리기 시작했다.

전전생에 사누는 체격이 크고 남달리 힘이 센 꿀라와 뛰어난 미모를 가진 그의 아내 뿐나 사이에서 외동딸로 태어났는데, 그 생에서 그녀의 이름은 야소자였다.

어릴 적 야소자는 그녀를 본 어른들은 누구든 가까이 다가와 그녀의 까만 눈동자에 어린 생글생글한 웃음기를 행복하게 들여다보거나 도톰한 두 볼에 입을 맞추지 않고는 견딜 수 없어 할 정도로 예뻤다. 그러니 야소자의 부모가 야소자에게 느낀 애정은 깊을 수밖에 없었다. 특히 꿀라의 딸에 대한 사랑은 그의 아내보다 훨씬 강했다. 자신의 사랑을 표현하기 위해 그는 수염이 덥수룩한 자신의 얼굴을 딸의 얼굴에 마구 비벼 대곤 했다.

---

22 신통 수행으로써 얻게 되는 초인간적인 능력. 신통에는 다섯 가지가 있어 이를 오신통이라 하는데, 오신통은 공간을 격하여 사물을 보는 천안통, 공간을 격하여 소리를 듣는 천이통, 다른 이의 마음을 아는 타심통, 과거생과 미래생을 아는 숙명통, 몸을 자유로이 화현하는 신족통이다. 이 오신통에 누진통을 더한 육신통이 일컬어지는 경우도 있는데, 오신통이 타인·타물에 영향을 끼치는 힘인 데 비해 누진통은 자신의 번뇌를 제거한 경지를 의미한다는 점에서 둘은 서로 구별된다. 불교인은 타인·타물에 영향을 끼치기 위해 수행하는 것이 아니라 자신을 변화시켜 번뇌를 초극하기 위해 수행한다. 따라서 오신통을 가졌지만 누진통을 이루지 못한 수행자는 범부(puthujjana)고, 오신통이 없더라도 누진통을 이루었으면 성자(ariya)다.

23 테라(thera)·테리(therī) 테라는 불교 승단에 출가한 지 십 년이 넘은 남자 승려의, 테리는 같은 조건을 가진 여자 승려의 존칭. 출가한 지 삼십 년이 넘은 승려는 마하테라(mahāthera), 마하테리(mahātheri)로 존칭된다.

그러나 시간이 흐르는 동안 꿀라는 변했다. 나라의 중죄인을 벌하는 망나니가 되면서부터 난폭해져 갔던 것이다. 더 나쁜 것은 그가 거의 날마다 술에 젖어 산다는 점이었다. 그는 여느 날보다 더 많은 술을 마시고 집에 돌아오는 때가 있었는데, 그것은 그가 그날 한 사람의 생명을 중지시켰다는 것을 의미했다. 그런 날이면 그는 "그래, 난 더러운 놈이야!" 하고 고래고래 소리를 질렀다.

"그래, 난 더러운 놈이라고! 내가 숨을 끊어 놓은 놈들보다도 더 더러운 놈이라니까! (충혈된 눈으로 아내를 빤히 쳐다보며) 왜? 남의 목숨을 끊어서 번 돈으로 살아가는 내가 너도 싫은 거냐?"

키가 여느 장정보다 머리 둘만큼이나 큰 데다가 팔뚝이 통나무처럼 우람한 사나이가 목젖을 긁는 걸걸한 목소리로 이렇게 소리소리를 질러 대며 집안 살림을 내던져 부술 때면 뿐나는 야소자를 안고 한쪽 구석에 몸을 웅크린 채 바들바들 떨었다. 그러나 어쩌랴. 난동을 부리던 남편이 하나뿐인 방에 들어가 쓰러져 던져진 진흙덩이처럼 잠이 들면 뿐나는 그의 몸 위에 이불을 덮어 준 다음 부엌으로 들어가 남편이 사형 집행의 대가로 받아 온 돼지고기 덩어리에 한두 가지 양념을 섞은 다음 물을 부어 끓여 딸과 함께 마셨다. 눈물방울이 떨어져 섞인 그 국물을.

그렇게… 야소자는 자라 열여섯 살이 되었다. 자라는 동안 야소자는 더욱더 예뻐졌다. 그러다 보니 그녀를 며느리로 데려가겠노라는 사람들이 많았는데, 꿀라는 그중 데와니 집안의 청혼을 받아들였다. 자신의 의사와는 상관도 없이 한 번도 가본 적 없는 마을의, 얼굴도 모르는 총각에게 시집을 가게 되었지만 야소자의 마음은 두려운 한편 적이 안심도 되었다. 아버지의 폭력으로부터 벗어나게 되리라는 기대감이 생겨났던 것이다.

야소자와 데와니 가문의 셋째 아들 간의 혼인날이 정해졌다. 소문을 통해 신랑의 집안이 부자인 데다가 신랑의 외모 또한 모든 마을 처녀들이 연모의 눈빛을 보낼 정도로 뛰어나다는 것을 알게 된 야소자의 마음은 부풀어 올랐다. 소식을 들은 날 밤 야소자는 가슴이 콩닥거려 잠을 이룰 수 없었다.

야소자는 밤이 깊어서야 설핏한 잠에 들었다. 얼마쯤 잤을까. 그녀는 문득 무언가 묵직한 것이 자신의 몸 위에 얹혀 있는 느낌을 받으며 잠에서 깨어났다. 다음 순간, 야소자는 소스라치게 놀라 몸을 벌떡 일으켰다. 아니, 일으키려고 했다. 하지만 곧바로 코끼리의 발만큼이나 커다랗게 여겨지는 사람의 손 하나가 그녀의 입을 틀어막았다. 남자, 그 손의 주인은 그녀의 아버지 꿀라였다.

꿀라의 나머지 손이 야소자의 아랫몸 쪽으로 옮겨갔다. 속절없이 그녀의 아랫도리는 벌거숭이가 되었고, 잠시 후에는 윗몸까지 통째로 드러나고 말았다. 야소자는 힘껏 몸부림을 쳤지만 죽을 것 같은 숨 막힘과 함께 곧 정신을 잃었다.

잠시 후, 정신을 회복한 그녀는 자신의 몸이 아버지에게 능욕되고 있는 것을 알았다. 그렇게 순결한 처녀의 꽃송이는 베어지고 찢어졌다. 아악! 아악! 소리가 터져 나왔다. 아니다. 소리는 나오지 않았다. '혹시 어머니가 깨면?' 야소자는 눈을 질끈 감고 입을 꽉 다물며 소리를 목 안에 가두었던 것이다.

황망 중에도 그녀는 옆에 누워 있는 어머니를 돌아보았다. 어머니는 잠들어 있었다. 아니, 잠들어 있는 듯 보였다. 그랬다, 뿐나는 잠들어 있지 않았다. 야소자는 어머니가 내는, 슬픔을 억눌러 참아 내는 고통스런 신음 소리를 들었다.

야소자는 알았다, 지금 어머니는 깨어 있다는 것을. 그러면서도 모르는 체 모든 상황을 받아들이고 있다는 것을. 그리하여 이미 무너져 버린 야소자의 마음은 한 번 더 무너져 내렸다. 순결을 마구 짓밟히면서도 야소자의 마음은 아버지가 아닌 어머니에게로 향했다. 그녀는 마음속으로 외쳤다. '어머니, 언제까지 이렇게 사실 거예요, 네? 한 번만이라도 저항해 보세요!' 하지만 폭력에 저항하지 못하는 점에서라면 자신 또한 어머니와 다를 바가 없었다.

잠시 후, 꿀라는 헐떡거리던 숨을 고르며 야소자의 몸에서 물러났다. 그러고는 입엣말로 "다른 놈한테 주기엔 네가 너무 예뻐서 말야…." 하고 말했다.

그날 이후, 세 사람은 아무 일도 없었다는 듯이 지냈다. 꿀라는 사죄하지 않았고, 뿐나는 아는 체하지 않았으며, 야소자 또한 탓하지 않았던 것이다. 그러나 그들의 마음이 전과 같을 수는 없었다. 하소연할 데 없는 어린 야소자의 마음은 멍들어 갔고, 남편의 만행 앞에 오랫동안 노출되어 온, 이미 멍들 대로 멍들어 있던 뿐나의 마음은 곪아갔다. 하지만 꿀라는 자신이 돌보아야 하는 두 여인의 고통은 아랑곳하지 않고 그녀들을 더욱더 깊은 늪으로 밀어 넣었다.

어느 날 밤, 늦은 시간에 술에 거나하게 젖은 모습으로 돌아온 꿀라가 아내를 바라보며 능글능글 웃었다.

"이봐, 자네 이거 참 좋아하지?"

꿀라의 손바닥에는 은전 여섯 파이샤가 들려 있었다.

"이거… 좋아하지 않느냐고?"

꿀라는 자기의 얼굴을 뿐나 앞에 바짝 갖다 대며 말했다.

"자, 입을 벌려 봐! 내가 세상에서 젤 맛있는 걸 줄 테니까!"

남자의 사악한 기운을 느끼며 뿐나는 바들바들 떨었다.

"제발… 절 용서해 주세요!"

"아하, 용서라…. 용서는 무슨! 나는 네게 지금 큰 상을 주려는 거야! 자, 입을 크게 벌려보라고! (겁에 질린 뿐나를 더욱 윽박지르며) 어서 입을 크게 벌리라니까!"

어쩔 수 없이 뿐나는 입을 벌렸다. 그러자 꿀라는 손바닥에 쥐고 있던 은전 여섯 닢을 뿐나의 입안에 털어넣었다.

"먹어! 얼마나 맛있는지 먹어 보라고! 네가 그토록 좋아하는 돈이니까 하나도 남기지 말고 모두 씹어 삼키도록 해!"

꿀라는 뿐나를 홱 밀어 바닥에 쓰러뜨렸다. 그러고는 그녀를 두 발로 짓밟으며 고래고래 소리를 질렀다.

"더러운 새끼들! 더러운 세상! 산다는 건 더러운 거야! 더럽고 치사한 거라고! (얼굴을 뿐나 앞에 들이대며, 큰소리로) 너는 내가 얼마나 힘든지 아니? 내가 집 밖에서 얼마나 더럽고 치사한 짓을 하며 사는지를 네가 아느냐고?"

이렇게 말하며 꿀라는 뿐나를 마구 두들겨 팼다.

"여보! 제발 살려 주세요!"

고슴도치처럼 몸을 움츠리며 뿐나가 외쳤다. 그러나 꿀라는 폭행을 멈추지 않았고, 뿐나는 "제발! 제발!"을 반복했다. 그런 부모의 모습을 야소자는 방구석에 몸을 웅크리고 앉아 바라보고 있었다.

'저러다간 어머니가 죽고 말 거야!' 하고 그녀는 생각했다. 그러나 아버지를 말릴 수 없었다. 지옥에서 금방 나온 악마와 같은 아버지의 폭력이 너무 두려웠기 때문이었다. 그런데 다음 순간, 그녀의 마음에 갑자기 한 줄기 고즈넉함이 찾아들었다. 그 고즈넉한 마음으로부터 야소자는 두려움을 넘어서는 용기를 일으켰다. 그녀는 벌떡 일어나 꿀라 앞으로 다가가 아버지의 발밑에 자신의 몸을 던졌다.

"어?"

깜짝 놀라는 표정으로 꿀라가 아내를 짓이기던 발길을 멈췄다. 야소자는 얼른 어머니에게 다가가 그녀를 꼭 안았다.

"오호라, 너희 둘은 한 패라 이거지?"

이렇게 말하며 꿀라는 야소자의 품에서 뿐나를 끌어냈다. 그러고는 방문을 활짝 열고 뿐나를 문밖으로 내던졌다.

"넌 거기 꼼짝 말고 있어! 죽은 것처럼 거기 서 있으란 말이야! 왜냐면… 난 지금 (야소자를 가리키며) 얘와 볼일이 좀 있거든!"

야소자의 마음에 다시금 공포가 엄습했다. 아니나 다를까, 열여섯 살 딸 앞으로 한 걸음 다가선 꿀라는 아무렇지도 않은 무심한 어조로, 그래서 더 잔혹하게 느껴지는 어조로 말하는 것이었다.

"어떠냐? 이젠 마음을 비우고 순순히 받아들이는 편이 낫지 않겠냐?"

야소자는 눈앞에 서 있는 짐승이 무얼 원하는지를 알았다. 지난번의 고통이 상기되었으므로 그녀는 치욕과 두려움에 몸을 바들바들 떨었다. 그러나 잠시 후, 그녀의 마음에 다시금 한 줄기의 고즈넉함이 찾아들었고, 그 고즈넉함이 그녀에게 말했다. '운명이야…. 어쩌겠어, 이것이 운명이라면 받아들일 수밖에.'

"알았어요. 정 원하신다면 허락할게요. 하지만 제발 거칠게 다루지는 말아 주세요."

야소자는 천천히 사리[24]를 벗었다. 그러고는 무심한 표정으로 단정하게 방바닥에 누웠고, 그런 그녀를 혈육 짐승은 거친 숨을 내뿜으며 능욕하기 시작했다.

잠시 후, 아버지가 떠난 다음 야소자는 멍하니 누워 있었다. 그러나 고통과 수치심이라면 야소자보다 뿐나가 더 크게 느끼고 있는 것인지도 몰랐다. 뿐나가 방 안으로 들어와 딸에게 옷을 입혀 주었다. 그 사이, 두 사람은 아무런 말도 주고받지 않았다. 어머니가 하는 대로 자신의 몸을 내맡긴 채 야소자는 생각했다.

'아아, 사람은 더러운 존재, 사람은 비천한 존재이니, 사람과 사람에서 생겨나는 것은 고통 말고는 다른 아무것도 없으리라!'

딸과 아내에 대한 꿀라의 만행은 그 뒤로도 이어졌다. 그리고… 어느 날 야소자는 자신의 뱃속에 새 생명이 자리 잡았다는 것을 알았다. 야소자는 큰 두려움에 사로잡히지 않을 수 없었다. 혼인 날짜를 잡아놓고 자신을 기다리는 데와니 가문 사람들이 자신의 임신을 모욕으로 여겨 자신에게 집단 몰매를 가할 가능성이 있었다. 그런 유의 사형私刑은 국법도 묵인하는 상황이었다. 그녀가 이런저런 생각을 하며 고민에 빠져 있는 동안 먼저 뿐나가, 다음으로 꿀라가 야소자의 임신 사실을 알았다.

어느 날 꿀라는 집에 돌아와 뿐나와 야소자를 불러 앉혔다.

"임신은 안 돼! 그러니까… (준비해온 맛다바 버섯을 던지며 뿐나에게) 이걸 끓여서 국물을 야소자한테 먹이도록 해!"

---

24 사리(sari) 인도 여인들이 입는 전통 의상.

"이건 맛다바잖아요? 이걸 먹으면 애가 죽을지도 몰라요!"

"어차피 사실이 알려지면 죽게 될 거야. 어쨌거나 오늘 중으로 이걸 먹이라구. 만약 앞으로 사흘 안에 아기가 유산되지 않으면… (얼굴을 뿐나 앞으로 바짝 갖다 대며) 그땐 내가 야소자의 배를 걷어찰 수밖에 없어. 만일 그래도 안 되면 그땐 너희 두 사람의 목숨이 어떻게 될는지 나도 장담할 수 없단 말이야!"

이렇게 말한 다음 꿀라는 훌쩍 일어나 방에서 나갔다. 청천벽력 같은 상황을 맞은 뿐나와 야소자는 서로 부둥켜안고 울었다. 그러나 그녀들이 선택할 수 있는 길은 한 가지뿐이었다.

결국… 뿐나는 야소자에게 맛다바를 우려낸 국물을 내밀었고, 야소자는 아무런 저항 없이 어머니가 주는 국물을 받아 단숨에 들이마셨다. 국물을 마시면서 야소자는 마음속으로 생각했다. '그래요, 먹을게요. 죽은들 어때요, 난 이미 죽은 몸인데….'

맛다바 국물을 마신 다음 야소자는 천천히 걸어 집을 나왔다. 뿐나가 어딜 가느냐고 물었지만 그녀는 대답하지 않았다. 그녀의 발걸음은 산 쪽으로 향했고, 얼마 후 그녀는 높은 절벽 위에 섰다.

'아아, 나는 두 번 다시 사람의 몸을 받지 않으리라! 나는 다시는 생명을 받지 않으리라!'

이렇게 다짐하며 야소자는 절벽 밑으로 뛰어내렸다.

4

시리마는 전생에

그러나… 삶을 싫어한다는 것은 실제로는 삶을 바란다는 것을 의미했다.[25] 행복한 삶에 대한 미련을 못다 푼 그녀의 업은 그녀의 바람과는 달리 다음생을 받도록 이끌었고, 그리하여 그녀는 다음생에 사누로 태어났던 것이다.

'그래, 그거였어.' 하고 사누는 생각했다. '내가 이번 생에 가족과 재산을 포기하고 비구가 된 것은, 그리고 수행이 진보되지 못하고 있음에도 불구하고 속가로 돌아가고 싶지 않았던 것은.'

사누는 다시 일어섰다. 끔찍했던 전생의 고통을 다시 반복하지 않기 위해서. 그런 고통을 어디 전생에서만 겪었을 것인가. 중생이 억겁의 세월에 걸쳐 윤회전생을 하며 흘린 눈물을 모두 합친다면 바닷물보다

---

25 유애·무유애 유애는 존재하고자 하는 마음. 무유애는 존재하지 않고자 하는 마음. 존재하지 않고자 하는 마음은 삶이 자신이 원하는 상태로 되어 가지 않기 때문에 일어나는 것이지 삶이 자신이 원하는 상태로 되어 갈 때는 일어나지 않는다. 이는 유애와 무유애가 동전의 앞뒷면 같은 것임을 의미한다. 따라서 불교는 삶에 집착하는 유애와 삶을 버리고자 하는 무유애라는 동전을 다룸에 있어 앞뒤를 뒤집는 것이 아니라 동전 자체를 버려 초월하는 길을 제시하는데, 그것이 완성된 상태가 해탈이다.

도 많을 것이라고 부처님은 설하시지 않았던가. 그리고 부처님께서는 윤회의 고통을 끊는 유일한 길은 수행뿐이라고, 수행을 통해 다시 태어남이 없는 경지에 이르는 것뿐이라고 말씀하시지 않았던가.

그러나… 결심을 굳게 다지며 수행에 매진했지만 사누의 수행은 여전히 진보되지 않았다. 얼마 후, 도리어 그의 수행은 퇴보하고 말았다. 이번에 그를 퇴보시킨 것은 전생에 자신을 고통으로 몰아넣었던 친부꿀라의 그것, 이성에 대한 애욕이었다.

사누가 애욕을 일으킨 대상은 시리마라는 기생이었다. 당시의 기생은 사회적인 신분이 보장된 버젓한 직업으로, 그녀들은 자기 뜻에 맞는 남자들만을 받았고, 마음에 드는 남자를 만나면 그에게 전적인 사랑을 바치기도 했다. 그런 분위기 속에서 바라문과 귀족 자제들은 유명한 기생의 마음을 얻는 것을 자랑스럽게 여겼다.

시리마의 인기는 대단했다. 당시 사누가 머물러 수행하고 있던 실라완나 사원에서 가까운 도시인 수루와에 사는 많은 젊은이들이, 심지어는 머리털이 하얗고 얼굴에 주름이 가득한 노인들까지 그녀와 하룻밤을 지내고 싶어 했다. 경쟁자가 많다 보니 그녀를 차지하기 위한 경매가 벌어지기도 했다. 그녀와 하룻밤을 보내는 가격은 첫 달에는 일백루피에 낙찰되었지만 다음 달에는 이백 루피, 그다음 달에는 삼백 루피로 치솟았다.

시리마는 오빠인 의사 지와까와 더불어 독실한 불교 신자였다. 그녀는 매일같이 여덟 명 분의 음식을 준비하여 탁발을 나온 비구들에게 공양을 올렸는데, 그녀의 음식은 유난히 맛이 있었다.

어느 날, 한 비구가 동료 비구에게 자기는 매일같이 절색 미인인 데다가 음식 솜씨까지 훌륭한 기생 시리마에게서 탁발공양을 받는다고 자랑했다. 그때 그 비구의 이야기를 들은 비구가 바로 사누였다. 사누는 시리마에 대한 이야기를 듣는 것만으로도 그녀에 대한 연모의 정을 일으켰다. 밤새 애욕을 못 이겨 뜬눈으로 밤을 새우고 난 다음 날, 사누는 동료 비구들과 함께 시리마의 공양을 받기 위해 그녀의 집으로 갔다.

그런데 공교롭게도 시리마는 며칠 전에 갑자기 병에 걸린 상태였다. 그래서 그녀는 시녀들을 시켜 대신 음식을 만들어 공양을 올리기로 마음먹고 있었는데, 막상 비구들이 도착하자 생각이 달라졌다. 그녀는 아무리 아프다고 해도 스님들을 누워서 맞아서는 안 된다는 생각에 시녀들의 부축을 받아 음식이 준비되어 있는 자기 집 밖 길가로 나왔던 것이다. 이미 시리마에 대한 연모의 정에 사로잡혀 있었던 사누의 눈에 시리마는 천녀처럼 아름다워 보였다. 사누는 저 여인이 병이 들어 수척해졌는데도 이렇게 아름답다면 건강하고 잘 치장했을 때는 얼마나 아름다울까를 상상했고, 그 상상은 시리마에 대한 연모의 정을 더욱더 부추겼다.

사원으로 돌아온 사누는 낮에 본, 날씬한 몸매에 눈썹이 유난히 고운 여인을 생각하고 또 생각했다. 그의 가슴은 비누거품처럼 부풀어 올랐고, 불꽃처럼 맹렬히 타올랐다. 사누는 꿈을 꾸었다. 여인에 대한 꿈, 애욕으로 오염된 꿈…. 그는 눈을 감고 꿈을 꾸었고, 눈을 뜨고도 꿈을 꾸었다. 그런 그의 눈앞에 시리마가 나타났다. 허청허청 걸으며 그는 환영에게 다가가 말했다. 시따르의 가장 가느다란 현처럼 파르르 떨리는 목소리로.

그대는 젊고 아름답구려.
꽃이 만발한 숲속에서 함께 즐깁시다.

높이 치솟은 나무들이 꽃가루를 흩날리며
사방에서 달콤한 향기를 내뿜고 있지 아니하오?
이른 봄은 청춘의 계절,
꽃이 만발한 숲속에서 함께 즐깁시다.

그대의 눈은 한 마리의 암사슴.
황금과 같이 티 없는 그대의 눈을 보며
나는 더욱더 깊은 애욕을 느끼네.
청초한 눈빛의 여인이여!
수선화 같은 여인이여!

그대는 찻따라타 동산의 천녀,
또는 요정 킨나리와 같구려.
가느다란 허리를 가진 여인이여!
연꽃처럼 봉긋한 앞가슴의 여인이여!
그대보다 더 아름다운 여인은 없으리!

시리마의 환영을 보며 이렇게 중얼거리기를 사흘, 사누는 어떻게 하면 시리마를 차지할 수 있을지를 궁리하기 시작했다. 하지만 붓다가 정한 계율은 여자와의 음행을 비구가 행하지 말아야 할 네 가지 큰 계 중 첫 번째로 정하고 있었고, 심지어 비구는 여자와 옷깃을 스쳐서도 안 되었기 때문에 그는 비구 생활을 포기할까 말까를 고민하게 되었다.

당시 시리마에 대한 애욕으로 마음을 태우고 있는 비구는 사누 한 사람만이 아니었다. 그것을 안 목갈라나 테라는 그들만을 한 곳으로 불러 "여인, 그녀의 어디에 사랑할 만한 데가 있느냐?"라고 말한 다음 애욕의 위험에 대해 설법했다.

그로써 여러 비구들의 마음은 진정되었지만 사누만은 그렇지 않았다. 다만 스승의 설법이 사누로 하여금 비구 생활을 포기하려던 생각을 잠시 유보하도록 한 것은 사실이었다.

그로부터 며칠 뒤, 이름 모를 병에 시달리던 시리마가 갑작스레 죽었다. 독실한 불제자였던 도시의 시장이 목갈라나 테라에게 그녀의 죽음을 전하자 목갈라나 테라는 시장에게 장례를 주관하게 될 시리마의 오빠 지와까에게 부탁하여 시리마의 몸을 당분간 땅에 묻지 말 것과, 새와 짐승들이 그녀의 시신을 훼손하지 못하도록 해 줄 것을 요청했다.

시장이 물었다.

"그런 다음에 제가 할 일은 무엇입니까?"

"백성들에게 '누구든 원하는 사람은 시리마와 함께 하룻밤을 지낼 수 있다.'라고 고지해 주시오."

"하지만 누가 죽은 여인과 함께 하룻밤을 지내고 싶어 하겠습니까?"

"그러니 시장께서는 백성들에게 '시리마와 하룻밤을 보내는 사람에게 일천 루피의 돈을 주겠다.'라고 고지하시오."

시장은 목갈라나 테라가 부탁한 대로 행했다. 그러나 아무도 시리마와 함께 밤을 보내겠노라고 나서는 자가 없었다. 이튿날, 시장이 죽은 시리마와 함께하겠다는 사람이 아무도 없다는 결과를 보고하자 목갈라나 테라가 다시 말했다.

"이제부터는 매일같이 상금의 액수를 늘려 첫째 날 일천 루피였던 보상금을 둘째 날에는 이천 루피로, 셋째 날에는 삼천 루피로 올리도록 하시오."

시장이 돌아가 그렇게 했지만 역시 그에 응하는 자는 아무도 없었다. 보상금은 날마다 올라갔다. 마침내 시리마와 하룻밤을 보내는 조건으로 일만 루피라는 거금이 내걸렸다. 그러나 역시 돈을 탐하는 자는 없었다.

그 무렵, 한때 아름답기 그지없었던 시리마의 몸은 더 이상 전에 시리마의 몸이었다고는 믿을 수 없는 상태가 되어 있었다. 그녀의 몸에서는 악취와 함께 더러운 물이 흘러나왔고, 그녀의 시신을 먹으려는 개미와 구더기들이 떼로 몰려들어 시체 주변은 마치 아귀의 소굴과도 같았다. 목갈라나 테라는 시리마에게 마음을 빼앗겼던 비구들을 데리고 시리마의 시체가 있는 곳으로 향했다. 비구들을 둘러 세워 놓고 목갈라나 테라가 말했다.

"비구들이여, 이 시신은 살아 있는 동안 많은 사람들이 거금을 아까워하지 않고 단 하룻밤만이라도 함께하고 싶어 했던 시리마 바로 그녀이다. 그러나 지금 거금을 내기는커녕 일만 루피를 받을 수 있는데도 이 시신과 함께하기를 원하는 사람은 아무도 없다. (시리마의 시신을 가리키며) 비구들이여, 몸이란 이런 것이요, 죽음이란 이런 것인바, 그리하여 부처님께서는 설하셨느니라. 몸에 집착하지 말라고, 죽음을 죽이는 경지를 실현하라고."

이렇게 말한 다음 목갈라나 테라는 다음 게송들을 읊었다.

옷에 가려진 네 몸을 관찰해 보라.
그것은 때와 먼지와 고름투성이요
많은 뼈들로 이루어진 질병의 주머니이며
감각적 쾌락을 추구하는 생각의 주머니,

몸은 견고하지도 영원하지도 않도다.

가을에 떨어져 뒹구는 조롱박 같은,
아름다운 여인이 죽어 퇴색한 이 뼈들을 보라.
여기에 무슨 아름다움이 있는가?
여기에 무슨 집착할 만한 쾌락이 있는가?

몸은 물거품이요, 또한 아지랑이.
그러니 몸으로부터 비롯되는
마라[26]의 꽃을 모두 꺾어 버려라.
그러면 죽음의 왕도 넘보지 못하리.

위대한 스승이 이렇게 설법과 게송을 베풀자 사누가 스승 앞으로 나와 절을 올린 다음 말했다.

"저는 오늘부터 이 자리에 머물며 시리마의 부패해 가는 몸을 관찰하겠나이다."

"그렇게 하라."

이런 과정을 거쳐 사누는 그날부터 한 달 동안 그곳에 머물며 시리마의 몸이 썩어가는 모습을 관찰하는 수행을 했다. 그럼으로써 그는 이성을 향한 애욕을 어느 정도 진정시키는 데 성공했다. 그렇지만 그가 대

---

26 마라(Māra) 한편으로는 욕계 제6천인 타화자재천의 임금을 다스리는 신령으로서 수행자가 오욕락을 초월하고자 할 때 방해하는 마신을, 다른 한편으로는 죽음을, 또 다른 한편으로는 인간을 괴로움으로 몰아넣는 욕망을 의미한다. '마라의 꽃'은 몸에 대한 욕망을 비롯한 마음의 오염원.

나무의 뿌리처럼 굳세고 질긴 애욕을 모두 제거한 것은 아니었다. 사원으로 돌아온 사누는 다시 수행에 매진했다. 그러나 이번에도 그는 결정적인 진전을 이루지는 못했다. 그가 수행의 진보를 이루지 못하자 목갈라나 테라는 그를 붓다가 머물고 있는 웰루와나 사원으로 보냈다.

문제는 그가 웰루와나에서 수행을 시작한 지 사흘째 되던 날, 그의 몸에 종기가 나기 시작했다는 점이었다. 갑자기 생겨난 종기는 점점 많아지고 커져 그의 몸 전체로 번지며 무르고 터지기를 반복했다. 마침내 그의 윗가사와 아랫가사는 고름과 피로 범벅이 되고 말았다. 병은 점점 더 심해져서 그는 몸을 거의 움직일 수 없는 지경이 되었다. 사누는 몸을 뒹굴며 뼈의 마디마디와 살의 한 점 한 점이 아파오는 고통을 참아 냈다. 그가 병을 앓자 동료 비구들이 그를 돌보아 주었다. 그러나 피고름이 딱지가 되어 말라붙은 가사에서 고약한 냄새가 나고 있었기 때문에 이런 상태로 다른 비구들이 머무는 공간에 함께 있기가 곤란하다고 그는 생각했다. 그는 그래서 동료 비구들이 잠든 시간에 몸을 뒹굴어 헛간으로 잠자리를 옮겼다.

다음날 새벽, 붓다는 여느 때와 마찬가지로 대연민 삼매[27]에 들어 오늘은 어느 중생이 자신으로부터 교화를 받아 불법의 이익을 얻을 수 있을지를 살펴보았다. 그런 붓다의 하늘눈에 사누의 모습이 포착되었으

---

27 삼매·선정 삼매는 마음이 한 수행 주제에 몰입하여 고요하고 행복해진 상태. 구체적으로는 ① 일으킨 생각 ② 지속적인 고찰 ③ 기쁨 ④ 행복 ⑤ 일념집중 등 다섯 요소를 일부, 또는 전부 갖춘 마음 상태를 의미한다. 삼매는 선정이라는 다른 이름으로도 불리는데, 선정은 제1선정에서 제8선정까지 여덟 차원으로 나뉘고, 따로 특별한 선정인 멸진정이 있다.

므로 붓다는 곧 여래향실[28][29]에서 나와 사누가 있는 헛간으로 갔다.

붓다는 물 한 통을 길어와 덥히기 시작했다. 그러자 세 명의 비구가 다가와 스승께 왜 물을 덥히시는지를 여쭈었고, 그것이 사누의 몸을 씻기기 위해서라는 것을 안 그들은 붓다를 돕기 시작했다.

물이 덥혀지자 붓다는 물을 사누의 가사에 골고루 뿌렸다. 잠시 후, 그의 몸에 달라붙어 있던 가사가 몸과 분리되었다. 붓다는 두 비구와 함께 그의 몸을 조심스럽게 닦았고, 나머지 한 비구는 사누의 피고름이 말라붙은 가사를 빨아 널었다. 마침내 목욕을 마치고 가사를 갈아입은 사누는 몸과 마음이 개운해진 상태로 침상 위에 바르게 누울 수 있었다.

붓다가 불행한 제자에게 말했다.

"어떠냐, 좀 견딜 만하냐?"

"이제는 좀 견딜 만합니다."

"그렇다면 사누야, 너는 지금부터 내가 하는 말을 잘 듣도록 하여라."

"예, 세존이시여."

붓다는 사누에게 삶의 유한성과 그에 뒤따르는 고통과 번민, 그리고

---

28 여래(如來) 붓다에게는 사끼야족 출신의 성자(Sākyamun, 사끼야무니), 그러히 오신 분(Tathāgato, 여래), 신들과 인간들의 스승(Satthā deva manussanaṁ, 천인사), 진리를 깨달으신 분(Buddha, 붓다), 세상 사람들로부터 존경을 받으시는 분(Bhagavā, 세존) 등 찬양하는 마음이 담긴 여러 다른 이름이 있다. 불교는 우주에는 인간과 같은 고등 생명체가 사는 곳이 매우 많으며, 한 우주가 성립했다가 무너지는 동안에 인류가 여러 차례 멸망했다가 다시 성립한다고 본다. 따라서 각 인류 시기마다 붓다가 탄생함으로써 과거불·현재불·미래불이 있게 되고, 우리가 사는 이 우주 아닌 다른 우주에도 붓다가 있게 되는데, '여래'는 이들 모든 붓다를 아울러 지칭하는 용어이다. 따라서 이 말을 사용할 때 붓다는 자신을 3인칭으로 일컫는 셈이 되는데, 이런 어법을 사용하는 까닭은 자신을 타자로 바라보는 자기 객관화가 매우 철저한 붓다에게는 '나'라고 부를 만한 1인칭자로서의 인식이 없기 때문이다.

29 여래향실 붓다가 평소에 머물던, 제따와나 사원 안에 있었던 산달나무로 지어진 건물. 많은 신자들이 꽃과 향을 가져와 붓다에게 공양함으로써 언제나 향기가 풍겨났기 때문에 이런 이름이 붙었다.

그것으로부터 벗어나는 길에 대해 설하기 시작했다. 그 사이에 고귀한 스승께서 사누에게 설법을 하신다는 것이 사원 안에 알려졌으므로 수많은 비구들이 헛간으로 모여들었다. 그러나 사누에게는 비구들의 모습이 보이지 않았다. 그는 다만 마음속으로 '삶은 이렇듯 고통스럽구나!'라고 생각할 뿐이었고, '세존께서는 어찌 이리도 친절하신고!'라고 생각할 뿐이었으며, '나는 지금의 이 고통을 세세생생토록 기억하여 이번 생이 아니라면 다음생에라도 반드시 해탈[30]을 이루리라!'라고 생각할 뿐이었다.

설법을 마친 붓다가 사누에게 말했다.

"너는 얼마 전에 네가 기생 시리마에 대해 품었던 애욕을 기억하라."

"예, 세존이시여."

"너는 다시, 그때 네가 기생 시리마의 부패해 가는 몸을 관찰하던 때를 기억하여라."

"예, 세존이시여."

"그때 너는 시리마의 몸을 관찰함으로써 무슨 이익을 얻었느냐?"

"그때 저는 몸에 대한 애착이 적어지는 이익, 여인에 대한 애욕이 적어지는 이익을 얻었습니다."

"그렇다면 너에게는 지금 몸에 대한 애착과 여인에 대한 애욕이 없느냐?"

"그렇지는 않사오니, 세존이시여, 몸에 대한 중생의 애착과 이성에 대한 중생의 애욕은 그만큼 깊고 강한 것일 줄을 제가 압니다."

---

30 해탈 모든 번뇌에서 벗어남, 또는 그 경지.

"그 점은 그렇다. 그러나 사누야, 너는 그때의 수행으로써 몸에 대한 애착과 여인에 대한 애욕을 온전히 없애지는 못했지만 완화는 했기 때문에 그 수행 공덕으로 다음생에 선정천에는 나지 못하더라도 욕계천[31]에 날 수는 있을 것이다.

그리고 사누야, 욕계천이 비록 행복한 곳이기는 해도 그 또한 삶의 고통과 번민을 근본적으로 해소한 차원의 세계는 아니므로, 너는 욕계천에 난 뒤에 그곳의 유한한 행복에만 잠겨 있지 말고 조건 지어지지 않은 무한한 행복인 열반[32]으로 나아가기 위해 마음을 잘 가다듬도록 하여라."

이렇게 설한 다음 붓다는 사누 비구를 위해 두 편의 게송을 읊었다.

오래지 않아 이 몸 흙바닥에 버려지고
마음 또한 어디론가 사라져 버리리.
그때 덧없는 이 몸은
썩은 나무토막보다 소용없으리.

어찌하여 웃는가?
세상이 불타고 있는데 어찌 웃을 수 있는가?
그렇게도 즐거운가?
몸이 죽어 가고 있는데 어찌 즐거울 수 있는가?

---

31 선정천은 명상을 통해 선정을 얻은 중생이 나는 하늘이고, 욕계천은 명상 수행은 하지 않고 일반적인 선행을 많이 한 중생이 나는 하늘이다.

32 열반(nibbāna, nirvana) 일체의 괴로움이 소멸된, 불교인이 이상으로 삼는 최고 경지.

5
하늘 구도자들

(무대는 다시 도리천으로 돌아와)

시리마가 라자에게 말했다.

"부처님의 이 게송을 듣자마자 목숨이 다한 저는… 인간계에서 죽어 도리천에 났습니다."

"그렇다면 그대의 이름이 왜 사누가 아닌 시리마가 된 거요?"

"저는 시리마에 대한 연모의 마음을 약화는 시켰을지언정 끊지는 못했습니다. 그 때문에 죽으면서 시리마를 잠깐 기억했는데, 아마도 그 기억이 재생 연결식[33]으로 작용하여 저의 몸을 여자로, 이름이 시리마가 되도록 했다고 생각합니다."

"이해했소."

"그런데 전생에 여자에 대한 애착심 때문에 부처님이 계시는 때에

---

33 남방불교권에서는 중생이 사멸식(cuti citta)으로 삶을 마친 다음 곧바로 다음생을 받아 생에 재생연결식(paṭisandhi citta)으로부터 새로운 삶을 시작한다고 본다. 그러나 우리나라 불교를 비롯한 북방불교권에서는 중생이 삶을 마친 다음 49일간의 중음 기간을 거쳐 다음생을 받는다고 본다.

태어나 출가 비구가 되는 기회를 얻었으면서도 해탈을 성취하지 못했던 저는 지금 당신에 대한 걷잡을 수 없는 그리움의 감정에 빠져들고 있습니다. 그러니… 저는 얼마나 못난 중생입니까?"

이렇게 말하는 시리마의 눈동자에 촉촉한 습기가 어렸다.

라자가 웃으며 말했다.

"그대는 지금 그리움의 감정을 애욕과 같은 것으로 보고 있소그려. 하지만 이성을 연모하는 감정은 사람을 살아가게 하는 가장 소중한 힘 중 하나가 아니겠소?"

시리마는 대답하지 않았고, 라자는 시리마가 자신의 생각에 동의하지 않는다는 것을 눈치챘다. 그는 생각했다.

'연모의 감정을 장애로 여기는 시리마를 보며 나는 왜 이렇게 강렬하게 연모의 감정을 일으키는 것일까? 시리마는 한편으로는 나를 사랑하는 마음을 갖고 있지만 다른 한편으로는 사랑의 마음을 애욕의 일종으로 보아 거부하는 마음도 갖고 있다. 만일 그녀가 보통의 여인들처럼 단순히 나를 사랑하기만 한다면, 즉 그 사랑을 애욕으로 보아 뛰어넘으려는 마음이 없다면 나는 그녀를 지금처럼 사무치게 사랑하지는 않았을 것이다.'

여느 남자라면 여인에 대한 사랑의 경험에 빠져들어 지적 능력이 작동하지 못했을 그 정황에서 라자는 생각을 이어갔다. '언제나 올바른 길만을 걷는 수행자보다 때로 감미로운 세간사의 바람결에 여리디여린 꽃잎처럼 마음이 흔들리는, 그러나 끝내는 자신이 가야만 할 길로 되돌아가는 수행자가 더 아름다운 것처럼, 그녀는 고귀하지만 고귀하지 않기 때문에, 고귀하지 않지만 고귀한 이상理想에의 지향을 멈추지 않기 때문에 더욱 아름다운 것이다.'

이런 생각을 하는 동안 아내에 대한 사랑이 더 깊어진 라자는 손을 내밀어 아내의 손을 잡았다. 그러고는 그녀를 자기 앞으로 당겨 품에 안았다. 시리마는 잠시 라자의 품 안에서 가만히 있었다. 그러나 잠시 후, 그녀는 몸을 빼낸 다음 사랑하는 남자의 얼굴을, 조금 전과는 다른 명랑하고 총명한 눈빛으로 빤히 바라보았다. 밝게 웃으며 시리마는 라자의 두 손을 잡아 합장을 시키고 나서 자신 또한 합장하며 말했다.

"부처님을 기억하세요. 가르침을 기억하세요. 스님들을 기억하세요."[34]

"나는 부처님께 귀의하고, 가르침에 귀의하고, 스님들께 귀의하오. 하지만… (격정적으로) 지금 내 마음은 그대에 대한 애정으로 마구 출렁거리고 있소"

"아닙니다, 지금은 애욕에 사로잡힐 때가 아닙니다!"

그러나 라자는 시리마의 말에 따라주지 않았다. 다음 순간, 라자는 아내를 품에 안고 그녀의 가슴 위에 손을 올려놓았다. 얇디얇은 하늘옷 속에서 봉긋이 솟아오른 시리마의 가슴은 두근두근 뛰고 있었다. 시리마 또한 남편에 대한 애정을 차마 어찌하지 못하였고, 그래서 두 천인은 도리천 차원의 황홀한 애욕을 나누었다.

잠시 후, 뜨거웠던 열정이 소나기를 맞은 모닥불처럼 꺼졌다. 라자가 보니 시리마의 눈가에는 다시 촉촉한 습기가 서려 있었다. 조금 전 자신의 애무를 받아들이며 행복에 겨워하던 고혹적인 여인은 거기에

---

34 삼보·삼귀의 불제자가 귀의하는 붓다(Buddha), 붓다에 의해 설해진 법(Dhamma), 그 법을 따라 수행하는 승려들의 모임(Sanńgha)을 삼보(세 보배)라 하고, 삼보에 의지하여 살아가기로 다짐하는 것을 삼귀의라 한다.

없었다.

"사랑하는 사람이여, 그대는 무엇 때문에 우는 거요?"

그렇게 말하기는 했지만 라자는 시리마가 우는 까닭을 알고 있었다. 라자는 손수건을 꺼내 아내의 눈물을 닦아 준 다음 조용히 일어나 그녀 앞에 몸을 엎드려 공손히 절을 올렸다. 깜짝 놀란 시리마가 얼른 라자의 몸을 일으킨 다음 물었다.

"무엇 때문에 저에게 절을 하시는 것입니까?"

"나에게 그대와 사랑을 나누고 싶은 참을 수 없는 강렬한 애욕이 있는 것은 사실이지만… 지난 생에 삶의 바탕에 대한 의문을 일으켰던 사람으로서 진리 추구의 열정도 남아 있는 듯하오. 그 마음이 나로 하여금 전생에 부처님의 직접 지도를 받은 당신에게 예를 표하도록 하는구려."

"제가 비구였던 것은 어디까지나 전생의 일일 뿐 지금 저는 낭군님의 아내입니다."

"그것은 그렇지만 나는 당신이 나의 선지식이 되어 주었으면 하오."

"그 말씀, 칭찬으로 고맙게 받아들일게요. (웃으며) 그렇다면 제가 감히 부족한 선지식으로서 말해 볼까요? 지금 이 시점에서 우리에게 가장 중요한 문제는 앞으로 우리가 무엇을 하며 살 것인가 하는 것입니다."

"그에 대해 그대의 의견을 말해 주시오."

"우리는 마음을 닦는 수행을 해야만 합니다."

"하지만 당신도 아는 것처럼 도리천은 수행을 하기에 적당한 곳이 아니오."

"그것은 그렇습니다. 중생이 윤회하는 여섯 세계 중 인간계를 제외한 다른 다섯 세계는 수행을 하기에 불리한 곳입니다. 지옥계는 고통이 너무 심하기 때문에, 아귀계는 너무 배가 고프기 때문에, 아수라계는 투쟁이 극심하기 때문에, 축생계는 어리석음이 너무 심하기 때문에, 그리고 하늘세계는 너무 행복하기 때문에 수행을 하기에 불리한 곳이지요. 그 때문에 과거·현재·미래의 모든 부처님들께서는 하늘세계가 아닌 인간세계에서 깨달음을 성취하시고, 중생을 교화하십니다.

우리의 사끼야무니 부처님께서는 4아승지겁[35]에 십만대겁을 더한 까마득한 과거에 수메다라는 이름의 수행자로서 디빵까라 부처님[36]으로부터 장차 부처가 되리라는 언명을 받으셨습니다. 그 후, 몸과 마음을 바쳐 크나큰 공덕행을 다 쌓아 마치고 마지막 생을 도솔천에서 보내신 다음, 인간계의 사끼야[37] 종족 고따마[38] 가문에서 싯닷따라는 이름의 왕자로 태어나 스물아홉 살이 되던 해에 집을 나와 여섯 해 동안 수행한 끝에 깨달음을 성취함으로써 부처님이 되셨습니다. 그때 이후 부처님께서는 지금까지 하늘세계와 인간세계의 수많은 중생을 지도해 오고 계십니다.

인간의 수명은 시대마다 다른데, 지금 시대의 인간의 수명은 백 년 안팎에 지나지 않습니다. 이것은 부처님께서 얼마 지나지 않아 위대한

---

35 아승지겁 각주 16 '겁'을 참조할 것.

36 디빵까라 붓다(Dipamṁkara Buddha) 사끼야무니 붓다 이전에 출현했던 과거 24붓다 중 첫 번째 붓다. 이 붓다 이후 꼰단냐(Koṇḍañña)·망갈라(Maṅgala) 등 여러 붓다가 있었고, 마지막 25번째 붓다로 사끼야무니 붓다가 출현했다. 그러나 시작도 없고 끝도 없는 시간 과정에서 디빵까라 붓다 이전에도 무수한 과거불이 있었고 사끼야무니 붓다 이후에도 미래불이 있게 되는데, 현재의 불법이 쇠망한 다음 까마득히 먼 다음 시대에 새로이 불법을 깨달아 펴게 될 미래불은 멧떼이야 붓다(Metteyya Buddha, Maitreya Buddha, 미륵불)이다.

37 사끼야(Sakya, Śakya) 붓다 당시 지금의 네팔 지방에 살았던, 붓다의 출신 종족 이름.

38 고따마(Gotama, Gautama) 붓다 당시 사끼야족을 정치적으로 지도하던 가문의 이름.

반열반[39]에 드신다는 것을 의미합니다. 그러므로 우리는 이 드문 기회를 놓쳐서는 안 됩니다. 부처님께서 살아 계시는 이때 부처님의 지도를 받아 우리의 삶을 향상시켜야만 하는 것입니다."

"전적으로 동의하오."

"시리마, 이제는 아내라기보다는 진리에 있어서의 좋은 벗이여, 우리 어서 인간계로 내려갑시다. 가서 삼보에 귀의함으로써 불제자가 됩시다."

---

39 반열반 열반을 성취한 성자의 죽음. 중생의 죽음이 공포스러운 것인 데 비해 반열반으로서의 죽음은 고요하고 평화롭다는 점 등 여러 면에서 다르다. 반열반은 죽되 죽지 않는 죽음, 죽음을 죽인 자로서의 초월적인 죽음이다.

6
삭까 천왕의 설법

두 천인이 이런 대화를 나눈 다음 자리에서 일어나려 할 때였다. 멀리서 뚜우뚜우 하는 소리가 아득히 들려왔는데, 그것은 도리천왕 삭까가 부는 신묘한 소라고둥 소리였다. 라자가 얼굴에 빙그레 웃음을 띠며 시리마에게 말했다.

"도리천왕께서 몸소 소라고둥을 부시니, 이것은 곧 법회가 열린다는 신호요."

"어떻게 할까요? 먼저 법회에 참석할까요, 아님 바로 인간계로 내려갈까요?"

"당신 생각은 어떻소?"

"제 생각으로는 법회에 참석한 다음 내려가는 게 좋을 거 같아요. 하늘법회가 어떠한지 궁금하기도 하고요."

라자는 고개를 끄덕여 동의를 표하고 나서 마음속으로 법회가 열리는 수담마 법당까지 갈 방법을 생각했다. 그러자 다음 순간, 두 천인 앞에 홀연히 네 마리의 백마가 끄는 황금마차가 출현했는데, 마차의 마부석에는 듬직한 체구의 마부가 앉아 있었다. 마부는 두 주인을 마차에 모신 다음 능숙하게 마차를 몰아 법당을 향해 달리기 시작했다.

두 천인이 도착했을 때 그곳에는 이미 수백만 명의 천인들이 법당 내부의 바닥과 허공을 빼곡히 채우며 모여 있었다. 인간계라면 법당이 아무리 크다고 해도 수백만 명이나 되는 천인들을 수용할 수 없을 테지만 마음의 법에 따라 존립하는 하늘세계에서는 작은 공간 안에도 수많은 천인들이 능히 수용될 수 있었다.

이번 법회에 참석한 이들은 비단 천인들만이 아니었다. 도리천왕 삭까의 지배를 받는 사왕천의 네 천왕에게 딸린 중생들인 간답바·꿈반다·나가·약카[40]들이 도리천인들로부터 조금 떨어져 천인들을 옹위하며 공중에서 법회를 기다리고 있었던 것이다.

모든 법회 참석자들은 도착한 순서에 따라 질서정연하게 천남은 왼편, 천녀는 오른편으로 나뉘어 앉아 있었는데, 그것은 남자와 여자가 떨어져 앉도록 되어 있는 법회의 규범 때문이었다. 맨 앞줄에 나란히 앉아 있는 천왕들은 평소에 쓰고 있던 관을 벗은 모습이었다. 또 가능한 한 외모를 더 아름답게 보이기 위해 머리를 꾸미고 장신구를 패용하며 향수를 뿌리는 등 몸을 치장하던 천왕비와 천녀들도 평소와는 달리 검소하고 단정한 차림을 하고 있었다. 시리마의 모습 또한 어느 사이 수행자다운 음전한 옷차림과 머리 모양으로 바뀌어 있었다.

---

40 사천왕의 권속 욕계의 첫 번째 하늘인 사왕천(Catumahārājā)의 네 천왕에게는 사람 아닌 중생들이 딸려 있다. ① 동방 지국천왕(Tātarāṭṭha) : 노래 부르며 춤추는 작은 천신들인 간답바(gandabba)들이 딸려 있다. ② 남방 증장천왕(Virūḷhaka) : 숲이나 산에 숨겨진 보물을 관장하는 꿈반다(kumbhaṇḍa)들이 딸려 있다. ③ 서방 광목천왕(Virūpakkha) : 용(nāga)들이 딸려 있다. ④ 북방 다문천왕(Vessavaṇa) : 반신반귀인 야차(yakkha)들이 딸려 있다.

라자는 아내를 향해 "법회가 끝난 다음 대탑[41] 앞에서 만나요." 하며 애정이 담긴 눈빛을 보냈다. 두 천인은 각기 오른편, 왼편으로 가서 자리를 잡았다.

오늘 법문[42]을 할 법사[43]는 범천[44] 사낭꾸마라였다. 욕계천의 천인들은 감각기관이 인간계의 사람들과 같지만,[45] 색계천의 천인들에게는 감각기관이 없이 코·혀·몸의 형상만 있고,[46] 무색계의 천인들에게는 몸 자체가 없다.[47] 그것은 그들이 감각적 쾌락을 일부, 또는 전부 초월했기 때문인데, 따라서 색계천의 천인들이 욕계의 중생들에게 자신을 보이

---

41 도리천에는 붓다가 출가하던 당시 자른 머리털을 삭까 천왕이 모셔 와 봉안한 쭐라마니쩨띠야(Cūlamaṇicetiya)라는 대탑이 있다.

42 법문 설법.

43 법사 법을 가르치는 스승.

44 범천 욕계에도 하늘세계가 있고, 색계·무색계도 하늘세계인데, 이 중 색계·무색계 하늘, 또는 그 하늘에 난 중생을 범천이라 한다. 8차원으로 나뉘는 선정 중 제1선정을 성취한 중생이 나는 초선천은 다시 선정력이 얕은 이들이 나는 범중천(Brahmapārisajjā), 선정력이 중간 정도인 이들이 나는 범보천(Brahmapurohitā), 선정력이 깊은 수준에 이른 이가 나는 대범천(Mahābrahmā) 등 세 하늘로 나뉜다.

45 욕계 천인들의 삶 선정을 닦지 않고 착한 행위만을 공덕으로 쌓은 중생이 나는 욕계천의 천인들은 젊고 아름다운 상태로 남자는 스무 살, 여자는 열여섯 살 상태를 유지한다. 치아가 상하거나, 늙고 병들거나, 흰머리가 나거나, 눈이 멀거나, 주름이 생기지 않고, 남녀가 성애를 나눌 경우 피가 흔들리는 정도로 정액은 방사되지 않는다. 자양분의 정수만을 마시기 때문에 대소변을 보지 않는다. 천녀는 월경이 없고, 임신을 하지 않는다.

46 색계 천인들의 삶 전생에 색계 선정(제1~4선정)을 닦은 이들이 나는 색계천의 천인들은 오욕락을 즐기지 않는 청정한 생활을 하며 선정에 잠겨 고요하고 순수한 행복을 즐기며 지낸다. 색계 천인들에게는 남녀 구별이 없다. 전생에 여자였던 사람도 그곳에 날 때는 모두 남자의 형상을 지니며, 성기는 없다.

47 무색계 천인들의 삶 전생에 무색계 선정(제5~8선정)을 닦은 이들이 나는 무색계천의 천인들은 물질(rūpa), 즉 몸이 없이 비물질(arūpa), 즉 정신만 있다. 이는 그들이 생전에 명상 수행을 통해 색계 선정보다 더 높은 차원의 삼매를 성취함으로써 물질로서의 몸을 초월했기 때문이다. 무색계천은 어느 곳에 있다고 말할 수 없다. 그들은 귀가 없기 때문에 붓다의 설법을 들을 수 없다.

려면 몸을 화현해야만 한다.[48] 따라서 색계 제1천 중 가장 하위의 하늘인 범중천의 범천인 사낭꾸마라 또한 도리천의 법회를 위해서 몸을 화현해야 했는데, 그 경우 그의 이름은 빤짜시카로 바뀌게 된다.

공중에서 신비로운 하늘음악이 잔잔하게 울려 퍼져 내려왔다. 그것은 빤짜시카 법사가 곧 도착한다는 것을 의미했으므로 삭까 천왕은 그를 맞이하기 위해 공중으로 날아올랐다. 잠시 후 빤짜시카가 모습을 드러내자 삭까는 그에게 합장으로 인사했고, 빤짜시카도 합장으로 답했다.

삭까는 영롱할 만큼 고운 피부를 가진 소년 법사를 향해 "범천님, 문안 인사 올립니다. 그동안 마음이 편안하셨는지요?" 하며 인사를 건넸는데, 하늘의 법에 따라 삭까가 하는 말은 그들로부터 가장 멀리 떨어져 있는 천인들에게까지도 잘 들렸다.

"나는 편안했습니다만 천왕께서는 어떻습니까? 혹 아수륜[49]들이 천왕을 괴롭히지는 않았는지요?"

"그놈들이야 늘 말썽이지요. 하지만 언제나 그랬듯이 저희는 놈들을 잘 막아 내고 있습니다."

"당연히 그래야지요. 그런데 천왕님, 이 자리가 법당이니만큼 그들을 '놈'이라고 불러서는 안 될 듯합니다."

---

48 무색계천의 천인들은 욕계로 내려올 수 없고, 색계천인들만 욕계로 내려올 수 있다. 또 색계천인들의 몸은 상위의 하늘일수록 크고, 몸에서 광대한 빛이 나며, 몸의 구성 성분은 지극히 섬세하다. 그러나 필자는 본 작품에서 이 원칙을 반드시 지키지는 않았다.

49 아수라 아수륜(Asura) 도리천에서 추방된 하늘 중생들. 아수라에는 육도의 한 중생으로서의 아수라와 도리천에서 추방된 아수라 등 두 종류가 있다. 이 두 아수라는 다른 존재이기 때문에 본 작품에서는 후자를 한역 《장아함경》의 번역어를 취해 아수륜으로 구별시켰다. '아수라'는 '수라'라고도 불린다.

삭까의 얼굴에 짓궂은 웃음이 떠올랐다.

"그렇지만 법사님, 그래도 그놈들은 그놈들입니다. 놈들은 질이 아주 낮은 족속이니까요."

"우리는 부처님의 제자가 아닙니까? 그리고 부처님께서는 남에게 험한 말을 하지 않는다는 항목이 포함되는 열 가지 선행[50]을 가르치셨지 않습니까?"

"물론입니다. (웃으며) 그러면 법사님을 생각해서라도 오늘만은 '그놈들'을 '그 무리들'이라고 부르도록 하겠습니다. 어쨌거나 저는 그 무리들이 법회를 방해하지 못하도록 잘 조치해 두었습니다."

삭까가 이렇게 말하며 즐거운 미소를 짓자 그의 말을 듣고 있던 하늘중생들의 얼굴에도 미소가 떠올랐다. 삭까는 여느 때처럼 빤짜시까 법사를 설법좌로 안내하려 했다. 그러자 빤짜시까가 말했다.

"천왕님, 오늘은 천왕께서 설법을 하시는 게 어떻겠습니까?"

삭까가 잠시 그의 요청을 수락할까 말까 망설이는 태도를 보이자 빤짜시까가 다시 말했다.

"천왕께서도 아시다시피 나는 선정의 즐거움을 누리는 범천에서 지내고 있습니다. 그러다 보니 내 설법은 도리천의 불제자들에게 잘 받아들여지지 않는 점이 있는 듯 느껴집니다. 내 설법의 요점은, 여러분은 어서 빨리 욕망과 쾌락에서 벗어나야 한다는, 그럼으로써 죽은 다음에 이곳보다 높은 하늘이나 인간으로 나야 한다는, 나아가 불법을 수행

---

50 십선 다음 열 가지를 행하지 않는 착한 행위. ① 생명 존재를 죽임 ② 남이 주지 않는 것을 가짐 ③ 정당하지 않은 성행위 ④ 거짓말 ⑤ 이간하는 말 ⑥ 욕설 ⑦ 쓸데없는 말 ⑧ 탐욕 ⑨ 분노 ⑩ 어리석음.

함으로써 삼계를 초월해야 한다는 내용이 중심을 이루게 마련인데, 나의 그런 설법이 쾌락의 하늘인 이곳 하늘사람들에게는 절실하게 다가가기가 어렵다는 것을 나는 그동안의 경험을 통해 절실히 느껴 왔습니다. 그래서 내가 오늘은 나와 도리천인들의 중간 입장에 있다고 할 수 있는 천왕께서 설법을 하시는 게 어떻겠느냐고 말씀드리는 것입니다."

삭까가 잠깐 생각한 다음 고개를 끄덕이며 말했다.

"저를 비롯한 많은 도리천인들은 법사님이 주관하시는 법회날을 손꼽아 기다립니다. 사실 저희는 수행상으로 큰 진전을 이루지는 못하고 있습니다만 그래도 법회를 통해 자칫 타락되기 쉬운 마음을 가다듬을 수 있기 때문에 법사님의 법문이 있는 날을 즐거이 기다리는 것입니다."

이렇게 말한 다음 삭까 천왕은 법당에 모여 있는 수백만 명의 중생들을 향해 말했다.

"천인들이여, 그대들은 내 말에 동의하는가?"

"동의합니다!"

모든 하늘중생들이 입을 모아 외치는, 일천 번의 천둥이 한 번에 몰아치는 것 같은 큰 소리가 도리천 구석구석까지 퍼져나갔고, 곧 울림이 깊은 메아리가 되어 길게 되돌아왔다.

빤짜시까 법사가 메아리가 잦아들기를 기다려 법회의 참석자들에게 말했다.

"그대들 대부분은, 심지어 부처님을 자주 찾아뵙고 설법을 듣고 있는 삭까 천왕마저도 아직까지 내가 얻은 제1선정조차도 얻지 못하고 있소. 여러 천인들이여, 선정은 모두 여덟 차원으로 나뉘는데, 그 때문에 선정천 또한 여덟 차원으로 나뉘오. 그리고 선정천 아래에 여섯 차원으로 나뉘는 욕계천이 있으니, 욕계천은 명상 수행을 하지 않은 이들이 나는 하늘이며, 그대들이 난 이 도리천은 그중 두 번째 하늘이오. 그리고 욕계천 아래 차원에 인간계가 있고, 다시 그 아래 차원에는 전생에 나쁜 행위를 한 중생들이 나는 지옥·아귀·아수라·축생 등 고통받는 중생들의 네 세계가 있소. 이렇듯 삼계는 네 가지 나쁜 길과 두 가지 좋은 길로 나뉘는 것이오.

그런데 여러 천인들이여, 하늘세계와 함께 좋은 길로 분별되는 인간계는 매우 특별한 세계요. 그 세계는 한편으로 보면 하늘세계보다 낮지만 다른 한편으로 보면 하늘세계보다 중요하오. 왜냐하면 다른 모든 세계는 인간계에서 행한 선행과 악행에 대한 과보를 받는 곳이지만 인간계는 선악 과보의 원인을 짓는 곳이기 때문이오. 바꿔 말해서, 인간계에서는 지옥의 가장 밑바닥으로 내려가는 행위를 할 수도 있고, 선정천의 가장 높은 하늘조차도 초월하는, 삼계를 초월하는 경지로서의 깨달음을 성취할 수도 있는 곳이오. 그러나 하늘세계에서도, 비록 인간계만큼은 아니더라도 어느 만큼의 수행상의 진보는 이룰 수 있소. 그것을 기대하고 나는 자주 이곳에 내려와 그대들에게 설법을 하거니와, 그러나 나의 노력은 생각보다 큰 성과를 내고 있지는 못하오. 내 말은 그대들 중에는 눈에 띌 만큼 수행상의 진보를 이룬 이들이 거의 없다는 뜻이오."

빤짜시까가 이렇게 말하자 뭇 천인들과 삭까의 얼굴은 부끄러움으로 붉게 달아올랐다. 소년 법사는 말을 이었다.

"나는 그대들을 부끄럽게 하기 위해 이 말을 하는 것이 아니오. 충분히 이해하오, 나 또한 그랬으니까. 나 또한 여러모로 분투했음에도 불구하고 실패한 적이 많았고, 지금도 그러하니까."

이런 말로 천인들의 부끄러워진 마음을 어루만진 다음 빤짜시까가 다시 말했다.

"그렇기는 해도 나는 인간이었던 시절 내가 가진 모든 힘을 다 기울여 선정을 닦았고, 그 결과 나름의 경지에 올랐기 때문에 범중천에 나는 과보를 받을 수 있었소. 그것은, 다시 말하거니와 인간계가 그만큼 수행을 하기에 알맞은 곳이었기 때문이오.

그렇소. 인간계야말로 기나긴 윤회의 과정에서 향상을 이루기에 가장 좋은 곳이오. 따라서 그대들은 하늘세계에 있는 동안 불법에 대한 신심을 잘 유지함으로써 다음생에 반드시 인간으로 태어날 수 있도록 노력해야만 하오. 물론 그대들이 이 도리천에서 누리는 부귀영화는 인간들이 누리는 그것과는 비교할 수 없을 만큼 크기 때문에 그대들의 눈에 인간계는 더러운 오물로 가득 찬 혐오스러운 공간에 불과하다고 여겨질 것이오. 그렇지만 수행의 비약적인 진보는 오직 인간계에서만 이루어질 수 있으므로, 그대들은 다음생에 반드시 인간계에 태어날 수 있도록 이곳에서 불법에 대한 신심을 잘 유지하며 살아가야만 할 것이오."

삭까 천왕이 말했다.

"바로 그렇습니다. 그래서 저는 불법에 대한 믿음만이라도 굳게 지키자고, 그 결과 다음생에는 꼭 인간계에 태어나자고 다짐하며 지내고 있습니다. 그 점에서 법사님, 저는 얼마 전에 저의 신심을 증장增長하기 위해 잠깐 인간계에 다녀왔습니다."

"오, 그랬소? 그렇다면 오늘 그대가 그 이야기를 모든 천인들에게 들려주시는 게 어떻소?"

빤짜시까로부터 다시 부탁을 받은 삭까는 하는 수 없다는 표정으로 고개를 끄덕여 응낙의 의사를 표했다. 그러자 빤짜시까 범천은 설법좌에서 내려와 삭까 천왕을 설법좌로 인도한 다음 자신은 따로 마련되어 있는 법사석으로 갔다. 도리천왕 삭까는 설법좌에 오르기 전에 일어서서 합장을 한 자세로 모든 하늘불제자들과 함께 삼귀의문과 팔계 서약문을 낭송했다.

세상에서 가장 존귀하고, 가장 가치 있고, 스스로 바른 깨달음을 성취하신 분께 귀의합니다. (3번)

부처님께 귀의합니다.
교법에 귀의합니다.
승단에 귀의합니다.

두 번째로 부처님께 귀의합니다.
두 번째로 교법에 귀의합니다.
두 번째로 승단에 귀의합니다.

세 번째로 부처님께 귀의합니다.
세 번째로 교법에 귀의합니다.
세 번째로 승단에 귀의합니다.

생명존재를 해치지 않는 계를 지키겠습니다.
남이 주지 않는 물건을 갖지 않는 계를 지키겠습니다.
부정한 음행을 하지 않는 계를 지키겠습니다.
나쁜 말을 하지 않는 계를 지키겠습니다.

마음을 흐리는 것을 먹지 않는 계를 지키겠습니다.

몸을 장식하거나 풍류를 즐기지 않는 계를 지키겠습니다.

높고 화려한 침상을 쓰지 않는 계를 지키겠습니다.

정오 이후에는 먹지 않는 계를 지키겠습니다.[51]

예불을 마친 다음 삭까 천왕은 설법좌에 앉아 두 눈을 감고 잠시 마음을 하나로 모았고, 그에 호응하여 모든 천인들도 두 눈을 감고 마음을 하나로 모았다. 갑자기 폭설이 내려 산천이 새하얗게 변한 것 같은 적막이 찾아들었다. 그리하여 문득 공간이 멈췄다. 법당 가까운 데 서 있는 망고나무 위에서 지즐지즐 노래하던 새소리도 잠잠해졌고, 천녀들의 가벼운 옷자락을 스치며 지나가던 산들바람도 잠들었다. 시간 또한 멈춘 듯했다. 따라서 그곳은 도리천이 아니었고, 법당 내부도 아니었으며, 어느 특정한 시간도 아니었다. 그곳은 공간 아닌 공간, 또는 어떤 공간의 멈춰진 마음이었고, 시간이라고 말할 수 없는 어떤 특별한 시간이었다.

이윽고 삭까 천왕이 명상에서 나와 두 눈을 떴다. 그러자 수백만 명의 천남·천녀들 또한 명상 상태에서 나와 두 눈을 떴다. 하지만 그들이 조금 전의 깊은 침잠으로부터 온전히 나오기 위해서는 잠깐의 시간이 필요했다. 숨을 예닐곱 번 들이쉴 만큼의 시간이 흐른 다음 법사 삭까는 가장 뒤편에 서 있는 중생들까지 명료하게 들을 수 있는 하늘목소리

---

51 오계·팔계 본문의 계들 중 앞의 다섯 가지는 재가신자가 평소에 지켜야 하는 오계이고, 오계에 뒤의 세 가지를 더한 여덟 가지는 재일(齋日)에 지켜야 하는 팔계이다. 각주54 '우뽀사타' 참조.

를 조심스레 가다듬어 설법을 하기 시작했다.

(삭까 천왕의 설법)

여러 벗들이여!

그대들도 잘 아는 것처럼 이곳 도리천에는 사방에 각각 여덟 개의 하늘이 있고, 가운데에 한 개의 하늘이 있으니, 하늘의 수는 모두 서른셋이오. 그리고 나는 도리천 한가운데에 있는 하늘의 왕이자 (천왕들을 바라보며) 여기에 와 계신 서른두 소小천왕들의 지도자로서 도리천 전체의 일들을 의논하기 위해, 또는 부처님의 법을 토론하기 위해 자주 그들과 회합을 열고 있소.

한 달 전에도 나는 도리천의 모든 천왕들을 한자리에 모아 법에 대한 담론을 나누었소. 그때 마루야나 천왕에 의해 다음과 같은 네 가지 질문이 제기되었소.

베푸는 일 가운데 으뜸은 무엇인가?

맛 가운데 으뜸은 무엇인가?

즐거움 가운데 으뜸은 무엇인가?

왜 욕망을 제거하는 것을 가장 훌륭하다고 하는가?

하지만 이 질문에 대한 답을 얻을 수 없었으므로 우리는 함께 부처님을 찾아뵙고 그에 대한 법문을 청했소. 그러자 부처님께서는 이렇게 말씀하시었소.

“여러 천왕들이여, 모든 베풂 가운데 가장 으뜸은 법을 베푸는 것이요, 모든 맛 가운데 가장 으뜸은 법의 맛이며, 인간계와 천상계를 통틀어 으뜸가는 즐거움은 법의 즐거움이요, 욕망을 제거하는 것을 가장 훌륭하다고 하는 까닭은 그것을 통해 일체의 괴로움에서 벗어날 수 있기 때문이다."[52]

부처님의 이 말씀은 나를 부끄럽게 했소. 왜냐하면 나는 아직까지 법의 깊은 맛, 법의 크나큰 즐거움을 충분히 누리지 못하고 있기 때문이오. 그렇긴 하지만 나는 내가 누리는 법의 맛과 법의 즐거움의 차원을 향상시키기 위해 노력하고 있기는 하오. 그렇다면 법의 맛과 즐거움의 차원을 향상시키려면 어떻게 해야 하는가. 기본적으로 우리는 이곳 도리천에서 마음이 흐트러지지 않도록 조심하며 살아야 하오. 다음으로, 그것을 기초로 우리는 다음생에 반드시 인간으로 태어나야만 하오.

그렇다면 다시, 우리는 어떻게 함으로써 다음생에 인간계에 태어날 수 있는가. 재론의 여지없이 그것은 보시[53]를 비롯한 여러 가지 공덕을 쌓음으로써요. 여러 벗들이여, 우리가 지금 도리천에 났다고는 해도 다음생에 인간으로 태어나리라는 보장은 없소. 우리를 지금 이곳에 나게 한 것은 전생의 공덕이거니와 우리가 전생에 어찌 반드시 공덕만 지었겠소? 우리는 공덕도 지었지만 그와 함께 많은 죄업도 지었을 것이오. 우리는 공덕 부분에 대해 지금 도리천에서의 즐거움으로 보상받고 있거니와, 전생에서의 죄업이 우리를 다음생에 지옥으로 떨어뜨릴지

52 법(法, Dhamma, Dharma) 이 말은 물리 정신적인 세계(법계), 그 세계를 구성하는 요소들(제법), 그 세계를 움직이는 비인격적인 힘, 불법, 불법의 극치로서의 열반, 마음에 떠오르는 관념 등 여러 의미로 쓰인다.

53 보시 자신이 가진 것을 남에게 주는 행위.

도 모른다는 의미요. 나는 그것이 두렵소. 그래서 나는 지금이라도 보다 많은 공덕을 짓기 위해 애쓰고 있소.

내가 인간계에 자주 내려가는 것은 그 때문이오. 그대들 중에 아는 이들도 있겠지만 나는 하늘법회가 열리지 않는 날 중 적당하다고 생각되는 날에, 특히 우뽀사타[54] 날에 지상에 내려가 부처님께서 정하신 팔계를 지키고 있는데, 내가 지상으로 내려가는 것은 이곳 도리천은 워낙 오욕[55]의 즐거움이 강한 곳이기 때문에 오계는 지킬 수 있지만 팔계를 지키기는 매우 어렵기 때문이오.

팔계에 정오 이후에는 먹지 않는다는 계목이 있다는 것은 조금 전에 우리가 입을 모아 낭송했던 그대로요. 그렇지만 이곳 도리천의 음식은 식성이 까다로운 나의 취향에 딱 맞기 때문에 나는 식탐을 제어하기 어렵소.

음식만이 아니오. 팔계에는 몸을 꾸미고 노래하는 등의 향락을 즐기지 말라는 계목도 있는데, 이 또한 도리천에서는 지키기 어렵소. 지금도 우리 곁에 와 있거니와 저 간답바들의 춤과 노래는 우리의 마음을 송두리째 앗아가기에 충분하기 때문이오. 이런 등의 이유 때문에 나는 우뽀사타 날에 인간계로 내려가 몸과 마음을 깨끗하게 유지하는

---

54 우뽀사타(uposatha) 몸과 마음을 깨끗이 하는 것. 재가신자의 우뽀사타와 출가자의 우뽀사타로 구별된다. 재가신자는 음력 1일, 8일, 15일, 23일에 평소에 지키던 오계에 세 가지 계를 더한 팔계를 지키면서 출가자에 준하는 자세로 마음과 몸을 바르고 청정하게 하고, 출가자는 음력 초하루와 보름날 사원의 모든 승려가 계단에 모여 227가지 계목을 암송한 다음 계목상 허물이 있는지 없는지를 점검하여 가벼운 허물이 있는 자는 고백하고 참회하게 하여 사면하고, 무거운 허물이 있는 자에게는 그에 상응하는 처벌을 가한다. 우뽀사타는 '재(齋)'로 번역된다.

55 오욕 눈·귀·코·혀·몸 등 다섯 가지 감각기관의 대상인 색깔 및 모양·소리 냄새·맛·감촉에 대한 욕망.

것이오.

얼마 전에도 나는 인간계의, 사리뿟따 마하테라가 수행하시는 작은 오두막이 있는 숲으로 내려갔었소. 그런데 그때 마침 사리뿟따 마하테라께서 칠일 간의 멸진정[56]에 드실 준비를 하고 계셨소. 나는 사리뿟따 테라에게서 조금 떨어진 곳에서 몸을 감추고 그분을 지켜보았소. 수행을 완성하신 그분의 고귀한 거동을 지켜보는 내 마음에 잔잔한 감동의 물결이 차올랐소. 나는 감동을 지그시 억누르며 마음속으로 테라께서 멸진정에서 나오시면 보시 공덕을 지으리라 생각했소.

여러분도 아시다시피 보시는 아직 선정을 얻지 못한 차원의 불제자에게 있어 자신의 행복을 증장시키는 가장 아름다운 행위 중 하나요. 보시 공덕행은 땅에 씨를 뿌리는 것과 같소. 좋은 땅에 씨를 뿌려야만 좋은 열매를 얻을 수 있는 것처럼 보시 또한 훌륭한 분에게 행할 때만이 훌륭한 과보를 기대할 수 있다는 뜻이오.

그렇다면 어떤 분이 훌륭한 '복밭'[57]이겠소? 재론의 여지없이 몸과 마음이 청정한 분이 훌륭한 복밭이오. 그렇다면 다시, 어떤 분이 몸과 마음이 청정한 분이겠소? 당연히 부처님이 천상천하를 통틀어 가장 청정하신 분이오. 다음으로는 깨달음을 네 단계까지 모두 성취하여 마치신 아라한이, 다음으로는 깨달음을 세 단계까지 성취하신 아나함이, 다음으로는 깨달음을 두 단계까지 성취하신 사다함이, 다음으로는 깨달음

---

56 멸진정 깨달음의 세 번째 단계인 아나함 이상의 경지를 성취한 성자들만이 들 수 있는 특별한 선정으로, 이 선정에 들면 꼿꼿이 앉아 숨을 쉬지 않기 때문에 겉으로만 보면 죽은 것처럼 보이지만 수명이 다한 것은 아니다.

57 승려는 중생이 복을 씨 뿌리는 터전이라는 의미에서 '복밭'이라 불린다.

의 첫 단계를 성취하신 수다원이 청정하신 분이오.[58]

우리는 성자의 경지에는 이르지 못했지만 그 나름으로 몸과 마음이 청정한 수행자들도 생각할 수 있는데, 그분들에게 공양을 올리는 것은 물론 가치 있는 일이지만 공덕을 되돌려 받는다는 점에서는 깨달음을 성취하신 성자에게 공양을 올리는 것에는 비교가 되지 않소.

그런데 여러 벗들이여, 그때 그곳에 대아라한 사리뿟따 마하테라라는 지극히 청정하신 성자가 계셨소. 그에 더하여 그분이 특별한 선정인 멸진정에 들어 계심이야 말해 무엇하겠소? 그대들이여, 부처님을 제하면 가장 위대한 성자가 멸진정에 드신 모습을 상상해 보시오. 멸진정에 드신 성자는 일체의 표상(表象, nimita)과 느낌을 멈추게 되오. 그리하여 성자는 본래 청정한 상태에서도 더욱이나 청정한 분이 되고, 따라서 멸진정에서 나오신 성자께 보시하는 것은 어마어마한 공덕행이 될 수밖에 없소.

그래서 나는 사리뿟따 테라께서 멸진정에서 나오시면 공양을 올리리라 마음먹고, 테라 곁에 잠잠히 머물렀소. 테라께서는 선정에 드신 칠 일 동안 숨을 쉬지도, 몸을 움직이지도 않고 단정히 앉아 계시었소. 그런 테라에게서는 은은한 향기가 퍼져 나왔소. 그 향기의 미묘함이야

58 사쌍팔배 깨달음의 경지는 다음 네 단계에 걸쳐 완성된다. ① 수다원(sotāpatti) : 이 경지에 이른 수행자는 일곱 생 이내에 깨달음을 성취한다. ② 사다함(sakadāgāmi) : 이 경지에 이른 수행자는 한 생 내에 깨달음을 성취한다. ③ 아나함(anāgāmi) : 이 경지에 이른 수행자는 다시는 사바세계(욕계)로 돌아오지 않는다. 그는 성자들만이 나는 하늘인 정거천(Suddhāvāsa)에 난 다음 그곳에서 깨달음을 성취하여 해탈한다. ④ 아라한(arahatta, arahaṁ) : 인간으로 살아 있는 지금 이 상태에서 깨달음을 완성한 경지이다. 이들 네 경지는 그 경지로 나아가는 과정인 도(magga)와 그 경지에 도달한 상태인 과(phala)로 세분되어(예를 들어 수다원도, 수다원과) 모두 여덟 차원으로 나뉘는데 이들을 총칭하여 사쌍팔배라 한다.

맡은 이가 알 뿐 맡아 보지 못한 이가 어찌 알 수 있겠소? 또한 법의 깊은 경지를 이해하지 못하는 중생이라면 설사 테라의 곁에 온종일 있다 해도 어떻게 그 향기를 맡을 수 있겠소?

이레가 지나 마침내 멸진정에서 나오신 성자께서는 이렇게 생각하시었소. '나는 오늘 내가 만나는 사람 중에서 가장 불쌍한 사람에게 보시 공덕의 기회를 주리라.' 나는 테라의 깊은 심중을 모두 알 수는 없었지만 작으나마의 신력으로써 대충 짐작은 할 수 있었소. 그래서 모습을 감추고 테라님을 뒤따라 가다가 적당하다고 생각될 때 테라께서 가장 불쌍한 사람이라고 생각하실 만한 모습으로 나타나리라고 결심했소. 그렇지만 일은 내 뜻대로 되지 않았소.

7
사리뿟따, 붓다의 으뜸제자

(도리천왕 삭까는 다음 장면을 목격했다.)

사리뿟따 마하테라는 천천히 걸어 마을 안으로 들어가 바라문 하리의 집 앞에 이르렀는데, 그 집 대문 앞에는 한 거지 할머니가 쪼그리고 앉아 있었다. 할머니를 발견한 사리뿟따 테라는 할머니를 향해 다가가 물었다.

"할머니께서는 여기에 앉아 무얼 하고 계십니까?"

테라가 조용하게 말했는데도 할머니는 남에게 공격을 받기라도 한 것처럼 깜짝 놀라 몸을 움츠렸다. 잠시 후, 할머니는 몸을 테라 쪽으로 돌리고 얼굴을 들었는데, 그녀의 얼굴은 누덕누덕 얽었을 뿐 아니라 피고름까지 가득했다. 그녀는 나병환자였던 것이다. 하지만 여느 사람이라면 역겨운 표정을 지었을 법한 상황에서 사리뿟따 테라의 얼굴에는 거부감이 전혀 나타나지 않았다.

멸진정에서 나올 때의 맑음과 고요함 그대로, 새벽별처럼 맑은 눈빛과 새근거리며 깊이 잠들어 있는 아기의 숨결과도 같은 고요한 거동으로 테라는 가엾은 중생의 모습을 지그시 응시했다.

할머니가 힘이 없는 조그만 목소리로 말했다.

"저는 지금 점심 준비를 하고 있습니다."

"이곳에서 어떻게, 무엇으로써 점심 준비를 하신다는 것입니까?"

"불행하게도 테라님."

할머니가 독한 감기에 걸린 듯 쉰 목소리로 대답했다.

"저는 몹쓸 병에 걸려 가족들로부터 버림을 받고 거리와 마을을 떠돌아다니며 지내고 있습니다. 그렇지만 가족조차 포기한 저를 어느 누가 환대해 주겠습니까? 사람들은 제가 멀리서 나타나기만 해도 저를 피해 달아나 버립니다. 그것만 해도 오히려 다행입니다. 대개의 경우 그들은 돌멩이를 던져 내쫓으려고만 합니다."

그녀는 울면서 말했다.

"테라님, 저는 오늘 점심을 때우기 위해 이 부잣집 수챗구멍에서 쌀뜨물과 음식 찌꺼기가 흘러나오기를 기다리고 있습니다. 조금 있으면 이 집 며느리는 시부모와 남편을 위해 음식 준비를 할 것이고, 그러면 그녀가 버린 쌀뜨물과 야채 찌꺼기가 이 수챗구멍으로 나오겠지요. 저는 그것을 받아 조금 전에 다른 집 문밖 쓰레기통에서 주워 온 음식과 함께 먹으려고 합니다."

할머니가 이렇게 말하고 있는 사이 수챗구멍으로부터 쌀뜨물과 야채 찌꺼기가 흘러나오기 시작했다. 그녀는 물그릇을 내밀어 그 물을 받았다. 그런 다음 다시 테라를 우러러 바라보았다.

할머니가 말했다.

"테라님께서는 제 앞에 서 계십니다만, 그리고 그것이 저에게 공양을 올릴 기회를 주시는 것인 줄을 압니다만, 저에게는 테라님께 공양 올릴 만한 것이라곤 아무것도 없습니다."

불행한 중생을 향해 붓다의 으뜸제자가 말했다.

"할머니께서는 그 물을 마시도록 하십시오. 그런 다음 두 번째로 흘러나오는 쌀뜨물을 제게 주신다면 제가 그 물을 기쁜 마음으로 받도록 하겠습니다."

"오오, 테라님!"

할머니가 기쁜 표정으로 일어서며 외쳤다.

"쌀뜨물도 공양할 수 있다면 제가 어찌 두 번째 물로 공양을 올리겠습니까? 테라님, 제가 정성껏 이 쌀뜨물을 바치겠습니다."

이렇게 말한 다음 할머니는 야채 찌꺼기가 섞인 쌀뜨물을 테라의 발우 안에 따랐다. 그때 덜렁거리며 붙어 있던 그녀의 검지손가락 마디 하나가 쌀뜨물과 함께 발우 안으로 뚝 떨어졌다.

"에이쿠! 죄송합니다! 죄송합니다, 테라님!"

할머니는 어찌할 바를 모르며 허둥지둥했다.

"어렵사리 얻은 귀중한 공양 기회를 망치다니! 이걸 어쩌나? 테라님, 어서 발우 속의 것들을 쏟아 버리십시오!"

하지만 테라의 태도는 호면 위에 고요히 떠 있는 고니와도 같이 평온했다.

"부처님께서는 계율로써, 비구는 신자가 주는 음식을 가리지 않고 주는 대로 받도록 정하셨습니다. 따라서 저에게는 할머니의 정성이 담긴 이 음식을 받지 않을 결정권이 없습니다. 다만 부처님께서는 받은 음식을 반드시 먹어야 한다고 정하시지는 않았습니다. 그러므로 제가 이 음식을 먹지 않을 수는 있는데, 저는 이 음식을 먹을지 먹지 않을지를 사원으로 돌아가 결정하겠습니다."

테라의 말을 들은 할머니는 황송한 마음으로 두 손을 모아 합장했다. 그러고는 다시 수챗구멍 앞에 앉아 바가지를 내밀어 아직도 간헐적으로 흘러나오고 있는 쌀뜨물과 야채 찌꺼기를 받아 훌훌 마셨고, 그 사이 사리뿟따 테라는 뒤돌아 자신이 머물고 있는 처소로 돌아갔다.

이 모든 장면을 지켜본 삭까는 여전히 몸을 감춘 채로 사리뿟따 테라를 뒤따라갔다. 얼마 후, 테라는 자신의 작은 오두막 안으로 들어갔고, 삭까 천왕은 열 가지 장애[59]를 모두 제거한 위대한 성자의 처소를 지키며 한동안 공중에 머물렀다.

그때였다. 하늘로부터 한 줄기 어두운 기운이 섬찟 느껴지는가 하는 사이 삭까 앞에 마라가 나타났다. 그가 무슨 짓을 벌일지를 짐작한 삭까는 "잠깐!" 하며 마라를 가로막았다. 마라가 얼굴을 찡그리며 물었다.

"그대는 무엇 때문에 나를 가로막는 거요?"

"나는 네가 무엇 때문에 이곳에 왔는지를 안다. 보나 마나 너는 사리뿟따 마하테라님을 유혹하기 위해 이곳으로 온 거겠지."

"아니오!"

마라가 얼굴에 비웃음의 빛을 띠며 말했다.

"나는 그를 유혹하기 위해서가 아니라 그에게 그가 가고 있는 길보다 더 좋은 길이 있다는 것을 알려주기 위해서 이곳에 왔소. 그런데 천왕이여, 내가 이곳에 온 것이 그대와 무슨 상관이 있기에 나를 가로막아 서는 거요?"

---

59 십장 수행의 진보를 가로막는 열 가지가 장애. ① 자아에 대한 잘못된 견해 ② 법에 대한 의심 ③ 잘못된 수행법에 대한 집착 ④ 감각적 쾌락을 추구하는 욕망 ⑤ 성내는 마음 ⑥ 색계천에 나고자 하는 욕망 ⑦ 무색계천에 나고자 하는 욕망 ⑧ 교만 ⑨ 산란과 불안 ⑩ 무명. 이 중 ①~③이 소멸하면 수다원, ④가 약화되면 사다함, ④와 ⑤가 제거되면 아나함의 경지에 이르고, 열 가지 장애가 모두 소멸하면 아라한의 경지에 이르러 수행이 완성된다.

"그것은 선을 지키기 위해서다."

"선이라고?"

입을 비죽거리며 마라가 웃었다.

"선이라니? 대체 그대가 말하는 선이란 무어요?"

"선은 행복을 증진시키고, 고통을 감소시킨다. 부처님께서는 선의 길을 둘로 나누셨는데, 욕망에 근거한 세간 차원의 선과 욕망을 초월하는 출세간[60] 차원의 선이 그것이다."

"그것은 나도 알고 있소. 또한 나는 부처님께서 욕망을 일차적으로는 인정하시지만 최종적으로는 멀리하는 것이 마땅한 더러운 것으로 보신다는 것도 알고 있소. 그러나 내 생각은 다르오. 이러니저러니 구구하게 따질 것 없이 욕망은 그 자체로 선한 것 아니오? 예를 들어 잠자고 싶은 욕망이 있을 때 수면을 취함으로써 욕망을 충족하는 것, 먹고 싶은 욕망이 있을 때 먹음으로써 욕망을 충족하는 것, 남녀가 서로 즐기고 싶을 때 마음껏 성애를 즐김으로써 욕망을 충족하는 것, 남을 지배하고 싶을 때 남을 지배함으로써 욕망을 충족하는 것, 남들에게 돋보이고 싶을 때 돋보임으로써 욕망을 충족하는 것 등은 행복한 일이 아니냔 말이오."

(풀이 죽은 목소리로) "그건 아마도… 그렇다고 해야겠지."

(기세를 올리며) "그렇다면 어찌하여 부처님께서는 욕망을 끔찍한 독극물이라도 되는 듯이 말씀하시는 거요?"

삭까는 얼른 대답하지 못하고 잠시 머뭇거렸고, 그 틈을 타 마라는 얼른 오두막 안으로 들어갔다. 삭까가 마라를 뒤따라 안으로 들어가

---

60 출세간 세간(loka)을 벗어남.

보니 마라는 사리뿟따 테라 앞에 모습을 드러낸 다음 이렇게 말하고 있었다.

"테라께서는 조금 전에 받아 오신 노파의 쌀뜨물과 야채 찌꺼기, 그리고 그것들 속으로 떨어진 손가락 마디를 어떻게 하셨는지요?"

"나는 쌀뜨물과 야채 찌꺼기는 마시고, 손가락 마디는 땅에 묻었다."

"그렇다면 테라님의 속은 지금 심히 역겹겠습니다."

"그렇지 않다."

(응당 그렇게 대답하리라 예측했다는 표정으로 입을 비죽 내밀며) "저는 그 말씀을 믿지 못하겠습니다. 어떻게 문둥병자의 손가락이 빠졌던 음식을 역겨움 없이 잡수실 수 있단 말입니까?"

"마라여, 수행을 통해 번뇌에서 벗어난다는 것은 모든 느낌을 이슬을 굴러 떨어뜨리는 연꽃처럼 한다는 것이니, (웃으며) 너에게는 좀 실망스럽겠지만 나는 조금 전의 음식을 연꽃으로서 보고, 연꽃으로서 냄새 맡고, 연꽃으로서 맛보아 이슬을 굴러 떨어뜨리듯이 굴러 떨어뜨렸다. 마라여, 너는 알아야 한다, 이렇듯 능숙한 수행자는 모든 느낌이 마음 안으로 스며들지 않도록 잘 막아냄으로써 그것들이 괴로움이 되지 않도록 한다는 것을."[61]

"저로서는 잘 이해가 되지 않습니다만 그것은 그렇다 치고, 테라께서는 오늘 점심 식사를 조금 전에 잡수신 그 더러운 것으로 끝내시려는

---

61 두 번째 화살을 맞지 않음 깨달음을 성취한 성자라고 해서 느낌을 받지 않는 것은 아니다. 다만 수행을 하지 않는 사람이 첫 번째로 다가온 느낌을 잘못 다루어 두 번째 느낌을 일으키는 데 비해, 성자는 첫 번째 느낌을 잘 다루어 그것을 두 번째 느낌, 즉 번뇌로 만들지 않는다. 붓다는 이를 '첫 번째 화살을 맞기는 하지만 두 번째 화살을 맞지 않는 것'이라고 말했다.

것입니까?"

"그렇다."

"하지만 테라께서는 멸진정에 들어 계시는 칠일 동안 아무것도 잡숫지 못하시지 않았습니까? 그런데 영양가도 없고 허기를 채우기에도 부족한 그것만을 드시다니요? 그러니 오늘만은 특별한 예외를 두시어 다시 탁발을 나가심이 어떨는지요? 그리고 마침 독실한 불교 신자인 삭까 천왕이 테라께 공양 올릴 기회가 오기를 애태워 바라며 서 있으니, 그를 위해서라도 다시 음식을 얻도록 하십시오. 만일 테라님이 허락만 하신다면 어쩔 수 없으리만큼 순진한 이 사나이는 자신의 신력으로써 당장에 도리천의 가장 좋은 음식을 가져와 대령할 것입니다."

"지금은 정오가 지났으므로 나는 음식을 먹지 않을 것이다."

"정오가 지난 것과 음식을 먹지 않는 것이 무슨 관계가 있습니까?"

"세존께서는 계율로써 비구는 정오가 지난 다음에는 음식을 먹지 않도록 정하셨다."

마라가 밉상스런 웃음을 지으며 은근한 말투로 말했다.

"테라님, 제가 계율에 대해서 한 가지 여쭈어봐도 되겠습니까?"

"무엇이든 물으라."

"부처님께서는 무엇 때문에 계율 같은 거추장스러운 것을 정하여 수행자들을 괴롭히시는 것입니까? '불법은 행복이니라, 불법은 즐거움이니라.'라고 항용 말씀하시는 분께서 말입니다."

"부처님께서 계율을 정하신 것은 그것이 행복과 즐거움과 기쁨을 증장시키는 기초가 되기 때문이다."

"저는 그 말씀을 이해하지 못하겠습니다. 계율을 정해 놓고 그 테두리 안에서 살게 되면 필시 부자유스러울 터인데, 부자유는 행복한 것도 즐거운 것도 아니잖습니까?"

"네가 말하는 자유라는 것은 무엇이냐?"

"마음이 내키는 대로 행동하는 것이 자유겠지요."

"그것은 진실한 자유가 아니니, 나는 그것을 방종이라 부르리라."

"자유와 방종은 어떻게 다릅니까?"

"방종은 법을 벗어나 제멋대로 행동하는 것이니 곧 욕망에 굴복하는 행위요, 자유는 법을 따르는 행위이니, 그것은 욕망을 극복함으로써 성취되느니라."

"또다시 부처님께서 그토록 자주 다루시는 욕망이 주제로 등장하는군요. 다시 여쭙겠습니다. 세존께서는 무엇 때문에 욕망을 적대시하시는 것입니까?"

"마라여, 너는 지금 나에게 짐짓 법을 묻는 듯 가장하고 있지만 실제로는 나의 설법을 듣고자 원하고 있지는 않은 줄을 나는 알고 있다."

"그렇다면 테라께서는 저를 위해 설법하시지 않겠다는 것입니까? 부처님께서 설법이야말로 보시 중 가장 으뜸가는 보시라고 말씀하셨는데도 말입니다."

"마라여, 설법은 누구에게나 베푸는 것이 아니라 준비된 사람에게만 베풀어지는 것이다. 준비가 되어 있지 않은 중생에게 하는 설법은 꽃을 피우지도 못하고, 열매를 맺지도 못하기 때문이다. 따라서 지혜로운 스승은 그런 중생에게는 거룩한 침묵[62]을 지키며 다만 자신의 행해

62 붓다는 말하지 않아야 할 주제에 대한 질문을 받을 경우 침묵을 지키며 대답하지 않았는데, 이를 '거룩한 침묵'이라 한다.

야 할 바를 행할 뿐이다."

이렇게 말한 다음 테라는 더 이상 말하지 않았는데, 테라의 거룩한 침묵은 백 마리의 코끼리가 가진 힘보다 더 강력한 정신적 힘이 되어 마라의 마음을 잠시 악 쪽에서 선 쪽으로 되돌아서도록 작용했다.

잠시 후, 지혜에 있어서 붓다를 제외하고는 그 짝을 찾을 수 없는 위대한 성자로서 붓다에 의해 '법의 장수'[63]로 칭송받는 불법의 대장부는 적을 상대하는 장수가 아니라 아들을 상대하는 어머니와도 같은 상냥하고 다정한 어조로 말했다.

"마라여, 나는 네가 예전에 부처님께 접근하여 오늘 나에게 그런 것처럼 부처님을 유혹하려 했던 것을 알고 있다. 그때 부처님께서는 너의 유혹을 거절하시면서 네 편의 게송을 읊으셨거니와 나 또한 그 게송들을 너에게 베풀어 줄 터이니, 너는 이 게송들을 질책으로 여기지 말고, 너의 마음을 선한 쪽으로 돌리는 계기로 삼도록 하여라."

우리 행복하게 살아가자.
아무런 근심 걱정 없고 소유도 없이
기쁨과 만족을 음식으로 삼고
저 광음천신[64]처럼 행복하게 살아가자.

우리 행복하게 살아가자.

---

63 붓다는 사리뿟따를 자주 '법의 장수(Dhammasenāpati)'라 부르며 칭찬했다.

64 광음천신 제2선정천 중 가장 높은 하늘의 신. 제2선정에 난 천인들은 강한 희열을 느끼며 지낸다.

증오하는 사람들 속에서 증오 없이
미워하는 사람들 속에서 미움 버리고
우리 진정 행복하게 살아가자.

우리 행복하게 살아가자.
병자들 속에서 병들지[65] 않고
아파하는 사람들 속에서 아픔 없이
우리 진정 행복하게 살아가자.

우리 행복하게 살아가자.
쾌락자들 속에서 쾌락 버리고
갈망자들 속에서 갈망 없이
우리 진정 행복하게 살아가자.

사리뿟따 테라가 이렇게 설법과 게송을 베풀자 마라는 화살을 맞은 병사처럼 몸을 움찔하고 나서 얼굴을 잔뜩 찡그리며 생각했다. '이 수행자는 유혹할 수 없다. 그는 모든 욕망을 초월했기 때문이다.' 그는 부끄러움에 얼굴이 붉어져서, 그러나 이내 마라로서의 악한 마음을 돌이켜 얼른 오두막을 빠져나갔다.

그때까지의 전말을 모두 지켜본 삭까 천왕이 사리뿟따 테라 앞에 모습을 나타낸 다음 말했다.

---

65 마음의 병을 가리킨다.

"훌륭하십니다, 마하테라시여! 마하테라께서는 능숙하게 마라를 물리치심으로써 저에게 큰 기쁨을 안겨 주셨습니다. 저는 오늘 비록 테라께 공양을 올리는 공덕을 짓지는 못했습니다만, 물질로 짓는 공덕보다 더 참된 공덕인 법을 이해하는 공덕을 성취했습니다."

"삭까 천왕이여. 남의 기쁜 일을 기뻐하는 것은 부처님께서 권장하신 네 가지 한량없는 마음[66] 가운데 하나이니, 그대는 내가 마라를 물리친 일을 기뻐함으로써 법을 이해하는 공덕 위에 또 하나의 공덕을 더한 것이다. 그런데 천왕이여, 그대는 그 두 가지 공덕 위에 또다시 공덕 하나를 더할 수가 있다."

"그것이 무엇인지 말씀해 주십시오. 그러면 저는 망설이지 않고 그 공덕을 짓겠습니다."

"그것은 그대가 오늘 보고 들은 것을 도리천의 모든 천인들에게 널리 전해 알리는 것이니, 그 일은 도리천인들의 불법에 대한 신심을 높일 것이요, 그럼으로써 그들은 삶의 바른길로 잘 나아가는 힘을 얻게 될 것이다."

"마하테라시여, 제가 반드시 그렇게 하겠습니다."

(다시 도리천의 법회 장소로 돌아와)

여기까지 자신이 본 모든 일을 법회 참석자들에게 말한 다음 삭까가

---

66 사무량심 : 남이 행복하기를 바람(mettā), 남의 고통을 함께 아파함(karuṇā), 남의 좋은 일을 기뻐함(muditā), 좋고 나쁨을 평등하게 받아들임(upekkhā) 등 네 가지 마음. 사무량심은 한량없는 마음(appamaññā)이자 고결한 머묾(brahma vihāra)으로 수행자를 제8선정까지 인도할 수 있다. 그러나 이 명상으로써 깨달음을 성취할 수는 없다. 한자어로 첫 번째 무량심은 자(慈), 두 번째 무량심은 비(悲)로 번역되는데, 이 둘이 합쳐져 '자비'라는 말이 생겨났다.

덧붙여 말했다.

"여러 벗들이여, 얼마 전에 이러한 일이 있었는데, 마침 사냥꾸마라 범천께서 나에게 법문을 하라고 권하셨기 때문에 그것을 그대들에게 널리 전해 알린 것이니, 그대들이여, 그대들은 내가 행하는 것을 본받아 불법에 대한 신심을 높임으로써 삶의 바른길을 잘 걸어가도록 하시오."

이렇게 말한 다음 삭까 천왕은 행복에 겨운 웃음을 지었고, "사두! 사두! 사두!" 하고 법회에 참석한 모든 불제자들이 마라에 대한 사리뿟따 마하테라의 승리와 삭까 천왕의 설법 공덕을 찬탄했다.

8
두 천인, 마음 닦는 공부를 시작하다

법회가 끝난 뒤 라자와 시리마는 법회 전에 약속한 대로 대탑 앞에서 다시 만났다. 그들은 대탑에 공손히 합장한 다음 단정하게 앉아 눈을 감고 붓다의 거룩한 공덕을 생각하고 나서 물러났다.

시리마가 라자에게 말했다.

"이제 우리 인간계로 가요."

"떠나기 전에 부모님들께 말씀을 드리는 게 좋지 않겠소?"

시리마가 얼굴에 굳은 의지를 나타내며 고개를 가로저었다.

"그분들은 저희가 인간계로 내려가는 것을 찬성하지 않으실 거예요. 그러니 저희가 인간계로 가는 것은 미따 대천인께만 말씀드리는 게 좋겠어요. 뒷일은 대천인께서 알아서 잘 처리해 주실 거예요."

"그게 좋겠소."

이런 대화를 나눈 다음 두 천인은 미따 대천인을 찾아가 자신들은 인간계에 내려가 불법을 배우려 한다는 뜻을 전했다. 미따는 겉으로는 두 천인의 결심을 치하해 주었지만 마음속으로는 '이렇게 좋은 도리천을 떠나 거칠고 험한 인간계로 간다니 이해할 수가 없군. 게다가 이곳에 난 지 하루도 채 지나지 않았는데.'라고 생각했다.

미따 대천인의 처소를 나온 라자와 시리마는 도리천이 있는 수메루 산의 정상으로부터 천천히 날아 아래로 내려오기 시작했다.[67] 두 천인은 수메루산의 중간부에 있는 사왕천을 지나 인간계에 도착하여 꼬살라[68]국 사왓티[69] 교외의 넓은 숲속에 있는 제따와나 사원[70]으로 갔는데, 그들이 사원에 도착한 것은 인간계의 시간으로 이른 새벽이었다.

라자와 시리마는 합장을 한 모습으로 관목이 꽉 들어찬 숲 위 공중에 한참 동안 떠 있었다. 어둑한 숲속에는 작은 오두막 사원들이 여기저기 흩어져 지어져 있었고, 중앙부에 붓다가 머무는 여래향실이 있었다.

비구들이 모두 잠들어 있었기 때문에 사방은 조용했다. 잠시 후, 사

---

67 전통 사찰의 건물 배치 인간계의 중심에 수메루산(Sumeru)이 있고, 산의 중간 부분에 사왕천이, 그 정상에 도리천이 있으며, 그 위로 욕계의 나머지 네 하늘이 있고, 다시 그 위로 색계천이 있으며, 물질(몸)은 없고 비물질(마음)만 있는 무색계천은 따로 정해진 장소가 없다. 우리나라의 전통 사찰은 이 세계관을 바탕 삼아 건립되어 있다. 먼저, 세간에서 출세간으로 들어가는 경계를 표시하는 곳에 불심으로 하나 된 마음을 상징하는 일주문을 세운다. 다음으로 인간계보다 상위의 첫 번째 하늘이 사왕천이므로 사천왕문에 네 천왕을 조성하여 그들로 하여금 사원을 옹위하도록 한다. 그다음으로, 두 번째 하늘인 도리천을 상징하는 지역을 가정하여 범종·법고·운판·목어 등을 배치하는데, 범종은 지옥 중생, 법고는 축생, 운판은 조류, 목어는 어류의 제도를 상징하는 물건이다. 그리고 마지막 지역에 대웅전·대적광전·미타전·관음전·지장전 등 일체중생을 제도하는 가장 높은 스승인 붓다, 또는 붓다에 준하는 대보살인 관세음보살·지장보살 등을 모시는 전을 배치한다. 이렇듯 '전' 자가 붙은 중심 건물 주변에 독성각·칠성각 등 '각' 자가 붙은 건물이 배치되는 경우도 있는데, 각에 모셔지는 피숭배자는 전에 모셔지는 피숭배자보다 격이 낮다.

68 꼬살라(Kosala) 붓다 당시 인도에서 가장 강대했던 두 나라 중 하나. 인도 반도의 북북동 지역에 있었다.

69 사왓티(Sāvatthi) 꼬살라국의 수도.

70 제따와나 사원 꼬살라국의 왕자 제따(Jeta)가 기증한 숲에 사왓티의 부호 아나타삔디까(Anāthapiṇḍka)가 지은 불교 사원. 경전에 가장 많이 등장하는 유명한 사원이다. 아나타삔디까의 본명은 수닷따(Sudatta)인데 널리 어려운 사람을 많이 도왔기 때문에 아나타삔디까(給孤獨, 어려운 이들에게 음식을 베푸는 사람)라는 별칭을 얻게 되었다. 이 때문에 한역 경전에서 제따와나 사원은 기수급고독원(祇樹給孤獨園), 줄여서 기원정사(祇園精舍)로 번역되어 있다.

람의 기척이 오두막마다 들려오기 시작했는데, 그것은 비구들이 가사를 고쳐 입고 얼굴을 씻었기 때문이었다. 세수를 마친 비구들은 자기 처소에 단정히 앉아 저마다 자신의 수행 주제를 챙겨 선정에 들었다.

얼마의 시간이 더 지나 비구들은 선정에서 나와 어제 먹고 남긴 음식을 먹었다. 그런 다음 어떤 비구는 거처 밖으로 나와 천천히 경행[71]을 하고, 어떤 비구는 붓다의 가르침을 암송하는 등 저마다 자신만의 시간을 보냈다.

지금이 적절한 때라고 판단한 라자와 시리마는 여래향실 바로 옆에 부속 건물로 지어져 있는, 붓다의 시자 아난다[72] 마하테라의 개인용 오두막으로 들어가 모습을 드러낸 다음 테라에게 삼배를 올렸다.

얼굴이 조각 작품처럼 단정한 아난다 테라가 부드러운 목소리로 물었다.

"천인들이여, 그대들이 이곳에 온 까닭은 무엇이오?"

"부처님을 뵙고 싶어 도리천에서 내려왔습니다."

"잘 알았소. 그대들은 모습을 감춘 채로 나를 따라오시오."

아난다 테라는 자신의 거처에서 나와 여래향실로 나아갔고, 두 천인은 몸을 숨기고 아난다 테라를 뒤따라갔다.

붓다께 삼배를 올리고 나서 아난다 테라가 스승께 여쭈었다.

---

71 경행 천천히 걸으며 수행 주제를 챙기는 명상.

72 아난다(Ānanda) 사끼야국의 왕족 출신으로 붓다의 사촌 아우인 그는 다정한 성품을 가진 사람이었다. 붓다의 감화를 받아 다섯 왕족 자제들과 왕족 자제들의 이발사인 우빨리와 함께 출가했고, 붓다가 55세가 되던 해부터 80세에 반열반하기까지 25년간 붓다를 곁에서 모시는 시자(비서) 역할을 성실히 수행했다. 그에게는 다섯 가지 으뜸 칭호가 주어져 있는데, 그중 가장 널리 알려진 것은 '설법을 많이 들음에 있어서 으뜸제자'라는 칭호이다.

"세존이시여, 오늘은 누구에게로 가서 공양을 받으시겠습니까?"

붓다가 대답했다.

"아난다여, 여래는 오늘 사왓티 시내에 들어가 바라문 수부티로부터 공양을 받을 것이다. 그리고 아난다여, 너는 여래가 내일부터 여섯 달 동안 빙기사를 만나기 위해 앗사까국의 항구도시 숩바라까로 갈 예정이라는 것을 알아둠이 마땅하니, 여래는 그 기간에 도착하는 곳마다 가장 알맞은 중생들로부터 공양을 받을 것이다."

아난다 테라가 두 눈을 크게 뜨고 스승께 여쭈었다.

"세존께서는 지금 빙기사라 하셨습니까?"

"그렇다."

"혹 세존께서 언급하시는 빙기사가, 밧디야 테라와의 악연으로 비구들 사이에 널리 알려져 있는 음유시인 빙기사는 아니겠지요?"

"바로 그 빙기사이다."

"하지만 세존이시여, 그는 밧디야 테라가 사끼야국의 왕이었던 시절 그의 아내 아유타를 유혹하여 간음하는 죄를 저질렀습니다. 그러고도 자신의 죄를 뉘우치기는커녕 삿된 믿음에 빠져들어 수만 명의 생명과 재산을 파괴하는 종교 전쟁을 일으켰습니다. 이로써 볼 때, 그는 다음 생에 가장 고통스러운 지옥에 떨어져 오랫동안 고통의 과보를 받음도 오히려 부족하다고 하겠거늘, 무엇 때문에 인간과 하늘세계의 스승이신 세존께서 그 비루한 중생을 만나기 위해 여섯 달이나 걸리는 먼 여행길을 떠나시겠다는 것입니까?"

붓다가 아난다를 제지하며 말했다.

"네가 이제 여래가 그를 찾아가는 깊은 의미를 알겠느냐? 아난다여, 너의 지혜가 이 제따숲의 나뭇잎 한 장과 같다면 여래의 지혜는 이 숲의 모든 나뭇잎의 수와 같으니, 지금 이 시점에서는 여래가 그에 대해 말한다고 해도 너는 끝내 여래가 빙기사를 만나러 가는 의미를 다 알지 못하리라.

아난다여, 세상에서 가장 미묘한 것은 마음이니, 마음은 미묘하기 그지없어 수행의 경지가 높은 아라한조차도 그 깊은 데를 다 헤아려 알 수 없고, 오직 위없는 바른 깨달음을 성취한 붓다의 지혜로만 그 모든 것을 낱낱이 다 비추어볼 수 있다. 그 지혜로써 여래는 보나니, 네가 비난하는 빙기사가 겉으로 보기에는 지은 죄업이 수미산보다 더 커 보일지라도, 마음은 오히려 낮은 데로 떨어짐으로써 높은 데로 올라서고, 지극히 어두워짐으로써 오히려 지극히 밝아질 수도 있으니, 저 빙기사의 마음이 바로 그러하다. 그러므로 너는 여래가 빙기사를 만나러 가는 것을 염려하지 말고, 여행을 떠날 차비를 하는 데만 유념하도록 하여라."

"제가 그렇게 하겠나이다, 세존이시여." 하며 성정이 순순한 아난다 테라가 붓다의 말씀을 수용했다.

잠시 후, 붓다는 고개를 돌려 아난다 테라의 등 뒤에서 모습을 숨기고 있는 라자와 시리마를 보며 말했다.

"두 천인은 여래 앞에 모습을 드러내라."

라자와 시리마는 붓다 앞에 모습을 드러낸 다음 공손히 삼배를 올려 존경을 표했다. 붓다가 그들에게 물었다.

"너희가 여래에게 바라는 것은 무엇이냐?"

라자가 사뢰었다.

"모든 것을 두루 아시는 세존이시여, 저는 지난 생의 마지막 순간에 세존의 게송 한 편을 들은 공덕으로 이번 생에 도리천에 날 수 있었습니다. 또한 세존께서는 저의 아내 시리마가 바로 얼마 전에 비구 사누로서 세존의 가르침을 받자마자 죽어 도리천에 난 것을 잘 아시리라 생각합니다."

"사누에 대해서라면 여래는 얼마 전에 있었던 그 일을 잘 기억하고 있다. 다만 인간계와 하늘세계의 시간이 달라서 너희가 도리천에서 보낸 짧은 시간 동안 인간계에서는 일 년이라는 긴 시간이 지났고, 그 기간에 여래는 당시에 머물고 있던 웰루와나 사원을 떠나 이곳 제따와나 사원으로 와서 머물고 있다."

"저희 부부는 도리천에 머물러 쾌락을 즐기기보다는 비록 어려움이 있을지라도 가능한 시간 동안 지상에 머물러 불법을 깊이 배우고자 합니다. 그러하오니 가장 고귀하고 언제나 행복한 분이시여, 어리석은 저희를 잘 지도해 주시기 바랍니다."

"훌륭하구나! 훌륭하구나!"

붓다로부터 칭찬을 들은 두 천인은 잠시 감동에 젖었다. 마음을 진정시킨 다음 라자가 붓다께 여쭈었다.

"그런데 세존이시여, 인간이 아닌 저희들도 인간과 마찬가지로 불법의 높은 경지를 성취할 수 있는지요?"

"그렇기는 하지만 그 목표를 지향하려면 몇 가지 조건이 갖추어져 있어야 한다."

"그것이 무엇입니까?"

"그가 불법을 배울 만한 수준에 이르러 있어야 하고, 목표에 도달한 스승이 있어야 하며, 제자가 스승에게 응당한 예의를 갖추어 가르침을 청해야 하고, 스승이 스승답게 가르침을 베풀어야 하며, 제자가 배운 바를 잘 실천해야 한다."

"혹 저희는 법을 배울 만한 수준에 이르러 있는지요?"

"너희는 그에 이르러 있다."

"그렇다면 저희에게 제자가 스승에게 가르침을 청하는 법다운 도리에 대해 말씀해 주십시오."

"가르침을 청하는 가장 좋은 방법은 여래의 승단에 출가하여 비구 또는 비구니 제자가 되는 것이다. 이 길에 들어설 경우 그는 여래, 또는 선배 비구(비구니)로부터 이런저런 지시를 받게 되는데, 그것은 그가 자신의 자유의사로써 여래의 승단에 출가하여 지도를 요청했기 때문이다. 하지만 너희는 천인이므로 이 방법을 택할 수 없다."

라자가 얼굴에 슬픈 빛을 띠고 사뢰었다.

"세존이시여, 가장 좋은 방법을 택할 수는 없다고 하더라도 그다음으로 좋은 방법이 있을 것이니, 저희에게 그것이 무엇인지 말씀해 주십시오."

"그다음으로 좋은 방법은 여래의 세속제자가 되는 것이다. 이 길에 들어설 경우 그는 여래로부터 이런저런 지시를 받지는 않는다. 즉, 여래는 그에게 삶의 바른길을 다만 권하기만 할 뿐 강권하지는 않는다."

"세존이시여, 저희들을 그렇게 지도해 주십시오."

"하지만 그 경우 너희는 비구·비구니만큼의 진보를 이루기 어렵다."

붓다의 이 말은 큰 기대를 품고 있었던 라자와 시리마를 실망시켰다. 가느다란 한숨을 쉬는 그들의 이마에 그늘이 드리웠다. 이윽고 붓다가 그들에게 말했다.

"두 천인이여, 여래는 너희에게 특별히 비구·비구니에는 미치지 못하지만 그에 준하는 지위를 허락하리니, 이것은 너희가 전생에 여래와 맺은 인연을 감안한 결정이다. 너희는 천인인 지금 상태로 여래의 특별제자가 되거라. 그러면 여래는 너희에게 이런저런 지시를 내릴 것이고, 그럼으로써 너희는 보다 효율적으로 불법을 배울 수 있을 것이다. 다만, 너희들은 하늘의 법에 따라 여섯 달 동안에 한하여서만 여래의 특별제자가 될 수 있다."

라자와 시리마가 환희하여 붓다께 사뢰었다.

"사람을 가르치는 데 있어 비길 자 없는 분이시여, 저희가 기쁜 마음으로 세존의 특별제자가 되기를 원하오니, 저희를 받아들여 잘 지도해 주십시오!"

붓다가 선언했다.

"라자와 시리마여, 도리천의 쾌락을 포기하고 먼지 자욱한 인간계, 땀을 흘려야만 하는 인간계, 온갖 오욕으로 더럽혀져 있는 인간계로 내려온 하늘 구도자들이여! 여래는 너희를 특별제자로 받아들이노니, 앞으로 여섯 달 동안 여래의 지도를 받아 잘 배우고, 잘 생각하며, 잘 닦고, 잘 향상할지니라!"

이에 라자와 시리마는 고귀한 스승께 다시 삼배를 올림으로써 붓다의 특별제자가 되었다.

붓다가 두 천인에게 말했다.

"이제부터 너희는 어느 인간들이 너희를 볼 수 없도록 모습을 감춘 채로 인간계에서 행해지는 여래 및 여래의 제자들에 의해 설해지는 가르침을 배우고 익히도록 하여라."

"예, 세존이시여."

"너희는 지금 곧 비구 말루카에게로 가서 그가 비구 밧디야와 나누는 법담을 듣도록 하여라. 또한 그 후로도 두 사람의 여행길을 뒤따라가면서 그들이 수행하는 모습과 그들 주변에서 일어나는 여러 가지 일들을 보며 불법을 잘 배우고 닦도록 하여라."

"세존이시여, 저희가 그렇게 하겠습니다."

이렇게 대답한 다음 라자와 시리마는 고귀한 스승께 사례하고 물러나와 몸을 감추고 하늘눈으로 말루카 비구가 있는 곳을 찾아보았다. 그들은 말루카가 마가다국 보드가야 근처에 있는 한 사원에서 탁발을 나갈 준비를 하고 있다는 것을 알았다. 두 천인은 하늘 높이 솟아오른 다음 하늘걸음으로 '장사가 팔을 구부렸다가 펴는 짧은 시간'에 말루카가 있는 곳으로 갔다.

9
독화살의 비유

두 천인이 지켜보고 있는 가운데 말루카 비구는 시내로 탁발을 나갔다. 잠시 후, 그는 한적한 곳으로 가서 탁발해 온 음식을 먹었다. 음식 공양을 마친 다음 말루카 비구는 근처의 시냇가로 나가 발우[73]를 씻고 나서 가사를 잘 고쳐 입은 다음 천천히 걸어 자신이 출발한 곳이 아닌 다른 어딘가로 향했다.

그는 반 요자나를 걸어 여러 종류의 관목이 우거진 숲 깊은 곳에 있는 밧디야 비구의 오두막집에 도착했다. 때마침 밧디야 비구는 조금 떨어진 곳에서 경행을 마치고 집으로 돌아오고 있는 중이었다.

말루카 비구를 발견한 밧디야 비구는 "어서 오시오, 형제[74]여." 하고 말하며 두 손을 모아 합장했는데, 두 천인이 보니 밧디야의 풍모에서는 전에 왕위에 있었던 사람이라면 으레 있을 법한 오만함이 전혀 느껴지

73 발우 출가자의 음식 그릇.

74 승려들 간의 호칭을 '형제' 또는 '누이'로 통일했다.

지 않았다.

두 비구는 오두막 안으로 들어갔다. 말루카 비구는 자신보다 출가 나이가 많은 밧디야 비구에게 삼배를 올려 예를 표한 다음 말했다.

"저는 부처님의 지시를 받고 테라님을 찾아왔습니다."

밧디야는 잠잠히 고개를 끄덕였고, 말루카는 자신이 밧디야를 찾아온 까닭을 말하기 시작했다.

"저는 칠 년 전에 출가하여 비구로 지내오다가 두 해 전부터는 세존으로부터 수행 주제를 받아 명상을 해 오고 있었습니다. 그러던 어느 때 저에게 '공간은 유한한가, 무한한가, 유한하면서 무한한가, 유한하지도 않고 무한하지도 않은가? 시간은 유한한가, 무한한가, 유한하면서 무한한가, 유한하지도 않고 무한하지도 않은가? 공간은 왜 있는가? 시간은 왜 있는가? 죽음은 왜 있는가? 삶은 왜 있는가?'라는 의문들이 떠올랐습니다.

저는 그 주제들에 대해 골똘히 생각해 보았습니다만 생각이 겹치고 얽히기만 할 뿐 끝내 답을 찾지 못했습니다. 그래서 세존을 찾아뵙고 그에 대해 여쭈었는데, 세존께서는 아무 말씀도 해 주시지 않았습니다. 그래서 저는 그 의문들을 잊고 수행 주제에 마음을 모으고자 노력했습니다. 그렇지만 얼마 지나지 않아 마음속에서 다시 그 의문들이 떠올라 전보다 더 심하게 저에게 답변을 요구하는 것이었습니다.

궁금증을 견디다 못한 저는 또다시 세존을 찾아뵙고 그에 대해 여쭈었지만 세존께서는 역시 아무 말씀도 해 주시지 않았습니다. 저는 세존께서 대답을 하시지 않는 데에는 무슨 까닭이 있으려니 생각하며 다시 한번 그 의문들을 잊고 수행 주제에 마음을 모으고자 노력했습니다. 그렇지만 얼마 지나지 않아 마음속에서 또다시 그 의문들이 떠올랐고, 이번에는 그것들이 도저히 견딜 수 없는 미혹과 번민이 되어 저를 크나큰 고통 속에 빠뜨리는 것이었습니다.

그래서 저는 세 번째로 세존을 찾아뵙고 그에 대해 여쭈었습니다. 하지만 세존께서는 여전히 아무 말씀도 해 주시지 않았습니다. 그래서 저는 크게 실망하여 세존께 '저에게 세 번씩이나 아무런 말씀을 해 주시지 않으니 저는 승단을 떠나 속가의 집으로 돌아갈까 합니다.' 하고 사뢰었습니다."

(그 뒤의 경과) 붓다는 생각이 많은 제자에게 말했다.

"말루카여, 너와 여래의 모든 출가제자들에게는 언제든지 출가하기 전의 상태로 되돌아갈 자유가 있다."

붓다의 이 말에 말루카가 섭섭한 표정으로 붓다께 사뢰었다.

"세존의 그 말씀에 저는 스승으로서의 세존을 의심하게 됩니다. 세존의 말씀을 들으며 저에게는 '세존께서는 나를 버리시는구나! 세존께서는 참으로 냉정한 분이시구나!' 하는 생각이 일어난다는 뜻입니다."

"실제로 여래는 냉정한 스승이니, 그것은 여래가, 인간으로 태어난다는 것은 나는 너(네)가 아니고 너는 내가 아니라는 냉정한 기초 위에서는 것임을 밝히 알고 있기 때문이다. 말루카여, 너는 알아야만 한다. 이 냉정한 기초를 잘 음미함으로써 지혜가 생겨나고, 그 지혜에 기초함으로써 진실한 인간관계가 맺어진다는 것을."

"그렇게 냉정한 분이 세존이시라면 저 또한 냉정히 제 생각을 사뢰겠습니다. 세존이시여, 저는 칠 년 전에 세존을 흠모하여 집을 떠나 비구가 되었던바, 그 출가는 저의 자유를 세존께 맡긴 것이옵고, 그에 부응하여 세존께서는 저를 지도하실 책임을 지신 것이라고 할 수 있을 것입니다."

"그렇다."

"그런데 지금 제가 드리는 질문에 세존께서 아무런 말씀도 해 주시지 않는 것은 세존께서 저에 대한 책임을 지지 않는 것이 아닙니까?"

"말루카여, 너는 네가 출가하던 때를 상기하라. 그때 여래가 너에게 공간은 유한한가 무한한가라든가, 시간은 유한한가 무한한가 등을 가르쳐 주겠노라고 약속하였느냐?"

"그렇지는 않습니다."

"그렇다면 여래는 너에게 무엇을 가르쳐 주겠노라고 약속하였느냐?"

"세존의 법은 곧 사성제[75]인즉 세존께서는 암묵적으로 저에게 사성제를 가르쳐 주겠노라고 약속하신 것이라 하겠습니다."

"그렇다면 말루카여, 네가 이해하고 있는 사성제는 어떤 것이냐?"

"저는 사성제가, 의사가 병자를 다루는 것에 비유될 수 있는 진리라는 것을 알고 있습니다. 사성제는 괴로움의 진리, 괴로움의 원인의 진리, 괴로움의 소멸의 진리, 괴로움의 소멸로 인도하는 길의 진리 등 네 진리로 짜여 있는데, 이 중 고성제는 병자가 병증을 보이는 것에, 집성제는 의사가 병을 진단하는 것에, 멸성제는 치료 목표인 건강에, 도성제는 치료에 해당되는 것입니다."

"그렇다면 네가 여래에게 물은 '공간은 유한한가, 무한한가?' 등의 질

---

75 사성제 붓다의 사상을 담는 큰 틀. 붓다의 가르침은 이 안에 모두 담긴다. ① 고성제(dukkha saccaṁ) : 괴로움의 진리 ② 집성제(samudaya saccaṁ) : 괴로움의 원인의 진리 ③ 멸성제(nirodha saccamṁ) : 괴로움의 소멸의 진리 ④ 도성제(magga saccaṁ) : 괴로움의 소멸로 인도하는 길의 진리.

문은 사성제에 포함되느냐, 포함되지 않느냐?"

"제 생각에 그것은 사성제에 포함됩니다. 세존이시여, 저는 고성제가 몸으로는 나고 늙고 병들고 죽는 괴로움, 마음으로는 싫어하는 정황과 맞닥뜨리는 괴로움, 좋아하는 정황이 무너지는 괴로움, 구하지만 얻지 못하는 괴로움, 심신에 집착하는 괴로움 등 여덟 괴로움을 가리킨다고 알고 있사온데, 저의 이 이해는 옳은지요?"

"옳다."

"그렇다면 제가 드린 여러 질문 중 다른 것은 다 그만두더라도 최소한 '죽음은 무엇인가?'라는 질문 하나만은 사성제에 포함되는 것이 아니겠습니까?"

"그러나 말루카여, 사성제는 죽음을 비롯한 삶의 모든 괴로움을 첫 번째로는 '나 자신'에서 다루고, 두 번째로는 '괴로움들을 어떻게 해결할 것인가?'에 초점을 맞추어 다룬다."

"사성제가 삶의 모든 괴로움을 나 자신에서 다룬다는 것은 무슨 뜻입니까?"

"고성제가 가리키는 몸과 마음의 괴로움은 누구에게 일어나느냐?"

"모든 사람에게 일어납니다."

"그것은 그러하나 또한 그렇지 아니하니, 기초적인 의미에서 볼 때 고성제가 가리키는 몸과 마음의 괴로움은 '나 자신'에게서 일어난다."

"잘 이해할 수 있도록 예를 들어 설해 주십시오."

"예를 들어 지금 네가 죽음에 임박해 있다고 하고, 네 옆에는 너를 지극히 사랑하는 어머니가 계신다고 하자. 그 경우 너의 어머니는 너를 대신해서 죽어 주실 수 있겠느냐?"

"그럴 수는 없습니다."

"그러면 그 반대 정황, 즉 여기에 네가 지극히 사랑하는 어머니가 계시고, 너의 어머니가 지금 죽음에 임박해 있다고 하자. 그때 너는 너의 어머니를 위해 대신 죽어 드릴 수 있겠느냐?"

"결코 그럴 수는 없습니다."

"다시, 앞의 예에서의 죽음을 늙음과 질병으로 바꿀 경우에는 어떠하냐? 말루카여, 너는 너의 어머니의 늙음과 질병을 네 몸으로 옮겨와 어머니 대신 늙어 드리고 아파 드릴 수 있겠느냐?"

"그럴 수 없습니다."

"그 반대는 어떠하냐? 즉, 너의 어머니는 너의 늙음과 질병을 자신의 몸으로 옮겨가 너 대신 늙어 주고 아파 주실 수 있겠느냐?"

"결코 그럴 수는 없습니다."

"앞의 예에서의 죽음과 늙음과 질병을 근심과 걱정, 즉 번뇌로 바꿀 경우에는 어떠하냐? 그 경우 너는 어머니의 번뇌를 네 마음으로 옮겨와 어머니 대신 번뇌해 드릴 수 있겠느냐?"

"그럴 수는 없습니다."

"그 반대는 어떠하냐? 즉, 너의 어머니는 너의 번뇌를 자신의 마음으로 옮겨가 너 대신 번뇌해 주실 수 있겠느냐?"

"결코 그럴 수는 없습니다."

"그것은 왜 그러하냐?"

"그것은 나는 나요 어머니가 아니며, 어머니는 어머니요 내가 아니기 때문입니다."

여기까지 대화를 이끈 다음 붓다는 말을 그쳤고, 말루카는 눈을 감고 잠시 생각에 잠겼다. 한참 만에 말루카는 두 눈을 뜨고 붓다를 우러러보았고, 붓다가 제자를 향해 말했다.

"조금 전에 여래는 너에게 '고성제가 가리키는 몸과 마음의 괴로움은 누구에게 일어나느냐?'라고 물었고, 그에 대해 너는 '모든 사람에게 일어납니다.'라고 대답했다. 그래서 여래는 너에게 고성제가 가리키는 몸과 마음의 괴로움이 다른 누구가 아닌 '나 자신'에게서 일어난다고 설했고, 너의 이해를 돕기 위해 너와 너의 어머니의 예를 들었다. 말루카여, 이로써 너는 고성제가 가리키는 몸과 마음의 괴로움이 나 자신에게서 일어난다는 것을 이해했을 것이다."

"제가 그 말씀을 이해했습니다."

"사성제의 두 번째 진리는 무엇이냐?"

"그것은 집성제, 즉 괴로움의 원인의 진리입니다."

"앞에서 네가 말한 것처럼 집성제는 병자를 위해 치료법을 개발하기 위한 진단으로서의 진리이다. 그런데 중생이 앓고 있는 질병, 즉 몸과 마음의 온갖 괴로움에 대한 원인을 진단하는 방향은 '안'과 '밖'으로 나뉘게 된다."

"제가 이해할 수 있도록 자세히 분별하여 설해 주십시오."

"너는 먼저 중생에게 있어서 몸과 마음의 여덟 가지 괴로움은 결국 '구하지만 얻지 못하는 괴로움'일 뿐이라는 것을 알아야 한다. 즉, 어떤 생명 존재가 중생이라 불리는 것은 그의 마음이 무언가를 바란다는 것이요, 그가 무언가를 바란다는 것은 곧 그의 마음이 채워지기를 기다리는 '빈 잔'과 같다는 것을 의미한다.

이 점과 관련하여, 중생은 죽음을 피하고 싶어 하는 빈 잔, 늙음을 피하고 싶어 하는 빈 잔, 질병을 피하고 싶어 하는 빈 잔… 등을 갖고 있다. 또한 중생은 감각적인 즐거움을 향유하고 싶어 하는 빈 잔, 매력 있는 이성을 차지하고 싶어 하는 빈 잔, 많은 재산을 갖고 싶어 하는 빈 잔, 남들의 호감을 얻고 싶어 하는 빈 잔, 이름을 떨치고 싶어 하는 빈 잔, 남들로부터 우러름을 받고 싶어 하는 빈 잔, 남들을 지배하고 싶어 하는 빈 잔… 등을 갖고 있다. 이 밖에도 중생이 갖고 있는 바람의 잔은 매우 많아 일일이 열거하기 어렵다.

"실로 그러합니다."

"세속 사람들은 그 많은 마음의 빈 잔을 채우기 위해 어떻게 하느냐?"

"그들은 빈 잔에 채울 '물'이 있는 곳, 즉 '사회'라는 이름의 '우물'로 갑니다. 그러고 그곳에서 재산·이성·명예·권력… 등의 '물'을 긷습니다."

"그런데 그 우물에는 물을 길어 가고자 하는 수많은 중생들이 모여 있게 마련이다."

"그렇습니다."

"그러나 물을 퍼 가려는 중생들의 바람의 양에 비해 우물물의 양은 매우 적으니, 그래서 그들 간에는 더 많은 물을 퍼 가기 위한 경쟁이 벌어지게 된다."

"그렇습니다."

"그는 어렵사리 퍼 온 물로써 자신의 잔을 채울 것이며, 그럼으로써 만족감을 느끼며 행복해할 것이다."

"그렇습니다."

"그는 자신이 퍼 온 물로써 자신의 '모든 잔'을 채울 수 있겠느냐 없겠느냐?"

(잠시 생각한 다음) "그는 자신의 잔들 중 일부는 채우지만 모든 잔을 채우지는 못합니다. 예를 들어 어떤 중생은 재산이라는 잔은 채우지만 아름다운 아내라는 잔은 채우지 못하고, 다른 어떤 중생은 아름다운 아

내라는 잔은 채우지만 명예라는 잔은 채우지 못합니다."

"말루카여, 너는 어떻게 생각하느냐? 중생이 갖은 고생을 다 해 가며 어렵사리 채운 잔은 만족 상태를 계속 유지하느냐, 유지하지 못하느냐?"

스승의 질문을 받은 말루카는 다시 생각에 잠겼다. 이윽고 말루카가 대답했다.

"중생이 한 번 얻은 만족 상태를 계속해서 유지하는 경우는 매우 드뭅니다. 예를 들어 처음에 일천 루피의 돈을 원했던 사람이 일천 루피를 갖게 되면 그의 마음은 만족 상태가 됩니다. 그렇지만 그는 얼마 안 있어 일천 루피를 당연한 것으로 여기게 되고, 그래서 이천 루피를 원하게 됩니다. 즉, 그의 만족 상태는 얼마간 유지된 뒤에 불만족한 상태로 바뀌고 맙니다."

"그때 그는 어떻게 하느냐?"

"그는 다시 우물가로 나아가 물을 퍼 와 자신의 커진 잔을 채웁니다."

"그다음에는 어떻게 하느냐?"

"그는 어렵사리 다시금 잔을 채우지만 그의 잔은 또다시 커집니다. 그는 이천 루피의 잔을 채웠습니다만 어느 사이 그의 잔은 오천 루피를 담아야만 하는 더 큰 잔으로 커져 버리는 것입니다!"

"그렇다면 그는 전보다 더 불만족한 상태로 전락한 것이 아니냐?"

"실로 그러하오니, 이천 루피를 원하는 상태에서 일천 루피를 가졌을 때 그는 절반은 만족하고 절반은 불만족했지만, 오천 루피를 원하는 상태에서 이천 루피를 가진 그는 더 많은 돈을 가졌음에도 불구하고 절반의 만족조차도 누리지 못합니다."

"그런 것이 중생의 바람과 만족이라면 너는 이 문제를 어떻게 풀어야 한다고 생각하느냐?"

"세존이시여, 저를 위해 그에 대해 설해 주십시오."

(빙그레 웃으며) "말루카여, 바람의 잔을 채우는 방법에는 물을 퍼 오는 것 말고 또 다른 방법이 있다."

"제가 그 말씀을 잘 이해할 수 없사온즉, 세존께서는 어리석은 제자를 위해 그에 대해 설해 주십시오."

"잔이 커지는 것을 멈추고 크기를 줄여 마침내는 없애는 것이 그것이다."

(잠깐 생각에 잠겼다가 붓다의 말이 의미하는 바를 깨닫고 크게 기뻐하며) "오오, 세존이시여! 저는 세존의 그 말씀을 이해하였나니, 바람의 잔을 채우는 데에는 물을 퍼 오는 방법 말고도 잔을 줄여 채우는 또 다른 방법이 있겠습니다!"

붓다가 자비로운 음성으로 생각 많은 제자에게 말했다.

"실로 그러하니, 바람의 빈 잔을 채우는 방법에는 우물, 즉 사회와 물질들을 향해 나아가 바라는 것을 가져옴으로써 잔을 채우는 방법과 자신에게로 돌아와 바람을 멈추고 줄이고 없앰으로써 잔을 채우는 방법이 있다. 여래는 그 두 방법 중 후자가 더 근본적인 채움의 방법이라고 설하나니, 여래의 사성제는 그에 기초하여 중생의 질병을 진단하고 치료하도록 짜여 있다.

말루카여, 지금까지 말한 바람을 여래는 '희구'라 부르려니와, 물을 퍼 옴으로써 잔을 채우는 길은 희구를 인정하는 길이요, 잔을 줄이고 없앰으로써 채우는 길은 희구를 부정하는 길이다. 이 중 여래는 재가제자를 위해서는 물을 퍼 오는 대타적인 길과 잔을 줄이는 대자적인 길을 적절히 조화시키라고 설하고, 출가제자에게는 잔을 줄이는 대자적인 길에만 전념하여 최종적으로 잔을 없앰으로써 삶의 모든 괴로움을 멸절하라고 설하고 있다.

희구는 적절한 희구인 '욕구'와 지나친 희구인 '욕망'으로 분별되는데, 지금 여래가 설한 내용에 비추어 볼 때 재가자와 출가자의 욕구와 욕망의 분별선은 각기 다르다. 출가자에게 물질적인 소유는 욕망이지만 재가자에게는 그것이 적절한 것일 때는 욕구, 지나칠 것일 때는 욕망이 되고, 출가자에게 성적 접촉은 욕망이지만 재가자에게는 그것이 적절할 때는 욕구, 지나칠 때는 욕망이 되는 것이다."

"세존이시여! 이제 저는 사성제가 삶의 모든 괴로움을 '나 자신'에서 다룬다는 것이 무엇을 의미하는지를 밝히 알았습니다."

"훌륭하구나! 훌륭하구나!"

붓다는 기쁜 빛을 띠고 말루카를 칭찬했고, 다시 말루카가 여쭈었다.

"세존께서는 지금까지 사성제가 죽음을 비롯한 삶의 모든 문제를 나 자신에서 다루는 점에 대해 설하신 바, 저는 이제 그 의미를 잘 이해했습니다. 그러니 이제는 사성제가 '괴로움을 어떻게 해결하는가'에 초점을 맞추어 설해 주십시오."

"여래는 의사와 병자의 관계를 예로 들어 설하도록 하겠다. 말루카여, 여기에 훌륭한 의사가 있어 그가 한 병자를 치료한다고 하자. 그 경우 그의 목표는 오직 병자의 치료 한 가지뿐일 것이다. 그리하여 그의 모든 노력은 병자의 치료라는 목표에 집중된다. 그런데 한 의사가 질병이 일어난 원인을 탐구하는 데 있어 '지나치게 멀리' 나간다면 그를 가리켜 훌륭한 의사라고 할 수 있겠느냐?"

"제가 이해할 수 있도록 그 말씀을 좀 더 자세히 설명해 주십시오."

"예를 들어 그 의사는 질병의 원인을 밝히는 데 지나치게 몰두한 끝에 이렇게 생각하기에 이르렀다. '이 병자는 감기에 걸렸다. 따라서 나는 그가 감기에 걸린 원인을 밝혀내어 그것을 제거해야만 한다. 그런데 감기는 호흡기 질병에 속하고, 호흡기 질병은 몸의 질병에 속하며, 그의 몸은 그의 부모가 낳았고, 그의 부모는 그의 양가의 조부모가 낳았다. 따라서 나는 그의 양가의 조부모를 연구하여 그들이 누구인지를 명확히 한 다음 그에 의거하여 그의 부모가 누구인지를 밝히고, 다시 그에 의거하여 그의 몸이 무엇인지를 밝히고, 다시 그에 의거하여 호흡기 질병이 무엇인지를 밝히고, 다시 그에 의거하여 감기가 무엇인지를 밝혀야 한다.' 말루카여, 네가 이 비유를 이해하였느냐?"

"제가 그 비유를 이해했습니다."

"또 다른 비유를 하나 더 들겠다. 말루카여, 여기에 어떤 병사가 독화살을 맞았다고 하자. 그때 그의 곁에 그를 사랑하는 친구가 있다면 그는 그 병사를 위해 독화살을 뽑아 주려고 할 것이다. 그런데 그 병사가 친구에게 '그대여, 화살을 뽑지 말라. 나는 화살을 뽑기에 앞서 이 화살대는 무엇으로 만들었는지, 화살촉은 무엇으로 만들었는지, 화살깃털은 무엇으로 만들었는지를 알아야겠다.'라고 말한다면, 너는 그 말이 이치에 맞는다고 생각하느냐?"

"이치에 맞지 않는다고 생각합니다."

"나아가 그가 '친구여, 나는 독화살을 뽑기에 앞서 이 화살을 쏜 사람이 누구인지부터 알아야겠다.'고 말하며 자신을 치료하려는 친구의 손을 붙들고 놓지 않는다면 그를 가리켜 지혜로운 사람이라고 할 수 있겠느냐?"

"오오, 세존이시여, 그럴 수는 없습니다."

"말루카여, 독화살을 맞은 병사가 그렇게 말하며 고집을 부리자 그의 친구는 그의 말을 무시하고 화살을 뽑으려 하였다. 그러자 병사는 가진 모든 힘을 모두 쥐어짜 친구의 손을 꽉 붙들며 다시 말했다. '친구여, 간절히 부탁하노니, 그대는 나를 위해 화살을 뽑지 말라. 나는 화살을 뽑기 전에 이 화살을 쏜 사람이 누구인지를 꼭 알아야겠다. 또한 나는 알아야겠다. 이 화살을 쏜 사람의 아버지는 누구이며, 그 아버지의 아버지는 누구인지를. 그리고 나는 알아야겠다. 그 아버지의 아버지의 아버지는 누구이며, 그 아버지의 아버지의 아버지의 아버지는 누구인지를. 나아가 그들 모두가 속하는 종족의 첫 아버지가 누구인지를 알아야겠다.' 말루카여, 대답해 보아라. 너는 그의 이 모든 말이 이치에 맞는다고 생각하느냐?"

"이치에 맞지 않으니, 세존이시여, 저는 지금 가슴이 답답하여 견딜 수가 없습니다. 왜냐하면 그는 그렇게 말하고 있는 동안 시시각각 죽어 가고 있을 것이기 때문입니다."

이렇게 말하며 말루카가 울상을 짓자 붓다가 말했다.

"말루카여, 모든 중생은 이미 괴로움의 독화살에 맞았다. 그들은 몸으로는 생로병사의 괴로움, 마음으로는 온갖 번뇌에 시달리는 독화살을 맞은 상태에 있는 것이다. 따라서 중생에게 필요한 질문은 네가 여래에게 제기한 형이상학적이고 비실제적인 질문이 아니라 자신에게 닥쳐 있는 삶의 괴로움을 '어떻게' 치료할 것인지라는 실천적이고 실제적인 질문뿐이다. 이 때문에 여래는 네가 제기한 여러 가지 형이상학적이고 비실제적인 질문에 대답하지 않고 잠잠히 침묵했던 것이다."

붓다가 이렇게 설하자 말루카는 두 눈을 감고 생각에 잠겼다. 한참 뒤에 그의 뺨을 타고 두 줄기의 눈물이 흘러내렸는데, 그것은 그가 독화살의 비유를 온전히 이해한 때문이었다.

붓다가 웃음을 띠고 말했다.

"나의 아들 말루카여, 너는 울지 말라. 나는 너를 울게 하기 위해서가 아니라 행복으로 이끌기 위해서 지금까지 이치를 밝혀 드러내 보인 것이다."

말루카가 울음기가 아직 남아 있는 채로 싱긋 웃으며 말했다.

"세존께서 저를 아들이라 하시고, 또한 세존 자신을 나라 칭하며 다정하게 대해 주시니, 제 마음은 기쁘기 한량없습니다."

"너는 조금 전에 나를 가리켜 냉정하다고 하더니 이제 와서는 다정하다고 하는구나."

붓다가 다시 웃으며 이렇게 말하자 말루카는 존귀한 스승 앞에 절을 올린 다음 두 손을 앞에 모으고 사뢰었다.

"세존이시여, 저는 이제 불법의 기초를 밝히 알았사온즉 지금부터는 형이상학적이고 비실제적인 모든 질문을 포기하고 오직 어떻게 하면 독화살을 빼어 괴로움을 소멸할 수 있는지만을 묻고 배우고 닦겠습니다."

"그렇다면 너는 속가로 돌아가겠노라던 조금 전의 말을 취소하는 것이냐?"

"그렇습니다. 저는 승단에 계속 남아 모든 괴로움을 소멸하는 그때까지 정진하겠습니다."

"사두! 사두! 사두!" 하고 제자를 칭찬한 다음 붓다가 물었다.

"여래의 법에서 모든 괴로움을 소멸한 경지는 무어라고 불리느냐?"

"그것은 깨달음·열반·해탈이라 불립니다."

"그렇다. 그러니 너는 이제 그 방향으로 잘 나아가고 있는 여래의 제자 한 사람을 만나는 것이 좋다."

"제가 만나야 할 그분은 누구입니까?"

"비구 밧디야가 바로 그이니, 너는 곧 그에게로 가서 그의 법문을 듣도록 하여라."

"세존이시여, 제가 기꺼이 그렇게 하겠나이다."

이렇게 말한 다음 말루카는 스승께 큰절을 올려 감사를 표했다.

10
왕위를 버리고 비구가 된 밧디야

(밧디야의 처소로 돌아와)

말루카가 밧디야에게 말했다.

"이런 사연으로 제가 테라님을 찾아온 것입니다."

"그렇긴 하지만 내가 과연 형제에게 도움을 줄 수 있을지에 대해 자신이 서지 않는구려."

"그렇지만 세존께서 저를 테라님에게 보낸 것으로 보아 저는 테라님에게 충분히 그런 능력이 있으리라고 생각합니다. 세존께서는 그 어떤 경우에도 빗나가는 판단을 내리는 분이 아니시기 때문입니다."

"그것은 그러하오. 세존의 판단은 어떤 경우에나 과녁의 정중앙을 관통하는 화살과 같소."

이렇게 말한 다음 밧디야는 잠시 생각하고 나서 말했다.

"내가 생각하기로는 세존께서 형제를 나에게 보내신 것은 내가 전에 자애 명상을 수행함으로써 작으나마 수행상의 이익을 보았기 때문인 것 같소."

"그렇다면 저에게 자애 명상을 포함하여 여러 가지 좋은 말씀을 해 주시기 바랍니다."

"기쁜 마음으로 그렇게 하도록 하겠소. 그런데 형제여, 나는 그에 앞서 내가 속가에서 무엇을 경험했는지부터 말하고 싶소. 그것은 나의 세속 시절의 경험이 형제의 수행에 다소나마 도움이 될 것이기 때문이오."

"사실을 말씀드리면… 저도 그 이야기를 꼭 듣고 싶었습니다. 테라님의 세속 시절 인연사는 너무나도 흥미로워서 비구들 간에 가끔 화제가 되곤 하는데, 저 또한 그 인연사에 궁금증을 갖고 있는 것이 사실이기 때문입니다. 아! 물론 저는 남의 일에 호사가로서의 관심을 갖는 것이 수행자답지 않다는 것을 알고 있습니다. (다시 웃으며) 하지만 제가 세존께 드렸던 질문에서 알 수 있는 것처럼 저는 수행과 별 관련이 없는 일에 마음을 자주 빼앗기는 사람이기도 합니다."

말루카의 진솔한 말을 들은 밧디야 비구는 기분 좋은 표정으로 웃으며 말했다.

"형제가 그렇게 겸손하게 말한다면 나도 겸손하게 말하리다. 사실 내가 형제에게 나의 세속사 인연을 말하려 하는 마음에는 내 가슴에 무거운 돌덩어리로 놓여 있는 과거의 짐을 내려놓고자 하는 의도도 조금은 포함되어 있소."

"즐거이 경청하겠습니다"

그러나 밧디야는 이야기를 바로 시작하지 않고 조용히 두 눈을 감고 한참 동안 자신의 마음을 다스렸다. 굵은 대나무로 엮어진 오두막집 벽 밖으로 산들바람이 마른 나뭇잎을 스치며 지나가는 소리가 들렸다. 한참 만에 밧디야 비구는 감았던 눈을 뜨고 조용한 어조로 말하기 시작했다.

"형제도 알겠지만 나는 세존의 고국인 사끼야국 출신이오. 나의 아버지는 세존의 아버지이신 숫도다나 왕의 아우였으므로 나와 세존은 사촌 간이 되오. 숫도다나 왕에게는 혈육이 세존 한 분뿐이었소. 그 한 분뿐인 아드님이 출가하심으로써 숫도다나 왕이 서거한 후 나의 아버지 깔리고다께서 왕위를 계승했고, 나는 아버지의 외아들로서 태자가 되었소. 그리고 얼마 후에 아버지가 돌아가심으로써 나는 왕이 되었소. 왕이 된 뒤 내 삶은 완전히 바뀌었소. 나는 많은 권한과 명예, 재산과 여자를 갖게 되었으며, 모든 사람이 나를 떠받들었고, 모든 사람이 나를 찬양했소. 나는 그 풍요 속에서 하루하루를 즐기며 생각했소. '세상은 이렇듯 살 만하고, 사람들은 이렇듯 나에게 좋다!'

그러나 얼마 지나지 않아 나는 세상이 살 만한 데가 아니라는 것을, 사람들이 나에게 좋기만 한 것이 아니라는 것을 깨우쳐야만 했소. 그리하여 나의 삶은 또다시 바뀌었소."

(밧디야 비구의 세속 시절 이야기)

밧디야가 왕이 되고 나서 두 달쯤 뒤에 왕궁에 도둑이 들었다. 스무 명 가량의 그 도둑들은 보물이 보관되어 있는 곳을 턴 다음 왕궁의 가장 깊은 데 있는 그와 그의 가족들이 머무는 처소까지 침입했다. 그리하여 밧디야에게 다시는 생각하고 싶지 않은 끔찍한 일이, 그들의 칼에 찔려 자신의 어머니가 죽는 일이 일어나고 말았다.

밧디야는 왕궁을 지키는 병사들을 시켜 도둑들을 산 채로 붙잡았다.

"네 이놈들! 도둑질을 하고도 모자라 사람의 목숨까지 해치다니! 검은 것은 검은 것으로 갚는 것이 정의일지니, (병사를 지휘하는 장교에게) 당장 저놈들을 극형에 처하라!"

그 순간, 그의 마음에서 한 목소리가 말을 걸어왔다. '저들을 죽인다고 해서 나의 어머니가 살아나시지는 않는다! 그렇다면… 과연 저들을 죽일 필요가 있을까?'

밧디야는 생각에 잠겼다. 그러자 왕의 명령을 집행하기 위해 도둑들을 끌고 나가려던 장교와 병사들은 생각에 잠긴 왕을 보며 행동을 멈추었고, 도둑들은 이것이 기회다 싶어 코를 땅에 박고 자신들을 살려 줄 것을 왕에게 애원했다.

그러자 신하들이 나섰다. 그들은 저들을 살려 줄 경우 다른 도둑이 들 수 있다는 점, 법은 한 번 무너지면 다시 세우기 어렵다는 점, 왕이 법을 집행하는 것은 개인사가 아닌 공공사라는 점 등을 아뢰었다.

깊은 한숨을 쉰 다음 도둑들의 생사여탈권을 쥔 권력자가 명령했다.

"주모자 두 명을 사형에 처하고, 나머지는 법무대신이 응당한 벌을 정하여 처벌하라."

그러나… 비록 국법을 집행한 처단이었다고는 해도 어쨌거나 사람을 죽이라고 명령한 그 일은 밧디야에게 끔찍한 경험이 아닐 수 없었다.

밧디야를 힘들게 한 것이 비단 그 일만은 아니었다. 그는 왕위 자체가 주는 여러 가지 부담감에도 시달리고 있었던 것이다. 그는 왕으로서 여러 정책을 최종적으로 결정해야만 했다. 그러나 그가 내린 모든 결정이 반드시 백성들에게 이익이 되는 결과만을 낳지는 않는다는 데 문제가 있었다. 한 개인의 판단 오류는 범주가 좁은 만큼 영향도 적다. 그에 비해 왕으로서의 그가 결정한 정책이 실패하는 경우 악영향은 모든 백성들에게 고통으로 다가갔고, 밧디야에게 그것은 마음의 짐이 될 수밖에 없었던 것이다.

또 한 가지 문제는 왕은 자신의 정책이 실패했을 경우 그 실패를 정직하게 인정하기 어렵다는 점이었다. 밧디야는 성정이 곧고 바른 사람이었다. 따라서 그에게는 무엇을 잘못했을 때 그 실패를 깨끗이 인정하는 편이 마음에 맞았지만 그런 행동이 왕으로서의 권위를 유지하는 데 있어 매우 불리하리라는 것은 뻔한 이치였다.

그것들 말고도 그가 왕이기 때문에 져야만 하는 마음의 짐들은 많았다. 특히 왕이 모든 사람들이 오르고 싶어 하는 지위라는 점, 따라서 모든 사람이 자신의 적일 수 있다는 점, 즉 보이지 않는 곳에서 누군가가 자신의 목숨을 노리고 있을 개연성이 있다는 점이 밧디야를 불안과 초조 속으로 몰아넣었다.

왕으로서의 부담감을 잊기 위해 밧디야는 술을 마시기 시작했다. 술은 마음의 짐을 덜어주는 좋은 친구이자 치료제였다. 술에 취해 있는 동안 그는 마음의 짐을 털어버린 것 같은 홀가분한 느낌을 받았던 것이다. 그는 점점 술에 빠져들었다.

얼마 지나지 않아 음주의 폐해가 나타나기 시작했다. 위장이 나빠진 것과 함께 점점 정신이 흐려져 갔던 것이다. 그래서 그는 술을 멀리하고 술을 대신할 만한 또 다른 흥밋거리를 찾게 되었는데, 그 결과 만난 것이 사냥이었다. 사냥은 밧디야에게 새로운 즐거움을 선사했다. 활을 쏘아 동물을 맞히는 순간 그는 그때까지는 느껴 보지 못했던 큰 쾌감을 느꼈던 것이다.

어느 날, 그는 숲속으로 사냥을 나갔다. 왕의 사냥을 돕기 위해 동원된 백여 명의 병사들이 밧디야가 있는 쪽으로 짐승들을 몰아 주었고, 밧디야는 자신을 향해 달려오다가 깜짝 놀라 옆으로 피해 달아나는 짐승들을 향해 활시위를 당겼다. 퍽! 퍽! 쓰러지는 표적들. "전하, 명중입니다!" 하고 외치는 병사들. 밧디야는 기쁨에 전율했다. 그는 쓰러진 짐승들을 뒤로하고 또 다른 짐승을 향해 말을 몰아 더 깊은 숲속으로 달렸다.

그런 끝에 그는 병사들과 떨어져 혼자가 되었다. 왕이 된 이래 그가 처음으로 접한, 자신을 보호해 주는 사람이 아무도 없는 정황. 문득 정적이 그를 휘감았다. 슬며시 두려운 생각이 들었지만 그는 일국의 왕답게 그 두려움을 잘 제어했다. 그러나 다음 순간, 그는 깜짝 놀라며 말 위에서 펄쩍 뛰어올랐다. 작은 들쥐 한 마리가 풀숲에서 튀어나왔던 것이다.

'내가 이런 심약한 사람이었나?' 하는 생각을 하며 그는 피식 웃었다. 이어서 그는 생각했다. '그동안 내가 누린 안정은 병사들에게 둘러싸여 있었기 때문에 가능한 것이었다. 하지만 지금처럼 나를 보호해 줄 사람이 아무도 없게 된다면?'

밧디야는 말에서 내려 가까운 곳에 있는 바위 위에 걸터앉았다. 그런데 이상한 일! 그가 바위에 앉은 순간, 갑자기 알 수 없는 기이한 기운이 그를 휘감아왔다.

써늘한 공포! 어렸을 때 천둥 번개를 듣고 보며 느꼈던, 너무나 무서워 오들오들 떨며 어머니의 품속을 파고들던 때와 비슷한 공포감이 밧디야를 엄습해 왔다. 밧디야는 공포의 기세에 눌려 잔뜩 움츠러들었지만 곧 이 두려움은 피하려 해도 피할 수 없는 것임을 알았다. 그는 자신을 위협해 오는 두려움을 상대하기 위해 몸을 일으켜 세운 다음 정신의 등뼈를 꼿꼿이 곧추세웠다.

두려움은 도피하려 하면 더욱 기세를 올리며 덤벼들지만 정면으로 맞대응하면 슬그머니 꼬리를 빼는 법이다. 그것은 '다리 위의 개'에게 있어서의 '물속에 비친 개'와 같다. 다리 위의 개가 사납게 짖으면 짖을수록 물속의 개도 그만큼 사나운 태도로 덤벼온다. 그러나 다리 위의 개가 물속의 개와 싸울 결심을 하고 물속으로 뛰어들면 그 순간 물속의 개는 사라져 버리는 것이다. 이 이치에 따라 밧디야가 두려움에 대항하려는 강한 마음을 일으키는 순간 두려움은 썰물처럼 쭈욱 빠져나갔다.

그러나… 그것으로 문제가 완전히 해소된 것은 아니었다. 그는 마음을 보통 사람에 비해 훨씬 더 미묘한 데까지 보고 생각하는 사람이었다. 그의 그런 성정은 두려움이 사라진 다음에도 자신의 마음을 계속 바라보도록 이끌었고, 그 결과 그는 자신의 마음 안에 텅 빈 공간이 있다는 것을 알았다.

그 공간, 그 공허가 그의 마음의 나머지 지역을 야금야금 파먹어 들어왔다. 감당할 수 없었다. 어떻게 대응해야 하는지 알 수 없었다. 그것은 형체가 없는 적이었다. 기름을 칠한 수직의 유리판 위로 기어 올라가지만 도로 미끄러져 내려오는 개미처럼, 유리관 속의 꽃에 앉으려고 발을 비벼대 보지만 아무런 결과도 얻지 못하는 꿀벌처럼 그는 헛되이 마음 손을 허공에 내저었다. 그러나 그것이 헛된 손놀림이라는 것을 그는 알고 있었다. 마침내 그는 마음을 공허에 통째로 삼키고 말았다.

'텅 비었다! 내가 허물처럼 되어 버렸다! 그림자처럼 되어 버렸다!' 밧디야는 정신을 차리기 위해 머리를 세차게 흔든 다음 자리에서 일어나 가까운 데 있는 시내로 가서 얼굴을 씻었다. 그는 시냇가 풀밭에 단정하게 앉아 방금 느꼈던 공포에 대해 생각해 보았다. 곰곰이 생각해 보니 그가 형체 없는 그 공포를 느낀 것이 이번이 처음은 아니었다. 그 공포는 도둑이 들었던 때 생겨나 그때 이후 줄곧 그를 그림자처럼 뒤따라 다니고 있었던 것이다.

'공포의 본질은 무엇일까? 사람은 왜 공포를 느끼는 것일까?' 오랫동안 생각한 끝에 그는 결론을 내렸다. '공포의 본질은 죽음을 두려워하는 마음이다. 그렇다, 사람이 가장 두려워하는 것은 죽음이다. 그리고 모든 삶은 죽음으로 끝난다. 그렇다면… 삶 자체가 공포가 아닌가?'

이어서 그는 공포를 뒤따라 온 공허감에 대해 생각해 보았다. 그리고 마침내 그는 알았다. 그것이 삶의 덧없음으로부터 나온다는 것, 삶의 유한성으로부터 나온다는 것을. 그리하여 그는 외쳤다.

"그렇다! 나는 한 마리의 공작이었다!"

밧디야는 생각했다.

'나는 그동안 여러 종류의 동물을 쏘아 맞혔고 사로잡았다. 그중 공작이란 놈은 외모가 매우 아름답기 때문에 나는 그놈을 사냥하는 데 남다른 흥미를 느꼈었다. 그리고 지금 나는 공작에게서 나 자신의 모습을 본다. 왕을 연상시키는 화려한 외양. 공작은 마치 내가 모든 사람들이 부러워하는 권력과 부와 여자를 갖고 있는 것처럼 수백 개의 보석들을 점점이 수놓은 듯한 모양의 크고 멋진 날개를 갖고 있다. 그러나 새에게 있어 날개의 가장 중요한 기능은 재빨리 공중으로 날아오름으로써 자신의 천적이나 사냥꾼을 피할 수 있도록 해 주는 것이다. 그러나 공작의 날개는 너무나 크기 때문에 도리어 날아오르기에 불리하고, 너무나도 아름답기 때문에 도리어 사냥꾼의 표적이 된다. 놈의 날개의 큼과 아름다움은 도리어 그를 위험으로 몰아넣는 것이다.'

여기까지 이야기한 다음, 밧디야가 말루카에게 말했다

"그래서 나는 외쳤던 거요. '왕으로서의 화려한 외관이 짐이자 위험인 나 또한 한 마리의 공작이 아닌가?'라고."

"오오!"

"나는 위험에 처했을 때 공작이 보이는 어리석음을 생각해 보았소. 공작은 천적이나 사냥꾼에게 종종걸음으로 쫓기다 도망치기가 어렵다고 판단되면 가까운 데 있는 엄폐물에 몸을 숨기게 되오. 그곳은 풀더미일 수도 있고, 바위 뒤일 수도 있소. 그런데 기이하게도 그때 크고 화려한 공작의 날개는 죽느냐 사느냐의 갈림길에서 사냥꾼에게 '내가 여기에 있소. 그러니 나를 어서 잡아가시오.'라고 말하는 불필요한 큼이자 화려함일 뿐이오.

머리는 풀더미에 숨겼으나 몸통은 다 드러나 있는 공작. 그러니 그 숨음이 어찌 숨음일 수 있겠소? 그렇게 숨는다고 해서 놈을 발견하지 못하는 천적이나 사냥꾼, 놈을 이해하고 배려해 주는 천적이나 사냥꾼은 없소. 천적과 사냥꾼은 놈의 크고 화려한 날개를 비웃으며 놈에게 다가가오. 천적은 일체의 망설임 없이 놈의 등을 후려치고, 사냥꾼은 즐거운 미소를 지으며 놈의 목을 움켜쥐는 것이오.

형제여, 그렇게 그때 나는 왕으로서의 강대한 권력이 나를 행복하게 해 주기는커녕 위험과 두려움으로 몰아넣는다는 것을 깨우쳤던 거요. 그 생각이 생겨난 뒤부터 왕위는 나에게 환멸스럽고 거북한 자리가 되어 버렸소. 그리고 그제야 비로소 나의 사촌형 싯닷따 그분의 출가가 이해되기 시작했소. 그 이전부터 나는 그분에 대해 많은 생각을 했었소. '그분은 왜 왕이 될 수도 있었는데 왕궁을 나가셨을까? 그분은 왜 세상 사람들이 모두 원하는 강대한 권력을 포기하셨을까? 하고 나는 생각했던 거요.

그리고 그때에 이르러 나는 알았소. 그분의 출가는 지금 내가 느끼고 있는 바로 그 두려움 때문이었다는 것을. 생각해 보면 그분은 등 뒤에 천적이나 사냥꾼이 다가와 있는데도 풀더미 속에 머리를 숨기는 것이 해결법이라도 되는 듯 여기는 공작과도 같은 모습으로 많은 사람들이 짐짓 외면하는 삶의 근본 문제를 정면으로 다루셨던 거요.

그렇소. 그분은 죽음을 탐구하셨소. 나라는 존재는 마침내는 무無가 되어 버리고 만다는 엄연한 사실, 즉 삶의 덧없음과 유한성, 무의미와 허무의 문제를 맞아, 공작이 아닌 독수리의 정신으로 당당히 그것에 맞서셨던 거요.

(잠시 말을 쉬었다가) 하지만 어쩌겠소? 내가 그런 생각을 하고 있는 동안 병사들이 잠시 놓쳤던 나를 찾아냈고, 그래서 나는 다시 그들에게 왕으로서의 권위를 연기해야만 했소. 그러나 왕궁으로 돌아온 다음 나는 내가 이전의 내가 아님을 깨달았소. 사냥터에서 확인한 두려움과 공허함이 분명한 얼굴을 하고서 내 앞에서 계속 어른거렸던 거요."

여기까지 말한 다음 밧디야는 숨을 길게 들이마셨다가 내쉬었다.

밧디야가 말을 이어갔다.

"그 뒤부터 나는 사냥을 중단하고 사냥보다 더 큰 다른 즐거움을 찾았소. 나를 무의미와 허무라는 이름의 천적으로부터 더 잘 감춰 주리라 생각되는 가장 좋은 엄폐물을 찾았던 거요. 그 결과 내가 심취하게 된 것이 시와 음악이오. 내가 시와 음악에 몰두하게 된 것은 음유시인 빙기사를 만난 것이 계기가 되었소. (잠시 숨을 돌린 다음) 그런데 어떠하오, 형제는 혹 그에 대한 이야기를 들은 적이 있소?"

"저도 그에 대한 이야기를 들은 적이 있습니다. 그는 여러 나라에 걸쳐 이름을 떨치던 시인이자 음악가로 매우 유명하지 않았습니까?"

"그렇소. 그는 이 마을 저 마을을 돌며 시를 낭송하기도 하고, 고전의 글귀를 외기도 하며, 오래된 옛이야기를 들려주기도 하고, 현악기를 연주하며 노래를 부르기도 하는 사람으로 이름이 높은 사람이었소. 나 또한 그의 명성을 예전부터 들어왔는데, 그 무렵 그의 발길이 나의 나라 사끼야국에 이르렀소.

나는 그를 궁중으로 초대하여 그에게 시와 음악을 청했소. 얼굴이 뛰어나게 잘난 데다가 눈빛이 깊고 목소리까지 청아한 그의 시와 노래는 매우 아름다웠소. 심미적으로 인간이 성취할 수 있는 가장 미묘한 데까지 도달한 그의 예술은 하늘과 구름과 달과 별을 우리 범속한 사람들 곁으로 끌어오곤 했소. 그가 시를 읊조리고 음악을 연주하면 그를 둘러싼 공기 속에서 샘물이 솟고 시내가 흘렀으며, 하늘의 새들이 노래하고 전설의 짐승들이 출몰했소. 온갖 신들과 영웅들이, 온갖 선인과 악인들이 그의 예술 속에서 의미를 드러내고 이익을 다투었으며, 웃고 울었소. 그러다 보니 그의 주변에는 많은 사람들이 모여들어 장터를 방불케 할 정도였소.

나 또한 여느 사람들처럼 그의 놀라운 천재성을 접함으로써 시와 음악이 얼마나 위대한 예술인지를 금방 느끼고, 알았소. 그리하여 나는 빙기사에게 시와 음악을 배우기 시작했소. 궁 안에 새로이 집을 지어 빙기사에게 제공하는 한편 그에게 좋은 옷을 입히고 맛있는 음식을 대접하면서 그를 예술 스승으로 삼았던 거요.

그에게 예술을 배우고 향유한 지 한 해가 지났을 무렵 나의 예술에 대한 안목은 제법 높아졌는데, 그 점에서 나의 아내 아유타는 나보다 훨씬 진보가 빨랐소. (예전에 사랑하던 여인에 대한 추억이 너무나도 강렬하여 그것을 진정하기 위해 잠시 멈추었다가) 오오, 아유타! 형제여, 나는 그녀의 이름을 입에 올리는 것만으로도 견디기 어려운 통증을 느끼고, 또한 견딜 수 없는 사랑을 느끼오!

나의 아내 아유타는 외모도 아름다웠으려니와 내면의 아름다움 또한 희유할 만큼 훌륭한 여인이었소. 그 두 가지 점에 매혹되어 내가 그녀를 왕비로 삼았던 것인데, 그에 더해 그녀에게는 수많은 전투를 치른 무사와 비교한다고 해도 손색이 없을 만한 씩씩한 기상이 있었소.

내가 빙기사에게 시와 음악을 배운 지 몇 달 뒤부터 그녀 또한 빙기사의 제자가 되었소. 나는 그녀가 빙기사라는 불세출의 천재의 가르침을 받아 예술에 빠져들기 시작하는 것을, 그럼으로써 그녀에게서 새로운 매력이 생겨나는 것을 보았소. 형제여, 외모는 아름답고 마음은 순결하며 정신은 씩씩한 여인, 그에 더해 예술적인 감성까지 풍부해진 그녀를 상상해 보시오!"

그 시절을 회고하는 밧디야의 어조에는 아유타에 대한 사랑이, 승려가 된 지금까지도 온전히 떨쳐 버리지 못하고 있는 미련 섞인 애정이 강하게 비쳐 났다.

잠시 감정을 추스른 다음 밧디야가 말을 이었다.

"그러던 어느 날… 나는 아유타가 내 눈에 자주 띄지 않는 것을 깨달았소. '그녀는 어디서 무얼 하는 거지?' 하는 생각이 들었지만 나는 그 생각을 더 이상 진전시키지 않으려 했소. 그러나 다음 순간, 그녀에 대한 의심이 검은 연기처럼 뭉게뭉게 일어나는 것이었소. 그 의심이 처음 일어났을 때 나는 깜짝 놀라 그걸 털어내기 위해 머리를 크게 흔들지 않을 수 없었소. 왜냐하면 나에게 그 마음은 신을 의심하는 종교인의 마음, 성소를 더럽히는 죄의 마음이었으므로. 나의 모든 것을 걸고 사랑하고 사랑했으며, 믿고 믿었던 그녀를 나는 도저히 의심해서는 안 된다고 여기고 있었단 뜻이오.

그러나… 얼마 안 있어 엄지손가락보다 더 굵은 활대와 비수보다 더 날카로운 활촉을 가진 큼직한 화살이 나를 향해 쭈욱 날아왔소. 그 화살은 내 심장 한복판을 날카롭게 관통했소! 그렇소! 아유타는 빙기사와 남녀로서의 관계를 맺고 있었소!"

참담한 표정으로 밧디야는 말을 그쳤다. 말루카는 잠잠히 밧디야의 다음 말을 기다렸다. 이윽고 밧디야가 다시 말을 이어갔다.

"나는 분노했소. 배신감에 치를 떨었소. 아름다움을 폭포처럼 쏟아내어 나를 행복하게 했던 빙기사! 인간이 갖출 수 있는 수많은 미덕을 두루 갖춘 아유타! 그 두 사람에게서 삶의 진실과 아름다움을 보았던 나! 그랬던 우리 세 사람의 관계가 마지막에 이르러 이렇듯 어지러워진다는 것은 나로서는 도저히 있어서는 안 되는 일이었던 거요.

(숨을 몇 차례 깊게 쉰 다음) 나는 흥분했소. 모든 사태를 중립적인 입장에서 다루어야 하는 왕으로서의 마음가짐을 잃고 말았소. 나는 그들을 내 앞에 끌어내어 남의 아내를 탐한 빙기사의 한쪽 눈을 찔러 장님으로 만들고, 외간 남자의 감미로운 속삭임에 귀 기울인 아유타의 두 귀에 독을 붓는 벌을 가한 다음 그들을 궁 밖으로 내쳤소."

"오오!"

"나는 삶의 가치를 잃어버렸소. 나는 절망했고, 얼마 후 절망은 두려움으로 변했소. 바들바들 떨면서 나는 한 마리의 무력한 공작으로서 풀더미에 머리를 숙이고 등 뒤로 다가오는 냉혹한 사냥꾼의 처분을 기다렸소.

그 사냥꾼의 이름은 허무!

말루카 형제여, 그 마지막이 죽음이라는 점에서 삶은 본질적으로 아무런 의미도 없소. 왕으로 산들 무엇 하며 목동으로 산들 무엇 한단 말이오? 불쌍하고 측은하다는 점에서 왕이 과연 목동보다 낫다고 말할 수 있겠소? 아니오. 오히려 왕은 목동보다 못하다고 말해야 하오. 왕은 힘을 가진 존재이고 목동은 힘이 없는 존재요. 그러나 두 사람에게 죽음은 조금의 차별도 없이 찾아오게 되오.

형제여, 죽음은 무엇이겠소? 그것은 일체의 무화요. 죽음 앞에 이르러서는 가족도 무로 돌아가고, 친구도 무로 돌아가고, 재산도 무로 돌아가고, 학식도 무로 돌아가고, 미모도 무로 돌아가고, 권력도 무로 돌아가고, 공적도 무로 돌아가고, 명예도 무로 돌아가오.

그리하여 죽음은 적은 것을 가진 자에게는 작은 손실이 되고, 많은 것을 가진 자에게는 큰 손실이 되는데, 그 점에서 목동은 왕보다 낫고 왕은 목동보다 못하오. 오오, 죽음의 왕 야마를 맞아 권력으로도 황금으로도 단 하루의 목숨을 탈취하거나 살 수 없을 때 왕이 느끼는 무력감이 얼마나 클지를 상상해 보시오!"

다시 숨을 크게 쉬어 마음을 진정시킨 후에 밧디야는 말을 이었다.

"세존께서는 장차 왕위가 보장되어 있는 신분으로서 출가를 감행하셨소. 내가 왕이 된 다음에야 깨달은 이치를 세존께서는 미리감치 깨달으셨던 거요. 그분은 삶의 허무한 바탕을 꿰뚫어 본 다음 모든 것을 무의미로 돌려 버리는 그 대적을 무찌르기 위해 구도라는 이름의 장검을 뽑아 들고 전무후무한 대장정에 나서셨소.

그런 끝에 그분은 아무도 도달하지 못한 최고의 경지를 성취하셨고, 그런 다음 고국으로 돌아와 당신의 부친을 깨달음으로 인도하셨소. 어디 그뿐이겠소? 그분은 세속 시절 당신의 양모와 아내와 아들까지 출가제자로 받아들여 깨달음의 경지로 인도하셨소. 그 밖에도 사끼야족으로서 그분의 제자가 된 이들은 매우 많았는데, 나는 그분의 거룩함에 감동하기는 했지만 출가까지는 생각하지 않고 있었소.

그리고… 마침내 나에게도 불법과의 인연이 찾아왔소. 세존께서 사끼야국을 네 번째로 방문하셨을 때 나는 세존으로부터 내가 처한 삶의 본질적인 문제와 관련된 다음과 같은 비유를 들었소."

한 나그네가 들판을 걷다가 사자를 만났다. 그는 얼른 등을 돌려 도망쳤다. 마침 도망을 치고 있는 그 앞에 우물 하나가 나타났는데, 우물 밖에서 자란 등나무의 넝쿨 하나가 우물 안으로 뻗어 있었으므로 그는 얼른 그 넝쿨을 붙잡고 우물 안으로 들어갔다.

그러나 그가 발밑을 내려다보니 거기에는 수백 마리의 독사들이 우글거리고 있었다. 그래서 그는 내려갈 수도 없고 올라갈 수도 없는 처지가 되고 말았다. 더 곤란한 것은 그가 잡고 있는 등넝쿨 줄기를 생쥐 두 마리가 쓸고 있다는 사실이었다.

그런데… 위험스럽기 짝이 없는 그 와중에도 그는 달콤한 냄새를 맡았다. 그것은 그의 머리 위쪽에 뻗어 있는 등나무 줄기에 매달려 있는 벌집에서 풍겨 나오는 꿀 냄새였다. 달콤한 그 꿀 냄새에 혹하여 그는 자기가 처한 절체절명의 위험을 잊고 입을 벌려 뚝뚝 떨어지는 꿀물을 받아 입맛을 다시며 맛있게 먹었다.

밧디야가 말했다.

"세존의 비유를 들은 나는 마음속으로 '그렇다!' 하고 외쳤소. '사자·뱀·쥐로 상징되는 생로병사·우비고뇌라는 이름의 적, 시시각각 삶을 죽음으로 내모는 시간, 즉 무상無常이라는 이름의 적으로부터 공격받고 있는 내가 바로 그 나그네이다! 그럼에도 불구하고 나는 꿀로 상징

되는 권력·돈·사냥·예술에 마음을 빼앗기고 있었던 것이다!'

세존께서는 내가 '우물 속 나그네의 비유'를 잘 받아들이신 것을 아시고 다음 게송을 읊으셨소.

아름다운 꽃을 찾아 헤매듯
마음이 감각적 쾌락에 빠져 있는 자를
죽음은 순식간에 앗아가 버린다,
잠든 마을을 홍수가 휩쓸어 가듯이.

아름다운 꽃을 찾아 헤매듯
마음이 감각적 쾌락에 빠져 있는 자를
죽음은 먼저 앗아가 버린다,
그가 쾌락에 채 만족하기도 전에.

그리하여 말루카 형제여, 나는 왕위를 버리고 출가하여 비구가 되었소."

11
행복은 향기로 흐르고

밧디야가 말했다.

"비구가 된 다음 나는 앞 기러기를 뒤 기러기가 따라가듯이 선배 스님들의 뒤를 따라가면서 그분들이 하는 행위를 본받았소. 그분들이 서는 대로 서고 걷는 대로 걸었으며, 앉는 대로 앉고 눕는 대로 누웠던 거요. 또한 나는 세존께서 비구들을 위해 정하신 계율을 잘 준행했소. 계율을 지킴에 있어 특별히 힘이 들었던 적은 없소. 선배 비구들의 뒤를 따르면서 그분들이 하는 대로 하고 하지 않는 대로 하지 않다 보니 어느 사이 계행이 잘 무르익어갔던 거요.

형제도 알다시피 불법 수행은 윤리적 실천인 계戒, 마음을 고요하고 행복하게 하는 정定, 통찰력을 계발하는 혜慧 등 세 가지 공부로 짜여 있소. 내가 그중 첫 번째 계학에서 어느 정도의 진전이 이루어졌을 때, 세존께서는 두 번째 공부 단계로 이끌기 위해 나를 불러 이렇게 물으셨소.

'밧디야여, 너는 비구가 된 지 얼마나 되었느냐?'

'출가한 지 막 오 년을 넘겼습니다.'

'그동안 너는 여래의 법에 대해 선배 비구들로부터 많은 가르침을 들은 바 있을 것이다. 너는 여래의 법이 어떤 것이라고 생각하고 있느냐?'

'세존의 법은 사성제로 되어 있습니다.'

'그렇다. 그렇다면 사성제는 무엇인가. 그것은 괴로움의 진리, 괴로움의 원인의 진리, 괴로움의 소멸의 진리, 괴로움의 소멸로 인도하는 길의 진리이니, 고성제는 반드시 알아야 할 진리요, 집성제는 반드시 밝혀야 할 진리이며, 멸성제는 반드시 이루어야 할 진리요, 도성제는 반드시 닦아야 할 진리이다.'

'그렇습니다.'

'이제 여래는 사성제의 첫 번째 진리인 고성제에 대한 너의 이해를 점검하기 위해 묻겠다. 너는 세속에 있었을 때 일국의 왕으로서 온갖 쾌락을 누렸던바, 이는 모든 중생들이 바라 마지않는 것이다. 그럼에도 불구하고 너는 크나큰 쾌락을 포기하고 출가하여 무소유자가 되었는데 그것은 무엇 때문이냐?'

'세속의 삶이 허무하게 여겨졌기 때문입니다.'

'너는 왜 세속의 삶을 허무하다고 느낀 것이냐?'

세존의 하문에 응하여 나는 내가 출가하게 된 계기를, 지금까지 내가 형제에게 말한 내용을 말씀드렸소."

(붓다와 밧디야의 대화)

붓다가 밧디야에게 물었다.

"삶은 괴로운 것이냐, 즐거운 것이냐?"

"삶은 즐거운 것이 아니라 괴로운 것입니다."

"그렇다. 따라서 여래의 법은 괴로움의 진리에서 시작되어 괴로움의 소멸의 진리에서 끝나게 된다. 밧디야여, 만일 여래가 이 사성제를 깨닫지 못했더라면 여래는 '나는 모든 마라·범천·바라문·인간·천신·천인을 통틀어 가장 뛰어난 진리를 깨달은 붓다이다.'라고 선언하지 않았을 것이다."

"예, 세존이시여."

"그렇다면 괴로움의 진리는 무엇인가? 태어남은 괴로움이요, 늙음은 괴로움이며, 병듦은 괴로움이요, 죽음은 괴로움이다. 싫어하는 것과 만나는 것은 괴로움이요, 좋아하는 것과 헤어지는 것은 괴로움이며, 원하는 것을 얻지 못하는 것은 괴로움이니, 간략히 말하면 집착하는 심신은 괴로움이다. 그러나 너는 알아야 하나니, 여래가 삶을 괴로운 것이라고 설하는 것은 염세주의자여서가 아니다. 밧디야여, 만일 어떤 사람이 너에게 '삶에는 즐거움도 많은데 세존은 왜 삶을 괴로운 것이라고 설하시는가?'라고 묻는다면 너는 어떻게 대답하겠느냐?"

"누가 그렇게 묻는다면, 저는 그에게 느낌에는 괴로운 느낌, 즐거운 느낌, 중간 느낌 등 세 가지가 있는데, 그 세 느낌은 필경 괴로움으로 귀착되기 때문이라고 대답하겠습니다. 즉, 괴로운 느낌은 괴롭기 때문에 괴롭고, 즐거운 느낌은 그 느낌이 끝나게 마련이기 때문에 괴로우며, 중간 느낌은 잠시 머물렀다가 괴로운 느낌이나 즐거운 느낌으로 옮겨갔다가 마지막에는 괴로움으로 귀결되기 때문에 괴롭습니다."

"잘 말했다. 그렇다면 밧디야여, 사성제는 삶의 괴로움의 원인을 무엇이라고 말하고 있느냐?"

"사성제는 삶의 원인을 '십이연기'라는 열두 단계로 설명하고 있습니다."

"그렇다면 십이연기의 마지막 열두 번째 단계는 무엇이냐?"

"그것은 '노사'인바, 노사는 몸의 늙음·병듦·죽음과 마음의 우비번뇌를 의미합니다."

"그렇다면 다시, 노사에 앞서는 나머지 열한 단계는 노사에 대하여 무엇이냐?"

"그것은 노사를 가능케 하는 열한 가지 원인입니다."

"그러나 밧디야여, 여래는 그 열한 단계의 괴로움의 원인을 첫 번째 단계인 '무명'과 여덟 번째 단계인 '갈애'만으로 간명하게 정리하겠다. 이 두 가지 괴로움의 원인 중 무명은 근본적인 원인이고, 갈애는 그로부터 파생된 원인이니, 무명이 괴로움의 뿌리라면 갈애는 줄기와 같고, 괴로움은 열매와 같다.

그런데 삶의 괴로움을 해결함에 있어서, 처음부터 뿌리에서 문제를 해결하면 좋겠지만 너는 아직은 그럴 준비가 되어 있지 않다. 따라서 여래는 너에게 문제의 뿌리인 무명을 뽑기에 앞서 줄기, 즉 갈애를 다스리는 사마타 명상 중 한 가지를 가르치려 한다.

그렇다면 사마타 명상을 통해 다스리는 갈애는 무엇인가. 밧디야여, 갈애는 곧 탐욕·분노·어리석음 등 중생을 괴로움으로 이끌어 가는 세 가지 나쁜 마음이다. 따라서 여래는 네가 갖고 있는 갈애로서의 마음을 살펴보려 하는바 너는 정직하게 대답하라. 밧디야여, 너는 너 자신의 마음에 너를 배반한 빙기사와 아유타에 대한 분노가 있다는 것을 인정하느냐?"

"제 마음에는 그들 두 사람에 대한 분노가 있습니다."

"너는 시를 잘 아는 바이니 비유에 능숙할 것이다. 여래가 분노하는 마음을 자주 독毒에 비유하고 있거니와, 너는 이 비유를 어떻게 생각하느냐?"

"매우 적절하다고 생각합니다."

"중생이 마음으로 품는 독에는 세 가지가 있으니, 탐욕의 독, 분노의 독, 어리석음의 독 등 '삼독심'이 그것이다. 그렇다면 너는 삼독심의 반대편에 어떤 것이 있으리라 생각하느냐?"

"시적인 비유로서, 그 반대편에는 '삼향심'이 있을 것입니다."

"그렇다. 그리고 그 둘은 완전히 반대된다. 그렇다면 독심과 향심은 어떻게 반대되는가. 밧디야여, 너는 마땅히 알아야 한다. 독심은 응집을 특성으로 하고, 향심은 분산을 특성으로 한다는 것을.

삼독심이 생기면 마음이 응고되고, 그것이 더 나빠지면 마음은 물이 얼듯이 얼어 버린다. 그에 비해 삼향심이 생기면 응고되었던 마음, 얼었던 마음이 실타래가 풀리고 얼음이 녹듯이 풀리며, 풀린 그 자리에 풀린 만큼의 여유가 생기게 된다. 그리고 그 여유가 더욱 풍성해지면 마음에서 향기가 생겨나나니, 그 향기가 더욱 짙어지면 그것은 먼저 자신을 행복하게 하고, 그다음으로는 옆 사람에게로 퍼져 나가 그들을 행복하게 한다.

같은 의미에서 삼독심을 가진 사람 또한 자신이 가진 독심으로 남을 해치기에 앞서 자기 자신을 먼저 해치나니, 그것은 폐에 나쁜 기운이 들어와 폐병에 걸린 사람과 같다. 만일 어떤 사람이 폐병에 걸리면 의사는 그를 다른 사람들로부터 떨어진 곳으로 옮겨 홀로 지내게 한다. 그것은 그가 그의 곁에 있는 사람에게 해를 끼치지 않도록 하기 위해서이거니와, 밧디야여, 네 생각은 어떠하냐, 그 병자는 자신이 가진 폐의 독에 의해 자기 자신이 먼저 해를 입느냐, 아니면 남이 먼저 해를 입겠느냐?"

"그 자신이 먼저 해를 입습니다."

"이번에는 여기에 풍부한 향기를 가진 꽃 한 송이가 피어 있다고 가정해 보자. 그 꽃은 자기가 품고 있는 향기로 인하여 자기 자신이 먼저 이익을 누리겠느냐, 아니면 벌과 나비에게 먼저 이익을 주겠느냐?"

"꽃 자신이 먼저 이익을 누립니다."

"그 꽃은 벌과 나비를 위해 향기를 품은 것이냐, 아니면 자기 자신을 위해 향기를 품은 것이냐?"

"꽃 자신을 위해 향기를 품은 것입니다."

"그렇다. 하지만 꽃이 비록 자신을 위해 향기를 품기는 했지만 그가 품은 향기는 퍼져 나가는 특성을 갖고 있기 때문에 꽃은 자신의 의사와는 상관없이 벌과 나비에게 이익을 주게 된다. 그와도 같이, 삼향심을 가진 사람은 자신의 의도에 의해서는 물론이거니와 설령 의도하지 않더라도 남에게 이익을 주게 된다."

(웃으며) "지금 세존께서는 '의도적으로' 저에게 지혜의 향기를 퍼뜨리고 계십니다."

"그것은 그렇기도 하고 그렇지 않기도 하다. 여래는 '나'라는 입장에서는 의도를 일으키지만 '여래'라는 입장에서는 아무런 의도를 일으키지 않기 때문이다. 그중 후자의 입장, 즉 집착 없는 마음으로 볼 때, 여래는 다만 이러하고 다만 그러하게 마음을 내고, 다만 이러하고 다만 그러하게 행동한다. 그리하여 여래에게는 이러히 마음의 자취가 없고, 그러히 행위의 머묾이 없으며, 이러히 마음의 쌓음이 없고, 그러히 행위의 남음이 없다."

"진실로 그렇습니다! 저는 오래전부터 세존의 행하면서도 행하지 않으시고 행하지 않으면서도 행하시는 그 점을 우러러뵈어 왔사오니,

세존께서는 제 눈앞에 계시면서도 계시지 아니하고, 계시지 아니하면서도 눈앞에 오롯이 계십니다!"

밧디야가 이같이 찬탄을 발하자 붓다는 잠잠히 침묵했다. 다음 순간, 고결한 스승 붓다로부터 산달나무 속 같은 향기, 따가라 나무뿌리 같은 향기, 연꽃 같고 재스민꽃 같은 향기가 풍겨 나오기 시작했다. 그러나 그 향기는 붓다에 대해 지극한 존경심을 품고 있는 불제자만이 느낄 수 있는 법력의 향기였다. 그리고 그 향기는 코로 느끼는 향기인 한편 입으로도 느끼는 달디단 맛이기도 했다. 그 향기를 맡고 감미를 맛보면서 밧디야는 오묘한 향기와 맛이 우러나는 높은 수행 경지에 이르고자 하는 강한 동기를 일으켰다.

그는 두 눈에 열정을 가득 담아 스승께 여쭈었다.

"저에게는 지금 수행을 하고 싶은 참을 수 없을 만큼 강렬한 동기가 생겼습니다! 그러니 저에게 알맞은 수행법을 가르쳐 주십시오!"

"훌륭하구나! 훌륭하구나!"

제자를 기특한 눈빛으로 바라보며 고매한 스승이 말했다.

"너는 네 안의 분노심을 가라앉히기 위해 먼저 사무량심四無量心 가운데 첫 번째 무량심인 자애심을 기르는 것이 좋다."

이렇게 말한 다음 붓다는 밧디야에게 다음과 같이 사무량심에 대한 설법을 베풀었다.

> 밧디야여, 여기 한 수행자가 세상의 네 방향 중 한 방향을 남을 향한 자애의 마음으로 가득 채우고 있다. 또 그는 그 마음으로 두 번째, 세 번째, 네 번째… 방향을 가득 채우고, 위와 아래를 두루두루 가득 채우고 있다. 그는 풍부하고 성숙한, 무량하며 적의가 없는, 또한 근심 걱정이

모두 사라진 자애심으로 세계의 모든 곳을 한결같이 가득 채우고 있다.

밧디야여, 여기 한 수행자가 세상의 네 방향 중 한 방향을 남의 아픔을 아파하는 마음으로 가득 채우고 있다. 또 그는 그 마음으로 두 번째, 세 번째, 네 번째 방향을 가득 채우고, 위와 아래를 두루두루 가득 채우고 있다. 그는 풍부하고 성숙한, 무량하며 적의가 없는, 또한 근심 걱정이 모두 사라진 자애심으로 세계의 모든 곳을 한결같이 가득 채우고 있다.

밧디야여, 여기 한 수행자가 세상의 네 방향 중 한 방향을 남의 기쁨을 기뻐하는 마음으로 가득 채우고 있다. 또 그는 그 마음으로 두 번째, 세 번째, 네 번째 방향을 가득 채우고, 위와 아래를 두루두루 가득 채우고 있다. 그는 풍부하고 성숙한, 무량하며 적의가 없는, 또한 근심 걱정이 모두 사라진 자애심으로 세계의 모든 곳을 한결같이 가득 채우고 있다.

밧디야여, 여기 한 수행자가 세상의 네 방향 중 한 방향을 평등(평온)한 마음으로 가득 채우고 있다. 또 그는 그 마음으로 두 번째, 세 번째, 네 번째 방향을 가득 채우고, 위와 아래를 두루두루 가득 채우고 있다. 그는 풍부하고 성숙한, 무량하며 적의가 없는, 또한 근심 걱정이 모두 사라진 자애심으로 세계의 모든 곳을 한결같이 가득 채우고 있다.

붓다의 설법을 들으며 밧디야는 그윽한 법우法雨에 젖었고, 붓다는 제자가 자신의 법을 받아들이는 정도를 관찰하며 사무량심 중 첫 번째 무량심인 자애심에 대한 설법을 베풀었다.

계율에 익숙해진 비구가
평안의 경지에 이르기 위해
자애의 마음을 기르는 법은 이러하다.

유능하고 곧고 의연하며
상냥하고 점잖고 겸손하라.
만족할 줄 알아 구하는 바가 적으며
잡일을 만들지 않음으로써 홀가분하게 살라.

감관을 고요히 하여 빈틈없이 절제하며
속인과 접할 때 탐심을 내지 말지니,
또한 현자들이 권하지 않는
일체의 마뜩찮은 행위를 하지 말라.

(이를 기초 삼아 수행자는 생각한다.)
모든 중생이 안전하고 행복하기를!
그것이 살아 숨 쉬는 존재일진대
그가 누구이든 안전하고 행복하기를!

약한 중생이든 튼튼한 중생이든
큰 중생이든 작은 중생이든
긴 중생이든 짧은 중생이든

또는 그 중간 정도의 중생이든
눈에 보이는 중생이든 안 보이는 중생이든
멀리 살고 있든 가까이 살고 있든
일체 중생의 마음이 부디 행복해지기를!

(또 수행자는 생각한다.)
내가 세상의 그 누구에게도
결코 해가 되는 일을 하지 않게 되기를!
어떤 경우에도 남을 경멸하지 않게 되기를!
상대가 잘못되기를 바라지 않게 되기를!
화를 내거나 원망하는 마음을 일으키지 않게 되기를!

마치 홀어머니가 목숨 바쳐
하나뿐인 자식을 위해 그렇게 하듯이
내가 모든 살아 있는 것들에 대해
한없는 자애의 마음을 지닐 수 있기를!
그 자애의 마음이 위와 아래와 옆으로
두루 퍼져나가 세상을 가득히 채우게 되기를!

(그리하여 여래는 말하노라.)
자애심을 계발하는 비구는
서고 걷고 앉고 누워 있는 동안
이 생각을 단호히 지켜야 하나니,
자애의 마음챙김은 그가 머물러야 할 곳,

> 일체의 적의가 없는 하늘세계의 신인
> 브라흐마처럼 되는 길이다.
> 그러나 비구여, 너는 알라.
> 진리의 길은 삼학으로 되어 있는바,
> 계를 바탕 삼아 정으로서의 자애의 마음을 닦은 다음
> 실재를 통찰하는 지혜를 계발할지니,
> 그럼으로써 열반을 성취하면 수행자는
> 모태에 드는 윤회를 초월하게 된다.

이렇게 기본적인 가르침을 준 다음 붓다는 밧디야를 자신의 으뜸제자인 사리뿟따에게 보냈다. 그러자 사리뿟따는 밧디야에게 자애 명상법을 세세하게 가르쳐 준 다음 자주 자신을 찾아와 수행의 경과를 보고하라고 일렀다.

그때부터 밧디야는 사리뿟따 테라의 지도를 받으며 자애 명상을 수행했다. 수행을 하는 동안 그의 마음은 첫 단계에서는 적의로부터 벗어나게 되었고, 그다음 단계에서는 평온심이 생겨났으며, 그다음 단계에서는 남을 향한 자애의 마음이 생겨났다.

시간이 흘러 밧디야가 자애 명상을 시작한 지 삼 년이 지났다. 어느 날 그는 붓다로부터 부름을 받았다. 그가 붓다에게 나아갔을 때 거기에는 또 다른 비구 한 사람이 있었다. 붓다는 그 비구를 가리키며 말했다.

"밧디야여, 여래는 이 비구로부터 네가 동료 비구들과 떨어져 홀로 숲속에 앉아 명상을 하면서 자주 '아, 행복하구나! 참으로 행복하구나!' 하고 중얼거린다는 말을 들었다. 밧디야여, 너에게 그런 일이 있었느냐?"

"있습니다."

"너는 왜 그런 말을 하였느냐?"

"세존이시여, 그 말은 제 마음으로부터 저절로 우러나오는 감흥게[76]였사온즉, 저는 마음 가운데 행복이 넘쳐 올라왔기 때문에 '아, 행복하구나! 참으로 행복하구나!'라고 혼잣말을 중얼거린 것입니다.

세존이시여, 제가 속가에서 왕이었을 때 저의 왕궁에 도둑이 든 적이 있습니다. 그래서 저는 다시는 그런 일이 없도록 하기 위해 왕궁의 수비를 강화하였습니다. 또한 국방에도 마음을 기울여 국경의 수비를 더욱 튼튼히 하였고, 그리하여 저는 여러 겹의 보호막으로 둘러쳐진 가장 깊은 내궁에서 지내게 되었습니다. 하지만 저는 두려웠습니다. 누군가가 혹 있을지도 모르는 허술한 틈을 비집고 들어와 저의 생명과 지위와 재산을 탈취해 갈 것 같았기 때문입니다.

저의 두려움은 나날이 커졌습니다. 그리하여 마침내 저는 삶에 대한 의문을 일으키게 되었습니다. 그리고 그런 저 앞에 세존께서 오셨습니다. 그때 저는 모든 것을 가졌으나 두려움에 떠는 어린아이 같은 사람으로서 아무것도 가진 것이 없으나 일체의 두려움이 없는 분 앞에 섰던 것입니다.

오오, 세존께서는 신들의 신으로서 걷고, 신들의 신으로서 머물며, 신들의 신으로서 앉고, 신들의 신으로서 누우십니다. 마치 히말라야산을 한 손에 들 수 있는 힘을 갖기라도 한 것처럼 세존께서는 조금의 두려움도, 조금의 근심 걱정도 없는 모습으로 지내십니다.

---

76 감흥게 마음이 감동하여 저절로 우러나오는 시, 또는 그것들을 모아 놓은 경전 이름.

저는 수많은 사람의 목숨을 앗은 앙굴리말라가 세존을 향해 칼을 휘두르며 달려든 일이 있었다는 것을 알고 있습니다. 그때 세존께서는 그 표독한 앙굴리말라를 자비로써 감싸 안아 출가제자로 삼으셨습니다. 그런 걸출한 대장부로서 세존께서 제 앞에 서 계심을 보고 크나큰 감동을 받은 저는 저 자신도 모르는 사이에 세존 앞에 무릎을 꿇고 엎드려 절한 다음 모든 것을 가졌던 자에서 아무것도 갖지 않은 자가 되기를 자청하였습니다.

그런 다음 오 년의 세월이 흘러 저는 세존의 명에 의해 사리뿟따 마하테라의 지도하에 자애 명상을 배우기 시작했습니다. 자애 명상을 수행한 이래 저는 제 마음이 나날이 따뜻해지는 것을, 너그러워지는 것을, 풍성해지는 것을, 행복해지는 것을 발견했습니다.

그리하여 지금 제 마음은 평온하게 잘 안정되어 있고, 행복한 상태를 잘 유지하고 있습니다. 저는 목동의 보호를 받으며 넓고 푸른 초원에서 유유히 노니는 어린 사슴과도 같은 평화로운 심정으로 나날을 보내고 있습니다. 그 때문에 저는 명상을 하는 중에 저 자신도 모르는 사이에 '아, 행복하구나! 참으로 행복하구나!'라는 감흥게를 읊조렸던 것입니다."

이 같은 밧디야 비구의 말을 들은 붓다는 여러 가지 말로써 그를 칭찬한 다음 게송 한 편을 읊었다.

> 왕이었으나 불안했던 사람.
> 지금은 아무것도 가진 것 없으나
> 자애를 품고 있는 행복한 수행자!
> 보라, 여래의 훌륭한 제자 밧디야를!

(다시 밧디야의 처소로 돌아와)

여기까지 말한 다음 밧디야 비구는 말을 멈추었다. 정적이 찾아들었다. 하지만 그 정적이 비어 있는 상태만은 아니었으니, 거기에는 무언가가 있었다. 초겨울 이른 아침 관목들 사이로 흘러가는, 눈에는 보이지는 않으나 마음에는 감지되는 시원하고 상쾌한 기류 같은, 또는 사랑하는 남녀가 서로 자신의 애인이 너무나도 사랑스러워서 차마 손을 잡지도 끌어안지도 못한 채 마주 바라보고만 있을 때 두 연인의 사이에 떠도는 기운 같은 무언가가 두 비구 사이에, 그리고 밧디야의 작은 오두막집 안에 머물러 있었던 것이다.

침묵에 잠겨 있는 두 비구의 모습은 아름다웠다. 자연의 아름다움보다는 사람의 외모가 더 아름답고, 사람의 외모보다는 사람의 선한 마음이 더 아름답다. 그러나 선한 마음보다 더 아름다운 것은 수행심의 아름다움이니, 계의 아름다움, 정의 아름다움, 혜의 아름다움이야말로 진정한 아름다움이다. 그렇게 그때 그곳에서 밧디야 비구는 수행의 아름다움을 품고 있었고, 발루카 비구는 그 아름다움의 매우 깊은 데를 보고 있었다.

두 비구가 품고 보는 수행의 아름다움은 몸을 숨긴 채로 그들을 지켜보고 있던 라자와 시리마에게도 느껴졌고 보였다. 그러나 그것은 느끼고 보는 아름다움인 한편으로 직관으로 통찰하는 아름다움이기도 했다. 그리하여 그것은 비록 작기는 하나 일종의 깨달음이었다. 라자와 시리마의 마음은 어느 사이 직접적인 수행을 거치지 않고도 수행을 하는 것과 같은 작으나마 마음의 진보를 이루고 있었던 것이다.

잠시 후 발루카가 말했다.

"테라시여! 저는 오늘 테라님의 훌륭한 법문을 들음으로써 크나큰 이익을 얻었습니다!”

“법문이라고까지 말할 수는 없지요. 부족한 수행자의 넋두리였다고 하는 편이 맞을 겁니다.”

“지나친 겸양의 말씀이십니다.”

“형제는 세존께서 우리 출가자들에게 꼭 필요할 일상의 말과 법담 등 두 종류의 말만을 허락하시고, 그 밖의 다른 어떤 말도 하지 말라고 하신 것을 알고 있을 것이오. 또 세존께서는 꼭 필요한 말과 법담까지도 너무 많이 말하지 않도록 권하셨는데, 그 점에서 나는 내가 혹 지나치게 말을 많이 한 것이 아닐까 염려되오.”

“저는 그렇게 생각하지 않습니다. 테라님은 법문으로써 저에게 큰 법의 이익을 주셨으니 그것이 테라님께서 훌륭한 설법을 하셨다는 충분한 증거가 될 것입니다. 특히 저를 감동시킨 것은 법문을 하실 때 테라님으로부터 풍겨 나오는 다정하고 따뜻한 느낌이었습니다.”

“어쨌거나 우리의 대화는 오늘은 이 정도에서 그치는 것이 좋을 것 같구려.”

“저는 테라님의 법문을 더 듣고 싶습니다. 특히 빙기사와 아유타가 그 뒤에 어찌되었는지가 매우 궁금합니다.”

이렇게 말하며 말루카가 웃었는데 밧디야는 그에 대해서는 대답하지 않고 화제를 돌려 물었다.

“내가 형제에게 한 가지 묻고 싶은 것이 있소. 형제는 혹 지금부터 여섯 달 가량 여행을 할 수 있겠소?”

“무슨 까닭으로 저에게 그에 대해 물으시는 것입니까?”

“비록 자애 명상을 통해 출세간의 행복을 조금 맛보았다고는 하지만 나는 아직 깨달음을 성취하지는 못하고 있는 형편이오. 내 말은, 오늘은 내가 형제를 위해 나름대로 설법을 할 수 있었지만 형제에게는 더 높은 차원의 설법이 필요하다는 의미요. 그런데 마침 어제 사리뿟따 마하테라로부터 당신 곁으로 와 달라는 부탁을 받았소. 그래서 나는 테라의 청에 응하여 사흘 뒤에 이곳을 떠나 그분이 계시는 곳으로 가려던 참이었소. 그분은 지금 순니타에서 불법을 포교하고 계시오. 그러니 형제여, 나와 함께 저 위대한 법의 장수가 계시는 곳으로 갑시다. 거기에서 그분과 함께 아직까지 불법의 진수를 맛보지 못하고 있는 그곳 사람들에게 우리가 맛본 진실의 법, 감로의 법을 널리 전합시다."

"저는 아직 보잘것없는 범부 비구에 불과합니다. 그러다 보니 저에게는 그곳 사람들을 위해 진실의 법을 설할 지혜도, 감로의 법을 보여줄 수행력도 없습니다."

"그것은 그럴지 모르나 형제여, 그곳으로 갈 경우 형제는 세존을 제하고는 그 누구도 그분의 지혜를 따를 수 없는 위대한 스승으로부터 훌륭한 설법을 풍부히 들을 수 있을 것이오. 그리고 또 아오? 그분의 지도를 받아 수행함으로써 형제가 깨달음을 성취할 수 있을지."

"그렇겠군요! 그렇다면 저는 테라님과 함께 순니타로 가겠습니다!"

12
아들의 배신, 아내의 배신

사흘 뒤, 밧디야와 말루카는 사리뿟따 마하테라를 만나기 위해 순니타로 출발했다. (라자와 시리마는 몸을 감추고 그들을 따라갔다.) 그로부터 한 달 가량이 지난 어느 날, 두 비구는 순니타에서 가까운 한 숲속에서 하룻밤을 묵게 되었다. 이튿날 새벽, 두 비구는 잠자리에 일어나 얼굴을 씻은 다음 가까운 무덤가 풀밭 위에 단정하게 앉아 명상에 들었고, 탁발할 시간이 가까워왔을 때 명상에서 나왔다.

말루카가 밧디야에게 말했다.

"저는 지금 오늘은 무언가 특별한 일이 있을 것 같은 예감이 듭니다."

"하지만 우리 비구들에게는 달리 특별한 일이란 게 없소. 아니, 아직 깨달음을 성취하지 못한 나에게 그런 일이 아주 없다고 말해서는 안 되겠소. 그러니 우리 비구들로서는 무슨 일이든 특별하지도 유난하지도 않게 받아들이는 것이 좋다는 정도만 말해 둡시다."

"모든 일이 특별하지 않다면 삶은 너무나도 심심할 게 아닙니까?"

"알고 보면 불법은 참 심심한 것이지요."

"얼마 전에 부처님으로부터 당신은 냉정한 분이라고 하시는 말씀을 들은 적이 있습니다만 오늘은 테라님으로부터 불법이 심심하다는 말씀을 듣는군요. 그러고 보면 우리 비구들이 가는 길은 세속인들이 추구하는 쪽과는 반대 방향으로 나 있는 것 같습니다. 그들 중 냉정함이나 심심함을 바라는 사람은 없을 테니까 말입니다."

"하지만 형제여, 스스로 냉정한 분이라고 말씀하시는 세존은 매우 다정한 분이시기도 합니다."

"저 또한 지난번에 세존의 설법을 듣는 동안 그 점을 느꼈습니다. 바꿔 말해서 부처님의 냉정함은 냉정함과 다정함을 넘어선 냉정함이자 다정함입니다. 같은 의미에서 저는 테라님께서 말씀하시는 심심함 또한 심심함과 재미있음을 넘어선 심심함이자 재미있음으로 생각합니다."

(웃으며) "형제의 그 말이 칭찬으로 들리는구려. 아무려나 이제 탁발을 나가 볼까요?"

이런 말을 주고받은 다음 두 비구는 자리에서 일어나 숲에서 나와 마을을 향해 걸어갔다. 그들은 첫 번째 마을에서 충분한 양의 음식을 얻은 다음 그것을 먹기 위해 마을에서 조금 벗어난 다른 숲으로 들어갔다. 그런데 거기에서, 적어도 말루카 비구로서는 매우 특별한 상황을 마주치게 되었다. 그들은 목을 매달려 하는 한 노인을 발견했던 것이다.

"안 돼요! 멈춰요!" 하고 소리치며 말루카 비구가 노인에게로 달려갔다. 말루카의 외침을 듣고 노인은 세상사를 다 포기한 사람의 멍한 표정으로 자신을 향해 달려오는 출가자를 물끄러미 바라보았다.

이윽고 상황을 인지한 노인은 허둥대는 말루카를 향해 "가까이 오지 마시오." 하고 깊은 땅 밑에서 울려 나오는 듯한 낮고 음습한 목소리로 말했다.

“나를 방해하지 마시오…. 당신들은 당신들이 할 일을 하고… 나는 내가 할 일을 하도록 합시다….”

그런데 여느 사람이라면 크게 놀랄 만한 그 상황에서 밧디야는 담담했다. “문제는 말입니다.” 하고, 뜻밖에도 빙그레 웃음을 지으며 그가 말했다. “문제는 저희가 할 일이 무어냐는 겁니다. 그러니까 제 말씀은, 제게는 어르신이 하려는 일을 막는 것이 제가 해야 할 일이 아닌가 하는 생각이 든다는 그런 말씀입니다.”

말루카가 어처구니없다는 표정으로 밧디야를 보며 말했다.

“이런 상황에서 농담이 나옵니까?”

“그럼 이런 상황에서 울어야 하겠소? (노인을 향해) 어르신, 잠시 저희와 이야기를 나누시는 게 어떻겠습니까? 상호를 뵙자니 평생을 점잖게 살아오신 분 같은데, 무슨 기구한 사연이 있기에 이런 일을 저지르시려는 겁니까?”

밧디야는 노인의 목에 걸린 밧줄을 제거한 다음 노인의 몸을 부축하며 말루카에게 말했다.

“무얼 하는 거요? 나를 돕지 않고.”

“아, 알겠습니다!”

두 비구는 노인을 풀밭 위에 뉘였다. 그런 다음 노인의 몸을 가볍게 주물러 주었고, 노인은 지친 기색으로 숨을 쌕쌕이더니 곧 잠에 빠져들었다.

밧디야가 말루카에게 말했다.

“이분은 아마 아침을 못 드셨을 거요. 그러니 우리가 공양 받은 음식으로 죽을 쑤어 이분에게 드립시다.”

"그게 좋겠습니다. 말이 씨가 된다더니 이거야말로 무언가 특별한 일이 있을 것 같다던 바로 그 상황이 아닙니까? 어쨌거나 조금 전에 테라께서 보여주신 침착함은 정말 놀라웠습니다."

말루카의 얼굴에 안도의 빛이 떠올랐다.

"형제의 얼굴에도 여유가 생겨나 있구려."

"저만 긴장하고 있을 순 없잖습니까? 그건 그렇고, 죽을 쑤려면 냄비를 구해야겠는데, 제가 마을에 가서 냄비를 구해 올까요?"

"그래 주시면 좋겠소. 그동안 나는 이분을 돌보고 있으리다."

"알겠습니다." 하고 대답한 다음 말루카는 냄비를 구하기 위해 마을로 갔다. 그는 잠시 후 몇 가지 도구를 챙겨 되돌아왔고, 두 비구는 그걸로 죽을 쑤어 한참 뒤에 잠에서 깨어난 노인을 배불리 먹일 수 있었다. 두 비구로부터 보살핌을 받는 동안 노인은 돌처럼 딱딱하게 굳은 표정으로 한마디 말도 하지 않고 주는 음식을 묵묵히 받아먹을 뿐이었다. 두 비구 또한 노인에게 말을 붙이지 않았다.

정오가 지났다. 그것은 두 비구가 공양을 할 기회를 놓쳤다는 것을 의미했다. 그들은 노인의 몸과 마음이 회복되기를 기다리며 풀밭에 경행을 했다. 그 사이 노인은 다시 잠에 빠져들었다.

시간이 지나 저녁때가 되었을 때 두 비구는 다시 점심때 먹고 남은 음식을 노인에게 주었다. 노인은 잠자코 저녁 식사를 마쳤다. 그런 다음 그는 얼굴을 씻고 양치질을 한 다음 교양이 느껴지는 음전한 태도로 옷매무새를 가다듬었다.

노인은 두 비구 앞에 다가와 공손한 태도로 절을 올렸다.

"테라님들, 감사합니다. 삶을 끝내 버리려 했으면서도… 두 분의 도움을 받아 살아나고 보니 이건 고마운 일이라는 생각이 드는군요."

노인의 두 눈에 굵은 눈물방울이 맺혔다. 그렁그렁한 눈물이 노인의 두 뺨을 타고 주르르 흘러내렸다. 눈물을 닦고 나서 노인이 한결 편안해진 목소리로 말했다.

"테라님들은 제가 왜 삶을 끝내려 했는지 궁금하시겠지요. 그리고… 저 또한 제가 그동안 겪었던 일을 두 분 테라님들께 말씀드리고 싶습니다. 그러지 않고서는 제 가슴에 맺혀 있는 분노의 매듭을… 풀 수 없을 것 같기 때문입니다."

말루카가 노인에게 물었다.

"먼저 어르신의 성함부터 여쭤봐도 될까요?"

"제 이름은 욱가따입니다." 하며 노인이 자신의 이야기를 하기 시작했다.

욱가따는 순니타에서 오랫동안 사업을 벌여 큰돈을 번 거부장자였다. 일찍이 아내를 여읜 그에게는 아들 하나와 딸 하나가 있었다. 아들이 장성하자 그는 아들을 혼인시킨 다음 십만 루피를 주어 독립시켰고, 얼마 뒤에는 딸을 출가시키면서 오만 루피의 돈을 주었다. 그는 처음에 팔십만 루피를 가지고 있었기 때문에 그러고도 그에게는 육십오만 루피라는 거금이 남아 있었다.

문제는 그의 아들 꼬꾸가 욕심이 매우 많다는 점이었다. 자신의 노력으로 돈을 벌어본 적이 없는 그는 어떻게 하면 아버지가 갖고 있는 나머지 돈을 자기 것으로 만들 수 있을지에 마음을 쏟았다. 꼬꾸는 온갖 방법을 다 동원하여 아버지를 속였다. 결국 욱가따는 아들에게 모든 재산을 빼앗긴 채 거리를 떠도는 신세가 되었다. 인간에 대한 신뢰를 잃어버린 그에게 삶은 무의미한 것이었다. 그리하여 그는 마침내 스스로 목을 매려는 지경에 이르렀던 것이다.

이야기를 마친 다음 욱가따는 깊은 한숨을 쉬더니 지친 모습으로 땅바닥에 누웠다. 그런 노인을 밧디야가 옆을 지키며 돌보았고, 그 사이 말루카는 두 사람과 조금 떨어져 비인간적인 아들의 이야기를 들음으로써 답답해진 마음을 달랬다.

한참 만에 욱가따가 누웠던 자리에서 일어났다. 몸을 일으켜 바르게 앉은 욱가따의 얼굴에는 작으나마 홀가분한 웃음기가 보였는데, 그렇기는 해도 그 웃음에는 깊은 허무의 감정도 은은히 배어 있었다.

밧디야가 물었다.

"그래서 어르신께서는 이제부터 어떻게 하실 작정입니까? 마음이 한결 개운해졌으니 이것으로 아드님의 모든 문제는 해결이 된 건가요?"

"그건 아닙니다." 하고 말하는 욱가따의 표정은 담담한 듯했으나, 다음 순간 그는 갑자기 분노가 실린 쉰 목소리로 외쳤다. "테라님들! 지금 저에게 필요한 것은 정의입니다! 복수입니다! 그놈이 응당한 대가를 치르는 것! 그것이 저의 단 한 가지 소원입니다!"

"어르신, 비록 이런 경우라고 해도 우리는 너그러운 마음을 내야 합니다."

"지금 저에게는 그런 마음이 자라날 만한 땅이 없습니다."

"그렇지만 어르신이 지금 미움을 일으키고 있는 대상은 어르신의 아드님이 아닙니까?"

"아닙니다! 그놈은 아들이 아니라 제 원수입니다! 적입니다! 강도입니다! 사람의 피를 빨아먹고, 살을 발라 먹는 귀신입니다! 독사보다도 더 끔찍한 말종 축생입니다!"

이렇게 말하는 노인의 눈에서 날카로운 살기가 창검처럼 번뜩였다. 잠깐 동안 세 사람은 말하지 않았다. 얼굴이 벌게져서 숨을 헐떡이고 있는 욱가따. 그리고 그때 말루카는 보았다, 얽힌 실타래처럼 복잡함을 드러내고 있는 밧디야의 모습을.

그랬다, 자신의 아들을 원수요 적이라고 말하는 욱가따의 말을 들으며 밧디야는 아유타와 빙기사를 떠올리고 있었다. 그러나 밧디야는 욱가따가 아니었다. 그는 명상의 행복을 누리는 수행자였던 것이다. 그리하여 그의 마음은 잠깐의 복잡함을 끝내고 곧바로 사태를 담담하게 받아들이는 비구다운 상태를 회복했다.

밧디야의 표정이 다시 단순 명랑해졌다. 조마조마한 마음으로 선배 비구의 눈치를 보고 있던 말루카는 적이 마음을 놓고 시선을 노인 쪽으로 돌렸다. 노인 또한 표정이 조금 전에 비해 한결 가라앉아 있었다.

"어르신, 어르신께서는 아드님을 원수라고 하셨습니다."

밧디야의 목소리는 진지한 한편 산뜻했다.

"부끄럽습니다만… 그렇습니다."

욱가따의 목소리는 조금 전에 비해서는 침착해지긴 했으나 그런 한편으로 아직도 거친 데가 남아 있었다. 그것을 알아챈 밧디야는 욱가따를 위해 눈을 감고 천천히 숨을 쉬며 들숨과 날숨을 관찰하는 방법을 가르쳐 주었다. 욱가따는 밧디야가 시키는 대로 따랐다. 그러자 몸과 함께 마음의 긴장이 풀려 그의 상태는 전에 비해 훨씬 안정되었다.

밧디야가 말했다.

"제가 어르신을 위해 조언을 좀 해드려도 될까요?"

"그것이 제가 바라는 것입니다."

"어르신께서는 지금 마음속에 아드님에 대한 분노를 품고 계십니다."

"그렇습니다."

"마음에 분노를 품고 있다는 것은 마음의 질병을 앓고 있음을 의미한다고 저는 생각합니다. 따라서 어르신은 마음병을 치료하기 위해 훌륭한 마음의사를 찾아야만 합니다."

"그런 의사도 있습니까?"

"저희는 세상 모든 사람들로부터 존경을 받고 계시는 부처님의 제자들입니다. 그렇다면 부처님께서는 무엇 때문에 존경을 받으시는 것일까요? 그것은 부처님이 더 이상 위없는 최상의 진리를 깨달으셨기 때문입니다. 그렇다면 다시, 부처님께서 깨달으신 최상의 진리는 어떤 것일까요? 그것은 중생의 마음병을 치료하는 이법입니다.

이 말은 모든 중생은 크고 작은 갖가지 마음병을 앓고 있다는 것을, 저희 비구(비구니)들과 부처님의 수많은 재가신자들은 부처님이라는 마음의사의 지도를 받아 마음병을 치료하고 있는 사람들이라는 것을 의미합니다. 어르신은 부처님이라는 의사에게 마음병을 치료받고 싶지 않으십니까?"

"꼭 치료받고 싶습니다. 하지만 부처님은 지금 제 앞에는 안 계시지 않습니까?"

"알고 보면 저 또한 예전에 어르신과 같은 종류의 마음병을 앓은 적이 있습니다. 그리고 지금은 그 병을 절반쯤은 치료했다고 생각합니다. 그래서 제가 부처님을 대신해 어르신을 도울 수 있지 않을까 생각되는군요. 문제는 어르신을 치료해드리기 위해서는 제가 예전에 앓았던 마음병을 다시 기억해낼 필요가 있다는 것입니다. 다시는 기억하고 싶지 않은 고통스러운 그 경험을 말입니다."

이렇게 말하는 밧디야의 얼굴에 조금 전에 나타났다가 사라진 복잡다단한 감정이 엷은 그림자처럼 살짝 드리웠다가 사라졌다. 이윽고 밧디야가 자신의 과거사를 말하기 시작했다.

"…어르신, 저는 세속에 있던 때 한 나라를 통치하는 왕이었습니다. 그리고 저에게는 아름다운 아내와 저를 예술로 이끌어주는 훌륭한 친구가 있었습니다. 저는 아내 아유타와 친구 빙기사를 지극히 사랑했습니다. 그때 저는 생각했습니다. '이들은 나와 일심동체다. 나는 곧 아유타요, 아유타는 곧 나다. 나는 곧 빙기사요, 빙기사는 곧 나다.'"

밧디야가 말을 이었다.

"하지만… 그들은 서로 간음함으로써 저를 배신했습니다. 그리하여 일심동체는 깨어졌습니다. 한 마음은 두 마음이, 같은 몸은 다른 몸이 되어 버린 것입니다. 그리하여 저는 고통의 밑바닥에 떨어지고 말았습니다. 그 밑바닥은 시궁창이었습니다. 검었고 더러웠습니다. 구더기가 들끓는 지옥이었습니다. 그 지옥에서 몸부림치며 저는 부르짖었습니다. '나는 정의를 원한다! 저들은 응당한 벌을 받아야만 한다!' 그런 생각으로 저는 그들에게 복수했습니다. 빙기사에게는 한쪽 눈을 찌르는 벌을, 아유타에게는 두 귀에 독을 붓는 벌을 가했던 것입니다."

잠시 숨을 고른 다음 밧디야가 말을 이었다.

"지금에 와서 생각하면 그때 저에게 왕권이 있었던 것은 얼마나 큰 불행이었던지요! 아아, 그때 나에게 힘이 없었더라면 얼마나 좋았을까요! 지금 아들을 응징할 힘을 갖고 있지 못하신 어르신처럼 말입니다. 그랬더라면 저는 남의 신체를 훼손하는 악행을 저지르지 않았을 것이고, 그럼으로써 그때 이후 오랫동안 겪었던 혼란과 무질서라는 과보를 피할 수 있었을 것입니다."

"테라님, 저는 오히려 아들놈을 혼내줄 힘을 갖고 있지 못하기 때문에 혼란과 무질서에 빠져 있습니다."

"어르신, 어르신께 제가 마음속의 분노를 어떻게 다루었는지를 말씀드리고 싶습니다."

"아픈 과거사를 드러내면서까지 저를 위해 해 주시려는 그 말씀, 경청하겠습니다."

웃가따가 공손히 합장하며 이렇게 말하자 밧디야의 얼굴에 고통받는 중생의 평안을 바라는 간절한 마음이 우러났다.

13
불법은 명상을 말한다

밧디야가 자애심 가득한 표정으로 욱가따에게 말했다.

"처음에 저는 어르신처럼 제가 받고 있는 고통의 원인이 바깥 대상으로서의 빙기사와 아유타에게 있다고 생각했습니다. 하지만 불법을 배우는 동안 저는 그 생각이 잘못이라는 것을 깨우쳤습니다. 불법은 고통의 원인을 바깥이 아닌 안에서, 즉 자기 자신에게서 찾는다는 것을 알았던 것입니다."

밧디야는 욱가따에게 간명하게 사성제를 설명했다. 그런 다음 그는 꼬챙이 하나를 집어 들어 땅바닥에 작은 동그라미를 그렸다. 늦은 밤이었지만 달빛이 비치고 있었기 때문에 밧디야가 그린 동그라미는 눈에 잘 분별되어 보였다.

밧디야가 동그라미를 가리키며 말했다.

"이 동그라미 안쪽은 남과 분별된 존재로서의 나를, 바깥쪽은 나를 둘러싸고 있는 나 아닌 타자(타인·타물)를 의미합니다. 이렇게 하여 세계는 둘이 됩니다. 세계는 기본적으로는 하나뿐입니다만 나라는 존재가 성립하는 순간 그것은 나-세계라는 첫 번째 세계와 세계-세계라는 두 번째 세계로 나뉜다는 뜻입니다.

먼저 확인할 것은 동그라미의 안과 밖이 완전히 격절되어 있다는 점입니다. 두 세계 간의 넘나듦은 불가능합니다. 그런 의미에서 동그라미의 안쪽 세계인 나-세계는 바깥쪽 세계인 세계-세계로부터 분별된 '개별자'라고 부를 수 있습니다.

나-세계와 세계-세계 간의 넘나듦은 불가능합니다. 설사 자신의 일생 전부를 아들에게 바치고자 하는 지극히 사랑 깊은 어머니가 있다고 하더라도 그녀는 아들을 대신하여 먹어줄 수 없고, 아들을 대신하여 아파줄 수 없습니다. 물론 그녀는 아들을 위해 먹을 것과 약을 제공해 줄 것입니다. 그렇지만 그녀의 사랑은 거기까지일 뿐, 그 음식과 약을 먹고 소화해야 하는 사람은 아들입니다.

또한 그녀는 아들을 대신하여 고민해 줄 수 없습니다. 물론 그녀는 아들이 고민할 때 온갖 말로써 아들을 위로해 줄 것이고, 이런저런 도움이 되는 말을 해 줄 것입니다. 하지만 아들이 그 위로와 조언을 받아들이지 않는다면 그녀로서는 어떻게 해 볼 도리가 없습니다. 이치가 이러할진대 아들이 죽음을 맞이하는 순간에 이르러 어떻게 어머니가 아들을 대신하여 죽어 줄 수 있겠습니까? 이렇듯 아무리 사랑하는 사람들끼리일지라도 두 사람 간의 넘나듦은 불가능한 것입니다.

그래서, 객관적으로 보면 세계는 하나이지만 실존적으로 보면 세계는 둘입니다. 나라는 세계 하나, 나를 제외한 모든 것들의 세계 하나가 따로 있는 것이지요. 그리고 실존의 입장에서 볼 때, 세계가 탄생하는 때는 내가 태어나는 때이며, 세계가 멸망하는 때는 내가 죽는 때입니다. 어떤 사람들은 모두가 함께 멸망하는 말세를 두려워합니다만 실존적인 입장을 취하는 사람들은 그런 말세는 두려워하지 않습니다. 그가 걱정하는 것은 백만 명의 사람과 함께 죽는 말세가 아니라 자신이 홀로 죽어 가는 자신만의 말세인 것이지요."

여기까지 말한 다음 밧디야는 동그라미 바깥에 다섯 겹의 동그라미를 더 그린 다음 말했다.

"먼저 유념할 것은 제가 첫 동그라미는 실선으로 그렸지만 이번에 그린 다섯 동심원들을 점선으로 그렸다는 점입니다. 그렇다면 점선으로 분별되는 다섯 동심원들은 무엇을 의미할까요? 이들은 나를 둘러싸고 있는 다섯 무리의 타자입니다. 저는 왜 처음 동그라미는 실선으로 그리고 다섯 동그라미는 점선으로 그렸을까요? 그것은 나와 타자들 간에는 넘나듦이 불가능하지만 다섯 무리의 타자들 간에는 그것이 가능하기 때문입니다.

각각의 동심원에는 어떤 사람들이 있는지 살펴보겠습니다.

첫 번째 동심원에는 나를 사랑하는 사람들(애인)이 있습니다.

두 번째 동심원에는 나를 좋아하는 사람들(친인)이 있습니다.

세 번째 동심원에는 나에게 아무런 애증을 일으키지 않는 사람들(심상인)이 있습니다.

네 번째 동심원에는 나와 이익을 공정한 규칙에 따라 겨루는 사람들(경쟁자)이 있습니다.

다섯 번째 동심원에는 나의 이익을 불공정한 방법으로 쟁취해 가려는 사람들(적)이 있습니다."

밧디야가 말을 이었다.

"처음 어르신의 아드님은 다섯 무리의 타자 중 첫 번째 동심원 안에 있는 사람이었습니다. 그러다가 어르신이 미처 알지 못하는 사이 아드님은 네 번째 동심원인 경쟁자 무리로 옮겨 갔습니다. 그러더니 끝내는 다섯 번째 동심원인 적 무리로 옮겨 갔는데, 어르신께서는 그가 그렇게 바뀌어 가고 있는 것을 꿰뚫어 보지 못하셨습니다.

생각해 보면 첫 번째 동심원 안에 있던 타자가 다른 동심원으로 옮겨 가는 현상은 자주 일어납니다. 심지어 그런 현상은 하루에도 여러 번 일어날 수 있습니다. 예를 들어 나에게 사랑하는 아들이 있다면 그는 나의 첫 번째 동심원 안에 있는 사람입니다. 그러나 나의 아들이 언제나 나의 첫 번째 동그라미 안에만 있는 것은 아닙니다. 어느 순간 나는 아들에 대한 사랑이 느슨해진 것을, 즉 그를 사랑하던 마음이 좋아하는 마음 수준으로 약화된 것을 깨닫게 되는데 그것은 아들이 두 번째 동심원으로 옮겨 간 것을 의미합니다. 내가 아들을 특별히 좋아하지도 특별히 싫어하지도 않는 마음, 즉 심상한 마음으로 대하는 때도 있습니다. 이것은 아들이 두 번째 동심원을 거쳐 세 번째 동심원으로 옮겨 가 버린 것을 의미합니다.

물론 그것은 일시적인 현상일 뿐 나는 곧 아들에 대한 사랑을 회복합니다. 문제는 그와 반대 방향, 즉 더 나쁜 방향으로 마음이 변하는 때가 있다는 사실입니다. 어떤 사안에 대해 나와 아들은 의견이 갈립니다. 나는 아들이 좀 더 부지런하기를 바라지만 아들은 그렇지 않다든지 하는, 아들이 내 마음에 안 드는 상황이 생기는 것입니다. 그러면 나는 아들에게 충고를 합니다. 그리고 아들은 그에 반발합니다. 이것은 아들이 나의 경쟁자가 되었다는 것, 첫 번째 동그라미 안에 있던 아들이 네 번째 동심원으로 이동했다는 것을 의미합니다. 그리고 상황이 더 악화되어 아들이 미워지기 시작한다면 그때 나의 아들은 다섯 번째 동심원으로 옮겨 간 것입니다."

"저의 경우를 보더라도 진실로 그렇습니다!"

"그런데도 지혜가 부족한 세상의 많은 사람들은 첫 번째 동심원에 있는 사람을 나와 일심동체의 사람으로 여기면서 그가 동심원을 수시로 옮길 수 있다는 것을 모르거나, 그 점을 잊곤 합니다. 제가 아유타와 빙기사에게 그러했던 것처럼, 어르신이 아드님에게 그러신 것처럼 말입니다.

사람은 남을 챙기기에 앞서 자기 자신부터 챙기게 마련인 존재입니다. 나는 기본적으로 타자와 이심이체異心異體로 분별된 개별자라는 뜻입니다. 그래서 타자에 대한 우리의 사랑은 자기 사랑이라는 첫 번째 사랑 다음에 일어나는 두 번째 이하의 사랑일 수밖에 없고, 나에 대한 타자의 사랑 또한 그러합니다. 그런데 모순되게도 중생은 나를 자기 자신보다 더 사랑해 주는 사람이 있기를 원합니다.

그리고… 어느 순간 그 아름다운 기적이 일어납니다. 첫 번째 동심원 안에 누군가가 나타나는 것이지요. 개별자로서의 나에 가장 가까운 영역에 그녀(그)가 다가오게 되고, 그때 나와 그와의 사랑이 시작됩니다. 나와 타자를 구별 짓는 선에서 딱 붙어 만나는 나와 그녀! 그리고 그녀와의 사랑! 그 사랑이 일어날 때 나와 그녀는 하나입니다!

하지만 어르신, 가슴 아프게도 일심동체로서의 그 사랑은 일시적이고 가변적인 것입니다. 사랑이 두 사람의 마음과 몸을 하나로 합쳐주는 것은 사실이지만 그것은 언제 변할지 모르는 하나입니다. 겹쳐졌던 두 선은 결국 포개진 상태를 풀고 제각각 자기 자리로 돌아가게 마련입니다.

그리하여 사랑은 두 사람의 다리를 하나씩 묶어 놓은 상태인 이인삼각 같은 것입니다. 그 상태에서 함께 묶인 다리로만 보면 두 사람은 한 몸입니다. 그러나 묶이지 않은 다리와 몸으로 볼 때 두 사람은 두 몸입니다. 이 두 조건 중 전자는 일시적·가변적인 조건이고, 후자는 항시적·불변적인 조건입니다. 이것은 나를 자신의 목숨처럼 사랑하는 여인이 있다고 하더라도 그녀는 언젠가 묶고 있던 다리를 풀고 자기 자신으로 돌아가게 된다는 것을 의미합니다.

저의 이 말이 그녀의 나에 대한 사랑이 변하는 것만을 의미하지는 않습니다. 설령 나에 대한 사랑이 변하지 않는다고 해도 그녀와 나는 결국 죽음이라는, 모든 사람을 제각각 떼어놓는 저 캄캄한 얼굴을 가진 염마왕에 의해 헤어지게 됩니다. 그에 이르러 아무리 견고한 일심동체라 할지라도 이심이체로 해체되지 않을 수 없습니다.

하지만 이 엄혹한 이치를 모르는 많은 사람들은 나의 마음과 내가 사랑하는 사람의 마음이 오늘처럼 내일도 하나인 상태를 유지하리라고 가정합니다. 이렇듯 중생은 '나와 애인은 일심동체다.'라고 믿고서 그 믿음 위에 수많은 기대를 실은 다음 그 기대에 힘입어 고달픈 인생길을 걸어가는 것입니다.

그러나 그 믿음은 실제와 맞지 않습니다. 중생은 그의 믿음이 실제이기를 바라 마지않습니다만 실제 삶은 중생의 그 바람에 따라주지 않습니다. 냉정하기 그지없는 개별자의 법칙은 나와 타자를 엄정하게 분리시키고, 타자들로 하여금 나의 다섯 동심원 사이를, 나 또한 그들의 다섯 동심원 사이를 왕래하도록 하는 것입니다."

"그 왕래는 얼마나 무자비한지요!"

"그렇습니다. 개별자의 법칙은 무자비합니다. 하지만 어르신, 그렇듯 무자비하기 때문에 도리어 이 법칙은 공정합니다. 이 법칙은 첫 번째 동심원 안에 있는 사람을 다섯 번째 동심원으로 이동시키기도 하지만 거꾸로 다섯 번째 동심원 안에 있는 사람을 첫 번째 동심원으로 이

동시키기도 하니까요.

우리는 이 법칙을 탓할 것이 아니라 잘 알아야 합니다. 아무리 탓해도 변하지 않을 법칙을 탓한들 무슨 소용이 있겠습니까. 따라서 우리는 이 법칙을 잘 이해하여 이 법칙의 무자비함의 희생자가 되지 말고 공정함을 잘 활용해야 합니다. 따라서 부처님께서는 설하십니다. '자기 자신을 의지처로 삼으라.'라고. '어떻게 남을 의지할 수 있겠느냐?'라고."

여기까지 말한 다음 밧디야 비구는 게송 세 편을 낭송했다.

> 오직 자기만이 자기의 의지처,
> 어떻게 남을 자기의 의지처로 삼으랴?
> 그러니 수행하라. 마음을 밝히라.
> 그것이 자기를 의지처로 삼는 것이니.[77]

게송을 읊고 나서 밧디야는 말을 멈추었다.

---

77 개별자와 그 초월 여기까지 개별자가 세계와 격절되어 있는 면을 말했지만 이것이 불교의 궁극 가르침은 아니다. 불교 사상은 "이것이 있으므로 저것이 있고, 저것이 있으므로 이것이 있다."는 연기법에 기초해 있는데, 이는 세계-세계를 구성하는 수많은 사물들 간의 관계도 그러하고, 나-세계와 세계-세계와의 관계도 그러하다. 이 차원에서 개별자 나-세계는 세계-세계와 완전히 격절되어 있지 않다. 예를 들어 물을 마시면 나 아닌 타물로서의 물은 나로 편입되고, 땀을 흘리면 나였던 수분이 나 아닌 타물로서의 세계-세계로 유출되며, 심리적인 면에서도 남에게 어떤 말을 듣거나 어떤 새로운 경험을 함으로써 내 생각의 양이 늘어나고, 기억이 감퇴되면 생각의 양이 줄어드는 등의 출입·가감이 있다.
불교는 개별자로부터 시작하지만 개별자성을 초월하는 '나-없음(무아)'에서 끝을 맺게 된다(각주 79 '삼특상' 참조). 이는 바다 밖에서 보면 각기 따로따로인 두 개의 섬이 바다 밑에서는 하나의 대륙으로 연속되어 있는 것과 비슷하다. 개별자는 바다 위에서 보는 두 개 또는 수만… 개로 분별되는 섬이다. 하지만 수행이 깊어져서 개별자성의 바탕을 꿰뚫어 보기에 이르면 나의 개별자성은 점점 약화·소멸되고, 약화·소멸된 수준만큼의 여유·평화가 생겨나며, 여유·평화가 생겨난 만큼 삼독심이 줄어들어 삼향심이 생겨나고, 마지막에 이르러 '개별자-나'에 대한 집착이 모두 사라지는 '무아'의 경지에서 해탈이 이루어진다.

욱가따는 잠시 밧디야로부터 들은 설법 내용을 음미하며 눈을 감고 앉아 있었고, 두 비구는 그런 욱가따의 다음 행동을 잠잠히 기다렸다. 이윽고 눈을 뜬 욱가따가 조용히 일어나 밧디야에게 삼배를 올렸다.

"테라시여. 제가 삼보에 귀의하오니, 부디 저를 거두어 주시기 바랍니다."

"사두! 사두! 사두!" 하고 노인이 불제자가 된 것을 칭찬한 다음 밧디야가 물었다. "어떻습니까? 어르신께서는 마음이 대상에 몰입되어 그것 이외의 다른 모든 것을 잊어버리게 되는 취미가 있습니까?"

"저는 음악을 좋아합니다. 듣는 것도 즐기고 악기를 연주할 줄도 압니다."

"노래 부르는 것은 어떻습니까?"

"남에게 크게 뒤지지 않는다고 생각합니다."

"어르신이 생각하기에 음악은 무엇입니까?"

"제 생각에 음악은 마음을 도취시키는 것, 그럼으로써 무아지경에 이르는 것입니다. 저는 젊은 시절, 마음에 작고 큰 번뇌가 일어날 때마다 홀로 음악을 연주하곤 했습니다. 그러다 보면 어느 사이 번뇌는 저만치 멀어져 마침내 사라져 버렸습니다."

"설마 정말로 번뇌가 사라진 것은 아니겠지요?"

"물론입니다. 제가 음악에 도취되었다고 해서 저에게 번뇌를 일으키던 문제가 사라지는 것은 아니니까요."

"바로 그렇습니다. 그러니까 그때 어르신은 자아가 없음을 깨달은 '무아지경'이 아니라 자아를 대상에 빠뜨리는 '몰아지경'에 드신 것입니다. 그리고 그것은 불제자들이 선정에 들었을 때의 심리 상태와 비슷합니다.

선정의 다른 이름이 삼매입니다만, 삼매는 불법 수행을 통해서도 얻을 수 있고, 세속적인 여러 방법을 통해서도 얻을 수 있습니다. 어떤 대상에 한 마음으로 머물러 몰입하는 상태를 의미하는 삼매는 불법 수행뿐만이 아니라 취미를 즐기는 것, 일에 열중하는 것, 사랑에 빠지는 것, 예술에 감동하는 것 등 세속삼매를 통해서도 얻을 수 있는 것입니다.

그러나 그것들은 높은 삼매는 아닙니다. 그것들은 준삼매, 또는 세속삼매라고 부를 수 있는 것들이며, 진정한 삼매인 불법삼매는 부처님께서 제시하신 명상법을 통해 다섯 가지 요소를 갖추고 있는 상태만을 의미합니다. 삼매에 들면 마음은 행복하고 고요해집니다. 이것은 삼매가 중생의 마음에 휴식을 제공해 준다는 것을 의미합니다. 따라서 우리는 우리 자신의 자질과 성향을 살펴 자신에게 가장 알맞은 삼매 수행법을 찾아내어 수행할 필요가 있습니다.

수많은 괴로움에 짓눌려 있는 중생의 삶은 깨달음이라는 궁극적인 경지에 앞서 준비가 필요합니다. 저의 경우를 보면 부처님께서는 제가 아직은 깨달음이라는 궁극적인 경지로 나아갈 준비가 되어 있지 않다고 보시고, 그에 앞서 삼매를 얻는 많은 명상법 중 자애 명상을 수행할 것을 명하셨습니다. 그리고 저는 자애 명상으로써 비록 번뇌를 근본적으로 없애지는 못했습니다만 나름대로의 행복을 맛볼 수는 있었습니다. 그러니 어르신께서도 저처럼 삼매 명상법 한 가지를 수행해 보시면 어떨는지요?"

"제가 명상 수행을 잘 해낼 수 있을까요?"

"세속삼매를 유도하는 명상법이라면 충분히 가능할 겁니다. 그리고 세속삼매를 통해 어느 정도 마음이 좋아졌다 싶으면 그때 어르신도 불법삼매법 중 하나인 자애 명상법을 수행하도록 하십시오."

"그럼 저에게 세속삼매를 얻을 수 있는 명상법을 가르쳐 주시기 바랍니다."

"어르신께서는 음악에 대한 소양이 깊으시니 음악을 이용하여 삼매를 닦아 나가시는 것이 좋겠습니다."

"잘 알겠습니다."

노인이 자신의 조언을 음전하게 받아들이는 것을 확인한 밧디야 비구는 눈을 감고 잠시 말없이 앉아 있었다.

잠시 후, 밧디야는 비구들 간에 잘 알려져 있는 붓다의 게송에 즉흥적인 가락을 붙여 노래하기 시작했다.

> 만일 현명하고 잘 협조하는 벗을 얻을 경우 기쁜 마음으로 그와 함께 가라. 그러나 만일 현명하고 잘 협조하는 벗을 얻지 못하거든 그대여, 코뿔소의 외뿔처럼 혼자서 가라, 자신이 정복한 왕국을 버리고 홀로 지내는 왕과도 같이.
>
> 처자도 부모도 친구도 친척도 재산도 명예도 모두 버려라. 그것들은 나무를 휘감고 있는 무성한 등넝쿨이다. 그러니 그대여, 코뿔소의 외뿔처럼 혼자서 가라, 등넝쿨을 단칼에 베어낸 다음 흔연히 미소 짓는 남자와도 같이.
>
> 이것이 무지로구나, 이것이 욕망이로구나, 하고 알라. 그것들은 그대를 가두는 크나큰 그물이다. 그러니 그대여, 코뿔소의 외뿔처럼 혼자서 가라, 그물에 걸린 큰 물고기가 그물을 찢고 대양으로 나가 유유히 헤엄치듯이.

선정에 잠겨 고요를 즐기라. 해탈한 마음으로 자비를 베풀라. 이것이 수행자가 얻어야 할 바요, 행해야 할 바이다. 그러니 그대여, 코뿔소의 외뿔처럼 혼자서 가라, 홀가분하게 무소유자가 되어 숲속이나 무덤가에 눈을 감고 앉아서.

큰 소리에 놀라지 않는 사자와 같이, 그물에 걸리지 않는 바람과 같이, 흙탕물에 더럽혀지지 않는 연꽃과 같이, 그대여, 코뿔소의 외뿔처럼 혼자서 가라, 괴로움의 세계를 멀리 떠나 출세간의 길을 따라서.

"이제부터 어르신께서는 이 노래를 부르면서 한편으로는 가사의 내용을 음미하고, 다른 한편으로는 곡조에 담긴 분위기를 느끼시기 바랍니다. 그러다 보면 어르신의 마음은 점차 편안해질 것입니다."

"잘 알았습니다." 하고 대답하는 욱가따의 표정은 밝았다.

밧디야는 욱가따가 가사와 가락을 외고 익히도록 도와주었다. 지력과 음악적 소양이 남달리 뛰어난 욱가따는 곧 가사와 가락을 익혔다. 그는 시원한 목소리로 노래를 불렀고, 그 노랫소리는 어둠을 밝히며 내리는 달빛과 함께 숲속을 가득히 채웠다. 두 비구는 노래를 배우는 동안 욱가따의 노랫소리가 점점 더 밝아지는 것과 그의 목소리에 점점 더 힘이 실리는 것을 알았다. 그것은 게송의 내용을 음미하며 노래를 부르는 동안 아들에게 배반당한 그의 아픔이 조금씩 치유되고 있음을 의미했다.

노래를 모두 익힌 후 욱가따가 두 비구에게 말했다.

"테라님들, 지금 제 마음은 한편으로는 가볍고, 다른 한편으로는 감동에 벅차 있습니다. 그래서 잠을 이루지 못할 것 같으니… 이미 밤이 깊은 만큼 두 분께서는 먼저 주무시는 게 좋겠습니다.”

“잠을 주무시지 않아도 되겠습니까?”

“저는 지금 몸이라는 것이 생각 하나 바뀌는 것만으로도 천지 차이로 변할 수 있다는 것을 느끼고 있는 중입니다. 지금 제 몸은 젊은 시절 못지않게 활력이 넘치고 있습니다. 그러니 테라님들께서는 저에 대해서는 염려하지 않으셔도 좋을 듯합니다. 그리고… 내일 아침에 혹 제가 보이지 않더라도 걱정하지 마시기 바랍니다. 그 경우 저는 새 기분으로 활기차게 이곳을 떠난 것일 테니까요.”

이렇게 말하고 나서 욱가따는 그 자리에서 일어나 두 비구로부터 수십 걸음 떨어진 무덤 쪽으로 걸어갔다. 잠시 후, 두 비구의 귀에 욱가따의 노랫소리가 들려왔다. 욱가따는 무덤가를 거닐며 조금 전에 밧디야 비구로부터 배운 ‘코뿔소의 외뿔처럼 혼자서 가라’를 큰소리로 노래하고 있었던 것이다. 두 비구는 얼굴 가득히 웃음을 지으며 잠을 잘 만한 곳을 찾기 시작했다.

14
인과법이 초극되는 영역

이튿날 새벽. 두 비구가 일어나 보니 욱가따가 보이지 않았다. 그들은 자기가 안 보이더라도 걱정하지 말라던 욱가따의 말을 떠올렸을 뿐 지나간 과거의 일을 마음에 두지 않는 수행자로서 욱가따에 대해서는 말하지 않았다.

그들은 여느 날처럼 세수를 마친 다음 어제 욱가따가 먹다 남긴 죽을 나누어 먹고 나서 조용히 좌선과 경행을 반복했다. 그러다가 탁발 시간에 맞추어 숲을 떠났고, 식사를 마친 다음 길을 떠나 오후 늦게 사리뿟따 테라가 머물고 있는 위마라따 사원에 도착했다.

그들을 맞은 사람은 사리뿟따 테라의 시자인 춘다 비구였다.

두 손을 모아 합장하며 춘다가 말했다.

"어서 오십시오, 형제님들! 마하테라께서 오늘이나 내일쯤 밧디야 테라님이 올 거라고 말씀하셨는데 그 말씀이 맞았군요. 자, 안으로 들어오시지요. 마하테라께서는 지금 한 재가신자의 초청을 받아 비구들과 함께 마을에 가셨습니다."

"그렇군요."

세 비구는 춘다의 처소로 들어갔다. 춘다 비구가 가장 손위였기 때문에 밧디야와 말루카는 춘다에게 삼배를 올려 예를 표했다. 인사가 끝나고 나서 밧디야가 춘다에게 물었다.

"그런데 이곳의 포교는 잘되어 가고 있는지요?"

"아시다시피 스승님의 설법은 아주 탁월하시지 않습니까? 그래서 이곳 포교는 물 흐르듯 순탄하게 잘되어 가고 있습니다. 오늘 마하테라님을 초청한 재가신자만 하더라도 여느 분이라면 도무지 교화하기 어려운 사람이었습니다. 하지만 그는 테라님의 고결한 인품과 설법에 감화되어 지난날의 잘못된 삶을 참회하고 새사람으로 거듭났습니다. 그래서 그가 고마움을 표하기 위해 오늘 테라님을 비롯한 이곳 스님들 모두를, 더하여 마을 사람들까지 널리 초청하여 공양을 올리게 된 것입니다."

"그래서 모든 스님들이 출타를 하신 거군요. 그런데 테라님, 그 재가신자가 어떤 사람이었고, 마하테라께서는 그를 어떻게 교화하셨는지요?"

"그는 아주 천박한 마음을 지닌 사람인 데다가 무엇보다도 아주 질이 나쁜 불효자였습니다. 교묘한 방법으로 아버지의 돈을 자기 것으로 만든 다음 아버지를 집에서 내쫓았으니까요."

"예? 혹시 그 재가신자가 욱가따 장자의 아들은 아니겠지요?"

말루카의 두 눈이 휘둥그레졌다. "

"욱가따 장자라니요?"

밧디야가 웃었다.

"공교롭게도 저희가 어제 아들에게 버림받은 한 노인을 만났는데, 욱가따는 그 노인의 이름입니다."

밧디야는 춘다에게 욱가따에 관한 말해 주었다. 이야기를 듣고 난 춘다가 말했다.

"우연하게도 두 남자가 똑같은 불효를 저질렀군요. 하지만 마하테라께서 교화하신 불효자는 두 분이 만나신 노인의 아들이 아닙니다. 그의 이름은 수리야이고, 그의 아버지의 이름은 숩바따나니까요."

"그렇군요. 하기야 세상에는 불효자들이 적지 않지요."

그들이 이렇게 말하고 있을 때 밖에서 조용한 인기척이 들렸다. 세 비구가 밖으로 나가 보니 마을에서 공양을 마친 백여 명의 비구들이 사원으로 돌아오고 있었다.

사리뿟따 마하테라는 무리를 이끄는 우두머리 기러기처럼 백여 명의 비구들 중 맨 앞에서 걸어오다가 세 비구를 발견하고 그들의 다섯 걸음쯤 앞에서 발걸음을 멈추었다. 세 비구는 사리뿟따 테라의 발 앞에 엎드려 삼배로써 예를 표했다.

잠시 후, 손발과 얼굴을 씻고 가사를 단정하게 고쳐 입은 사리뿟따 마하테라는 자신의 처소에서 밧디야 비구와 말루카 비구를 접견했다. 사리뿟따 테라는 한참 동안 조용히 두 비구를 바라보기만 할 뿐 아무 말을 하지 않았다. 한편으로는 자비심에 충만한, 그러나 다른 한편으로는 냉철한 지혜가 빛나는 눈을 가진 사리뿟따 테라에게서 중생의 경지를 초월한 아라한 성자로서의 우아함과 고귀함이 넘쳐났다.

"오시느라고 수고 많으시었소 그려."

마침내 사리뿟따 테라가 입을 열어 말했는데, 그 목소리에는 법의 장수다운 당당함이 장중하게 실려 있었다.

"그래, 오시는 동안 별일은 없으셨소?"

"별일이 별일이 아니어야 하는 것이 저희 출가자들입니다만 좀 특별한 일이 있긴 있었습니다."

"그 특별한 일이 무언지 말해 줄 수 있겠소?"

"저희는 어제 불효자로부터 버림을 받은 한 노인을 만났습니다."

"오, 그랬소?"

"저희가 노인을 만나던 때 그 노인은 나무에 목을 매 죽으려 하고 있었습니다. 그래서 저희는 그분을 구해 낸 다음 불법의 이치를 약간 설명해드렸습니다."

밧디야는 사리뿟따 마하테라에게 자신들과 욱가따 사이에 있었던 일을 간략하게 말했다.

"그런데 스승님, 저희는 춘다 테라로부터 마하테라께서 불효자였던 한 남자의 효심을 회복시키셨다고 들었습니다."

"그렇소. 수리야 장자는 이제 마음을 돌려 좋은 사람이 되었소."

"그렇지만…."

밧디야는 무슨 말인가를 하려다가 문득 말을 멈추었다. 그의 얼굴에는 곤혹스러운 표정이 나타나 있었다.

사리뿟따 테라가 말했다.

"하고 싶은 말이 있으면 하도록 하시오."

"스승님, 지금 저에게는 효심을 회복했다는 그 남자가 정말로 그랬을까, 하는 생각이 문득 들었습니다."

"나는 형제의 말투에서 수리야 장자에 대한 호의적이지 않은 마음을 발견하오."

"저는 왠지 수리야라는 그 사람에게 믿음이 가지 않습니다."

"하지민 형제는 수리야 장자를 본 적이 없지 않소?"

"그건 그렇습니다. 그런데도 저에게는 이상하리만치 그를 믿어서는 안 될 것 같은 생각이 듭니다."

"혹 형제는 수리야 장자와 욱가따 장자의 아들을 동일시하고 있는 것은 아니오?"

"아마도… 그런 것 같습니다."

"그리고 형제여, 형제는 혹… 그들 두 남자와 빙기사를 동일시하고 있는 것은 아니오?"

사리뿟따 테라가 이렇게 묻자 밧디야가 깜짝 놀란 표정을 지었다. 그의 생각은 거기까지는 미치지 못하고 있었던 것이다.

붓다의 으뜸제자가 말했다.

"형제여, 마음은 실로 미묘한 것이오. 내 말은, 어제 악했던 마음이 오늘 일변하여 선해질 수도 있다는 것, 어떤 경우 그 변화는 지옥의 맨 밑바닥에서 하늘의 가장 높은 데까지를 한순간에 뛰어올라갈 만큼 비약적으로 이루어지기도 한다는 의미요.

그러니 형제는 수리야 장자의 일을 일반적인 상식으로 판단하지 마시오. 상식은 대개는 유효하지만 언제 어느 경우에나 맞는 것은 아니오. 나아가, 형제는 자신의 마음 안에 드리워져 있는 욱가따 노인의 아들에 대한 검은 그늘도 걷어내도록 하시오. 지금 형제는 그를 도저히 구제받을 수 없는 악인으로 치부하여 검은 마음 밧줄로 꽁꽁 묶어두고 있는 듯하오. 그러나 그라고 해서 악인으로부터 선인으로 재탄생하지 말라는 법은 없소."

"물론 그럴 수 있겠습니다만…. 저는 욱가따 노인의 아들만은 착한 마음을 회복하기가 매우 어려우리라고 생각합니다."

밧디야가 고집을 부렸다.

그런데 바로 그 순간, 밧디야의 마음에서 빙기사에 대한 적대감이 강렬하게 솟아올라 왔다. 밧디야의 얼굴은 순식간에 재를 바른 것 같은 회색으로 변했다. 그는 흥분기가 가득한 목소리로, 그러나 그가 실제로 표적으로 삼고 있는 빙기사가 아닌 수리야를 정죄했다.

"테라시여, 수리야라는 그 남자가 정말로 효심을 회복했다면 그것은 저 또한 응당 기뻐해 마땅한 일일 것입니다. 하지만 저는 생각합니다. 그들이 아버지에 대한 효심을 회복한 데 대해서는 그에 합당한 좋은 과보가 주어짐이 마땅하다고 해도, 그들이 지난날 저지른 불효에 대해서는 그에 합당한 고통스러운 과보가 주어지는 것이 마땅하다고."

사리뿟따 마하테라가 고개를 가로저으며 말했다.

"나는 그 생각에 찬성하지 않소. 물론 그들은 지난날 자신들이 저지른 악행의 과보를 받아야 하고, 또 받을 거요. 그러나 형제여, 나는 또 다른 관점에서 인과법은 때로 초월될 수도 있고, 반드시 초월되어야 한다고 말하고 싶소. 그 특별한 지점에서 나는 말하겠소. 세상의 모든 악인들은 마침내 용서받아야 하고, 또 반드시 용서될 것이라고! 그리고 그때 그들의 악행은 아무리 크고 무거운 것일지라도 먼지처럼 사라질 것이라고. 왜냐하면 그들은 매우 불행한 자들이기 때문에! 그들은 가장 비참한 자들이기 때문에!"

(너무나 놀라 한참 동안 입을 벌린 채 말문을 열지 못하고 있다가) "테라시여, 불법은 곧 인과법입니다. 그런데 불법을 지키는 수문장이요, 불법을 홍포하는 선봉장이신 스승님께서 어찌 인과법을 부정하는 그런 말씀을 하시는 것입니까?"

"형제가 말한 것처럼 인과법은 곧 불법이오. 우리의 불법은 마치 사치연산법과도 같은 엄정한 인과법은, 즉 십의 악에 대해서는 어김없이 십의 고통스러운 과보가 따르고, 백의 선에 대해서도 어김없이 백의 행복한 과보가 따르는 우주적 법칙을 선포하고 있는 것이오."

"그렇습니다. 그래서 저는 중생이 지은 악업이 신의 은혜로운 용서에 의해 탕감될 수 있다고 가르치는 불공정한 종교가 아닌, 공정무비한 인과법으로 짜인 부처님의 가르침을 배우기 위해 출가했습니다."

"형제여, 나는 형제가 선택한 불법을 조금도 훼손하지 않으면서 형제가 비판하는 저들 종교의 은사를 불법 안에 수용하고자 하오. 그래야만 형제의 좁은 마음을 넓힐 수 있고, 그것을 통해 형제는 지금 상상하고 있는 것보다 더 넓고 더 큰 깨달음을 성취할 수 있을 것이기 때문이오."

"하지만 스승님, 저는 불법 아닌 종교에서 넓고 큰 깨달음을 얻기보다는 불법 안에서 좁고 작은 깨달음을 얻기를 희망합니다. 왜냐하면 저는 그들이 주장하는 바를 도무지 이해할 수도, 받아들일 수도 없기 때문입니다."

"무엇 때문에 그들이 주장하는 바를 이해할 수도, 받아들일 수도 없는지를 나에게 말해 주기 바라오."

"저는 스승님께 일어났던 일 한 가지를 예로 들어 그들의 주장을 반박해 보겠습니다."

(몇 해 전에 사리뿟따 마하테라에게 있었던 일)

어느 때, 사리뿟따 테라는 탁발을 하기 위해 한 마을로 들어가고 있었다. 그때 마을의 남자들이 멀리서 테라를 바라보며 테라를 칭찬하여 말했다

"사리뿟따 테라님은 참으로 훌륭한 인품을 갖고 계시다. 테라님은 어떤 경우에도 놀라지 않고, 어떤 경우에도 부정적인 감정을 드러내시

지 않는다."

그러자 한 사나이가 "과연 그런 사람이 있을까요?" 하며 의문을 제기했다. 이에 마을 사람들은 다시 한번 사리뿟따 테라의 위대한 인품을 칭송했다. 그러자 사나이는 "만일 그렇다면 그것은 그가 나 같은 사람을 만나지 않았기 때문일 거요."라고 말하고 나서 테라를 향해 쏜살같이 달려갔다.

마을 사람들이 미처 제지할 겨를도 없이 테라에게 다가간 그는 테라를 등 뒤에서 힘껏 내리쳤다. 그러나! 사리뿟따 테라는 충격 때문에 몸을 조금 굽혔을 뿐 놀라지도 화를 내지도 않았다. 심지어 테라는 뒤를 돌아보지도 않은 채 담연히 앞만을 보며 가던 길을 계속 걸어갔다. 이에 사나이는 다시 한번 더 테라를 공격했지만 테라가 보인 반응은 처음과 같았다.

마치 호면 위를 미끄러지듯 유영遊泳하는 한 마리의 큰 고니와도 같이 사리뿟따 테라의 걸음걸이는 우아했고, 들판을 홀로 거니는 코끼리의 왕과도 같이 사리뿟따 아라한의 걸음걸이는 의젓했다. 사나이는 깜짝 놀랐다. 그는 이유 없는 공격을 받고도 이렇게 아무런 반응을 하지 않는 사람을 처음 보았던 것이다. 그는 멍한 표정으로 사리뿟따 테라의 등 뒤를 한참 동안 바라보았다.

그때 마을의 남자들이 사나이를 향해 달려왔는데, 그들의 손에는 몽둥이를 비롯한 무기가 들려 있었다. 달려오면서 그들이 큰소리로 외쳤다.

"저 나쁜 놈!"

"저런 나쁜 놈은 다시는 이런 일을 저지르지 못하도록 혼쭐을 내주어야 한다!"

깜짝 놀란 사나이가 얼른 테라의 앞쪽으로 나아가 무릎을 꿇고 애원했다.

"테라시여, 부디 저를 용서해 주십시오! 지금 저를 구해 주실 수 있는 분은 테라님밖에 없습니다!"

사리뿟따 테라가 담담한 태도로 말했다.

"나는 그대를 용서하오. 그리고 그대가 원하는 대로 해 드리겠소."

이렇게 말한 다음 테라는 바닥에서 일어난 사나이에게 자신의 발우를 내어주면서 사나이로 하여금 발우를 들고 자신을 뒤따라오게 했다. 이 때문에 마을의 남자들은 사나이를 공격할 수 없었다.

그들이 입을 모아 사리뿟따 테라에게 말했다.

"테라님, 어서 발우를 돌려받으십시오."

테라가 걸음을 멈추고 되돌아서서 그들에게 물었다.

"이분이 공격한 사람이 나요, 여러분이요?"

"테라님입니다."

"그렇소. 이분이 공격한 것은 나요. 그리고 나는 이분을 용서했소. 그러니 여러분은 돌아가서 자신의 일을 보도록 하시오."

이렇게 사나이를 위기에서 구출해준 다음 사리뿟따 테라는 그 사나이의 집에 가서 점심 공양을 받았다.

15

깨달은 이의 마음 길에는 자취가 없다

여기까지 이야기한 다음 밧디야가 사리뿟따 마하테라에게 물었다.

"어떻습니까, 스승님. 우리 비구들 사이에 스승님께 이런 일이 있었다고 알려져 있는데, 실제로 이런 일이 있었습니까?"

"그런 일이 있었소."

"그렇다면 제가 그 사례로 돌아가 여쭙겠습니다. 그때 그 남자는 스승님께 잘못을 저지른 다음 스승님으로부터 용서를 구했습니다. 그런데 만일 그가 스승님 아닌 딴 사람에게 가서 용서를 구한다면, 스승님께서는 그의 행동이 이치에 맞는다고 생각하십니까?"

"이치에 맞지 않는다고 생각하오."

"그런데 저 외도들은 그처럼 이치에 맞지 않는 교리를 사람들에게 가르치고 있습니다. 그들은 말합니다. '신은 인간의 죄를 깨끗하게 해 줄 수 있다. 그 죄가 아무리 짙을지라도, 아무리 클지라도, 아무리 검을지라도.'

그에 대해 저는 묻고 싶습니다. 죄로부터 생겨난 고통을 당한 적이 없는 그들의 신이, 그의 신자가 다른 사람에 대해 지은 죄를 어떻게 용서해 줄 수 있느냐고. 마하테라시여, 그들의 교리를 조금 전 말씀드린 욱가따 장자의 아들에게 적용할 경우, 그가 아버지에 대해서는 용서를 구하지 않은 채 거지가 되어 떠돌도록 방치하면서 아버지와는 아무 관련도 없는 신에게 용서를 구하면 신이 그를 용서해 줄 수 있다는 말이 됩니다.

이처럼 오직 신에게만 충성하면 모든 것이 만사형통이라는 그들의 교리를 저는 도무지 받아들일 수 없습니다. 저는 그 교리에서 마음을 닦을 필요가 없어지는, 인간의 착하고 악한 행위가 부정될 수 있는 개연성을 봅니다. 그러니 그 교리를 어찌 나쁜 교리라고 말하지 않을 수 있겠습니까?"

말을 하는 동안 밧디야는 이상하리만치 흥분에 빠져들고 있었다. 말루카는 평소에는 점잖던 밧디야가 흥분하는 모습을 보며 '테라의 흥분은 혹 빙기사와 아유타 때문이 아닐까?' 하고 생각했다. 그의 그 짐작이 빗나가지 않았다는 사실이 곧 드러났다. 잠시 숨을 고른 다음 밧디야가 자신이 왜 흥분하게 되었는지를 스스로 고백했던 것이다.

"스승이시여."

밧디야가 흥분을 가라앉히며 말했다.

"저는 지금 제 마음에 순수하지 않은 면이 있음을 발견합니다. 참으로 부끄럽게도 저는 겉으로는 저 외도들을 비판했지만 실은 후루와라는 신을 믿고 있는 세속 시절의 친구 빙기사를 비판하고 있었던 것입니다. 그렇습니다! 그는 먼저 나에게 용서를 구했어야 합니다. 그는 자신의 신에게 용서를 구하기 전에 나에게 먼저 용서를 구했어야 하는 것입니다. 내가 용서하지 않는 한 그는 결코 그의 신에게서도 용서받을 수 없습니다! 결코 용서받아서는 안 됩니다!

스승이시여, 사실 저는 오래전에 마음으로부터 그를 용서했다고 믿어 왔습니다. 스승님으로부터 자애 명상을 지도받음으로써 제 마음에는 행복감이 충만하게 되었고, 그 행복감이 그를 용서하게 해 주었던 것입니다. 그 행복감과 더불어 저는 마음속으로 말했습니다. '행복한 사람은 너그러워진다. 너그러워진 사람은 원수를 용서할 수 있다.' 스승이시여! 저는 그렇게 그를 용서했다고 믿고 있었습니다만 이제 보니 정말로 그를 용서한 것은 아니었습니다.

예전에 저는 그를 꿈에서 본 적이 있습니다. 제 꿈속에서 그는 뜨거운 물이 펄펄 끓는 지옥에 떨어져 있었고, 저는 하늘에 올라가 그를 내려다보고 있었습니다. 그는 저를 보며 두 손을 휘저으며 소리쳤습니다.

'밧디야 왕이시여, 저를 용서해 주십시오!'

그래서 제가 대답했습니다.

'나는 그대를 용서하노라! 이미 오래전에 용서하였노라!'

이렇게 말한 다음 저는 지옥사자들에게 부탁했습니다.

'정의의 집행자들이여, 내 친구를 지옥에서 건져 올려주시오.'

하지만 지옥사자들은 고개를 가로저으며 저의 부탁을 거절하는 것이었습니다. 그래서 저는 그들에게 왜 그를 건져주지 않는지를 물었습니다. 그러자 지옥사자 하나가 대답했습니다.

'그것은 그대가 저 사람을 진심으로 용서해 주지 않았기 때문이오.'

저는 말했습니다.

'아니오. 나는 그를 용서했소.'

이에 지옥사자가 웃으며 말했습니다.

'그렇다면 한 번 시험해 보기로 하지요.'

이렇게 말하고 나서 그는 저에게 끝없이 풀리는 신묘한 실타래를 주었습니다. 저는 그 실타래를 풀어 지옥으로 내려보냈습니다. 실이 지옥에 이르자 빙기사가 그 실을 발견하고 그에 매달렸습니다. 저는 살금살금 그를 위로 끌어올렸습니다. 실이 끊어질까 봐 마음이 조마조마하기 짝이 없었습니다.

그런데 내가 그를 끌어올려 그의 몸이 펄펄 끓는 지옥의 쇳물에서 반쯤 나왔을 때, 그의 옆에 있던 지옥 중생들이 그의 팔다리를 잡으며 엉켜 붙기 시작했습니다. 그런데도 실이 끊어지지 않았기 때문에 저는 더욱 조심을 하며 실을 잡아당겨 올렸습니다. 잠시만 마음이 흐트러져도 모든 것이 실패로 돌아간다는 생각에 제 몸에서는 땀이 비 오듯 흘러내렸습니다.

그리고 그때! 저는 놀라운 광경을 보았습니다. 빙기사가 자신을 붙잡기 위해 아우성치는 지옥중생들을 향해 손을 내미는 장면을 본 것입니다. 손을 내밀며 그는 외쳤습니다. '제 손을 잡으세요! 어서 빨리 제 손을 잡으세요!' 그러자 이미 실에 매달린 다른 중생들이 눈을 부라리며 벌컥 화를 냈습니다. '지금 실을 잡고 있는 사람만 해도 너무 많아!'

그러면서 그들은 빙기사의 손을 잡으려고 팔을 뻗는 중생들을 발로 밀어 찼습니다. 심지어 어떤 중생들은 실의 주인인 빙기사마저 실에서 떨어뜨리려고 했습니다. 그러자 빙기사는 실을 잡은 손에 힘을 주면서 말했습니다.

'나는 이 실을 결코 놓지 않을 것입니다. 내가 실을 놓지 않아야만 더 많은 사람들을 건져 올릴 수 있기 때문입니다. 그대들이 모두 천상에 오르는 그때 나는 이 실을 잡은 손을 놓고 지옥으로 떨어지겠습니다.

왜냐하면 나는 죄인이기 때문에! 나는 가장 비천한 자이기 때문에!'

저는 직감으로 그가 거짓을 말하고 있지 않다는 것을 알았습니다. 그래서 제 가슴은 감동으로 먹먹해지고, 제 눈에서는 하염없이 눈물이 흘러내렸습니다. 그런데 바로 그 순간 제 마음에 작은 틈이 생겼습니다. 그때 저에게는 이런 생각이 떠올랐던 것입니다. '저 배려심은 얼마나 아름다운가! 하지만 그에게 저런 배려심이 있을진대 그는 어찌하여 내 마음에 그토록 큰 상처를 안겨 주었단 말인가!'

스승이시여, 제 마음에 그런 불순함이 스며들어 오는 순간, 저는 잡고 있던 실을 놓쳐 버리고 말았습니다. 그리하여 빙기사와 실에 매달려 있던 중생들은 다시금 뜨거운 쇳물이 펄펄 끓는 지옥으로 떨어져 버렸습니다. 저는 낙망하여 고개를 숙이고 앉아 있었습니다. 그때 지옥사자가 다가와 웃으며 제게 말했습니다.

'이제 인정하시겠지요? 그대가 진심으로 그를 용서하지 않았다는 것을.'"

여기까지 말하고 나서 밧디야는 감정을 가라앉히기 위해 잠시 말을 멈췄다. 이윽고 밧디야가 말을 이었다.

"사실 제 마음 깊은 곳에는 빙기사에 대한 은근한 경쟁심이 어른어른 남아 있습니다. 저는 마음속으로 늘 그와 겨루고 있는 것입니다. 세속을 떠나오긴 했지만 저에게는 빙기사에 대한 소식이 간간이 들려오는데, 그때마다 저는 마음속으로 그와 저를 가만히 비교해 봅니다. 그러면서 어느 때는 '그러면 그렇지! 배신자가 하는 일이 어떻게 잘될 수 있겠어?' 하는 마음을 일으키기도 하고, '그가 정말로 그 수준까지 나아갔단 말인가?' 하며 나 자신을 채찍질하기도 합니다.

또한 제가 꾸었던 꿈에 대해서도 저는 생각합니다. '꿈속에서 그는 자신보다 중생을 먼저 염려했다. 그에 비해 나는 나를 먼저 수행한 다음 나중에 중생을 구제해야 한다고 생각하고 있다. 이 두 길 중 그가 옳은가, 내가 옳은가?' 이렇게 질문한 다음 저는 '내가 옳다!' 하고 말합니다. 하지만 저는 곧바로 저의 말을 의심합니다. '과연 그가 틀린 것일까?'라는 생각이 드는 것입니다.

그래서 저는 이 주제에 대한 스승님의 견해가 어떠한지를 여쭙고 싶었습니다. 스승님, 이 주제에 대해 좋은 설법을 베풀어 저의 의문을 풀어 주십시오."

"형제여, 나는 그대의 경쟁심을 십분 이해하오. 또한 형제가 자신을 먼저 수행한 다음 나중에 중생을 구제하겠다고 생각한 것 또한 틀림없이 옳소. 그러나 형제의 친구가 말하는 길 또한 옳은 바가 없지 않으니, 그것은 형제가 깨달음을 성취하는 그때에 이르러 환히 알게 될 거요."

"이편도 맞고 저편도 맞는다는 그 말씀을 저는 이해하지 못하겠습니다."

"형제여, 그대는 알아야 하오. 불법은 이편도 맞고 저편도 맞는, 얼핏 이치에 맞지 않는 것 같은 이치를 펼칠 때가 있다는 것을. 그리하여 나는 형제가 형제의 마음을 저 가없는 허공을 향해 활짝 열어젖힐 수 있도록 돕기 위해 말하겠소. (강한 어조로) 불법의 가장 높은 차원에서 볼 때에 한하여, 또는 빙기사를 속 시원히 용서하지 못하고 있는 형제의 경우에 한하여, 저 죄 많은 빙기사는 실제로는 아무런 죄도 지은 바가 없다고! (더욱 강한 어조로) 왜냐하면 죄는 어둠인바, 어둠은 빛의 부재를 의미할 뿐이어서 사실상 존재하지 않는 헛것이기 때문에! 만일 어둠이 실재하는 것이라면 어둠으로 빛을 가릴 수 있어야 하는데, 그것은 불가능하기 때문에! 그러나 그 역逆은 가능하니, 빛이 비치는 순간 어둠은 단 한 점의 흔적도 남기지 않고 깨끗이 사라지기 때문에! 불타버린 장작은 재를 남기거니와 빛에 의해 사라진 어둠과 그림자의 자리에는 그런 따위의 일체의 남김이 없기 때문에!"

사리뿟따 마하테라의 이 말은 밧디야에게 충격 그 자체였다. 그는 입을 딱 벌린 모습으로 두 눈 크게 뜬 채 아무런 의문의 제기도, 반박의 말도 하지 못했다. 그런 밧디야를 바라보며 초월적 지혜의 담지자가 말을 이었다.

"형제여, 그대는 알아야 하오. 모든 세간의 지혜는 합리에 기초하여 성립하거니와 세간의 지혜 위에는 합리를 넘어서는 초세간의 지혜가 있다는 것을. 얼핏 비합리한 듯 보이는 지혜가 합리한 지혜보다 오히려 더 높은 초합리한 지혜인 경우가 있으니, 그 지혜는 모순이 모순인 채로 모순이 아닌, 있을 수 없는데도 있고, 불가능하기에 가능한 '합리 초월의 진리'요."

이미 충격을 받은 상태의 밧디야는 다시 한번 큰 충격을 받았다. 그것은 사리뿟따 테라가 한 말이 그에게 매우 불합리하게 들렸기 때문이기도 하지만 그보다는 그 말이 빙기사와 관련이 있기 때문이기도 했다. 밧디야는 예전에 한 비구로부터 빙기사가 합리 초월의 진리라는 개념을 힘주어 주장하더라는 말을 들은 바 있었다. 당시 밧디야는 어디 그런 허튼 말이 있느냐면서 빙기사를 비웃었었다. 그런데 지금 빙기사가 했던, 또한 자신이 일고의 가치도 없는 내용이라고 비웃으며 폄하했던 그 말이 스승의 입에서 한 글자의 바뀜도 없이 똑같이 반복되어 나오자 그에게서 걷잡을 수 없는 질투심이 치솟아 올라왔다.

둔기로 머리를 강타당한 것 같은 강력한 통증을 느끼며 밧디야는 갑자기 두 손으로 머리를 감싸며 몸을 웅크리고 방바닥에 픽! 쓰러졌다.

고통스럽게 몸을 굴리며 밧디야가 외쳤다.

"스승님! 머리가 깨질 듯이 아픕니다!"

사리뿟따 테라는 말루카 비구의 도움을 받아 밧디야를 자리에 바르게 눕힌 다음 그의 머리에 자신의 한쪽 손을 얹었다. 그러자 밧디야의 고통은 상당히 진정되었는데, 그런 밧디야에게 사리뿟따 마하테라가 확신이 담긴 강인한 목소리로 말했다.

"형제는 마음을 오롯이 모아 내가 하는 말을 잘 들으시오. 과거는 이미 지나갔소. 그리하여 지금 이 순간에 과거는 없소. 빛이 들어선 자리에 그림자가 있을 수 없는 것처럼!

형제는 빙기사와 관련된 일체의 기억을 깨끗이 지워 마음을 비가 온 뒤 깨끗해진 하늘처럼 만드시오. 그의 일은 그의 일이며, 지금 형제가 할 일은 마음을 지금·여기로 되돌려 온 다음 형제 자신의 심신을 있는 그대로 보아 알아차리는 일이오. 마치 해맑은 하늘에 흘러가는 흰 구름을 바라보는 사람처럼, 그 바라봄에 아무런 욕망도 투사하지 않는 사람처럼, 고요하게, 그러나 또렷하게 자신의 심신을 알아차리시오.

몸을 알아차리시오. 느낌을 알아차리시오. 마음을 알아차리시오. 법을 알아차리시오. 그 알아차림에 관념이 끼어들지 않도록 하시오. 모든 지식을 버리시오. 심지어는 불법에 관한 지식까지도 모두 버리시오. 순수하게 앎만이 활동하도록 하시오.

그런 상태로 몸과 마음을 바라보아 알아차리시오. 아니, 알아차릴 것도 없소. 그냥 마음을 활짝 깨우고만 있으시오. 그러면 형제의 심신은 앎의 대상으로, 마치 맑고 고요한 호수에 비치는 달처럼 비쳐들 것이오. 그때 형제의 몸과 마음은 남의 몸, 남의 마음처럼 다가올 것이라는 의미요. 그리하여 그것은 나도 아니고, 나의 것도 아니오."

사리뿟따 테라는 밧디야 비구가 반응하는 것을 보아가면서 시간 경과를 두고 설법했고, 설법을 듣는 동안 밧디야의 통증은 천천히 가라앉았다. 그는 스승의 가르침에 따라 마음을 되돌려 자신으로 돌아왔다. 다음 단계로, 그는 자리에서 일어나 단정히 앉아 눈을 감고 위빠싸나[78] 명상을 수행하기 시작했다. 그의 수행은 먹이를 잡아채기 위해 공중으로부터 땅으로 쏜살같이 내려오는 독수리처럼, 또는 조그만 틈도 없이 촘촘히 엮여진 대나무 발簾처럼 빠르고 밀밀하게 수행 대상을 따라잡아 챙겼다.

잠시 후, 그는 대상에 잘 집중되고 잘 알아차리는 마음 상태에서 제1선정에 들었다. 그리고 차례로 제2선정, 제3선정, 제4선정에 들더니 일체를 평등하게 받아들이는 그 선정 상태에서 한참 동안 머물렀다.

잠시 후, 밧디야는 제4선정의 상태에서 '진리의 눈'을 얻으니, 그는 마침내 '형성된 모든 것은 항상됨이 없다', '형성된 모든 것은 괴롭다', '모든 법에는 나라고 할 만한 것이 없다'는 세 가지 근본 이법[79]을 마지

---

78 위빠싸나(vipassanā) 자신의 몸(kaya)·느낌(vedanā)·마음(citta)·법(dhamma) 등 네 가지 대상을 있는 그대로 알아차리는 명상법. 붓다의 명상법은 집중력을 이용하는 사마타(samatha)와 통찰력을 이용하는 위빠싸나로 나뉘는데, 사마타 명상은 힌두교·기독교·유대교·이슬람교 등에 보이는 명상법과 유사하지만 위빠싸나 명상은 오직 불교에만 있다. 우리말로는 '마음 챙김', 영어로는 'mindfulness'로 불린다.

79 삼특상 인간과 세계의 궁극적인 실제 모습 세 가지, 이를 머리로 '이해하는' 것이 아니라 수행을 통해 전인격적으로 '깨달으면' 해탈이 일어난다.

① 일체행무상 : 형성된 모든 것은 항상하지 않다. '형성된 모든 것'은 인간으로서의 나 자신의 몸과 마음을 형성하는 모든 것을 의미한다.

② 일체행고 : 형성된 모든 것은 괴롭다. '괴로움'은 그것과 동전의 앞뒤를 이루는 '즐거움'의 반대로서의 괴로움이 아니라 즐거움까지를 포함한, 동전 전체로서의 괴로움을 의미한다.

③ 일체법무아 : 모든 법에는 '나'라고 부를 만한 것이 없다. 앞의 두 특상은 인간으로서의 나 자신을 대상으로 하는 데 비해 이 특상은 내가 포함된 세계 모든 것을 의미하는 '법'을 대상으로 '나-없음(무아)'을 선언한다.

막까지 통찰해 마침으로써 아라한과를 성취했다.

밧디야 비구의 표정이 보름달처럼 환해졌다. 세상을 모두 얻은 것 같은, 또는 모두 버린 것 같은, '버린 것 같은'이 아니라 실제로 버린 밧디야의 표정은 형언할 수 없을 만큼 청정했다.

밧디야는 조용히 일어나 스승 사리뿟따 마하테라에게 삼배를 올려 감사의 마음을 표했다. 그 모습을 보고 말루카 비구가 사리뿟따 테라에게 말했다.

"밧디야 테라님은 지금 매우 높은 경지를 성취한 것으로 보입니다!"

무아는 빨리어 '안앗따(anattā)'의 번역어이다. 안앗따는 '앗따(attā)'라는 말 앞에 뒷말을 부정하는 '안(an)'이 덧붙여진 단어인데, 중국어로 번역될 때 비슷한 발음을 가진 '아(我)'로 번역되긴 했지만 정밀하게 따져보면 앗따는 '나'를 의미하는 '아'와 일면 같고 일면 다르다. 앗따는 '모든 사물 속에 있는 불변하는 실체'를 뜻한다. 붓다 당시 인도의 전통 종교였던 브라흐만교(나중의 힌두교)는 모든 사물에는 앗따(힌두교에서는 아트만)가 있다고 주장했다. 모든 사물의 한 부류로서의 인간의 경우 앗따가 무지 무명이라는 환영(maya)에 가려 있으면 고통받는 차원에 머물게 되고, 이에서 깨어나 앗따(참나)를 깨달으면 해탈 열반을 이룬 성자가 된다.

똑같이 무지·무명을 지적하고 깨달음·해탈·열반을 말하지만 불교의 교리는 그와 다르다. 불교는 인간과 모든 사물에 실체로서의 '나'가 없다고 가르치는데, 이는 붓다의 기본 사상인 연기법의 필연적인 귀결이다. 연기법은 "이것이 있으므로 저것이 있고, 저것이 있으므로 이것이 있다."는 상의상관 법칙인데, 이렇듯 만물이 상의상관되어 존재한다면 그것들 안에 불변하는 실체가 있을 수 없다.

물리학이 매우 발달한 현대를 살아가는 우리는 물질 속에 불변하는 실체로서의 '알갱이(원자)'를 설정할 수 없다는 것을 알고 있고, 그 또한 매우 발달한 심리학 면에서 보더라도 내 안에 불변하는 실체로서의 감정 생각 의지…는 존재하지 않는다. 몸과 마음을 구성하는 매우 작은 요소가 일차적으로 뭉쳐진 알갱이인 것은 사실이지만 그 알갱이는 쪼개는 것이 가능한 알갱이여서 그것을 쪼개고 쪼개 나가다 보면 마지막에 발견되는 것은 출렁이며 흐르는 '파동'뿐이다. 즉, 우리가 '나', '너', '그', '이것, '그것'이라 부르는 것들은 파동으로 출렁이는 '한 덩어리 인간 현상'을 임의적으로 부르는 편의상의 용어에 지나지 않는다.

그렇기는 하지만 마지막 알갱이를 인정하지 않는 물리학적 진실과 그 또한 마지막 알갱이를 부정하는 듯 보이는 심리학의 여러 이론으로 '나'를 부정하는 붓다의 사상이 옳고 '나'를 긍정하는 여타 사상이 틀렸다고 단정할 수는 없다. 자연과학과 종교·철학은 전혀 다른 영역이고, 심리학 또한 종교·철학과는 분별되는 학문이기 때문에 자연과학적 진실과 심리학적 성과를 곧바로 종교·철학에 적용할 수는 없다는 뜻이다. 그렇기는 하지만 불교 사상이 자연과학 및 심리학의 성과와 매우 가까워 보인다는 점만은 부정하기 어렵다.

"그러하오."

"밧디야 테라님은 어떤 경지를 성취했습니까?"

"수행자가 어느 경지에 이르렀는지에 대해서는 부처님을 제외하고는 그 누구도 단정 지어 말할 수 없고, 말해서도 안 되오. 왜냐하면 이 문제를 자칫 잘못 다룰 경우 승단에 큰 혼란이 일어날 수도 있기 때문이오. 따라서 나는 밧디야 형제가 성취한 경지에 대해 말하지 않겠소. 하지만 조금 전 나는 먼 곳에 계신 부처님께서 밧디야 형제가 아라한과를 성취했음을 선언하시는 소리 없는 법음을 들었소. 더하여, 밧디야 형제는 다섯 가지 신통력도 얻었소."

"오오!"

말루카 비구는 벅차오르는 감동에 겨워 몸을 떨었다.

그는 자리에서 일어나 붓다의 게송 두 편을 낭랑하게 읊었다.

아라한에게 생의 여행은 끝났다.
오온[80]의 슬픔으로부터 해탈하고
일체의 얽매임을 다 파괴해 버린 그에게
이제 더 이상의 괴로움은 없다.

---

80 오온(五蘊) 인간의 심신을 구성하는 물질 무더기인 색온(色蘊), 느낌 무더기인 수온(受蘊), 표상 무더기인 상온(想蘊), 의지 또는 형성 무더기인 행온(行蘊), 식별(앎) 무더기인 식온(識蘊) 등 다섯 요소들을 묶어 오온이라 한다. 인간을 오온으로 분석하는 까닭은 인간을 구성하는 심신상의 수많은 알갱이들 중 어느 것도 '나'라고 부를 만하지 않음을 드러내기 위해서이다. 이를 철저히 깨우치지 못해 '나'에 집착하면 중생이고, 그것을 깨우쳐 '나'에 대한 집착이 사라지면 성자다. 성자의 오온은 순수한 오온인 데 비해 집착이 있는 중생으로서의 오온은 집착을 의미하는 '취' 자를 더해 '오취온(五取蘊)'이라 불린다.

아라한이 마음은 고요하여
잘 길들여진 준마와 같다.
그는 번뇌로부터 완전히 벗어난 사람,
천왕까지도 그를 지극히 받든다.

아라한의 마음은 고요하다.
언어도 고요하고, 행동도 고요하다.
아, 새들이 허공을 날아갈 때 그러하듯이
아라한이 가는 마음 길에는 자취가 없다.

16
황홀 찬란, 그날 보리수 아래에서

게송을 읊고 나서 말루카는 밧디야에게 삼배를 올린 다음 말했다.

"테라시여! 저는 테라께서 빙기사와 아유타를 너그러운 마음으로 수용하기 위해 얼마나 애써 오셨는지를 알고 있습니다. 그리고 오늘 그 노력이 공덕이 되어 짧은 순간에 깨달음을 성취하시니, 너그러운 용서처럼 고귀한 마음은 없습니다!"

밧디야 아라한은 잠잠한 침묵으로 후배 비구의 찬탄을 수용했다.

문득 알 수 없는 미묘한 향기가 방 안에 퍼지기 시작했다. 신통력이 있는 사리뿟따·춘다·밧디야 비구와 함께 하늘사람인 라자와 시리마는 그것이 하늘 향기라는 것을 알았다. 그랬다. 그 향기는 초선천[81]으로부터 내려오고 있는 수많은 범천들의 몸에서 퍼져 나오고 있었다.

향기만이 아니었다. 잠시 뒤부터는 범천들의 몸에서 뿜어져 나오는 갖가지 색의 빛들이 방 안을 채우기 시작했다. 더하여 범천들을 옹위

---

81 초선천(初禪天) 8차원으로 나뉘는 선정 중 제1선정을 성취한 이들이 나는 하늘.

하는 간답바들의 아름다운 음악 소리가 은은히 들려오기 시작했는데, 그때가 되어서야 신통력이 없는 비구들은 매우 특별한 일이 벌어지고 있음을 알았다.

사리뿟따 테라가 두 손을 앞으로 모아 원 모양의 수인[82]을 지었다. 그러자 놀라운 일이 벌어졌다. 사람 예닐곱 명이 들어갈 수 있을 정도의 작은 방 안에 수많은 범천들이 구름처럼 들어와 자리를 잡기 시작한 것이다.

작은 그대로 무한히 넓은 공간! 벽이 있는 상태로 걸림 없이 방 안으로 들어와 차례를 지어 늘어서는 범천들! 사리뿟따 테라의 방 안에 수용된 범천들의 수는 수만 명을 헤아릴 정도로 많았다. 그들이 방 안에 들어서자 라자와 시리마는 천인들의 가장 뒤편으로 물러가 자리를 잡았는데, 그것은 범천들의 지위가 자신들의 지위보다 높기 때문이었다.

범중천·범보천·대범천에서 선정의 행복을 누리는 수많은 범천들이 자리를 잡자 맨 앞에 서 있던 그들의 통솔자인 대범천왕 사함빠띠가 손을 들어 간답바들의 음악 연주를 중지시켰다. 그러고는 모든 범천들과 함께 사리뿟따 마하테라에게 삼배를 올려 예를 표했는데, 그 이전에 사함빠띠의 신력에 의해 사리뿟따 마하테라가 앉은 자리에 칠보로 만들어진 연꽃 모양의 보좌가 생겨나 있었다.

범천들이 삼배를 마치고 자리를 잡기를 기다려 사리뿟따 테라는 신

82 수인(手印) 의미를 담은 상징적인 손 모양. 한 예로 사끼야무니 붓다의 불상은 왼손은 바르게 펴서 접은 발 위에 놓고, 오른손은 내려서 바닥에 대고 있는 항마촉지인(降魔觸地印)으로 조성되는데, 이는 붓다가 마왕을 항복시킬 때 땅에 대자 대지의 신이 나타나 붓다가 전생에 보살로서 수많은 공덕을 지었다는 것을 증명한 장면을 상징하는 손 모양이다.

통력을 발휘하여 자신의 몸에서 빛을 뿜기 시작했다. 사리뿟따 마하테라의 몸에서 나온 빛은 첫 단계에서는 범천들의 빛을 눌러 소멸시켰고, 다음에는 방 안을 가득 채운 다음 벽을 투과하여 방 밖으로 뻗어나가 삼계를 두루 비쳤다. 방안의 모든 사람들은 사리뿟따의 신통력에 힘입어 그 빛이 어디까지 비치는지를 볼 수 있었고, 그래서 라자와 시리마 는 그들의 경지가 미치지 못하는 도리천보다 높은 하늘들을 볼 수 있었다.

사리뿟따 마하테라가 발산한 신통의 빛은 지옥·아귀·아수라·축생·인간 등 욕계를 넘어 곧바로 색계를 비추었다.

빛이 제1선정천인 범중천을 비추었다.
빛이 제1선정천인 범보천을 비추었다.
빛이 제1선정천안 대범천을 비추었다.
빛이 제2선정천인 소광천을 비추었다.
빛이 제2신징천인 무량광천을 비추었다.
빛이 제2선정천인 광음천을 비추었다.
빛이 제3선정천인 소정천을 비추었다.
빛이 제3선정천인 무량정천을 비추었다.
빛이 제3선정천인 변정천을 비추었다.
빛이 제4선정천인 광과천과 무상유정천을 비추었다.
빛이 제4선정천인 정거천의 다섯 하늘을 비추었다.

다음 단계에서 사리뿟따가 발산하는 빛은 제5선정천에서 제8선정천까지의 부색계천을 비추었는데, 무색계천은 공무변처천·식무변처천·무소유처천·비상비비상처천 등 네 하늘로 되어 있지만 딱히 정해진 공간은 없다. 그것은 그 선정천에 난 중생들은 물질로 된 몸이 없고 마음만 있기 때문이다.

사리뿟따 마하테라가 빛을 거두고 평상의 모습으로 돌아왔다. 그러자 범천들의 몸에서 빛이 되살아났다. 대범천왕 사함빠띠가 사리뿟따 마하테라를 향해 합장하고 말했다.

"부처님의 으뜸제자시여, 지금 마하테라께서는 위대한 신통으로써 빛을 뿜으시어 삼계를 두루 비추신 바, 저희가 본 색계와 무색계의 모습은 가히 언설로 표현하기 어려울 정도로 장엄하고 장대했습니다!"

"그러나 대범천왕이여, 비록 내가 작은 신통의 빛으로 삼계를 비추었다고는 하나 내가 비춘 신통의 빛은 부처님의 그것에 비하면 작은 반딧불이가 보름달 아래에서 내는 빛에 지나지 않는다."

"그렇습니다! 저는 부처님의 신통의 빛이 얼마나 미증유未曾有하고 부사의不思議한지를 잘 알고 있습니다!"

(사함빠띠의 붓다에 대한 기억)

마하테라시여, 저는 1아승지겁이라는 기나긴 수명을 가진 대범천으로서 현겁[83]을 살아오는 동안 헤아릴 수 없는 많은 인간이 지상에 났다가 죽는 것을 보았습니다. 그러나 지난 수억여 년 동안에는 불법이 있지 아니하였으니, 그것은 진리를 깨달아 펴시는 부처님이 계시지 않았기 때문이었습니다.

---

83 현겁(現劫) 겁 단위로 헤아려 현재 우리가 살고 있는 시기.

그러다가 마침내 사끼야무니 부처님께서 위없는 바른 깨달음을 성취하심으로써 비로소 이 세계에 불법이 출현하게 되었습니다. (합장하고) 부처님께 귀의합니다. 가르침에 귀의합니다. 스님들께 귀의합니다.

(합장을 풀고) 마하테라시여, 우리의 사끼야무니 부처님께서는 4아승지겁을 더한 십만 대겁 전에 디빵까라 부처님으로부터 '그대는 장차 부처가 되리라!'라는 영광스러운 언명을 받음으로써 보살이 되셨는데, 그때 보살의 명호는 수메다이셨습니다.

이후 현겁에 이르기까지 불법이 끊어졌다가 다시 나타나기를 스물네 번 반복하였으니, 수메다 보살께서는 그 24불간겁[84]을 지나는 동안 때로는 비구로, 때로는 은둔 수행자로, 때로는 바라문 장자로 사시고, 때로는 용왕으로, 때로는 약카로, 때로는 사자왕으로, 때로는 천왕·천인으로 나시어 열 가지 바라밀[85]을 닦으셨으며, 또한 당대의 부처님들로부터 반복하여 장차 부처가 되리라는 언명을 받으셨습니다.

그런 다음 마지막 생을 인간계에서 웻산따라 왕자로서 보내시니, 이로써 장차 부처님이 되실 모든 공덕이 완비되었습니다. 그 후 곧바로 천인으로 도솔천에 나시었는데, 그때 보살의 명호는 사따께뚜였습니다.

그러고 마침내 때가 되었습니다. 이에 사천왕·도리천왕·야마천왕·도솔천왕·화락천왕·타화자재천왕 등 욕계 여섯 하늘의 모든 천왕들과 범천계의 수많은 천신들이 보살께로 나아가 보살께서 인간계에 태어

---

84 불간겁(佛間劫) 한 붓다로부터 그다음 붓다까지의 기간.

85 바라밀 장차 붓다가 될 보살이 닦게 되는 공덕행. '바라밀'의 본뜻은 '고통 없는 저 언덕으로 감'이다.

나시어 어둠에 묻혀 있는 뭇 중생들을 널리 제도해 주실 것을 청원하였습니다.

이에 보살께서는 부드러운 말씀으로서 그들의 요청을 수락하신 다음 인간계에 내려가시기 위해 그에 마땅한 때와 탄생하시기에 마땅한 대륙, 마땅한 지방, 마땅한 종족, 그리고 어머니로서 마땅한 여인이 누구인지를 살펴보셨습니다.

그리고 그 위대한 해(BC. 624년) 아살하 달(음력 6월) 보름, 먼동이 막 트려던 때 잠부디빠의 동북부 지역 사끼야국의 왕비인 마하마야 부인의 모태에 드셨습니다. 그 후 열 달 뒤인 그다음 해 웨사카 달(음력 4월) 보름, 보살께서는 어머니 마하마야 부인이 친정으로 가시던 중 룸비니 동산 '근심 걱정 없는 나무' 아래에서 탄생하셨습니다.[86]

이후 보살께 있었던 일에 대해서는 마하테라께서도 잘 알고 계십니다. 다만 제가 여기에 모여 있는 여러 범천들을 위해 말하고자 하는 것은 보살께서 깨달음을 성취하시던 때의 일입니다. 마하테라시여, 저는 지금도 똑똑히 기억하고 있습니다. 그때 보살께서 십력[87]·사무외지[88]·육불공지[89]를 갖추어 위없는 바른 깨달음을 이루시던 장엄한 장면을 말입니다!

그때 보살께서 깨달음을 성취하여 부처님이 되시자 일만의 세계가

---

86 중국·한국·일본 등 북방불교권에서는 붓다가 오신 날을 음력 4월 8일로 보고 있지만 남방불교권에서는 붓다가 음력 4월 보름날 탄생했고 깨달음과 반열반 또한 같은 날 이룬 것으로 보고 있다.

87 십력(十力) 오직 붓다만이 갖고 있는 열 가지 특별한 힘.

88 사무외지 오직 붓다만이 갖고 있는 네 가지 두려움 없는 지혜.

89 육불공지 오직 붓다만이 갖고 있는 여섯 가지 특별한 지혜.

서른세 차례에 걸쳐 우렁차게 진동하였습니다. 그 진동이 어찌나 대단했던지 저희 같은 천신들조차도 두려움에 몸을 움츠리고 벌벌 떨었을 정도였습니다. 그러나 잠시 후, 그것이 두려워할 일이 아니라 기뻐하며 찬탄해야 할 일임을 알게 된 삼천대천세계[90]의 수많은 천신·천인들이 구름처럼 부처님 곁으로 모여들었습니다.

부처님께서는 조금 전에 마하테라께서 그렇게 하신 것처럼 우주 법계를 향해 빛을 내뿜으셨습니다. 그 빛의 찬란함, 그 빛의 다채로움, 그 빛의 아름다움, 그 빛의 고귀함, 그 빛의 영광스러움은 그 어떤 말로도 표현할 수 없고, 중생의 마음으로는 헤아릴 수 없으며, 중생의 생각으로는 의론할 수 없는 최고·지상의 것이었습니다!

또한 그때 부처님께서는 쌍신변[91]을 보이셨는데, 그것은 거기에 모인 천신·천인들 중에 부처님의 깨달음에 대해 의심을 품은 자들이 있기 때문이었습니다. 쌍신변을 보이기 위해 부처님께서는 먼저 불-까시나[92]를 명상하여 제4선정에 들었다가 나와 상반신에서 불이 뿜어져 나오도록 하리라고 결정하신 다음 물 까시나를 명상하여 제4선정에 들었다가 나와 하반신에서 물이 뿜어져 나오도록 하리라고 결정하셨습니다.

그러자 다음 순간, 부처님의 상반신에서 불이 나타나고, 하반신에서

---

90 삼천대천세계 욕계·색계·무색계로 구성된 삼계를 1소세계로 하여, 1소세계가 1천 개 합쳐진 세계를 소천세계, 1소천세계가 1천 개 합쳐진 세계를 중천세계, 1중천세계가 1천 개 합쳐진 세계를 대천세계라 하는데, 이는 인간이 상상할 수 있는 가장 큰 우주를 의미한다.

91 쌍신변 물과 불이라는 반대되는 성질을 동시에 뿜어내는 특별한 신통.

92 까시나(kasiṇa) 선정을 닦기 위해 이용되는 대상. 까시나 수행을 통해 수행자는 높은 선정, 또는 신통력을 얻을 수 있지만 깨달음을 성취할 수는 없다.

는 물이 분수처럼 흘러내렸습니다. 그러고 곧바로 상하가 바뀌어 하반신에서 불이 나타나고, 상반신에서는 물이 분수처럼 흘러내렸습니다.

이후 불과 물은 부처님의 등·눈·귀·어깨·옆구리·다리·손가락과 발가락·털·털구멍 등에서 나타나고 뿜어져 흘러내렸습니다. 그뿐만이 아닙니다. 부처님 몸의 각 부분에서 여섯 색깔의 빛이 뿜어져 나왔습니다. 푸른색·노란색·붉은색·흰색·분홍색, 그리고 순수한 광명이 쌍으로 분출되었던 것입니다.

푸른색은 머리털과 턱수염에서 뿜어져 나왔습니다.

노란색은 피부에서 뿜어져 나왔습니다.

붉은빛은 살과 피에서 뿜어져 나왔습니다.

흰색은 뼈와 이에서 뿜어져 나왔습니다.

분홍은 손바닥과 발바닥에서 뿜어져 나왔습니다.

광명은 이마와 손발톱에서 뿜어져 나왔습니다.

여섯 가지 색깔은 빛의 도가니를 이루며 마치 용해된 금처럼 철위산[93]을 덮어 넘쳐흘렀습니다. 그렇게 부처님께서 발하신 위대한 신통은 수억 명의 악사가 연주하는 것 같은 위대한 빛의 음악이 되어 교향악을 이루며 우주 끝까지 생생하게 울려 퍼졌던 것입니다!

대범천왕 사함빠띠가 이렇게 그가 본 옛일을 말하자 팔만여 명의 범천들은 입을 모아 "사두! 사두! 사두!" 하고 붓다의 위신력을 찬탄했다.

---

93 철위산 하나의 세계를 산으로 표현한 말. 철위산의 한가운데에 수미산이 있고, 그 중간에 사왕천이, 그 꼭대기에 도리천이 있다. 철위산마다 하나의 해와 하나의 달이 있으며, 철위산과 철위산 사이에 팔대지옥 중에서도 고통이 가장 심한, 한순간도 끊어짐이 없이 고통스러운 과보를 받는 무간지옥이 있다.

찬탄 소리가 잦아들기를 기다려 사리뿟따 마하테라가 사함빠띠에게 물었다.

"대범천왕이여, 그대들은 어찌하여 나를 방문한 것이냐?"

"마하테라시여." 하고 사함빠띠가 말했다.

"얼마 전부터 제1선정천에서 제8선정천까지 모든 범천계의 천신과 욕계의 여섯 천왕들은 세존께서 어찌하여 그동안 가신 적이 없는 남쪽으로 긴 여행을 하고 계신지를 궁금해하고 있었습니다. 그래서 범천왕들과 욕계천왕들은 저의 대범천 대회의실에 모여 이 문제를 의론했습니다. 긴 의론 끝에 천신·천왕들은 대표자를 부처님께 파견하여 어찌하여 머나먼 변방을 향해 가고 계시는지를 여쭙기로 결정했습니다. 그리고 그 대표자로 제가 뽑혔는데, 제가 부처님을 뵙기 위해 지상으로 내려간다는 것을 알게 된 초선천의 범천들 중 팔만여 명이 저와 동행하기를 원했습니다."

"그렇다면 그대는 왜 부처님께 나아가지 않고 나에게로 온 것이냐?"

"처음에 저는 부처님을 향해 가려고 했습니다만 제가 출발하려는 때 저는 마하테라께서 밧디야 테라님을 깨달음의 경지로 인도하고 계시다는 것을 알았습니다. 이어서 밧디야 테라께서 아라한의 경지를 성취하셨다는 것을 알게 되었기 때문에 새로 탄생하신 위대한 성자를 뵈옵기 위해 저희가 이렇게 이곳으로 온 것입니다."

사함빠띠는 밧디야를 향해 삼배를 올리고 나서 말했다.

"성자시여, 저희를 축복해 주십시오."

밧디야가 장중한 목소리로 말했다.

"내가 그대들을 축복하노니, 그대들은 행복하라! 행복하라! 행복하라!"

"축복의 말씀, 감사드립니다." 하고 사례한 다음 사함빠띠는 사리뿟따 테라를 바라보았다. 붓다의 으뜸제자가 대범천왕에게 물었다.

"그대는 지금부터 어떻게 할 작정이냐?"

"저는 권속을 이끌고 세존이 가고 계신 곳으로 떠나고자 합니다."

"대범천왕이여, 그대는 세존께서 어찌하여 그동안 가신 적이 없는 남쪽으로 가고 계시는지를 궁금해하고 있거니와 나는 그 연유를 알고 있다. 부처님께서 그곳으로 가고 계시는 것은 빙기사를 만나시기 위해서이다."

"마하테라시여, 그는 큰 죄를 지은 중생입니다. 그런데 세존께서 무엇 때문에 그 비천한 중생을 만나기 위해 먼 여행을 하신단 말입니까?"

"그대의 말처럼 빙기사는 죄 많은 중생이다. 그러나 그대 그 죄 많은 중생을 만나기 위해 부처님께서 머나먼 여행을 하고 계시는 데에는 심오한 의미가 있다는 것을 알아야 한다. 다만 그 의미는 현재의 그대들로서는 온전히 이해할 수 없을 것이요, 설령 이해를 한다고 해도 빙기사를 만나시는 세존을 멀리서나마 친견하는 공덕에는 미치지 못한다. 또한 그대는 알아야 한다. 내가 부처님의 한 제자로서 부처님께서 빙기사를 만나시는 매우 특별하고 희유한 인연사에 동참하기 위해 내일 숩바라까로 가고 있다는 것을. 그러니 그대는 권속들과 함께 나를 따라 부처님께로 가는 것이 좋으니, 왜냐하면 지금 부처님 곁에는 삼천대천세계에서 모여든 수많은 하늘중생들만으로도 차고 넘치기 때문이다."

"사정이 그렇다면 저는 지금 곧 대범천으로 돌아가 저를 기다리고 있는 천신과 천왕들에게 제가 들은 내용을 보고한 다음 그들 휘하 권속들과 함께 다시 마하테라님께로 돌아오겠습니다."

"그렇게 하라. 그런데 천왕이여, 나는 그대를 따라온 권속 중에는 가장 뒤편에 서서 나를 간절한 눈빛으로 바라보고 있는 한 범천이 있구나."

"그런 범천이 있었습니까?"라고 말하며 사함빠띠가 뒤를 돌아보았다. 그에 호응하여 한 범천이 두 손을 앞으로 모아 합장해 보임으로써 자신이 사리뿟따 마하테라가 지적한 그 범천임을 드러냈다.

"그대는 앞으로 나오라."라고 사함빠띠가 말하자 범천이 앞으로 나왔다. 사함빠띠가 그에게 물었다.

"그대가 간절한 눈빛으로 마하테라님을 바라보고 있는 것은 무슨 까닭이냐?"

"천왕이시여, 저는 지지난 생에 사리뿟따 마하테라님과 인연을 맺은 바 있습니다. 그래서 테라님을 사모하는 눈으로 바라보며 서 있었습니다."

사리뿟따 테라가 사함빠띠에게 말했다.

"그의 말 그대로이다. 그리고 대범천왕이여, 그대의 권속 뒤에는 도리천에서 내려온 두 천인이 합장을 하고 서 있다. 그들은 얼마 전에 부처님의 특별제자가 되어 불법을 배우고 있는바, 그중 라자 천인은 우리 앞에 서 있는 이 범천과 전생에 각별한 인연을 맺은 바 있다."

사리뿟따의 말에 라자는 깜짝 놀라 자신과 특별한 인연이 있다는 범천 쪽을 바라보았다. 그는 자신을 향해 머리를 돌린 범천이 전생에 자신이 만난 바 있는 추추 노인임을 알아보았다.

"라자 천인은 앞으로 나오라."라고 사리뿟따 테라가 말했으므로 라자는 앞으로 나아가 추추에게 말했다.

"범천에 나신 것을 감축드립니다."

(추추가 얼굴에 고마움의 빛을 가득 띠고) "나는 지지난 생에 그대에게 큰

도움을 받거니와 그 점에 대해 감사드리오. 더하여, 그대가 도리천에 난 일에 대해서도 축하를 드리오."

"저는 전생의 마지막 순간에 범천께서 읊으시는 게송을 들을 수 있었고, 그 공덕으로 도리천에 날 수 있었습니다. 더욱 다행스러운 것은 제가 아내와 함께 부처님의 특별제자가 된 것입니다."

추추가 사리뿟따에게 여쭈었다.

"마하테라시여, 이들 부부가 얻은 특별제자의 지위는 어떤 것입니까?"

"기본적으로 천인은 비구·비구니가 될 수 없다. 하지만 세존께서는 이들을 특별히 비구·비구니에 준하는 제자로 받아들이셨다."

"그렇다면 테라께서 저에게 이들 두 천인 부부와 유사한 지위를 허락해 주실 수는 없으신지요? 그렇게 해 주신다면 저 또한 마하테라님의 특별제자가 되어 이들처럼 불법을 배우고 싶습니다."

"그대는 전생에 나와 인연이 있으니 내가 그대를 특별제자로 받아들임에 무리는 없으리라."

이에 추추는 사리뿟따에게 삼배를 올려 감사의 염을 표했다. 추추를 제자로 받아들인 다음 위대한 법의 장수는 "자, 이제…." 하고 대범천왕 사함빠띠에게 말했다.

"그대는 그대의 권속을 이끌고 대범천으로 돌아가서 그대를 기다리고 있는 뭇 중생들과 함께 다시 나에게 오도록 하라."

이에 대범천왕 사함빠띠는 "제가 그렇게 하겠습니다." 하고 대답한 다음 팔만여 명의 범천들과 함께 그곳을 떠났다.

17
범천 추추

대범천인들이 떠난 다음 사리뿟따 마하테라가 추추와 라자에게 말했다.

"그대들은 서로 각별한 인연을 맺은 사이인즉 잠시 대화를 나눔으로써 전생의 회포를 푸는 것이 좋으리라."

이에 추추가 라자를 보며 말했다.

"다시 한번 전생에 그대가 나를 위해 애써준 데 대해 감사드리는 바이오. 그런데 라자 천인이여, 그때 똑같은 장소에서 함께 죽음을 맞았으면서도 우리가 받은 과보는 빛과 어둠으로 갈렸소그려. 무슨 말인가 하면 나의 착한 벗이여, 그대는 죽음을 맞자마자 곧바로 도리천에 나는 좋은 과보를 받았거니와 나는 지옥에 떨어지는 나쁜 과보를 받았다는 그런 말이오."

"예?" 하며 라자가 깜짝 놀라 두 눈을 크게 뜨며 외쳤다. "하지만 어르신은 지금 범천계에 계시지 않습니까?"

추추가 말했다.

"나는 일단 지옥에 떨어지기는 했지만 짧은 기간에 악업의 과보를 다 받아 마칠 수 있었소. 그러고는 곧바로 전전생의 선업 공덕에 힘입어 범중천에 나게 되었는데, 내가 범중천에 난 것은 전생에 여기 계신 사리뿟따 마하테라님으로부터 명상 지도를 받아 제1선정 중 가장 낮은 수준의 선정을 성취했기 때문이오.

벗이여, 중생은 사후에 과보를 받음에 있어 선한 과보를 먼저 받기도 하고, 악한 과보를 먼저 받기도 하오. 중생이 다음생에 어떤 과보를 먼저 받는가는 그가 죽음을 맞는 마지막 순간에 어떤 것을 기억하는가에 달려 있소. 그것을 알고 있었던 나는 죽어가는 고통 속에서도 좋은 마음을 유지하려고 노력했소. 하지만 마음이라는 것이 마음먹는 대로 되는 것만은 아니지 않소? 그리하여 아직 수행력이 부족했던 나는 죽어가는 마지막 순간 마음이 흐트러져 전생에 저질렀던 악행을 잠깐 떠올렸는데, 그 때문에 나는 지옥에 떨어지는 악보를 받고 말았던 거요."

"혹 괴롭지 않다면 범천께서 죽음에 임하여 떠올린 악업이 무엇이었는지를 말씀해 주십시오."

"누구에게나 지난날의 악업을 다시 떠올리는 것은 괴로운 일일 것이오. 하지만 그것을 피하기보다는 정면으로 바라보며 돌파하여 극복해야 한다는 생각을 갖고 있는 나에게 그것은 괴롭긴 해도 꼭 해야만 하는 일이 아닐 수 없소.

나의 벗 라자 천인이여, 내가 죽음의 순간에 떠올린 것은 빙기사와 관련된 일이었소. 그렇소, 전생에 나는 유일신으로서의 천신 후루와를 모시는 종교 사제였고, 빙기사는 나에게 신학을 배우는 제자였소.

나는 그의 영적인 구원을 위하여, 나아가 그가 세상 사람들의 행복을 증진시킬 것이라고 기대하면서 그에게 신학 교리를 가르쳤지만 나의 선의는 그에게 이르러 악한 것으로 바뀌었소. 그리하여 영적인 구원은 가혹한 파괴로, 세상 사람들의 행복은 비참한 불행으로 바뀌어 나타나고 말았소. 그 경험으로써 내가 깨우친 것은 선의가 반드시 선한 결과를 낳는 것은 아니라는 점이오. 선의로부터 나오는 악! 바른 견해에 입각하지 않은 행위는 때로 그런 악을 낳곤 하는 법인데, 그때 나는 그것을 깨닫지 못하고 있었던 거요.

벗이여, 그대는 알아야 하오. 세상에서 가장 무서운 악, 세상에서 가장 사악한 악은 거룩한 선의로 무장된 악이라는 것을. 나는 그 무섭고 사악한 악이 생겨날 개연성을 빙기사에게 심어 주고 말았던 거요."

"그렇다면 빙기사가 저지른 악행 때문에 범천께서 지옥에 떨어진 것이라는 말씀입니까?"

"그건 아니오. 당연한 이치지만 내가 지옥에 떨어진 것은 내가 저지른 악행 때문이었소."

"그렇다면 범천님을 지옥에 떨어뜨린 악행은 어떤 것이었습니까?"

"나를 지옥에 떨어뜨린 것 또한 내가 사견에 빠져 거룩한 선의로써 저지른 악행이었소. 그러나 내가 저지른 악행은 사람을 죽이는 데까지 이른 것은 아니었기 때문에 나는 짧은 기간에 나의 악행에 대한 과보를 다 받아 마칠 수 있었던 거요.

전생에 나는 신께 충성하고자 하는 거룩한 선의에 충만해 있었소. 그리하여 나는 신을 위해 나의 어머니를 이용한 적이 있소. 하지만 어떻게 인간이 인간을 이용한단 말이오? 하물며 그분이 나의 어머니일진대! 그러나 당시 나는 그것이 악행이라는 것을 알지 못했소. 아니, 악행은커녕 나는 그것이 신성한 행위라는 뒤집힌 견해에 빠져 있었소.

비지 현인이여, 그때 나는 세상의 모든 가치는 신에 대한 충성이라는 절대적인 가치에 비해 소소한 가치에 불과하다고 믿고 있었소. 신에 대한 충성을 삶의 제1계명으로 본 다음 인간 간의 모든 선행들, 예컨대 부모에 대한 효도, 가족에 대한 헌신, 이웃에 대한 염려 등은 제2계명에 불과하다고, 그래서 그것들이 제1계명과 상충될 경우 무시해도 좋다고 보았다는 의미요.

물론 나는 종교 신학자이자 지도자로서 인간 간의 사랑이 중요함을 잘 알고 있었소. 그러나 나에게 있어서 인간 간의 사랑은 차라리 제1계명 다음의 제2계명조차도 아니었소. 그것은 제2계명이라기보다는 본칙에 붙어 있는 부칙에 불과했소.

이 주제에 대해 나의 평범한 제자들은 두 계명이 같은 차원의 가치인지 다른 차원의 가치인지를 굳이 분별하지 않았고, 나 또한 그 점을 굳이 강조하지는 않았소. 그런데 어느 날 나의 제자로 와 있던 빙기사가 그 문제에 의문을 일으켜 나에게 물었소.

'스승이시여, 스승께서는 신에 대한 충성도 설교하시고, 인간 간의 사랑도 설교하십니다. 그런데 만일 이 두 가치가 상충되는 상황이 닥쳐올 경우, 즉 신께 충성하려면 인간 간의 사랑을 희생해야 하고, 인간 간의 사랑을 하려면 신에 대한 충성을 희생해야 하는 경우 우리는 어느 편을 선택해야 합니까?'

나는 대답했소.

'그 경우 그대는 신에 대한 충성을 선택해야만 하나니, 왜냐하면 신은 모든 것의 시작이요, 마침이기 때문이다. 빙기사여, 진리는 단 하나뿐이니, 신이 모든 것을 창조하셨다는 사실이다. 이는 신이 아무것도 창조하지 않았던 태초의 시점에 일체 만물은 있지 않았을 뿐 아니라 있을 개연성조차도 없었다는 것을 의미한다. 달리 말해서 지금 존재하는 일체의 유有는 그 바탕이 무無이다.

신께서 애초에는 무였던 만물을 유이게 하심으로써 비로소 만물은 있게 되었던바, 인간 또한 그러하다. 그러므로 인간은 작고도 작은 먼지 한 점으로서의 피조물에 지나지 않는다. 이것이 의미하는 바는 무엇인가. 빙기사여, 놀라지 말라. 그것은 인간이 자신의 힘으로 스스로를 진보시키고자 하는 일체의 행위는 하잘것없는 노력에 불과하다는 것을 의미한다. 그런 인간의 행위는 아무 가치가 없을 뿐아니라, 한걸음 양보하여 설령 가치를 인정한다 하더라도 인간끼리의 관계인 아래차원에서만 유의미할 뿐, 인간과 신과의 관계인 위차원에서는 무의미하다.

그러므로 그대는 알아야 한다. '유의 유'이신 신에 대한 충성과 '무의 유'인 인간 간의 사랑이라는 두 가지 계명은 그 차원에 있어 현격하게 서로 다르다는 것을. 즉, 전자는 태초로부터 영원에 이르도록 일점일획도 변하지 않는 강고한 계명이요, 후자는 앞의 대계명에 붙어 있는 검부러기 같은 부수물로서의 연약한 소계명에 불과하다.

빙기사여, 꿈은 실체가 없는 것으로서의 무이다. 따라서 꿈에서 깨어난 다음 사람은 꿈속에서의 온갖 일을 곧 잊어버린다. 마치 그와도 같이, 유일한 실체요 유일하게 실재하는 자이신 신, 스스로 존재하시고 만물을 화현하시는 천신 후루와의 입장에서 볼 때 인간은 신의 꿈속에서 펼쳐지는 헛것일 뿐이니, 인간은 신의 의지에 의해 존재할 뿐 신이 의지를 일으키지 않는다면 깨어난 사람이 꿈을 잊듯이 잊혀지는 그림자 같은 무엇일 뿐이다. 그러므로 그들 두 가치가 상충할 때 그대는 거리낌없이 신에 대한 충성을 선택해야 한다.'"

여기까지 말한 다음 추추는 말을 멈추고 사리뿟따 마하테라를 돌아보았는데, 그것은 자신이 스승 앞에서 너무 많은 말을 하고 있는 것은 아닌가 하는 생각이 들었기 때문이었다.

그의 마음을 짐작한 사리뿟따 마하테라가 웃으며 말했다.

"나의 특별제자여, 그대는 염려하지 말고 하던 말을 계속하라. 그대의 경험담은 두 천인에게 매우 유익할 것이기 때문이다."

"감사합니다." 하고 사례한 다음 추추 범천이 다시 라자를 향해 말을 이어갔다. "나는 나를 지옥으로 떨어뜨린 전전생의 악행에 대해 말하기에 앞서 후루와교가 어떻게 생겨났는지부터 말하도록 하겠소."

18
추추와 빙기사

이백여 년의 역사를 가진 후루와교는 선지자 사함마가 천신 후루와의 계시를 받은 것으로부터 시작되었소. 신의 계시를 받기 전 사함마는 일천삼백 명의 낙타 대상隊商을 이끄는 지도자였소.

어느 때, 그는 대상을 이끌고 드넓은 사막을 지나 이웃 나라로 가고 있었는데, 길을 떠난 지 보름 만에 역병이 돌아 사람과 낙타들이 죽기 시작했소. 사함마는 갖은 방법을 다 동원해 대처했지만 사태는 호전되지 않았소. 그리하여 닷새 사이에 삼백삼십 명의 사람들과 이백여 마리의 낙타가 죽었는데, 그중에는 사함마가 가장 사랑하는 자신의 아우 아브라마도 포함되어 있었소.

망연자실, 사함마는 그날 종일토록 넋을 놓고 천막 안에 앉아 있었소. 그러다가 두 손을 모으고 기도를 올리기 시작했는데, 그때는 그가 아직 후루와라는 신을 알지 못하던 때였으므로 그는 무작정 하늘에 있을 것으로 생각되는 미지의 어떤 절대자를 생각하고 기도를 올렸다고 하오.

그 기도 때문인지 이튿날부터 역병의 기세가 누그러졌소. 그래서 살아남은 사람들도 사함마의 기도에 동참하게 되었소. 기도의 열기는 점점 뜨거워졌소. 그런 끝에 사함마와 그의 동료들은 먹지도 않고 잠도 자지 않으면서 기도에만 몰입하게 되었고, 얼마 뒤, 그것마저도 부족하다고 여긴 많은 사람들이 천막 밖으로 뛰쳐나와 하늘을 우러러보며 외쳤소.

'시험해 보자! 우리의 기도가 더 뜨거운지, 아니면 태양이 더 뜨거운지를!'

그들은 한낮 불볕더위를 마다하지 않고 사막 언덕에 올라가 울음을 터뜨리고 몸부림을 치며 기도를 올렸소. 하지만 기도만으로 지글지글 끓는 태양을 이긴다는 것은 불가능한 일이었소. 하나둘 쓰러지는 사람이 나왔고, 이에 사함마는 사람들에게 천막 안으로 들어가라고 명령했소. 그러나 자신만은 언덕 위에 남아 기도를 계속했소.

하루, 이틀, 사흘…. 정확히 며칠간이었는지는 전해오는 기록마다 약간의 차이가 있는데, 적어도 보름이 넘은 것만은 확실하오. 어쨌거나 그 마지막 날, 사함마는 한밤중 별빛 아래에서 신을 만났소. 후에 사함마가 한 말에 따르면 신은 '별빛을 타고' 장엄한 모습으로 그에게 하강했다고 하오. 영광스럽게 하강한 신은 사함마에게 선언했소.

'나는 스스로 있는 자요, 만물을 화현한 자이니, 나는 천신 후루와다!'

사함마는 압도적인 두려움과 극도로 고양된 영적인 흥분 상태로 신 앞에 쓰러져 엎드렸소. 그런 사함마를 부드럽게 위로하며 천신 후루와가 말했소.

'나의 사랑하는 자여, 나는 너를 선택하였나니, 너는 장차 모든 피조물 가운데 으뜸 존재가 되리라.'

사함마는 부들부들 떨면서 신의 말을 들었소.

천신 후루와가 다시 말했소.

'너는 이제부터 세상 사람들에게 나아가 나를 높이 드러내고, 나를 널리 선포하라.'

'신이시여, 저는 아는 것이 적고, 용기와 지혜 또한 부족하온즉 어떻게 그런 중책을 맡으오리까?'

'너는 염려하지 말지니, 후루와에게는 불가능이 없느니라.'

후루와가 이렇게 말하자마자 사함마는 경련을 일으키며 그 자리에서 넋을 잃고 말았소. 그리고 얼마 후에 정신을 회복했을 때, 그는 자신이 지금까지와는 전혀 다른 사람으로 새로이 태어난 것을 알았소.

그는 담대하게 일어나 신에게 말했소.

'신이시여, 제가 감히 거룩한 그 일을 감당하겠습니다!'

이에 후루와신이 하명했소.

'사함마여, 너는 첫 번째로, 세상으로 나아가 세상의 모든 사람들에게 후루와는 스스로 있는 자요, 만물을 화현한 자임을 선포하라.'

'제가 신명을 바쳐 그렇게 하겠습니다.'

'두 번째로, 너는 세상으로 나아가 사람들에게 자신의 이웃 사람들을 널리 사랑하라고 가르쳐라.'

'제가 신명을 바쳐 그렇게 하겠습니다.'

사함마는 이렇게 천신 후루와로부터 두 가지 계명을 받은 다음 천막으로 돌아왔소. 천막 안에 있던 사람들은 사함마의 모습이 전과 달라진 것을 보고 깜짝 놀랐소. 그의 얼굴에게서는 전에는 없었던 고귀한 빛이 어려 있었고, 눈동자에서는 총명과 용기가, 그리고 감히 범접할 수 없는 거룩한 영적인 기운이 발산되고 있었기 때문이오."

(잠시 쉬었다가) "지금까지 말한 경과를 거쳐 선지자 사함마에 의해 후

루와신을 숭배하는 새로운 종교가 생겨났소. 그 뒤 후루와교는 교세를 착실히 넓힘으로써 창시된 지 백 년이 지났을 때에는 교인들의 수가 오만여 명에 이르렀소. 그동안 교리에 대한 연구도 활발하게 이루어졌는데, 그때까지 선학들이 정비해 둔, 책으로 칠십여 권에 달하는 번다한 교리를 간단히 정리하면 '신에 대한 충성'과 '이웃에 대한 사랑'이었소.

그런데 후루와교가 창교된 지 백오십여 년이 지났을 때, 교리를 재해석해야 한다고 주장하는 학파가 생겨났소. 그들이 문제로 제기한 것은 신에 대한 충성과 이웃 사랑이라는 두 계명이 동급의 것인가, 아니면 다른 등급의 것인가 하는 점이었소.

이 문제에 대해 후루와교 안에서 정통파로 인정받고 있었던 가리야 학파는 이들 두 계명을 다른 등급으로 보아야 한다는 입장을 취하고 있었소. 그런데 새로 생겨난 수리야 학파는 그 견해에 이의를 제기했소. 그들은 이웃 사랑의 계명은 신에 대한 충성과 동급의 계명이며, 다만 순차상으로 두 번째 계명일 뿐이라고 주장했던 거요.

두 학파는 치열한 토론을 벌였소. 시간이 지나는 동안 토론은 논쟁으로, 논쟁은 비난으로, 비난은 원망으로, 원망은 증오로 변해 갔소. 그런 끝에 두 학파는 충돌하기에 이르렀소. 결국 서로 칼부림을 벌여 서른두 명이 죽고 팔백여 명이 다치는 대소동이 일어난 끝에 가리야파가 승리를 거두었소.

그리고… 그로부터 십여 년이 흘러 내가 태어났소. 나는 어렸을 때 후루와교를 접했소. 성년이 되기를 기다려 후루와교의 하위 성직자가 된 나는 순수한 마음을 가진 사람으로 인정받은 데다가 나름의 총명도 있고 설교도 잘했기 때문에 쉰 살을 갓 넘긴 나이에 후루와교의 대주교가 되었소. 모든 사제들의 대표이자 지상에서 신의 의지를 대행하는 가장 높은 성직자가 되었던 거요.

얼마의 시간이 지나 내 나이가 예순 살이 되었을 때, 나는 후계자 문제를 심각하게 고려하지 않을 수 없었소. 후계자는 교단 규정에 따라 주교 가운데 한 사람을 선정하도록 되어 있었소. 하지만 주교들 가운데에는 가리야파의 정통 교리를 전적으로 받아들이지 않는 주교들이 상당수 있었는데, 이 때문에 나는 다음 후계자가 가리야파 교리를 충실하게 이어갈 수 있을지에 대한 확신을 가질 수 없었소.

열렬한 가리야파 교리의 신봉자였던 나는 가리야파 교리를 철저하게 믿는 후계자를 선정하고 싶었소. 그러나 그것만으로는 충분하지 않았소. 대체로 가리야파 교리에 철저한 사람은 성정이 딱딱한 경우가 많았소. 그들은 교단 내에서는 경건한 신심 때문에 높은 존경을 받았소. 그러나 그들의 딱딱한 성정은 교단 밖의 사람들에게는 경직된 사람, 인간미가 없는 사람이라는 느낌을 주는 경우가 많았소.

그래서 나는 인간미가 있으면서도 가리야파 교리에 충실한 사람을 원했소. 더하여 지적으로는 명석하고, 정서적으로는 감수성이 뛰어나며, 더하여 언어 능력까지 뛰어난 사람이라면 금상첨화 격이겠는데, 드디어 그런 사람이 내 앞에 나타났소. 내가 나의 후계자로 점찍은 사람은 빙기사, 바로 그였소. 당시 빙기사는 여기에 계신 밧디야 테라님과의 악연으로 한쪽 눈을 잃은 상태로 나를 찾아왔소. 그는 어렸을 때부터 후루와교의 신자였다고 하오. 그러나 그는 종교보다는 예술에 열심이던 시절을 보낸 끝에 다시 종교에 전념하기 위해 나를 찾아왔던 거요.

여느 사람이 한쪽 눈을 안대로 가리고 나타났다면 추하게 보였을지도 모르지만 나에게는 그것이 매우 의미심장하게 비쳤소. 눈이 하나밖에 없다는 것은 그가 좌고우면하지 않고 오직 신만을 바라볼 수 있다는 것을 예시한다고도 볼 수 있었기 때문이오.

내가 기대했던 대로 그는 세속의 가치를 하나하나 포기하고 신에게 다가갔소. 그리하여 하루가 지나면 하루만큼, 한 달이 지나면 한 달만큼 그의 영혼은 신에 가까워졌소. 그에게 한편으로는 신학을 가르치는 동안 나는 그가 범상한 사람이 아니라는 것, 그에게는 여느 사람에게는 없는 심오한 면이 있다는 것을 알게 되었소. 하지만 나는 그를 높이 평가하는 나의 마음을 눈치채이지 않으려 노력했소. 그것이 드러날 경우 빙기사 본인에게는 자만심이 생길 위험이 있고, 다른 주교들에게는 질투심이 일어날 수 있었기 때문이오.

얼마의 시간이 흘러 빙기사는 백여 명에 이르는 나의 제자들 중 내가 가장 총애하는 제자가 되었소. 나는 마음속으로 그를 나의 후계자로 점찍었소. 그는 모든 면에서 내가 후계자로 지목할 만한 자격을 두루 갖추고 있었기 때문이오. 문제는 그가 가리야파 교리를 전적으로 받아들이지 못하고 있다는 점이었소. 그는 신에 대한 충성과 이웃에 대한 사랑을 같은 차원에 병렬하는 수리야파 교리를 복원하고 싶어했소. 본래 수리야파 사람들은 가리야파 사람들에 비해 상대적으로 인간이 갖고 있는 위대하고 고귀한 면을 강조하는 경향이 있었는데, 그에게는 그 편이 더 진실하게 여겨졌던 것이오.

종교인이 되기는 했지만 예술가 기질이 강했고, 신본주의자이기도 하지만 다른 한편으로는 인간의 고귀함과 아름다움을 찬양하는 인본주의 정신을 가진 빙기사가 수리야파 교리를 복원하고 싶어 한 것은 당연했소. 내가 그에게서 본 심오함의 본질은 종교적인 심오함이기도 했지만 예술적·인간적인 심오함이기도 했던 거요.

그러나 나는 그를 예술의 세계로부터 종교의 세계로 인도할 수 있다고 믿었소. 그가 뼛속까지 예술가이자 인간인 것은 틀림없었소. 하지만 뼈의 깊은 데 골수가 있고, 마음의 가장 안쪽에는 종교가 있소. 나는 시인이요 음악가이며 인간인 그를 그보다 더 깊은 종교의 가장 핵심적인 곳으로 인도함으로써 그가 인간을 넘어선 인간, 신의 인간으로 거듭나도록 돕고 싶었소."

여기까지 말한 다음 추추는 지그시 눈을 감았다. 그는 한동안 그다음 말을 이어가지 못했다. 라자는 잠잠히 그의 다음 말을 기다렸고, 시리마 또한 숨을 죽이고 그를 지켜보았다. 한참이 지나 추추가 다시 입을 열었는데, 그의 목소리에는 비통한 마음이 가득히 실려 있었다.

"나의 벗, 바른 진리에 들어서 있는 큰 행운아여! 그때 나는 바른 진리의 길에서 벗어나 있었소. 그런데도 나는 내가 가는 길이 옳다고 믿어 의심치 않았소. 그리하여 나는 마침내… 삿된 결심을 하기에 이르렀소. 고민에 고민을 거듭한 끝에… 나는 나의 어머니를 이용하기로 결심했소. 빙기사가 가리야파 교리를 받아들이도록 하기 위해서! 그를 통해 후루와신을 더욱더 영광되게 하겠노라는 거룩한 심정으로!

…당연한 일이지만 나는 나의 어머니를 사랑하고, 또 존경했소. 그러나 이미 말한 것처럼 나의 종교관에서 그것은 어디까지나 신의 꿈속에서의 사랑과 존경, 그 바탕은 무일 뿐인 사랑과 존경이었소. 그러니 그 꿈과 무를 부정한다고 해도 그 부정은 죄가 아니었소. 어머니를 이용함으로써, 즉 꿈 같은 헛것을 이용함으로써 깨어 있는 참된 분으로서의 신의 영광이 더해질 수만 있다면, 무를 무로 취급함으로써 참된 유이신 신을 오롯하게 드러낼 수만 있다면 그것은 진실된 일, 옳은 일, 거룩한 일이라고 나는 생각했던 거요."

(그때 추추·빙기사·마하마에게 있었던 일)

결심을 굳힌 추추는 어느 날 빙기사를 대주교의 집무실로 불렀다. 빙기사가 오자 추추가 보좌 주교에게 말했다.

"형제는 밖에 나가 집무실 앞에 서 있으면서 사람들이 나를 찾아오면 내가 오늘은 아무도 만나지 않겠다고 말하시오."

"그렇게 하겠습니다."

보좌 주교를 내보낸 다음에 추추는 여러 가지 성물들이 진열되어 있는 벽 쪽으로 걸어가 벽을 살그머니 옆으로 밀었다. 벽이 주르르 밀리면서 벽 너머로 또 하나의 방이 나타났다. 추추는 그 방으로 들어갔고, 빙기사가 그의 뒤를 따랐다. 빙기사가 들어온 것을 확인한 추추는 안쪽에서 벽을 밀어 닫았다.

두 사람이 들어간 비밀의 방은 찬란하고 신비로운 기운이 가득했다. 남다른 예술적 감수성을 가진 그는 자신의 마음에 꼭 맞는 그 기운을 큰 감동으로 받아들이게 했다. 그는 벅찬 마음을 가라앉히며 정면의 벽을 바라보았다. 거기에는 아래 부분은 직사각형이고 윗부분은 반원으로 된 벽감이 있었고, 벽감 안에는 후루와신의 상징인 각이 다섯 개인 별이, 수많은 루비와 홍옥을 박아 찬란히 빛을 발하는 상징물이 모셔져 있었다.

추추가 별을 향해 합장했고, 빙기사도 그를 뒤따랐다.

"여기에 앉으라."

자신이 먼저 큰 의자에 앉은 다음 추추가 남은 의자 하나를 가리키며 말했다. 빙기사는 의자에 앉아 후루와신의 대행자를 바라보았다. 추추는 사랑해 마지않는 제자를 은총 가득한 눈빛으로 은은하게 바라보았다. 그렇게 한참의 시간이 흘렀다. 그 사이 빙기사의 하나뿐인 눈에 이미 어려 있던 감동의 빛은 더욱 짙어졌다.

이윽고 추추가 활기찬 어조로 말했다.

"후루와께 영광!"

"후루와께 영광!"

"하느님의 가호 아래 그대에게 축복이 충만하기를!"

"대주교께서도 그러하시기를!"

이렇게 후루와교 신자들만의 인사를 주고받은 다음 추추가 말했다.

"나의 사랑하는 제자여. 그대는 내 입속의 혀, 뼈 속의 골수와 같으니, 그대는 나의 영적인 아들이다."

"저를 아들이라 부르시는 그 말씀, 황송해 몸둘 바를 모르겠습니다."

"빙기사여, 그대는 오래전부터 나에게 이렇게 말해 왔다. '저는 신에 대한 충성이 이웃 사랑과는 차원이 다른 계명이라는 가리야파 교리를 받아들이기 어렵습니다. 그러면서도 저에게는 가리야파 교리를 받아들이고 싶은 마음이 간절합니다. 한편으로는 의문을 품고 있으면서도 다른 한편으로는 받아들이기를 간절히 원하는, 저는 가리야파 교리에 대해 이중의 마음을 갖고 있는 것입니다.'라고."

"그렇습니다."

"또한 그대는 말했다. '대주교께서도 아시는 것처럼 저는 큰 죄를 지은 사람입니다. 다시 생각하면 부끄러운 일! 저는 저를 무한히 신뢰해 준 밧디야 왕을 배반함으로써 그분이 지옥 같은 고통을 겪도록 한 큰 죄인입니다. 그뿐만이 아닙니다. 저는 아유타를, 단지 생각하는 것만으로도 가슴이 먹먹하게 메어 오는, 아름답고 우아하고 고귀했던 그녀에게도 큰 죄를 지었습니다. 저는 정숙한 그녀를 유혹했고, 궁에서 내침을 받은 뒤에는 그녀를 구타하기까지 했던 것입니다.

그리고 지금, 저는 저의 죄를 탕감받기 위해 후루와교에 재입교해 있습니다. 저는 어렸을 때 이미 후루와교에 입교했었습니다만 그때 저는 지금과 같은 신심 깊은 종교인은 아니었습니다. 그러다가 밧디야 왕과 아유타의 일을 계기로 다시금 후루와교의 독실한 신자가 되기로 결심했습니다.

그리고 지금, 저의 영혼은 스승님의 높은 식견과 훌륭한 인품에 힘입어 상당 수준의 안정을 얻었습니다. 그렇긴 하지만 아직 충분치는 않습니다. 저는 아직도 신에 대한 충성만이 유일무이하게 가치있는 덕목이라는 가리야파 교리를 전적으로 받아들이지 못하고 있고, 그 때문에 제 영혼은 전적으로 치유되지 못하고 있는 것입니다.

스승이시여, 저는 가리야파 교리에서 저의 모든 죄를 탕감받을 수 있는 가능성을 봅니다. 저는 신에 대한 충성만이 유일무이한 계명이라는 가리야파 교리에서 저와 밧디야 왕 및 아유타 간의 문제, 즉 인간 간의 문제를 넘어서는 보다 높은 의미를 발견하는 것입니다.'라고."

"그렇습니다. 저는 그렇게 말했습니다."

"내가 묻겠다. 만일 어떤 사람이 그대에게 '그대는 왜 밧디야 왕과 아유타에게 되돌아가 용서를 구하지 않느냐?'고 묻는다면 그대는 어떻게 대답하겠느냐?"

"스승이시여, 그 경우 저는 '얼핏 생각하면 그것이 당연하지만 한 번 더 생각한 끝에 그들에게 가지 않는다.'라고 대답하겠습니다."

"그대가 한 번 더 생각함으로써 내린 결론은 무엇이냐?"

"그것은 인간은 인간의 죄를 용서할 수 없다는 것입니다. 물론 얕은 차원에서만 보면 인간은 자신에게 지은 타인의 죄를 용서해 줄 수 있습니다. 하지만 깊은 차원에서 볼 때 인간은 인간의 죄를 용서해 줄 수 없습니다. 인간은 신에 의해 태어난 존재이고, 따라서 본질적으로는 무입니다. 무가 어떻게 타인을 용서할 수 있겠습니까? 인간을 진실로 용서해 줄 수 있는 분은 유의 유이신 신밖에는 없습니다.

스승이시여, 저는 마음만 먹으면 곧바로 두 사람에게 가서 용서를 구할 수도 있습니다. 그리고 언젠가는 반드시 그렇게 할 것입니다. 하지만 지금은 그에 앞서 후루와신께 완전한 용서를 받아야 할 때입니다. 저는 신으로부터 용서를 받음으로써 칠흑처럼 검어진 저의 영혼을 저 드높은 힌두쿠시 설산의 흰눈처럼 깨끗하게 만들려 합니다. 그런 다음 그들에게 가서 순백한 마음으로 용서를 구할 것입니다.

그러면 그들은 단번에 저의 순백을 보고 느끼고 알 것입니다. 왜냐하면 그들은 매우 뛰어난 피조물들이기 때문입니다. 그래서 그들은 저를 용서하고, 나아가 저의 믿음까지도 받아들일 것입니다. 그리하여 같은 믿음 안에서 그들은 저의 형제가 되고 누이가 될 것입니다. 그럼으로써 이미 후루와신으로부터 탕감된, 제가 그들에게 지은 죄는 그들에 의해 인간 차원에서도 탕감될 것입니다. 그럼으로써 저희 세 사람은 천국문의 열쇠를 손에 쥐리니, 대주교이시여, 그것이 제가 그들에게 가지 않는 이유, 그들에게 가기에 앞서 먼저 후루와교에 재입교하게 된 이유입니다."

빙기사의 말을 듣고 나서 추추가 빙기사에게 말했다.

"이로써 그대가 우리의 진리에서 기대하는 것이 무엇인지가 분명해졌구나. 빙기사여, 나는 그대를 위해 그대가 기대하는 순백의 길, 흰 눈의 길을 제시하겠노라."

"그 길을 제시해 주신다면 저는 제가 가진 모든 힘을 다해 결연한 마음으로 그 길을 가겠습니다!"

"그렇다면 그대는 지금부터 내가 지시하는 대로 행하라. 그러면 너는 가리야파 교리를 전적으로 받아들일 수 있으리니, 그럼으로써 그대의 영혼은 가장 높은 차원까지 정화될 것이다. 그리하여 그대는 정화된 영혼의 눈으로 형상 없는 신을 형상 없는 채로 볼 것이요, 아직 이르지 못한 천국에 이르지 못한 이대로 이를 것이다."

빙기사의 한쪽 눈은 그가 조금 전에 보았던, 루비로 만들어진 오각별처럼 반짝, 빛났다.

"원하옵고 또 원하옵나니, 신의 대행자시여, 저에게 형상 없는 신을 형상 없는 채로 보게 해 주시옵고, 아직 이르지 못한 천국에 이르지 못한 이대로 이르게 해 주십시오!"

이렇게 말하며 빙기사가 애원하는 눈빛을 보이자 그동안 수많은 사람들을 자신의 종교로 인도해 온 추추 대주교는 지금까지의 상대를 배려하던 은근한 말투를 버리고 대주교로서의 권위 있는 말투로 말했다.

"빙기사여, 너는 지금부터 내가 시키는 모든 일을 거리낌없이 감당하겠느냐?"

"무엇이든 거리낌없이 감당하겠습니다."

"그렇다면 너는 신전에 나아가 너의 그 결심을 고백한 다음 나에게로 돌아오라."

"제가 그렇게 하겠습니다."

빙기사는 곧 후루와의 신전에 나아가 자신은 추추 대주교가 명령하는 그 어떤 것도 충실히 따르겠노라고 맹세했다. 빙기사가 돌아오자 추추가 말했다.

"너는 이제부터 나의 어머니를 곁에서 모시도록 하여라."

19
성의聖衣는 갑옷이 되고

추추의 어머니 마하마의 본래 이름은 수마나였다. 그녀는 어려서 남편을 잃고 혼자 외아들 추추를 길렀다. 아들이 딸린 과부이긴 해도 외모가 매우 고왔던 그녀에게는 온갖 남자들의 애정 공세가 하루가 멀다 하고 끊임없이 이어졌다.

그럴 때마다 그녀는 빙그레 웃으면서 죽은 남편의 이름을, 또는 명민하고 용감한 아이로 잘 자라고 있는 아들 추추의 이름을 말할 뿐이었다. 그러고는 온갖 허드렛일을 마다하지 않으며 어린 추추를 잘 교육했는데, 그런 그녀의 높은 정절과 음전한 품행은 교단 안에 널리 알려져 있었다.

추추가 교단 안에서 점차 인망을 높여 가는 동안 수마나는 교단을 위해 온갖 봉사와 희생을 마다하지 않았다. 나이 일흔을 넘긴 그녀가 식당에서 일손을 돕는 모습이나 몸이 아픈 환자들을 돌보는 모습을 보는 것은 어렵지 않은 일이었다.

그녀에게서는 높은 덕을 성취한 이들에게서만 볼 수 있는 우아한 교양과 고상한 품위가 있었다. 그 때문에 많은 사람들이 그녀를 보는 것만으로 희열을 느꼈고, 그녀의 뛰어난 품덕을 보고 신심을 일으켜 후루와교에 입교한 신자들도 많았다. 그리하여 교단의 최고 의결기구인 주교의회는 그녀에게 '위대한 어머니'라는 의미의 '마하마'라는 경칭을 헌정하기에 이르렀다.

그로부터 오 년이 흘렀다. 그 사이에 후루와교가 달라진 것은 교단의 세력이 더 커진 것과 주교들 중에 수리야파 교리를 지지하는 사람들이 다수 생겨난 것, 그리고 마하마가 노쇠하여 몸을 쓰기 어려워진 점 등이었다.

주교의회는 마하마에게 그녀를 모실 사람을 붙여 주기로 결정했다. 그러나 마하마가 이를 사양했기 때문에 그 문제는 유야무야되었다. 그러다가 다시 몇 달이 더 지나 마하마의 건강 상태가 급격하게 나빠졌고, 주교 의회는 다시 한번 그녀에게 시봉자를 붙여 주는 안을 의결했다. 그런 상태에서 추추가 빙기사를 자신의 어머니를 모실 적임자로 보게 되었던 것이다.

추추는 주교 의회에 마하마의 시봉자로 빙기사를 추천하여 인준을 받은 다음 그 결정을 어머니에게 전했다. 그러자 이제는 눈까지 나빠져서 맹인이 된 데다가 몸을 거의 쓰지 못하는 지경에 이른 마하마는 마침내 자신의 고집을 꺾고 빙기사가 자신을 시봉하는 것을 허락했다.

그때부터 빙기사는 마하마 곁에 온종일 붙어 지내며 정성을 다해 그녀를 간호했고, 얼마 안 있어 마하마의 상태가 조금씩 좋아지기 시작했다. 빙기사의 극진한 보살핌을 받은 지 한 달이 지나자 그녀는 혼자서 방 안을 걸을 정도가 되었고, 석 달이 지났을 때는 다시 식당에 나타났다. 그러나 눈이 안 보이는 그녀가 허드렛일을 도울 수는 없었다. 그렇긴 해도 그녀가 식당에 나와 있다는 사실만으로 그녀는 실제로 일을 하는 것이나 다름없다고 신자들은 생각했다.

그 무렵 추추가 빙기사를 불러 말했다.

"너는 이제부터 어머니의 몸의 뭉쳐 있는 근육을 정성껏 풀어 드리도록 하여라."

"제가 그렇게 하겠습니다."

그때부터 빙기사는 마하마의 몸을 하루에 네 차례씩 안마해 주었다. 처음, 마하마는 남정네가 자신의 몸을 만지는 것을 거북하게 여겼지만 결국에는 젊은이의 행동을 마지못한 듯이 수용했다.

며칠이 지났다. 추추가 빙기사를 불러 물었다.

"내가 시킨 대로 하고 있느냐?"

"예."

"어머니께서는 그에 대해 뭐라고 말씀하시더냐?"

"고맙게 여기고 있노라고 말씀하고 계십니다."

"그럼 이제부터 너는 어머니의 손과 발을 씻겨 드리면서 '어쩜 이리도 손발이 고우신지요?'라고 말하여라."

"그렇게 하겠습니다."

다시 며칠이 지났다. 추추가 빙기사를 불러 물었다.

"내가 시킨 대로 하고 있느냐?"

"예."

"어머니께서는 그에 대해 뭐라고 말씀하시더냐?"

"마하마께서는 제가 그렇게 말씀드리면 '무슨 그런 입에 발린 말을!'이라고 말하고 계십니다."

"그럼 이제부터 너는 어머니가 그렇게 말씀하시면 '아닙니다. 신께 맹세코 어머님의 피부는 처녀 못지않게 고우십니다. 어디 그뿐인가요?

어머님께서는 아직까지도 젊었을 때의 미모를 간직하고 계십니다. 저는 어머님을 뵈올 때마다 어머님이 얼마나 매력적인 분이신지, 얼마나 사랑스러운 분인지를 깨닫습니다.'라고 말하여라."

"그렇게 하겠습니다."

다시 며칠이 지났다. 추추가 빙기사를 불러 물었다.

"내가 시킨 대로 하고 있느냐?"

"예."

"어머니께서는 그에 대해 어떻게 반응하셨느냐?"

"제가 그렇게 말씀드리자 마하마께서는 겸양하는 태도를 보이셨습니다. 그러다가 어제 어머님께서 저에게 '내가 아직도 매력적이라는 그대의 말이 전적으로 맞지는 않을 것이오. 하지만 나는 묻고 싶소. 세상 모든 사람은 차치하고라도 내가 한 남자를 매혹할 수 있을 정도의 매력은 갖고 있는지를.'이라고 말씀하셨습니다."

"너는 이제부터 어머님께서 그렇게 말씀하시면 '진정 그렇습니다. 어머님은 한 남자를 매혹할 만한 충분한 매력을 갖고 계십니다.'라고 말하여라."

"그렇게 하겠습니다."

다시 며칠이 지났다. 추추가 빙기사를 불러 물었다.

"내가 시킨 대로 하였느냐?"

"예."

"그래, 어머니께서는 그에 대해 어떻게 반응하시더냐?"

"제가 그렇게 말씀드리자 마하마께서는 조금 망설이다가 '젊은이, 그대가 지극한 정성으로 나를 위해 주는 것으로 보아 내가 자네를 믿고 한 가지 물어보아도 좋겠소?' 하고 말씀하셨습니다. 그래서 제가 '무엇이든 하문해 주십시오, 마하마이시여!'라고 대답해 드렸더니 마하마께서는 다시 망설이는 표정으로 한참 동안 있으시더니 '그대는… 내 나이에도 남자를 사랑하는 일이 가능하며, 어떤 남자가 나를 사랑하는 일 또한 가능하다고 생각하오?'라고 말씀하셨습니다."

"너는 이제부터 어머님께서 그렇게 말씀하시면 '물론 그것은 가능합니다. 사실은 저부터가 한 남자로서 어머님에게 큰 매력을 느끼고 있습니다.'라고 말하여라."

"그렇게 하겠습니다."

다시 며칠이 지났다. 추추가 빙기사를 불러 물었다.

"내가 시킨 대로 하였느냐?"

"예."

"그래, 어머니께서는 그에 대해 어떻게 반응하고 계시냐?"

"제가 그렇게 말씀드리자 마하마께서는 깜짝 놀라며 '정말이오? 정말로 그대는 나를 여자로서 좋아한단 말이오?'라고 물으셨습니다."

"너는 이제부터 어머님께서 그렇게 말씀하시면 '저는 어머님을 한 여자로서 좋아합니다. 사실을 말씀드리면 저는 어머님을 지극히 사랑합니다.'라고 말하여라.

"그렇게 하겠습니다."

다시 며칠이 지났다. 추추가 빙기사를 불러 물었다.

"내가 시킨 대로 하였느냐?"

"예."

"그래, 어머님께서는 그에 대해 어떻게 반응하셨느냐?"

"제가 그렇게 말씀드리자 마하마께서는 소스라치게 놀라며 크게 감격해하셨습니다."

"모든 일이 내가 계획한 대로 잘 성숙되어 가고 있다. 이제부터 너는 네가 할 수 있는 모든 능력을 다해 어머니께 애정 표현을 하도록 하여라."

"그렇게 하겠습니다."

다시 며칠이 지났다. 추추가 빙기사를 불러 물었다.

"내가 시킨 대로 하였느냐?"

"예."

"그래, 어머님께서는 그에 대해 어떻게 반응하고 계시냐?"

"마하마께서는 저의 애정을 거듭거듭 확인하셨습니다. 그러다가 마침내 저의 사랑을 믿고 받아들이셨습니다. 그리고 드디어 마하마께서 저를 사랑하게 되셨는데, 대주교이시여, 지금 마하마의 저에 대한 사랑의 염은 매우 강렬합니다. 마하마께서는 마치 첫사랑에 빠진 소녀처럼 발그레한 얼굴빛으로 단지 제 쪽으로 눈을 돌리는 것만으로도 매우 행복해하십니다."

"그럼 너는 이제부터 어머님의 사랑을 '온전히' 받아들이도록 하여라. 내가 말한 온전히라는 말이 무슨 뜻인지는 구체적으로는 설명하지 않겠거니와 너는 한 남자로서 지금부터 네가 할 일이 무엇인지를 알 것이다."

추추가 이렇게 말하자 그동안 추추의 말을 순종적으로 따르기만 하던 빙기사가 망설이는 모습을 보였다. 빙기사에게서 쭈뼛거리는 마음을 알아챈 대주교가 제자를 향해 준엄한 목소리로 말했다.

"빙기사여, 너는 신 앞에서 한 맹세를 기억하라."

"하지만 저는 이번 지시만은 따르지 못하겠습니다. 왜냐하면 제가 스승님의 말씀을 따른다는 것은 제가 마하마님을 품에 안거나 입술을 맞대기도 해야 한다는 것을 의미하기 때문입니다."

"그게 어떻다는 것이냐? 빙기사, 후루와께서 지극히 아끼시는 자여! 너는 두려워하지 말지니, 너는 나의 어머님이 원하실 경우 서로 살을 섞는 일까지도 마다해서는 안 된다."

빙기사는 너무나도 놀라 두 눈을 크게 뜨고 스승의 얼굴을 바라보았다. 그러나 추추의 얼굴에는 일말의 흔들림도 보이지 않았다. 마치 백근 쇳덩어리와도 같고 천 길 절벽과도 같이 추추의 얼굴에는 육중함과 단호함이 거대하게 서려 있었다. 빙기사는 잠시 스승의 얼굴을 바라보며 멍하니 서 있었다. 그리고 다음 순간, 그는 영혼의 한복판에서 울려나오는 강력한 목소리를 들었다.

'행하라. 행하라. 행하라. 거리낌없이 행하며, 두려워 말고 행하라. 신의 일에는 거리낌이 없고, 영의 일에는 두려움이 없느니라.'

다음 순간, 빙기사는 자신도 모르는 사이 스승을 똑바로 쳐다보며 이렇게 말하고 있었다.

"스승이시여, 제가 꼭 그렇게 하겠습니다!"

그로부터 다시 며칠이 지났다.

후루와교의 대주교이자 가리야파의 수장인 추추가 빙기사를 불러 물었다.

"내가 시킨 대로 하고 있느냐?"

"예."

"그동안 어머님과 너 사이에는 무슨 일이 있었느냐?"

"스승이시여, 마하마께서 원하시기에 저는 마하마님의 침대에 들어가 마하마님의 바로 옆자리에 누웠습니다. 마하마께서는 처음에는 저의 얼굴과 목을 애무하셨고, 나중에는 저의 손·팔·어깨·발가락·발·종아리·허벅지·엉덩이 등을 차례로 애무하셨습니다. 그런 다음에 저의 가슴을 애무하셨는데, 그러시는 동안 마하마께서 보이신 정력은 노인이라 생각되지 않을 정도로 대단했습니다."

"그리고?"

"그렇게 제 온몸을 두루두루 애무하신 다음 숨이 턱까지 차오르신 상태에서 마하마께서는 제 가슴을 파고들며 속삭이셨습니다. '나의 남자여, 부디 나를 가지시오! 마음껏, 철저하게, 영혼이 까무러치는 가장 끝 밑바닥까지!'

그래서 저는 그때부터 마하마님의 온몸을 애무했습니다. 저의 애무를 받아들이며 마하마께서는 처음 단계에는 신음소리를 내셨고, 다음 단계에서는 비명소리를 내셨으며, 그다음 단계에서는 울음을 터뜨리셨고, 그다음 단계에서는 정신을 잃으셨습니다. 그래서 저는 마하마님을 편안히 눕혀 드린 다음 마하마님이 정신을 차리실 때까지 자리를 지켰습니다."

"그렇다면 너는 어머님과 결합을 한 것이냐, 하지 않은 것이냐?"

"마하마님께서 정신을 잃으셨기 때문에 결합에까지는 이르지 못하였습니다."

"알았다. 너는 이제부터 무언가 사정이 있는 듯한 태도를 보이며 어머님의 애정 요구에 일체 응하지 말도록 하여라."

"신의 대리인이시여, 제가 그렇게 하겠습니다."

다시 며칠이 지나 추추가 빙기사를 불러 물었다.

"내가 시킨 대로 하였느냐?"

"예."

"네가 사정이 있는 듯한 태도를 보이며 어머님의 애정을 받아들이지 않자 어머님께서는 어떤 반응을 보이셨느냐?"

"마하마께서는 저의 두 손을 잡으며 말씀하셨습니다. '무엇 때문에 그대의 마음이 이렇게 달라졌는가? 그대, 나의 사람이여, 부디 그것을 내게 말해 주오.' 그에 대해 저는 스승님께서 시키신 대로 무언가 사정이 있는 듯한 태도를 보이며 아무 대답도 해 드리지 않았습니다."

"너는 다음에 어머님이 그렇게 말씀하시면 '사랑하는 여인이여, 내 마음은 나에게 가능한 한까지 그대에게 다가가 함께하라고 말하오. 하지만 또 다른 내 마음은 내가 그대에게 다가가는 것이 옳지 않다고 속삭인다오. 왜냐하면 그대는 나의 애인이지만 또한 내 스승의 어머니이기 때문이오.'라고 말하면서 어머니와 일체의 애정 관계를 나누지 않도록 하여라."

"스승이시여, 제가 그렇게 하겠습니다!"

다시 며칠이 지났다. 추추가 빙기사를 불러 물었다.

"내가 시킨 대로 하였느냐?"

"예."

"어머님께서는 너의 말을 들으신 다음 어떤 반응을 보이셨느냐?"

"마하마께서는 눈을 질끈 감은 채 아무 말씀도 하시지 않았습니다. 그러고는 그때 이후 무언가를 골똘히 생각하며 시간을 보내고 계십니다."

"알았다. 너는 지금의 기조를 계속 유지하도록 하여라."

"제가 그렇게 하겠습니다."

다시 며칠이 지났다. 이번에는 추추가 부르기 전에 빙기사가 추추를 찾아와 고백했다.

"스승이시여, 대단히 죄송하게도 저는 오늘 스승님의 지시를 어기고 말았습니다."

"그게 무슨 뜻이냐? 정직하게 바로 고하여라."

"오늘 아침 나절, 마하마께서 저에게 '그대여, 내가 한 가지 물어볼 게 있소.'라고 말씀하셨습니다. 그래서 제가 '사랑하는 이여, 무엇이든 물으십시오.'라고 대답하자 마하마께서는 잠시 뜸을 들이더니 '사랑하는 이여, 만일 나의 아들이 그대의 스승이 아니라면 그대는 나를 전처럼 사랑해 줄 수 있는 거요?' 하고 물으셨습니다. 그래서 제가 '그렇지만 그 가정은 무의미하니, 대주교님은 현재 저의 스승이시고, 영원히 저의 스승일 것입니다.'라고 대답해 드렸습니다.

그러자 마하마께서는 다시 한참 뜸을 들이시더니 물으셨습니다. '그렇다면 나의 사랑하는 이여, 만일, 만일, 만일에 말이오, 만일 나의 아들이 없게 된다면, 그가 세상에 존재하지 않는다면 그때는 어떠하오? 그가 신의 곁으로 간다면, 거기에서 본래 무였던 그의 존재가 영원히 존재하는 유가 된다면, 그래서 그의 죽음이 죽음이 아닌 것이 된다면, 죽음이 오히려 축복이 된다면, 그때는 어떠하오? 그때 우리의 사랑은, 무의 무일 수밖에 없는 우리의 사랑은 유의 유는 아닐지라도, 적어도 무의 유는 될 수 있지 않겠소?'

저는 깜짝 놀랐습니다만 아무렇지 않은 듯한 말투로, 그러나 애정을 듬뿍 담아 마하마님의 손을 잡고 쓰다듬어 드렸습니다. 그러자 마하마님은 저의 품 안에 갑자기 와락 안겨 들었고, 웬일인지 그 순간 저에게 마하마님의 간절한 소망을 이뤄드려야만 하지 않을까, 하는 생각이 들었습니다.

그렇게 저에게 마하마님에 대한 애정이 샘솟아 올랐고, 그래서 저는 연기로서의 애정이 아닌 진실한 애정으로 마하마님을 애무하기 시작했습니다. 그러자 마하마님께서는 처녀와도 같은 순정을 보이며 저의 애무를 받아들이셨는데, 그 수용에는 노추한 느낌이 조금도 없었습니다.

잠시 후, 정신을 차린 저는 단호하게 고개를 저으며 말했습니다. '마하마이시여, 저는 잠깐 미쳤었습니다. 저의 이런 사랑은 오늘이 마지막이 될 것입니다! 마지막이 되어야만 합니다!' 그렇게 말씀드린 다음 저는 황급히 그 자리를 떠났습니다."

빙기사의 고백을 들은 추추는 잠시 생각에 잠겼다.

이윽고 그가 말했다.

"네가 한 행동이 잠시 내가 지시한 범위를 벗어나긴 했지만 신의 지혜는 자신의 아들들로 하여금 잘못조차도 좋은 결과의 처음으로 삼는 데 이르게 하시나니, 네가 반드시 신의 뜻을 저버린 것은 아니다. 빙기사여, 너는 내일 어머님을 만나서 '만일 스승님이 안 계신다면, 그분이 하느님께로 나아가 유의 유가 된다면 우리의 사랑은 무의 유를 넘어 다른 차원이 유의 유가 될 수 있을 것입니다.'라고 말하여라."

"예, 제가 그렇게 하겠습니다."

다시 며칠이 지났다. 추추가 빙기사를 불러 물었다.

"내가 시킨 대로 하였느냐?"

"예."

"어머님께서는 너의 말을 들으신 다음 어떤 반응을 보이셨느냐?"

빙기사가 대답했다.

"사흘 전에 저는 마하마께 '만일 스승님이 안 계신다면, 그분이 하느님께로 나아가 유의 유가 된다면 우리의 사랑은 무의 유를 넘어 다른 차원이 유의 유가 될 수 있을 것입니다.'라고 말씀드렸습니다.

그러자 그때 이후 마하마님께서는 골똘히 무슨 생각인지 하기 시작하셨습니다. 그러고 오늘 아침 마하마님께서는 저에게 이렇게 말씀하셨습니다. '내가 목숨 다해 사랑하는 이여. 그대는 나를 위해, 우리의 사랑을 위해 실 한 타래를 준비하도록 하오. 그런 다음 오늘 밤이 깊어진 때를 보아 실타래의 실마리 한쪽을 내 손목에 묶고, 다른 한쪽은 내 아들이 잠자는 방문의 문고리에 묶어 놓으시오.'

스승이시여, 저는 마하마께서 무슨 일을 저지르시려고 제게 그런 일을 시키시는지를 짐작합니다. 마하마님은 스승님을 해치려는 끔찍한 계획을 세운 것이 분명합니다."

추추가 침착한 어조로 말했다.

"나는 이미 어머님께서 이런 종류의 일을 꾸미시리라고 미리감치 예견하고 있었다. 나의 제자여, 너는 걱정하지 말고 어머님이 시키시는 대로 실타래를 준비해 갖다 드린 다음 어머님이 어떻게 행동하시는지를 옆에서 몰래 지켜보도록 하여라."

"스승님께서는 어떻게 할 작정이십니까?"

"내 방 침대에 누워 있겠다."

"하지만…."

"너는 내 걱정은 하지 말고 내가 시키는 대로만 하여라."

"예, 스승님."

추추의 지시를 받은 빙기사는 마하마가 시키는 대로 실 한 타래를 준비해 실마리의 한쪽은 마하마의 손목에, 다른 한쪽은 추추가 잠자는 방문 고리에 매어 놓았다. (두 방 사이에는 긴 복도가 있었는데, 그 길이는 수십 보에 달했다.) 그런 다음 그는 마하마의 방에 몰래 머물면서 그녀를 지켜보았는데, 눈이 안 보이는 마하마는 빙기사가 창으로 비쳐드는 은은한 달빛에 힘입어 자신을 지켜보고 있다는 것을 알지 못했다.

얼마의 시간이 흘렀다. 꼼짝 않고 누워 있던 마하마가 자리에서 몸을 일으켰다. 그녀는 자신의 손목에 매어 있는 실을 잡아 감으면서 조심스레 방문을 열고 복도로 나갔다. 이윽고 팔십 노인의 발걸음이 아들의 방 앞에 이르렀다. 그녀는 소리가 나지 않도록 주의하며 방문을 열고 안으로 들어갔다.

방에 들어간 마하마는 방바닥을 조심스레 짚어 아들이 잠자고 있는 침대를 찾았다. 그녀는 아들의 얼굴을 손으로 만져 확인하고 나서 품속에서 질긴 끈 하나를 꺼냈다. 그러고는 다시 한번 아들의 목을 어루만져 확인한 다음 재빠른 손놀림으로 줄을 아들의 목에 감고 힘껏 조르기 시작했다. 그녀는 입을 옹다물며 두 손에 힘을 주었다. 팔십 노인의 얼굴은 시뻘겋게 달아올랐고, 이내 이마에서 굵은 땀방울이 뚝뚝 떨어져내렸다.

잠시 후, 그녀는 무언가 이상하다는 느낌을 받고 조르던 행위를 멈췄다. 예상과 달리 그녀의 아들은 어떤 반항도 하지 않고, 신음소리도 내지 않았던 것이다. 그것은 추추가 재빨리 침대에 빠져나온 다음 천으로 만들어진 인형을 그 자리에 뉘어 놓았기 때문이었다. 당황한 마하마는 자신이 목을 조른 대상물을 더듬어 만져보았다. 본인이 목 졸라 죽이려 했던 대상이 사람이 아니라는 것을 알고 큰 충격을 받은 노인은 바닥에 털썩 주저앉았다.

추추가 마하마에게 다가가 어머니의 두 손을 살며시 잡으며 말했다.

"어머니, 이 늦은 시간에 무슨 일이십니까?"

마하마에게 이 말은 지옥사자의 음험한 목소리가 아닐 수 없었다. 팔십 노인은 정신을 잃고 까무러쳐 버렸다.

냉정한 태도로, 추추는 신의 영광됨을 증명하기 위한 '재료'를 침대

위에 안아 눕히고 나서 후루와신에게 모든 일이 원만히 잘 이루어진 것을 감사하는 짧은 기도를 올렸다. 빙기사는 한 여인의 아들이자 수백만 신자의 지도자가 보인 그 모습을 놀란 눈으로 멍하니 바라보았다. 그의 심장은 벌렁벌렁 뛰었다. 그러나 다음 순간, 그의 마음에서는 신을 향한 기묘한 열정이 불꽃처럼 타오르기 시작했다. 그런 그의 귀에 거룩함에 충만한 추추의 뜨거운 언어가 폭포수가 쏟아지듯 들려왔다.

"빙기사여, 이로써 너는 알았으리라! 인간의 수양과 덕행은 결코 완전함에 이를 수 없다는 것을! 인간은 자신의 힘으로는 자신을 구원할 수 없다는 것을! 따라서 우리 인간이 행해야 할 바는 오직 신 앞에 엎드리는 단 한 가지뿐이라는 것을!

오오! 인간이 행해야 할 바는 오직 하나뿐이니 그것은 '주여, 제가 무엇이오니까? 저는 한 점 먼지가 아니오니까? 저는 한 알갱이 모래가 아니오니까? 먼지의 덕행이 무거운들 얼마나 무거우며, 모래알의 덕행이 큰들 얼마나 크겠나이까?'라고 고백하는 것이 그것이다.

나의 제자여! 인간의 구원을 위해서는 인간의 차원을 넘어서는 진리, 합리 차원을 넘어서는 진리, 즉 '합리 초월의 진리'가 필요하다. 그러나 합리 초월의 진리는 인간의 눈, 합리주의자의 눈에는 불합리한 것으로 비칠 것이다. 그렇다. 가리야파가 믿는 진리는 불합리한 진리이다.

신이 모든 것을 창조하셨다면 신은 건강과 함께 질병도 창조하셨을 것이다. 신이 모든 것을 창조하셨다면 신은 즐거움과 함께 고통도 창조하셨을 것이다. 신이 모든 것을 창조하셨다면 신은 삶과 함께 죽음도 창조하셨을 것이다. 신이 모든 것을 창조하셨다면 신은 선과 함께 악도 창조하셨을 것이다.

그러나 완전하신 그분, 온전히 선하신 그분, 피조물을 지극히 사랑하시는 그분이 어떻게 질병을, 고통을, 죽음을, 악을 창조하실 수 있단 말인가. 따라서 신이 이 세상을 창조하셨다는 것은 이치에 맞지 않는다. 그렇다. 우리 가리야파 교리는 이치에 맞지 않는다. 그것은 불합리하다. 그 때문에 가리야파를 비판하는 수리야파가 생겨났다. 그들은 가리야파 교리의 불합리성을 수양된 인격으로써, 인간 사이에서 쌓은 덕행으로써 보충하고자 했던 것이다.

그러나 그대가 본 것처럼 인간은 불완전한 존재다. 이는, 인간은 수양을 쌓는다든가 타인을 사랑한다든가 하는 행위를 통해서는 자기 자신을 구원할 수 없다는 것을 의미한다. 그리하여 우리 가리야파는 선언한다. 인간에게는 우리를 구원해 줄 합리 이상의 무엇이 필요하다고! 초합리한 신을 설정하지 않는 한 인간에게 구원은 없다. 그리하여 빙기사, 나의 사랑하는 벗이여! 가리야파가 제시하는 진리는 비합리하기 때문에 도리어 합리적이고, 불가능하기 때문에 도리어 가능한 진리이다!

우리의 진리에서 신으로부터 구원을 받는 자는 수양을 많이 한 자가 아니다. 또한 우리의 진리에서 신으로부터 구원을 받는 자는 인간을 많이 사랑한 자가 아니다. 많이 수양한 자가 버려지기도 하고, 많이 사랑한 자가 버려지기도 하는, 덜 수양했으나 자신을 낮추어 엎드린 자가, 덜 사랑했으나 자신의 비루함을 깊이 받아들인 자가 구원을 받는, 우리의 진리는 그런 진리이다.

빙기사, 나의 살이자 피이자 뼈이자 골수이자 머리이자 심장인 그대여! 따라서 나는 결론짓는다. 구원을 결정하는 계명은 신에 대한 충성뿐이라고! 인간이 자신을 수양함으로써 쌓은 덕과 타자를 사랑함으로써 이룬 가치는 구원과는 아무 관련도 없다고!"

이같은 추추의 설교는 십만 명의 천사가 부르는 대합창과도 같이 빙기사의 영혼 구석구석까지 웅장하게 울려 퍼졌다.

빙기사는 추추 앞에 몸을 부들부들 떨며 무릎을 꿇고 엎드려 입을 굳게 앙다물었다. 이윽고 그는 하나뿐인 눈알을 튀어나올 듯이 부릅뜨고 새로이 구축된 강력한 신앙심을 고백했다.

"스승이시여, 믿습니다! 진리에는 두 마디 말이 필요치 않다는 것을! 신에 대한 충성, 오직 그것만이 진리의 요체라는 것을!

그것을 저는 믿습니다!

그것을 저는 믿습니다!

그것을 저는 믿습니다!"

20

신의 길, 인간의 길

(사리뿟따 마하테라의 처소로 돌아와)

추추 범천이 여기까지 말했을 때 말루카 비구가 사리뿟따 테라에게 물었다.

"마하테라시여, 추추 범천의 이야기를 듣는 동안 저에게 몇 가지 의문이 일어났는데, 그것을 여쭈어도 될는지요?"

"무엇이든 물으시오."

"지금 추추 범천이 말하고 있는 후루와라는 신을 저희는 어떤 관점에서 생각하는 것이 좋겠습니까?"

사리뿟따 마하테라가 대답했다.

"바로 그것이 추추 범천은 전전생에 나를 찾아와 한 첫 번째 질문이었소. 형제여, 추추 범천은 전전생에 빙기사가 자신의 가르침에 광적으로 몰입한 결과 큰 악행을 저지르는 것에 충격을 받고 교단을 떠나 방랑자가 되었소. 그런 끝에 나를 찾아와 그 질문을 했고, 나의 설법을 들음으로써 바른 견해를 확립할 수 있었소.

그때 나는 추추에게 그가 전수한 사상은 자칫 인간을 신이라는 목적의 수단으로 삼는 데까지 나아갈 수 있다는 점을 지적해 주었소. 인간이 신의 창조물이라는 사상은 인간이 신의 소유물이라는 사상으로 나아갈 수 있으며, 인간이 신의 소유물이라는 사상은 인간을 신의 수단으로 보는 사상으로 나아갈 수 있음을 지적했던 것이오. 그 밖에도 나는 여러 면에서 그가 갖고 있는 견해가 잘못되어 있는 데를 지적했는데, 나의 설법을 듣고 그는 모든 것은 인간의 문제라는 것을 이해했소.

그리하여 그는 신이 모든 것의 주체라는 생각을 버리고 마음이 모든 것의 주체라는 생각을 받아들였소. 그럼으로써 지난날 그가 저지른 악행은 신의 악행이 아니라 자신의 악행이 되었고, 따라서 그는 자신의 악행을 마음 깊이 참회하지 않을 수 없었소.

오랜 참회를 거쳐 그는 불법에 귀의한 불제자로서 내가 준 수행 주제를 명상하기 시작했소. 그런 끝에 그는 제1선정을 얻었는데, 그런 다음에 부처님을 뵈옵고 감사의 염을 표하기 위해 야쿠 마을로 가던 중 지금은 도리천인이 되어 있는 라자 소년을 만나 그와 함께 낭떠러지에 떨어져 인간으로서의 생을 마쳤던 것이오."

사리뿟따가 이렇게 말하자 추추는 라자를 고마운 눈빛으로 바라보았고, 라자는 그런 추추를 향해 고개를 숙여 답했다.

말루카가 사리뿟따 마하테라에게 말했다.

"테라시여, 저를 위해 후루와 등 신을 믿는 길과 불법의 상이점을 분별하여 설해 주십시오."

"형제의 이해를 돕기 위해 나는 세계를 절대신이 움직인다고 보는 종교를 신교神敎라 부르고, 행불행이 비인격적인 마음법에 의해 결정된다고 보는 불교를 법교法敎라 부르기로 하겠소. 그렇다면 신교와 법교는 어떻게 다른가. 두 종교는 여러 면에서 다르거니와 나는 지금 토론되고 있는 주제와 관련하여 신교는 신이 세계를 창조하고 지배한다는 데서부터 시작되고, 불교는 마음이 대상으로서의 세계를 인식한다는 데서 시작된다는 점이 다르다는 점만을 말하도록 하겠소.

따라서 우리는 신과 마음을 비교해 보아야 하는데, 나는 신과 마음 가운데 마음이 신에 우선한다고 주장하오. 형제여, 마음이 먼저이고 신이 나중이라는 것은 나의 주장이 아니라 누구나 인정할 수밖에 없는 실제 사실이오. 나는 신교인들에게 신에게 마음이 있는지 없는지를 묻고 싶소. 질문을 받은 신교 신자가 신에게도 마음이 있다고 답한다면 나는 '그렇다면 여느 중생과 마찬가지로 신 또한 마음법의 지배를 받는 존재다.'라고 말하겠소.

마음법은 기초는 앎이오. 내가 말하는 앎은 일상적으로 쓰이는 앎이 아니라 '식(識)'으로서의 앎인데, 그것은 생명체가 태어나는 순간에, 또는 까무러쳤던 사람이나 잠자던 사람이 깨어나는 첫 순간에 생겨나오. 그 순간에 그 생명체의 마음에는 주체와 객체 간에 짝어지어진 여섯 쌍, 열여덟 영역[94]으로 구성된, 마음이 활동하게 되는 마당[場]·영역으로서의 식이 열리고, 그 마당에 마음의 모든 활동이 담기게 되오. 그

---

94 십이처(十二處)·십팔계(十八界) 눈·귀·코·혀·피부 마음 등 주체 여섯과 그 대상으로서의 색깔과 모양·소리·냄새·맛·감촉·마음-대상 등 객체 여섯에 마음이 활동하는 마당을 의미하는 '처'를 붙여 '십이처'라 하고, 십이처에 안식·이식·비식·설식·신식·의식 등 인식을 뜻하는 여섯 '식'을 합친 다음 그 열여덟에 마음이 활동하는 세계를 의미하는 '계'를 붙여 '십팔계'라 한다.
붓다는 "여래가 '모든 것'이라고 말할 때 그것은 십이처(십팔계)이다."라고 설했다. 붓다에게 '모든 것'은 '나와 상관없이 항존하는 우주 안의 모든 것'이 아니라 '나의 마음-영역(처·계)에 들어와 행불행의 자료로써 작동하는 모든 것'이라는 뜻이다. 심신상의 고통을 치유하고자 하는 분명한 목표를 갖고 있었던 붓다의 입장에서는 내가 까무라쳐 있거나 잠을 잘 때 등 마음이 활동하지 않는 때는 나-세계를 둘러싸고 있는 세계-세계의 수많은 사물들이 나의 마음-마당(세계)에 들어오지 않은 상태여서 나에게 고통이나 그것이 치유된 상태로서의 행복을 산출하는 자료로써 작동하지 않기 때문에 다룰 필요가 없었던 것이다.

마당이 열리지 않은 상태에서는 마음은 대상을 인식하지도, 알지도, 생각하지도 못하고, 감정이나 의지를 일으키지도 못하오. 그것은 까무러친 이와 잠자는 이를 살펴봄으로써 쉽게 알 수 있는 사실이오. 그들은 인식·인지·생각·감정·의지가 없고, 그래서 그의 삶은 행복하지도 불행하지도 않소.

이치가 이러하다면 마음을 갖고 있는 이상 신 또한 이에서 벗어날 수 없소. 그는 신자들에 의해 전능한 존재로서 모든 사물을 지배한다고 믿어지지만 실상은 그 또한 마음법에 의해 지배를 받는다는 뜻이오. 마음이 처음 열리는 순간의 앎이 없고 그래서 그의 마음 마당이 열리지 않는다면 그는 어떻게 자신이 신임을 알 것이며, 피조물을 향해 자신의 계명을 내리거나 자신의 의지를 구현할 수 있겠소?

식으로서의 마음은 모든 행불행이 시작되고 끝나는 마당이고, 나머지 여러 마음들은 그 마당에서 뛰고 노니는 어린아이요. 이 때문에 불교는 신이 있다면 그 또한 마음법에 따라 인식하고 인지하고 생각하고 감정과 의지를 일으키는 존재이며, 그 또한 마음법에 따라 수행하지 않는다면 탐진치라는 독심을 일으키게 마련이오. 즉, 그 또한 중생에 불과하다는 뜻이오.

이 때문에 불법은 전지전능한 신을 중심으로 하는 형이상학적인 토론을 독화살을 맞은 병사가 하는 허튼 말로 치부한 다음 행불행의 마당이자 구성물인 마음법만을 탐구하오. 마음을 탐구하기 위해 미리 알아두어야 할 것은 매우 많소. 하지만 나는 지금 이 자리에서는 그것들을 다 논하지 않고 다만 중생의 마음이 여러가지 색깔에 물들어 있다는 점만을 말하기로 하겠소.

비유하면 중생의 마음은 사물을 긍정적인 쪽으로 보는 무지개색과 부정적으로 보는 검은색에 물들어 있소. 이는 중생이 외부로부터 유입되는 정보를 색깔을 입혀 받아들인다는 것을 의미하오. 그는 자신의 마음에 드는 정보는 무지개색을 입혀서 받아들이고, 자신의 마음에 들지 않는 정보는 검은색을 입혀서 받아들이는 것이오.

이렇듯 중생은 대상을 받아들이는 첫 번째 단계에서부터 잘못 봄의 허물을 짓거니와, 그 정보를 이해하고 분석하고 판단하는 다음 단계에서도 잘못을 범하는 예가 비일비재하오. 그럼으로써 잘못된 의지를 일으켜 잘못된 행위를 하게 되는 것이니, 그 잘못된 행위로부터 잘못된 결과가 나오리라는 것은 불을 보듯 뻔한 일이오.

형제여, 세상에는 불교 아닌 수많은 종교·철학적 견해가 있소. 그런데 불교를 제외한 모든 종교·철학적 견해들은 마음이 어떻게 대상을 잘못 받아들이는지와 받아들인 정보를 어떻게 잘못 처리하는지를 모르는 채로 자신만의 선입견, 자신만의 감정, 자신만의 경험, 자신만의 입장을 바탕으로 구축된 것에 불과하오. 지금 세상에서 주장되고 있는 창조론·적취론·전변론·결정론·비결정론·허무론·성력론·인실론·비일론·회의론 등 열 가지 견해들, 더 자세히 나누면 예순두 가지에 이르는 수많은 종교·철학적 견해들은 모두 마음이라는 최우선적인 것을 궁구하지 않은 채로 생겨난, 뿌리를 모르는 채로 가지와 잎에서 주장되고 있는 견해들일 뿐이라는 의미요."

위대한 법의 장수는 설법을 이어갔다.

"형제여, 세상에는 개와 같은 사람과 사자와 같은 사람이 있소. 만일 누군가가 돌을 던질 경우 개는 돌을 따라 달려가지만 사자는 돌을 던진 사람을 향해 달려들 듯이, 사람은 남의 말을 따라가는 사람과 말하는 이의 마음을 관찰하는 사람으로 나뉜다는 뜻이오.

어떤 사람이 형제에게 와서 자기의 견해를 주장한다고 합시다. 그때 그가 주장하는 견해가 어떤 것이든 간에, 심지어는 그가 불법에 근거하여 자신의 견해를 말한다고 하더라도 형제는 마치 사람에게 곧바로 달려드는 사자와 같이 그 견해를 말하고 있는 사람의 마음 기초부터 살펴보는 것이 좋소.

그 점에서 나는 어떤 견해를 가진 사람, 예컨대 후루와교를 창시한 인간 사함마가 실제로 존재했었다는 것은 인정할 수 있소. 하지만 나는 그가 보았노라고 주장하는 후루와라는 신에 대해서는 그에 상응하는 실체가 있는지를 의심하나니, 그는 잘못된 생각과 감정과 빠져서, 또는 자신의 경험을 잘못 이해·분석·판단함으로써, 즉 마음이 무지개색으로 물들어 있음으로써 신 표상을 일으켰거나 신 표상을 투사했을 수 있소.

이는 또 다른 많은 사함마들이 각기 다른 신을 보았노라고 주장하고 있는 것으로써 방증되오. 유일신은 하나뿐이어야 하는데 어떻게 수많은 유일신이 존재하게 되었는지를 궁금해할 것은 없소. 유일신교를 창시한 이들은 지금까지 내가 설명한 문제, 즉 마음이 색깔에 물들어 있는 문제를 갖고 있었소. 그들은 마음의 기초를 몰랐소.

그들 자칭·타칭의 선지자들은 흔들리는 마차 위에서 자신의 소지품을 가지런히 진열하려는 사람과 같다고 나는 생각하오. 형제여, 어떤 사람이 마차 안에 자신의 소지품을 가지런히 진열하고자 한다면 그는 먼저 마차를 세워 안정시키지 않으면 안 될 것이오. 이치가 그러함에도 불구하고 세상의 자칭·타칭의 선지자들은 마차가 흔들리는 상태는 내버려 둔 채로, 즉 마음이 어떻게 생겨나고 작동하는지를 모르는 채로 그들의 소지품 격인 종교·철학적 논리를 가지런히 하는 데만 온갖 정성과 노력을 기울이고 있으니, 이는 진실 탐구에 있어서 선후가 뒤바뀐 것이 아닐 수 없소."

"앞서 해야 할 일을 뒤로 미루고, 뒤에 해야 할 일을 앞세우는 그들의 어리석음이여!"

"형제여, 여기에서 우리는 부처님께서 '여래는 마음을 담고 있는 한 길 몸 안에서 세계가 일어나고 사라지는 것을 본다.'고 하신 말씀을 음미할 필요가 있소. 나는 부처님의 이 말씀을 다음과 같이 바꿔 말할 수 있다고 생각하오. '자칭·타칭의 선지자들이 본 신은 그의 마음에 일어난 표상물일 뿐이다.'라고.

중생은 마음표상을 일으킨 다음 그것이 실체가 없는 줄을 모르고 그에 집착하나니, 그것은 마치 어느 능숙한 화가가 미인을 그린 다음 그녀를 실제 여인으로 여겨 사랑하는 것과 같소."

사리뿟따 마하테라가 이렇게 설하자 말루카 비구는 크게 감탄한 표정으로 깊은 생각에 잠겼다. 잠시 후 그의 얼굴에서 의혹의 표정이 나타났다. 그가 사리뿟따 테라에게 말했다.

"하지만 저에게는 여전히 사함마가 본 신이 실체가 있는 것은 아닐까 하는 생각이 남아 있습니다. 왜냐하면 사함마는 후루와라는 이름의 신을 만남으로써 인격이 일변하여 새 사람으로 거듭났기 때문이니, 어떻게 실체 없는 대상물을 보고서 그런 강력한 인격적 변화와 외모의 변용이 일어날 수 있겠습니까?"

"형제여, 마음이 일으키는 표상 작용은 놀라운 데까지 이를 수 있소. 마음은 주관적으로 일으킨 표상을 객관계에 투사할 수도 있고, 그렇게 투사한 표상을 객관물로 인지하거나, 그 표상(표상물)이 하는 말을 들을 수도 있으니, 심지어는 집단적인 흥분 또는 광신 상태에서는 많은 사람이 동시에 객관적인 표상을 보고 들을 수도 있소. 신이 사람에게 들어오는 것을 타빙의라 하고, 그가 자신의 생각에 골몰하여 마음 안에 신을 만들어 내는 것을 자빙의라 하거니와, 그러나 그 근본에 있어서 모든 빙의는 자빙의인 것이오.

그렇다면 저들이 표상에 빠져들어 그에 집착하는 동안 우리 불법은 표상을 어떻게 다루는가. 말루카 형제여, 우리 불법은 낮은 단계에서는 표상을 이용하여 수행자를 인도하고, 높은 단계에서는 표상에서 벗어나도록 수행자를 인도하오.

형제도 알겠거니와 부처님에 의해 제시된 수행법은 계학·정학·혜학 등 세 단계 배움으로 짜여져 있소. 이 중 앞의 두 단계에서 불법은 표상이 표상에 불과함을 지적하지 않소. 그 점에서 불법의 낮은 단계는 외도들의 종교와 크게 다르지 않으니, 그 단계에서는 생각, 즉 개념이 모든 것을 이끌어 가게 되오.

하지만 세 번째 단계, 즉 불법에만 있고 다른 길에는 없는 위빠싸나 명상을 통해 지혜를 계발하는 단계에 이르면 개념으로서의 표상은 그 실체를 드러내게 되고, 그럼으로써 수행자는 개념의 대상인 객관계 및 주관계에서 벗어나는 해탈을 성취하게 되오.

위빠싸나는 자신의 심신에서 일어나는 모든 현상을 보아 알아차리는 명상법이오. 따라서 위빠싸나 명상 수행자는 마음에 떠오르는 모든 표상들, 신은 물론이고 심지어는 불법에서 듣고 배운 것들까지도 표상에 지나지 않음을 보고 알아차리게 되오. 그리하여 뛰어난 수행자에게 모든 번뇌는 붙어 서 있을 자리를 잃게 마련이니, 왜냐하면 번뇌는 개념과 감정이 개념과 감정일 뿐임을 모르고 그에 집착함으로써 일어나기 때문이오.

이 때문에 부처님께서 '불법을 배워 마친 불제자들은 '마치 강을 건넌 사람이 뗏목을 버리듯이 불법까지도 버려야 한다.'고 설하신 것이니, 형제여, 세상의 그 어떤 종교 창시자도 취하지 못한 이 너그럽고 자유로운 입장은 광대하기가 저 허공과 같고, 붙들 데 없음이 저 허공과 같고, 훼손할 수 없음이 저 허공과 같고, 일체를 초월함이 저 허공과 같은 입장이 아닐 수 없소!"

말루카가 다시 물었다.

"마하테라시여, 저에게는 아직 풀리지 않은 의문이 하나 더 남아 있습니다."

"형제는 거리끼지 말고 마저 묻도록 하시오."

"조금 전에 마하테라께서는 밧디야 테라님에게 합리 초월의 진리를 설하셨습니다. 그리고 지금 추추 범천 또한 빙기사에게 합리 초월의 진리를 설파했노라고 말했는데, 그렇다면 마하테라께서 말씀하신 것과 추추 범천이 말한 것은 같습니까, 다릅니까?"

"그것은 같은 것이기도 하고, 다르기도 하오."

"자세히 분별하여 설해 주십시오."

"먼저 같은 면부터 살펴봅시다. 형제여, 모든 위대한 종교는 초합리한 교리를 제시하게 마련이오. 왜 그런가. 그것은 종교의 본질이 '궁극 관심에 대한 답'이기 때문이니, 궁극 관심이란 죽음을 어떻게 넘어설 것인가, 번뇌를 어떻게 해소할 것인가, 지고한 행복을 어떻게 달성할 것인가 등 삶의 유한성으로부터 일어나는 궁극적인 의문들에 대한 일체의 마음 씀을 의미하오.

궁극 관심은 합리를 기반으로 성립하는 세속 학문으로는 충분히 궁구될 수 없소. 한 예로 세속 학문은 죽음 이후가 어떠한지에 대해 답할 수 없소. 왜냐하면 죽음 이후를 합리적으로 다루려면 죽음을 체험해 보아야 하는데 죽음을 체험했다는 것은 이미 그가 이 세상에 존재하지 않는다는 것을 의미하는 것이니, 산 자로서 어떻게 죽음을 합리적으로 궁구할 수 있겠소?

이는 궁극 관심을 가진 탐구자는 앞으로 나아갈 수도 없고 뒤로 물러설 수도 없는 상황에 봉착한다는 것을 의미하오. 그리하여 그는 합리를 포기하기에 이르는데, 왜냐하면 합리를 포기하지 않고서는 도저히 자신의 궁극 관심을 해결할 수 없기 때문이오. 바로 이 점, 즉 모든 종교가 궁극 관심에 답하기 위해 합리를 포기하고 초합리적인 교리를 제시한다는 점에서 추추 범천이 말한 합리 초월의 진리와 내가 말한 합리 초월의 진리는 같다고 말할 수 있소."

"다른 점은 무엇입니까?"

"신을 중심으로 하는 종교는 처음부터 '신이 세계를 지배한다'.는 합리 초월의 교리를 제시한 다음 끝까지 그 교리에 입각하여 가르침을 펴오. 그에 비해 법을 중심으로 하는 종교로서의 불교는 처음에는 인간이 생로병사와 우비번뇌에 처해 있다는 합리를 기반으로 한 교리로부터 출발한 다음에 맨 마지막에 이르러 '열반의 경지는 합리적인 사고를 뛰어넘는 경지이다.'라는 합리 초월의 교리를 등장시키게 되오.

합리 초월의 진리는 주장하는 사람으로서는 초합리한 진리이지만 그것을 믿지 않는 사람들이 볼 때는 비합리적인 억지 주장에 불과한 것일 수 있소. 즉, 합리 초월의 진리는 객관적 증명을 통해 확정되는 진리가 아니라 주관적 믿음에 의지하여 성립하는 진리요. 그것은 하나에 하나를 더하면 둘이 되는 것 같은 진리가 아니라 한 개별자가 궁극 관심을 해결하기 위해 그렇다고 '믿기로 결심'한 진리인 것이오.

따라서 불교는 종교의 책무를 다하기 위해 궁극 관심에 답하는 과정에서 어쩔 수 없이 합리 초월의 진리를 주장하되 그 주장의 영역을 가능한 한 최소화하고자 노력하오. 즉, 신교가 하나에서 백까지 합리 초월의 진리를 주장하는 데 비해 불교는 하나에서 아흔아홉까지는 합리, 즉 논리·증명과 앎에 근거한 교리를 전개하고, 마지막 백에서만 합리 초월의 교리를 주장하는 것이오.

이는 불교가 합리에 근거하여 궁극 관심에 답하는 부분이 많은 데 비해 신을 주장하는 종교는 그 부분이 적다는 것을 의미하오. 따라서 거의 대부분의 삶을 합리에 근거하여 살고 있는 보통사람으로서는 불교를 받아들이는 것이 신교를 받아들이는 것보다 쉽소.

형제여, 추추 범천이 말한 것처럼 신교에서 구원을 받는 자는 착한 사람이 아니오. 또한 신교에서 버려지는 자 또한 악한 사람이 아니오. 신교에서 구원을 결정짓는 것은 선행을 통해 성취되는 공덕이 아니라 신에 대한 충성이기 때문에 그 길에서는 선한 자일지라도 신을 믿지 않으면 버려지고, 악한 자일지라도 신을 믿으면 구원을 받게 되오.

그에 비해 불교는 부처님이나 불법에 대한 충성도가 깊은 것만으로 높은 행복을 성취할 수는 없다고, 불제자 자신이 보다 많은 선행을 쌓고, 보다 높은 덕을 이루며, 마음을 보다 청정하게 할 때만이 행복의 차원이 향상될 수 있다고 가르치오.

즉, 아무리 불교를 믿는다고 해도 그의 마음에 무명과 갈애가 있으면 그는 괴로운 결과에 이르게 되고, 불교를 믿지 않았더라도 무명과 갈애를 줄이거나 없애면 그는 행복한 결과에 이르게 되오. 이렇듯 불교는 매우 합리적인 교리를 전개하는 것이오.

정리하면 신교는 위(신·초합리)로부터 아래(인간·합리)를 향해 내려오는 진리, 즉 이해 불가능한 계시 진리를 제시하며 인간에게 이를 믿으라고 명령하는 진리 체계이고, 불교는 아래(인간·합리)로부터 위(열반·초합리)를 향해 올라가는 진리, 즉 이해 가능한 진리를 제시하며 인간을 설득하는 종교 체계요.

이것은 불법은 신자 자신이 주체가 되어 스스로를 향상시키는 길이라는 것을, 신교는 구원을 결정하는 주체가 신이라는 것을 의미하오. 바꿔 말해서 신교는 인간이 자신을 구원할 수 없다고 보는 데 비해 불법은 인간이 자신을 완성할 수 있다고 보오. 이에 대해 신교인은 불교인에게 물을 것이오. '유한한 힘밖에 갖지 못한 인간이 어떻게 자신을 구원, 또는 완성할 수 있는가?'라고. 이 의문에 답할 수 없다는 자포자기로부터 타력 종교로서의 신교가 생기게 된 것이거니와, 자력 종교인 불교는 인간은 유한한 힘밖에 갖지 못한 존재임에도 불구하고 자신의 힘으로 자신을 완성할 수 있다고 주장하오.

그렇다면 불교인은 어떻게 자신을 완성하는가. 그것은 지혜를 잘 활용함으로써이니, 형제는 알아야 하오, 지혜는 인간이 가진 가장 강하고, 가장 유익하며, 가장 높고, 가장 빛나는 힘이라는 것을. 불교인은 지혜를 잘 활용함으로써 거대하고 힘센 코끼리를 작은 바늘 하나로 쓰러뜨리는 능숙한 동물 조련사처럼 수많은 사람들이 해결하지 못한 궁극 관심이라는 난감한 주제를 능히 해결하오.

예를 들어 그 코끼리의 첫 번째 약점은 머리이고, 두 번째 약점은 이마이며, 세 번째 약점은 이마의 중심부이고, 네 번째 약점은 이마의 중심부에 있는 바늘 하나가 겨우 꽂힐 만큼 작은 급소라고 한다면, 코끼리를 쓰러뜨리려고 하는 사람은 첫 단계에서는 공격 부위를 몸통 전체로부터 머리로 좁히고, 다음 단계에서는 이마로 좁히며, 그다음 단계에서는 이마의 중심부로 좁히고, 그 다음 단계에서는 급소로 좁혀야만 할 것이오.

마치 그와도 같이, 불교인은 얼핏 보기에는 너무나도 방대하여 인간의 능력으로는 도저히 해결할 수 없을 것 같아 보이는 궁극 관심을 다룸에 있어 첫 번째 단계에서는 과거·미래와 저기·거기, 즉 타인·타물을 버려 자기 자신으로 돌아오고, 두 번째 단계에서는 자신의 몸을 보아 알아차리고, 세 번째 단계에서는 자신의 마음에 떠오르는 개념이 개념일 뿐임을 알고, 네 번째 단계에서는 마음이 있고 대상이 있으면 대상이 자연스럽게 마음에 알려지는 것을 알고, 다섯 번째 단계에서는 대상을 아는 마음을 아는(지켜보는) 방식으로 관심 대상을 좁혀 나감으로써 능력이 유한한 인간으로서도 궁극 관심에 완전하게 답하는 경지를 체달할 수 있게 되는 것이오.

이렇게 수행해 나아가는 과정에서, 특히 마지막 단계들에 이르게 되면 불제자에게 믿음은 필요치 않소. 불제자는 다만 법, 즉 마음이 대상을 '보고-아는 것'을 보고 알고, '보고-아는-것을-보고-아는-것…'을 보고 알기를 이어가다가 그 '보고-앎'이 지극한 데 이르면 물이 끓어서 수증기가 되는 것 같은, 즉 양적인 변화가 질적인 변화를 낳게 되나니, 그것이 바로 열반이오.

따라서 보고 아는 마음의 힘으로 수행되어 성취되는 불법의 마지막 경지로서의 열반은 거기에 도달하지 못한 사람에게는 미루어 추측할 수밖에 없는 믿음의 진리이지만 거기에 도달한 성자에게는 보아서 아는, 자명自明하게 자증自證되는 진리인 것이니, 이렇듯 불교에서의 합리초월의 진리는 초합리의 진리인 한편으로 매우 합리적인 진리이기도 하오."

사리뿟따 마하테라가 이렇게 설하자 말루카가 감동하여 말했다.

"마하테라시여, 저는 이제 알았습니다! 그렇습니다. 비슷한 것이 같은 것은 아닙니다. 얼핏 비슷해 보이게 합리 초월을 말할지라도 불법의 그것은 신교의 그것과 다릅니다. 저는 마하테라님의 설법을 통해 우리의 불법이 신교에 비해 어떤 점에서 뛰어난 것인지를, 얼마나 분명한 진리를 제시하는지를 잘 알게 되었습니다. 부처님께서 당신의 법을 가리켜 '비판자들이여, 와서 보라, 라고 말할 수 있는 진리'라고 말씀하신 까닭을, 테라시여, 저는 해처럼 밝게 잘 알았습니다!"

21
성자 밧디야, 천녀 아유타

다음 날 사리뿟따 마하테라는 춘다·밧디야·말루카 등 세 비구와 함께 숩빠라까 항구도시를 향해 출발했다.(라자·시리마·추추는 몸을 감추고 그들을 따라갔다.) 그들은 하루에 일 요자나씩 걸어서 넉 달 뒤에 우리야 마을에서 가까운 곳에 있는 카루나 동굴에 도착했다.

사리뿟따 테라가 그 동굴에 간 것은 거기에서 정진 중인 아마라니 비구를 비롯한 열일곱 명의 수행자들과 동행 중인 말루카 비구를 지도해 깨달음으로 이끌기 위해서였다.

이튿날, 준비가 충분했던 아마라니 비구가 깨달음의 첫 번째 단계인 수다원과를 성취했다. 다음 날에는 아마라니 비구가 깨달음의 두 번째 단계인 사다함과를, 말루카 비구와 네 명의 비구가 수다원과를 성취했고, 그다음 날에는 아마라니 비구가 깨달음의 세 번째 단계인 아나함과를, 말루카 비구와 네 명의 비구가 사다함과를, 나머지 열두 명의 비구가 수다원과를 성취했는데, 이렇게 하여 동굴 안에는 스물한 명의 성聖 비구가 머물게 되었다.

저녁 무렵, 거룩한 작은 승단을 축하하기라도 하듯 가랑가랑 비가 내리기 시작했다. 그러나 그 때문에 비구들이 할 일이 달라질 것은 없었다. 그들은 비가 그치기를 기다려 평소처럼 마을에 나가 탁발을 하고 돌아와 점심을 먹은 다음 좌선과 경행을 반복했다.

얼마의 시간이 지나 그들은 한자리에 모여 앉았다. 깊은 명상에서 나온 비구들의 얼굴에서는 홀가분한 해탈감이 가득히 피어나 있었고, 누가 먼저랄 것 없이 그들의 입에서 법의 즐거움을 노래하는 시가 흘러나오기 시작했다.

아름다운 선율로 하늘은 비를 내린다.
내가 머무는 동굴 안은 시원하다.
내 마음 또한 잘 해탈되어 있다.
그러니, 하늘이여, 즐거이 비를 내려라.

비구름 사이에서 우레가 치고
새도 날지 않는 공중에서 비가 내리면
수행자는 동굴에 앉아 선정에 잠기나니
그는 이보다 더 나은 즐거움을 알지 못하네.

자신의 몸과 마음을 그윽이 관찰하여
중생을 얽어매는 굳센 밧줄을 끊고
수행자는 동굴에 앉아 선정에 잠기나니
그는 이보다 더 나은 즐거움을 알지 못하네.

평안을 얻어 오염과 근심을 여의었으며

빗장을 열고 화살을 뽑아 아무런 욕망도 없이
수행자는 동굴에 앉아 선정에 잠기나니
그는 이보다 더 나은 즐거움을 알지 못하네.

스물한 명의 비구들은 순번을 바꿔가며 수백 편의 감흥게를 연이어 읊었다. 그런 다음 그들이 잠잠한 침묵에 잠겨 들었을 때 문득 동굴 안이 환히 밝아졌다. 비는 그쳤다고 해도 하늘이 흐렸기 때문에 동굴 안은 어둑했는데, 그런 동굴 안에 밝은 빛이 비쳐 들었던 것이다.

다음 순간, 동굴 안으로 들어오는 빛이 청신한 초록색 빛으로 변했다. 그 초록색 빛을 밟으며 한 비구니가 동굴 안으로 걸어 들어왔는데, 그녀는 웁빨라완나[95] 마하테리였다.

웁빨라완나는 붓다의 비구니 제자 가운데 신통에 있어서 으뜸으로 꼽히는 아라한이다. 또한 그녀는 케마[96]와 더불어 붓다의 두 명 비구니 으뜸제자이기도 하다. 붓다는 비구 으뜸제자로 사리뿟따와 목갈라나를 꼽았고, 비구니 으뜸제자로는 케마와 웁빨라완나를 꼽았던 것이다.

동굴 안에 들어온 웁빨라완나 마하테리는 사리뿟따 마하테라에게 절을 올린 다음 자리에 앉았다. 사리뿟따 테라가 그녀에게 물었다.

"누이여, 그대는 무슨 연유로 여기에 온 것이오?"

"마하테라시여, 저는 잠시 후 이곳에서 벌어질 특별한 인연사를 위해 이곳을 방문했습니다."

---

95 웁빨라완나(Uppalava lavaṇṇā) 붓다의 비구니 제자 가운데 신통력이 가장 뛰어났던 제자.

96 케마(Khema) 붓다의 비구니 제자 가운데 지혜가 가장 뛰어났던 제자. 그녀는 출가하기 전 마가다국의 왕 빔비사라의 왕비였다.

사리뿟따 테라가 웃으며 말했다.

"나는 그 인연사를 짐작하나니, 기쁜 마음으로 누이가 이곳에 오신 것을 환영하오. 그런데 누이여, 조금 전 우리 비구들은 법의 즐거움을 향유하는 가운데 마음으로부터 우러나오는 시를 읊고 있었소. 그러니 언제 어디서나 법열에 잠겨 지내는 누이는 그 인연사에 앞서 우리가 그랬던 것처럼 먼저 감흥게를 노래하시는 것이 어떠하오?"

"그 이전에 제가 여러 스님들께 선물을 드리고 싶습니다."

"기꺼이 그 선물을 받도록 하겠소."

웁빨라완나는 자신의 신통력을 사용해 동굴 안에 있는 모든 비구들을 위해 금강석으로 된 연꽃 모양의 보좌들을 만들어 냈다. 그래서 모든 비구들이 금강연화보좌 위에 앉게 되었는데, 비구들이 보좌에 앉는 것을 확인하고 나서 그녀는 사파이어로 된 연화보좌를 만들어 낸 다음 그 위에 단정히 앉았다.

노비구니 웁빨라완나는 자신이 속가에 있었을 때부터 출가한 다음 깨달음을 성취하기까지의 경과를 십여 편의 감흥게로 노래했다. 그런 다음 그녀는 다시 신통력을 발휘하여 자신의 옆에 사파이어 연화보좌를 하나 더 만들어 냈다.

한 비구가 웁빨라완나 테리에게 말했다.

"마하테리의 신통력이 얼마나 대단한지는 우리 비구들에게도 잘 알려져 있습니다만 오늘 그것을 직접 보게 되니 제 마음에서 큰 환희심이 일어납니다. 그에 대해 감사를 드리면서, 누이여, 누이가 만들어낸 누이 곁의 그 아름다운 자리에는 누가 앉을 것인지 말해 주십시오."

비구니 으뜸제자가 대답했다.

"테라시여, 이 보좌의 주인공은 조금 전에 이곳에 와서 제가 보좌를 만들기를 기다리고 있었습니다. (몸을 왼편으로 반쯤 돌려 허공을 향해) 천인이여, 지금이 가장 알맞은 때이니, 그대는 몸을 드러내도록 하시오."

웁빨라완나 마하테리가 이렇게 말하자 그녀가 응시한 허공에서 은은한 붉은 빛이 한 뭉치의 실타래처럼 엉키더니 조금씩 부풀어 갔다. 조금 뒤, 부풀어진 빛은 수많은 색깔들이 뒤섞인 형태로 변했고, 곧이어 깊은 산골짜기에 낀 안개가 기류를 따라 천천히 피어올라 출렁거리듯이 출렁거렸다.

잠시 후, 고운 빛안개 속에서 한 천녀가 사람이라고 믿을 수 없으리만큼 고운 모습을 드러냈다. 있는 듯 없고 없는 듯 있는, 공기처럼 가벼워 보이는, 천녀는 아름답다거나 신비롭다고 말한다고 해도 부족한 뛰어난 미모를 갖고 있었다.

천녀는 사리뿟다 마하테라 앞으로 나아가 삼배로써, 웁빨라완나 마하테리에게는 반배로써 인사했다. 그 사이에 그녀를 감싸고 있던 색색의 빛안개는 동굴 전체로 천천히 퍼져 나갔다가 그녀가 인사를 한 다음 자신의 연화보좌에 앉자 다시 그녀에게로 되돌아와 그녀를 휘감기 시작했다. 마치 파스텔화가 그러하듯 그녀를 휘감고 있는 빛안개 때문에 그녀와 그녀의 주변에는 아득한 느낌이 감돌았다. 잠시 후, 현실인 듯도 하고 현실이 아닌 듯도 한 빛안개가 천천히 스러져 소멸함으로써 천녀의 모습이 선명하게 드러났다.

천녀는 밧디야를 향해 두 손을 모아 예를 표한 다음 쌍꺼풀이 진 아름다운 눈으로 밧디야를 고요히 바라보았다. 밧디야 또한 고귀한 눈빛으로 그녀를 바라보며 두 손을 가슴 앞에 모아 답했다.

그런 상태로 잠시 침묵이 흘렀다. 깃털처럼 가벼운, 바다처럼 깊은, 하늘처럼 청명한, 그러나 다른 한편 신기루처럼 멀고 영원처럼 아득한 침묵이었다. 그 침묵에는 소리 아닌 소리가 있었다. 아무 말이 없는, 그러나 무수한 말이 담긴 소리 아닌 그 소리는 신통력을 가진 수행자들만이 들을 수 있었다.

밧디야가 합장한 손을 풀어 양 무릎 위에 단정히 놓자 천녀도 합장한 손을 풀어 양 무릎 위에 단정히 놓았다. 사리뿟따 마하테라가 밧디야 테라를 돌아보았다. 사리뿟따의 눈길은 '형제여, 그대가 먼저 천녀에게 말을 건네는 것이 옳소.'라고 말하는 듯 보였다.

스승의 눈길을 받은 밧디야는 권유를 받아들인다는 의미로 고개를 조금 숙여 보인 다음 천녀를 향해 말했다.

"아유타, 나의 인연의 꽃이여! 부디 그대가 행복하기를! 언제나 그러하기를!"

"축복의 말씀, 감사드립니다." 하고 천녀 아유타가, 자신이 앉아 있는 사파이어 보석이 소리로 바뀐다면 그럴 것 같은 청랑한 목소리로 말했다.

"지금 저는 행복합니다. 하지만 테라시여, 저는 과거에 행복하지 않았던 때가 있었습니다. 저는 그때 제가 겪은 불행이 저 자신의 잘못에서 비롯되었음을 알고 있습니다. 그때 테라께서는 저의 잘못으로 인해 큰 고통을 당하신바, 저는 테라께 그 점을 진심으로 사죄드리고 사죄드립니다. 저를 너그러이 용서해 주십시오."

이렇게 말하고 나서 천녀 아유타는 밧디야를 향해 다시 한번 합장했다. 밧디야가 말했다.

"내가 짐작하기로 그대는 정거천에 있소. 이는 그대가 아나함과를 성취했음을 의미하는 것, 그러니 번뇌를 멀리 떠나보낸 그대와 나 사이에 무슨 용서함이 있고, 무슨 용서받음이 있겠소? 한때는 사랑이었다가 한때는 미움이었고, 그 이후로는 아픔과 원망이었던 나의 인연이여! 나는 이제 모든 것을 텅 비워 버리는 위대한 진리를 깨달아 마치었소. 그리하여 홀가분한 마음으로 그대를 바라보며 선언하오. 마치 엉킨 실타래가 풀리는 것처럼 사랑과 미움, 아픔과 원망으로 얼룩졌던 우리 사이의 인연은 이제 모두 풀렸다고. 그것은 그대와 내가 나-없음의 진리를 깨달았기 때문이니, 내가 없으면 사랑과 미움이 없고, 사랑과 미움이 없으면 배신이 없고, 배신이 없으면 아픔이 없고, 아픔이 없으면 원망이 없고, 사랑도 미움도 배신도 아픔도 원망도 없으면 그것이 참다운 인연의 풀림이거니, 그것이야말로 용서라는 말조차도 붙을 수 없는 가장 깨끗한 용서가 아니겠소?"

밧디야가 이렇게 말하자 정거천인 아유타는 다시 한번 더 합장함으로써 감사의 염을 표했다. 이에 두 사람 간의 지난 인연을 알고 있는 비구들과 웁빨라완나 마하테리는 "사두! 사두! 사두!" 하고 두 사람의 인연이 화해롭게 마무리된 것을 찬탄했다.

22
심포지엄

두 사람의 화해를 찬탄하는 말이 그들 인간의 입에서만 나온 것이 아니었다. 그들의 찬탄이 끝나자마자 동굴을 무너뜨릴 것처럼 어마어마하게 큰 "사두! 사두! 사두!" 하는 천왕·천인들의 소리가 울려 퍼졌던 것이다. 사리뿟따 마하테라가 손으로 둥근 수인을 지었다. 그러자 이미 동굴 안에 와 있던 수많은 천왕·천인들과 그들을 옹위하는 간답바·꿈반다·용·약카들의 모습이 서서히 드러나 보이기 시작했다.

전에 사리뿟따 테라의 처소에서와 같이 동굴의 크기는 더 커지지 않았다. 그럼에도 불구하고 작은 동굴은 수천만에 이르는 하늘중생들을 수용하고도 넉넉했다. 모든 천왕·천인들이 사리뿟따 마하테라에게 절을 올려 예를 표했다. 절을 받은 사리뿟따 마하테라는 "그대들 모두 고통 없기를! 그대들 모두 행복하기를!" 하며 하늘중생들을 축복했다.

하늘중생들의 맨 앞줄에는 여러 천왕들, 사왕천의 네 천왕과 도리천왕·도솔천왕·야마천왕·화락천왕·타화자재천왕 및 범천계의 여러 천왕들이 서 있었는데, 이들을 대표해 비상비비상처천의 천왕 깜마깜마야가 사리뿟따 테라 앞으로 나와 "축복의 말씀, 감사드립니다." 하고 사례

했다.[97]

사리뿟따 마하테라가 깜마깜마야에게 말했다.

"그대들이 이곳을 찾아온 까닭을 나는 아나니, 그대들은 부처님께서 무슨 까닭으로 저 죄 많은 빙기사를 만나러 가시는지가 궁금하여 나와 함께 빙기사에게로 나아가기 위해 이곳을 찾아온 것이리라."

"그렇습니다. 그런데 마하테라시여, 조금 전에 밧디야 테라께서는 아유타 정거천인에게 '그것은 그대와 내가 나-없음의 진리를 깨달았기 때문이니, 내가 없으면 사랑과 미움이 없고, 사랑과 미움이 없으면 배신이 없고, 배신이 없으면 아픔이 없고, 아픔이 없으면 원망이 없고, 사랑도 미움도 배신도 아픔도 원망도 없으면 그것이 참다운 인연의 풀림이거니, 그것이야말로 용서라는 말조차도 붙을 수 없는 가장 깨끗한 용서가 아니겠소?'라고 말씀하셨습니다."

"그렇다."

"저에게는 그 말씀이 매우 의미심장하게 들렸습니다. 하지만 저와 여기에 모인 오천반 명의 천왕·천인들은 그 말씀의 의미를 충분히 이해하지 못하고 있습니다. 그러니 마하테라시여, 밧디야 테라께서 저희를 위해 조금 전에 아유타 정거천인께 하신 말씀을 자세히 풀어서 설하시도록 권해 주십시오."

사리뿟따 테라가 밧디야를 돌아보며 물었다.

"형제는 비상비비상처천의 지도자가 하는 말을 어떻게 생각하오?"

97 색계 천인들은 눈과 귀가 있어서 붓다와 불교 스승들의 설법을 들을 수 있지만 무색계 천인들은 눈과 귀를 비롯한 모든 감각기관이 없이 마음만 있기 때문에 설법을 듣지 못한다. 그러나 필자는 본 작품에서 그들이 설법을 들을 수 있는 것으로, 또 색계천과 무색계천에는 천왕이 없지만 있는 것으로 설정했다.

"스승이시여, 조금 전에 제가 아유타 정거천인에게 한 말은 나-없음의 진리를 바탕으로 한 것인바, 나-없음의 진리는 불법의 궁극 진리 중 하나이온즉 그에 대해서라면 위대한 법의 장수가 장중히 좌정하여 계신 이 자리에서 제가 어찌 감히 설법을 할 수 있겠습니까? 그러하니 스승께서 저들을 위해 나없음의 진리를 자세히 분별하여 설해 주십시오."

"하지만 형제여, 나없음의 진리는 그 어떤 언어로도 설명할 수 없소. 그 진리는 언어라는 수단으로는 닿지 못하는 곳, 문자로는 전할 수 없는 곳에 올올히 있는 진리인 것이오."

"그러나 그것이 어찌 나-없음의 진리에 대해서만 그러하겠습니까? 스승이시여, 언어와 문자로써는 그 어떤 현상, 그 어떤 경험도 제삼자에게 온전히 전할 수 없습니다. 예를 들어, 지금 저의 손톱 밑에 상처가 생겨 아프다고 가정할 경우, 제가 그 아픔을 아무리 능숙하고 무량한 언설로써 잘 묘사한다고 하더라도 저의 말을 듣는 사람은 저의 경험을 제가 경험하듯이 느끼고 알지 못할 것입니다.

그렇지만 다시 생각하면 언어가 아니고서는 상호 간의 의사소통이 불가능하니, 언어는 한편으로는 이해를 돕는 좋은 가교이고, 다른 한편으로는 오해를 낳는 나쁜 근원입니다. 따라서 우리는 이 양면성을 고려하여 언어를 사용해야만 할 것입니다."

"그렇소. 언어는 긍부 양면성이 있는 소통 수단이오. 그 때문에 부처님께서는 언어를 이해의 가교로 이용하실 때에는 오해를 최소화하기 위해 매우 정밀하게 사용하시되, 언어가 오해의 근원으로 작동할 것이 예상되는 주제 및 상황에 임하여서는 거룩한 침묵을 보이셨던 것이오."

"그렇습니다. 그런데 언어는 잘 사용될 경우 발화의 경험을 수화자의 마음에 매우 유사하게 재현시킬 수 있습니다. 나아가 언어는 발화자가 의도했던 것 이상의 심상[98]까지 수화자의 마음 안에 일으킬 수도 있으니, 그것이 문학 언어입니다.

언어는 본래 인간이 상호 간 의사를 전달하기 위해 만들어진 도구입니다. 하지만 언어는 의사 전달이라는 애초의 용도를 넘어 두 번째 용도로도 쓰일 수 있는데, 문학은 그 두 번째 언어, 즉 비유·상징·암시·우회·함축·생략·역설·비약·운율 등의 기법을 사용하여 수화자의 마음에 개념으로써는 미치지 못하는 시적 인식, 또는 정서적인 감동을 제공하는 예술인 것입니다.

저는 세속 시절 음유시인 빙기사로부터 예술에 대해 배운 바 있습니다. 그때 저는 예술의 위대함에 감탄·감동하는 한편, 예술에 대한 저 나름의 견해를 갖출 수 있었습니다. 그리고 제가 수행자로서 나-없음의 진리를 통찰해 마친 지금, 저는 예술을 새로운 관점에서 조망합니다. 예술은 감상자의 마음에 뒷경치[99]를 일으킵니다. 그럼으로써 감상자의 마음을 감동시키고 위로하는바, 이는 예술이 중생을 나-없음의 진리로 인도하는 좋은 길잡이가 될 수 있음을 의미합니다."

밧디야의 예술에 대한 의견 개진이 끝나기를 기다려 사리뿟따 테라가 비상비비상처의 천왕 깜마깜마야에게 말했다.

"천왕이여, 그대는 지금 나없음의 진리에 대해 궁금해하고 있다. 그리고 방금 밧디야 형제는 예술이 중생을 나없음의 진리로 인도하는 좋은 길잡이라고 말했다."

---

98 심상(心象, image) ① 문학에서, 감각에 의해 획득한 현상이 마음에서 재생된 것 ② 심리학에서, 이전에 경험한 것이 마음에서 시각적으로 나타나는 상(象).

99 후경(後景) 하르트만(N. Hartmann)의 미학 이론을 원용했다.

"그렇습니다."

"금방 밧디야 형제가 말한 것처럼 예술은 중생에게 심오한 감동을 주는 인간 활동이다. 그러나 그대는 알라. 예술이 제공하는 감동은 불법이 제공하는 나-없음의 진리를 깨닫는 것에 비해 차원이 낮다는 것을. 즉, 예술은 중생이 자신과 세계에 대한 집착으로부터 출발하여 나-없음의 진리를 깨닫는 궁극 목표를 향해 나아가는 과정의 중간 단계에서 지치고 힘들어진 마음을 위로해 주는 인간 활동이다. 바꿔 말해서, 수행자는 예술을 비롯하여 철학·종교[100]·사랑 등을 통해 나-없음의 진리를 중간 단계까지 경험할 수 있다. 그 점에서 철학·종교·사랑 등은 권장해 마땅한 인간 활동이다."

"저를 위해 예술·철학·종교·사랑 등이 어떻게 나-없음의 진리를 중간 단계까지 경험하게 해 주는지에 대해 설해 주십시오."

깜마깜마야의 요청을 받은 사리뿟따 마하테라가 밧디야를 바라보며 말했다.

"형제가 깜마깜마야 천왕과 여기에 모여 있는 많은 천왕·천인들을 위해 예술과 나-없음에 대해 설하도록 하시오."

밧디야는 스승께 공손히 합장한 다음 입을 열어 말했다.

"여러 천왕·천인들이여, 나는 금방 '예술은 감상자의 마음에 뒷경치를 일으킵니다. 그럼으로써 감상자의 마음을 감동시키고 위로하는바, 이는 예술이 중생을 나-없음의 진리로 인도하는 좋은 길잡이가 될 수 있음을 의미합니다.'라고 말했다. 그렇다면 뒷경치란 무엇인가. 그대

---

100 여기에서의 종교는 법교로서의 불교가 아닌 일반적인 종교를 가리킨다.

들은 산을 그린 그림들 중 어느 것은 단순히 '이것은 산을 그린 것이군.'이라는 생각만을 불러일으키는 데 비해 다른 어떤 것은 '이 그림에는 산 이상의 무언가가 있어.'라는 생각을 불러일으킨다는 것을 알고 있을 것이다.

나아가, 그림 속의 산을 한 번만 보아서는 다 알 수 없을 것 같은, 여러 번에 걸쳐 이쪽으로도 보고 저쪽으로도 보아야만 알 수 있을 것 같은, 그러고도 끝내 알 수 없을 것 같은, 지성으로는 도저히 파악할 수 없고 오직 감성으로 수용할 수밖에 없도록 하는 산 그림도 있다.

그런 그림은 감상자의 마음을 그림에 몰입하게 한다. 이처럼 마음의 몰입을 유도하는 그림, 그럼으로써 마음을 꿈 같고 아지랑이 같은 아득한 어떤 지경으로 이끌어가는 그림이 있다면, 그 결과 감상자의 마음에 감동을 일으키는 그림이 있다면 우리는 그것을 예술 작품이라고 부를 수 있다.

이때 단순히 '이것은 산을 그린 것이군.'이라는 생각밖에는 떠오르지 않는 그림은 앞경치만을 보여준다고 말할 수 있고, 예술 작품으로서의 그림은 후경, 즉 뒷경치까지를 보여준다고 말할 수 있다."

밧디야가 말을 이었다.

"그런데 예술에는 시각을 이용해 후경이 떠오르게 하는 미술과, 청각을 이용해서 후경이 떠오르게 하는 음악, 그리고 후각·미각·촉각을 이용해 후경이 떠오르도록 하는 기타 여러 가지 예술이 있다. 그렇다면 문학은? 문학은 미술·음악과는 성격이 약간 다르다. 문학은 한편으로는 예술이지만 다른 한편으로는 철학이라고 할 수 있는 점에서 그것들과 분별되는 인간 활동인 것이다.

문학은 감상자의 마음에 후경을 떠올린다는 점, 그 후경이 감성적 감동을 준다는 점에서 예술로 분류되어야 하는 인간 활동이다. 그러나 문학은 그와 더불어 지적인 이해 내지 철학적인 인식도 제공하는데, 그 점에서 보면 문학은 철학의 면도 있는, 예술과 철학을 겸하는 인간 활동인 것이다.

문학이 이렇듯 양면적 특성을 갖게 된 것은 음악·미술이 소리 및 색채·형태라는 물질적 소재를 사용하는 데 비해 문학은 언어라는 정신적 소재를 사용하기 때문이다. 소리 및 색채·형태에는 아무런 정신적 의미가 없지만 언어에는 의미가 내포되어 있기 때문에 문학이 철학적인 면을 갖게 된다는 뜻이다.

그러나 조금 더 세밀하게 고찰해 보면 미술과 음악에도 철학성은 있다. 다만 예술 대對 철학의 비율에 있어서 음악과 미술은 예술적 특성을 보다 많이 갖고 있고, 문학은 그들에 비해 상대적으로 적은 예술적 특성을 갖고 있는 대신 그 부족분을 철학 쪽에서 보충한다고 말할 수 있다.

다시 후경을 돌아가, 예술 작품의 후경은 단지 한 겹에서 그치지 않는다. 좋은 예술 작품은 감상자의 마음에 두 번째, 세 번째… 후경이 떠오르도록 할 수 있다. 이는 앞에 보이는 작은 산 뒤에 더 높은 뒷산이 있고, 그 산 뒤에도 더 높은 뒷산이 있는 식으로 산들이 겹겹이 있을 때, 앞산에 비해 뒷산들은 점점 흐려 보이다가 마지막 산은 그것이 산인지 허공인지를 분별할 수 없게 되는 것과 같다.

이런 식으로 예술 작품은 그 탁월함의 수준에 따라 감상자의 마음을 보다 먼 어떤 곳으로 인도하게 된다. 평범한 그림이 감상자의 마음을 첫 번째 산까지만 인도한다면 예술 작품으로서의 그림은 감상자의 마음을 두 번째 산까지 인도하고, 훌륭한 예술 작품은 세 번째, 네 번째…

산까지 인도하게 되는 것이다.

이렇듯 마음이 뒷경치를 향해 나아간다는 것은 예술 작품이 감상자의 마음을 몰아 내지 망아의 상태로 이끈다는 것을 의미한다. 예술 작품을 감상할 때 마음은 대상에 깊이 빠져듦으로써 아련하고 아득해져서 나를 잊게(망아) 된다는 뜻이다. 그리하여 그 아련하고 아득한 망아지경에서 개별자로서 삶을 살아오는 동안 느끼게 마련인 고통과 번뇌를 멈추게 된다.

그렇다면 왜 망아지경에서는 고통과 번뇌가 멈추는가. 그것은 고통과 번뇌가 '나'라는 기반 위에, 즉 나를 타자와 분별하는 '개별자 의식' 위에 얹혀 있기 때문이다. 이 때문에 내가 '예술은 중생을 나-없음의 진리로 인도하는 좋은 길잡이가 될 수 있다.'고 말한 것이니, 나를 부정한다는 점에서 몰아지경과 망아지경은 나-없음의 진리와 통한다고 볼 수 있다.

그런데 여기, 몰아지경과 망아지경을 통해 삶의 고단함을 위로해 주는 또 다른 길이 있으니 그것이 철학이다. 그러나 철학에 대해서라면 나보다는 세속 시절 철학에 대한 깊은 식견을 쌓으신 바 있는 말루카 형제가 설법을 하시는 편이 좋다고 나는 생각한다."

이렇게 말한 다음 밧디야 비구가 말루카 비구를 바라보았다.

사리뿟따 마하테라가 말루카에게 말했다.

"형제는 사양하지 말고 철학에 대한 형제의 소견을 피력하도록 하시오."

이에 말루카 비구가 말했다.

"마하테라님의 지시를 받들어 짧으나마 철학에 관한 저의 의견을 피력해 보겠습니다. 여러 천왕·천인들이여, 지금 밧디야 테라께서는 예술이 중생을 나-없음의 진리로 인도하는 좋은 길잡이가 될 수 있다고 말씀하셨소. 그런데 나는 철학 또한 중생을 나-없음의 진리로 인도하는 좋은 길잡이가 될 수 있다고 말하고 싶소. 철학 또한 철학하는 사람의 마음을 그가 숙고의 대상으로 삼은 세계 및 자기 자신으로부터 두 번째, 세 번째, 네 번째… 지경으로 인도한다는 의미요. 그리하여 그 아련하고 아득한 몰아지경과 망아지경의 상태에서 철학자는 고통과 번뇌를 멈추게 되오. 다만 그 멈춤이 예술적 감성 영역이 아니라 철학적 이성 영역에 이루어진다는 점에서 철학과 예술은 다르오.

이 밖에도 철학을 이해하기 위해 검토해야 할 점은 많은데 나는 그에 대해서는 말하지 않겠소. 다만 몰아 및 망아지경을 통해 삶을 위로해 주는 길이 예술과 철학 말고도 더 있다는 것과 그것이 종교라는 점만을 말하도록 하겠소. 하지만 종교에 대해서라면 위대한 법의 장수가 이 자리에 좌정해 계시므로 나는 그분께서 이 주제에 대해 말씀하시는 것이 마땅하다고 생각하오."

말루카의 말을 이어받아 사리뿟따 마하테라가 말했다.

"지금 밧디야 형제와 말루카 형제는 각각 예술과 철학에 대한 자신들의 견해를 피력했다. 그렇다면 나-없음의 진리와 관련하여 종교는 무엇이고 또 어떠한가. 종교는 감성적으로는 예술적인 면을, 이성적으로는 철학적인 면을 갖고 있는 인간 활동이라고 볼 수 있다. 즉, 종교는 지극히 거룩하고 존귀한 대상에 대해 한편으로는 감성적인 숭배를 통해 중생의 마음을 몰아 및 망아지경으로 인도하고, 다른 한편으로는 논리적 이성을 통해 중생의 마음을 몰아 및 망아지경으로 인도하나니, 종교인은 그 아련하고 아득한 마음의 상태에서 개별자로서 삶을 살아오는 동안 느끼게 마련인 고통과 번뇌를 위로받게 된다.

세상의 거의 모든 종교는 신을 받들고 있는바, 그들 여러 신교들은 지성하고 지존한 신에게 자신을 바치는 것이 고통과 번뇌를 해소하는 길이라고 설하고 있다. 그리고 실제로 그 길은 중생에게 예술·철학보다 높은 다섯 번째, 여섯 번째…의 후경이 떠오르는 몰아 및 망아지경을 제공함으로써 그들의 고통과 번뇌를 덜어주고 있다.

그렇긴 하지만 예술 감상자가 온종일 일순간도 끊어짐이 없이 예술적 감동에만 잠겨 지낼 수 없는 것처럼, 또 철학자가 한 달 내내 일순간도 끊어짐이 없이 철학적 숙고에만 빠져 지낼 수 없는 것처럼, 신에게 자신을 바치는 신교 신자의 몰아 및 망아지경의 상태 또한 일 년 내내, 십 년 내내 유지될 수는 없다.

그것은 그가 얻은 몰아 및 망아지경이 타자로서의 신과의 합일을 통해 얻어진 것이기 때문이다. 즉, 한 개별자의 타자와의 결합은 무상無常이라는 우주적 대법칙에 의해 반드시 분리되는 상태로 변하게 마련인바, 이는 그가 결합한 대상이 예술적 대상물이든 철학적 대상물이든 신이라 불리는 종교의 대상물이든 예외가 될 수 없다.

그 점과 관련하여 나는 그대들에게 마음은 '아는 마음'과 '알려지는 마음', 즉 '대상마음'으로 분별된다는 점을 말하고자 한다. 천왕이여, 예를 들어 여기에 거울이 있고, 그 앞에 뱀이 있어서 거울 속에 뱀이 비쳤다고 하자. 이 비유에서 거울은 아는 마음에 해당되고, 거울 속에 비친 뱀의 영상은 알려지는 대상마음에 해당된다.

그런데 중생의 마음거울은 물건으로서의 거울과는 달라서 실제로 있는 것들을 조합하여 있지 않은 것들을 만들어 낼 수 있으니, 이와 관련하여 그대는 마음이 무언가를 골똘히 상상하면 그것이 실제로 있는 것처럼 여겨진다는 것, 그 상태가 더 심해지면 마음 밖에도 그것이 있는 것처럼 여겨진다는 것을 알고 있을 것이다.

마음이 이렇듯 실제에는 없는 것을 만들어 내는 것은 무지(무명)와 욕망(갈애)에 물들어 있기 때문이니, 무지와 욕망은 사물을 있는 그대로 보는 것을 방해하여 새끼줄을 뱀으로 보게 하고, 노란 돌멩이를 금덩어리로 보게 하며, 여러 동물들의 특징을 조합하여 기이한 상상의 동물을 만들어 내도록 한다.

어떤 사람의 마음거울에 그가 전에 뱀을 보았던 기억이나 금덩어리를 주웠던 기억이 잠재해 있고, 그 기억이 무지·욕망과 결합하면 새끼줄을 뱀으로 잘못 보도록 하고, 돌멩이를 금덩어리로 잘못 보도록 하는 것이니, 그는 같은 형식으로 여러 가지 동물들을 본 많은 기억들을 조합하여 반인반수半人半獸의 이물異物을 만들어 내기도 하고, 또 자신의 상상력과 원하는 마음을 더해 반인반신半人半神의 천사를 만들어 내기도 한다.

결론지어 말하면, 저 신교 신자들이 믿고 있는 신은 중생의 무지와 욕망, 즉 행行[101]이 조합해 낸 대상마음으로서의 상想[102]에 불과하다."

(크게 감동하여) "오오!"

"세상의 많은 신교인들이 신을 향해 종교적 마음을 일으키는 것은 나름 선하다고 할 수 있다. 하지만 그의 신심은 마침내 흔들려 무너지는 상태에 이르게 마련이다. 왜 그러한가. 그것은 행의 무상성, 즉 조작되고 형성된 일체의 것(행)은 항상하지 않기 때문이니, '생겨난 것은 반

101 행(行) 일차적으로는 각주 80에 설명한 '오온' 중 하나로서의 의지, 또는 의도를 의미하지만 보다 깊은 의미에서는 인간의 심신을 유지시키는 가장 깊은 의미에서의 마음, 즉 업을 의미한다.

102 상(想) 마음이 일으키는 개념. 각주 80에 설명한 '오온' 중 하나.

드시 사라지고, 일어난 것은 반드시 무너진다.'는 무상의 법은 모든 생명존재에게 두루 적용되는 세 가지 법 중 첫 번째 법이다.

이 무상법에 의해 그들 신교인들이 지극정성을 다해 성취한 몰아 및 망아지경은 확고부동한 상태를 유지하지 못하고 자주 흔들리게 된다. 그리하여 그들은 신에게 기도하기에 이른다. '신이시여, 제가 마귀의 시험에 들지 않게 하옵소서. 마귀가 저를 유혹하지 말게 하옵소서. 마귀가 저를 유혹할 때 제가 능히 그 유혹자를 물리칠 수 있도록 저에게 힘을 주옵소서.'라고.

그러나 이를 보며 불교인은 생각한다. '저들이 두려워하는 마귀는 마음거울에 비친 상일 뿐이니, 상은 헛것인바, 헛것인 마귀가 나를 유혹한들 그것이 나에게 무슨 힘을 쓸 수 있겠는가. 또 무엇 때문에 타자(신)에게 내 마음을 나 대신 다스려 달라고 부탁한단 말인가. 내 마음은 나 스스로 얼마든지 다스릴 수 있는데!'

그런 생각을 바탕으로 불교인은 다짐한다. '나는 마귀로부터 유혹을 받을 때, 그의 유혹이 발붙일 수 있게 하는 내 마음의 무지와 욕망을 찾아내리라. 그런 다음 내가 갖고 있는 힘을 다해 그것을 제거하리라.'

천왕이여, 인간의 마음은 자기 스스로 바른 방향으로 잘 수행함으로써 향상되는 것일 뿐 신이든 부처님이든 그 어떤 타자든 간에 내 대신 배워 주고 닦아 주고 향상시켜 줄 수 없다.

또한 마음은 기도나 찬양 등 마음을 조작하고 형성하는 것으로써는 중간적인 평안에만 이를 수 있을 뿐 궁극적인 평안인 열반에는 이를 수 없으니, 마음은 대상마음들이 대상마음일 뿐임을 알아 그것에 대한 집착을 버리고 아는 마음으로 돌아옴으로써, 즉 마음이 어떻게 대상마음들을 다루는지, 마음이 무엇을 어떻게 버무려 조작하고 형성하는지, 그 과정에서 어떻게 무지와 욕망이 생겨나고 커지는지를 보는 그때에 이르러, 더 나아가 번뇌의 본질을 마지막 뿌리까지 철저히 통찰하는 그때에 이르러 궁극적인 평안에 이르게 된다. 그리하여 부처님께서는 이렇게 설하셨다."

여기까지 말한 다음 사리뿟따 마하테라는 불법의 궁극 진리인 삼특상을 정리한 세 편의 게송을 낭랑하게 읊었다.

형성되어 일어난 모든 것은 덧없다고
그가 지혜의 눈으로 이같이 본다면
그는 모든 괴로움에서 벗어나리니
이것이 오직 열반에 이르는 길이다.

형성되어 일어난 모든 것은 괴롭다고
그가 지혜의 눈으로 이같이 본다면
그는 모든 괴로움에서 벗어나리니
이것이 오직 열반에 이르는 길이다.

모든 법에는 나라고 할 만한 것이 없다고
그가 지혜의 눈으로 이같이 본다면
그는 모든 괴로움에서 벗어나리니
이것이 오직 열반에 이르는 길이다.

23

"와서 보라"고 말할 수 있는 것

사리뿟따 마하테라가 비상비비상처천의 천왕 깜마깜마야에게 말했다.

"따라서 불교 수행자는 마음의 현상을 있는 그대로 알아차리는 위빠싸나 명상을 수행하는 것이니, 이 시점에 이르면 그에게는 부처님조차도 타자일 뿐이다. 즉, 그가 마지막으로 의지하는 것은 자기 자신과 수행법뿐이니, 부처님께서는 이를 자귀의自歸依·법귀의法歸依라 하셨다."

이렇게 말한 다음 사리뿟따는 다시 게송 한 편을 읊었다.

마을이거나 숲속이거나
골짜기거나 언덕이거나
아, 그곳이 어디이든 간에
아라한이 머무는 곳은
어디나 행복이 있는 곳!

법의 장수는 말을 이었나.

"이 게송은 아라한이 머무는 곳은 어디나 행복이 있는 곳이라고 설하고 있는데, 그렇다면 왜 아라한이 머무는 곳은 어디나 행복이 있는 곳인가. 그것은 아라한이 성취한 열반이 자기 자신을 대상으로 성취한 것이기 때문이다. 즉, 신교 신자에게 천국은 자신과 분리된 타물로서의 무엇인 데 비해 아라한과 열반의 경지는 분리되지 않는 하나인바, 이는 아라한이 누리는 열반이 달팽이에게 있어서의 달팽이집과 같은 것임을 의미한다.

그대에게 묻겠다. 세속 사람들은 세상, 즉 타인·타물을 향해 나아가 경쟁·투쟁한 결과 심신이 피로해지면 어디에 가서 지친 몸과 마음을 쉬느냐?"

"자신의 가정으로 돌아가 쉽니다."

"그때 가정은 그들에게 일종의 천국이라고 볼 수 있다고 나는 생각하는데, 그대의 생각은 어떠하냐?"

"저 또한 그렇게 생각합니다."

"그러나 천왕이여, 그들의 가정에는 때로 먹구름이 끼게 된다. 그것은 모든 가정 구성원들이 언제 어느 때나 마음이 맞는 것은 아니기 때문이다. 그런 때 그들의 천국은 천국 아닌 곳으로 변하게 될 것이다."

"그렇습니다."

"그렇다면 가정-천국은 왜 그처럼 변하는 것인가. 그것은 그 천국의 조건자인 아내나 남편, 아버지나 자식이 저마다 개별자이기 때문이다. 즉 신과 신자와의 관계가 그런 것처럼, 또 예술 작품과 감상자, 철학적 주제와 철학자의 관계가 그런 것처럼 한 개별자가 타인·타물과의 조건적 관계에 의존하여 형성한 행복은, 생겨난 것은 반드시 사라지고, 일어난 것은 반드시 무너진다는 무상의 법에 의해 마침내는 사라지고 무너지기에 이르고 만다. 따라서 불법은 사라지고 무너지지 않는 행복을 건설하기 위해 타인·타물을 버리고 자기 자신으로 돌아오는바, 그로부터 바로 자신을 있는 그대로 알아차리는 위빠싸나 명상이다.

천왕이여, 여기에 불법에 대한 믿음이 깨끗한 신자가 있고, 그가 자신의 아내와 좋은 관계를 유지하고 있다고 하자. 그러나 두 개별자의 마음이 언제나 일치할 수는 없다는 이치에 따라 그들 부부는 마음이 엇갈리는 때가 있을 것이다.

그 경우 불법의 진수를 모르는 사람들은 아내를 위로하려고도 하고, 설득하려고도 하고, 아내를 피해 집 밖으로 나가기도 하고, 술을 마시기도 하고, 다른 사람에게 하소연하기도 하고, 짜증나는 마음을 꾹 눌러 참기도 하고, 화를 내기도 한다.

그러나 불법의 진수를 아는 불제자는 아내를 향하고 있는 마음을 자기 자신으로 되돌려 위빠싸나 명상을 수행한다. 그런 끝에 마음에 일어난 부정적인 감정을 완화·해소하나니, 그것은 그가 타인·타물과 관계 지어 생겨나는 행복이 아닌, 자신과의 관계에서 생겨나는 행복을 찾아가고 있음을 의미한다.

또한 그것은 그가 마음을 넓혀 나가고 있음을 의미하는바, 잠시 후 그는 더 넓어진 마음으로 아내를 향해 나아가게 된다. 그리하여 그는 아내를 진심으로 위하고 배려하는 마음을 내어 행동을 하게 되나니, 그때 그의 아내가 남편의 배려 깊은 행동을 받아들인다면 그들 부부는 다시 천국을 회복하게 될 것이다.

그러나 천왕이여, 얼마 후 그 부부의 마음은 다시 엇갈릴 것이다. 그리고 그때 남편과 아내가 각기 자기 자신으로 돌아가 위빠싸나 명상을 통해 마음을 다스린다면, 그런 끝에 두 사람 모두 마음을 넓힌 다음 상대방에게로 돌아온다면 그들 부부는 전보다 더 차원 높은 천국을 건설할 수 있을 것이다.”

“진실로 그렇습니다.”

“그러나 불행하게도 그 천국 또한 그들이 최고의 경지에 이르지 못하는 한 언젠가는 무너지게 될 것이다. 그리하여 그들은 위빠싸나 명상을 더욱더 열심히 수행할 것이니, 그 과정에서 그들의 행복도는 점점 높아질 것이요, 마침내 그는 그곳이 어디이든 간에 머무는 곳마다 행복한 아라한의 경지를 성취하게 될 것이다.

이때 아라한 성자가 건설한 천국은 첫 번째로는 물질·인간·신·가치 등 타인·타물에 의지하지 않고 자기 자신에게 건설된 천국, 즉 자귀의로서의 천국이요, 두 번째로는 위빠싸나 명상법을 수행함으로써 건설된 천국, 즉 법귀의로서의 천국이 아닐 수 없다.

천왕이여, 자귀의·법귀의를 극치까지 실현한 아라한 성자에게는 마을에 있을 때는 마을이 천국이요, 숲속에 있을 때는 숲속이 천국이며, 골짜기에 있을 때는 골짜기가 천국이요, 언덕에 있을 때는 언덕이 천국인바, 이는 천국이 아라한 성자와 한 몸이 되어 동행함을 의미하므로 내가 아라한 성자를 집을 짊어지고 다니는 달팽이에 비유한 것이다.

천왕이여, 여기서 그대는 아라한 성자가 건설한 천국이 지상의 천국이라는 점에 유념해야 한다. 아라한 성자는 죽은 다음에 ‘거기’에서가 아니라 ‘지금 이 순간 여기’에서 천국을 누린다는 뜻이다. 이는 아라한 성자가 누리는 천국이 ‘믿는’ 천국이 아니라 ‘보는’ 천국, 간접적으로 ‘짐작’하는 천국이 아니라 직접적으로 ‘경험’하는 천국임을 의미한다.

그에 비해 신교가 제안하는 천국은 보는 천국이 아니라 믿는 천국, 직접 경험하는 천국이 아니라 간접적으로 짐작하는 천국이니, 이같은 상이는 전자가 '믿음'에 기초하여 제시되는 데 비해 후자는 '앎'에 기초하여 성취되는 데서 생기게 된다.

그대는 알아야 한다, 앎은 분명하고 확실하지만 믿음은 불분명하고 애매하다는 것을. 나는 그대가 이 점을 잘 이해할 수 있도록 그대에게 몇 가지를 물으리니, 그대는 답하라."

"무엇이든 하문해 주십시오."

(손을 펴 내밀어 보이며) "그대는 내 손바닥을 '보느냐?'"

"예, 봅니다."

"그렇다면 그대는 내 손바닥에 아무것도 놓여 있지 않다는 것을 '알' 것이다."

"예, 저는 지금 테라님의 손바닥에 아무것도 놓여 있지 않다는 것을 압니다."

"이로써 그대는 '앎'이 '봄'을 통해서 일어난다는 것을 알았으리라."

"제가 앎은 봄을 통해 일어난다는 것을 알았습니다."

"이제 내가 손바닥 위에 작은 돌멩이를 하나 올려놓도록 하겠다. (그렇게 한 다음) 그대는 내 손바닥에 놓인 돌멩이를 보고 아느냐?"

"예, 저는 테라님의 손바닥에 놓인 돌멩이를 보고 압니다."

"이제는 내가 손을 오므리도록 하겠다. (그렇게 한 다음) 자, 이제 말하라. 내 주먹 속에 돌멩이가 있느냐, 없느냐?"

(신통력으로 돌멩이를 보며) "테라님의 주먹 속에는 돌멩이가 있습니다."

"천왕이여, 그대는 신통력이 없는 여느 사람의 입장에서 답하라. 나의 주먹 속에는 돌멩이가 있느냐, 없느냐?"

"저의 신통력을 거두고 나서 보니, 제가 그 질문에 확답하지 못하겠습니다. 다만 저는 테라님의 주먹 속에 아마도 돌멩이가 있지 않을까

'추측'합니다."

"천왕이여, 나는 지금까지 우리가 논구하고 있는 '믿음'이 모르거나 불분명한 것에 대한 인식, 즉 지금 그대가 말한 추측 같은 것이라고 생각하는데, 그대의 생각은 어떠하냐?"

"저도 그렇게 생각합니다."

"자, 이제 내가 주먹을 펴도록 하겠다. (그렇게 한 다음) 천왕이여, 그대는 나의 손바닥에 놓인 돌멩이를 보고 아느냐?"

"예, 저는 테라님의 손바닥에 놓인 돌멩이를 보고 압니다."

"그대는 나의 손바닥에 돌멩이가 놓여 있다는 것을 믿느냐, 아느냐?"

"저는 테라님의 손바닥에 돌멩이가 놓여 있다는 사실을 믿지 않고 압니다."

"어찌하여 믿지 않고 아는 것이냐?"

"그것은 제가 테라님이 손바닥에 돌멩이가 놓여 있다는 사실을 보고 알기 때문이옵니다."

"다시 묻겠다. 만일 저 신교주의자들이 그대가 돌멩이를 보듯이 자신들이 믿는 신을 본다면 그들은 신을 믿겠느냐, 알겠느냐?"

"그 경우 그들은 신을 믿지 않고 알 것입니다."

"그런데도 그들이 신을 믿고 있는 것은 무엇 때문이냐?"

"그것은 그들이 신을 보지 못하기 때문입니다."

"그러하니, 만일 그들이 신을 본다면 그들은 자신들의 믿음을 전파할 때 '신을 믿으시오.'라고 말하지 않고 '신을 보시오.'라고 말할 것이다. 그리고 상대방 또한 그의 손가락이 가리키는 쪽으로 고개를 돌려 신을 볼 것이다. 그리하여 그때 이후 그들 간에는 신을 믿느니 마느니 하는 말은 두 번 다시 입에 오르내리지 않을 것이니, 그것은 수학을 배우는 학생이 처음에는 스승이 제시하는 답을 믿지만 스스로 문제를 풀 수 있게 되면 직접 눈(인식 능력)으로 답을 보고 알게 되는 것과 같다.

천왕이여, 그대는 알라, 불법은 수학을 가르치고 배우는 스승과 제자처럼 앎의 진리를 추구한다는 것을. 즉, 불법 또한 처음에는 신교와 마찬가지로 믿음으로부터 출발하지만 그 믿음은 제자가 스승을 믿는 의미에서의 믿음일 뿐이다. 불제자는 믿음에서 출발한 다음 마지막에 이르러서는 스스로 답을 풀 수 있게 되고, 그때 그는 스승을 통하지 않고 자신의 눈으로 진실을 보고 알기에 이른다는 뜻이다.

이로써 그대는 진리에 대한 아라한 성자들의 의견이 왜 항상 일치하는지를 알았을 것이다. 그것은 수학에서 한 문제에는 한 가지 답밖에 없는 것과 같으니, 마치 수학상의 정답을 두고 우수한 학생들 간에 다툼이 일어나지 않는 것처럼 우리의 승단에서도 교리를 놓고 아라한 간에 다툼이 일어나는 경우는 없다."

여기까지 다 들은 다음 깜마깜마야가 위대한 법의 장수를 우러러보며 말했다.

"마하테라시여! 저는 부처님께서 왜 불법을 가리켜 '와서 보라고 할 수 있는 것'이라고 말씀하시는지, 불교 수행에서 왜 '분명한 봄'과 '분명한 앎'이 강조되는지를 알았습니다!"

"지금까지 내가 설명한 것처럼 불법은 앎이 믿음보다 상위의 인식을 제공한다는 점에 근거하여 앎의 길로서의 깨달음의 길을 제안한다. 바꿔 말해서 깨달음의 본질은 곧 앎이다. 다만 깨달음은 일반적인 앎과는 다른 특별한 앎이니, 여느 앎이 사성제라는 틀 밖에서 얻어지는 데 비해 깨달음은 사성제라는 틀 안에서 얻어지는 앎이요, 여느 앎이 타인·타물을 대상으로 추구해 얻어지는 데 비해 깨달음은 자기 자신을 대상으로 추구해 얻는 앎이며, 여느 앎이 점진적으로 얻어지는 이지적인 앎인 데 비해 깨달음은 훌쩍 뛰어오르듯이 비약적으로 성취되는 직관적인 앎이니, 깨달음을 통해 드러나는 진실은 그 어떤 논란도 붙을 수 없는 자명한 진실인 것이다!"

24
대교향악

"그런데 마하테라시여, 깨달음을 성취한다는 것은 무엇을 깨닫는다는 것입니까?"

"그것은 무상·고·무아 등 삼특상을 깨닫는 것, 특히 맨 마지막 특상인 무아, 즉 나-없음의 진리를 깨닫는 것이다."

깜마깜마야가 이해가 안 된다는 표정으로 고개를 갸웃거리며 말했다.

"저는 불법이 개별자의 법칙으로부터 시작되는 줄로 알고 있사온데, 저의 이 이해는 옳은지요?"

"옳다."

"하지만 어떻게 개별자에게 '나'가 없을 수가 있겠습니까?"

"여기에 한 훌륭한 위빠싸나 명상인이 있다고 하자. 그리고 그가 마음이 지극히 고요하고 맑은 제4선정에 들어 자신의 몸과 마음을 있는 그대로 알아차린다고 하자.[103] 그때 그에게는 부처님에 대한 생각도 없

---

103 깨달음은 선정 상태에서 성취되고, 선정에는 여덟 차원이 있는데 깨달음은 가장 높은 선정 상태가

고, 불법에 대한 생각도 없으며, 수행을 한다는 생각도 없고, 수행의 공덕을 기대하는 생각도 없다. 또한 그에게는 그 자신을 타자와 구별하는 생각도 없다.

이렇듯 그는 다른 아무 생각이 없는 순수한 상태에서, 이제는 자신이라고 부르는 것이 적당하지 않은, 그렇지만 어쩔 수 없이 자신이라고 부를 수밖에 없는 자신의 심신을 있는 그대로의 모습으로 알아차린다.

그리하여 그는 자신의 심신이 미세한 수많은 작은 요소들의 무더기로 이루어져 있음을, 즉 몸은 물질 요소들의 무더기로, 마음은 느낌 요소들의 무더기, 표상 요소들의 무더기, 형성 요소들의 무더기, 식별 요소들의 무더기로 이루어져 있음을 본다.

이들 요소들은 조건에 따라 서로 붙기도 하고 떨어지기도 하며, 생겨나기도 하고 사라지기도 하나니, 그것은 조건에 따라 수많은 흙알갱이들이 모이고 붙어 흙덩어리가 되는 것, 또는 조건에 따라 흙덩어리가 부서져 흩어지는 것과 같다.

이렇듯 수행자가 자신의 심신을 미세한 작은 요소로 바라본다는 것은 그가 자신의 심신을 해체하여 바라본다는 것을 의미한다. 비유하면 수학자가 1을 반으로 나누기를 무수히 반복하는 것에 비유할 수 있다. 그러나 그가 아무리 1을 나누고 또 나눌지라도 끝내 0에 이르지는 못하는데, 그것은 그 어떤 작은 분수일지라도 보다 0에 가까운 수일지언정 0은 아니기 때문이다.

아닌 제4선정에서 성취된다. 그 까닭은 제5선정 이상의 경지로 나아갈 경우 마음이 대상에 몰입해 사라져 버림으로써 대상을 알아차릴 수 없기 때문이다.

그러나 그대는 알라. 수행자는 치열한 정진을 통해 아무것도 없음을 의미하는 0에 도달할 수 있다는 것을. 그것은 임계점에 도달하면 물이 수증기로 변하는 것과 같으니, 수행자는 자신을 미세한 작은 요소들로 관찰한 끝에 임계점을 넘어 요소들마저 존재하지 않는 0의 경지, 즉 공空에 이를 수 있다.

두 번째, 수행자가 자신의 심신을 미세한 작은 요소로 바라본다는 것은 섬이 자신의 밑바닥으로 침잠해 내려가는 것에 비유할 수 있다. 바다 위에서 '섬-나'는 '섬-너들'과 격절되어 있는 개별물이다. 그런데 섬이 자신의 밑바닥으로 깊이 침잠해 내려가면 그는 마침내 섬-나와 섬-너들 간의 격절·분리성이 해소되는 지점, 즉 모든 섬들이 서로 연속되는 대륙에 이른다. 마찬가지로 수행자는 위빠싸나 수행을 통해 개별자로서의 나-세계가 세계-세계와 연기법으로 연속되어 있는 상태에서 '나'라고 불리는 무엇이 부정되기에 이르는데, 그때 해탈이 일어난다.

세 번째 비유로, 수행자가 자신의 심신을 미세한 작은 요소로 바라본다는 것은 줄을 지어 기어가는 개미들을 멀리서 바라보며 그것이 선線인 줄 알던 어떤 사람이 가까이 다가가 봄으로써 그것이 선이 아니라 각기 끊어진 개미들의 연속이라는 것을 알게 되는 것과 같다.

중생을 구성하는 물질(몸)·비물질(정신)적 요소들은 한편으로는 서로 끊어져 분리되어 있고 다른 한편으로는 서로 이어져 엉켜 붙어 있다. 이렇듯 이것은 저것과, 저것은 이것과 상의상관되어 있는 수많은 요소들 중에는 나라고 할 만한 것이 없고, 그 어느 요소도 내가 아니다.

그럼에도 불구하고 마치 줄을 지어 지나가는 축제의 무리들 중 맨 마지막 광대가 앞의 사람들을 가리키며 '내가 이들의 주인이다!'라고 외치는 것과 같이, 중생은 자신을 바라보는 눈이 흐리기 때문에, 즉 개미들을 멀리서만 보기 때문에 몸의 연속을, 느낌의 연속을, 표상의 연속을, 형성의 연속을, 식별의 연속을 대상으로, 또는 그것들을 일으키고 유지하는 배후의 자者, 또는 실체를 상정하여 '나'라는 생각을 일으킨다.

즉, 자신을 끊어져 분리되어 있는 요소로 통찰함으로써, 또는 그 요소들을 일으키고 유지하는 배후의 자, 또는 실체가 없음을 통찰함으로써 나-관념을 깨뜨린 이는 성자요, 그 요소들을 엉켜 붙어 있는 채로만 보아 그것들, 또는 그 요소들을 일으키고 유지하는 배후의 자, 또는 실체를 상정하여 나-관념을 일으키는 이는 중생이다.

이것은 중생의 눈에 비친 자신의 몸은 나-관념과 결합된 대상이지만 나-없음을 깨달은 성자의 눈에 비친 자신의 몸은 나-관념과 결합되지 않은 무엇이라는 것을 의미하나니, 그것은 남의 몸, 또는 길가에 떨어져 있는 나무토막과 같은 것이요, 같은 의미에서 마음 또한 남의 마음, 또는 하늘에 떠가는 흰구름 같은 것이다."

"오오!"

"천왕이여, 그대는 놀라지 말라. 지금까지 나는 섬들을 구성하는 흙덩이로서의 '알갱이', 또는 지나가는 개미로서의 '알갱이'를 말했다. 하지만 수행자는 마지막에 이르러 알갱이조차도 없다는 진실을 통찰하게 된다. 첫 번째로는 '나의 심신을 구성하는 수조 개의 알갱이 중 그 어떤 것도 내가 아니다.'라는 진실을 깨달은 다음, 둘째로는 '나의 심신을 구성하는 수조 개의 알갱이 그 자체가 없음'을 깨닫는 것이다.

그렇다면 나의 '있음'은 무엇인가. 그것은 '알갱이'가 아니라 '파동'이다. 나는 '모래들의 집합'이 아니라 '물결들의 흐름'인 것이다. 심지어 그 점은 나를 흐름들의 물결로 보는 마음 그 자체에 대해서조차도 그러하다. 흐름이 흐름을 흐름으로서 보고, 그렇게 보는 그 흐름조차도 흘러간다. 거기 머묾은 없다. 거기 집착도 없다. 거기 언어가 미처 따라잡을 수 없는 경지가 있다. 그것이 깨달음의 경지, 해탈의 경지, 열반의 경지이다!"

"오오, 그 가벼움이여! 언어가 미처 따라잡지 못하는 바람이여, 빛이여! 저는 그 경지를 상상하는 것만으로도 새털처럼 가벼이 허공으로 날아오를 것만 같습니다!"

"천왕이여, 그대는 거기에서도 한 걸음 더 나아가야 한다. 개별자 나는 '나'가 아니지만 그럼에도 불구하고 어쩔 수 없이 나라고 부를 수밖에 없는 무엇이며, 그 나를 둘러싸고 있는 타인·타물들은 나가 아니지만 다른 한편 '나'이기도 하다.

천왕이여, 여기에 칸다라는 남자가 목이 몰라 물을 마시려 한다고 하자. 그때 칸다에게 물은 칸다에게 자신이 아닌 타물이다. 그런데 잠시 후 그가 물을 마신다. 그렇다면 그때 물은 칸다냐, 타물이냐?"

깜마깜마야는 대답을 망설였고, 사리뿟따 마하테라가 말했다.

"내가 다시 묻겠다. 칸다가 마신 물은 그의 위를 거쳐 소장으로, 소장을 거쳐 대장으로 흘러내려 갔다. 그러는 동안 물의 일부는 피로 변해 혈관으로 흘러들어 갔고, 일부는 방광에 모였다. 그 후, 피는 다른 물질들과 복잡하게 섞였다. 자, 이때에 이르러 그것은 칸다냐, 아니면 칸다가 아닌 다른 것이냐?"

"그 경우라면 그것은 칸다라고 해야 할 것입니다."

"그런데 천왕이여, 얼마 후 그것은 땀이 되어 그의 몸 밖으로 배출되었다. 자, 그때에도 그것이 아직도 칸다일 수 있겠느냐?"

"그럴 수는 없습니다."

"여기까지 나는 타물이었던 물이 칸다가 되었다가 다시 타물로서의 땀으로 변하는 것을 예로 들었거니와, 마음의 면에서도 개별자 나는 타인·타물로부터 정보를 받아들이기도 하고, 내 안에 있는 정보를 타인·타물에게 내보내기도 한다. 그럼으로써 전에는 내 것이 아니었던 생각이 내 생각이 되고, 내 생각이었던 것이 남의 생각이 되기도 하나니, 이렇듯 개별자 나와 타인·타물들은 물질적(신체적)인 면에서뿐 아니라 비물질적(정신적)인 면에서도 끊임없이 상호 교섭한다. 이로써 그대는 개별자와 그를 둘러싸고 있는 세계가 확연히 나뉠 수 없다는 것, 즉 나와 세계(타인·타물)는 하나도 아니요 둘도 아니며, 같은 것도 아니고 다른 것도 아님을 이해하였을 것이다.

지금 내가 설한 이것이 곧 불법의 극치로서의 연기중도緣起中道의 진리이다. 즉, 깨달음을 성취해 마친 성자는 나와 세계, 좋음과 싫음, 있음과 없음 등 두 끝兩邊으로 나뉘어지는 모든 사안에 대하여 어느 한 편으로 기울어지지 않고 중간에 머물러 살아간다. 그것은 마치 높은 줄 위를 걸어가는 광대가 왼쪽으로도 기울어지지 않고 오른쪽으로도 기울어지지 아니하는 것과 같다.

이 점을 부처님께서는 '깨달은 이는 요소들이 결합하여 일어나는 것을 보기 때문에 자기 자신 및 세계가 없다는 생각에 기울어지지 않고, 요소들이 결합을 풀고 소멸하는 것을 보기 때문에 자기 자신 및 세계가 있다는 생각에도 기울어지지 않는다.'라고 말씀하셨다."

"마하테라시여, 제가 지금 불법의 심오함을 어렴풋이나마 알았습니다. 그렇다면 이렇듯 심오한 불법에 비추어 저 외도들의 사상은 일고의 가치도 없는 것입니까?"

"그것은 그렇지 않으니, 그들의 가르침은 완전하지는 않지만 그 나름의 가치가 있다. 저 외도들은 여러 형태로 자기부인自己否認의 교리를 가르치고 있다. 이는 그들의 사상이 여러 면에서 불법과 배치되는 면이 있는 가운데 자신들도 모르는 사이에 불법의 극치인 무아법을 향해 다가오고 있다는 것을 의미한다.

외도들은 인간의 궁극 관심에 답하기 위해 영혼이나 대아[104]를 설정하거나, 인간이 의식하는 가아假我 너머에 진아眞我가 있고 우주에는 우주아宇宙我가 있으며 진아를 깨달으면 가아는 우주아로 녹아들어간다고 생각하는 등의 갖가지 교리를 통해 자아(자기)를 부정하고 있는데, 그런 가르침들은 불법의 무아와 유사해 보인다.

하지만 그들의 자아부정은 불법에 비해 철저하지 못하다. 그들은 일단 자아를 부정하기는 하지만 그 부정 끝에서 신묘한 자아를 다시 불러낸다. 신의 세계에서 영생하는 영혼, 물방울 같은 가아를 부정한 다음의 바다 같은 드넓은 진아 등을 가르치는 것이다.

그렇기는 해도 어쨌거나 자아를 부정하기는 한다는 점에서 그들의 법은 불법과 '같은 방향'으로 나아간다고 할 수는 있는바, 이는 그들의 법이 자신들도 모르는 사이 중생을 나-없음의 진리 쪽으로 중생을 인도하고 있는 '넓은 의미의 불법'이라는 것을 의미한다.

천왕이여, 이로써 그대는 내가 저들의 사상을 한편으로는 비판하지만 다른 한편으로는 수용함을 알았으리니, 그 수용의 면에서 불법은 사상의 대교향악이라고 할 수 있다. 즉, 밧디야 형제가 말한 예술, 말루카 형제가 말한 철학, 내가 말한 종교, 나아가 마음을 대상에 몰입시키는

104 대아(大我) 나 안에 있는, 내가 의식하는 나보다 큰 내가 의식하지 못하는 나.

일에 대한 열중, 취미에 대한 심취… 등 인간의 모든 의미 있는 활동들은 불법이라는 대교향악단 안에서 저마다의 악기군樂器群이 되어 인간계를, 중생계를, 무정물[105]을 포함하는 이 세계를 장엄화미莊嚴華美하게 연주하고 있는 것이다."

법의 장수가 이렇게 설법하자 깜마깜마야는 "오오, 불법의 광대함이여!" 하고 큰 소리로 외쳤고, 그에 뒤이어 그 자리에 모여 있던 수천만 명의 천왕·천인들은 "사두! 사두! 사두!" 하며 불법의 조화로움을 찬탄했다.

이윽고, 깜마깜마야가 화제를 바꿔 다른 주제에 대해 질문했다.

"그런데 마하테라시여, 그렇듯 고귀한 경지를 성취한 아라한 성자는 반열반 이후에 어디로 가시는 것입니까?"

"아라한 성자가 반열반 이후에 가시는 곳은 그대들 천인·천신은 물론 죽음의 왕인 야마조차도 알지 못한다. 마치 불이 꺼진 다음 불이 간 곳을 특정하여 말할 수 없는 것처럼 반열반을 성취한 성자는 가시는 곳을 특정하여 말할 수 없으니, 이는 가는 것도, 또한 가지 않는 것도 아니다.

아라한 성자의 반열반은 긍정언어로써는 말할 수 없고, 다만 부정언어로써만 말할 수 있는 미묘한 사건이다.[106] 그러나 다시, 모든 부정언어로써도 그 상황을 남김없이 다 묘사할 수는 없으니, 천왕이여, 아라

---

105 무정(無情)·유정(有情) 무정은 생명이 없는 사물. 유정은 생명이 있는 존재.

106 긍정언어·부정언어 열반은 긍정언어로는 충분히 묘사할 수 없다. 왜냐하면 긍정언어는 묘사하고자 하는 것을 개념 안에 가두어 제한하기 때문이다. 이 때문에 열반은 '그것은 무엇무엇이 아니다.' 또는 '그것은 무엇무엇이라고 할 수 없다.'라는 부정언어로써 더 많이 묘사된다.

한 성자의 반열반에 대해 나는 그 미묘한 사건을 잠잠한 침묵으로써 설명 아닌 설명을 할 뿐이다."

이렇게 말한 다음 사리뿟따 마하테라는 말을 그치고 조용히 눈을 감고 침묵했다.

침묵….

침묵….

이윽고 사리뿟따 마하테라의 입가에 초승달 같은 작은 미소가 조용히 떠올랐다. 그랬다. 그것은 처음 돋아난 가느다란 맑은 달, 또는 어린 아기의 눈가에 떠도는 천진스러운 궁금증 같은 미소였다.

깜마깜마야가 감격에 겨운 목소리로 붓다의 으뜸제자에게 말했다.

"섬세한 법의 분석자시여! 바다처럼 모든 것을 수용하시고, 허공처럼 모든 것을 포용하시는 위대한 진리의 스승이시여! 저는 이제 마하테라님의 가르침을 받음으써 불법의 가장 깊고 가장 높은 면을, 비록 깨달음을 통해 증험하지는 못했을지언정 개념으로써나마 넌지시 파악하게 되었습니다! 얼마나 귀중한 인연이온지! 그리하여 저는 이 소중한 인연공덕에 힘입어 보다 향상된 수준의 다음생을 받게 될 것임을 압니다!

마하테라시여, 저는 오늘 이 인연공덕으로 다음생에 고귀한 가문에서 뛰어난 자질을 가진 인간으로 태어날 것이요, 성년이 되면 출가할 것이며, 출가한 지 얼마 지나지 않아 깨달음을 성취하게 될 것이니, 제 가슴은 감격에 겨워 격렬한 파도처럼 출렁이고 있습니다!"

"그러하니, 뛰어난 하늘중생이여, 가라! 가서 고귀한 가문에서 뛰어난 자질을 가진 인간으로 태어나라! 그런 다음 성년이 되어 출가할 것이요, 출가한 지 얼마 지나지 않아 깨달음을 성취하여 아라한을 이루라! 그후, 반열반에 드는 때까지 수많은 중생에게 널리 불법을 홍포할 지니, 부처님의 으뜸제자의 한 사람으로서 내가 그대의 미래세를 앞서 보고, 미리감치 축복하노라!"

이에 과거생에 깜마깜마야와 깊은 인연을 맺어온 일천여 명의 하늘 중생들이 앞으로 나와 사리뿟따 마하테라에게 말했다.

"위대한 스승이시여, 저희들은 과거의 수백, 수천 생에 걸쳐 깜마깜마야 천왕과 혹은 가족으로, 혹은 친구로, 혹은 친지로 선연을 맺어온 중생들로서, 장차 깜마깜마야 천왕이 인간의 몸을 받을 때 그분과 함께 인간계에 태어나서 그분을 돕다가 그분이 아라한을 성취하기를 기다려 그분의 지도를 받아 각기 자신들의 근기와 노력에 걸맞은 법의 경지를 성취하고자 합니다!"

법의 장수가 고귀한 목소리로 말했다.

"여러 하늘중생들이여, 가라! 가서 미래의 아라한 깜마깜마야와 인연 있는 중생으로 인간계에 태어나라!"

사리뿟따 마하테라가 이렇게 일천여 명의 하늘중생들을 격려하고 축복하자 그들이 입고 있는 하늘옷이 더러워지고, 자신들이 머물고 있는 하늘세계를 즐겨하던 마음이 없어지는 등의 여러 가지 징조가 나타났다.

다음 순간, 깜마깜마야와 일천여 명의 하늘중생들은 그 자리에서 홀연히 사라졌다.

25
아유타, 사랑을 노래하다

깜마깜마야와 일천 명의 천인들이 홀연히 사라지자 다른 천왕·천인들은 혹은 그들의 미래세를 부러워하기도 하고, 혹은 그들이 하늘세계를 떠나 괴로움이 가득 찬 인간세계에 태어난 것을 슬퍼하기도 하며, 혹은 자신은 과연 미래세에 불법과 인연이 맺어져 깨달음을 성취할 수 있을지 여부를 생각하며 근심하기도 하고, 혹은 아직은 하늘세계에 살고 있는 자신들의 처지를 다행으로 여기기도 했다.

이렇듯 천왕·천인들이 동요하는 기색을 보이자 사리뿟따 마하테라가 조용히 두 손을 들어 펴 보였다. 그래서 천왕·천인들의 시선이 다시금 사리뿟따 테라에게로 모임으로써 그들의 마음은 잘 안정되었다.

사리뿟따 테라가 웁빨라완나 테리를 바라보며 말했다.

"누이여, 조금 전 깜마깜마야 천왕은 나에게 아라한을 성취한 성자는 반열반에 든 다음 어디로 가느냐고 물었소."

"그렇습니다."

"그리고 나는 지금 우리 앞에서 위대한 반열반을 성취할 분이 있다는 것을 아오."

"그렇습니다." 하며 웁빨라완나가 아유타 정거천인을 돌아보았고, 아유타가 말했다.

"저를 지도하여 아나함과로 이끌어 주신 스승님이시여. 사리뿟따 마하테라님의 말씀대로 저는 오늘 이 자리에서 반열반에 들고자 합니다. 그러하오니 스승님께서는 저를 아라한과의 경지로 이끌어 주십시오. 그러면 저는 그 즉시 반열반에 들겠습니다."

"그러나 나의 아름다운 제자여, 그대는 반열반에 들기 전에 풀어야만 하는 마지막 마음 한 가닥이 남아 있소."

"그 말씀이 무슨 뜻인지를 짐작하오니, 그 말씀을 제가 마음 안에 갖고 있는 사랑에 대한 미련을 모두 풀어 버리라는 의미로 받아들입니다."

"그러하니, 그대는 그 마음을 깨끗이 다 풀어 버린 다음에라야 아라한과를 성취할 수 있소."

"오오, 그 말씀은 여느 중생에게 얼마나 가혹한 것인지요! 그러나 그 가혹함을 넘어설 때만이 불법은 완성되는 것이니, 불법은 또한 얼마나 지고한 것인지요!"

이렇게 말한 다음 아유타 정거천인은 조용히 눈을 감았다. 그러나 이미 아나함의 경지에 올라 있는 만큼 그녀는 금방 담연한 마음을 회복하여 다시 말했다.

"그렇습니다. 사랑을 초월하지 않고서는 아라한이 될 수 없으니, 아라한에게 사랑은 먼먼 중생의 일일 뿐입니다. 이치가 그러할진대 스승이시여, 이미 아라한을 성취해 마치신 밧디야 테라님에게 있어서 과거에 갖고 계시던 저에 대한 사랑은 하늘에 흘러가는 구름일 것입니다.

그러나 다른 한편, 그렇듯 사랑으로부터 멀리 떠나 버린 그분의 마음에는 아라한 성자로서의 사랑이, 대상에 대한 집착이 없는 채로 중생을 향한 보편적인 사랑이 우러나고 있을 것이니, 그 사랑은 곧 자비입니다.

그렇다면 저에게 사랑은 어떤 것일까요. 그렇습니다. 제게도 사랑은 자비입니다. 하지만 저의 자비는 아직은 완전하지 않으니, 저는 깨달음의 마지막 한 단계가 남아 있는 아나함으로서 한편으로는 사랑을 초월했지만 다른 한편으로는 사랑에 애착하는 극미세한 마음이 남아 있습니다.

되돌아보면 저에게는 사랑을 또 하나의 종교로 삼던 때가 있었습니다. 저는 지난 두 번의 생에서 사랑을 통해 저 자신을 머나먼 후경으로 이끌고 싶어 하는 마음을, 그리하여 제 마음이 아련하고 아득한 상태, 즉 몰아 또는 망아지경에 이르기를 바라는 마음을 갖고 있었던 것입니다. 그리하여 저는 이렇게 노래하곤 했습니다."

어디서인지 아름다운 음악이 흘러나와 동굴 안을 은은히 채웠다. 이윽고 그 음악을 반주 삼아 아유타 정거천인은 이슬에 닦인 풀잎처럼 윤기가 흐르는, 어느 머나먼 별에서 들려오는 듯 청아한 목소리로 노래를 부르기 시작했다.

나, 한없이 작아질 때,
천 근의 무게로
삶이 어깨를 짓누를 때,

어리석음으로 귀 먹고,
무모함으로 보지 못할 때,

삶의 뒷골목에서 홀로 흐느낄 때,

사랑은,
사람이기에,
사랑으로서,

오히려 귀 기울여 듣습니다,
육중한 침묵의 얼음장 아래로 흐르는
다사로운 초봄의 미풍을,
그 소리없는 음운音韻을.

그래요,
사랑은,
사람이기에,
사랑으로서,

오히려 눈 감은 채로 봅니다,
불꽃보다 찬란한 삶의 아픔을,
기쁨보다 눈부신 삶의 슬픔을….

때론 고요한, 때론 힘이 실린, 때론 박자와 가락이 잠시 멈춘 정적을 사이에 두고 흘러나오는 아유타의 우미優美한 노랫소리는 동굴 안 구석구석까지, 동굴 천장에 붙어 있는 물방울들까지, 거미줄들과 동굴 바닥의 작은 모래알 하나하나까지, 동굴 안에 있는 모든 이들의 마음 가장 깊은 곳, 가장 미묘한 곳까지 울려 퍼졌다.

그리하여 낮은 깨달음을 성취한 성자들과 아직 깨달음을 성취하지 못한 동굴 안의 모든 중생들은 감동에 젖어 들었다. 그것은 아름아름 번져가는, 번져갔다가 다시 모이는, 그 안으로 녹아드는 것 같은, 꿈 같고, 아지랑이 같고, 환영幻影 같은 감동이었다.

이윽고 아유타의 노래는 끝났지만 동굴 안의 인간과 하늘사람들은 아무도 아유타의 노래를 찬탄하지 않았다. 그들은 너무나도 큰 감동에 붙들린 나머지 아무 말도 할 수 없었던 것이다.

웁빨라완나 마하테리가 말했다.

"아유타 정거천인이여, 그대는 지극히 아름다운 노래로써 이곳에 모인 많은 이들에게 깊은 감동을 안겨 주었소."

웁빨라완나 테리가 이렇게 말하자 그제야 감동에서 깨어난 모든 중생들이 우레와 같은 박수를 치며 입을 모아 "사두! 사두! 사두!"를 외쳤다.

웁빨라완나 테리가 다시 말했다.

"아유타 정거천인이여. 나는 감동하는 마음이 기쁨인 한편 슬픔임을 알고 있소. 또한 중생의 경계에 머물러 있는 사람에게 감동이 가장 강하게 일어나는 것은 그들이 사랑에 빠져 있을 때라는 것도 알고 있소. 그러니 그대는 전생과 전전생에 절실한 사랑을 경험한 사람으로서 사랑이 어떻게 마음을 감동시키며, 감동의 마음에는 왜 슬픔이 깃들어 있는지를 이곳에 모여 있는 중생들을 위해 말해 주기 바라오."

"스승님의 지시를 받들어 제가 그렇게 하겠습니다." 하고 대답하는 아유타의 얼굴에 깊은 회한의 빛이 언뜻 비쳤다. 그러나 그 빛은 너무나도 짧고 희미했기 때문에 깨달은 성자들만이 볼 수 있었을 뿐 여느 중생들은 볼 수 없었다. 그들의 눈에는 아유타의 모습이 중생성이 극미하게 남아 있는 모습이 아니라 그것마저 모두 사라진 아나함 성자의 모습으로만 보였던 것이다.

아유타 정거천인이 말했다.

"천왕·천인들이여! 조금 전에 밧디야 테라께서는 예술이 중생을 나-없음의 진리로 인도하는 좋은 길잡이가 될 수 있다고 말씀하셨습니다. 또 말루카 비구께서는 철학, 사리뿟따 마하테라께서는 종교가 그러하다고 말씀하셨습니다. 그에 더하여 나는 사랑 또한 중생을 나-없음의 진리로 인도하는 좋은 길잡이가 될 수 있다고 말하겠습니다.

천왕·천인들이여, 중생은 사랑하고 사랑받기를 원합니다. 사랑은 등넝쿨과 같이 강인하게 중생 자신과 그가 사랑하는 대상을 얽어맵니다. 그리고 그 등넝쿨에서 꽃이 피어납니다. 사랑은 한편으로는 중생을 등넝쿨처럼 애인에게 집착하게 하고, 다른 한편으로는 자기 자신을 꽃 피워 아름답고 향기롭게 하는 양면성을 가진 감정입니다.

그렇다면 중생은 왜 사랑하고 사랑받기를 원하는 것일까요? 그것은 모든 생명 존재는 개별자이기 때문입니다. 생명 존재가 개별자라는 것은 끊임없이 무언가를 바란다는 것을 의미합니다. 그리하여 중생은 '바람'이라는 이름의 '빈 잔'을 채우기 위해 '우물', 즉 '사회'로 나아가게 됩니다.

그렇다면 중생은 무엇으로써 바람을 충족할까요? 능력을 통해서입니다. 처음, 그는 자신이 가진 능력으로써 물을 퍼 와 빈 잔을 채웁니다. 그러나 얼마 안 있어 잔은 훌쩍 커져 버립니다. 그래서 그는 다시 우물가로 나갑니다. 하지만 갖은 애를 써서 채워 놓아도 잔은 얼마 안 있어 다시 커져 버립니다. 이런 현상은 여러 번 반복됩니다.

그러는 사이 중생은 지칩니다. 마치 쳇바퀴를 돌리는 다람쥐처럼 열심히 뛰지만 늘 제자리에 머무는 삶에 지쳐 버리고 마는 것입니다. 그리하여 중생의 희구 충족을 향한 노력은 좌절과 실패, 한숨과 탄식, 눈물과 아픔으로, 즉 사성제가 말하는 괴로움으로 귀착되고 맙니다.

그 괴로움의 정황은 중생으로 하여금 두 가지 갈림길 앞에 서게 합니다. 그때 중생은 자신의 좌절과 눈물을 정당한 방법으로써 해결하는 길과 정당하지 않은 방법으로써 해결하는 길 앞에 서게 되는 것입니다.

이때 오직 정당한 방법으로써만 그 문제를 다루는 중생이 과연 있을까요? 그런 중생을 상상하기는 어렵습니다. 언제 어디서나 어떤 경우에나 양심을 거리끼지 않고 사는 삶은 얼마나 깨끗한 삶이겠습니까? 얼마나 개운한 삶이며, 얼마나 훌륭한 삶이겠습니까? 그러나 중생은 그런 삶을 살지 못합니다. 바꿔 말해서 어떤 생명 존재가 중생이라 불리는 것은 그가 안으로는 부끄러운 마음을 일으킨다는 것을, 밖으로는 창피한 행위를 한다는 것을 의미합니다.

중생이 양심을 거리끼는 일을 행할 때가 있을 수밖에 없다는 이 사태는 잔을 채워야만 하는 책임의 짐 위에 또 하나의 짐을 올려놓는다는 것을 의미합니다. 그리하여 짐 하나가 더 얹혀진 나의 좌절과 눈물은 심각해집니다. 그것을 가슴에 안고서 나는 타자들과 어울리는 공간인 '광장'을 떠나 나 자신만을 상대하는 공간인 '안방'으로 돌아옵니다.

그 안방에서 나는 광장에서는 가면을 쓰고 감추었던 거짓된 나의 모습을 봅니다. 나는 나를 꾸짖습니다. '그래서는 안 되는 것이었어!' 그러고 나서 다짐합니다. '다시는 그런 짓을 행하지 말자!' 하지만 나는 얼마 안 있어 광장에 나가 다시금 부끄러운 일을 저지릅니다. 그리고 다시 골방으로 돌아와 자신을 꾸짖습니다. 나는 지난번에 그런 것처럼 다시는 그런 짓을 하지 않을 것을 다짐합니다. 그러나 다시 한번 그 꾸짖음과 다짐은 물거품으로 돌아가 버립니다. 내 마음에서 내가 참으로 못났다는 생각이 들기 시작합니다. 그것은 나의 마음이 꺾인다는 것을, 주저앉는다는 것을, 비굴해진다는 것을 의미합니다.

시간이 흐르는 동안 내 마음에는 그 꺾임·주저앉음·비굴로부터 생겨나는 아픔이 점점 쌓여갑니다. 그리고 그 아픔은 고독감으로 변합니다. 왜냐하면 그 아픔을 감당해야 할 사람은 오직 나 자신뿐이기 때문입니다. 그때 내가 느끼는 고독감은 풀 한 포기 나지 않은 붉은 황토밭 위로 모래바람이 몰아치는 풍경과 같습니다. 또 그 고독감은 무리에서 낙오한 외기러기가 홀로 날아가는 쓸쓸한 풍경과 같습니다.

그 고독한 심정을 해소하기 위해 나는 안방에서 나와 광장으로 갑니다. 고독감은 혼자라는 느낌이고, 이 느낌을 해소하기 위해서는 남과 함께해야 한다는 생각이 들기 때문입니다. 나는 모래알처럼 많은 타자들의 모임인 광장에서 나의 고독을 이해해 주는 사람, 나의 헛헛하고 막막한 마음을 채워 줄 사람, 나의 좌절·실패·한숨·탄식·아픔·눈물에 귀 기울여주는 사람, 즉 나를 사랑해 줄 사람을 찾습니다.

그러나 그런 사람이 쉽게 나타날 리 없습니다. 왜냐하면 광장에 모여 있는 사람들 또한 마음이 헛헛하고 막막하기는 나와 마찬가지이기 때문입니다. 남을 이해하고 채워 주고 공감해 주는 것은 아무나 할 수 있는 일이 아닙니다. 그것은 마음이 넉넉한 사람만이 할 수 있는 일입니다. 그런데 다행하게도 마음이 넉넉하지 못한 사람들끼리도 사랑은 가능합니다. 아니, 오히려 마음이 '가난하기' 때문에 사랑은 더 절실해진다고 말할 수 있습니다.

사랑은 마음이 넉넉할 때 일어나는 배려의 감정이지만, 다른 한편으로는 마음이 가난할 때 일어나는 요구의 감정이기도 합니다. 전자는 주고 싶은 사랑, 후자는 받고 싶은 사랑입니다. 중생의 마음은 넉넉할 때와 가난할 때를 수시로 넘나듭니다. 따라서 중생의 사랑 또한 주고 받음 사이를 왕래합니다."

(잠시 쉬었다가) "그리고 마침내 사랑을 갈구하는 나에게 사랑을 주는 누군가가 나타납니다. 드디어 나에게도 나의 좌절 내지 눈물을 이해하고 공감해 주는 사람이 나타난 것입니다. 그는 내 손을 잡아주고, 품에 안아 주며, 온갖 언어로써 나를 위로하고, 나를 위해 뜨거운 눈물을 흘립니다.

그 환희로운 순간에 나는 그동안의 모든 괴로움을 잊습니다. 내가 개별자라는 사실도 잊습니다. 나는 사랑하는 그이에게 몰입하고, 그 몰입은 나를 망아지경으로 이끕니다. 그리하여 나의 마음은 인간인 이대로 천국의 문 앞에 도달하여 한 마리의 종달새처럼 맑고 높은 음성으로 삶을 찬양합니다."

여기까지 말하고 나서 정거천인 아유타는 한 편의 시를 읊었다.

운명과 세상 사람에게 천한 자 되어
나는 홀로 버림받은 신세를 슬퍼하노니
하릴없는 울음으로 귀먹은 하늘을 괴롭히고
나 자신을 돌아보며 내 처지를 저주하노라.
희망이 많기는 이 사람,
잘나고 친구가 많기는 저 사람 같기를.
이 사람의 재능, 저 사람의 권세를 부러워하며

내가 가진 것에 만족하지 못하는 그때,
오오, 그러나 그 자기모멸의 한가운데에서
문득 그대를 아름다이 떠올리는 나는
첫새벽 적막한 대지로부터 날아올라
천국의 문 앞에서 노래하는 작은 종달새.
그대를 생각함에 나는 부귀에 넘쳐
나의 삶, 제왕과도 바꾸려 않노라.[107]

시를 읊은 다음 아유타는 잠시 말을 멈추었다가 다시 말을 이어갔다.

"이렇듯 우리는 사랑 속에서 제왕도 부럽지 않은 절정의 기쁨을 느낍니다. 그렇지만… 그 기쁨에는 미묘한 슬픔이 깃들어 있습니다. 물론 어떤 사람은 사랑에서 단지 기쁨만을 느낍니다. 그러나 자신의 모든 것을 걸고 절실하게 애인을 사랑하는 감정에는 미묘한 슬픔이 스며 있게 마련입니다.

그렇다면 왜 기쁨은 극치까지 상승하면 슬픔이 포함되는 감동으로 변하는 것일까요? 그것은 사물의 무상성 때문입니다. 우리는 모든 것은 변한다는 사실을 무의식적으로 알고 있는데, 사랑이 극치에 이르렀을 때 부지불식간에 그것이 인지됩니다. 그때 우리는 이 사랑이 영원하지 않으리라는 것을 직감으로 느끼게 되며, 이 느낌이 기쁨을 슬픔으로 바꾸는 것입니다.

우리는 이런 '기쁜 슬픔'을 사랑을 통해서만 느끼지는 않습니다. 지

---

107 《셰익스피어 소네트》 제29번.

극히 아름다운 것들을 보거나 들을 때, 예를 들어 아름다운 저녁노을을 바라볼 때나 아름다운 음악을 들을 때에도 슬픔이 절절히 느껴져 오는 감동을 받게 되는데, 이때 우리는 이성으로써는 가장 사물의 덧없음을 보고, 감성으로써는 깊은 슬픔을 느끼는 것입니다.

모든 것은 변한다는 것, 그 모든 것에 내가 포함된다는 것!
나는 유한한 존재라는 것, 마침내는 무無로 돌아가고 만다는 것!
그럼에도 나는 무로 돌아가기를 원하지 않는다는 것!
이 아름다운 풍경이 영원하기를 바라지만 그것은 될 수 없다는 것!
이 감동적인 음악이 영원하기를 바라지만 그것은 될 수 없다는 것!
이 사랑의 기쁨이 영원하기를 바라지만 그것 또한 될 수 없다는 것!

이 정황을 맞아 덧없는 것들을 있는 그대로 받아들이고 통찰하는 높은 차원의 수행자가 아닌 한, 우리는 그 아름다움을 붙들고 싶어 합니다. 우리는 더욱더 그것들에 매달립니다. 사라져 가기에 안타깝고, 안타깝기에 더욱 아름다운 풍경과 음악과 사랑에 빠져듭니다. 그러나… 풍경은 스러지고, 음악은 끝나며, 사랑은 깨집니다. 첫 번째 무리를 형성하며 개별자 나를 가장 가까이에서 둘러싸고 있던 애인은 두 번째를 거쳐 세 번째 무리로 옮겨가 심상한 사람이 되어 버립니다. 나쁜 경우 그는 다섯 번째 무리로서의 원수로 바뀌기도 합니다.

나의 이 말에 대해 혹 반박을 하는 이가 있을지도 모르겠습니다. 그는 말할 것입니다. '변하지 않는 사랑도 있다.'라고. 그렇습니다. 그런 사랑이 있습니다. 그리고 끝끼지 변하지 않는 그 사랑은 참으로 아름답습니다. 하지만 그런 사랑일지라도 피하지 못하는 대적大敵이 있으니, 두 애인 앞 저 멀리에는 그들의 사랑을 앗아가고 마는 죽음이 기다리고 있습니다. 그 대적은 사랑으로 하여금 영원함을 주장하지 못하게 합니다."

(잠시 멈추었다가) "그렇다면 나는 왜 사랑의 한계를 지적하는 것일까요? 모든 중생이 그토록 원하는 사랑을 말입니다. 그것은 나에게 그런 경험이 있기 때문입니다. 그렇습니다. 나는 두 남자를 사랑했고, 그 두 번의 사랑은 모두 깨지는 데 이르고 말았습니다. 그 사랑의 좌절을 통해 나는 알았습니다. 모든 생명 존재에게는 사사로운 차원을 넘어선 더 높은 사랑(자비)이 필요하다는 것을. 그리고 그 사랑은… 부처님께서 깨달아 밝히신 불법 안에 있었습니다."

26

전생에 아사타는 자뚜와[108]

나는 지지난 생에 잠부디빠의 남쪽 끝에 있는 나라 살라하에서 가난한 홀아버지 아래 외동딸로 태어났는데, 그때 내 이름은 아사타였습니다. 내가 태어나자마자 어머니가 돌아가셨기 때문에 아버지는 혼자서 저를 기르셨습니다. 남의 집 일을 해 주고 받은 품삯으로 살림을 꾸리던 아버지는 내 나이 일곱 살 때 다리를 다쳐 몸져누우셨습니다. 우리는 곧 끼니를 굶는 지경에 이르렀고, 그렇게 사흘을 보낸 끝에 나는 음식을 빌러 마을을 돌기로 했습니다.

여러 집을 돌았지만 음식을 얻지 못했습니다. 그래서 나는 깊은 모멸감에 몸을 떨었습니다. '이럴 바에는 죽는 것이 낫다.'는 생각이 들었지만 아버지의 퀭한 두 눈을 생각하며 힘을 냈습니다. 차마 떨어지지 않는 나의 엉거주춤한 발걸음은 마을의 맨 끝 집 앞에 이르렀습니다.

---

108 이하 아사타·자뚜·담마딘나의 서사는 《삼국사기》 〈열전〉에 보이는 설씨녀·온달·도미처·검군의 설화 자료를 엮어 재창작한 것이다.

이 집에서도 음식을 얻지 못하면 여기에서 죽으리라는 심정으로 마당 안으로 들어갔습니다. 그런데 다음 순간, 머릿속이 멍해지면서 나는 마당 한가운데에 쓰러지고 말았습니다.

얼마가 지났을까요. 눈을 자극하는 햇빛을 받으며 깨어났습니다. 정신을 차려보니 짬빠나무 아래에 누워 있었습니다. 몸을 뒤척여 일어나려고 했지만 몸이 뜻을 따라 주지 않았습니다. 그때 나는 누군가가 나를 가만히 다독이며 "아사타… 그냥 누워 있어…." 하는 소리를 들었습니다.

소리의 주인공은 그 집의 외아들인 자뚜였습니다. 자뚜는 우리 마을에서 살림이 가장 넉넉한 집의 아들로 저보다 열두 살이 많았습니다. 문제는 그의 외모였습니다. 보통 어른 남자의 두 배쯤 되는 큰 몸집을 가진 그의 눈은 개구리처럼 튀어나와 있었고, 입은 하마처럼 뭉툭했습니다. 게다가 자뚜는 저지능자였습니다. 그 때문에 사람들은 그를 '바보 자뚜'라고 불렀습니다. 그가 지나가면 어른 아이 할 것 없이 모두가 "바보 자뚜, 바보 자뚜!" 하며 그를 놀렸습니다. 그러면 그는 피식 웃었습니다. 도무지 성을 낼 줄 모르는, 모든 일을 선선히 웃어넘기는, 자뚜는 그런 사람이었습니다.

추한 외모와 저지능 때문에 그는 열아홉 살이 되도록 혼인을 하지 못했습니다. 그의 부모는 아들의 혼인을 포기했고, 자뚜 또한 자신으로서는 도저히 남의 집 처녀를 맞아들일 수 없다는 것을 잘 알고 있었습니다.

그런데 그에게는 한 가지 뛰어난 점이 있었습니다. 그는 여느 청년 너댓 명을 당해낼 만큼 힘이 장사였습니다. 그는 해마다 열리는 마을의 씨름대회에 나가 연전연승을 거두었습니다. 열세 살 때는 마을의 씨름대회에서 우승을 하여 염소 한 마리를 탔고, 열네 살 때는 읍내에서 벌어진 씨름대회에 나가 우승자가 되어 젖소 한 마리를 탔습니다. 그 뒤로 그가 씨름대회에서 이긴 것은 수로 헤아리기 어려울 정도로 많았습니다.

자뚜의 부모는 아들이 남의 집 일을 하여 벌어온 돈과 씨름대회에 나가서 타 온 상품을 판 돈을 잘 모아 두었습니다. 그래서 그의 나이 열아홉이던 그때, 그는 '부자 자뚜'라는 또 다른 별명으로 불리고 있었습니다.

짬빠나무 아래에서 그를 보기 한 해 전, 나는 자뚜에게 한 번 신세를 진 적이 있었습니다. 그해에 나라에 흉년이 들었고, 오래지 않아 양식이 떨어지고 말았습니다. 아무것도 먹지 못한 지 이틀이 지났을 때 이웃집 언니가 나를 찾아왔습니다. 나보다 세 살 더 많은 언니는 나에게 함께 산에 올라가 먹을 것을 찾아보자고 말했습니다.

언니와 나는 야단을 맞을까 봐 어른들께 알리지 않고 산으로 갔습니다. 험한 산속에서 먹을 것을 찾는다는 건 쉬운 일이 아니었습니다. 골짜기를 훑어 나가는 동안 두 소녀의 몸은 상처투성이가 되었습니다. 그렇더라도 먹을 것만 찾을 수 있다면 다행이겠는데, 우리는 한나절 내내 작은 산열매 몇 개를 따 먹었을 뿐이었습니다.

마침내 언니와 나는 실패를 인정하고 하산하기 시작했습니다. 하지만 기운이 다 떨어진 내 발걸음은 허공을 걷는 듯 허우적거렸고, 눈앞에서 노란 무언가가 어른거렸습니다. 주저앉았다가 일어나고 주저앉았다가 일어나기를 몇 번, 귀에 환청이 들리기 시작했습니다. 마침내 나는 풀썩 쓰러지고 말았습니다.

나중에 들은 말로는, 언니는 나를 깨우려고 여러모로 애를 썼다고 합니다. 하지만 나는 쉽사리 깨어나지 않았습니다. 깊은 산속, 더군다나 나까지 쓰러져 있었으니 아홉 살 소녀로서는 감당하기에 너무 벅찬 상황이었습니다. 언니는 큰 공포감에 휩싸였고, 다음 순간, 언니 또한 내 옆에 쓰러졌습니다.

얼마 후, 나는 몸이 흔들리고 있는 느낌을 받으며 정신을 차렸습니다. 무언가 따뜻한 것이 내 몸을 감싸 안고 있다는 것을, 내 눈앞에 맑고 파란 하늘이 드넓게 펼쳐져 있다는 것을 알았습니다. 하늘 한가운데서 새하얀 구름 몇 송이가 조용히 흘러가고 있었습니다. 구름은 규칙적으로 흔들리고 있었습니다. 그리고 부드럽게 흔들리는 구름 옆으로, 흰 구름과는 대조적인, 검은 고목 등걸이라고 말해도 좋은 한 남자의 못생긴 얼굴을 보았습니다. 그렇습니다, 그때 나는 자뚜에게 안겨 산을 내려오고 있었습니다. 자뚜의 등에는 언니가 업혀 있었습니다.

그날, 자뚜는 자신이 쳐 놓은 덫에 혹 짐승이 잡혔을까를 알아보기 위해 산으로 올라왔다가 언니와 나를 발견했다고 합니다. 그는 곧 웃옷과 속옷을 벗어 우리 두 사람의 몸을 둘둘 말았습니다. 그런 다음 우리의 몸을 주물러 온기가 통하도록 했습니다. 잠시 후, 언니는 정신을 차렸지만 나는 깨어나지 않았습니다. 그래서 남달리 힘센 그 남자는 두 소녀를 지고 안은 채로 산을 내려오기 시작했던 것입니다.

그런 일이 있었기 때문에 그날 이후 나는 자뚜를 남다른 눈으로 볼 수밖에 없었습니다. 아이들이 그를 바보 자뚜라며 놀릴 때 나는 화가 났습니다. 나는 아이들에게 "착한 자뚜님을 놀리지 말란 말야!" 하고 소리쳤습니다. 그러면 아이들은 "니가 무슨 자뚜 색시라도 되니?" 하며 저를 놀렸습니다. 나의 얼굴은 발그레 달아올랐습니다. 아직은 여섯 살, 나는 내가 남의 색시가 된다는 것을 생각해 본 적이 없었습니다. 당황해하는 내 귀에 아이들의 합창이 들려왔습니다.

"아사타는 자뚜 색시래요! 아사타는 바보 자뚜네 색시래요!"

자뚜의 집 짬빠나무 아래에 쓰러져 있던 나는 "아사타… 그냥 누워 있어…."라는 자뚜의 목소리를 들었습니다. 하지만 그의 말은 정신이 희미했던 나에게 머나먼 꿈속의 소리로 들렸습니다. 그런 나에게 나를 구해 줄 자뚜의 두 번째 말이 들려왔습니다.

"괜찮니? 괜찮아?"

아득한 의식 속에서 그 말을 들으며 나는 서서히 정신을 회복했습니다. 누워 있는 나에게 자뚜의 얼굴은 아주 분명하게 보였습니다. 내 세 배는 될 만큼 커다란 얼굴, 개구리의 눈과 하마의 입을 가진 그 얼굴이 눈에 들어왔던 것입니다. 그가 남자라는 생각이 드는 순간 나는 깜짝 놀랐습니다. 그런데 이상하게도 다른 한편으론 조금도 놀라지 않았습니다. 나는 좀 당돌한 데가 있는 소녀였습니다. 한편으로는 정이 많은, 그러나 어느 특별한 상황이 오면 갑자기 냉정하고 침착해지는, 나는 양면성을 가진 아이였던 것입니다.

그리고 바로 그때 나의 냉정 침착한 면이 갑자기 내 안에서 머리를 쳐들었습니다.나는 자뚜의 얼굴을 바라보며 기운이 없는 중에도 생긋 웃었습니다. 나를 웃게 한 것은 그의 추한 외모 안에서 그윽히 우러나오는 '사람 냄새'였습니다. 나의 웃는 모습을 본 자뚜의 표정이 잠깐 벙벙해졌습니다. 다음에는 놀라는 표정이, 그다음에는 커다란 함박웃음이 피어났습니다. 오, 그 아름다움이여! 나는 삶을 두 번이나 바꾼 지금까지도 그의 얼굴에 떠올랐던, 환한 보름달 같던 그 웃음을 기억합니다.

자뚜는 내 이마에 손을 올려놓았습니다. 하루 한시도 쉬지 않고 일한 탓으로 굳은살이 두텁게 박인, 그래서 나무껍질처럼 거칠고 돌처럼 딱딱한 그 손, 그러나 그 손에는 따뜻한 배려의 마음이 담겨 있었습니다. 나도 모르는 사이, 손을 내밀어 그의 손을 잡았습니다. 아니, 나의 조그만 손으로는 그의 솥뚜껑 같은 손을 다 감싸 잡을 수 없었기 때문에 그의 검지 하나를 잡았을 뿐입니다.

자뚜가 놀란 표정으로 누워 있는 나를 내려다보았습니다. 이윽고 그의 얼굴에 떠오른 두 번째 표정! 오, 아기처럼 순진하면서도 현자처럼 심오하고, 샘물처럼 맑으면서도 바다처럼 드넓었던 그 미소여! 이윽고 나는 그의 눈에 안개가 끼는 것을 보았습니다. 그리고 그 안개가 촉촉한 습기로 번져 가는 것과 마침내는 뭉클한 이슬방울이 되어 맺히는 것을 보았습니다. 눈물이, 운명과 세상 사람들에게 천한 자로 버림받은 한 남자의, 극심한 고통을 받는 사람에게 그것마저 흘릴 수 없다면 정신을 놓고 미쳐 버릴 수밖에 없는 눈眼의 물이 그의 두 눈에 가득 고였습니다.

자뚜는 내 손에 잡힌 손가락을 빼내고는 손등으로 눈물을 쓱 훔쳤습니다. 그때 그의 손에 의해 훔쳐진 눈물방울 하나가 나의 한쪽 눈동자를 향해 떨어졌습니다. 그리하여 그의 눈물은 이미 내 눈에도 가득 고여 있던 눈물과 섞였습니다. 자뚜가 그런 것처럼 나 또한 손등으로 눈물을 닦았습니다. 그리고 그때 나는 내 심장이 이렇게 말하는 소리를 들었습니다. '여기에 사람이 있다! 그리고 여기에 내가 있다!'

잠시 후, 마루로 옮겨 앉은 나는 자뚜가 만들어 내온 죽을 먹었습니다. 내가 음식을 먹는 동안 자뚜는 나를 그윽한 눈길로 바라보고 있었습니다. 마치 낙원에 있기라도 한 것처럼. 죽을 다 먹고 나자 자뚜는 곡식 창고로 가서 먹을 것을 한 바가지 퍼 왔습니다. 나는 그것을 받아 들고 그에게 합장을 해 보인 다음 집으로 돌아왔습니다.

그 모든 일이 진행되는 동안 자뚜는 나에게 한마디 말도 하지 않았고, 나 또한 아무런 말을 하지 않았습니다. 말을 하는 대신 나는 겉이 아닌 속으로, 말이 아닌 마음으로 굳게 결심했습니다. '나는 커서 자뚜의 색시가 될 거야!'

그렇게, 그 가난하던 때, 물질적으로도 가난하고 정신적으로 가난했던 그때, 햇빛이 반짝, 비쳐 들었던 짬빠나무 아래에서, 노란 꽃잎들이 하늘하늘 날리는 가운데 한 소녀의 사랑은 시작되었습니다.

27
장군 자뚜

오 년의 세월이 흘러 나는 열두 살, 자뚜는 스물네 살이 되었습니다. 그해, 이웃나라가 우리나라를 침공해 왔습니다. 국가로부터 십만 명에 이르는 대군을 막아 내기 위한 특단의 대책이 발표되었습니다. 그 대책에 따라 나라 안의 모든 가구는 열여섯 살 이상 쉰 살 이하의 남자 한 명을 군대에 보내거나 옷감 스무 필, 짐승 가죽 서른 장, 돈 오백 루피 중 한 가지를 전쟁 비용으로 부담해야 하는 정황에 처하게 되었습니다.

그러나 우리 마을에서 그런 것들을 낼 수 있는 집은 없었습니다. 그래서 마을의 모든 집에서는 남자들 중 한 명이, 어떤 집안은 늙은 아버지가, 어떤 집안은 젊은 아들들 중 한 사람이 군인으로 뽑혀 가게 되었습니다. 집집마다 통곡 소리가 터져 나왔습니다. 군대에 징집되면 그가 살아서 돌아오리라고 보장할 수 없음은 물론이고, 남자가 떠나고 나면 풀뿌리를 캐어 먹어야만 하는 집들이 많았기 때문이었습니다.

고난은 우리 집이라고해서 피해 가 주지 않았습니다. 그해에 연세가 마흔일곱이었던 아버지도 징집 대상자가 되었던 것입니다. 징집일이 내일로 다가온 날, 아버지와 나는 징집관에게 가서 다시 한번 가난하기 짝이 없는 집안 형편을 여러 말로 설명해 보았습니다. 하지만 소용이 없었습니다.

"누군들 딱한 사정이 없겠소? 내일 아침 일찍 이곳으로 오시오!" 하고 징집관은 차갑게 말했습니다.

집에 돌아온 아버지는 떠날 차비를 하기 시작하셨습니다. 굳게 입을 다물고 아무런 말도 하시지 않는 아버지. 나는 아버지에게 울며불며 매달리거나 눈물을 보이지 않았습니다. 이미 열두 살, 고생을 하며 자란 탓에 일찌감치 철이 들어 버린 나는 이 사태가 아버지에게도 큰 고통이라는 것과 아버지와 나로서는 이 사태를 묵묵히 견뎌 내는 수밖에 다른 도리가 없다는 것을 알고 있었던 것입니다.

나는 아버지를 돕기 시작했습니다. 아버지를 모시고 읍내로 나가 옷과 신발을 사고, 비상시에 잡수셔야 할 마른 고기를 조금 샀습니다. 옷과 신발, 고기를 말린 포 등은 이미 구하기 어려울 정도로 귀했고, 그러다 보니 그것들의 가격은 평소보다 다섯 배는 비쌌지만 나는 돈을 아끼지 않고 그것들을 샀습니다.

그날 저녁, 나는 정성껏 음식을 마련했고, 아버지는 내가 만든 음식을 묵묵히 잡수셨습니다. 그런 다음 나를 보며 "이제 우리 아기씨도 잡수셔야지." 하고 말씀하셨습니다. 그렇지만 나는 남은 음식을 먹지 않고 내일 아침에 아버지께 드리려는 생각으로 서늘한 땅굴 안에 잘 보관한 다음 밖으로 나왔습니다.

나는 깜짝 놀랐습니다. 땅굴 밖에 누군가가 우뚝 서 있었기 때문입니다. 나를 놀래킨 사람은 자뚜였습니다.

"내가…. 네 아버지 몫으로 여우 가죽 서른 장을 냈어. 그러니까 네 아버지는 군대에 가실 필요가 없어."

자뚜는 특별할 것이 없다는 듯 심상한 목소리로 이렇게 말했습니다. 그래서인지 나에게는 자뚜의 그 말이 당연한 말로 들렸습니다. 그러나 다음 순간, 그 말이 무엇을 의미하는지를 뒤늦게 알게 된 내 마음은 큰 감동에 휩싸였습니다. 나는 붉게 달아오른 내 얼굴을 그에게 보여 주지 않으려고 얼른 고개를 돌렸습니다. 그러고는 재빨리 방으로 들어갔는데, 잠시 후 그가 나를 뒤따라 방에 들어왔습니다.

두 해 전, 부모님을 잃고 혼자 지내고 있던 자뚜는 전에 갖고 있던 꽤 많은 돈을 모두 잃었습니다. 그의 부모가 돌아가신 다음 친척 중 한 사람이 그를 속여 재산을 가로챘던 것입니다. 자신의 모든 재산이 없어져 버린 것을 안 날, 그는 온종일 방 안에 우두커니 앉아 있었습니다. 그러나 이튿날이 되자 그는 여느 때와 다름없는 얼굴로 방에서 나왔습니다. 그러고는 다시 열심히 일하여 돈을 모으기 시작했습니다.

그가 그동안 모아놓은 돈은 딱 여우 가죽 서른 장을 살 만한, 딱 자신의 군 징집을 대신할 만한 정도였습니다. 그러나 그는 이 기회에 군에 입대하고 싶은 마음을 갖고 있었습니다. 자신이 갖고 있는 능력은 남보다 힘이 세다는 것뿐이었고, 군대에서라면 그 점이 잘 활용될 수 있으려니 생각했던 것입니다.

'내가 갖고 있는 돈을 어떻게 하지?' 하고 그는 생각했습니다. 그때 그의 머릿속에 나의 아버지에 대한 생각이 떠올랐습니다. 그는 곧바로 시장에 가서 여우 가죽 서른 장을 산 다음 징집관에게 그것을 내며 나의 아버지의 징집을 면제해 달라고 청했습니다.

"여보게! 자네가 이 늙은이를 살렸네! 이 늙은이하고 아사타를 살렸다구!" 하고 아버지가 외치셨습니다.

"그럼…." 하며 자뚜가 자리에서 일어서려 했습니다. 그런 자뚜를 붙들어 앉히며 아버지는 "자넬 이대로 그냥 보낼 순 없지." 하고 말씀하셨습니다. "말해 보게. 자네가 원하는 것이 무언지를."

그러나 자뚜는 아버지의 질문에 대답하지 않았습니다.

"자네 혹시… 내 딸을 염두에 두고 있는 건 아닌가? 군대에 다녀온 다음 아사타를 아내로 달라고 할 셈이 아니냐… 그런 말일세."

자뚜는 아버지의 그 질문에 대해서도 대답하지 않았습니다. 잠시 침묵이 흐른 뒤에 아버지는 "나도 눈치가 아주 없는 사람은 아니니 자네 뜻을 왜 모르겠는가? 하지만 혼인은 본인의 의사가 중요한 법이지." 하며 저를 돌아보셨습니다.

잠시도 머뭇거리지 않고 내가 말했습니다.

"자뚜님보다 더 좋은 분은 이 세상 끝까지 간다고 해도 한 사람도 없을 거예요!"

"그 말은… 네가 자뚜의 색시가 되고 싶단 얘기냐?"

나는 발갛게 달아오른 얼굴로 고개를 끄덕였습니다.

이런 과정을 거쳐 내 미래의 남편인 자뚜는 군대에 들어갔습니다. 하지만 우리 군대는 첫 전투에서 패하고 말았습니다. 모든 사람들이 공황 상태에 빠졌습니다. 모두가 적들의 노예가 될지도 모르는 상황, 나와 아버지는 마을의 모든 사람들과 함께 시바[109] 신을 모신 성전으로

109 시바(Shiva) 힌두교의 삼주신(三主神) 중 하나. 현대의 인도인들에게 창조와 파괴의 신으로 숭배되고 있는 시바는 고대에는 부와 행복과 길조의 신이었다.

나아가 다음 전투에서는 우리나라 군대가 꼭 승리하기를 기원하는 칠 일 동안의 기도에 동참했습니다.

그 덕분인지 우리 군대는 다음 전투에서 대승을 거두었습니다. 그다음부터는 연전연승, 마침내 우리 군대는 여섯 달 만에 적들을 우리 땅에서 몰아낼 수 있었습니다. 기쁨의 환호 소리가 마을마다 울려 퍼졌습니다. 내 마음도 한껏 들떴습니다. 이제 얼마 안 있어 자뚜님이 돌아올 것이고, 그러면 나는 그와 약혼을 할 수 있을 것이었습니다.

마침내 자뚜님이 돌아왔고, 그때 이후 나의 삶은 휘황한 행복에 휘감기게 되었습니다. 전쟁을 마치고 돌아왔을 때, 그는 떠날 때의 그가 아니었습니다. 아홉 번의 크고 작은 전투에서 많은 공을 세운 그는 일천 명의 병사를 이끄는 돌격장으로 승진해 있었던 것입니다. 전에는 바보라고 놀림을 당하던 그의 눈에는 장수다운 위엄과 기품이 서려 있었습니다.

그는 아버지와 나를 마차에 태워 서울로 호송했습니다. 도착해 보니 그곳에는 그가 세운 혁혁한 공훈의 포상으로 받은 크고 깨끗한 집이 저희를 기다리고 있었습니다. 그는 그후로도 군인으로서의 맡은 바 책무를 충실히 수행했습니다. 또한 그는 자신에게는 부족한 지적인 부분을 치열하게 연마했고, 나에게도 좋은 스승을 붙여 주었습니다. 노력이라면 결코 남에게 뒤지지 않는 그였기 때문에 그의 지적 능력은 나날이 향상되었습니다. 나의 공부도 조금씩 발전했습니다.

28
담마딘나는 아사타와 함께

세월이 흘러 자뚜가 스물여덟, 아사타가 열여섯 살이 되던 해에 그들은 부부가 되었다. (아사타의 아버지는 돌아가신 뒤였다.) 궁중의 대신들과 군의 주요 지휘관, 그리고 새로 생긴 아사타의 여러 친구들이 결혼식에 참석하여 그들을 축하해 주었다.

그런데 첫날밤을 보낸 후에도 그들은 여전히 총각이었고, 처녀였다. 그들은 두 사람만의 첫 번째 밤을 서로 꼬옥 끌어안은 채로 아무 말 없이 꼬박 샜던 것이다. 그리고 그날 이후로도 그들은 그렇게 지냈다. 자뚜로서는 아사타의 아름다운 몸을 차마 자기 것으로 차지할 수 없었기 때문에, 아사타로서는 자뚜를 남자로서가 아니라 진실의 가장 깊은 데 도달한 고귀한 인간으로 보고 있었으므로.

오 년의 세월이 흘렀다. 그 무렵 아사타의 빼어난 미모는 나라 안에 널리 알려져 있었다. 사람들은 외모가 추한 자뚜가 아름다운 아사타를 아내로 맞아들인 것을 자주 화제로 삼았고, 다른 한편으로는 자뚜와 아사타의 행복한 부부 관계를 혹은 부러워하고 혹은 질투했다.

그해에 자뚜는 국경의 북쪽 지방에서 발호하는 천여 명의 산적들을 소탕한 공로를 인정받아 일만 명의 군인을 통솔하는 상장군으로 승진 되었다.

그러고 며칠 뒤, 자뚜는 왕의 초대를 받아 세 명의 상장군, 한 명의 대장군과 함께 부부 동반으로 궁에 들어가게 되었다. 아내와 함께 궁에 들어가게 된 자뚜는 마음이 들떴다. 자신이 사랑해 마지않는 여인에게 큰 영광을 선물로 줄 수 있게 된 것으로 보았기 때문이었다.

그러나 아사타의 생각은 달랐다. 그녀는 마음이 편치 않았다. 그녀는 여자의 아름다움이 얼마나 위험한지를 알고 있었던 것이다. 왕이 자신을 초대했다는 말을 들었을 때, 그동안 왕의 처신에 대해 여러 나쁜 풍문을 들어온 아사타는 왕이 자신을 노리는 것은 아닌지 의심스러웠다.

그녀는 초대를 거절하고 당신만 궁에 들어가면 안 되느냐고 자뚜에게 물어보았다. 하지만 그것은 될 수 없는 일이었다. 그래서 아사타가 할 수 있는 일이라고는 겉꾸밈을 초라하게 바꾸는 것뿐이었다. 그러나 왕은 허름하게 차려입었음에도 단연 돋보이는 아사타의 뛰어난 미모를 보는 순간 곧바로 아사타에게 마음을 빼앗겼다.

순진한 자뚜와는 달리 아사타는 왕을 만나자마자 즉시 그의 속셈을 알아차렸다. 연회가 진행되는 동안 왕의 눈길이 슬몃슬몃 자신을 향할 때마다 아사타는 그 눈길에 정면으로 맞섰다. 신하의 아내로서의 예의를 갖추는 가운데 그녀는 야무지고 당당한 눈길로 왕의 말 없는 유혹을 단호하게 거부했던 것이다.

하지만 아사타의 그런 태도는 왕의 그녀에 대한 애욕을 더욱 부채질하는 결과를 낳고 말았다. 왕은 그때까지 일국의 왕 앞에서 주눅들지 않는 여인을 보지 못했는데, 아사타의 남다른 씩씩함이 눈부신 외모와 합쳐져 왕으로 하여금 그녀를 자기 것으로 만들고 싶은 욕심을 충동질했던 것이다.

그날 이후 왕은 아사타를 자기 것으로 만들려면 어떻게 해야 할지를 궁리하기 시작했다. 그런 그에게 그의 곁에서 그의 눈치만을 살피며 이십여 년을 살아온, 그의 마음을 속속들이 들여다보는 내시가 다가왔다. 내시는 왕에게 좋은 해결책을 낼 테니 며칠만 기다려 달라고 말했다.

한편, 집에 돌아온 아사타는 큰 두려움에 휩싸였다. 어릴 적부터 여러 차례 죽을 고비를 넘겨 온 그녀는 웬만한 일로는 두려움을 느끼지 않았다. 그런데도 그녀가 두려움을 느낀 것은 자신의 안위 때문이라기보다는 남편 자뚜 때문이었다. 이 문제는 자신이 희생되는 것으로 끝날 수 없는, 자신이 희생된다면 그것은 남편 또한 희생된다는 것을 의미하는 문제라는 것을 그녀는 잘 알고 있었다.

그날 밤… 일이 잘못될 경우 왕에게 몸을 빼앗길지도 모른다는 생각이 든 아사타는 너무나도 순진해 어떤 변에서는 어린아이 같은 남편에게 자신의 온몸을 던졌다. '이제는 제발 저를 가지세요, 저의 몸을 속속들이 다 가지세요! 제가 바라는 건 제가 당신의 것이 됨으로써 도리어 당신을 갖게 되는 거예요!'

하지만 그날도 자뚜는 아내를 갖지 않았다. 그는 다만 자기 품 안으로 애절하게 파고드는 아내를 억센 팔뚝으로 힘차게 끌어안으며 행복감에 잠겼을 뿐이었다.

며칠 뒤, 자뚜는 잠부디빠의 가장 남쪽 해변 지역, 말을 타고 닷새를 달려가야만 하는 우루이 지역의 사령관에 임명되었다. 중요한 것은 왕이 그를 사령관으로 승진시키면서 가족을 동반하지 말고 근무지로 떠날 것을 명령했다는 사실이었다. 왕은 여러 이유를 댔지만 그의 속셈은 뻔했다. 신하들 또한 왕의 속셈을 눈치채고 있었다. '또 한 여자가 봉변을 당하겠군.' 하고 그들은 생각했다.

사흘 뒤에 자뚜는 근무지로 떠났고, 그로부터 며칠이 지났을 때 왕의 최측근 내시가 아사타를 찾아왔다. 내시는 아사타에게 오늘 오후에 왕이 이 집을 방문할 예정이니 예법에 맞도록 몸을 단장하고 의복을 잘 차려입고 있으라고 말했다. 왕이 아사타를 찾아오는 이유는 마침 이 근처를 순행하다가 자뚜 장군이 사는 집에 혹 불편한 점은 없는지를 살펴본다는 것이었지만 왕이 목표하는 바가 무엇인지 모를 아사타가 아니었다.

아사타는 "제가 오늘은 몸이 불편합니다. 그러니 황공하옵니다만 주상께서 내일쯤 방문해 주시면 어떠하올는지요?" 하고 말했다. 그러자 내시가 아사타 옆에 서 있는 하녀에게 물었다.

"마님께서 하시는 이 말씀이 진실이냐?"

"마님께서는 어젯밤에 몸살을 앓으시어 몸이 불덩이 같았습니다. 다행히도 오늘 새벽부터 조금 회복되어 가고 있습니다만…."

하녀가 이렇게 말한 것은 아사타가 그녀에게 그렇게 대답하라고 미리 일러두었기 때문이었다. 내시는 얼굴을 찡그리며 "그렇다면 하는 수 없지." 하고 나지막하게 중얼거리더니 대동한 하인에게 말했다. "너는 대왕께 돌아가 지금 네가 보고 들은 것을 아뢰도록 하여라. 더하여, 나는 이곳에서 오늘밤을 묵겠노라고, 내일 이곳에서 대왕을 뵙겠노라고 말씀드려라."

하인을 보내고 나서 내시가 아사타에게 말했다.

"이미 들으셨겠습니다만 저는 오늘 밤을 장군님 댁에서 묵고자 하는

데 혹 가능할지요?"

"불가능합니다. 지금 이 집에는 바깥주인이 안 계시기 때문입니다."

"혹 마님께서 어디 다른 데로 출타라도 하시지 않을까 하는 염려에서 제가 이 집에 머물려는 것입니다. 저는 대왕을 모시는 비천한 사람으로서 마님의 몸살기가 더 심해지시지나 않을까, 그래서 내일 주상께서 이곳에 오셨을 때 상쾌한 몸과 마음으로 주상을 뵙지 못하시는 것이 아닐까 하는 염려를 하지 않을 수 없다는 그런 말씀입지요."

"정 그렇다면 그렇게 하시지요. (시립해 있는 하인을 돌아보며) 이분을 사랑채로 모시도록 하여라."

"예, 마님."

내시는 하인을 따라 사랑채로 갔고, 아사타는 하녀와 함께 안방으로 들어갔다. 안방에 들어간 아사타가 하녀 사찌나에게 말했다.

"지금은 비상사태다. 너는 정신을 똑바로 차리고 내 말을 잘 들어라."

"예, 마님."

"너는 지금부터 나 아사타가 된다. 너는 나를 대신해 이 자리에 누워 있거라."

아사타는 사찌나에게 자신의 옷을 갈아입힌 다음 방에 눕혔다. 그녀는 또 다른 하녀를 불러들여 저간의 사정을 설명한 다음 말했다.

"너는 밖에서 탕약을 달이면서 혹 누가 나를 찾거든 내가 지금 몸져 누워 있다고 말하여라. 또한 너희는 지금부터 벌어지는 모든 일을 맞아 전에 내가 너희에게 말해 두었던 대로 대처하도록 하여라."

"그렇다면 . 마님께서는 이제부터 어찌할 작정이십니까?" 하고 사찌나가 물었다.

“나는 장군님께로 갈 것이다. 어쩌면 내가 무모한 짓을 벌이는지도 모르겠다. 큰 위험을 자초하는 일인지도, 아무 소용이 없을지도 모르겠다. 하지만 그런 건 하나도 중요하지 않다. 오직 내가 그분께로 간다는 것만이 중요할 뿐이다. 나는 조금 전에 내시가 취하는 태도를 보고서 사태가 매우 급박하다는 것을 알았다. 지금 장군님께서는 매우 위험한 정황에 처해 계신 것이 분명하다. 그래서 나는 지금 당장 그분께로 가지 않을 수 없다. 그 이후의 상황에 대해서는 시바신이 아실 뿐 내가 알 바는 아니다.”

“그렇다면 마님, 이제부터 기댈 곳이 없게 되는 저희는 어떻게 하면 좋겠습니까? 저희는 마님의 뜻을 따르다가 주상의 노염을 받아 목숨을 부지하지 못하는 것은 아닌가 크게 걱정이 됩니다.”

“너희는 내일 아침까지만 견디도록 하여라. 그 후에는 왕에게 내가 장군님을 만나기 위해 탈출했다고 말해도 좋다는 뜻이다. 왕에게 무슨 말을 해도 좋다. 나를 비난해도 좋고, 무고해도 좋다. 나를 귀신이라며 저주해도, 나를 화냥년이라며 욕해도 좋다. 그리고 나는 너희를 위해 약간의 보상물을 준비해 두었다. 너희는 이번 사태가 끝난 다음, 뒤뜰에 있는 망고나무 밑을 파 보아라. 주먹만 한 금덩어리 세 개를 찾을 수 있을 것이다. 그중 두 개는 너희가 하나씩 갖고 나머지 하나는 하인 구라나에게 주도록 하여라.”

“시키신 대로 하겠습니다.”

아사타는 곧바로 떠날 채비를 했다. 많은 시간은 필요치 않았다. 이런 경우를 대비해 미리 짐을 꾸려둔 상태였던 것이다. 봇짐 안에는 약간의 입을 것과 먹을 것, 그리고 오천여 루피의 돈이 들어 있었다.

아사타는 방문을 나섰다. 칠흑처럼 깊은 밤, 하인 구라나를 시켜 내시가 잠든 것을 확인한 아사타는 그의 도움을 받아 소리 없이 담장을 넘어 준비되어 있는 말 위에 올랐다. 말은 처음에는 조용히 움직였지만 잠시 뒤부터는 속력을 냈다. 그리하여 이튿날 아침, 왕이 자뚜의 집에 도착했을 무렵 아사타는 삼십 요자나쯤 떨어진 곳까지 도망칠 수 있었다.

왕이 추격자를 보낼 것이 분명했으므로 잠시도 지체할 겨를이 없었다. 여숙에 들러 아침 식사를 하고 말에게 먹을 것을 준 다음 그녀는 짧은 새우잠을 잤다. 그러고는 다시 말을 몰아 남편이 있는 우루이로 달렸다.

그러나 그녀가 우루이에 도착했을 때 자뚜는 이미 그곳에 없었다. 전후 사정을 알아본 끝에 그녀는 자신이 짐작한 대로 남편이 왕의 의해 누명을 쓰고 처벌을 받은 것을 확인했다. 왕은 남의 여자를 범하기 위해 이번과 비슷한 방법을 썼던 적이 여러 번이었다. 그렇긴 하지만 거기까지일 뿐, 다른 남자들은 극형을 선고받지는 않았다. 왕은 그들의 비겁한 마음을 간파하고 있었으므로 굳이 그럴 필요를 느끼지 않았던 것이다.

하지만 자뚜는 비겁한 사람이 아니었으므로 왕은 자신이 그의 아내를 범했을 때 그가 물불을 가리지 않으리라는 결론을 내렸다. 그래서 그는 이 문제를 어떻게 하면 좋을지를 내시와 상의했다. 내시는 자뚜에게 누명을 씌워야 한다고, 모든 일은 자신이 알아서 할 터이니 폐하께서는 아무 걱정을 하시지 말라고 말했다. 그런 다음 그는 자뚜에게 산적을 소탕하던 때 취득한 보물을 빼돌렸다는 누명을 조작해 냈다.

왕은 곧 그 문제를 조정회의에 회부했다. 그 자리에는 내시의 사주를 받은 증인 두 사람이 출석했는데, 그들은 여러 가지 증거물을 내놓는 한편 갖가지 언사로 자뚜를 음해했다. 왕은 자뚜에게 사형을 언도했고, 왕의 명령서는 자뚜를 대신할 신임 사령관을 통해 자뚜에게 전해졌다.

하지만 자뚜는 극형을 당하지는 않았다. 그는 자신의 처형을 맡은 장교의 도움을 받아 목숨을 건졌다. 담마딘나라는 이름을 가진 그 장교는 성품이 강직한 것으로 군대 안에 널리 알려져 있었다.

자뚜가 우루이에 부임하기 전, 어느 해에 나라에 큰 흉년이 들었다. 가족이 굶는 것을 견디다 못한 장교들은 한자리에 모여 군량미를 일부 빼내어 나눠 갖는 문제를 논의했다. 그때 장교들의 모임에 합석한 담마딘나는 자신은 식량을 갖지 않겠노라고, 그러나 그대들이 식량을 나눠 갖는 데 대해서는 반대도 하지 않고 찬성도 하지 않겠노라고 말했다.

장교들이 그에게 말했다.

"우리가 마지못해 이런 짓을 하려 한다는 것을 그댄들 모를 리가 없잖소?"

"내 생각에 이건 옳은 일이 아니오."

이렇게 말하는 담마딘나의 태도는 담담했다. 그는 이건 심상한 일이라는 듯한 태도로 자신의 의견을 말했는데, 그 점이 장교들을 두렵게 했다. 그들은 쭈뼛거리며 불법적인 행동을 포기했지만 며칠 뒤에 담마딘나 몰래 식량을 빼돌렸다.

일을 저지른 그들로서는 담마딘나가 마음에 걸리지 않을 수 없었다.

"그를 살려두어서는 안 된다. 우리를 상부에 고발할지도 모르니까."

이런 생각으로 장교들은 한자리에 모였고, 그들이 내린 결정은 논의를 몰래 엿들은 한 병사를 통해 담마딘나에게 전해졌다. 그날, 담마딘나는 동료 장교들로부터 내일 밤 자정 무렵 지난번에 모임을 가졌던 장소로 와 달라는 전갈을 받았다. 그는 놀라지도 당황하지도 않았다. 담마딘나는 자신이 오랫동안 모셔온 스승을 찾아가 말했다.

"오늘 이후로 스승님을 뵙지 못하게 될 것 같습니다."

스승이 이유를 묻자 담마딘나는 얼마 전에 있었던 일을 말한 다음 "그 때문에 그들이 저를 죽이려 하기 때문에 제가 오늘 이후로 스승님을 뵙지 못하게 될 것 같다고 말씀드리는 것입니다."라고 말했다.

"너는 왜 그들을 상부에 고변하지 않느냐?"

"그렇게 하면 제 목숨을 부지할 수는 있겠지만 그들이 처벌받게 됩니다. 저는 차마 그런 짓을 할 수는 없습니다."

"그것은 그렇다 치자. 하지만 너는 몸을 피할 수는 있을 것이다."

"저편은 굽었고 이편은 곧은데, 곧은 제가 무엇 때문에 굽은 그들을 피한단 말입니까? 그것은 대장부가 할 일이 아닙니다."

이렇게 말한 다음 담마딘나는 이튿날 깊은 밤, 자신을 죽일 준비를 마친 동료 장교들이 있는 곳으로 나아갔는데, 그의 걸음걸이는 당당하고 의젓했다. 그런데 모임 장소에 가보니 장교들이 보이지 않았다. 한 병사가 장교들의 부정행위를 상부에 고발함으로써 식량을 빼돌린 장교들이 모두 체포, 압송되었던 것이다.

담마딘나의 청렴하고 의로운 처신이 알려지자 나라에서 그를 포상하려 하였다. 그러자 그는 고개를 저으며 말했다.

"저는 다만 제가 해야만 할 일을 한 것뿐입니다."

이런 사람으로서, 담마딘나는 바보스러우리만치 올곧은 성품을 가진 자뚜 장군이 무고한 누명을 쓰고 처벌받는 상황을 받아들일 수 없었다. 그는 자뚜를 구해 내기로 결정했다. 그는 신임 사령관에게 죄인을 자신이 처형하겠노라고 요청해 허락을 받은 다음 자뚜를 바닷가로 호송했다.

난데없는 처벌을 받으면서도 자뚜는 아무런 저항도 하지 않았다. 눈먼 운명의 신은 사방 천지를 향해 마구잡이로 화살을 쏘아대는 법, 그는 자신에게 주어지는 가혹한 화살의 폭우를 큰 바위가 거센 빗줄기를 받아들이듯이 묵묵히 받아들였던 것이다.

왕의 명령서를 읽은 다음 담마딘나는 병사들을 지휘하여 자뚜를 뗏목 위에 실었다. 자뚜의 몸은 뗏목 한가운데 세워진 기둥에 묶여졌다. 담마딘나는 병사들이 뗏목을 바다로 밀어내는 사이, 자뚜의 몸이 잘 묶여 있는지를 확인하는 체하며 혼자 뗏목에 올랐다. 그러고는 부하들 몰래 자뚜가 묶여 있는 밧줄을 예리한 칼로 자른 다음 자뚜의 귀에 입을 대고 조그만 소리로 그 사실을 알려주고 뗏목에서 내렸다.

그는 병사들에게 뗏목을 바다로 밀어 넣을 것을 명령했다. 그러고는 자뚜를 향해 소리쳤다.

"혹 저 머나먼 바다 저편에… 낙원이 있을지도 모르지요! 착한 사람이 벌 받는 일이 없는, 선한 사람에게 반드시 행복이 주어지는 그런 낙원이 말입니다!"

자뚜는 여전히 아무런 반응을 보이지 않았다.

잠시 후, 자뚜를 태운 뗏목은 썰물을 타고 바다 안쪽으로 흘러들어갔다. 멀어져 가는 뗏목을 바라보며 바닷물에 무릎까지 다리를 담그고 있던 병사들이 뒷걸음쳐 뭍으로 나왔다. 망망한 바다 한가운데서 몸이 묶인 채로 떠다니게 된, 어제까지는 장군이었으나 이제는 죽을지 살지 모르는 불행한 처지가 된 자뚜를 바라보는 병사들의 눈에서 눈물이 고여 흘러내렸다.

자뚜를 실은 뗏목이 파도를 타고 육지로부터 점점 멀어져갔다. 담마딘나는 잠시 그것을 지켜보다가 부하들을 지휘해 군 본부로 돌아갔다. 그러나 그는 사령관에게 자뚜의 처벌에 대한 결과 보고를 하지 않았다. 사령관에게 보고를 하기 위해서는 자뚜의 목이 필요했지만 그에게는 그 증거물이 없기 때문이었다.

자신이 자뚜를 뗏목에 실어 바다로 띄워 보낸 것과 결박한 줄을 끊은 것이 알려지면 문제가 될 것 또한 뻔한 이치였다. 그 점과 관련하여 그는 미리 준비해 둔 바가 있었다. 그는 부대를 나와 자뚜를 바다로 밀어 보낸 바닷가 마을로 말을 몰아 달렸다. 마을에 도착한 그는 사후마라는 이름의 남자를 찾았다. 담마딘나는 그에게 자신과 자신의 부하들이 현장을 떠나면 배를 타고 바다로 나가 자뚜를 구해 숨겨 두라고 부탁해 놓았던 것이다.

그러나 사후마는 마을에 없었다. 그가 바다로 떠밀려 간 자뚜를 구하기 위해서는 자신을 도와줄 사람이 여러 명 필요했다. 그것은 그가 담마딘나로부터 받은 일천 루피의 돈을 여러 사람과 나누어야 한다는 것을 의미했다. 하지만 그럴 생각이 없었던 그는 돈을 갖고 도망쳐 버렸던 것이다.

담마딘나는 차선책으로, 가지고 있는 돈을 모두 주고 한 어부에게 작은 배 한 척을 샀다. 그런 다음 마을에 들어가 자신과 함께 바다로 나갈 사람을 찾아보았지만 아무도 그의 거사를 도우려는 사람은 없었다. 어쩔 수가 없게 된 담마딘나는 혼자서라도 자뚜를 찾아야겠다는 생각으로 바닷가로 갔다.

그곳에 도착해 보니 거기에는 한 아름다운 여인이 입을 앙다문 모습으로 바다를 뚫어져라 쳐다보고 있었다. 그는 그녀가 자뚜 장군의 부인이라는 것을 단번에 알았다. 두 사람은 인사를 나누었다. 담마딘나는 간단하게 그동안에 있었던 일을 말했고, 아사타는 그에게 감사를 표했다. 그러나 이 시점에서 수인사보다 중요한 것은 빨리 배를 띄우는 일이었다. 두 사람은 힘을 합쳐 배를 띄우고 함께 돛배에 올랐다.

근처의 해안을 샅샅이 수색했지만 그들은 자뚜의 뗏목을 발견할 수 없었다. 그들의 수색은 여러 날 계속되었다. 날씨는 요사스러이 변덕을 부렸다. 갑자기 안 불던 바람이 부는가 하면 하루 종일 안개가 덮이기도 했다. 그리하여 두 사람은 차츰 지쳐 갔다.

나흘째 되던 날, 그들은 지친 몸으로 돛배 위에서 잠시 눈을 붙였다. 그런데 두 사람이 눈을 떴을 때 그들을 태운 돛배는 바다 한가운데로 흘러나와 있었다. 너무나도 피곤했던 그들은 날이 저무는 줄도 모르고 잠에 빠져 있었던 것이다. 불운한 것은 구름이 많이 끼어 별들이 보이지 않았기 때문에 방향을 짐작할 수 없다는 점이었다.

담마딘나가 아사타에게 말했다.

"사정이 이렇게 되었으니 우리의 앞날을 운명에 맡기는 수밖에 없겠습니다."

"저는 이미 각오하고 있었습니다."

입을 꼭 다물며 아사타는 생각했다. '그래, 이렇게 떠가는 거지, 나의 임이 그러신 것처럼, 운명에 나를 맡기고.' 그녀는 다시 생각했다. '그러나 내가 떠가는 운명의 길은 나의 임처럼 외롭지는 않으리니, 내 앞에 있는 이 남자는 얼마나 충직한가!'

날이 밝았다. 다행히 밤 사이에 안개가 많이 걷혔다. 망망대해 한가운데에서 두 사람은 잠부디빠를 떠나 실론 섬으로 가기로 결정했다. 육지로 돌아갈 경우 왕이 그들을 노릴 것이 뻔했기 때문이었다. 담마딘나는 배가 남쪽으로 나아가도록 돛을 조정했다.

그로부터 닷새 뒤, 두 사람은 갖은 고생을 한 끝에 실론 섬에 도착할 수 있었다. 한 남자가 기운이 소진되어 해변에 쓰러져 있는 그들을 발견했다. 마을 사람들은 두 사람을 보살펴 몸을 회복시킨 다음 두 사람이 그곳까지 오게 된 이야기를 들었는데, 눈물을 흘리지 않는 이는 한 사람도 없었다.

두 남녀의 우직한 행위에 감동한 마을 사람들은 두 사람이 정착해 살아갈 수 있도록 작은 거처를 마련해 주었다. 아사타는 준비해 온 돈 오천여 루피 중 사천 루피를 주어 감사의 마음을 표했다.

29
울음이 없는 땅은 어디인가?

그 집에 머물며 두 사람은 자뚜가 실론으로 표류해 왔다면 있을 것으로 생각되는 해변 마을을 돌며 자뚜를 찾았다. 어느 날, 담마딘나와 아사타는 각기 다른 마을에서 자뚜를 찾고 있었는데, 여느 날과 마찬가지로 그날도 담마딘나는 아무런 정보도 얻지 못했다. 그는 터덜터덜 집으로 돌아왔다.

그런데 밤이 늦도록 아사타가 돌아오지 않았다. 걱정이 된 담마딘나는 아사타가 방문하기로 했던 마을로 갔다. 거기에서 그는 충격적인 소식을 들었다. 산적들이 마을을 습격하는 과정에서 아사타가 산적들에게 잡혀갔다는 것이었다.

산적들이 어느 숲에 숨어 있는지는 알 길이 없었고, 또 안다고 해도 혼자 힘으로 그들을 당해 낼 수 없을 건 뻔한 이치였다. 담마딘나는 집으로 돌아와 생각에 잠겼다. 생각 끝에 그는 아사타의 행방을 알아내는 것과 혹 자뚜를 찾는 데도 도움이 되지 않을까 하는 기대를 품고 자원하여 군에 입대했다.

그로부터 삼 년의 세월이 흘러 실론에 대규모의 반란이 일어났고, 담마딘나가 소속되어 있는 군대가 그 진압을 맡게 되었다. 진압군 사령관의 이름은 두바다였는데, 그는 교묘한 전술을 구사하는 장군으로 명성이 높았다.

반란군과 진압군은 반란군의 거점인 마구나성 앞 들판에서 한차례 전투를 벌였다. 승부는 쉽게 나지 않았다. 그것은 반란군의 규모가 진압군 못지않게 컸기 때문이기도 하고, 반란군의 수괴가 능숙하게 군대를 지휘했기 때문이기도 했다.

첫 번째 전투에서 승리를 거두지 못한 두바다는 격노했다. 그의 격노는 실제이기도 했고, 연출된 것이기도 했다. 그는 자신의 격노가 부하 장수들을 독려한다는 것을 잘 알고 있었던 것이다. 부하 장수들은 첫 번째 전투에서 승리를 거두지 못한 자신들에게 어떤 처벌이 내려질지를 전전긍긍하며 걱정했다. 그런데 두바다는 한차례 격노의 태풍을 보인 다음 곧 잠잠해졌다. 그 잠잠함은 장군들에게 더 큰 두려움을 안겨 주었다. 승리를 위해서는 어떤 짓도 거리낌없이 해치우는 두바다의 성품을 잘 알고 있었던 그들로서는 그 잠잠함이 태풍 전야의 고요처럼 느껴졌던 것이다.

그날 밤, 두바다는 장수들을 한자리에 모아놓고 격려의 잔치를 베풀었다. 그 자리에서 네 명의 장수들은 입을 모아 다음 전투에서는 반드시 반란군을 철저히 궤멸시키겠노라고, 그렇지 못할 경우 자신들의 직위를 내놓겠노라고 맹세했다.

"그대들!"

두바다는 앉아 있던 의자에서 벌떡 일어섰다.

"나는 그런 말은 듣고 싶지 않다!"

사령관의 태도와 언어는 단호하고도 강력했다. 그의 눈에서 활활 타오르는 분노의 불꽃은 금방이라도 장수들을 집어삼킬 것만 같았다.

"승리에 대한 내 염원이 어떠한지를 잘 알고 있는 그대들이 할 수 있는 말이 고작 이 정도란 말인가? 뭐, 직위? 그대들은 자신이 가진 직위가 제법 대단한 거라고 여긴다 이 말이렷다! 하지만 만일 다음 전투에서도 승리를 거두지 못할 경우, 나의 견책은 직위 해제 정도에서 그치지는 않을 것이다! 그대들의 목숨을 보장할 수 없다는 말이다!"

두바다가 자신의 옆에 시립해 있는 장교에게 명령했다.

"그들을 병사들 앞으로 끌어내라."

두바다는 병사들이 집합되어 있는 쪽으로 성큼성큼 걸어갔다. 장수와 참모들이 그 뒤를 따랐는데, 그들이 가보니 병사들은 커다란 화톳불 주변에 모여 서 있었다. 잠시 후, 그들 앞에 낡고 허름한 옷을 걸친 건장한 한 남자와 화려한 옷을 차려입은 한 여자가 끌려왔다. 두바다가 두 사람을 마차에 싣고 온 장교에게 명령했다.

"병사들에게 이들이 잘 보이도록 하라."

장교는 남녀가 탄 마차를 몰아 부대 앞을 왕복했다. 마차가 다시 돌아오자 두바다는 높은 단 위로 성큼 올라서서 말했다.

"사랑하는 병사들이여! 그대들에 대한 나의 사랑은 자식에 대한 아버지의 사랑과 같다!"

병사들은 와아! 하고 함성을 질렀고, 두바다가 다시 말했다.

"저 반란군 놈들은 나, 그대들의 아비의 원수이다. 그리하여 반란군 놈들은 또한 그대들의 원수인바, 우리는 저놈들을 무찌르기 위해 이곳에 왔다. 나의 아들들이여, 놈들을 찔러라! 놈들을 짓이겨라!

그렇다면 그다음은? 그다음 우리는 놈들의 성안으로 진입하게 될 것이다. 성안에는 반란군 수괴의 지휘부가 있는 중앙부와 그를 중심으로 동서남북 네 지역이 있다. 이 중 수괴의 지휘부 지역만은 손대지 말

라. 그곳은 그대들의 아버지, 나 두바다가 차지할 것이기 때문이다. 그렇다면 나머지 네 지역은? 그렇다, 그곳은 모두 그대들의 것, 내 아들들의 것이다!"

요란한 함성을 지르며 병사들은 창과 칼을 마구 휘둘렀다. 두바다는 가일층 목소리를 높여 연설을 이어갔다.

"병사들이여! 그대들은 자기 구역 안에서 어떤 짓도 할 수 있다. 그대들은 그 구역 안에서의 왕이자 신이기 때문이다. 이 말은 무엇을 의미하는가? 그것은 내가 그대들에게 모든 것을 허락한다는 것을 의미한다. 나는 아버지의 사랑으로써 그 모든 것들을 나의 아들들에게 내어주고 있는 것이다.

먼저, 나는 그대들에게 그들의 생명을 준다. 즉, 그대들은 마음껏 병사로 차출되지 아니한 놈들을 죽일 수 있다. 만일 죽이기 싫다면 그대들은 그들을 마음껏 복종시킬 수 있다. 그들로 하여금 그대들의 앞에 엎드려 혀로 발을 핥게 하라! 목숨을 구걸하게 하라! 그들을 노예로 삼으라!

또한 나는 그들이 가진 모든 재산을 그대들에게 준다. 그러니 병사들이여, 그들의 모든 것을 빼앗으라. 집을 차지하라! 금은붙이를 탈취하라! 세간을 강탈하라! 모든 것을 그대들 마음껏 점유하라!

또한 나는 그대들에게 성안의 모든 여인들을 차지할 권리를 준다. 나의 병사들이여, 성안의 여인들은 모두 그대들의 것이다. 그녀들을 처첩으로 삼으라! 하녀로 삼으라! 노리개로 삼으라!"

이렇게 말한 다음 두바다는 자신 앞에 끌려와 있는 남녀를 가리켜 말했다.

"이 사내놈은 우리 군 지역에 숨어들어 온 반란군 첩자로서 나의 충성한 병사들에 의해 체포되었다. 그리고 이 여인은 반란군에 동조하다가 잡혀 왔다. 이들은 한패가 되어 변장을 하고 숨어들어와 정보를 빼가려다 붙들린 것이다(그러나 그것은 사실이 아니었다).

그리고 그대들이여, 이 아름다운 여인을 보라. 그녀의 눈썹은 얼마나 고우며, 눈동자는 얼마나 맑으며, 콧날은 얼마나 바르며, 콧등은 얼마나 오똑한가! 또한 보라. 여인의 가녀린 손과 그윽한 자태를! 그리고 나는 알고 있다. 이 여인에게서는 재스민 향기가 난다는 것을. 특히 그녀의 가슴이 그러하다는 것을.

병사들이여, 그것을 알았을 때 나는 이 여인을 견딜 수 없을 만큼 갖고 싶었다. 그렇지만 나는 참았다 나는 얼마든지 가질 수 있는 이 여인을 취하지 않았다. 그 대신 깨끗한 물로 목욕시키고, 최고의 화장품으로 치장시켰다. 그런 다음 이렇듯 화려한 옷을 입혔다. 그렇다면 나는 왜 이 여인을 차지하지 않았는가? 그것은 그대들 때문이었다! 나는 이 여인을 그대들에게 주기 위해 범하지 않은 것이다!"

와아! 와아! 병사들의 함성이 천지를 뒤흔들었고, 다시 두바다가 말했다.

"누구든 나와서 이 여인을 차지하라! 다만! 이 여인을 차지할 병사는 먼저 이 반란군 첩자놈과 겨루어 그를 죽여야만 한다."

말이 끝나자마자 한 병사가 앞으로 나왔고, 두 사내는 단검을 들고 마주 섰다. 결투는 싱겁게 끝났다. 병사의 빈틈을 재빠르게 파고든 반란군 사내의 승리였다.

"분하지만 어쩔 수 없다!"

두바다가 반란군 사내를 보며 물었다.

"네 이름은 무엇이냐?"

"맛찌입니다."

"네가 이겼으니 이 여인은 너의 것이다. 너는 지금 이 여인을 차지하라."

사령관의 이 말은 맛찌로서는 전혀 예상치 못한 것이었다. 맛찌는 잠시 어리둥절한 표정으로 잠시 머뭇거렸다. 그러자 두바다의 결정은 즉각 수정되었다.

"병사들이여, 너희가 본 것처럼 맛찌는 자신이 거둔 승리의 열매를 거두지 않았다. 그러니 두 번째 도전자는 앞으로 나오라!"

또 한 병사가 앞으로 나와 맛찌와 대적했다. 이번에도 승리는 맛찌의 것이었다. 맛찌는 이번에는 머뭇거리지 않았다. 그는 여인에게로 다가가 그녀가 두르고 있던 사리와 속옷을 벗기더니 그녀를 밀어 쓰러뜨렸다. 그리고는 그녀의 가슴을 마구 주무르기 시작하였다.

그때였다. 맛찌와 여인을 보며 뒷머리를 큰 둔기로 얻어맞은 것 같은 충격을 받은 한 장교가 있었는데, 그는 중급 장교로서 진압군에 참여하고 있는 담마딘나였다. 그는 자신도 모르는 사이에 그 여인, 그가 애타게 찾아온 아사타를 향해 미친 듯이 달려갔다.

아사타가 눈을 크게 뜨고 담마딘나를 올려다보았다. 산적들 속에서 수많은 남정네들의 노리개가 되었던, 지금은 공개리에 짓밟힘을 당하고 있는 여인의 눈에 깊은 고통의 빛이 스쳐 갔다.

그러나 곧 그 고통의 검은 구름 사이로 밝은 빛이 반짝, 빛났다. 사람! 사람다운 사람! 그런 사람을 보는 것! 그녀에게는 그것만이 평생에 걸쳐, 그리고 지옥 같은 고통에 빠져 있던 지난 몇 해 동안 삶을 견디게 해준 힘이었다. 그리고 담마딘나가 자신 앞에 나타나 서 있음을 보는 순간 그녀는 '이제는 아무래도 좋다! 이 남자와 함께라면!' 하고 마음속으로 부르짖었다.

담마딘나가 맛찌를 향해 외쳤다.

"내가 상대해 주겠다!"

깜짝 놀란 맛찌가 몸을 추스르며 일어났다. 두 남자는 단검 한 자루씩을 들고 마주 섰다. 승부는 얼른 판가름 나지 않았다. 두 남자의 실력이 비슷했던 것이다.

"장검으로 승부하라!"

두바다가 두 사람에게 검 두 자루를 던지며 말했다. 맛찌는 던진 칼을 공중에서 잡았고, 담마딘나는 땅에 떨어진 검을 들기 위해 허리를 구부렸다. 맛찌가 번개같이 담마딘나를 향해 달려들었다.

휙!

다음 순간, 담마딘나의 눈앞에 캄캄한 장막이 드리웠다. 절반 이상이 잘린 그의 왼팔이 덜렁거리고 있었다. 병사들의 입에서 비명이 터져 나왔다. 그러나 다음 순간, 몸을 휘청대며 겨우겨우 서 있는 담마딘나의 발 아래에 심장에 장검이 꽂힌 맛찌가 쓰러져 있었다. 승리를 깨달은 담마딘나는 그제야 자신의 왼팔을 쳐다보았다. 그는 세상천지가 통째로 흔들리는 통증의 강진을 느끼며 넋을 놓고 털썩 주저앉았다.

"그의 팔을 서둘러 처치하라!"

두바다가 한 장교를 향해 외쳤고, 장교는 곧 의무 병사를 지휘해 담마딘나를 조금 떨어진 모닥불 곁으로 옮겼다. 맛찌는 아직 목숨이 끊어지지 않은 상태였다. 꿀룩꿀룩 소리를 내며 그의 심장에서 피가 꾸역꾸역 솟구치고 있었다.

그것이 병사들을 흥분시켰다. 병사들은 입을 모아 주먹을 허공에 내지르며 "죽여! 놈을 깨끗이 죽여버리라구!" 하고 외쳤고, 자신이 의도

한 대로 병사들이 악귀로 변한 것을 확인한 교활한 사령관은 회심의 미소를 지었다.

그는 허리에 찬 장검을 높이 빼어 들었다. 병사들은 잠시 소리를 죽인 채 사령관의 다음 행동을 기다렸다. 두바다는 맛찌를 향해 성큼성큼 다가갔다. 그는 단칼에 맛찌의 목을 베어 피투성이가 된 수급을 높이 치켜들어 보이며 병사들을 향해 외쳤다.

"이놈은 죽어야 한다! 이놈은 그대들의 친구들을 찌르고 베고 죽인 반란군 놈들과 한패이기 때문이다!"

병사들이 함성을 질렀다. 그때 열두 명의 병사들이 시신 한 구를 떠메고 사령관 앞에 이르렀다. 새하얀 천에 덮여 있는 시신 위에는 수많은 꽃들이 놓여 있었다. 병사들이 시신을 맛찌 옆에 내려놓자 두바다는 그 앞으로 다가가 무릎을 꿇고 시신에 입을 맞추었다.

벌떡 일어선 두바다가 소리쳤다.

"보라, 우리의 전우를! 보라, 우리의 위대한 영웅을! 병사들이여, 이 영웅은 나의 친아들 캇디까이다!"

하지만 시신은 두바다의 아들이 아니었다. 그러나 오직 누군가를 이기는 것만이 선이요 의미인 두바다에게 진실은 필요하지 않았다. 그에게 필요한 것은 죽음을 두려워하지 않는 병사들의 광기였다.

능란한 전술가가 외쳤다.

"자, 보라! 여기 내 아들은 죽어 있다!"

두바다의 두 눈에서 눈물이 뚝뚝 떨어져 내렸다. 그는 과장된 동작으로 눈물을 훔친 다음 어깨를 펴며 다시 말했다.

"그렇다면 누가 그를 죽였는가? 누가 그를 나에게서 앗아갔는가? (맛찌의 머리를 흔들며) 그렇다! 그것은 저 반란군 놈들이다!"

병사들의 흥분은 극에 이르렀다. 병사들의 심리적 추이를 꿰뚫어 보고 있던 진압군 사령관의 입에서 명령이 떨어졌다.

"병사들이여, 가라! 가서 저 반란군 놈들을 처부숴라!"

이렇게 말한 다음 그는 자기 말에 훌쩍 올라탔다. 그는 맛찌의 머리를 땅에 내동댕이치며 다시 외쳤다.

"가자! 내가 맨 앞에 서리니, 그대들은 내 뒤를 따르라!"

두바다를 태운 말이 무서운 기세로 달리기 시작했다. 장군들이 그 뒤를 따랐고, 그 뒤를 장교와 병사들이 따랐다.

군대가 썰물처럼 빠져나갔다. 그리하여 담마딘나와 아사타는 수만 명의 악귀들이 떠난 자리에 단둘만이 남게 되었다. 여자는 운명의 등넝쿨이 되어 자신에게 하나로 얽혀든 남자를 향해 다가갔다. 아사타는 피범벅 속에 혼절해 있는 담마딘나의 한쪽 팔이, 절반 이상이 잘려져 절단할 수밖에 없었던 그의 한쪽 팔이 잘 처치되어 있는 것을 확인했다.

담마딘나의 신음 소리가 아사타의 귀를 아프게 울렸다. 잠시 후, 갑자기 담마딘나가 성한 손으로 잘려진 팔 부분을 움켜쥐고 땅바닥에 마구 뒹굴었다. 고통의 외침이 도와줄 자 없는 하늘로 멀리 울려 퍼졌다. 몸을 바닥에 누인 채로 그는 펄쩍펄쩍 뛰었다.

어찌하며 좋을까! 하지만 아유타로서는 도무지 어찌해 볼 아무런 방법이 없었다. 내가 대신 아파 줄 수만 있다면! 그러나 대신 아파 줄 수 없었다. 저기 뒹굴고 있는 그의 팔이 제자리로 돌아갈 수만 있다면 내 팔 두 개가 모두 끊어진다고 해도 나는 차라리 웃으리라! 그러나 그럴 수 없었다.

그녀는 서둘러 주변을 둘러보았다. 보니, 가까운 데 로포포라 선인장 조각들이 어지럽게 흩어져 있었는데, 그것은 의무병들이 담마딘나를 처치할 때 쓰다가 남은 것들이었다. 아사타는 산적들과 지내는 동안 로포포라 선인장의 즙이 마취 효과가 있다는 것을 알았고, 그것을 어떻게 사용하는지도 눈여겨보았었다. 그녀는 선인장 조각들을 주워 모아 돌멩이로 짓찧어 즙을 내어 담마딘나에게 먹였다. 그런 다음 그의 잘려진 팔 끝을 감싸고 있는 천을 조심조심 풀었다.

정신은 오히려 멀쩡했다. 극단의 상황에서 도리어 침착해지는 사람으로서 아사타는 침착하고 빠른 손놀림으로 남자의 상처 부위에 로포포라 선인장 진액을 발랐다. 신음 소리가 점점 잦아들더니 부상자는 이내 깊은 잠에 빠져들었다가 한참 만에 깨어났는데, 마취 성분 때문에 그의 표정은 아득하고 몽롱해 보였다.

두 사람은 아직 잔불이 남아 있는 모닥불 앞에 나란히 앉았다. 한참 동안 두 사람은 아무 말 없이 탁! 탁! 소리를 내며 터지는 불꽃을 바라보았다. 멀리서 군마群馬가 히힝대는 소리, 말발굽 소리와 창검이 부딪치는 소리, 삶을 마감하는 자들이 내는 단말마의 비명 소리가 환청처럼 아득히 들려오고 있었다.

여자가 남자를 향해 손을 내밀었다. 그러나 남자는 그 손을 맞잡아 주지 않았다. 그럼에도 여자는 부끄럼도 망설임도 없이 남자의 손등에 자신의 손을 꽃 위에 앉는 나비처럼 살포시 얹었다. 남자도 그것만은 거절하지 않았고, 여자는 남자의 손등을 가만가만 쓰다듬었다.

그때 남자는 들었다. 여자의 손이 하는 말 없는 말을. 그 손은 말하고 있었다. '…진실한 사람은 응당한 보상을 받았으면 좋겠어요! 담마딘나님, 나는 당신이 꼭 행복했으면 좋겠어요!'

갑자기 여자로부터 몸을 반쯤 돌리고 앉아 있던 남자가 몸을 돌려 처연한 눈빛으로 아사타의 눈을 바라보았는데, 그 눈에는 여전히 몽롱한 기운이 아름아름 어려 있었다. 담마딘나는 아사타의 눈 속으로 함입해 들어갔다.

그 눈은 여자의 눈이었다. 그러나 다시, 그것은 누이의 눈이었고, 어머니의 눈이었다. 여자이자 누이이자 어머니의 손이 남자이자 오라버니이자 아들의 뺨을 다독였다. 이윽고 담마딘나의 얼굴에서 내려온 아사타의 손은, 산적들에게 능욕을 당할 때마다 자신을 구해 줄 자를 찾아 하늘을 향해 휘저어졌던 그 손은 자신에게 시바신을 대신해 구원자로 다가온 한 인간의 하나뿐인 손목에 다가가 부드럽게 닿았다.

아사타는 다른 손으로 자신의 사리를 헤집었다. 조금 전에, 그리고 산적들에게 잡혀 있는 동안 수도 없이 원치 않는 남자에 의해 강제로 벗겨졌던 옷은 그녀 자신에 의해 열렸다. 거기 여자의 가장 여자다운 것이, 가장 비밀한 것이, 수많은 남자들이 갈망하는, 또한 수많은 남자와 여자를 먹여 기르는 꽃이자 양식이자 샘이자 낙원이 있었다. 여자가 남자의 손을 끌어 자신의 가슴 위에 얹었다.

여자의 가슴을 어루만지며 남자는 죽음 같은 잠에 빠져들었다. 그는 꿈을 꾸었다. 처음에는 아귀들이 출몰하는 꿈을, 나중에는 낙원, 낙원…으로 이어지는 꿈을.

그 일이 있은 후, 담마딘나는 한쪽 팔을 잃은 사람으로서 더 이상 군에 남아 있을 수 없었다. 또한 그는 자신이 군대에 들어간 가장 큰 목적이었던 아사타를 찾은 이상 군에 머물 필요가 없었다. 그리하여 그때 이후 두 사람은 함께 살았고, 여자는 남자를 자신의 두 번째 애인으로 받아들였다.

그녀의 두 번째 애인은 첫 번째 애인과 닮은 데가 많았다. 그는 아사타의 첫 번째 애인과 마찬가지로 그녀의 몸을 소유하지 않았다. 담마딘나는 아사타에게 마음 말고는 다른 아무것도 바라거나 요구하지 않았고, 아사타 또한 마음만을 주었을 뿐 몸을 내어주지는 않았다.

그렇게 세월이 흘러갔다. 그 사이, 참아내기엔 너무나 고통스러웠던 과거와 힘겨운 노동 때문에 아사타의 몸은 눈에 띄게 쇠잔해져 갔다. 그리하여 십여 년 후, 그녀는 젊었을 적의 매혹적이었던 아름다움을 찾아보기 어렵게 바뀌었다. 그래서 담마딘나는 슬펐다. 그것은 아사타의 운명에 대한 슬픔이었으나 자신의 운명에 대한 슬픔이기도 했다. 나아가, 그것은 자뚜의 운명을 안타까워하는 슬픔, 모든 것은 덧없다는 진실로부터의 슬픔, 그리하여 그것은 삶 자체에 대한 슬픔이었다.

한 방울씩 떨어져내린 슬픔의 물방울은 어느 사이 그의 마음 항아리를 가득 채웠다. 그리고 마침내 그 물은 몸 세포 하나하나까지를 흠뻑 적시기에 이르렀다. 그리하여… 그에게서 시와 노래가 흘러나오기 시작했다. 담마딘나의 시와 노래에는 절절한 슬픔과 함께 깊은 철학적 숙고가 담겨 있었다.

낙원은 어디에 있는가?
나는 아네,
낙원이 여기 있다는 것을.

낙원은 그녀,
내 것으로 만들 수 없는,

가까이 있으나 가장 먼,
나의 낙원은 그녀라네.

그러나 오오!
이 슬픔은 무엇인가?
나는 왜 낙원에서
어린아이처럼 우는가?

낙원은 어디에 있는가?
나에게, 우리 모두에게
낙원은 어디에 있는가?

낙원, 슬픔 없는 곳,
울음이 없는 그 땅은 어디인가?

얼마 뒤, 자뚜·담마딘나와 함께 낙원을 누리고 싶어 했던 아사타와, 자뚜를 실낙원失樂園에 보내고 싶지 않았고 아사타에게서 낙원을 찾던 남자 담마딘나는 삶을 마쳤다. 먼저 아사타가, 이어서 담마딘나가.

30
금생의 아유타와 밧디야

아사타와 담마딘나와 자뚜는 장소를 잠부디빠로 옮겨 다음생을 받아 아사타는 아유타가, 담마딘나는 빙기사가, 자뚜는 밧디야가 되었다.

세 사람의 인연은 밧디야와 아유타가 만나는 것으로부터 다시 시작되었다. 두 사람이 처음 만나던 때 밧디야는 사끼야국의 왕위를 이어갈 세자였고, 아유타는 많은 재산을 가진 한 바라문 장자의 시녀였다.

어느 날, 왕자 밧디야는 숲으로 사냥을 나갔다. 잠시 후, 사슴을 뒤쫓다가 일행과 떨어져 혼자가 된 밧디야는 문득 갈증을 느꼈다. 그는 말을 멈추고 사방을 둘러보며 물이 있을 만한 곳을 찾았다. 조금 떨어진 곳에서 우물물을 긷고 있는 젊은 여인이 눈에 띄었으므로 밧디야는 말을 재촉하여 그녀에게 다가가 말했다.

"내가 목이 몹시 마르니 물을 한 바가지만 떠 다오."

"예, 귀인이시여."

대답은 했지만 처녀는 서두르지 않았다. 천천히, 그리고 매우 정숙한 태도로 처녀는 바가지에 물을 떠서 밧디야에게 주었는데 물 위에는

나뭇잎 두 장이 떠 있었다.[110]

물을 마신 다음 밧디야가 물바가지를 돌려주며 물었다.

"내가 마신 물 위에 나뭇잎이 떠 있었는데 그것을 알고 있었느냐?"

"예, 제가 나뭇잎을 씻어 물 위에 띄웠습니다."

"무슨 까닭으로 너는 나뭇잎을 물 위에 띄워놓은 것이냐?"

"나뭇잎을 띄워 두면 귀인께서 천천히 물을 마시겠거니 하는 생각으로 그렇게 하였습니다."

"그러니까 너는 내가 물을 마시다가 혹 사레가 들까 염려가 되어 나뭇잎을 띄워둔 것이란 말이렷다!"

"그렇습니다." 하고 대답하는 처녀의 말투는 당돌하리만치 침착했다. 그러나 그녀가 자신의 낮은 신분을 생각하며 고개를 숙이고 있었기 때문에 밧디야는 그녀의 얼굴은 보지 못한 상태였다.

밧디야가 웃으며 물었다.

"너는 지금 나를 가르치려는 것이냐?"

"남의 시중을 드는 천한 신분에 있는 제가 어찌 지체 높은 분을 가르칠 수 있겠습니까? 다만 저는 나이 열일곱 살이 되도록 자라 오는 동안 알게 된 것 중 작은 끄트머리 한 가지, 급한 때일수록 침착해야 한다는 것에 유념한 것뿐입니다. 저는 지금 귀인의 책망하시는 말씀을 듣고 제가 겸손한 마음을 더 길러야만 한다는 것을 깨닫습니다. 저에게 겸손의 미덕을 가르쳐 주신 점 감사드리며, 저는 이만 제가 가야만 하는

---

110 우리나라에서는 고려 태조 왕건과 정화왕후 사이에 있었던 일로 알려져 있는 '나뭇잎 설화'는 불교 경전에 꼬살라국 왕자 빠세나디와 어느 부유한 바라문의 시녀 말리카 간에 있었던 일로 기록되어 있다.

곳으로 가겠습니다."

"너는 잠시 멈추라. 그리고 내 얼굴을 똑바로 쳐다보아라."

문득 여인에 대한 강한 호기심이 일어난 밧디야가 말했다. 밧디야의 명령을 받은 처녀가 고개를 들었다. 그래서 드러난 처녀의 모습을 보자마자 밧디야는 크게 놀랐다.

먼저, 그녀의 외모가 너무나도 아름다웠다. 얼굴선은 대리석 조각처럼 매끈했고, 피부는 투명하리만큼 맑았으며, 회색빛이 감도는 눈동자에 어려 있는 빛은 씩씩하면서도 깊었던 것이다. 밧디야의 마음은 그녀, 아유타에게 강하게 이끌렸다. 그러나 그녀의 미모보다 그를 강하게 이끈 것은 전생의 업력이었다.

밧디야의 전생으로서의 자뚜는 담마딘나의 도움을 받아 뗏목에 실려 하염없이 바다 안으로 흘러갔었다. 그가 탄 뗏목은 물결을 따라 처음에는 바다 안쪽으로 출렁출렁 흘러 나아갔다. 그러더니 얼마 뒤부터 조금씩 방향을 틀어 다시 육지 쪽으로 돌아와 처음 출발했던 곳으로부터 북쪽으로 이십 요자나쯤 떨어진 마우까라는 마을에 도착했다.

뗏목에서 내린 자뚜는 지친 몸과 마음을 추스른 다음 자기가 살던 곳을 향해 출발했다. 변장을 하여 신분을 숨긴 그는 한 달이 넘는 긴 여정 끝에 집에 도착할 수 있었다. 모든 것은 대체로 그가 예상한 것과 일치했다. 그 사이에 자신 소유의 집이 국가에 의해 몰수되어 집주인이 바뀌어 있는 것도 그중 하나였다. 다행인 것은 하인 구라나가 아직도 그 집에서 하인으로 일하고 있다는 점이었다. 그는 구라나에게 남몰래 접근하여 그동안 이곳에서 무슨 일이 일어났는지를 상세하게 들을 수 있었다.

다른 것은 다 중요하지 않았다. 자뚜에게 중요한 것은 단 한 가지, 아사타의 안부였다. 구라나는 아사타가 남편과 운명을 함께하기 위해 집을 떠났다고 말해 주었다. 그래서 자뚜는 아사타를 만나기 위해 자신이 뗏목에 실렸던 해변으로 돌아갔다. 그는 마을 사람들에게 그 뒷일이 어떻게 되었는지를 물어보았는데, 그들은 아사타와 담마딘나의 일을 비교적 소상하게 알고 있었다. 그들은 자뚜에게 담마딘나가 한 아름다운 여인과 함께 작은 돛배에 몸을 싣고 바다 한가운데로 나아갔다고, 그들을 태운 돛배는 바다 안쪽으로 끝없이 떠밀려 갔다고 말해 주었다.

두 사람은 살아 있을까? 자뚜의 마음에서는 그들이 반드시 살아 있으리라는 근거 없는 확신이 생겨났다. 아니, 그것은 확신이라기보다는 간절한 바람이었다. 그들은 반드시 살아 있어야만 했다. 만일 그렇지 않다면, 선한 사람들이 고통받는 상태로 삶을 마친다는 것은 너무나도 불합리한 일이 아닐 수 없었다.

"시바신이시여!"

자뚜는 바닷가 모래 위에 털썩 무릎을 꿇었다.

"시바신이시여, 부디 저들을 도와주십시오! 저들은 이대로 죽어서는 안 됩니다! 저에게 고통을 준 사람들에게 응당한 고통이 가해지는 것은 바라지 않습니다. 그들을 파괴하시든지 불지옥으로 보내시든지 용서를 하시든지는 시바신께서 정하십시오. 하지만 부디 선한 사람들에게는 그에 알맞은 좋은 보상을 내려 주십시오! 세계의 총사령관이자 우주의 왕이신 시바신이시여! 만일 나의 사랑하는 아내 아유타가 행복한 삶을 살지 못한다면, 또 담마딘나가 그의 의로움을 보상받지 못한다면 저는 감히 당신을 저주하겠습다! 당신을 거역하며 천 년, 만 년 동안 당신과 정의를 다투겠습니다!"

자뚜는 그날부터 두 사람이 혹 육지로 되돌아왔을지도 모른다는 생각에 주변 마을들을 돌며 아사타와 담마딘나를 찾기 시작했다. 그렇게 십여 년의 세월이 흘렀다. 그런 끝에 다시 아사타가 담마딘나와 함께 자신을 찾아 떠난 곳으로 되돌아온 그는 그 바닷가에 쓰러져 죽었다.

이러한 밧디야의 전생이 그의 마음을 처녀 아유타를 향해 걷잡을 수 없이 쏠리도록 이끌었다. 그의 마음에서 시간과 공간이 멈추었다. 그 점은 아유타도 마찬가지였다. 강력한 전생의 업력에 이끌려 두 사람은 단번에 사랑에 빠져들었던 것이다.

잠시 후, 이제는 전혀 다른 눈으로 여인을 바라보게 된 밧디야는 그녀의 이름과 신분을 물었다. 그녀는 자신의 이름은 아유타이며, 이 지역의 모든 토지를 소유하고 있는 바라문 사라까 장자의 시녀라고 대답했다. 밧디야가 말했다.

"나는 이 나라의 왕자 밧디야이다. 나는 그대를 나의 여인으로 삼고 싶구나. 그러니 가자, 나의 궁전으로! 나의 여인이 되어!"

이런 경과를 거쳐 두 사람은 다시 부부가 되었다.

세자빈이 된 이후 아유타는 남편을 지극정성으로 받들고 위했다. 밧디야에게는 아유타 말고도 수많은 후궁들이 있었고, 그녀들 또한 그에게 큰 헌신을 보였다. 그러나 자신을 위하는 행동에 있어서 후궁들과 아유타는 달랐다. 그녀의 헌신에는 비굴한 데가 조금도 없었던 것이다.

아유타에게는 바라문 상자의 시녀 출신이라고는 도무지 생각되지 않는 높은 기품이 있었다. 처음에 후궁들은 신분이 비천했던 그녀를 은근히 무시하기도 하고, 맹렬하게 질투하기도 했다. 그러나 시간이 흐르는 동안 그녀들의 태자비에 대한 태도는 찬탄과 존경으로 바뀌어 갔다.

밧디야 또한 사정은 비슷했다. 그 또한 궁중 여인들과 마찬가지로 아유타의 성품에 감탄하고 감복했던 것이다. 그렇긴 해도 밧디야는 아내에게 자신의 마음을 '모두' 주지는 않았다. 밧디야는 부왕으로부터 왕에게 있어서 여자의 미모가 얼마나 위험한지에 대해 여러 차례 경고의 말을 들은 바 있었다. 또 그는 아버지로부터 그런 경고를 듣지 않았더라도 그 점을 충분히 알 만큼 총명하기도 했다. 그런 사람으로서 밧디야는 아유타에 대한 자신의 사랑이 마음을 모두 주는 정도까지 나아가지 않도록 유념했다.

아유타와 혼인한 지 얼마 지나지 않아 부왕이 세상을 떠남으로써 밧디야는 왕이 되었다. 문제는 그가 져야만 하는 부담이 백 배 이상 커졌다는 점이었다. 자신의 힘이 커진 만큼 그는 왕자 시절보다 아내를 비롯한 모든 여자를 더욱더 조심했다. 나아가 그는 남자들 또한 조심하고 경계했다. 자신을 둘러싸고 있는 모든 사람들이 그에게는 '친구로 다가오는 적'으로 생각되었던 것이다.

왕이기 이전에 한 인간으로서 그에게도 좌절·실패·한숨·탄식·아픔·눈물은 있었다. 그것들은 그에게 어떤 인격체 앞에서 "나는 지금 괴로워, 견딜 수 없을 만큼!"이라고 말할 것을 요구했다. 하지만 상대에게 전해지는 순간 "나는 참 못난 사람이야!"라는 말로 바뀌어 버리게 될 그 말을 해도 좋은 사람을 그는 아직껏 만나지 못하고 있었다.

남들에게 자신의 마음을 주지 않는 밧디야의 마음가짐과 행동은 왕으로서 반드시 가져야만 하는 태도라고 할 수 있었다. 그러나 다른 한 편으로 그것은 왕이 아닌 한 인간으로서의 그에게 마음의 짐을 내려놓고 기대어 쉴 수 있는 장소가 없다는 것을 의미했다. 그래서 그의 마음은 황막한 모래밭이 되었다. 그런 그를 구제해 줄 수 있는 가능성을 가진 사람은 아유타뿐이었다. 그리고 그 가능성이 현실이 되는 때가 왔다.

왕이 된 지 두 해가 지난 어느 날, 밧디야는 혼자 궁중을 거닐다가 문득 이런 생각을 떠올렸다. '사람은 누구나 자기 자신을 가장 사랑한다. 어떤 사람이 남을 자기 자신보다 더 사랑한다는 것은 있을 수 없는 일이다.' 그는 다시 생각했다. '그런데 아유타도 그럴까? 나에 대한 그녀의 헌신을 보며 나는 그녀가 그녀 자신보다 나를 더 사랑하는지도 모른다는 생각을 하게 된다.'

밧디야는 곧 아내를 불러 자신이 떠올린 생각을 말한 다음 그에 대한 그녀의 생각을 물어보았다. 질문을 받은 아유타는 잠시 생각에 잠겼다. 이윽고 그녀는 남편을 그윽이 바라보며 조용한 목소리로 대답했다.

"가만히 제 마음을 관찰한 끝에 저는 저 또한 여느 사람과 다름 없는 마음을 갖고 있다는 사실을 봅니다. 대왕이시여, 저 또한 모든 사람이 그러하듯이 저 자신을 대왕보다 더 사랑합니다."

그것은 밧디야가 바라는 대답이 아니었다. 그래서 그는 실망했지만 그 생각은 곧 바뀌었다. 그는 아유타의 대답에서 남다른 정직성을 보았다. 만일 그 질문을 후궁들에게 할 경우 그녀들은 한결같이 "저는 저 자신보다도 대왕을 더 사랑합니다."라고 대답하리라는 것을 밧디야는 알고 있었다. 그게 아니라면 대답하기 곤란한 상황을 애교로써 넘기거나 말길을 다른 데로 돌려 대답을 피했을 것이었다.

밧디야는 그 뒤로 그는 기회가 있을 때마다 아유타의 정직성을 관찰하고 시험해 보았다. 그런 끝에 마침내 밧디야의 마음 문이 열렸다. 그는 아유타의 마음에서 가장 깊은 곳에서 우러나는 정직성과 그것이 우러나오는 샘으로서의 진정성을 보았던 것이다.

누군가를 전적으로 신뢰한다는 것, 깊은 진정성을 가진 타자를 벗 삼는다는 것, 벗 중에서도 가장 가까운 벗인 아내로 삼는다는 것, 밧디야에게 그것은 크나큰 행복이었다. 아니, 그것은 행복이라기보다는 차라리 종교적 안식이었다. 밧디야는 자신의 내면에 무거운 짐으로 들어와 있는 부끄러움을 아유타라는 이름의 성소聖所에 나아가 모두 고백했다. 그리고 아유타는 그의 고백에 고요히 귀 기울여 들어주었다.

그것은 지극한 정성이 깃들어 있는 경청, 그리하여 그것은 심오한 수용이었다. 아유타의 수용은 물과 같았다. 물은 어떤 물건과 자신의 사이의 틈을 허용하지 않는다. 밧디야에게는 물로 다가온 아유타와 자신 사이에는 아무런 틈이 없는 것처럼 느껴졌다. 그에게 아유타는 자신이 나아간 만큼 물러나 주는 사람, 물러선 만큼 따라와 주는 사람이었다.

그렇게 두 개별자의 선들이 맞닿아 하나로 겹쳐진 자리에서, 아유타는 밧디야가 부끄러움을 고백하면 그 부끄러움을 순정하게 공감해 주었을 뿐 한 점 나무람의 느낌도 보이지 않았다. 자랑스러움을 드러낼 때에도 그 자랑스러움을 즐거이 공명해 주었을 뿐 한 점 부추김을 더하지 않았다.

그리하여 아유타는 바다였다. 바다, 더러운 것이든 깨끗한 것이든 가리지 않고 모든 것을 다 받아들이는 바다. 그 바다에 자신의 오염과 청정을 모두 흘려보냄으로써 일국의 왕이기 이전에 마음 가난한 한 중생으로서의 밧디야는 큰 안식을 얻었다. 그에게 아유타는 고귀한 성전이었다. 그는 그 성전에서 자신이 지은 모든 죄를 탕감받은 종교인이 되었다.

그러나 그런 밧디야의 상태는 아유타에 대한 의존도를 극대치로 높이는 일이기도 했다. 의존도가 높으면 의존물이 무너질 때의 위험 또한 크게 마련이다. 그리고 마침내 그 불행한 일이 일어나고 말았다. 몇 년 뒤, 빙기사가 궁정시인이 된 지 얼마 지나지 않아 아유타의 마음은 걷잡을 수 없이 빙기사에게 쏠렸고, 그럼으로써 영원히 고귀하리라 믿어 의심치 않았던 밧디야의 성전은 낮고 누추한 폐가로 바뀌고 말았던 것이다.

31
엇갈리는 인연

전생의 업력에 이끌려, 빙기사와 아유타는 서로 단 한 번 마주 보는 것만으로 사랑에 빠져들었다. 전생! 그 아프던 삶에서 아사타는 자뚜를 사랑했고, 담마딘나는 두 사람의 사랑을 끝까지 지켜주려 했었다. 그러나 운명의 엇갈림에 의해 아사타와 담마딘나는 함께하게 되었고, 마침내 담마딘나는 아사타를 사랑하기에 이르렀다.

아사타 또한 담마딘나에게 강하게 끌렸다. 강직하고 고결했음에도 불구하고 고통스러운 삶을 살게 된 담마딘나. 더군다나 그 고통이 자신을 위한 분투의 결과임을 생각할 때 아사타의 마음은 아팠고, 저렸고, 쓰라렸다. 담마딘나에 대한 마음은 이 동정심으로부터 시작되어 마지막에는 사랑으로 바뀌었던 것이다.

그러나 두 사람은 죽는 날까지 그 어느 편도 상대방에 대한 사랑을 드러내지 않았었다. 그리하여 그들의 사랑의 물은 그들의 마음 안에 백천만 동이의 물로 담기게 되었다.

그리하여 금생의 어느 날, 빙기사는 자신의 마음 호수 위에 폭풍이 몰아치는 것을, 호면이 걷잡을 수 없이 출렁거리는 것을, 마침내 호수

물이 둑을 무너뜨리며 거대한 폭류가 되어 쏟아지는 것을, 그런 끝에 강 한복판에 있는 삼각주를 묻어 삼키는 것을 보았다. 낙원처럼 아름다운 섬, 예술처럼 황홀하고 꿈결처럼 신비로운 섬, 아유타라는 이름의 섬을…. 물과 섬은 곧 하나가 되어 뒤엉켰다. 전생에 못다 한 사랑, 또는 중생을 윤회로 인도하는 갈애가 이끄는 대로.

두 사람의 관계는 얼마 지나지 않아 밧디야에게 알려졌다. 자신이 사랑해 마지않는 두 사람이 연인 관계를 맺고 있다는 것을 처음 알았을 때 밧디야는 엄청난 충격을 받았다. 그는 절망했다. 그 절망은 단순히 사랑하는 여자를 빼앗겼다는, 또는 믿고 있던 아내와 친구에게 배신을 당했다는 것 이상의 의미를 지니고 있었다. 거기에는 사람에 대한 실망, 사람에게 진실이 있다는 믿음의 붕괴가 포함되어 있었던 것이다.

진정을 바쳐 사랑한 사람! 생명 그 자체, 존재 그 자체를 걸고 찾아낸, 진실을 위장하는 거짓된 사람들의 백사장에서 빛나는 순은 같은 진실을 가진 사람이라고 믿었던 두 사람이 자신을 속이고 배반함으로써 그의 마음에서 인간에게 진실과 진정이 있다는 믿음이 무너져 내리자 그는 자기 자신을 제대로 유지할 수 없었다.

허청허청, 그는 허수아비처럼 궁전 뜰을 배회했다. 그의 곁에서 두 죄인을 어떻게 처벌할지에 대한 왕의 결정을 기다리며 법무대신이 두 손을 모으고 서 있었다.

"진실을 위장하여 남의 눈을 가리는 사악이여! 이는 가중한 중죄이니, 저들은 아름다운 빛깔로 몸을 꾸몄으나 이빨 속에는 독을 숨기고 있는 꽃뱀 같은 자들이로다! 따라서 저들은 돌과 회초리를 맞으며 쫓겨남이 마땅한 즉…."

그는 충혈된 눈으로 법무대신을 바라보며 다시 외쳤다.

"예술의 아름다움을 바라보아야 할 눈으로 남의 아내의 미모를 탐한 죄를 물어 빙기사의 두 눈을 찔러 실명케 하고, 남편의 말에만 기울여야 할 귀로 외간 남자의 유혹의 말에 귀 기울인 아유타의 두 귀에 독을 부어 귀먹게 한 다음 궁에서 추방하라!"

이렇게 하여 빙기사와 아유타는 궁에서 쫓겨났다. 다행한 것은 빙기사의 재능을 아꼈던 법무대신이 밧디야 왕을 설득하여 그의 눈을 하나만 찌르도록 조치했다는 점이었다.

한쪽 눈을 잃던 때, 빙기사는 몸의 고통보다 더 극심한 마음의 고통을, 자신의 존재 자체가 근본적으로 부정되는 데서 오는 뼈아픈 모멸감을 느꼈다. 그동안 사람들로부터 눈부신 찬탄만을 받아오던, 자신은 세상에서 가장 가치 있는 사람이라는 은근한 자부심을 갖고 있었던 그는 그 모멸감을 견딜 수 없었다.

그리하여 언제 어느 곳에서나 금방 샘솟아 오르곤 하던 빙기사의 인생에 대한 사랑의 정신, 아름다움에 대한 예찬의 정신은 깊고 깊었던 물길이 막혀 버렸다. 문제는 수원이 막혀 버린 빙기사의 마음에서 전에 솟아 오르던 맑고 시원한 샘물 대신 탁하고 뜨거운 분노의 용암이 끓어 올랐다는 점이었다.

분노의 용암은 샘이 있던 곳을 순식간에 덮어 버린 다음 꾸역꾸역 흘러내려 갔다. 퍽! 퍽! 터지는 용암의 불티. 처음에 그 불티가 향한 표적은 밧디야였다. 그러나 빙기사는 곧바로 자신이 분노의 방향을 잘못 잡고 있다는 것을 알았다. 그리하여 예술과 세간사에 대해서는 박학다식했지만 안으로의 길에 대해서는 별반 아는 바가 없는 그의 마음은 '밖'으로 나아가 자신의 분노를 터뜨릴 다른 대상을 찾았다. 그럼으로써 그가 밧디야 대신 찾아낸 것이 운명이었다.

그랬다. 그 모든 것은 운명의 탓이었다. 자신에게 천재적인 재능을 준 자는, 자신을 음유시인이 되도록 이끈 자는, 자신을 사끼야국으로 인도한 자는, 밧디야 왕이 자신의 예술에 매혹되도록 이끈 자는, 그에게 아유타라는 아름다운 아내가 있도록 해 놓은 자는, 그녀가 자신의 정신력을 통제 불능의 상태로 몰아갈 만큼 매혹적인 여인이도록 준비해둔 자는 모두 운명이었다.

"운명이여! 나를 노리개로 삼고 있는, 보이지 않는 손이여! 꽃의 모습으로 꿀을 품고 다가왔지만 그 실체는 미美도 향도 아닌 너 위장의 명수여! 네가 나에게 바라는 것은 무엇이냐? 네가 나의 앞길에 예비해둔 교활한 속임수는 또 어떤 것이냐?"

그는 운명의 검은 손을 반드시 찾아내고야 말겠다는 처절한 의지가 담긴 충혈된 한 개의 눈으로 허공을 뚫어져라 응시했다. 그리고 그런 그의 곁에 아유타가 있었다. 중요한 것은 그녀가 천상에서 지옥으로 추락하듯 일변한 자신의 처지를 빙기사와는 다른 각도로 바라보아 받아들이고 있다는 점이었다.

궁에서 쫓겨난 다음 빙기사와 아유타는 졸지에 거지가 되었다. 먹을 것을 구걸하고 길에서 잠을 자는 삶. 그들에게 그것은 혐오스럽고 모멸스러운 삶이 아닐 수 없었다. 그리고 그 혐오감과 모멸감을 더 크게 느꼈어야 하는 쪽은 떠돌이 음유시인이었던 빙기사보다는 일국의 왕비였던 아유타여야만 할 것이었다. 그러나 실제는 그 반대였다.

똑같이 거지로 전락했지만 아유타는 빙기사와 달랐다. 아유타는 자신에게 닥쳐온 불행을 밧디야나 운명의 탓으로 돌리지 않았다. '내가 성덕을 잃은 것은 나의 잘못된 행위 때문이었다. 모든 것은 자업자득인 것이다'라고 그녀는 생각했다.

이렇듯 빙기사가 '밖'을 탓하며 분노를 터뜨린 데 비해 아유타는 분노 없이 '안'으로 침잠해 들어갔다. 아유타의 침잠은 그녀가 청력을 상실한 점 때문에 더욱 깊어졌다. 빙기사가 남아 있는 한 눈으로 타자를 향해 분노의 눈길을 보내고 있는 사이 아유타는 들리지 않는 육신의 귀 대신 마음의 귀를 열어 가고 있었던 것이다.

눈을 잃어버린 빙기사는 불편은 느꼈을지언정 보는 능력 자체를 잃은 것은 아니었다. 그에 비해 아유타는 듣는 능력 자체를 잃어버린 것이었다. 그런데 역설적이게도 한 감각기관의 일부가 아닌 전부의 능력 상실은 이미 안으로 향한 그녀의 마음을 더욱더 강하게 안으로 침잠시켰고, 그로부터 결정적인 변화가 일어났다.

아무 소리도 들리지 않자 그녀에게 세상은 갑자기 적막강산이 되어 버렸다. 천지에 눈이 자욱이 내렸다. 새 한 마리 날지 않고, 쥐 한 마리 움직이지 않았다. 모든 것이 멈추었다. 움직이는 모든 것들까지도 움직이는 상태로 움직이지 않았다.

처음에 그녀는 그 적막함에 대해 두려움을 느꼈다. 그러나… 그녀의 씩씩한 성품은 어느 순간 '너를 적막 속에 던지라!'라고 명령했다. 적막 속에 자신을 던진다는 것은 무지와 욕망을 죽이는 것을 의미했고, 그것은 다시 무지와 욕망에 물든 능동성을 버리는 것을, 수동적인 마음으로 일체를 수용하는 것을 의미했다.

아사타는 수동적 마음의 범주를 조금씩 넓혀 나갔다. 그녀는 모든 감각에 있어서, 즉 보고, 듣고, 맡고, 맛보고, 감촉함에 있어서 수동적인 상태가 되었다. 즉, 그녀는 감각 대상을 찾아다니지 않고, 그것이 느껴져오는 상태를 다만 순연히 받아들였다.

그 둘은 달랐다. 감각 대상을 찾아다닌다는 것은 마음에 욕망이 있음을, 또는 욕망을 강화하는 것을 의미한다. 그에 비해 감각 대상을 찾아다니지 않고 그것이 느껴져 오는 상태를 순연히 받아들인다는 것은 욕망의 중지, 또는 약화를 의미했던 것이다.

그렇게 한 달이 지나 아사타는 전혀 다른 사람이 되었다. 모든 의지를 다 포기해 버린 수동적인 모습. 그녀의 모습은 푹 삶겨진 채소, 또는 속이 빈 매미의 허물 같아 보였다. 그런 모습으로 아유타는 자주 무언가에 귀를 기울였다. 길을 가다가 문득 멈추어 서서, 밥을 먹다가 문득 손길을 멈추고, 그녀는 넋이 나간 듯한 모습으로 무슨 소린가를 들었다.

그녀의 그런 모습은 옆에서 그녀를 지켜보는 빙기사를 기이한 심리상태에 빠뜨리곤 했다. 빙기사는 아유타를 보며 '무얼 하는 거지? 그녀는 무슨 소리를 듣는 거지?' 하는 의문을 일으켰다. 그는 땅바닥에 글을 적어 아유타에게 그에 대해 물어보았다. 하지만 아유타는 아무런 글자도 써 보이지 않았다. 다만 애인의 눈을 물끄러미 바라볼 뿐이었다.

이렇듯 아유타의 마음이 자신 안으로 침잠하는 동안 빙기사의 분노는 더욱 치성해지고 있었다. 다음 단계에서, 치성해진 분노는 방향을 그 자신으로 바꿨다. 그는 몸을 짓찧었다. 머리를 벽에 부딪치기도 했다. 몸을 씻지 않았고, 머리도 손질하지 않았다.

이윽고 그의 입에서, 한때 아름다운 언어가 강물처럼 흘러나오던 그의 입에서 상스러운 말이 쏟아져 나오기 시작했다. 그는 그 말을 사람들에게 마구 퍼부었다. 그러자 즉시 보복이 돌아왔다. 그래도 그는 남들을 욕하기를 멈추지 않았고, 그 때문에 사람들에게 구타를 당했다. 구타를 당하면서 그는 입을 비죽거리며 기분 나쁜 웃음을 지었다. 사람들은 매를 맞으면서도 웃는 그에게 더 큰 화를 냈고, 더 심하게 구타했다.

어느 날, 빙기사는 젊은 사내 네 사람과 시비가 붙어 흠씬 두들겨 맞았다. 빙기사가 매를 맞는 동안 아유타는 열두 걸음쯤 떨어진 곳에 쪼그리고 앉아 넋이 나간 듯 멍한 표정으로 사내들과 빙기사를 바라보았다.

처음에 흥분한 남자들은 가까운 데서 한 여자가 자신들을 지켜보고 있다는 사실을 알지 못했다. 그러다가 빙기사가 이제 더 이상 저항하지 못하리라는 것이 분명해졌을 때 그들은 문득 느꼈다. 자기들 옆에 한 거지 여인이 있으며, 그녀로부터 설명하기 어려운 미묘한 기운이 흘러나오고 있다는 것을.

남자들은 쭈볏거리며 물러났고, 아유타는 빙기사를 부축해 일으켜 안전한 곳으로 옮긴 다음 그를 간호하기 시작했다. 그 사이 초주검이 된 빙기사는 여러 차례 까무러쳤다가 정신을 차렸다.

그리고 정신을 차린 빙기사는 보았다. 그녀의 회색 눈동자 너머에서 무언가 아름다운 것이, 슬프도록 아름다운, 그것을 보는 순간 존재의 밑바닥으로부터 솟아 올라오는 뜨거운 눈물을 참을 수 없도록 하는 무언가가 어른거리는 것을.

빙기사는 눈물을 글썽이며 그녀를 꼭 안았다. 애인의 품 안에서 아유타는 지그시 눈을 감았다. 그녀의 눈에서도 눈물 몇 방울이 굴러떨어졌다. 그러나 그뿐, 그녀는 곧 울음을 멈추었다. 얼마의 시간이 흐른 다음, 아유타는 몸을 빼치고 희미한 웃음을 지으며 애인을 바라보았다. 그때 이후로 그녀의 눈에서 다시는 눈물이 흐르지 않았다.

한 달 정도의 시간이 그렇게 흘러갔다. 달라진 것은 그동안 빙기사의 분노가 아유타를 향하기 시작했다는 점이었다. 물론, 높은 수준의 교양을 쌓아온 한 인간으로서 그는 아유타를 지극히 안쓰럽게 여기고 있었다. 하지만 궁에서 나온 뒤 비뚤어질 대로 비뚤어진 그의 마음은 아유타에 대한 그의 안쓰러움을 뒤집어 표출하도록 왜곡했던 것이다.

"그래, 너 때문이야! 네가 그처럼 이쁘고 싱그럽고 우아하지 않았더라면 내가 어찌 감히 왕의 여자를 넘보았겠는가!"

불행하게도, 그러나 다른 한편으로는 매우 다행하게도 그녀는 귀머거리였다. 그리하여 폭우처럼 내린 애인의 모욕적인 욕설은 그녀에게 이르러서는 잔잔한 호수가 되어 버렸다.

빙기사가 격심한 분노를 표출하고 있음에도 불구하고 아유타는 표정에 있어서나 태도에 있어서나 지극히 고즈넉했다. 고요, 그리고 다시 고요…. 이렇듯 그녀는 고요한 호수로서 반응했다. 그 어떤 거친 바람에도 물결을 일으키지 않는 기이한 호수로.

그것이 빙기사의 화를 부채질했다. 그는 거의 광분하다시피 되어 아유타를 때리기 시작했다. 그때 만일 아유타가 저항했더라면 빙기사는 세정신을 회복할 수 있었을 것이다. 그리하여 그녀를 꼭 안아 주었을 것이다. 자신의 못남을 고백하며 그녀 앞에 무릎을 꿇고 울었을 것이다. 그렇지만 그녀는 아무런 저항도 하지 않았다. 빙기사가 자신을 때리면 그녀는 순순히 그의 폭력을 수용했다. 주먹질을 당하는 동안 그녀의 눈동자는 '왜 이러시는 거지? 내가 뭘 잘못한 걸까?'라고 말하는 듯했다. '내게 이러시는 데에는 그럴 만한 까닭이 있을 거야….'

아유타의 그런 수용적인 태도는 빙기사의 분노에 부어진 기름으로 작용했다. 빙기사는 발을 들어 그녀를 걷어차며 소리쳤다.

"저항할 줄도 모르는 바보! 차라리 몸부림치며 아귀아귀 독설을 내뱉으라구!"

그녀는 몸을 웅크리며 쓰러졌다. 그랬는데도 빙기사는 폭력 행위를 멈추지 않았고, 마침내 아유타는 피투성이가 된 상태로 의식을 잃었다. 그제야 퍼뜩, 빙기사는 정신을 차렸다. '나는 지금 무슨 짓을 한 것인가!' 뉘우치는 일조차도 그 정황에서는 사치에 불과했다. 자신이 피투성이가 되었던 때처럼 빙기사는 아유타를 부축해 일으킨 다음 그녀를 보살피기 시작했다.

마침내 아유타의 얼굴에 생기가 돌아왔다. 애인을 붙들고 빙기사는 울었다. 빙기사가 흐느껴 우는 것을 한참 동안 바라보던 아유타가 떨리는 손을 내밀어 빙기사의 손을 잡았다. 빙기사는 놀랐다. 그동안 모든 상황을 수동적으로 받아들이기만 하던 그녀가 처음으로 보인 능동적인 동작이었던 것이다.

"부디 타자에 집착하지 마십시오…. 운명과 다투지 마십시오…. 제발 자신에게로 돌아가십시오…."

띄엄띄엄 말하고 나서 아유타는 빙기사의 손을 잡은 자신의 손에 힘을 주었다.

"자신에 대한 사랑을 발견하십시오. 나의 사랑하는 임이시여!"

그때 빙기사는 알았다. 그 한 번의 손잡음에는 여느 사람의 백천 번의 손잡음보다도 깊은 위로가 담겨 있다는 것을. 그리하여 그는 울었다. 아유타의 품 안에 쓰러져 그는 울고 또 울었다. 그의 울음은 오랫동안 계속되었다. 아유타는 순진한 어린아이처럼 다소곳한 모습으로 자신의 품에 안긴 빙기사의 등을 부드러운 손길로 어루만졌다. 그 어루만짐을 받으며 빙기사는 생각했다. '오! 이것은 천사의 손길이다!'

그 일이 있은 지 사흘째 되던 날, 아유타는 아무런 말도 표시도 없이 빙기사를 떠났다. 그날 새벽, 빙기사가 잠에서 깨어나 보니 아유타가 보이지 않았다. 옆자리가 비어 있는 것을 보는 순간, 그는 아유타가 자신을 떠났다는 것을, 영영 떠나 버렸다는 것을, 그녀를 찾아보아도 허사라는 것을 직감했다.

그는 멍하니 앉아 자신의 목숨보다도 더 소중했던 사람을 생각했다. 자신에게 지순한 행복을 주던, 딴 사람에게는 그것이 불륜일지 몰라도 관습의 울타리 밖 자신들만의 영역에서는 종교적 지복이라고 말해도 좋은 최고 최상의 행복을 주던 애인의 얼굴을 생각했다.

또한 그는 생각했다. 자신의 아픔을 어루만지던, 조용하지만 큰 위로를 주던 손길을.

'그러나 지금 그 손길은 사라졌다! 내 마음은 아직도 이렇게 얼어붙어 있는데! 그녀만이 나의 얼어붙은 마음을 녹여 줄 수 있는데!'

형언할 수 없는 고통이 비수가 되어 그의 마음을 난자했다. 그때부터 빙기사의 마음은 허무의 포로가 되었다.

모든 가치가 무너졌다!

모든 의미가 사라졌다!

싸우려 해도 싸울 대상이 보이지 않는, 잡으려 해도 쉽사리 잡히지 않는, 그는 허무라는 이름의 막강한 적 앞에 무방비 상태로 노출되었다. 그는 땅이 꺼져라 한숨을 쉬었다. 가슴을 쳤고, 허엉허엉 울었다. 옷을 쥐어뜯고, 몸을 비틀었다. 나무에 머리를 박고, 바위에 몸을 부딪쳤다. 마침내 그는 절벽에 올라가 깊은 강물에 몸을 던졌다.

그러나 그의 업은 그를 죽도록 허락하지 않았다. 그리하여 그는 한 농부의 도움으로 다시 살아날 수 있었는데, 그다음 그는 더 이상 죽으려 하지도 자신을 학대하지도 않았다.

"삶의 의미!"

그는 자신을 향해 말했다.

"빙기사여, 너에게는 삶의 의미를 찾아야만 할 의무가 있다 그 의미를 찾을 때까지, 빙기사, 너는 죽어서는 안 된다! 너에게는 무의미하게 죽을 권리 같은 것은 없는 것이다!"

이렇게 선언한 다음 빙기사는 다시 밥을 빌어먹으며 이 집 저 집을 돌기 시작했다.

그러던 어느 날, 한 마을을 지나고 있는 빙기사의 귀에 은은한 소리가 들려왔는데, 그것은 시바신을 모신 사원에서 울려 퍼지는 종소리였다. 문득 마음이 평화로워졌다. 평화! 그랬다, 그것은 그가 오랫동안 맛보지 못한, 심지어는 예술가로서 최고의 경지에 이르러 있을 때에도 느껴 본 적이 없는 지극한 평화였다. 그것은 세속적인 음악을 넘어서는, 천상의 음악이었다.

빙기사는 길가에 앉아 그 소리를 들었다. 종소리가 끝난 지는 이미 오래였다. 그렇지만 그의 귀에서 아직 음악은 끝나지 않은 채로 여전히 울려 퍼지고 있었다.

단순한 음률. 그러나 그것은 복잡한 기교로 장식된 자신의 음악보다 고귀했다. 그는 중얼거렸다. '나의 음악은 나 자신과 듣는 이에게 황홀한 도취를 선사했었다. 그러나 지금 내가 들은 단순한 음률은 나에게 지고한 평화를 선사해 주었다. 그렇다! 이제부터 나는 이 종소리에 담긴 평화를 향해 나아가리라! 예술로서는 도달할 수 없는 숭고한 종교의 세계를 탐구하리라!'

그는 앉았던 자리에서 벌떡 일어섰다. 마음 한복판에서 갑자기 강력한 힘이 불끈 솟구쳐 올라왔다. 그 힘의 근원은 그가 어렸을 때 보고 겪었던 것들, 즉 금생에 쌓은 업이었다.

그는 어렸을 때, 부유한 바라문 가정에서 후루와교를 믿는 아버지 아래에서 자랐었다. 그리고 그때, 그는 시바신을 모신 사원에서 들려온 종소리와 유사한 종소리를 하루도 거르는 날이 없이 들었었다. 그리하여 시바신을 모신 사원에서 울려오는 그 종소리가 그의 마음 한복판에 울려 퍼지던 그날, 그는 자신이 어릴 때 믿던 종교를 회억했던 것이다.

어느 사이 그는 일어나 걷고 있었다.

'이제 예술의 시대는 끝났다.' 하고 그는 힘차게 걸으며 마음속으로 말했다. '이제부터 나는 인간천사가 아닌 하늘천사의 손길을 받으리라. 나는 후루와신께 귀의하리라. 신에게서 아유타가 말한 사랑을 발견하리라!'

이렇게 하여 그는 자신의 옛 신앙으로 되돌아가기 위해 후루와 교단의 본부를 찾아갔고, 거기에서 추추 대주교를 만났다.

그렇지만 아유타가 그에게 말한 사랑은 빙기사가 생각한 '신의 길'에서의 사랑이 아니었다. 그녀는 그에게 그 반대편 쪽 길에서 얻게 되는 사랑, '인간의 길'에서의 사랑을 말한 것이었다.

32
아유타의 반열반

빙기사에게 폭행을 당한 지 사흘째 되던 날 이른 새벽, 아유타는 혼자 잠에서 깨어났었다. 아유타는 땅바닥에 누운 채로 금방이라도 떨어져 내릴 것처럼 맑은 별들을 바라보았다. 그리고 다음 순간, 그녀는 애인에게 맞아 욱신거려 오던 전신의 아픔을 잊었는데, 그것은 마음이 활짝 열리면서 정신이 초롱하게 맑아져 왔기 때문이었다.

그때 문득 그녀에게 '푸른 연꽃(웁빨라완나)'이라는 말이 떠올랐다. 그리고 다음 순간, 아유타의 마음에 자신은 웁빨라완나 비구니를 찾아가야만 한다는, 그 일만이 자신이 할 단 한 가지 일이라는 생각이 퍼뜩 떠올랐다.

그것은 단순한 생각이 아니었다. 그 생각에는 한번 결정하면 다시는 되돌릴 수 없는 최후의 결단과도 같은 단호함이 강력하게 실려 있었던 것이다. 그리하여 그것은 생각인가, 하는 순간 이미 행동이었다. 보통의 경우라면 생각을 한 다음 결정을 내리고, 그다음에 행동을 하게 되지만, 그때 그녀는 그 생각을 하자마자 곧바로 자리에서 일어나 빙기사에게는 아무런 말도 하지 않고 미래의 스승을 찾아 홀연히 길을 떠나 버렸다.

아유타가 웁빨라완나 비구니를 알게 된 것은 왕비 시절 궁녀들이 주고받는 이야기를 통해서였다. 당시 궁녀들은 웁빨라완나 비구니가 남자에게 능욕을 당했던 오래전 일을 이야기하고 있었다.

"그 비구니는 쾌감을 느꼈을까?" 하고 한 궁녀가 말했다.

"말도 마! 그런 정황에서 쾌감은 무슨!" 하고 다른 궁녀가 말했고, 그녀의 말에 모든 궁녀들이 깔깔대며 웃었다.

아유타는 궁녀들에게 그녀들이 말하고 있는 웁빨라완나가 누구이며 그녀에게 무슨 일이 있었는지를 물어보았다. 웁빨라완나 비구니를 능욕한 남자는 그녀의 사촌 오빠였다. 웁빨라완나가 출가하기 전, 그는 외모가 매우 아름다웠던 사촌 누이를 연모했다. 그러나 웁빨라완나에게는 남편을 맞아 아들딸을 낳고 오순도순 사는 등의 세속적인 욕구가 전혀 없었다. 그래서 그녀는 붓다의 교단에 출가하여 비구니가 되었는데, 그 후 숲속에 들어가 홀로 정진 중인 그녀의 방에 사촌 오빠가 몰래 숨어 들어가 그녀를 짓밟았던 것이다.

하지만 웁빨라완나는 깨달음을 성취한 아라한 비구니였다. 따라서 그녀는 그 일을 아무렇지도 않은 듯 순연하게 넘길 수 있었고, 붓다는 그 일을 계기로 비구니들은 깊은 숲속에 홀로 거처하지 못하도록, 더불어 비구 승단의 보호를 받도록 조치했다. 그러나 모든 것을 초월한 아라한의 경지를 이해하지 못하는 세간 사람들에게 그녀의 능욕 사건은 흥미로운 화젯거리일 뿐이었다. 그리고 그 소문이 사끼야국의 궁궐 안에까지 퍼짐으로써 아유타가 그 사건의 개요를 알게 되었던 것이다.

아유타는 웁빨라완나 비구니의 이야기를 듣는 것만으로 그녀가 어느 중생의 차원을 훌쩍 넘어선, 구름을 벗어난 달처럼 정순명랑淨純明朗

한 경지를 성취했다는 것을 알았다. 순결! 그 어떤 검은 구름도 달을 더럽힐 수 없는 것처럼 어떤 능욕도 더럽힐 수 없는 순결! 그 위대한 비구니가 그 어떤 번뇌도 침범하지 못하는 높은 경지에 이르렀다는 것을 아유타는 직관적으로 알았던 것이다.

그리하여 아유타는 밥을 얻어먹고 길에서 자면서 사람들에게 물어물어 웁빨라완나 마하테리를 찾아갔다. 보름 동안의 여행 끝에 그녀는 미래의 스승이 머물고 있는 사원에 도착했다. 아유타는 위대한 비구니 앞에 자신의 모든 과거를 내려놓았다.

수행! 짧은, 그러나 이번 생만이 아니라 수백, 수천 생을 모두 걸었다는 점에서는 짧으면서도 매우 긴 위빠싸나 명상 수행을 거쳐 그녀의 모든 과거는, 그리하여 현재 그녀를 짓누르고 있던 숙업은 마침내 허물어졌다. 그녀는 웁빨라완나를 만난 날, 세 번째 성자의 경지인 아나함과를 성취했던 것이다. 더하여, 대아라한 웁빨라완나의 위대한 신통력에 의해 그녀의 두 귀는 청력을 회복했다.

시원하게 밝아진 그녀의 귀에 노비구니의 음성이 들려왔다.

"청신녀[111]여. 이제 그대는 두 가지 길 중 하나를 선택할 수 있소. 첫 번째는 출가하여 비구니가 된 다음 수행을 진전시켜 아라한이 되는 길. 두 번째는 아나함인 이대로 세속에 남아 살다가 죽어서 정거천에서 나 그곳에서 아라한이 되는 길."[112]

아유타는 잠시 생각에 잠겼다가 조용히 말했다.

---

111 청신사·청신녀 청신사는 세속 생활을 하는 남자 불교 신자, 청신녀는 같은 조건의 여자 불교 신자.

112 깨달음의 네 단계 중 앞의 세 단계인 수다원·사다함·아나함은 세속 생활을 할 수 있지만 마지막 아라한 단계에 진입하면 세속 생활을 할 수 없다.

"하지만 저는 그에 앞서 밧디야 왕을 찾아뵈어야만 합니다. 그분은 저로 인해 큰 고통을 받고 계시기 때문입니다. 저는 그분에게 용서를 구하고 싶습니다. 또 가능하다면 그분을 불법으로 인도하고 싶습니다."

"그대는 밧디야 왕을 찾아갈 필요가 없소. 그분은 머지않아 출가할 것이고, 수년 후에는 깨달음을 성취할 것이기 때문이오. 그러니 그대는 그 문제는 잊고, 내가 말한 두 길 중 하나를 선택하도록 하시오."

스승의 이 말은 아유타로 하여금 밧디야에 대한 마음의 짐을 홀가분하게 덜어 주었다. 잠시 그 홀가분함을 음미한 다음 그녀는 다시 생각에 잠겼다. 잠시 후, 아유타 아나함이 굳은 결심이 어린 표정으로 말했다.

"저는 지금부터 세상 곳곳을 다니며 중생들을 위로하는 삶을 살겠습니다. 저는 저의 잘못으로 청력을 잃었다가 불법의 위대함에 힘입어 다시 청력을 회복했습니다. 그러므로 제 귀는 부처님의 귀이자 교법의 귀이자 승단의 귀입니다. 그래서 저는 삼보를 대신하여 중생의 좌절·실패·한숨·탄식·아픔·눈물을 귀 기울여 듣는 삶을 살고자 합니다."

"사두! 사두! 사두! 나는 그대의 앞날을 행복한 마음으로 미리 찬탄하오. 더불어 나는 말하겠소. 그대는 그 고귀한 길을 걸어 마침으로써 그대와 깊은 인연으로 맺어져 있는 또 다른 한 남자를 돕게 되리라는 것을."

아유타는 스승에게 다소곳이 삼배를 올린 다음 세상으로 되돌아갔다. 이후 그녀는 자신이 서원한 바에 따라 살았다. 아유타는 잠부띠빠의 수많은 마을들을 떠돌았다. 오늘은 이 마을, 내일은 저 마을, 모레는 이 도시, 글피는 저 도시로. 그렇게 세상을 떠돌며 그녀는 중생의 좌절과 실패를 아파해 주었고, 한숨과 탄식에 마음 기울여 주었으며, 아픔과 눈물을 함께해 주었다. 그러면서도 그녀의 마음은 언제나 내적인 고요함에 잘 머물렀다. 그녀는 안으로는 평정심을 잘 유지하면서 밖으로는 크나큰 자비심을 낼 수 있는 아나함 성자였던 것이다.

그런 끝에… 그녀의 여정은 마지막에 항구도시 숩바라까에 이르렀다. 그녀가 머문 곳은 부유한 사람들이 사는 앞 지역이 아니라 궁핍한 사람들이 사는 뒷 지역이었다. 그곳에서 그녀는 자신의 서원을 원만히 잘 성취한 다음 삶을 마쳤다. 인간으로서의 삶을 마친 그녀는 아나함 성자들이 마지막 삶을 보내는 하늘인 정거천에 났다.

(사리뿟따 마하테라가 좌장으로 있는 동굴로 돌아와)

정거천인 아유타가 자신의 과거사 인연 이야기를 끝마치고 말을 멈추었다. 침묵이 흘렀다. 사리뿟따 마하테라를 비롯한 스물한 명의 비구들과 웁빨라완나 마하테리, 오십 억여 명의 천왕·천인들 중 입을 여는 이는 아무도 없었다.

한참 만에 아유타 정거천인이 웁빨라완나 마하테리를 바라보며 말했다.

"조금 전에 스승님께서는 저에게 '사랑이 어떻게 마음을 감동시키며, 감동의 마음에는 왜 슬픔이 깃들어 있는지를 이곳에 모여 있는 중생들을 위해 말해 주기 바라오.'라고 말씀하셨습니다. 그에 답하여 저는 여기에 모여 있는 천왕·천인들을 위해 사랑은 예술·철학·종교와 마찬가지로 중생을 나-없음의 진리로 인도하는 좋은 길잡이가 될 수 있다고 말했습니다. 그런 다음 저의 전전생과 전생 이야기까지 말했습니다만, 스승님께서 놀라운 신통력으로써 옷감을 그렇게 하듯 시간을 주름잡으심으로써 천왕·천인들로 하여금 긴 시간에 걸쳐 들었어야 하는 이야기를 아주 짧은 시간에 들을 수 있도록 해 주신 점을 감사드립니다."

"그것은 나의 신통력도 신통력이려니와 그대의 이야기가 매우 흥미로워서 그들의 마음이 망아지경에 몰입되었기 때문이니, 망아지경으로 인도된 마음은 긴 시간을 매우 짧게 느끼는 법이 아니겠소?"

"그런데 스승님께서는 또한 조금 전에 저에게 사랑의 마음을 깨끗이 다 풀어버린 다음에라야 아라한과를 성취할 수 있고, 또한 반열반에 들 수 있다고도 말씀하셨습니다."

"그러하오."

"그래서 저는 과거생에 제가 가지고 있었던 사랑과 관련된 모든 미련을, 사랑을 믿고 사랑을 향하고 사랑을 아름답게 여기고 사랑에 애착하는 마음을 마저 다 풀어 끝마치기 위해 감흥게를 읊도록 하겠습니다."

웁빨라완나 마하테라는 허락한다는 의미로 조용히 미소 지었고, 아유타는 잠시 침묵했다. 이윽고 "…살라하는 아름다웠네…." 하는 말이 그녀의 입에서 나지막하게 흘러나왔다. 그녀의 입에서 흘러나온 목소리는 너무나도 맑고 영롱했다.

살라하는 아름다웠네.
그이의 팔에 안겨 바라보던 하늘빛과
흰 구름의 고요한 흔들림은 아름다웠네.

햇빛이 반짝, 비쳐 들던
침빠나무 밑은 아름다웠네.
그이의 사랑은

우리의 사랑은 아름다웠네.

실론 섬은 아름다웠네.
담마딘나님은 아름다웠네.
그분의 사랑은
우리의 사랑은 아름다웠네.

인연을 바꿔 다시 만난
세 마음의 그물 얽힘[113]은
아름다움이자 고통이었네.
사랑에 미움이 섞여 들었던
그것은 꽃이자 넝쿨이었네.

사랑은 넝쿨, 그리고 꽃!
사랑은 얽매임, 그러나 행복!

그리고 오오, 이제 나는
넝쿨도 꽃도 없는 곳으로
꽃보다 더 꽃다운 곳으로

---

113 인드라망(Indra網) 불교는 세계의 모든 사물이 그물처럼 서로 연결되어 있다고, 한 그물코가 움직이면 모든 그물코가 따라서 움직이듯이 모든 사물은 상의상관되어 존재한다고 말한다. 이런 의미의 그물을 인드라망이라 하는데, 인드라는 인도 전통 종교에서 우주를 관장하는, 불교에서 삭까 천왕으로 변화되어 수용된 천신이다.

한 줄기 향 되어 떠나려 하네.

가되 감이 없는 곳
허공 같은 그곳으로
이제 나는 가려 하네.

시를 읊고 나서 아유타가 노비구니를 향해 말했다.

"스승님이시여, 이제 저를 아라한으로 이끌어 주십시오. 그러면 저는 아라한을 성취하는 즉시 반열반에 들겠습니다."

"그러나 아유타 정거천인이여. 그대는 내 도움을 받지 않더라도 스스로 아라한을 성취할 수 있소."

스승의 그 말을 들은 아유타는 앉아 있던 보좌에서 일어났다. 보좌에서 내려온 아유타는 스승께 삼배를 올리고 나서 다시 보좌에 앉았다. 아유타의 얼굴에서 조금 전에 감돌던 감회의 빛이 깨끗이 사라지더니 아침 햇살 같은 밝고 두명한 빛이 나타나 퍼져 갔다. 이윽고, 그녀의 얼굴에 신들보다도 더욱더 신적인 신묘한 아름다움이 생겨났다. 그녀는 명상에 잠겨 들었고, 명상은 곧 깊어졌다. 이윽고, 조금 전 그녀의 얼굴에 머물던 신묘한 아름다움을 능가하는 지묘한 정조의 아름다움이 피어났다.

그 아름다움은 깨끗하고 멀었다. 멀어서 슬펐고, 깨끗해서 아름다웠다. 그러나 그것은 사사로운 슬픔이 아니었으니, 그것은 보편자의 슬픔, 그리하여 그것들은 은설의 아름다움이자 슬픔이었고, 흰 구름의, 무지개의, 하늘빛의 아름다움이자 슬픔이었다.

이윽고, 신묘한 기운이 고요히 가라앉은 다음 형언하기 어려운 은은

한 빛이 감돌기 시작했다. 그 빛 속에서 그녀는 자신의, 그러나 다른 한편 '자신의'라고 말해서는 안 되는 어떤 한 심신을 대상으로 존재의 실상인 공성空性을 꿰뚫어 통찰했다.

그리하여 은설의 아름다움과 슬픔은 일체의 번뇌에서 벗어난 성자의 은설로서의 빛남이, 흰 구름의 아름다움과 슬픔은 일체의 경험이 흰 구름이 되어 버리는 해탈지경으로서의 가벼움이, 무지개의 아름다움과 슬픔은 일체 중생에게 가장 깊게 다가가는 자비로서의 진실이, 하늘빛의 아름다움과 슬픔은 그 어떤 방법으로도 훼손할 수 없는 공기 같은 열반으로서의 나툼[114]이 되었다.

인간의 지극!
마음의 심오!
세계의 정화!

그렇게 아유타는 단정히 앉은 자세 그대로 목숨을 거두어 반열반, 생명 존재가 도달할 있는 가장 지묘한 승화를 실현했다. 아나함 이상의 경지에 오른 비구들을 제외한 수행자들과 천왕·천인들은 압도적인 감동을 받은 나머지 몸을 부르르 떨었다. 그들에게 자신들이 보고 있는 바로 앞에서 한 수행자가 조건이 없고 형성됨이 없는 지경으로 나아가는 것, 죽음을 죽여 초극하는 장면을 지켜본다는 것은 초공간적이고 초시간적인 장엄한 경험이었던 것이다.

---

114 나툼 불보살이 자신의 몸이나 능력, 또는 다른 사물을 나타내 보임.

잠시 후, 아유타의 반열반을 묵연히 지켜보았던 밧디야 아라한이 자신의 보좌에서 조용히 일어나 천천히 아유타에게 다가갔다. 한때 자신의 모든 것을 바쳐 사랑했던 여인 앞에서 그는 잠시 멈추어 섰다. 밧디야는 두 손을 올려 아유타의 두 귀를 만졌다. 그가 손을 떼고 뒤로 물러서자 놀라운 일이 벌어졌다. 천천히, 두 귀로부터 시작하여 아유타의 윗몸은 연초록, 아랫몸은 연분홍 재로 변하기 시작했던 것이다. 그렇게, 한때 아유타라 불리었던 무엇은 빛깔-재가 되었다.

모든 이들이 지켜보는 가운데 재의 빛깔은 점점 짙어져 연초록은 초록으로, 연분홍은 분홍으로 바뀌어 갔다. 그러고 나서 다시 연초록·연분홍으로 바뀐 재는 빛깔이 다시 엷어지면서 부수수 아래로 가라앉았다.[115] 잠시 후, 가라앉은 재는 신기루가 사라지듯 홀연히 사라졌다….

115 사람의 죽은 몸이 재가 되어 가라앉는 아이디어는 서정주의 시 〈신부〉에서 빌려 왔다.

33
그 항구 도시의 전설

아유타가 반열반에 든 다음 날, 웁빨라완나 마하테리는 자신의 수행처로 돌아갔고, 사리뿟따 마하테라는 춘다를 비롯한 비구 일행과 함께 까루나 동굴을 떠나 붓다가 가고 있는 항구도시 숩바라까로 향했다. (수많은 천왕·천인들과 라자·시리마·추추는 모습을 감춘 채로 위대한 법의 장수를 따라갔다.) 이후, 오랜 여행 끝에 사리뿟따가 일행과 함께 숩바라까에서 가까운 사띠까 마을에 도착했을 때, 붓다는 제자 아난다와 함께 이틀 전에 그곳에 도착하여 마을 사람에게 설법을 막 끝마친 다음이었다.

사리뿟따는 일행과 함께 붓다께 삼배를 올린 다음 여쭈었다.

"세존께서는 이곳까지 오시는 동안의 먼 여행길에 두루 편안하셨는지요?"

"나는 모든 면에서 편안하였나니, 사리뿟따여, 깨달음을 성취한 모든 수행자는 머무는 모든 곳이 행복한 곳이요, 처하는 모든 시간이 행복한 때이니, 이는 그대도 그러하고 여래 또한 그러하다."

이렇게 말한 다음 붓다는 그곳에 모여 있는 수많은 사람들을 위해 자신이 사띠까 마을에 도착하기까지의 일을 간단히 말해 주었다. 붓다는 출발한 첫날 제따와나 사원을 출발하여 무두 마을에서 오백 명의 재가신자들을 위해 설법했다. 다음 날에는 사리부 강가에서 상인 바리잣타를 교화하고, 그다음 날에는 상기따 마을에서는 청신녀 웨나니를 교화하고, 그다음 날에는 부루와나 사원에서 칠백 명의 비구들을 위해 설법하고, 그다음 날에는 사냥을 나온 바루 장자와 그의 권속을 위해 설법하고, 그다음날에는 탁발을 마친 다음 아난다 테라와 함께 꼭띠숲에 있는 작은 동굴에 머물며 하루 종일 선정의 즐거움을 누렸다. 이렇게 붓다는 여러 마을, 여러 사원, 여러 숲, 여러 강을 지나면서 중생들을 두루 교화했는데, 그동안 붓다가 교화한 중생의 수는 너무나도 많아 일일이 헤아릴 수 없을 정도였다.

사리뿟따 일행이 사띠까 마을에 도착한 다음 날, 마을에 나가 탁발을 하여 점심 공양을 마친 다음 붓다는 제자들에게 말했다.

"비구들이여. 자, 이제 그에게로 가자."

아난다 테라가 말했다.

"지금 세존께서는 '비구들이여, 자, 이제 그에게로 가자.'라고 말씀하셨습니다. 하지만 저희는 세존께서 말씀하시는 '그'가 누구인지 모르고 있습니다."

"너는 그가 누구인지 알면서도 다른 사람들이 알도록 하기 위해 짐짓 모르는 체 그것을 묻는구나."

"그러하오니, 저는 여섯 달 전에 세존께서 제따와나 사원을 출발할 때 장차 빙기사를 만나기 위해 숩바라까로 가겠노라고 하신 세존의 말씀을 잘 기억하고 있습니다. 하지만 세존이시여, 저는 아직까지 인간과 하늘사람들의 스승이신 세존께서 무슨 연유로 저 죄 많은 빙기사를 만나기 위해 여섯 달이라는 긴 여행을 하신 것인지를 알지 못하고 있습니다.”

“아난다여, 불제자는 어떤 사람을 보거나 그에 대해 생각할 때 과거의 그를 잊고 현재의 그로써 보고 생각해야 한다. 그것은, 사람은 한순간에 지난날의 모든 것을 훌훌 털어버리고 새사람으로 거듭날 수 있기 때문이니, 너는 현재의 빙기사는 예전의 그가 아님을 알아야 한다.”

“그 말씀은 빙기사가 새사람으로 거듭났다는 뜻입니까?”

“그렇다. 그는 수년 전에 어두운 세계로부터 밝은 세계로 나왔다. 그러나 처음에 그는 밝은 세계로 돌아서기는 했어도 불법으로 들어온 것은 아니었다. 그러나 지금 그는 그와 넝쿨과 꽃으로 인연 지어진 한 여인의 공덕에 힘입어 불법에 아주 가까운 데 이르러 진실의 길을 잘 걷고 있다.”

“세존이시여, 저와 이곳에 모여 있는 모든 사람들에게 그가 어떻게 어두운 세계에서 밝은 세계로 향하게 되었는지를 말씀해 주십시오.”

“지금이 그에 대해 말하기에 가장 알맞은 때이니, 아난다여, 여래는 너와 여기에 있는 많은 이들을 위해 빙기사가 그동안 걸어온 길에 대해 말하리라.”

이렇게 말한 다음 붓다는 신통력을 발휘해 거기 모여 있는 모든 이들이 장사가 팔을 구부렸다가 펴는 짧은 시간에 다음 이야기를 다 들을 수 있도록 하였다.

그곳에 아름다운 항구도시 숩바라까가 있었다. 꿈꾸는 듯 파아란 하늘, 짙푸르게 넘실대는 파도, 가득히 내려쬐는 햇볕, 그림처럼 펼쳐진 해변, 뾰족뾰족한 지붕을 한 흰색·푸른색·붉은색 벽돌집들, 그에 더하여 영양 좋은 얼굴의 남자들과 잘 차려입은 귀부인들이 있었다.

그러나 그 도시가 그런 밝은 면만으로 되어 있는 것은 아니었다. 거기에는 그와 반대되는 어두운 뒷면이 있었던 것이다. 도시의 뒷편에는 더러움이 숨겨져 있었다. 즐비한 선술집에서는 알콜 냄새가 가득했고, 왁자한 선원들의 상소리가, 시비와 몸싸움이, 유혹과 속임수가, 허세와 모멸이, 사내와 계집의 어우러짐이, 검은돈의 오고감이 있었던 것이다.

이렇듯 숩바라까는 밤과 낮처럼 뚜렷이 나뉘는 두 면을 함께 갖고 있는 기이한 도시였다. 시의 사람들은 앞지역 사람들과 뒷지역 사람들로 나뉘어 서로 벽을 쌓고 살았고, 인사도 나누지 않았다. 서로 아는 사이인 경우도 드물었지만 혹 아는 사이라고 해도 자신들의 교유가 남에게 알려지지 않기를 바랐다. 도시의 법 또한 두 지역과 사람들을 차별하기 위한 많은 법률을 정해 놓고 있었는데, 그 법률을 제정한 쪽은 앞지역 사람들이었다. 힘을 가진 그들은 불공평한 법을 제정하여 뒷지역 사람들을 억압함으로써 자신들의 영화를 보호했던 것이다.

어느 날, 도시 앞지역의 한 거리에 '그'가 나타났나. 그는 공기에 푸른 눈을 가진 남자였다. 머리는 어깨까지 늘어뜨리고, 수염은 덥수룩하게 기르고 있었으며, 옷차림은 긴 천으로 몸을 휘감은 정도로 매우 간소했다. 신발은 발등이 보이는 가죽신이었는데, 신발이 심하게 해진 것으로 보아 그가 먼 여행 끝에 이 도시에 도착했다는 것을 미루어 짐작할 수 있었다.

그는 한쪽 눈을 하얀 안대로 가리고 있었기 때문에 사람들은 그에 대해 좋지 않은 선입견을 품었다. 그러나 그건 잠시뿐, 사람들은 얼마 안 있어 그들의 생각을 바꾸지 않을 수 없었다. 사람들은 그의 하나밖에 없는 눈동자의 깊음과 아름다움에 빠져들었던 것이었다. 그 눈은 신비했다. 그것은 이슬의 눈이었고 샘의 눈이었다. 시내의 눈, 강의 눈이었다. 호수의 눈이었고, 바다의 눈이었다. 수평선을 연상시키는 눈. 아련한 꿈과 영원한 이상이 가득 실려 있는, 그 눈은 멀고 아득한 곳을 바라보는 향상의 눈이었다.

그의 거동 또한 보통 사람들과 달랐다. 무엇보다 눈에 띄는 건 그의 행동이 매우 느리다는 점이었다. 아주 천천히 걸으면서, 그는 희생제의 제물로 끌려가는 양처럼 슬픈 눈으로, 또는 맹수의 발톱을 피해 살아 돌아온 사슴처럼 순결한 눈으로 사람들을 바라보다가 마음이 끌리는 사물을 만나면 걸음을 멈추고 서서 가만히 그것을 응시하곤 했다. 그러다가 다시 천천히 발걸음을 옮기는 것이었다.

그가 어디에서 왔는지 아는 사람은 아무도 없었다. 다만 그가 이 도시에 처음으로 모습을 나타낸 것이 어느 맑은 날 아침, 도시의 앞지역 중앙부에 있는 시청 앞 광장이었다는 것만이 널리 알려져 있었다. 그날은 휴일이었으므로 부지런한 시민들이 시청 앞 광장에 나와 산책을 하거나 담소를 나누고 있었다.

어느 순간, 그곳에 모여 있던 수백 명의 사람들은 범상치 않은 기운을 느끼기 시작했다. 그것은 자신들의 옷자락과 뒷덜미를 잡아당기는 거룩한 힘이었다. 사람들의 마음은 강하게 힘의 진원지로 이끌렸고, 자연스레 몸이 마음을 따랐다. 힘의 진원지는 '그분'이었다. 시민들은 자기도 모르는 사이 그분에게로 끌려갔다. 그분은 천천히 걸음을 옮겨 광장 한 켠에 자리를 잡고 앉았다. 그러고는 아무 말없이 맑고 예의 신비한 눈빛으로 먼 허공을 응시했다. 몸은 꼼짝도 하지 않았다. 말도 하지 않았다.

시간이 흐르면서 더 많은 시민들이 속속 모여들었다. 그리하여 한나절이 지났을 때, 그분의 주변에는 일천 명에 가까운 사람들이 모이게 되었다. 모여든 사람들 또한 그분과 마찬가지로 꼼짝하지 않았고, 말도 하지 않았다. 다만 그분의 모습을 뚫어져라 주시했을 뿐이었다.

영적 기운이 가득한 공기가 그들을 감싸고 있었다. 멀리서 그들 쪽을 바라본 사람이라면 그들 주변에 달무리 같은 이내[116]가 희뿌옇게 서려 있는 것을 발견했을 것이다. 그리고… 사람들은 자기들이 지금 매우 희유한 경험을 하고 있다는 것을 알았다. 그와 함께 그들의 마음에서는 오랫동안 잊고 있었던 추억들이 은은히 떠올랐다.

어린 시절, 부모에게 손을 잡힌 채 신 앞에 나아가 주님을 찬미하던 일, 크고 작은 잘못을 저지른 다음 신 앞에 회개하고 눈물을 흘리던 일…. 그러나 언제부턴가 이 도시의 사람들에게 그 순결한 믿음은 사라진 지 오래였다. 그런데 그분과 침묵을 함께 나누는 동안 그들의 마음에서 오래 잊고 있었던 옛 믿음에 대한 추억이 떠올랐던 것이다.

사람들이 술렁거리기 시작했다. 잠시 후, 누가 시키지 않았는데도 사람들이 하나둘씩 무릎을 꿇기 시작했다. 눈물을 흘리는 사람도 생겨났다. 처음에는 몇몇 사람만이 흘리던 눈물은 이내 모든 사람들에게로 옮겨갔다. 모두들 울었다. 멋도 교양도 체면도 돌볼 겨를이 없었다. 그들의 정갈한 옷과 잘 다듬어진 머리카락, 분 바른 얼굴은 엉망이 되어버렸다. 우아한 교양으로 덮고 살며 잊으려고 애썼지만 끝내 잊혀지지 않는 것, 꽃은 피지만 이내 지고, 사람은 태어나지만 오래지 않아 죽는다는 사실, 모든 것은 덧없다는 그 사실에 대한 직관적인 인식으로부터

---

116 이내 멀리 보이는 푸르스름하고 흐릿한 안개 같은 기운.

생겨나는 헛헛한 느낌이 그 눈물과 함께 씻겨 나가고 있었다.

그분이 자리에서 일어섰고, 모든 사람들의 시선이 그분에게 집중되었다.

"모두 버리시오…. 부모를 버리고, 처자를 버리고, 형제를 버리고, 친구를 버리시오. 집을 버리고, 재산을 버리고, 지위를 버리고, 명예를 버리시오." 하며 그분이 비로소 입을 열어 말했다.

그것은 무서운 말이었다. 사람들은 몸서리를 쳤다. 도시 앞지역에 사는 그들은 가진 것이 많았다. 그들에게는 정다운 가족이 있었다. 품위를 지켜주는 재산이, 남들에게 빛나 보이는 명예가 있었다. 그것들은 그들의 존재 이유였다. 그런데 그분은 거역할 수 없는 권위 있는 언어로 그것들을 버려야만 한다고 말하고 있었다.

그러나 그 두려운 '말씀'을 아무도 부인할 수 없었다. 사람들은 이미 그분의 알 수 없는 힘에 사로잡혀 있었던 것이다. 그리하여 그들은 두려움에 떨면서 신성하게 들려오는 다음 가르침을 기다릴 수밖에 없었다.

그분이 말했다.

"어린 날의 첫사랑을 잊어버린 사람처럼…. 그대들은 오랫동안 영혼을 잊고 있었소. 그리하여 그대들은 살아 있는 채로 죽은 자들이니, 그대들은 죽은 줄도 모르고 일어나, 죽은 줄도 모른 채 밥을 먹고, 죽은 줄도 모른 채 일하고, 죽은 줄도 모른 채 말하는 사람 아닌 사람들이오.

보시오, 깨끗하게 잘 청소된 대리석 길을, 뛰어난 조각 작품으로 잘 꾸며진 시의 청사를, 반듯하게 지어진 아름다운 집들을, 잘 차려입은 수많은 멋진 사람들을. 그리고 나는 이곳을 아름다운 곳이라고 말하지 않소. 왜냐하면 여기에는 순결한 영혼이 없기 때문에!

가면 무도회장에서 춤추고 있는 그대들이여! 겉으로는 왁자한 분위기 속에 웃고 있지만 안으로 그대들의 영혼은 울고 있소. 목이 말라서, 마음의 촉촉한 기운을 잃었기 때문에.

영혼 가난한 이들이여! 내가 말하노니, 진실의 길을 걸으시오, 소유한 모든 것을 버리고! 세 벌, 네 벌이나 되는 여벌 옷을 갖지 마시오. 몸을 단장하지 말고, 옷을 장식하지도 마시오. 무엇을 먹고 무엇을 마실까를 걱정하지 마시오. 들에 핀 백합을 보시오. 공중을 나는 새를 보시오. 그들은 길쌈도 하지 아니하고 씨를 뿌리지도 아니하오. 그렇지만 나는 말하노니, 저 이슬 머금은 백합 한 송이는 이 도시의 모든 아름다움을 합한 것보다 낫고, 저 공중을 나는 새들은 이 도시 전부보다 부유하오."[117]

한 줄기 산들바람에 산비탈을 가득 메우며 피어난 수십만 송이의 꽃들이 살랑살랑 흔들리는 것 같은 감동의 물결이 사람들 사이에서 일어났다. 그들은 한편으로는 두려움에 떨면서, 다른 한편으로는 순수한 행복감을 느끼며 두 손을 모아 합장했다.

이윽고 그분이 발걸음을 옮겨 걷기 시작했다. 그분의 호리호리한 몸은 쓸쓸한 선을 그리면서 천천히 움직였다. 사람들은 자기도 모르게 자신의 옆으로 지나가는 그분을 향해 꿇어 엎드리거나 그분의 옷깃을 잡고 입을 맞추었다.

흐느껴 우는 사람들도 있었다. 그분이 고요한 몸짓으로 오른손을 들어서 펴자 물살이 갈라지듯 사람들이 물러섬으로써 길이 생겨났다. 그분은 사람들의 한가운데를 느리게 걸어가면서 예의 형용하기 어려운

117 신약성서 《마태복음》을 원용했다.

처연한 눈으로 사람들을 바라보았다.

그분이 인파를 벗어났다. 하지만 큰 감동을 받았으면서도 군중 가운데 그분을 따라가는 사람은 없었다. 문제는 그분이 모든 것을 버리라고 말한다는 점이었다. 그들로서는 아무리 그분의 가르침이라고 해도 그것들을 버릴 수는 없었다. 가족·재산·지위·명예를 갖는다는 것은 그분으로서는 그것이 죽은 채로 살아 있는 것일지 몰라도 그들로서는 그것들을 버리는 것이야말로 살아 있는 채로 죽는 것을 의미했다.

그날 이후, 그분은 도시의 이곳저곳에 모습을 나타냈다. 오늘은 이른 아침 일백 그루 망고나무가 있는 '맛의 동산'에, 내일은 해질 무렵 '연인들의 나무다리' 위에, 모레는 초저녁 파도치는 '은모래 백사장'에…. 그분은 그렇듯 이곳저곳에 조용히 나타나 한번 들으면 결코 잊을 수 없는 신비로운 말을 하곤 했다. 그 말을 듣고 난 사람들은 처연하리만큼 슬픈 그분의 모습과 그날 들은 심오한 가르침을 떠올리며 온밤을 꼬박 새게 마련이었다.

삶은 무엇인가….

나는 어디서 왔는가….

그리고 마침내 어디로 가는가….

그들에게 이런 질문은 잊혀진 지 오래였다. 그들은 화사한 옷차림에, 즐거운 춤에, 적당히 교양 있으면서도 약간은 문란한 사교계에 물들어 있었다. 그들 간에는 삶이 무엇인지나 내가 어디에서 왔고 어디로 가야 하는지를 묻는 것은 암묵적인 금기 사안으로 약속되어 있었다. 그런 그들에게 그분은 오랫동안 잊고 있었던 그 질문을 일깨웠던 것이다.

얼마의 시간이 흘러… 그분에게 추종자들이 생겨났다. 처음에 그분을 따르기 시작한 것은 스무 살가량의 청년들이었다. 얼마 지나지 않아 소수의 여인들이, 다음에는 노인들이, 그리고 마지막으로 중년 남자들 중에도 그분을 따르는 이가 생겨났다. 추종자의 수는 나날이 늘었다. 그리하여 그분이 나타난 지 두 달이 지났을 때, 그분을 추종하는 제자들의 수는 백여 명을 헤아리게 되었다.

제자들의 열정은 날이 갈수록 뜨거워져 갔다. 이윽고, 제자들은 공공연히 그분을 '선지자'라 부르기 시작했다. 일이 이에 이르자 시 당국에서도 그분에 대해 관심을 갖게 되었다. 숩바라까는 다수의 원로들이 합의로 통치하는 과두공화제를 채택하고 있는 도시국가였는데, 시 원로들은 그분이 혹 정치적인 목표를 갖고 있을지도 모른다고 생각했던 것이다. 그들은 자신들이 공들여 이루어 낸 숩바라까의 안전과 번영을 깨뜨리고 싶지 않았다. 원로회의 의장을 겸하고 있던 시장은 곧 의원들을 소집했다.

호의적인 의견을 가진 사람이 반, 의구심을 품고 있는 사람이 반이었다. 호의적인 측은 그분이 참된 인간이며, 어쩌면 성자일지도 모른다는 의견을 내놓았다. 그러나 반대편 사람들의 생각은 달랐다. 그들은, 그는 정치적인 욕심을 갖고 있을 가능성이 농후하다고, 지금은 그걸 숨기고 있지만 결국에는 혁명을 일으켜 도시 전복을 시도할지 모른다고 주장했다.

마지막으로 그분을 나쁘게 보는 한 원로가 발언권을 얻었다. 그는 자기는 그분을 전혀 미워하지 않는다는 듯한 표정으로 비판 의견을 개진했다. 먼저 그는 "진리의 가르침은 깨끗한 옷을 잘 차려입은 성직자에 의해 웅장하게 지어진 성전에서 질서정연하게 설교되어야만 한다." 고 말했다. 그는 또 "성례가 끝난 다음에는 참석한 주요 인사들이 내빈으로 소개되어야 한다. 참석자들끼리의 예의 바른 인사의 교환이라든가, 서로 약속된 유머와 가벼운 웃음, 정중한 헌화, 설교 후의 풍성한 다과회 또한 필수 사항이 아닐 수 없다."라고 말했다.

이어서 그는 "하지만 그분은 이런 격식을 따르지 않는다. 그것은 그분이 교양을 무엇보다도 중시하는 우리 숩바라까시의 문화를 어지럽힌다는 것을 의미한다."며 논의 대상자를 비판했다. 또한 그는 그분의 말하는 태도를 비판했는데, 그 비판이 근거가 전혀 없는 것은 아니었다. 그분의 말은 꾸밈도 격식도 없었다. 정해진 서두도, 듣는 이의 마음을 얻기 위한 과장된 겸손도 없었다. 그것은 한편으로는 설교였지만 다른 한편으로는 대화였다. 중간중간 끊어졌다가 이어지고, 이어졌다가 끊어지는 말. 미소가 떠오르고, 웃음이 터지고, 그러다가 문득 모든 것이 고요한 정적으로 잦아드는, 그것은 삶과 말과 마음의 자연스럽고 혼연한 어우러짐이었다.

위원들 간에 여러 논의가 있었지만 막상 그분이 나쁜 의도를 갖고 있다는 증거는 없었다. 또 나쁜 의도를 갖고 있다고 해도 아직 그 행위가 행해지지 않은 현 시점에서 그분을 처벌할 수는 없었다. 이 때문에 그분을 도시에서 추방하자는 비판자들이 제출한 결의안은 통과되지 않았다. 그러자 비판자들은 다른 방법을 생각해 냈다. 그들은 그분에 대한 나쁜 소문을 만들어 퍼뜨리기 시작했다. 그분에게 숨겨 놓은 여자가 있다는 것, 그 여자가 창녀 출신이라는 것이 소문의 요지였다. 소문에 의하면 그 여자는 그들이 끔찍이도 싫어하는 도시의 뒷지역에서 살다가 최근에 앞지역으로 나온 여인이었다.

소문은 전염병처럼 퍼져나갔다. 마침내 사람들은 음험한 목소리로 쑤군대기 시작했고, 얼마 뒤에는 그분이 제자들과 대화하고 있는 모임이 있는 바로 뒤에서까지 서로 마주 보며 입을 비죽거리거나 귓속말을 주고받는 사람들이 생겨났다.

"더러운 여자를 숨겨 놓고 있대!"

"그랬었군! 어쩐지…."

하지만 그 소문은 사실일 수 없었다. 그분은 하루 온종일을 제자들과 함께 지내고 있었고, 제자들은 그분의 숨겨 놓은 애인을 한 번도 본 적이 없었던 것이다.

소문에 대해 그분은 일체 해명하지 않았다. 몇몇 제자가 해명을 요청했을 때 그분은 잠잠히 고개를 저었다. 제자들은 그 고갯짓에서 '뜬소문은 곧 잊혀지는 법'이라는 그분의 말을 읽어 냈다. 또한 그들은 그 고갯짓에서 '저들로 하여금 저들의 할 일을 하게 하라. 나는 다만 나의 할 일을 할 뿐이다.'라는 말도 읽어 냈다.

문제는 그분이 아무런 해명을 않자 제자들 중에도 그분을 의심하는 자들이 생겨나게 되었다는 점이었다. 그 결과 제자들은 스승을 믿는 파와 의심을 품은 파로 나뉘었다. 얼마 후, 그들 간에 다툼이 일어났다. 그 다툼은 점점 심해져서 마침내 두 파는 서로 간 증오심을 품기에 이르렀다.

그런 끝에 스승을 의심하는 제자들은 교단을 떠났는데, 특이한 것은 그분을 떠난 제자들이 그분에 대한 가장 강력한 적대자가 되었다는 점이었다. 그들은 비판자들보다도 더 심하게 그분을 미워했다. 시간이 흐르는 동안 그들의 적개심은 커져 갔고, 마침내 그들은 그분과 그분의 제자들을 공격하기로 결정했다.

공격이 있던 날, 그분은 도시에서 조금 떨어진 어느 마을 뒤편의 한 언덕에 머물고 있었다. 적대자들은 조심조심 그분과 그분의 제자들에게 접근했다. 혹시라도 소리를 냄으로써 거사가 실패할까를 염려하여 입에 작은 나뭇가지 하나씩을 물고 있는 그들의 손에는 새파랗게 날이 선 비수가 한 자루씩 들려 있었다.

그들이 도착했을 때, 언덕 위에는 그분과 모든 것을 함께하기 위해 가족을 버리고 집을 떠난 제자 열두 명이 언덕 한 켠에 있는 큰 바위 아래에서 잠을 자고 있었다. 공격자들은 조심스런 발길로 먼저 그분부터 찾았다. 그러나 아무리 살펴보아도 그분이 보이지 않았다. 모두 열세 명이 잠자고 있어야만 하는 그 자리에는 아무리 세어 보아도 열두 명밖에 없었던 것이다. 그렇다고 해서 공격자들이 할 일이 달라질 것은 없었다. 공격자들은 자기들끼리 미리 약속해 둔 대로 각기 흩어져 잠자고 있는 제자들을 한 사람씩 맡았다. 퍽! 퍽! 하는 소리와 더불어 고통스러운 신음 소리가 연이어 들렸다.

이튿날, 지난밤에 칼을 든 자들이 언덕에 몰래 숨어들어 갔으며, 언덕 위에서 단말마의 비명소리가 들렸다는 주민들의 신고를 받은 시 당국자들이 현장을 방문했다. 하지만 거기에는 일이 벌어진 아무런 흔적이 없었다. 장소가 예전 그대로 깔끔히 단장되어 있었을 뿐 아니라 단 한 사람의 가해자나 피해자가 발견되지 않았던 것이다.

"모두들 대체 어디로 간 것인가?"

가해자와 피해자의 가족들을 포함한 여러 사람들이 백방으로 노력을 기울였음에도 불구하고 시 당국은 그들이 어디로 사라졌는지를 알아낼 수 없었다.

그리하여 궁금증을 못 견딘 일부 사람들은(그들 중 대부분은 그분을 공격했던 파에 속했던 사람들이었다) 혹시 그분과 그분의 제자들이 사라진 이유를 알아낼 수 있지 않을까 하는 기대감을 품고 사건의 현장에 머물러 밤을 새기로 했다. 밤이 깊어졌다. 달 없는 그믐 밤, 그래서 하늘의 별은 더욱이나 초롱초롱 빛나고 있었다. 잠시 후, 하늘이 갑자기 캄캄해졌다. 순식간에 먹구름이 몰려와 하늘을 덮어 버렸던 것이다. 마른 천둥이 울었다. 천둥소리는 사람들에게 "나는 하늘의 주인 시바이거니와 너희는 내 아들들을 살해했나니, 너희의 산보다 더 큰 죄는 저 바닷물을 모두 끌어온다고 해도 결코 씻어낼 수 없다!"라며 정죄하는 듯이 들렸다.

갑자기 하늘로부터 거대한 구름 기둥이 땅으로 뚝! 떨어져 세워졌다. 사람들 앞에 우뚝 선 구름 기둥은 곧 사람들을 삼켜버렸다. 음습하고 써늘한 기운! 사람들은 그 기운 속에서 감당할 수 없는 공포감에 휩싸였다. 그들은 한 덩어리가 되어 서로 얼싸안고 바들바들 떨었다.

문득 구름 기둥 바깥쪽으로부터 안쪽을 향해 신이한 바람이 불어왔다. 불처럼 뜨거운 바람! 그 바람은 굉장한 영적 기운을 품고 있었다. 휘익! 휘익! 하며 불꽃이 널름널름 일었다. 몇 사람이 입에 거품을 물고 쓰러져 의식을 잃었다.

잠시 후, 쓰러진 이들이 모두 정신을 차렸다. 그리고 그들은, 자신들이 까무러쳐 있는 사이에 알 수 없는 흥분에 들떠 그분의 거룩함을 큰 목소리로 찬양하고 있는 동료들을 발견했다. 그들은 동료들의 뜨거운 열정에 자신들의 열정을 더해 찬양에 동참했다.

이런 경과를 거쳐 그들은 그분의 열렬한 찬미자가 되었다. 그들에게 그분은 죽은 사람이 아니었다(그들은 그분이 육신으로는 죽었다고 생각하고 있었다). 그분은 살해된 제자들과 함께 다시 살아나 천국에 가신 분, 뜨거운 불기운으로 자신들에게 돌아오신 분이었던 것이다. 그리하여 사람들의 그분에 대한 관점은 둘로 나뉘게 되었다. '한때 그런 분이 있었지.' 하는 심드렁한 마음으로 그분을 기억하는 사람들과 뜨거운 불기운 속에서 그분을 영접한 그분의 찬미자들로.

참미자들에게 그분에 대한 기억이 날이 갈수록 생생해져 갔다. 그들은 그분의 눈을, 그분의 손짓을, 그분의 말씀을 선명하게 되살려 기억해 냈다. 그리하여 그들에게 그분은 위안자이자 동시에 고문자가 되었다. 그들은 그분을 생각하면서 크나큰 격려를 받았지만 그와 함께 그분이 남긴 숙제, 그분은 누구인가, 라는 문제를 풀어야만 했던 것이다.

문제를 풀기 위해 그들은 여러 차례 모임을 가졌다. 그들은 그분에 대해 이야기를 나누었고, 그 과정에서 그분에 대한 기억은 실제 이상으로 미화되었다. 그들은 그분의 언행을 기록하는 한편 그분이 자기들 곁에 왔다가 가신 의미를 탐구하기로 결정했다. 마침내 그들은 그분을 선지자로 추존했다.

그런데… 찬미자들이 그분을 선지자로 승품해 올린 지 얼마 지나지 않아 그들은 자신들로서는 도저히 수용할 수 없는 소문이 들려왔다. 그분이 아직 지상에 남아 있다는 것이 소문의 요지였다. 그렇다면 어디에? 찬미자들은 너무나 놀라 자빠질 뻔했다. 소문은 그분이 계신 곳으로 도시의 뒷지역, 더러운 그곳에서도 가장 더러운 곳인 사창가에 머물고 있다고 말하고 있었던 것이다.

일반 시민들도 그랬지만 그분을 선지자로 모시고 있는 사람들에게 그 소문은 충격 그 자체였다. 창녀와 작부와 음욕과 추태와 범죄로 얼룩진, 어두움이 가득한 그곳에 어떻게 그분이 가 계실 수 있단 말인가!

찬미자들에게 그분은 초월적인 존재였다. 그분은 금박 문자로 기록

된 분이었다. 발밑에 악마가 짓눌려 있고, 주변에는 천사들이 춤추고 있는 분이었다. 그분은 신의 사도였고, 성결의 상징이었으며, 구원의 희망, 찬송의 대상이었다. 그런 그분이 그 더러운 뒷지역에 창녀들과 함께 계시다니! 찬미자들은 그 소문을 믿을 수 없었다. 하지만 그들의 바람을 거스르며 소문은 들불처럼 번져갔다. 그분을 보았다는 사람들의 수가 점점 많아졌다. 그리하여 마침내 이 문제는 시민들의 가장 큰 관심사가 되었다. 이제 소문의 진상은 밝혀져야만 했다. 그러나 진상을 밝히는 일은 쉽지 않았다. 소문의 진상을 밝히려면 누군가가 도시 뒷지역으로 가야 했지만 그곳에 가고 싶어 하는 사람이 아무도 없기 때문이었다.

얼마 후, 새로운 소문이 돌기 시작했다. 그에 따르면 그분은 그곳에서 온갖 이적을 행하고 있었다. 다리를 못 쓰는 사람이 일어나고, 나병 환자가 깨끗해지며, 말 못하던 이가 목젖을 사용하고, 앞 못 보던 이가 눈을 뜨며, 참회·눈물·거듭남·구원·영광이 폭포수처럼 쏟아진다고 했다. 마침내 사람들은 더 이상 참을 수가 없게 되었다. 그리하여 원로회의 결정을 거쳐 몇 사람의 대표가 선정되었다. 그들에게는 도시 뒷지역으로 가서 사실 여부를 확인하고 돌아오는 임무가 부여되었다.

대표들은 조심조심 도시 뒷지역으로 갔다. 과연 어둠의 지역이었다. 갖가지 병을 앓는 환자들, 굶주림에 지친 노인들, 바싹 마른 몸으로 비틀거리며 걷는 아이들, 두 눈을 휘뒤집어 뜬 모습으로 허공을 바라보며 죽어 있는 시신들, 술에 취한 남자, 마약을 흡입하며 해롱대는 여자, 삿대질과 패싸움…. 검은 쥐들이 꿈틀대는 개천에서는 더러운 물이 흘렀고, 장차 그것들과 섞이게 될 것을 몸에서 배출하려고 많은 사람들이 화장실 앞에 줄지어 서 있었다. 노래 한 마디 들리지 않았다. 삶에 대한 감사와 찬미의 말은 한마디도 들을 수 없었다.

그러나 임무는 임무였다. 대표들은 사람들에게 물어물어 그분이 계신다는 곳을 알아냈다. 그분이 그곳에 있다는 소문은 사실인 모양이었다. 그러나 미심쩍은 부분이 없는 것도 아니었다. 그들이 들은 이야기를 종합해 볼 때, 그들이 만난 사람들이 말하는 그분이 자기들이 알고 있는 그분이 아닐 수도 있다는 의문이 들었던 것이다.

"그분이 슬픈 외눈을 갖고 있는 건 사실이라우…. 그런데 그분은 온종일 술에 취해 계시지요. 장신구는 또 어찌나 많이 걸치고 계시는지…."

그분이 술에 취해 있다? 그토록 심오한 눈을 가졌던 그분이? 그분이 장신구를 걸치고 있다? 모든 것을 버리라던 그분이? 그가 과연 우리가 찾고 있는 그분일 수 있을까? 모든 건 확인해 보면 판명날 것이었다.

그들은 발걸음을 재촉하여 뒷지역의 중심부, 더러운 그곳에서도 가장 더러운 곳으로 들어갔다. 저녁 무렵이었다. 막 도착한 배에서 내린 선원들이 상소리를 늘어놓으며 몰려오고 있었고, 기성을 지르며 몇몇 창녀들이 그들을 향해 달려가고 있었다.

그리고 그때 그들은 그곳에 그분이 계신다는 것을 직감으로 알았다. 그들은 전에 자신들이 느낀 적이 있는, 거부할 수 없는 거룩한 기운을 느꼈던 것이다. 한 걸음 한 걸음 그들은 힘의 진원지 쪽으로 다가갔다. 그런 끝에 마침내 그분이 계신다는 술집에 도착한 그들은 문을 열고 안으로 들어섰다.

그런데 이 무슨 꼴이란 말인가! 그분은 분명 거기에 있었다. 그러나 그분은 그들이 알고 있던 예전의 그분이 아니었다. 벌겋게 취한 그분의 얼굴에는 거뭇거뭇한 검버섯과 함께 울긋불긋한 주독이 잔뜩 올라 있었다. 시궁창처럼 탁한 눈, 무른 홍당무처럼 붉게 변한 데다가 찌그러진 코에, 헤벌어진 입, 그 입속에서 검게 썩어가는 이빨들. 겹겹으로 주름진 목과 한 번도 잘라본 적이 없는 것이 분명한 때가 잔뜩 낀 긴 손톱들….

더 황당한 것은 그분의 차림새였다. 노파의 말 그대로 그분은 몸에 장신구들을 잔뜩 걸치고 있었다. 일곱 벌의 귀걸이, 열두 줄의 목걸이, 다섯 쌍의 팔찌, 손가락마다 겹겹으로 끼어 있는 반지, 그에 더해 몸에도 많은 물건들을 잔뜩 걸치고 있었던 것이다. 그것도 모자랐는지 장신구는 그분의 주변에도 무수히 널려 있었다. 그 모든 장신구 중 정교하게 세공되어 예술적 아름다움이 느껴지는 것은 없었다. 세련된 미적 교양에 익숙한 대표들에게 그것을 보는 것은 참을 수 없는 고통이었다.

그렇긴 해도 그분이 아직도 여전히 그분이라는 점만은 인정하지 않을 수 없었다. 그분에게서 풍겨나오는 거룩한 힘, 그것만은 예전 그대로 강력했고, 그런 그분을 바라보는 도시 뒷지역 사람들의 태도 또한 예전의 자신들처럼 진실했기 때문이었다. 늙은이도 있었고, 젊은이도 있었다. 여자도 있었고, 남자도 있었다. 그들은 한결같은 눈빛으로 그분을 우러러 보았고, 그분의 말씀에 귀를 기울였다. 그들은 그분이 말하는 동안, 또는 그분이 자신의 손을 잡고 어루만지는 동안, 그분의 처연한 눈동자를 바라보며 울기도 하고 웃기도 했다.

"스승이시여!"

참다 못한 대표 한 사람이 부르짖었다.

"이 더러운 곳에서 대체 무슨 짓을 하고 계시는 겁니까?"

그분과 그분을 둘러싸고 있던 사람들의 눈이 일시에 그를 향했다.

얼어붙은 듯 정지된 공간. 사람들은 잠시 숨 막히는 침묵에 갇혔다. 그분이 대표들을 조용히 바라보았다. 순간, 대표들은 뒷지역으로 숨어들어오기 위해 위장해 입은 헌 옷 사이로 비어져 나오는 잘 다려진 속옷을 부끄러이 여몄다.

이윽고 그분이 입을 열어 예전의 고상했던 말투로 "그대들이 늘 강건하기를. 또한 그대들이 늘 복되기를." 하고 축복했다. 대표가 거의 울부짖듯 그분에게 물었다.

"왜 이곳에, 어찌하여 이런 모습으로 계신 것입니까?"

그분은 잠시 생각에 잠겼다.

긴 침묵이 흘렀다.

모든 사람들이 그분의 다음 말을 기다리며 숨을 죽였다.

이윽고 "오래전…." 하며 그분, 빙기사가 입을 열어 말하기 시작했다.

34
빙기사, 아유타, 밧디야

오래전, 세상을 떠돌며 시를 읊고 노래를 부르던 음유시인으로서 나는 잠부디빠 전역에 널리 이름이 알려져 있었소. 딱히 정해진 방향 없이 떠돌던 나의 발걸음은 여러 해 전에 사끼야국에 이르렀소. 나의 공연은 수도인 까삘라왓투에서 일반 시민들을 상대로 큰 성공을 거두었소. 어느날, 사끼야국의 밧디야 왕이 나를 궁중으로 초대했소. 궁중 사람들만을 위한 그 공연이 끝난 뒤, 감동을 받은 밧디야 왕은 나에게 궁중에 남아 줄 것을 요청했고, 나는 그 청을 받아들였소.

그때부터 나는 밧디야 왕에게 시와 음악을 가르쳤소. 총명한 데다 예술적 감수성까지 풍부했던 밧디야 왕은 곧 예술의 아름다움에 깊이 몰입하게 되었소. 그리하여 얼마 지나지 않아 우리 두 사람은 마음 깊은 곳에서 하나가 되었소.

밧디야 왕이 나에게 말했소.

"빙기사, 나의 친구여! 인간에게 진실과 아름다움이 있는가에 대한 확신을 갖지 못하고 있던 나에게, 그대는 그것들이 분명하게 있다는 것을 알게 해 주었소. 그래서 나는 그대를 나의 참다운 친구로 받아들이오. 이제 우리는 진실이라는 같은 기반 위에 서서 아름다움이라는 같은 목표를 바라보게 된 것이오."

그 점은 나 또한 마찬가지라고 할 수 있었소. 그동안 수많은 공연을 해 왔지만 밧디야 왕처럼 나의 예술을 깊이 있게 이해해 준 사람은 없었던 것이오.

"저 또한…. 지금까지 대왕처럼 아름다움의 가장 깊은 곳을 느끼는 사람을, 더하여 대왕처럼 성실하게 진실을 추구하는 사람을 본 적이 없습니다." 하고 내가 말했소.

"나는 그대를 통해 알게 된 지극히 아름다운 세계를 나 혼자서만 누릴 수는 없소. 내가 알게 된 예술로써 얻게 되는 행복을 내가 사랑해 마지않는 여인인 아유타 왕비에게도 안겨 주고 싶다는 말이오."

그가 이렇게 말한 것은 내가 공연하던 시기에 아유타 왕비가 지방에 있는 별궁에 가 있어서 공연을 관람하지 못했기 때문이었소. 몇 달 후, 그녀는 궁에 돌아왔고, 그래서 밧디야 왕은 그녀를 나에게 소개하고 싶어 했소. 잠시 후, 왕의 부름을 받은 아유타 왕비가 우리 앞에 나타났소. 그런데 오오, 회랑 끝에 그녀가 나타나는 순간, 나는 걷잡을 수 없는 마음의 폭풍에 휘말렸소! 그녀 또한 나를 보고는 설명하기 어려운 감정이 몰아치는 듯 보였소. 우리 두 사람은 넋을 잃은 표정으로 상대방을 바라보았소.

밧디야 왕은 나를 아유타에게 소개하기 전에 무슨 말인가를 했는데, 나는 그 말을 기억하지 못하오. 그것은 내가 잠깐 아유타 왕비에게 넋을 빼앗기고 있었기 때문이오. 그때 "…안 그렇소? 그대는 그대가 앞으로 지극히 아름다운 예술 세계를 꽃다발로 헌정하게 될 나의 왕비를 보고 무척이나 놀란 것이 아니냔 말이오?" 하는 밧디야 왕의 두 번째 말이

내 귀에 들려왔소. 나는 얼른 정신을 차리고 대답했소.

"잠시 정신을 차리지 못했을 정도로 무척 놀랐습니다…. 그런데 대왕이시여, 왕비님의 우아한 자태 자체가 이미 아름다운 예술 세계이신데 제가 거기에 무엇을 더할 수 있겠습니까? 비단 위에 꽃을 더하는 것은 아름다움을 돋보이게 하지만 꽃 위를 비단으로 덮는 것은 아름다움을 묻어 버리는 일이니, 왕비님은 꽃이요 저의 예술은 그 위를 덮는 비단에 불과합니다."

아유타 왕비는 나에게 아름다운 예술 세계이기도 했지만 그와 함께 심오한 행복이기도 했소. 그녀와 함께하는 동안 내 마음에서 형언할 수 없으리 만큼 미묘하고도 깊은 행복감이 솟구쳐 오르고 있었던 거요.

밧디야 왕이 빙그레 웃으며 아유타 왕비에게 말했소.

"이분은 하늘의 별들을 귀 기울이게 하고, 숲속의 짐승들을 감동케 하는 시와 음악의 대가요. 왕비여, 나는 지금까지 이분에게 시와 음악에 대한 깊은 식견을 들어 배워 왔소. 그러면서도 그대에게는 이분을 소개하지 않았었소.

나의 반려자이기 이전에 나의 참다운 단 한 사람의 벗이여, 나는 아름다움에는 한계가 없다는 것을 이분을 통해 알게 되었소. 무슨 말인가 하면 내가 그랬듯이 그대 또한 이분을 스승으로 삼아 공부함으로써 그대의 외적 극미極美에 내적 세미細美를 더하게 되고, 지금까지의 행복한 꽃송이에 미묘한 향기를 더하게 될 거라고 나는 생각하오.

그리하여 그대는 이분, 지상 천사의 인도를 받아 낙원에 이르게 될 거요. 그러면 그때 우리 세 사람은 손을 맞잡고 낙원의 진眞, 낙원의 선善, 낙원의 미美를 읊고 노래하고 향유하리니, 나는 그대를 예술이라는 이름의 낙원으로 초대하게 된 것을 진심으로 기뻐하는 바요."

이렇게 말한 다음 밧디야 왕은 나에게 왕비를 잘 지도해 달라고 부탁했소. 잠시 후에 왕은 자리를 떠났고, 그래서 방 안에는 아유타 왕비와 나만이 남게 되었소. 우리 두 사람은 상대에게 너무나도 강하게 매혹된 나머지 한참 동안 아무 말도 하지 못한 채 멍한 표정으로 서로 쳐다보며 앉아 있었소. 두 사람 중 더 멍한 표정을 지은 것은 아마도 나였을 거요.

(잠시 말을 멈췄다가) …그대들은 내가 흥분을 제어하지 못하더라도 이해해 주기 바라오. 오오, 그때 나에게 그녀의 외모는, 그녀의 움직임은, 그녀의 언어는, 그녀의 분위기는 그동안 내가 갖가지 언어로 정묘하게 다듬은 시를 넘어서는 시, 오묘한 화음으로 연주하던 음악을 넘어서는 음악이었소.

나는 그 시와 음악 속으로 깊이 몰입해 들어갔소. 그리하여 나의 마음은 어느 머나먼 미지의 영역으로 아득히 사라져 갔으니, 그곳은 꿈같고 무지개 같은 인간-예술-낙원이었소. 나는 나도 모르는 사이 손을 내밀어 그녀의 손목을 잡았고, 그녀는 조심스레 내 손을 떼어 냈소. 그제야 내 신분을 기억해 낸 나는 허리를 굽혀 그녀에게 신하로서의 예를 표했소. 잠시 어색한 시간이 흐른 뒤에 나는 곧 예술에 대해 말하기 시작했소. 그리고 나는 그녀가 내 언어 속으로 몰입해 들어오고 있다는 것을 알았소. 그녀 또한 어느 머나먼 지역으로 아득히 사라져 가고 있었고, 꿈 같고 무지개 같은 황홀한 낙원을 걷고 있었소.

다행하게도, 혹은 불행하게도 우리에게는 단둘이 만날 기회가 많았소. 밧디야 왕이 나와 그녀를 철석같이 믿고 있었던 데다가, 그가 여러 일로 바빴기 때문에 나는 아유타 왕비만을 대상으로 시와 음악을 가르치는 기회를 자주 가질 수 있었던 거요.

그 뒤에 어떤 일이 있었는지에 대해서는 자세히 말하지 않겠소. 다만 얼마 지나지 않아 나의 품 안에 그녀가 안겨 있었다는 것만을, 내가 그녀를 안고 시간과 공간이 녹아 없어지는 듯한 느낌, 말로는 묘사하기 어려운 지극한 망아지경의 행복감에 잠겨 있었다는 것만을 말하기로 하겠소.

…어찌 망설임이 없었겠소? 어찌 거리끼는 마음이 없었겠소? 밧디야 왕을 생각할 때, 나를 세상에서 단 한 사람뿐인 친구로 여기는 그를 생각할 때 어찌 미안한 마음이 없었겠으며, 어찌 마음이 아프지 않았겠소? 그러나 그녀를 향한 나의 열정은 망설이고 거리끼는 마음보다 강했소. 윤리니 도덕이니 하는 것들은 우리의 사랑에 끼어들 자리를 찾지 못했던 거요. 마음 안에 어른거리던 윤리·도덕은 어느 사이 슬그머니 떠나 버렸고, 그리하여 우리는 정염의 불꽃 속으로 두 마리의 부나방이 되어 날아들어 갔던 거요.

되돌아 생각해 보면 그때 나에게는 내 행위를 바로잡을 기회가 있었소. 나는 나의 고통스러운 마음을 밧디야 왕에게 고백함으로써 문제를 풀어 나갈 수 있었던 거요. 내가 그녀를 사랑하게 되었다는 사실을 정직하게 고백했다면, 여느 사람에 비해 인간을 매우 깊게 이해하고 있었던 그는 혹 우리의 사랑을 허락했을지도 모르오. 왜냐하면 그에게 중요한 것은 사랑보다는 진실이었으니까, 그에게 중요한 가치는 '진실과 아름다움'이 아니라 '진실의 아름다움'이었으니까.

그에게는 아유타의 사랑이 방향을 바꾼 사실에 대한 충격을 이겨 낼 수 있을 정도의 정신적인 힘이 있었다고 나는 생각하오. 그리하여 위험을 무릅쓰고 우리의 사랑을 정직하게 고백할 경우, 그가 아름다움을 포기하고 진실을 살리는 길을 선택했을지도 모른다고 나는 생각하오.

그러나 당시의 나는 인간이 도달할 수 있는 깊은 지경이 어디까지인지에 대한 이해가 부족했소.

예술에 대해서라면 나도 아는 바가 있다고 할 수 있었소. 하지만 예술에 대한 이해만으로 인간 심리의 가장 깊은 데를 다 안다고는 말할 수 없소. 그런 부족한 사람으로서, 나는 진실을 위해 자신의 애인을 포기하는 사람이 있으리라고는 상상할 수 없었소. 모진 고난과 오랜 수행을 거친 끝에 거짓되고 추악해 보이는 것들 속의 아름다움까지를 볼 수 있게 된 지금에 이르러, 나는 당시의 밧디야 왕이 그런 행동을 했을 수도 있다고 생각하지만 내 생각은 거기까지는 미치지 못하고 있었던 거요.

그리하여… 마침내 나의 거짓된 가면은 밧디야 왕에 의해 벗겨지고 말았소. 나와 아유타의 관계를 알게 된 밧디야 왕은 큰 충격에 빠졌소. 그것은 그의 낙원이 붕괴되는 충격을 넘어 세계 자체가 붕괴되는 대사건이 아닐 수 없었소. 그리하여 밧디야 왕에 의해 나는 한쪽 눈을 잃은 상태로, 아유타는 두 귀의 청력을 잃은 상태로 궁에서 추방되었소.

그때 이후 우리 두 사람의 길은 나뉘었소. 나도 변했고, 아유타도 변했소. 그런데 나는 밧디야 왕의 내면을 알아채지 못했던 것처럼 아유타의 내면이 어떤 방향으로 어떻게 변해 가고 있는지도 알아채지 못했소. 그녀가 새로이 거듭나는 동안 나는 더 나쁜 빙기사로 변해 갔고, 얼마 후에 아유타가 나를 떠남으로써 내 가슴은 텅 비게 되었소. 나는 나를 이해해 주는 유일한 사람을 잃어버리는, 세상 그 누구로부터도 이해받지 못하는 무서운 상태에 처하게 되었소. 그 정황은 나를 견디기 어려운 공허 속으로 몰아넣었소. 그리하여 나의 삶은 예술에서 종교로 방향을 바꾸게 되었소.

35
신의 전사 빙기사

후루와교를 믿어온 집안에서 태어나 자란 나는 부모의 손을 잡고 성소에 들어가 행복한 찬미를 바치던 그분께 돌아가기로 마음먹었소. 나는 후루와교의 총본부로 추추 대주교를 찾아갔고, 얼마 지나지 않아 추추 대주교의 사랑을 받는 사람이 되었소. 나아가, 대주교는 나를 자신의 후계자로 점찍었는데, 그는 나에게 자신이 속한 교파의 종교관을 전수하기 위해 많은 노력을 기울였소.

심지어 그는 자신의 어머니까지 이용하여 나에게 신에 대한 충성심을 고취시켰고, 결과적으로 나는 종교 신념으로 무장된 신의 투사가 되었소. 나의 붉은 성의는 갑옷이 되었고, 검은 사제모는 투구가 되었으며, 내가 짚은 지팡이는 창이 되었고, 손에 든 거룩한 책은 불신자들을 심판하는 법전이 되었던 거요.

확고한 신념으로 무장한 장수로서 나의 발걸음은 서쪽으로 향했소. 나는 힌두쿠시 산맥의 한 지역을 통치하는 어느 부족장에게 후루와교를 신교했소. 디지스기리는 이름을 가진 그 부족장은 나를 그들 마할라족의 종교 지도자로 추대한 다음 부족의 모든 중요한 사안을 나와 상의했소. 그는 자주 내 앞에 무릎을 꿇고 나의 자문을 받았소.

삼 년 후, 마할라족 전부가 나의 종교 관할권 안에 들어왔소. 그들은 그동안 믿어오던 마흔여섯에 이르는 많은 신들을 버리고 유일신으로서의 후루와 앞에 몸과 마음을 다해 충성할 것을 다짐했소. 우상들은 불태워졌고, 그 자리에 새로운 신을 모시는 성전들이 건립되었소. "후루와! 후루와!"를 외쳐 부르는 사람들의 목소리는 해가 떠오를 때와 질 때를 기해 마을마다 울려 퍼졌소.

다음 단계로, 나는 철저하게 교육된 선교사들을 하라마족이 살고 있는 이웃 지역으로 파견했소. 거기에서 문제가 생겼소. 하라마족 사람들이 내가 파견한 선교사들을 박해했던 거요. 하라마족이 대대로 유일신 아와루를 숭배해 온 것은 우리 부족에게도 잘 알려져 있었소. 타민족에게 배타적이었던 그들은 내가 파견한 선교사들을 핍박했소. 그러나 우리 선교사들의 충성심은 아주 강했소. 그들은 현지인들과 충돌했고, 결국 하마라족 사람들에 의해 재판에 부쳐진 끝에, 사형을 언도받은 다음 처형되었소.

며칠 뒤 그 소식이 나에게 전해졌을 때 나는 부르짖었소.

"오, 그대들의 피는 거룩하도다! 사악한 아와루여! 신의 은혜를 받아 천사로 태어났지만 감히 신에게 대적한 교만의 상징자이자 불충의 대표자여! 그대는 차라리 천사가 아니었던 편이 나았으리니, 나는 그대를 철저히 멸절하여 그대의 본바탕인 무로 되돌려 주리라!"

나는 신전에 들어가 보름 동안 기도를 올렸소. 마지막 날, 푸른 별빛을 받으며 거룩한 후루와신이 나에게 내려왔고, 산의 계시를 받은 나는 신전에서 나왔소. 밖에는 신의 말씀을 듣기 위해 대부족장 타지스키가 하위 부족장들과 함께 나를 기다리고 있었소. 나는 보름 동안이나 굶

었는데도 지친 기색 없이 거룩한 광휘에 휩싸여 천신 후루와의 명령을 그들에게 전했소

다음날, 타지스키가 포함된 열 명의 족장들은 성전에 나아가 신께 충성할 것을 맹세했소. 그들은 오만여 명의 병사를 모집한 다음, 하라마족에게 사람을 파견해 우리의 선교사를 처형한 일에 대해 정중히 사과할 것과 그 건과 관련된 자들을 처벌할 것, 향후 우리의 선교 활동을 방해하지 말 것을 요구했소. 이에 대해 그들은 "아와루께서는 후루와를 인정하지 않으시오. 따라서 우리는 그대들의 요청을 거절할 수밖에 없소."라고 답했소.

결국 두 부족은 맞부딪치게 되었소. 출전에 앞서 우리 편 족장들은 나와 함께 천으로 두 눈을 가린 독수리를 각각 한 마리씩 안고 성전에 나아가 제단에 낙타·양·사슴·돼지·곰 등 다섯 가지 동물의 피를 뿌리며 승리를 다짐했소. 우리 군대는 적들의 땅으로 진군해 들어갔소. 도착해 보니 하라마족 사람들은 이런 경우를 대비해 쌓아 올린 큰 성 안에서 우리를 기다리고 있었는데, 그들이 뿜어내는 살기는 우리 병사들을 주춤거리게 할 정도로 날카로웠소.

양측 군대는 각기 자기들이 숭배하는, 자기들을 지켜 줄 것으로 믿어 의심치 않는, 그러나 결국 그중 하나는 패자가 되어 사라지고 말 신의 이름을 소리 높이 외쳤소. 그렇게 첫날의 대치가 끝난 다음, 한밤중에 타지스키가 휘하 족장들과 함께 나를 찾아왔소.

"주교이시여, 우리 군대는 내일 성을 공격할 것입니다! 우리는 후루와신을 거역하는 저 참람한 무리를 단 하나도 남기지 않고 모조리 도륙할 것입니다!"

"그대들이여, 내일의 전투는 그분을 영광되게 드높여 드린 거룩한

역사役事로서 세상이 끝나는 그날까지 영원토록 기억될 것이오! 또한 그대들의 이름은 후루와신의 이름으로 불멸의 공훈록에 금으로 기록되고 꽃으로 치장되며 빛으로 휘감겨지고 천사들의 합창으로 칭송될 것이오!"

"그런데 한 가지 문제가 있습니다. 성중에는 불신자들과 함께 소수이기는 합니다만 우리 신자들이 있습니다. 따라서 저희가 그들을 적들과 구별하여 살려내는 것이 마땅하겠습니다만 전투라는 것은 그런 것까지 모두 살피면서 치를 수 없을 만큼 화급한 법입니다. 우리 교인들을 살리려다 보면 이 전투에서 패배할 수도 있습니다. 그래서 우리가 저들을 도륙하기는커녕 저들이 우리를 도륙하는 지경을 맞을지도 모르니 이 문제를 어찌하면 좋을지를 하명해 주십시오."

나는 잠시 생각했소. 다음 순간, 나는 신의 음성을 들었소. '염려하지 말지니, 천국에서의 삶에 비할 때 지상에서의 삶은 하루살이의 그것에 불과함이니라!'

나는 벌떡 일어나 외쳤소.

"그대들이여, 망설이지 말고 거리끼지 말지니, 망설임과 거리낌은 나약한 믿음이 낳는 어린 아들이로다. 나는 신의 이름으로 그대들에게 이르노라. 죽여라! 죽여라! 죽여라! 그대들은 우리 형제들까지도 찌르고 베는 데 주저하지 말지니, 하늘에 계신 그분께서 죽은 자들 가운데서 그들을 잘 가려내시어 지상에서의 당신에 대한 충성을 일만 배, 일억 배로 보상하실 것이오!"

그리하여 다음 날 새벽, 나의 강력한 지시에 사기충천한 부족장들은 휘하 병사들을 지휘하여 하라마족의 성을 공격하기 시작했소. 전투는 오전 내내 계속되었소. 마침내 우리 군은 결정적인 기회를 잡았소. 우리 병사들은 물밀 듯이 성안으로 들어갔고, 그때부터 신을 거역한 무리들에 대한 심판이 이루어졌소.

아비규환! 어른과 아이, 남자와 여자, 귀족과 평민, 가진 자와 못 가진 자가 분별되지 않았소. 살아 있다는 것과 성내에 거주하고 있다는 것만으로 그들은 모두 죽임을 당했소. 이 집과 저 집에서, 이 골목과 저 골목에서, 드러난 곳과 감춰진 곳에서 살인 행위는 자행되었소. 죽음을 당하는 이들이 내는 비명 소리가 신이 지켜보고 계실 저 높은 하늘을 향해 길게 뻗어나갔소.

그런데… 거기까지는 여느 전투 장면과 다를 바가 없었지만 그것이 성전聖戰이었다는 점이 문제였소. 그리하여 지악至惡이자 지추至醜한 풍경이었어야 하는 그 장면이 당시의 나에게는 그 어떤 천재 화가도 그려낼 수 없는 지선지미至善至美한 풍경으로 비쳤소! 참으로 개탄스러운 일! 다시는 회억하고 싶지 않은 일! 그때 나는 수만 명이 몰살당하는 지옥 풍경을 앞에 지켜보며 거룩한 영적 환희에 빠져 있었소. 마음속으로 '여기 위대한 주루와 신께서 역사하시고 있나니, 보라! 막강한 신의 권세를! 신에게 거역하는 자에게 내리는 이 의로운 징벌을!'이라고 외치면서.

여기까지 말한 다음 빙기사는 잠시 말을 멈추었다. 그는 숨을 깊게 들이쉬었다 내쉬기를 여러 번 반복함으로써 마음의 평정을 되찾았다. 이윽고 낮은 목소리로 말을 이어갔다.

36
처음으로 돌아가라

그로부터 보름 뒤에 나는 군대와 함께 마할라족의 성으로 되돌아와 있었소. 그날 저녁, 나는 충직한 제자들 및 족장들과 함께 승전을 기념하는 기도회를 열었소. 그날은 보름 동안 이어진 기도회의 마지막 날이었기 때문에 평소보다 훨씬 많은 신자들이 기도회에 동참했소. 나는 맨 앞에서 후루와신이 모셔진 정면의 오각별을 바라보며 기도를 이끌었소.

기도가 진행되고 있던 중 뒤에서 웅성대는 소리가 들려왔소. 나는 그 소리에는 주의하지 않은 채 후루와신에 대한 찬양의 기도를 큰 소리로 울부짖어 외쳤소. 하지만 웅성대는 소리는 점점 커져갔고, 그 소리가 커져가는 만큼 신을 찬양하던 신자들의 목소리는 작아졌소. 이윽고, 신자들이 나의 기도에 거의 따라주지 않게 되었기 때문에 나는 기도를 중단하고 일어나 뒤를 돌아보았소.

신자들 사이로 한 남자가 부목을 댄 다리를 절뚝거리며 한 손에 지팡이를 짚은 모습으로 나에게 걸어오고 있었소. 그 남자에게는 여느 사람에게서는 볼 수 없는 당당한 기상이 있었기 때문에 신자들은 물살이 갈라지듯 그를 위해 길을 터주었소.

그의 발길이 나로부터 일곱 걸음쯤 앞에서 멈추었소. 그의 두 눈은 시뻘겋게 충혈되어 있었고, 얼굴에는 다 아물지 않은 상처가 가득했소. 그런 그를 바라보며 나는 그가 입을 열기를 기다렸소. 그러나 그는 한참 동안 나를 뚫어져라 바라보기만 할 뿐 아무런 말도 하지 않았소. 신자들은 우리 두 사람을 흥미진진한 표정으로 바라보고 있었소.

그런 그들의 마음에 후루와신은 없었소. 그것은 한 개의 잔에 두 가지 음료가 담길 수 없는 것과 같았소. 물이 담겨 있는 잔에 망고 주스가 담긴다는 것은 담겨 있던 물이 비워진다는 것을 의미하는 것과 같이 신자들에게 우리 두 사람의 대결을 궁금해하는 마음이 일어나는 순간 그들의 마음에서 후루와신은 밀려나 버렸던 거요.

그 점은 나 또한 마찬가지였소. 그가 내 앞에 당돌하게 나타난 상황이 너무 뜻밖이었기 때문에 내 마음은 다른 것을 생각할 수 없게 되었고, 그럼으로써 내 마음에서도 후루와신이 잊혀졌소. 그때 남자와 나, 우리 둘과 신자들에게는 인간과 인간의 마음만이 있을 뿐이었소. 그때 우리는 신전이라 불리는 공간에 있었지만 그곳에 신은 없었거나 최소한 신에 앞서 인간과 인간의 마음이 있었던 거요.

"빙기사! 천사이면서 악마! 현명하지만 어리석은 자! 아름다운 언어를 가졌지만 그 언어로 사람들을 홀려 추한 곳으로 이끌고, 신비한 목소리를 가졌지만 그 소리로 사람들을 덮어 무지로 이끄는 자!" 하고 그가 말했소.

그의 목소리는 비교적 담연했소. 나를 공격하기는 했어도 그의 말에는 증오심이 담겨 있지는 않았던 거요. 다만 그의 두 눈만은 나를 태워 버릴 듯이 활활 불타고 있었소. 그가 다시 말했소.

“나는 오래전에 그대를 본 적이 있소. 나 또한 그대와 같은 음유시인으로서 세상을 떠돌던 중 그대의 아버지에게 초청을 받아 그대의 집에 머문 적이 있었던 거요. 나는 어린 아기였던 그대가 아버지의 품에 안겨 방글거리는 모습을 기억하오. 그때 그대는 얼마나 순진했던가! 얼마나 순결했던가! 얼마나 귀여웠으며, 얼마나 명랑했던가! 그러나 지금 그때의 빙기사는 없소. 그 순진하던 어린 아기는 그대에게서 떠나버린 것이오. 지금 그대의 모습은 악귀! 수만 명의 목숨을 앗아간 살인마! 선을 행한다고 믿고 있지만 실은 악을 행하고 있는, 그대는 세상에서 가장 어리석은 자!”

일순, 그의 목소리에서 침착하던 기운이 사라졌소. 그는 부목을 댄 한쪽 다리를 쳐들어 올리며 외쳤소.

“보라, 빙기사여! 그대에게 자유의지를 맡긴 자들이 저지른 악행을! 그들이 훼손한 내 몸을! 하지만 내 다리가 하나쯤 없어진들 그게 무슨 대수이겠는가, 어쨌거나 그래도 나는 목숨은 부지할 수 있었는데! 하지만 나의 아들딸, 나의 손자·손녀들은, 나의 벗들과 친지들은, 그리고 우리 성내에 있었던 모든 사람은 죽었다! 그들은 광신의 희생자가 되어 모두 비참하게 희생되고 만 것이다!”

그는 절뚝거리며 제단으로 올라왔소. 그러자 그가 하는 말을 듣고만 있던 사제들이 몰려들어 그를 붙들려 하였소. 나는 오른손을 들어 보여 그들을 제지한 다음 그가 무슨 짓을 하는지를 지켜 보았소. 남자는 나를 지나쳐 제단의 중앙부로 가더니 후루와신의 상징물인 오각별을 뜯어냈소.

그는 성물을 들고 내 앞으로 다가와 그것을 들이밀며 말했소.

“보라! 여기에 그대의 신이 있다! 하지만 그대가 보고 있는 것처럼 내가 자신을 모독하는데도 그대의 신은 아무런 반응도 보이지 않는다. 지금부터 나는 그대의 신이 거하는 집을 능멸하리니, 그대의 신이 얼마나 무력한지를 똑똑히 보라!"

그는 오각별을 높이 치켜들어 바닥에 힘껏 내동댕이쳤소. 그러자 우리 신자들은 감히 손도 대지 못하는 그 거룩한 물건은 산산조각이 되어 사방 천지로 흩어졌는데, 깜짝 놀란 사제들이 움찔 하며 뒤로 물러섰소.

그가 사제들을 비웃었소.

"그대들은 왜 신에게서 물러서는 것인가? 다칠까 봐? 죽을까 봐? 하지만 죽음이야말로 그대들이 가장 바라는 선이 아니냐? 그대들에게 죽는다는 것은 천국에 가는 것을 의미할진대, 그대들은 왜 죽음을 두려워하는 것이냐? 그것은 그대들의 눈에 천국이 보이지 않기 때문이다. 또한 그것은 내가 내동댕이친 것 속에 신이 머물러 있지 않기 때문이다. 그대들, 이 오각별은 그대들의 신도, 신의 집도 아니다. 나아가 이 세상 어디에도 그대들의 신은 없다! 만일 있다면…."

그동안 사제들과 신자들 쪽을 바라보고 있던 그가 시선을 나에게로 돌렸소.

"그대 후루와교의 주교, 후루와와 신비로이 사귀는 자, 그의 말을 듣고, 그의 의지를 지상에 구현하는 자여! 그대는 모르고 있다, 그대가 망상 속에서 신을 만들고 보고 들은 것에 불과하다는 것을! 만일 그것이 아니라면 지금 당장 그대의 신을 내 앞에 불러내 보여 달라, 내가 그를 상대해 주리니!"

그는 나를 윽박질렀소.

"어서 그대의 신을 불러내라! 어서! 왜? 왜 그대는 그대의 신을 불러

내지 않는가? 아니면, 불러내지 못하는 것인가?"

그의 추궁에 나는 아무런 응수를 하지 못한 채 그의 다음 말을 기다릴 수밖에 없었소. 그의 말을 계속되었소.

"그대들의 신은 생각 속에만 있는 것, 망상 덩어리에 불과하다! 그런데도 그대는 존재하지도 않는 신을 위해 수많은 사람들에게 지옥보다 더 끔찍한 고통을 안겨 주었다! 그대는 꿈속의 삶을 위해 깨어 있는 삶을 내팽개친 것이다!"

그가 말하는 동안 신자들은 놀란 모습으로 그를 지켜보고만 있었고, 나 또한 아무런 대응을 하지 못했는데, 그것은 그가 하는 말들이 신자들과 나에게 이치에 맞게 생각되었기 때문이었소. 나는 마음속으로 부르짖었소. '지금 내가 신을 불러낼 수만 있다면 그를 굴복시킬 수 있으련만! 그러나 나는 그럴 수 없다. 그렇다면 신은 나의 주관이 일으킨 망상 덩어리에 불과할 수도 있는 게 아닐까?'

생각이 많은 사람으로서 나는 갑자기 사색에 잠겨 들었소. 내가 급박한 상황을 맞은 종교 지도자라는 것을 잊은 채, 더하여 충격을 받은 신자들이 지르는 비명 소리도 듣지 못한 채. 골똘히 생각에 잠겨 있는 동안 정신을 추스른 사제들이 청년 신자들과 함께 남자에게 우르르 달려들었던 모양이오. 그들이 남자를 붙들어 신전 밖으로 끌고 나왔다는 것을 나는 나중에야 알았소.

그는 신전 밖 광장에서 신자들에 의해 뭇매를 맞았소. 그래서 그의 몸은 피투성이가 되었는데, 이웃을 사랑하라는 계명을 내린 후루와신을 모신 성전 앞에서 그런 일이 벌어지는 동안, 신은 남자를 보호하는 그 어떤 계시도 내리지 않았고, 천사들은 남자를 위해 그 어떤 도움도 주지 않았소.

잠시 후에 정신을 차린 나는 서둘러 신전 밖으로 뛰어나갔소. 내가 광장에 도착하자 남자에게 뭇매를 가하던 사람들이 주춤주춤 그에게서 물러섰소.

"형제들, 그대들은 이웃을 사랑하라신 신의 계명을 잊었소?" 하고 소리치며 다가가 보니 남자는 숨을 헐떡거리며 죽어가고 있었소. 나는 그의 손을 잡았소. 나의 하나뿐인 눈에는 뜨거운 눈물이 고여 있었소. 내가 부르짖었소.

"오오! 그동안 내가 보지 못했던 것을 보게 해 준 분이여!"

그의 얼굴에 희미한 웃음이 떠올랐소. 그는 엷은 미소를 지으며 띠엄띄엄 말했소.

"나는 당신이… 마음의 방향을… 돌리고 계신다고 생각합니다. 얼마나… 다행한 일인지요! 빙기사님, 제발… 자신에게로, 어린 시절의 순수했던 때로 돌아가십시오…."

말을 마친 그는 곧 숨을 거두었소.

37
프리클리페어 선인장

나는 시신을 수습하여 매장하고 나서 그 사건이 갖는 의미에 대해 숙고하기 시작했소. 먼저, 나는 그 남자가 자신을 모독했는데도 신이 그에게 아무런 응징도 하지 않았다는 점과 신은 망상에 불과하다는 그 남자의 견해를 검토했소.

신이 없을 수도 있다? 그것은 당시의 나에게 엄청난 가정이 아닐 수 없었소. 나는 머리를 가로로 세차게 흔들며 그 참람한 생각을 내쫓으려 하였소. 그러나 한번 들어온 그 의심은 쉽사리 내 마음에서 나가 주지 않았소. 나는 마음에 들어온 그 악마의 속삭임을 정면으로 상대하기로 마음먹었소. 하지만 시간이 흐르는 동안 나는 그 속삭임이 진실의 소리라는 것을 인정하지 않을 수 없었소. 그것은 순결하고 귀엽고 명랑하던 어릴 적 내 마음에서 나오는 언어였소. 아직 신이 자리잡기 전, 아무런 다른 선입관념이 없던 마음이 그렇게 속삭였던 거요.

다음으로, 내 생각은 아유타 쪽으로 옮겨 갔소. 그것은 그 남자가 죽으면서 한 말인 '제발 자신에게로 돌아가십시오….'라는 말이 아유타가 나를 떠나기 전에 한 말과 똑같았기 때문이었소. 나는 골방에 앉아 그에 대해 숙고했고, 그럼으로써 그녀가 나를 떠나면서 한 '부디 타자에 집착하지 마십시오…. 운명과 다투지 마십시오…. 제발 자신에게로 돌아가십시오….'라는 말이 갖고 있는 의미를 깨우칠 수 있었소.

나에게 큰 변화가 시작되었소. 가장 먼저 마음이 문득 편안해졌소. 그것은 예술을 통해서도, 후루와에 대한 충성을 통해서도 느껴 보지 못한 새로운 종류의 평화였소. 나는 벌떡 일어나 방 밖으로 나갔소. 뒤따라오는 보조사제를 향해 손을 휘저어 그를 물러나게 한 뒤, 사람들이 없는 곳으로 혼자 걸어갔소. 풀밭이 나타나자 나는 거기에 몸을 눕혔소. 순정純淨한 하늘에 순백純白의 구름이 천천히 지나가고 있었소. 나는 아유타의 특이했던 행동을, 순정한 하늘 같았고 순백한 구름 같았던 행동을 생각했소.

궁에서 쫓겨난 다음 아유타는 지극히 수용적인 태도를 보였소. 그것이 나를 불편하게 했고, 그 때문에 나는 아유타를 구타하기까지 했소. 그런데 그녀가 보인 것은 또다시 지극히 수용적인 태도, 그녀는 얼핏 보기에는 매우 나약한 태도를 보였던 거요. 그러나 나는 그때 그녀의 수용적인 태도가 나약한 것이 아니라 도리어 강한 것보다도 더 강하다는 것을 알았소. 또 나는 내가 잠깐 맛본 마음의 평화가 그녀가 보인 수용적인 마음과 통한다는 것도 알았소.

내 몸에서 힘이 빠져나가기 시작했소. 처음에는 힘이 빠져나가는 현상을 맞아 나는 약간의 두려움을 느꼈소. 그러나 내 안에서 이런 소리가 들려왔소. '그대로 두어라. 너에게서 지금 빠져나가고 있는 것은 긴장이니, 긴장은 독성이며, 독성은 나쁜 마음이 일으키는 것인즉, 너에게서 긴장이 빠져나간다는 것은 마음의 독이 풀리고 있다는 것이다.'

나는 힘이 빠져나가는 몸을 내비려두었소. 이어서 나는 몸에 이어 마음까지 포기했소. 그 심신방기心身放棄 상태에서 나는 내 마음을 조용히 바라보았소. 마음으로 마음을 바라본다? 그대들에게는 마음이 마음을 바라본다는 이 말이 모순된 것으로 들릴지도 모르겠소. 그러나 그것은 가능하오. 그뿐이 아니오. 그 바라보는 마음을 다시 바라보는 것까지도 가능하니, 마음은 그렇게 깊고도 깊으며 미묘하고도 미묘하오.

마음을 바라보는 동안 나는 나의 몸과 마음이 한없이 밑으로 밑가라앉는 것을 느꼈소. 그리고 마침내 나는 내 마음이 가장 밑바닥에 닿는 느낌을 받았소. 나는 그 밑바닥이 나를 굳건히 세워 주는 기초임을 직감했소. 그러나 거기까지뿐, 아직은 더 이상 나아갈 준비가 되어 있지 않았던 당시의 내 마음은 잠시 평화를 유지하더니 이내 범속한 평상의 마음 상태로 되돌아왔소.

'그래, 마음이다!' 하고 나는 생각했소. '하늘 같은 마음과 구름 같은 마음! 심심 미묘한 마음, 바라보는 마음! 바라보는 마음을 다시 바라보는 마음!'

잠시 후, 나는 마치 내 정수리로 구름을 뚫기라도 할 것처럼 힘차게 우뚝 일어섰소. 그러고는 천천히 걷기 시작했소. 나의 발걸음은 시신이 산을 이루고 피가 시내를 이루며 공중에 비린내가 가득했던 전장을 향했소. 불과 며칠 전, 나는 그 자리에서 눈을 휘뒤집어 뜨고 거룩한 승리를 찬미했었소.

그러나 후루와신이 차지했던 자리에 마음을 되돌이킨 자로서 내가 다시 그 자리에 도착했을 때, 그제야 내 눈에 죽은 이들이 '사람'으로 다가왔소. 그렇소, 우리 모두는 사람이오. 이쪽 신을 믿든 저쪽 신을 믿든 신을 믿지 않든 간에 모든 사람은 똑같이 고통을 싫어하고 행복을 원하는 사람이라는 그런 말이오.

마음 한가운데서 '아니다! 이 피흘림이 거룩할 수는 없다!'는 소리가 들려왔소. 어린 시절 어머니가 불러 주시던 다정한 자장가처럼, 오래 잊고 있었던 소년 시절의 그리운 피리 가락처럼 그 양심의 언어가 내 마음에 되살아났던 거요. 갑자기 엄청난 고통이 온몸을 강타했소. 나는 미치광이처럼 허둥대며 시신 사이에서 무기를 찾았소. 그런 끝에 나는 칼 한 자루를 찾아 내 심장을 찔렀소. 아니, 심장을 찌르려는 바로 그 순간 나는 알 수 없는 힘의 강력한 제지를 받으며, 아마도 과거생에 지은 작으나마의 공덕의 제지를 받으며 풀썩 쓰러졌소.

내가 구역질을 하며 깨어난 것은 다음 날 이른 아침이었소. 산등성이 위로 아침 해가 떠오르고 있었고, 사방에는 안개가 자욱했소. 나는 몸을 추슬러 일어났소. 개미·파리를 비롯한 온갖 벌레들과 함께 늑대·승냥이·하이에나·독수리들이 떼로 몰려와 마음이 떠나간 몸들을 훼손하고 있었소. 코를 쥐어 잡게 하는 비린내를 맡는 내 눈에서 눈물이 하염없이 흘러내렸소.

이빨이 부러져라 입을 앙다물고 펑펑 흐르는 눈물을 손등으로 훔치며 나는 허청허청 걷기 시작했소. 무작정 걸어갔소. 얼마나 어느 쪽으로 걸었는지는 모르오. 그때 나는 넓은 벌판을 걷고 있었소. 그 벌판을 한참 동안 걸어 검은 돌들이 드문드문 흩어져 있는 모래밭에 들어섰소. 텅 빈 공간에 회오리바람이 불었고, 모래 먼지가 뿌옇게 일어났소. 잠시 후, 바람이 잠잠해지자 막혀 있던 시야가 다시 트였소.

나는 조금 떨어진 곳에 프리클리페어 선인장 한 포기가 서 있는 것을 보았소. 그때 내가 본 선인장은 아주 작은 것이었소. 나는 선인장을 자세히 바라보기 위해 그 앞에 쪼그려 앉았소. 오래전, 여섯 살 무렵에 나는 작은 프리클리페어 선인장을 아버지의 정원에서 자주 보았었소.

프리클리페어 선인장꽃을 유난히 사랑하셨던 아버지에게는 아기 선인장이라 불리는 작은 선인장이 있었소. 아버지를 찾아온 사람들은 유난히 고운 꽃을 피우는 그 선인장을 보며 감탄을 금치 못했었소. 그리고 그때, 나는 아버지의 정원에서 보았던 그 아기 선인장과 똑같은 품종의 선인장을 보았던 거요.

처음에 나는 그 식물을 먹어 볼까 하는 생각으로 손을 뻗어 한 꼭지를 따려고 했소. 하지만 힘이 없는 내 손은 부르르 떨렸고, 그 바람에 날카로운 가시에 손가락을 찔리고 말았소. 울컥, 짜증이 일어났소. 그러나 다음 순간, 내 입에 자기 모멸의 비웃음이 떠올랐소. 수만 명의 목숨을 앗은 내가 고작 손가락 하나를 찔리는 것만으로 짜증을 내고 있는 것이 우스웠기 때문이오. 갑자기 극심한 고통이 엄습해 왔고, 나는 두 손으로 머리를 감싸며 쓰러졌소.

한참을 몸부림친 끝에야 나는 겨우 정신을 차릴 수 있었소. 그런 내 눈에 다시 선인장의 모습이 들어왔소. 그 선인장에는 조금 전에는 없었던 노란 꽃송이가 피어 있었고, 꽃에서 나오는 향기로운 냄새가 내 코를 간질였소. 나는 눈을 감고 그 향기를 지그시 음미했소. 향기는 술처럼, 시처럼, 음악처럼 나를 취하게 했소.

잠시 후, 내가 향기에 흠뻑 취한 상태로 다시 꽃을 바라보았을 때, 그 선인장꽃은 나에게 세상에서 가장 아름다운 꽃으로 비쳤소. 나는 일어나 앉아 지상의 것일 수 없는 신비로운 하늘꽃에게 물었소. '너는 행복하느냐? 아무도 보지 않는 이곳에서, 너의 아름다움을 찬탄하는 사람 하나 없는 이곳에서.' 꽃이 대답했소. '누구로부터 찬탄을 받지 않는다고 해도 나는 행복해요. 왜냐하면 아름다움은 아름답다는 그 자체만으로 자족스러운 가치이기 때문이에요.'

그렇소. 내가 보고 있는 선인장과 아버지의 정원에 있었던 선인장, 생각해 보면 두 꽃의 아름다움 자체는 다름이 없소. 그러나 내가 보고 있는 선인장은 찬탄해 주는 사람이 없었던 데 비해 아버지의 정원에 있던 선인장은 자신의 아름다움을 찬탄해 주는 많은 사람들을 갖고 있었소.

그리고 이 지점에서 우리는 알아야 하오. 전자의 꽃이나 후자의 꽃이나 그들이 누리는 아름다움의 행복은 다르지 않다는 것을. 그들이 누리는 아름다움의 행복은 타자의 찬탄 여부에 따라 달라지지 않소. 이 점은 선행 또한 마찬가지요. 선행의 진정한 가치는 선행 그 자체에 있소. 타자의 찬탄을 받는 것과는 상관없이, 내가 선하다는 사실에 대한 자긍自矜과 내 마음이 개운하고 깨끗하고 고상하다는 자증自證만으로 보상은 충분하오.

삶의 길은 자기 자족적인 길과 타인·타물 의존적인 길로 나뉘는데, 두 길 중 타인·타물 의존적인 길에서 나오는 선은 덜 순수하고 자기 자족적인 길에서 나온 선은 지극히 순수하오. 그렇소. '남들이 보지 않는 곳'[118]에서 행하는 선행, 오른손이 하는 일을 왼손이 모르게[119] 하는 선행이 참다운 선행이오.

내가 프리클리페어 선인장꽃을 보며 깨우친 이 이치에는 신을 인간에 앞세우는 교리를 부정하는 의미가 담겨 있었소. 거기에는 신에 앞서 인간을 논해야 한다는, 신 또한 나에게는 타자라는, 신은 나 자신이

---

118 "사람에게 보이려고 그들 앞에서 너희 의를 행치 않도록 주의하라. (신약성서 《마태복음》 제6장)

119 "너는 구제할 때에 오른손이 하는 것을 왼손이 모르게 하여 네 구제함을 은밀하게 하라. 은밀한 중에 보시는 너의 아버지가 갚으시리라." (신약성서 《마태복음》 제6장)

존재한 다음에 존재하는 무엇이라는 의미가 담겨 있는 것이오.

아기 선인장에게 있어 자신을 향해 찬탄의 말을 쏟아내던 사람들은 자신이 아닌 타자였소. 그리고 신 또한 인간에게 있어서 나 아닌 존재로서의 타자 중 하나요. 이것이 사실이라면 신으로부터 나오는 가치는 나에게 타인·타물 의존적인 가치일 수밖에 없고, 그래서 자기 자족적인 가치인 수행으로부터 우러나오는 가치·행복·보람에 비해 덜 순수할 수밖에 없소.

나의 내면을 바라보아 내 마음이 청정하다는 것을 자견自見하여 자긍自矜을 느낌으로써 참다운 행복은 우러나오는 법이오. 그 행복에는 행복 자체만이 있을 뿐 곁붙은 다른 것이 전혀 없소. 무엇이 곁붙는다는 것은 그것들이 타인이거나 타물임을 의미하는 것이니, 자기 자족적인 행복에 어떻게 다른 무엇이 곁붙을 수 있겠소?

그 행복에는 곁붙는 것으로서의 '삯'이 없소. 신은 신자에게 충성이라는 값 치름으로서의 삯 또는 '세금'을 요구하는데, 그것은 신이 나에게 있어서 타인이거나 타물이기 때문이오. 그렇다면 수행자에게 있어서의 스승은? 참다운 스승은 제자에게 삯을 요구하지 않소. 제자가 참다운 행복에 도달하는 것만이 스승이 바라는 단 한 가지 소망이오.

이 밖에도 그때 내가 깨우친 것들은 많소. 그 깨우침들을 기초 삼아 나는 마침내 천신 후루와를 버렸소. 아니, 내가 그를 버린 것이 아니라 그가 스스로 떠났소. 그것도 아니오. 그는 애초에 존재하지 않았던, 많은 이들의 욕망과 무지가 뒤엉켜 그려낸 허상이었소. 그리고 그때 그는 애초의 상태로 되돌아가 버린 것이오.

이제 어디로 가야 하나? 이 의문에 답하여 나는 아유타를 떠올렸소. 그녀가 나에 앞서 인간의 길, 마음의 길로 나아갔으리라는 것은 분명했소. 그리하여 그녀는 나에게 삶의 길을 제시하는 선지식이자 내가 앞으로 걸어가야만 하는 길을 가리켜 보여 주는 스승으로서 자리매김되었소.

38
오! 그곳에서 아유타는

새로 들어선 인간의 길 한가운데에 서서, 나는 내가 얼마나 인간으로부터 멀리 떠나 있었던지를, 내가 얼마나 큰 죄를 지었는지를 뼈저리게 느끼지 않을 수 없었소. 어떻게 하면 내 죄를 씻을 수 있을까. 나는 지금부터라도 새로 발견한 진실의 길을 굳은 마음으로 씩씩하게 걷는 방법밖에 없다는 결론을 내렸소.

그래서 곧바로 아유타를 찾아 길을 떠났소. 하지만 넓디넓은 잠부디빠의 어디에 그녀가 있는지 알 수가 없었소. 나는 정처 없이 세상을 떠돌았지만 여러 해가 지나도록 그녀에 대한 아무런 정보도 얻지 못했소. 내 마음은 깊은 슬픔에 잠겨 들었소.

그러던 어느 날, 건조한 사막에서 나는 또다시 프리클리페어 선인장을 보게 되었소. 나는 그 선인장에게 다가가 내가 가진 물을 쏟아부었소. 그러자 선인장에서 꽃이 피어났고, 그 꽃은 나의 환상 속에서 아유타로 변화하였소. 그리고 잠시 후, 도리천왕 삭까가 내 앞에 나타났는데, 그는 나에게 아유타가 살아 있다는 반가운 말을 해 주었소. 그 말에 용기를 다시 얻은 나는 다시 잠부디빠 전역을 떠돌며 아유타를 찾았소. 그런 끝에 나는 마침내 몇 년 전에 아유타가 머물다 간 마을 하나를 찾아냈소.

그때부터 나는 그녀의 뒷소식을 연달아 들을 수 있었소. 그녀는 자신이 지나간 마을마다 사람들에게 깊은 인상을 남기고 있었소. 나는 그녀가 머물던 모든 마을에서 "그분은 인간의 차원을 멀리 벗어난, 참으로 고결한 분이시지요."라는 말을 되풀이해 들었소. 나는 사람들에게 그녀의 언행을 자세히 말해 달라고 부탁했고, 그 결과 그녀가 불법을 받아들였다는 것과 높은 경지를 성취했다는 것을 알았소.

그러나 그녀는 자신의 경지가 사람들의 찬탄과는 아무런 관련이 없다는 것을 알고 있었음이 분명했소. 그녀는 사람들이 자신에게 집착하려 하는 순간 머물던 곳을 떠났는데, 나는 그녀의 그 행동에서 남이 안 보는 곳에 홀로 핀 프리클리페어 선인장꽃의 비밀한 가치를 보아 냈던 거요.

자신에 의지하여 자족이라는 이름의 안심입명을 이룬 다음에 그로부터 넘쳐 난 마음으로서의 너그러운 배려심이 가득한 그녀의 행동은 지극히 참다웠고 지극히 선했으며 지극히 아름다웠소. 그녀가 간 길은 허공을 나는 새가 자취를 남기지 않는 것처럼 텅 비어 청정했소. 아무런 욕망도 없이, 아무런 집착도 없이, 아무런 오염도 없이, 아무런 번뇌도 없이, 그녀는 그렇게 나아갔던 것이오.

그녀가 간 길을 뒤따라가는 동안 나의 걸음걸음은 그 자체만으로 수행이 되었소. 한 마을을 지날 때마다 나는 아유타의 새로운 모습을 보았고, 참다운 삶에 관한 새로운 암시를 받았소. 그리하여 나는 날마다 향상할 수 있었소. 그렇게 나는 그녀의 제자가 되었소.

마침내 나의 발걸음은 그대들이 살고 있는 이 숩바라까의 앞지역에 이르렀소. 내가 여기에 오자 일부 사람들이 나를 스승으로 받들었소. 나는 내가 깨우친 것들을 그대들에게 설했소. 그러나 그 가르침들은 나의 것인 한편으로 아유타의 것이기도 하였소.

어느 날, 나는 아유타가 이 도시의 뒷지역에 살고 있다는 것을 알았소. 그래서 나는 아무에게도 말하지 않고 곧 뒷지역을 향해 출발했지만 그녀를 만나지는 못했소. 내가 그녀가 머물던 이 누추한 도시의 뒷지역에 들어왔을 때 그녀는 이미 세상을 떠난 다음이었던 거요.

그렇다면 그녀는 이곳에서 무엇을 하며 어떻게 살았던가.

그녀는 이곳에서 술집 여인으로 살았소. 그러나 아니오, 정녕코 아니오! 그녀는 술집에서 살았으나 여느 술 파는 여인이 아니었으니, 그녀는 자신을 모두 던져 이곳 사람들의 마음을 고요한 안온으로 이끄는 여인이었소.

이 더럽고 험한 곳에 살면서 그녀는 자신을 찾아오는 모든 남자들을 품에 안았소. 그리고 그녀는 울었소. 그들의 눈을 응시했고 손을 잡았으며, 하소연에 귀 기울이며 그들의 마음 한가운데로 들어가 현악기 소리처럼 가느다란, 그러나 타악기 소리처럼 힘찬 마음음악을 연주했소.

그녀 앞에 온 모든 남자들, 대부분이 뱃사람인 그들은 그녀에게 자신의 아픔을 고백했소. 운명과 세상으로부터 버림받은 자신의 불행한 처지를, 그 처지로부터 생겨난 더러움을, 그 더러움으로부터 생겨난 한숨을, 아쉬움을, 공포를, 상처를 풀어놓았던 거요.

그들의 삶은 공포와 상처 그 자체였소. 왜냐하면 그들은 널빤지 한 장 밑이 지옥인 배 한 척에 몸을 의지한 채 이 항구 저 항구를 떠돌며 살아온 자들이었기 때문이오. 오늘은 아버지가, 내일은 형이, 모레는 친구가 죽어 나가는 거칠고 험한 여정. 오늘은 이곳에서, 내일은 저곳에서, 모래는 그곳에서 하대받는 비참한 삶…. 그러나 도시의 앞지역 사람들에게 노예나 다름없는 계약으로 묶여 있는 그들에게 그 비참으로부터 벗어날 희망은 없었소.

한숨을 쉬며 그들은 그녀를 찾아왔소. 그러면 그녀는 다시 그들을 끌어안고 위로했소. 그녀는 그들을 위해 세상을 헤쳐 나갈 지혜를 내지 않았고, 불공정한 계약을 강요한 자들과의 투쟁을 부추기지도 않았소. 다만 그녀는 '그대가 나를 치면 나는 맞으리라, 그대가 나를 죽이면 나는 죽으리라.'라고 말하는 것 같은, 모든 것을 놓아 버린 듯한 허허한 표정으로 그들을 바라보았고, 깊은 슬픔이 어린 눈빛을 한 채 그들을 자신의 품에 안아 주었소. 그런데 이상하게도 그녀를 찾은 사람들은 그녀를 만난 뒤 미소를 띠며 다시금 새로운 삶의 여정을 떠날 수 있는 힘을 얻었소. 그렇게 그녀는 그들의 어머니이자 누이요, 아내이자 애인이 되었던 것이오.

뱃길을 떠난 그들이 다시 이 지역으로 되돌아왔을 때 가장 먼저 찾는 곳은 아유타라는 이름의 성소였소. 그들의 손에는 저마다 거룩한 제단에 바칠 공양물이 들려 있었으니, 그것은 값싼 장신구들이었소. 그녀는 그것들을 성물처럼 소중히 다루었소. 마침내 그것들을 몸에 걸치기 시작했소. 손과 발에 차고 목에 걸었으며, 머리에 꽂고 옷에 달았소. 그런 끝에 그녀는 수많은 장신구에 뒤덮이게 되었소.

그런 그녀의 모습은 아름답다고 말할 수는 없었소. 그러나 그녀를 추하다고 여긴 사람은 아무도 없었으니, 그들은 그녀가 자신의 선물을 소중히 여겨준 것만을 감사히 여겼소. 자신들이 바친 선물들이 거룩한 성소에 변함없이 소중하게 다루어지고 있는 것을 확인하게 되면 그들은 큰 감동에 휩싸여 울음을 터뜨리곤 했던 것이오.

그로부터 몇 해가 지나 처음 이곳에 오던 때 천녀처럼 아름다웠던 그녀의 모습은 노파나 다름없이 변해 버렸소. 더하여, 육신의 힘을 모두 소진한 그녀는 다시금 청력을 잃게 되었소. 정직한 말이 아니면 귀 기울이지 않던 그녀의 귀, 그러나 나의 달콤한 말에 귀 기울였기에 청력을 잃었던 그녀의 귀, 거룩한 불법에 의해 청력이 회복되었고, 타자의 아픔에 귀 기울였던 그녀의 귀, 그 귀는 다시금 웅숭깊은 정적 속으로 잠겨 들었던 거요.

그러나 나는 아오. 마치 가련한 거지였을 때 그랬던 것처럼, 그 정적 속에서 그녀는 세상 사람들이 듣지 못하는 그 어떤 말을 듣고 있었으리라는 것을. 그것은 말로 언표될 수 없는, 그러나 말이 아니라고도 말할 수 없는 말 아닌 말이었으리니, 마침내 그녀는 그 정적 속에서 죽었소. 그럼으로써 그때 이후 이곳 사람들은 버려진 아들, 버려진 남편, 버려진 오라버니, 버려진 남동생이 되었소.

그대들이여, 그대들은 내가 왜 이곳에, 어찌하여 이런 모습으로 있는지를 물었거니와 이것이 그 대답이오. 나는 아유타, 내가 그 어떤 사람보다 사랑했으며, 나를 그 누구보다 사랑했던 여인이 떠난 자리를, 작으나마의 성심으로 대신하고 있는 것뿐이오."

이렇게 말하고 나서 빙기사는 말을 멈추었다.

아무도 입을 열지 않았다.

아무도 움직이지 않았다.

한참의 시간이 흘러 누군가가 두 손으로 얼굴을 가리고 흐느끼기 시작했다. 흐느낌은 물감이 번지듯 번져 나갔다. 악취 가득한 어두운 뒷골목의 허름한 골방, 그곳을 향해 밤하늘로부터 맑은 별 하나가 긴 선을 그으며 지상으로 떨어지며 내렸다….

열흘 뒤, 쉰 명으로 구성된 도시 앞지역의 대표단이 빙기사를 방문했다. (빙기사는 처음 이 도시에 오던 때의 고상한 풍모를 회복해 있었다.) 그들은 빙기사에게 많은 질문을 한 다음 그와 함께 도시 뒷면을 돌아보았다. 그러고 나서 앞면으로 돌아가 원로회에 자신들이 보고 들은 것을 보고했다.

다시 그로부터 한 달 뒤, 도시의 앞면과 뒷면의 대표들이 빙기사의 방에서 모임을 가졌다. 그들은 두 지역이 함께 번영할 수 있는 길을 사흘 낮밤에 걸쳐 의론했다. 빙기사는 그들의 의론에 적극적으로 개입하지는 않았다. 그렇긴 해도 그가 아니었다면 회의가 순조롭게 진행될 수는 없었다는 점에서 빙기사가 말없이 회의를 이끌었다고 할 수 있었다.

몇 달이 더 지나 도시의 뒷지역, 이제는 '형제의 구역'이라 이름 붙여진 그곳을 새로운 도시로 재탄생시키기 위한 건설 사업이 시작되었다. 사업은 일곱 구역으로 나뉘어 십 년에 걸쳐 추진될 예정이었다.

39
구름을 벗어난 달처럼

여기까지 빙기사에 대해 말한 다음 붓다는 아난다와 여러 비구들에게 “비구들이여, 이제 우리 빙기사에게로 가자.”라고 말했고, 아난다를 비롯한 모든 비구들은 붓다와 함께 자리에서 일어났다.

붓다는 제자 비구들을 이끌고 해변으로 난 길을 따라 숩바라까를 향해 걸어갔다. 일행이 반 요자나쯤 걸어가자 천막이 하나 보였는데, 그것은 숩바라까 사람들이 위대한 손님들을 맞기 위해 쳐 놓은 것이었다. 천막 옆에는 숩바라까의 시장이 원로 열 명 및 일반 시민 백여 명과 함께 붓다를 기다리고 있었다. 붓다와 제자 비구들은 숩바라까 사람들이 준비해 놓은 물로 손과 발을 깨끗이 씻은 다음 공양을 마쳤다.

잠시 후, 붓다가 천막 안에 준비된 법좌에 좌정하자 숩바라까 시장과 원로들은 천막 안에서, 나머지 시민들은 천막 밖에서 거룩한 스승께 큰절을 올려 예를 표했다. 그들이 불교신자인 것은 아니었다. 그렇기는 해도 그들은 이 고귀한 스승에 대한 갖가지 소식을 들은 바 있었던 데다가 실제로 접한 붓다의 풍모가 지극히 거룩했기 때문에 신자에 준하는 신심을 일으켰다.

하지만 붓다는 그들이 일으킨 신심이 충분하다고 생각하지 않았다. 특히 그들이 잠시 후에 목격하게 될 희유한 대인연사를 원만히 성취하기 위해서는 그들에게 더 높은 차원의 신심이 필요하다고 판단한 붓다는 대신통을 발휘하기 위해 선정에 들었다.

잠시 후, 선정에서 나온 붓다가 둥근 수인을 지었다. 그러자 순식간에 천막을 중심으로 사방 십분의 일 요자나 정도의 공간 안에 아래로 지옥으로부터 위로 비상비비상처천까지의 욕계·색계·무색계가 모두 수용되었다. 붓다가 다시 둥근 수인을 지었다. 그러자 이번에는 첫 번째 삼계 밖의 또 다른 무수한 삼계인 삼천대천세계가 수용되었다.

그렇다고 해서 처음 공간이 커진 것은 아니었고, 수용된 세계 밖의 세계가 사라지며 안으로 수용된 것도 아니었다. 처음 공간과 두 번째 공간 안이 밖이고 밖이 곧 안인, 이것이 저것과 저것이 이것과 중중무진重重無盡으로 중첩되었을 뿐이었다.

소세계라 불리는 첫 번째 삼계가 수용되었다.
소세계 일천 개가 합쳐진 소천세계가 수용되었다.
소천세계 일천 개가 합쳐진 중천세계가 수용되었다.
중천세계 일천 개가 합쳐진 대천세계가 수용되었다.
대천세계 삼천 개, 삼천대천세계가 수용되었다.

소세계가 한 가지 빛으로 가득 찼다.
소천세계가 천 가지 빛으로 가득 찼다.
중천세계가 백만 가지 빛으로 가득 찼다.
대천세계가 십억 가지 빛으로 가득 찼다.

삼천대천세계가 삼조 가지 빛으로 가득 찼다.

소세계의 안과 밖이 중중무진으로 중첩되었다.
소천세계의 안과 밖이 중중무진으로 중첩되었다.
중천세계의 안과 밖이 중중무진으로 중첩되었다.
대천세계의 안과 밖이 중중무진으로 중첩되었다
삼천대천세계의 안과 밖이 중중무진으로 중첩되었다.

소세계의 안과 밖의 빛이 중중무진으로 중첩되었다.
소천세계의 안과 밖의 빛이 중중무진으로 중첩되었다.
중천세계의 안과 밖의 빛이 중중무진으로 중첩되었다.
대천세계의 안과 밖의 빛이 중중무진으로 중첩되었다.
삼천대천세계의 안과 밖의 빛이 중중무진으로 중첩되었다.

잠시 후, 붓다가 다시 한번 둥근 수인을 짓자 삼천대천세계에서 모여든 무량대수[120]의 천신과 천인들 및 수많은 간답바·꿈반다·용·약카 등 인간이 아닌 생명 존재가 두 손을 공손히 모으고 붓다를 옹위하고 있는 모습이 나타났다. 그들이 입을 모아 붓다께 경의를 표하는 게송과 삼보에 귀의하는 게송을 외웠다.

하늘을 가득 채우는 웅장한 낭송을 들으며 시장을 비롯한 숩바라까 시민들은 마음 깊은 곳으로부터 불법에 대한 큰 신심과 함께 가슴 벅찬

---

120 무량대수(無量大數) 10의 68승.

환희심을 일으켰다. 시장이 감동에 압도되었던 마음을 추스리며 떨리는 목소리로 말했다.

"세존께서 머나먼 이곳까지 몸소 왕림하시고, 저희를 위해 대신통을 보여 주시니 저희는 감격할 따름입니다."

붓다는 잠잠히 그의 말을 수용한 다음 다시 두 손을 앞으로 모아 둥근 수인을 지었다. 그러자 대신통에 의해 수용되었던 삼천대천세계는 처음 그대로의 모습으로 되돌아갔고, 그와 함께 아득하고 신비롭던 분위기 또한 평상의 상태로 바뀌었다.

시장과 원로들은 붓다 앞에 앉아 붓다가 베풀어 줄 설법을 기다렸다. 붓다는 먼저 행복이 가득한 표정으로 그들을 축복했다.

"숩바라까 사람들이여, 그대들은 늘 건강하라! 언제 어디서나 행복하라!"

"축복의 말씀, 감사합니다."

"여래는 보나니, 이곳은 참으로 아름답구나!"

"그렇습니다. 저희 도시는 참으로 아름답습니다."

"시장이여, 여래가 숩바라까에서 보는 아름다움은 그대가 생각하는 아름다움이 아니니, 그것은 잔잔하게 밀려오는 파도도, 그림처럼 펼쳐진 해변도, 맑고 파아란 하늘도, 가득히 내려쬐는 부드러운 햇볕도, 뾰족뾰족한 지붕을 한 흰색·푸른색·붉은색 벽돌집들도, 그리고 영양 좋은 얼굴의 남자들과 잘 차려입은 귀부인들도 아니다.

여래가 보는 아름다움은 빙기사가 그의 벗들과 함께 일하고 있는 곳의 아름다움이니, 지금 그곳은 운명으로부터 버림받은 이들이 운명에 저항하는 진眞의 장소요, 선善의 장소요, 미美의 장소이며, 의지의 장소요, 역동의 장소요, 창조의 장소이다."

"세존께서는 지금 '운명'이라 하셨습니다."

"그렇다."

"하지만 저희는 세존께서 운명이 아니라 '업보'를 설하신다고 들었습니다."

"그렇다. 중생은 타인他因으로서의 운명이 아니라, 자인自因으로서의 업의 법에 따라 청정해지기도 하고 오염되기도 하나니, 따라서 여래는 자주 업業과 보報의 법을 설한다.

그렇다면 운명은 무엇이고 업보는 무엇인가? 운명이라는 말과 업보라는 말은 공히 세계, 즉 타인·타물로부터 구별되는 개별자의 입장에서 세계가 자신을 향해 작용해 오는 힘(사건)을 의미하거니와, 운명이라는 말은 그것이 자기의 의지·행위와 무관하게 다가온다는 의미로 쓰이고, 업보라는 말은 그것이 자신의 의지·행위에 상응하여 따라온다는 의미로 쓰인다.

둘 가운데 여래는 후자를 자주 설하나니, 여래는 기회가 있을 때마다 '업과 보의 법이 있다. 중생은 선업·악업을 짓고, 업은 보를 이끌어 오며, 업보는 중생에게 행복·고통의 양상으로 나타난다.'고 가르친다.

이것은 중생이 자기 의지에 따라 선을 행할 수도 있고 악을 행할 수도 있는 자유가 있다는 것을 전제로 한 설법거니와, 그러나 그대들이여, 또한 여래는 '모든 법[121]은 상대적이요, 상대적이기에 상의상관되고

121 모든 법(諸法) 세계를 구성하는 존재를 분석한 끝에 얻어지는 최소 단위의 실체. 그러나 이는 실체라고 할 수도 없고, 실체가 아니라고도 할 수 없는 상태로서의 실체이며, 그런 '모든 법'의 특성을 표현하는 말이 공(空, suññā, suññatā)이다. 불교의 공-교설은 물리학이 물질적 최소 단위가 한편으로는 입자이면서 다른 한편으로는 파동이라고 설명하는 것과 닮아 있다.

상의상관하며, 상의상관되고 상의상관하는 두 편 중 어느 한편으로 기울어진 견해는 타파되어야 한다고, 두 견해는 양변兩邊을 벗어난 가운뎃길中道에서 조화를 이루어야 한다.'고 설한다.

비유하면 검은 소와 흰 소가 하나의 줄에 매어 있을 때, 검은 소가 흰 소에 매어 있다고도 흰 소가 검은 소에 매어 있다고도 할 수 있는 것과 같으니, 나(자아)라는 검은 소에 세계(타인·타물)라는 흰 소가 매어 있다고 보는 것이 이쪽 편의 상대적 갓견해邊見요, 세계, 또는 세계의 주재자로서의 신이라는 흰 소에 나라는 검은 소가 매어 있다고 보는 것이 저쪽 편의 상대적 갓견해이다.

여래는 이 두 견해를 비판적으로 탐구하며 바르게 수행한 끝에 마침내 가장 뛰어난 중도의 지혜에 이르렀다. 그 지혜로써 여래는 설하나니, 양변 중 어느 한 편에 기울어진 견해로써는 논쟁을 화해시킬 수 없고, 고통을 해결할 수 없고, 번뇌를 끝낼 수 없다.

따라서 지혜로워지고자 하는 모든 이는 마땅히 바르게 중도를 '이해'한 다음에 실천적으로 수행하며 그를 '깨닫는' 방향으로 나아가야 한다. 그 과정에서 상황과 조건에 맞게 두 견해 중 하나를 선택하여 때로는 나의 입장에서 타인·타물과 경쟁하고, 때로는 타인·타물의 처지를 나에게 이입하여 그를 위한 배려심을 내어야만 한다.

그 두 번째 관점에서 볼 때, 수행자가 깨달음을 성취했다고 하더라도 그 성취는 자신의 노력과 함께 타인·타물들의 직간접적인 도움이 있었기 때문이요, 중생들이 고통받는 것은 타인·타물의 그들을 위한 도움이 부족했기 때문이니, 이 경우에 한하여 제한적으로 세상 사람들이 운명이라 부르는 것을 인정할 여지가 있다.

따라서 지혜로운 이는 남을 두 가지 입장에서 이끄나니, 한편으로는 그들의 개별자성과 자유의지에 주목하는 입장, 즉 그들이 행위의 주체요 업의 생산자라는 입장에서 '지혜로운 냉정'으로 그들을 대하고, 다른 한편으로는 그들이 운명의 희생자라는 입장에서 그들을 '자비로운 온정'으로써 위로하고 격려한다.

이 때문에 여래가 그대들에게 '여래가 보는 아름다움은 빙기사가 그의 벗들과 함께 일하고 있는 곳의 아름다움이니, 지금 그곳은 운명으로부터 버림받은 이들이 운명에 저항하는 곳이다.'라고 말한 것이니, 그대들은 도시의 뒷지역에 사는 사람들을 업의 주체요 생산자라는 입장에서만 보지 말고 운명의 희생자라는 입장에서도 보아야만 한다."

숩바라까 시장과 그를 추종해 온 많은 사람들은 가르침을 받아들인다는 의미로 공손히 합장했다. 붓다가 다시 말했다.

"숩바라까 시민들이여, 여래가 지금 말한 지혜와 자비는 불법의 두 수레바퀴이다. 마치 수레가 한 바퀴만으로는 앞으로 나아가지 못하는 것처럼 불법 또한 지혜만으로는 부족하고, 자비로만도 부족하다. 그리하여 불법의 길은 지혜를 중심으로 하는 아라한의 길과 자비를 중심으로 하는 보살의 길로 나뉘게 된다."

"저희가 잘 이해할 수 있도록 아라한의 길과 보살의 길에 대해 설해 주십시오."

"아라한의 길은 먼저 자신을 위한 깨달음을 성취한 다음 그를 통해 얻은 지혜로써 뒤에 남을 돕는 길이요, 보살의 길은 먼저 중생을 위한 자비행을 한 다음 뒤에 그를 통해 얻은 공덕으로써 자신을 위한 깨달음을 추구하는 길이다.

두 길을 시작 부분만으로 비교해 보면 아라한의 길은 사성제를 배우고 팔정도를 수행하는 보다 쉬운 길이요, 보살의 길은 기나긴 세월에 걸쳐 하 많은 윤회를 반복하면서 타자를 위해 봉사하는 보다 어려운 길이니, 이로써 그대는 아라한의 길은 '작은 붓다'의 길을 지금 당장 가는 길이고, 보살의 길은 '큰 붓다'의 길을 나중에 성취하는 길이라는 것을 알았으리라.

보살은 장차 먼 미래세에 붓다가 될 수행자로서 기나긴 삶에 걸쳐 열 가지 바라밀을 닦아야만 한다. 열 가지 바라밀은 보시·지계·출리·지혜·정진·인욕·진실·결정·자애·평온인바, 이를 온전히 성취하기는 평범한 근기자는 물론이고 매우 뛰어난 근기자로서도 어렵다.

즉, 열 가지 바라밀을 닦아 장차 붓다가 되려는 이는 타자를 향하여 '매우 뛰어난' 정도를 넘어서는 '극최상의' 자비심을 일으켜야만 한다. 또한 보살은 자신 아닌 존재(그에는 자신에 앞서 깨달음을 성취하신 붓다도 포함된다)의 도움을 받지 않고 스스로 깨달음을 성취해야만 하는데, 그 또한 극최상의 근기를 갖지 않은 수행자로서는 꿈꿀 수 없다.

따라서 붓다는 제자들에게 자신이 전생에 걸어온 어렵고도 어려운 보살의 길을 권하지 않고 누구나 갈 수 있는 아라한의 길을 권하나니, 만일 보살의 길만을 권할 경우 불도는 극소수의 사람만이 걸을 수 있는 좁은 길이 될 것이기 때문이다.

즉, 보살의 길은 스스로가 모든 중생의 고통을 감당하겠노라는 대비대원大悲大願을 일으킴으로써 가는 길이다. 보살은 스스로 느끼고 스스로 알아 대비대원을 발한다. 그래서 보살에 앞서 깨달음을 성취하신 선행 붓다는 그런 극최상의 근기자로서의 보살을 상대함에 있어서 그를 굳이 가르치지 않고, 다만 그가 일으킨 발원을 확인하고 인정하고 격려하고 치하할 뿐이다.

그와는 달리 여래는 보다 아래 차원의 근기를 가진 수많은 이들에게는 그에게 알맞추어 법을 설하나니, 그중 가장 뛰어난 근기자는 아라한을, 다음으로 뛰어난 근기자는 아나함을, 다음으로 뛰어난 근기자는 사다함을, 다음으로 뛰어난 근기자는 수다원을 성취하게 된다.

또한 나머지 불제자들 또한 저마다 자신의 근기와 노력에 상응하는 경지를 성취함으로써 법의 이익을 얻게 되거니와, 그들이 그렇게 큰 이익을 얻을 수 있는 것은 여러 전생에 걸쳐 소보살[122]의 길을 걸었기 때문이다.

정보살은 세세생생에 걸쳐 공덕을 지을 때 혼자서 짓는 경우보다는 수많은 사람들을 지도하여 그들과 함께 짓는 경우가 많다. 예를 들어 어느 때 보살이 오백 명의 사람들을 이끄는 우두머리로서 공덕을 짓는다면 그때 정보살에게는 자신을 돕는 열 명 가량의 중간 지도자가 필요한데 이들이 소보살이며, 이 소보살들은 훗날 정보살이 붓다가 되기를 기다려 그분의 제자가 된 다음 전생의 선업 공덕에 기반하여 법의 이익을 성취하게 된다.

여래의 으뜸가는 열 명의 제자들은 수많은 전생에 걸쳐 보살 시절의 여래를 도왔고, 그 공덕을 바탕 삼아 금생에 여래의 으뜸제자가 되었나니, 그들은 보살이 일천 명의 사람들과 함께 공덕을 지을 때 각각 일백 명의 사람들을 이끌었었다.

같은 방식으로 여래의 다른 많은 훌륭한 제자들 또한 그러하였나니, 이렇듯 여래의 뛰어난 제자들이 전생에 큰 공덕을 지었다는 것은 그들이 이번 생에는 아라한의 길을 걸었지만 전생에는 소보살의 길을 걸었

---

122 소보살 경전에는 없는, 필자가 새로 제안하는 개념이다.

다는 것, 즉 불제자는 아라한의 길과 보살의 길을 교차하며 걷게 마련이라는 것을 의미한다.

이렇듯 아라한의 길과 보살의 길은 처음 부분만 보면 나뉘어 따로 출발되지만 중도에 서로 만나기도 하고 다시 나뉘기도 하며 서로 겹치기도 하나니, 이는 이 경우에만 그러한 것이 아니라 세계의 모든 사물·사건의 일어나고 소멸하는 방식 또한 그러하다.

이와 관련하여, 여래는 그대들이 숩바라까 앞지역 사람들을 지도하여 뒷지역 사람들과 화해하도록 했다는 것을 알고 있는바, 그대들의 그 공덕행은 한편으로는 아라한의 길인 팔정도의 한 덕목이 되고, 다른 한편으로는 작은 보살의 길로서의 한 바라밀이 된다고 볼 수 있다."

"그렇습니다. 저희는 뒷지역 사람들과 화해하기 위해 미력이나마 최선을 다하고 있습니다."

"아름답구나, 그 이타행이여! 그러나 그대들은 거기에서 한 걸음 더 나아가는 것이 좋으니, 그대들이 지금 행하고 있는 이타행은 정보살의 바라밀과 유사하기는 하지만 정확하게 같지는 않다.

그 둘은 어떤 점에서 다른가. 그대들은 공덕행을 하면서 '나는 지금 공덕을 짓고 있다.'라고 생각한다. 하지만 그런 생각이 있는 공덕행은 순수한 공덕행이 아니요, 따라서 그로써 얻게 되는 선업 과보 또한 제한적이니, 그대들은 마땅히 알라, 보살은 공덕을 지으면서 '나는 지금 공덕행을 하고 있다.'라고 생각하지 않는다.

정보살은 타자에게 무엇을 베풀 때 자기가 주는 자라는 생각도, 그것을 받는 자가 있다는 생각도, 둘 사이에 주어지는 것이 있다는 생각도 하지 않는다. 정보살은 이렇게 순수한 마음으로 보시를 비롯한 열가지 공덕을 짓나니, 그리하여 정보살의 공덕행은 미래세에 번뇌를 멸절시키는 깨달음을 성취케 하는 위대한 선인善因이 된다. 따라서 그대들은 보다 순수한 공덕행을 짓기 위해 다음과 같이 생각해야 한다.

'내가 숩바라까 시의 앞면에 태어난 것은,
내가 부유한 집안의 아들로 태어난 것은,
내가 교양 있고 자애로운 부모 슬하에 태어난 것은,
내가 강건한 신체를 갖고 태어난 것은,
내가 아름다운 외모를 갖고 태어난 것은,
내가 남다른 총명을 갖고 태어난 것은,
내가 좋은 교육을 받을 수 있었던 것은,
내가 좋은 친구들의 도움을 받을 수 있었던 것은,
내가 좋은 기회를 잡을 수 있었던 것은,
내가 사업에 성공할 수 있었던 것은,
내가 높은 지위에 오를 수 있었던 것은,
내가 마음에 맞는 아내 또는 남편을 맞을 수 있었던 것은,
내가 훌륭한 아들딸을 얻을 수 있었던 것은 우연한 일일 뿐이다.'라고.

나아가 그대들은 '내가 시장 또는 원로의 직위에 오를 수 있었던 것과 직책을 잘 수행함으로써 시민들을 위해 좋은 일을 할 수 있었던 것 또한 우연이 나에게 베풀어 준 큰 꽃다발 위에 내가 한 송이의 꽃을 더한 것에 불과하니, 나는 내가 오른손으로 한 공덕행을 왼손에 이르러서는 잊으리라'라고 생각해야 한다."

"세존의 말씀을 받들어 저희 마음을 더욱 청정하게 하기에 힘쓰겠습니다."

붓다는 잠시 미소를 띠고 숩바라까 시민들을 그윽이 바라본 다음 말했다.

"그대들은 거기에서 다시 한 걸음 더 나아가, 이 도시의 뒷지역에 난 사람들 또한 우연, 또는 운명이라는 눈먼 폭력자의 힘에 밀려 어쩔 수 없이 그곳에서 난 것뿐이라고, 내지는 다른 모든 면에 있어서도 그러하다고 생각해야 한다.

그대들은 이런 생각으로 뒷지역 사람들의 지도자인 빙기사의 삶을 바라봄이 마땅하니, 그는 수많은 지옥이 기다리고 있을 만한 큰 악업을 지은 바 있다. 그러나 그는 지금 수많은 하늘 삶이 기다리고 있을 만한 큰 선업을 쌓고 있나니, 그는 구름을 벗어난 달처럼 악의 길에서 벗어나 선한 빛을 널리 비춤으로써 과거의 악업을 덮고 있다.

그렇다면 그가 저지른 과거의 악행은 그것으로써 모두 없어질 수 있는가. 삼천대천세계의 뭇 생명들이여! 여래는 다시 한 걸음 더 나아가 극최상의 진리를 설하노라! 가장 넓고 가장 높은 관점에서 보면 '악은 없다!'라고. 모든 악은 마침내 선 쪽으로 방향을 돌이키게 마련이라고, 모든 악은 궁극적으로는 선을 지향한다고, 그래서 악조차도 선일 수 있다고!

그 점을 이해하기 위해, 보라, 저 빙기사의 지난날 무지했던 악행이 오늘날 어떻게 지혜롭고 선한 행위로 재탄생하고 있는지를! 빙기사의 예는 인간의 모든 의지는 마침내 선으로 향하게 마련임을 암시하고, 그것은 다시 인간의 모든 의지는 상대선을 넘어 절대선으로서의 열반을 추구한다는 것을 의미한다. 그리고 열반에 이르러 모든 악은 그 본성을 부정당하기에 이르나니, 열반을 성취한 성자에게는 악도 선도 없다.

억만 년 동안 동굴을 채우고 있던 어둠일지라도 한 줄기 햇살이 비치면 단번에 사라져 없어진다. 요점은 어둠이 찌꺼기를 남기지 않고 온전히 사라진다는 데 있다. 빛은 어둠을 이기지만 어둠은 빛을 이기지 못한다. 빛은 승리자로서 끝까지 있지만 필경에는 패할 수밖에 없는 어둠은 중간까지만 있을 수 있다. 인간의 마음에 정말로 있는 것은 빛뿐이며 어둠은 일시적으로만 있는 임의적인 것이다.

이 원리로부터 그대들은 인간의 모든 활동과 뭇 생명들의 모든 살아감은 각기 자신의 악기를 연주함에 있어서는 다른 존재들과 구별되어 전체로 보면 모든 악기가 서로를 돕고 서로와 어울리는 대교향악을 연주하는 것과 같음을 유추해 이끌어 낼 수 있을 것이다."

붓다의 설법은 이어졌다.

"그대들이여, 악조차도 마침내 선을 지향하는 것은 선의 마음은 불변하는 뿌리-마음이지만 악의 마음은 가지마음이기 때문이다. 이는 자신의 마음에 조용히 귀기울여 봄으로써 누구나 확인할 수 있는 것으로서, 그렇게 해 본 사람은 누구나 직관적으로 악은 옳지 않은 것이요, 선은 옳다는 것을 알게 마련이다.

마음은 뿌리-마음으로 있을 때는 평화롭지만 가지-마음이 일어나 둘로 나뉘면 번뇌에 휩싸이게 된다. 따라서 마음의 평화를 얻으려면 둘로 나뉜 마음 중 하나를 없애 버려야 하겠거니와, 두 마음 가운데 가지마음을 없앨 수는 있어도 뿌리-마음을 없앨 수는 없다.

이 점에서 수행은 가변적인 가지마음을 없애어 불변적인 뿌리-마음만은 남기는 것을 의미하나니, 이것이 이른바 '마음이 일어나는 대로 행동해도 법도에서 어긋나지 않는'[123] 경지이며, 또한 해탈인의 여여한 마음이다. 그러하니 그대들은 그 지고지순한 경지를 목표로 삼아 지금 행하고 있는 공덕행을 더욱더 순수하게 하고 더욱더 풍부하게 하며 앞으로 나아감이 좋다."

여기까지 설한 다음 천상천하를 통틀어 가장 고귀한 스승은 잠잠히 침묵했다.

---

123 《논어》〈위정편〉에서 원용했다.

40

붓다, 돌아온 탕자를 말하다

붓다는 설법 대상을 하늘중생들로까지 넓혀 설법을 이어갔다.

"여기에 모여 있는 무량대수의 생명들이여, 여래는 그대들에게 '보살과 두 아들의 비유'를 설하리라."

(보살과 두 아들 이야기)[124]

어느 때 어느 곳에 맛디야라는 거부 장자에게 마하빤냐라는 큰아들과 쭐라싯다라는 작은아들이 있었다. 큰아들은 어려서부터 아버지의 바람을 살 따랐고, 커서는 아버지의 사업을 열심히 도왔다. 그에 반해 작은아들은 어려서부터 말썽을 일으킨 적이 한두 번이 아니었다.

쭐라싯다는 어른이 되자 외지에 나가 혼자 사업하기를 원했고, 맛디야 장자는 그에게 재산을 일부 물려주었다. 쭐라싯다는 아버지에게 받은 재산을 갖고 먼 곳으로 떠나긴 했지만 막상 사업을 벌이지는 않았

---

124 신약성서 《누가복음》 15장에 있는 '돌아온 탕자의 비유'에 불교의 보살 사상을 결합하여 고쳐 썼다.

다. 그는 쾌락에 쉽게 유혹받는 성정을 갖고 있었는데 그를 제어하던 아버지로부터 멀리 떠나자 그 성정이 나타나 술과 도박으로 세월을 보낸 끝에 가진 돈을 모두 탕진하고 말았다.

그가 무일푼자로 전락하자 전에 풍유하던 시절에 가까이 지내던 자들 중에 마음을 바꾸지 아니한 자는 한 사람도 없었다. 그리하여 의지할 데가 없게 된 쫄라싯다는 남의 집 하인이 되기를 자청하였다. 그는, 몸은 돼지우리의 분뇨 가운데 뒹굴리고, 마음은 자기 자신에 대한 질책과 모멸과 탄식과 원망의 어두움 가운데 헤매면서 눈물로 나날을 보냈다.

그러던 중 쫄라싯다에게 이런 생각이 떠올랐다.

'어차피 하인으로 살 바에야 차라리 고향으로 돌아가 아버지의 하인이 되는 편이 나을 것이다. 그곳에는 아버지가 나를 위해 베풀어 주셨던 많은 사랑의 추억들이 있기 때문이니, 나는 비록 괴로움의 한가운데에 처할지라도 그 추억들을 떠올림으로써 삶을 살아갈 힘을 얻을 수 있을 것이다.'

그는 곧 살던 곳을 떠나 고향으로 출발했다. 그가 돌아오고 있다는 소식은 한 여행자를 통해 맛디야 장자에게 전해졌다. 아버지는 그 소식을 듣자마자 작은아들이 오고 있는 길을 거슬러 허겁지겁 달려갔다.

얼마 지나지 않아 맛디야 장자의 두 발에서 피가 흐르기 시작했는데, 그것은 그가 너무 서두른 나머지 맨발로 집에서 나왔기 때문이었다. 그는 매일같이 걱정하던 작은아들이 무사히 돌아온다는 사실이 너무나 기뻤던 나머지 신발을 챙기는 것과 자신에게 마차가 있다는 것을 잊은 채 허겁지겁 달려나왔던 것이다.

아들은 아버지가 자신을 향해 두 손을 휘저으며 반갑게 달려오는 모습을 보고 크게 감동하여 아버지 앞에 나아가 엎드려 절하며 "제가 감히 저를 아버지의 아들이라 일컫지 못하겠습니다. 저는 아버지의 가장 낮은 권속이 되는 것만으로도 황송히 여기오리니, 부디 저를 아버지의 하인으로 삼아주십시오!" 하고 말한 다음 피가 흐르는 아버지의 두 발을 부둥켜안고 울어 마지않았다.

이에 아버지는 아들의 두 손을 잡아 일으킨 다음 말했다.

"내가 너를 어찌 하인으로 삼는단 말이냐? 아들아, 너는 꾸지람을 받기보다는 위로를 받아야 하는 자이니, 나는 네가 돌아온 것을 축하하기 위해 널리 마을 사람들을 초청하여 큰 잔치를 베풀리라!"

그때 맛디야 장자의 하인들이 마차에 여러 가지 물건들을 싣고 현장에 도착했다. 맛디야 장자는 작은아들을 깨끗이 씻긴 다음 좋은 옷을 입히고 맛있는 음식을 먹였다. 그러고는 그와 함께 마차를 타고 자신의 집으로 향했다.

그 무렵 마하빤냐는 양떼를 이끌고 풀밭에 나가 있었는데, 어떤 사람이 그에게 가서 그의 아우가 집으로 돌아오고 있다는 것과 그의 아버지가 아우를 위해 잔치를 벌이기로 했다는 소식을 전했다.

그러자 마하빤냐는 크게 역정을 내며 말했다.

"내가 아버지를 모셔 온 지난 십 년 동안 아버지는 나를 위해 한 번도 잔치를 베풀어 주신 적이 없다. 그런데 아버지께서는 어찌하여 당신을 위해 아무것도 한 것이 없는 아우를 위해서만 잔치를 베풀어 주신단 말인가?"

잠시 후 큰아들이 집에 돌아오자 아버지가 그에게 말했다.

"네 아우가 돌아왔구나! 우리 이 아이를 위해 마을 사람들을 초청하여 큰 잔치를 베풀자!"

큰아들이 항의하여 말했다.

"저는 지난 십 년 동안 아버지를 위해 온갖 어려운 일을 마다한 적이 없습니다. 그에 비해 아우는 한번 집을 나간 이래로 들려오는 소문이라고는 아버지를 걱정되게 하는 것들뿐이습니다. 그런데 저를 위해서는 잔치를 열어 주신 적이 없는 아버지께서 남부끄러운 모습으로 돌아온 아우를 위해서 큰 잔치를 베풀자고 하시니, 저는 기쁜 마음으로 아버지의 뜻을 받들기 어렵습니다."

"너와 네 아우의 경우를 나란히 말하는 것은 알맞지 않으니, 너는 그동안 살아 있었지만 네 아우는 죽었다가 다시 살아 돌아온 것이 아니냐? 그러니 내가 어찌 이 아이를 위해 기뻐하지 않을 수 있겠느냐?"

"지금 아버지께서 저와 아우를 대하시는 태도는 한 목동이 아흔아홉 마리 양을 방치한 채로 잃어버린 한 마리 양을 찾기 위해 자리를 비우는 것과 같다고 하겠습니다. 그럼으로써 아버지께서는 혹 한 마리 양을 찾으실 수 있겠지만 아흔아홉 마리 양을 잃게 될 것입니다."[125]

"실령 아흔아홉 마리의 양을 잃을지라도 나는 잃어버린 한 마리 양을 찾기 위해 백방으로 애쓸 것이다."

"그 말씀은 이치에 부합하지 않습니다. 아흔아홉은 많고 하나는 적기 때문입니다."

"그렇다. 내 말은 이치에 부합하지 않는다."

아버지는 작은아들을 안고 있던 팔을 풀고 큰아들을 그윽한 눈으로 바라보며 다정하게 말했다.

---

125 신약성서 《마태복음》 제18장의 한 비유를 끌어왔다

"너는 잠시 이 상황을 객관적·합리적으로 바라보는 관점을 거둘지니, 지금 너에게 필요한 것은 네 아우의 입장을 이해하는 주관적·실존적인 관점이다."

"제가 잘 이해할 수 있도록 두 관점을 비교해 말씀해 주십시오."

"아들아, 너는 몇 달 전에 심한 열병을 앓았었다. 그리고 지난해에는 내가 그 열병을 앓았었다. 너는 두 경우를 돌아보며 대답하여라. 내가 지난해에 열병을 앓던 때 네가 짐작하던 나의 고통과 올해 네가 직접 열병을 앓으면서 느낀 고통은 어느 편이 얼마만큼 더 심했느냐?"

"죄송하지만 그 둘은 비교할 수가 없을 만큼 큰 차이가 있었습니다. 제가 아버지를 구완하던 지난해, 저는 마음이 아프기는 했으나 제정신을 추스르지 못할 정도는 아니었습니다. 그러나 제가 직접 열병을 앓게 되자 제 눈에는 아무것도 보이지 않았고, 제 귀에는 아무것도 들리지 않았습니다. 저는 도무지 제정신을 추스를 수 없었습니다."

아버지는 잠시 큰아들의 마음이 진정되기를 기다린 다음 말했다.

"내가 보기에 너는 선량하고 성실하고 유능한 남자이다."

"예, 저는 선량하고 성실하고 유능한 사람이 되기 위해 늘 애쓰고 있습니다."

"그렇다면 너는 너의 선량함과 성실함과 유능함으로써 앞으로 너에게 닥쳐올 삶의 모든 문제를 다 해결할 수 있겠느냐, 아니면 좌절하고 실패하는 때가 있겠느냐?"

"삶의 복잡다단함은 저의 능력으로는 모두 예측할 수 없으니 때로 좌절하기도 하고 실패하기도 하리라 생각합니다."

"그렇다면 그때 너는 올해에 앓았던 몸의 열병을 마음으로 앓게 될 것이다."

"저는 그 마음 열병을 앓고 싶지 않습니다!"

"그러나 아들아, 삶은 너의 그 바람을 허락하지 않으리니, 너는 언젠가는 그 열병을 앓게 될 것이다."

"왜 저에게 그런 저주의 말씀을 하시는 것입니까?"

"나는 너를 저주하는 것이 아니라 삶의 실상을 말하고 있는 것이다. 아들아, 나 또한 젊었을 때 너처럼 선량함과 성실함과 유능함을 갖추고 있었다. 그러나 그럼에도 불구하고 무수한 좌절과 실패를 겪으며 오늘의 큰 부를 이루었나니, 삶을 영위하는 자로서 좌절과 실패를 겪지 않는 사람은 아무도 없다."

"그렇다면 제가 앞으로 이 문제를 어떻게 대처해야 하겠습니까?"

"그때 너에게는 너의 좌절과 실패를 진심으로 이해해 주는 사람, 아파해 주는 사람, 위로해 주는 사람이 필요하다."

"그런 사람은 어디서 어떻게 구할 수 있습니까?"

"그에 앞서 너는 남에게 그런 사람이 되어야 한다."

"어떻게 그런 사람이 될 수 있습니까?"

"마음을 닦아야만 그런 사람이 될 수 있다."

"어떻게 마음을 닦으면 남의 실패와 좌절을 진심으로 이해해 줄 수 있고, 아파해 줄 수 있으며, 위로해 줄 수 있습니까?"

"그것은 좌절하고 실패한 사람의 입장에 너의 마음을 옮김으로써이다. 그때 너는 좌절하고 실패한 그 사람이 네가 올해에 앓았던 열병과 같은 고통을 당하고 있다고 생각해야 한다. 그리하여 너는 그를 붙들고 울게 될 것이니, 그런 역지사지의 마음을 가진 너에게 그는 친구이자 형이 될 것이요, 그는 너라는 친구·형제와 아픔을 나눔으로써 지쳐 고달픈 몸과 마음을 쉬게 될 것이다."

"실로 그렇겠습니다."

"아들아, 너는 한 걸음 더 나아가 다시 생각할지니, 삶의 과정에는 수많은 실패와 좌절이 있거니와 모든 실패·좌절이 자신의 잘못으로만 생겨나는 것은 아니며, 성공 또한 자신의 유능함으로써만 이루어지지 않는다. 즉, 실패와 성공은 자인自因에 의해서도 일어나지만 타연他緣에 의해서도 일어난다.

대개 능력 있는 이들은 성공을 거두었을 때 자인에 의해 성공이 일어났다고 생각하기 쉽고, 능력이 부족한 이들은 실패했을 때 타연 때문에 실패가 발생했다고 생각하기 쉽다. 그러나 이는 발전하는 사람의 이해 방식이 아니니, 나날이 앞으로 나아가는 이는 성공은 타인·타연이 도와준 덕분으로 여기고, 실패는 자인·자업의 결과로 받아들인다.

아들아, 여기에 실패한 사람이 있고, 그의 실패가 그의 자인 때문이었다고 하자. 그는 실패를 한 다음에 긴 번뇌를 거쳐 자신의 잘못을 마음 깊이 뉘우치게 되었다. 그래서 사람의 발길이 뜸한 더러운 골목길에 혼자 쪼그려 앉아 울고 있다. 그때 그는 자신을 꾸짖어 줄 사람이 다가오기를 바라겠느냐, 아니면 누군가가 자신에게 다가와 이해해 주고 아파해 주고 위로해 주기를 바라겠느냐?"

"누군가가 자신에게 다가와 이해해 주고 아파해 주고 울어 주고 위로해 주기를 바랄 것입니다."

"너는 그런 이를 만났을 때 그에게 다가가 그를 이해해 주고 아파해 주고 위로해 줄 수 있겠느냐?"

"진심을 다해 그렇게 하기는 어려우리라 생각됩니다."

"어째서 그러하냐?"

"그의 좌절과 실패의 책임이 그 자신에게 있기 때문입니다."

"그렇다면 아들아, 만일 너에게, 지진이 일어나 너의 집이 무너진다든가, 불의의 사고가 일어나 너의 몸이 손상된다든가, 국가가 큰 위기에 봉착하여 네가 가지고 있는 화폐의 가치가 폭락한다든 하는, 네가 감당할 수 있는 한도를 벗어난 상황이 불시에 닥쳐와 좌절과 실패를 겪기에 이른다면, 그 결과 올해 네가 앓았던 열병 같은 고통을 겪게 된다면, 너는 그런 상황에서도 지금까지 그런 것처럼 옳고 바른길만을 계속 걷겠노라고, 골목길의 그 사람이 걸어간 그릇되고 굽은 길을 걷지 않겠노라고 장담할 수 있겠느냐?"

아버지의 질문에 아들이 의문이 제기했다.

"조금 전에 아버지께서는 실패자를 예로 들면서 그의 실패가 오직 그의 잘못 때문에 일어났다고 가정하셨습니다. 그런데 지금 아버지께서는 저에게 극한의 상황이 닥쳐올 경우를 예로 들어 말씀하고 계십니다. 하지만 아버지께서 가정하신 여러 극한 상황은 저 때문에 일어난 것이 아닙니다. 아버지께서는 실패자에게는 적용하지 않은 타연으로서의 불운을 저에게는 적용하신다는 말씀입니다."

"내가 이미 나날이 발전하는 이는 성공을 타연의 소산으로, 실패를 자인의 결과로 받아들인다고 말하지 않았느냐. 나는 지금 네가 너의 성공과 실패를 너 자신을 원인으로 하여 일어난다고 생각하는 사람으로 보고 말하고 있다. 너는 그래도 될 만큼 뜻이 높은 사람이요, 올곧은 사람이요, 훌륭한 사람이기 때문이다."

"저를 그렇듯 높이 평가해 주시니 감사하기 짝이 없습니다. 현재의 제가 그런 사람인지는 모르겠습니다만 제가 그런 사람이 되고 싶어 하는 것만은 사실입니다."

"그것을 전제로 내가 너에게 다시 묻겠다. 앞에서 내가 말한 감당하기 어려운 그 불리한 상황이 불시에 닥쳐와 네가 좌절과 실패를 겪는다면 그때에도 너는 지금까지 그런 것처럼 옳고 바른길만을 계속 걷겠노라고, 골목길의 그 사람이 걸어간 그릇되고 굽은 길을 걷지 않겠노라고 장담할 수 있겠느냐?"

아버지가 이렇게 똑같은 질문을 또 한 번 던지자 큰아들은 눈을 감고 자신의 마음을 비추어보았다. 잠시 후, 큰아들이 침울한 표정으로 아버지에게 말했다.

"저는 그동안 옳고 바르게 살고 있노라고 자부해 왔습니다만, 만일 저에게 그런 심각한 상황이 닥친다면 제가 반드시 마음을 옳고 바르게 쓸 수 있으리라고 장담하지는 못하겠습니다."

"너는 지금까지의 대화를 통해 무엇을 깨우쳤느냐?"

이렇게 말한 다음 아버지는 큰아들에게 잠시 생각할 시간을 주었다.

큰아들은 다시 눈을 감고 곰곰 생각에 잠겼다. 잠시 후, 그의 두 눈에서 굵은 눈물방울이 고여 흘러내렸다.

아버지는 큰아들을 품에 안으며 말했다.

"사람은 극심한 상황을 맞게 되면 누구든 잘못에 빠질 수 있나니, 그 점에서 볼 때 너는, 그리고 성자가 아닌 모든 사람은 잘못된 길을 걸은 그 사람과 본질적으로는 아무런 차이가 없다.

나는 바로 이 관점에서 네 아우를 대하고 있는바, 나는 네 아우가 저지른 잘못을 네 아우의 탓으로 돌리기보다는 이 아이가 겪고 있는 고통이 인간의 생존-바탕으로부터 생겨나는 고통이라는 관점, 즉 모든 인간은 반드시 좌절과 실패를 겪을 수밖에 없고, 슬픔과 비탄을 경험할 수밖에 없다는 관점에서 바라보고 있다.

또한 너는 알아야 한다. 지금 내가 네 아우의 잘못을 묻지 않는 것처럼 나는 훗날 네가 그 어떤 잘못을 저지르더라도 그 책임을 묻지 않으리라는 것을. 너 또한 네 아우처럼 나에게 그 어떤 잘못도 용서받고 위로받게 되리라는 것을. 그리하여 너는 나의 크나큰 용서의 바다에서 한 마리의 물고기가 되어 마음껏 헤엄치며 노닐 수 있고, 나의 드높은 위로의 창공에서 한 마리의 새가 되어 자유로이 날아오르게 되리니, 그 헤엄침과 날아오름을 거쳐 너 또한 모든 이들을 너그러이 이해하고 수용하는 사람으로 성장하게 될 것이다."

아들이 울면서 아버지에게 말했다.

"어찌하여 이 자비롭고 지혜로운 말씀을 진작에 해 주시지 않았습니까?"

"그것은 때가 성숙되지 않았기 때문이거니와, 네 아우가 돌아옴으로써 이제 아들에 대한 아버지의 사랑에 대해 말할 때가 바야흐로 성숙되었구나. 아들아, 지금까지 내가 말한 마음이 아흔아홉 마리 양을 방치한 채로 한 마리의 잃어버린 양을 찾는 어버이의 마음이요, 좌절한 자, 실패한 자를 만났을 때 객관적·합리적인 관점을 잠시 거두고 주관적·실존적인 관점을 취해 실패하고 좌절한 이를 끌어안아 위로해 주는 보살의 마음이다."

이렇게 말하며 아버지는 자비로운 미소를 띠고 큰아들을 바라보았고, 아버지의 깊은 속마음을 알게 된 큰아들은 아버지의 품에 자신의 몸을 던지고는 흐느끼며 울어 마지않았다. 아버지는 말없이 아들을 품에 안고 등을 쓰다듬었다. 큰아들의 서러움과 기쁨이 섞인 울음은 한참 동안 이어졌다.

잠시 후, 큰아들은 누군가가 자신을 뒤쪽에서 가만히 끌어안는 것을 느꼈다. 그는 눈물을 훔치며 뒤를 돌아보았다. 그를 안은 사람은 그의 아우였다.

"형님!" 하고 외치는 아우의 목소리에는 시궁창 같은 비참함이 배어 있었다. 울음이 섞인 소리로 작은아들이 뜨문뜨문 말했다. "형님… 저를 받아들여 주십시오…. 부디 예전의 의젓하던 형님으로 돌아와 저를 안쓰럽게 여겨 주십시오…."

큰아들은 돌아앉아 아우를 쳐다보았다.

두 사람은 곧 힘차게 끌어안으며 한 덩어리가 되었다.

"그래! 잘 돌아왔구나, 아우야!"

잠시 후, 두 아들을 자신의 앞에 앉힌 다음 아버지가 큰아들에게 말했다.

"그동안 나는 방탕에 빠진 네 아우를 걱정하지 않은 날이 없었다. 나는 날마다 노심초사하며 오늘은 그 아이가 마음을 돌리기를, 내일은 그 아이가 건강한 정신을 회복하기를 기다려 오다가 드디어 그애가 회심을 하여 돌아온다는 말을 듣고 너무나 기쁜 나머지 잠시 너의 노고를 잊고 이 아이만을 챙기는 쪽으로 마음이 기울고 말았구나.

그러나 일의 선후를 분별하게 된 지금, 나는 네가 지난 십 년 동안 나를 위해 애쓴 공로를 생각하지 않을 수 없다. 그래서 나는 네 아우를 위한 잔치를 뒤로 미루고 내일 너를 위해 큰 잔치를 열리니, 나는 네가 나를 위해 애써온 지난 십 년 간의 공로를 널리 드러내어 사람들 앞에 너를 명예롭게 하고자 한다."

큰아들이 아버지 앞에 엎드려 절하며 말했다.

"저를 위한 배려에 감사드립니다."

이렇게 말한 다음 큰아들은 웃음이 가득한 얼굴로 덧붙여 말했다.

"이제 제 마음은 억울하고 섭섭했던 것이 모두 없어져 구름 걷힌 하늘처럼 맑고 개운해졌습니다. 아버지, 내일은 저를 위해 잔치를 열어 주시고, 모레는 아우를 위해 잔치를 열어 주십시오. 그리고 글피는 제가 아버지와 아우를 위해 큰 잔치를 열겠습니다."

그의 말대로 이튿날 아버지는 큰아들을 위해 잔치를 열었고, 다음날에는 작은아들을 위해 잔치를 열었다. 그리고 다음날에는 큰아들이 아버지와 아우를 위한 잔치를 열었다.

비유를 다 설한 다음 붓다가 말했다.

"여기에 모인 뭇 생명들이여, 그대들은 이 비유를 두 가지 관점에서 음미할지니, 하나는 큰아들의 관점, 즉 객관적·합리적 관점이요, 둘은 작은아들을 사랑하는 아버지의 관점, 즉 주관적·실존적 관점이 그것이다. 먼저, 큰아들은 노고는 보상받음이 마땅하고 잘못은 꾸지람받음이 마땅하다고 생각했다. 그것이 객관적이고 합리적인 관점인바, 여래는 그의 관점을 충분히 이해하고 존중한다. 그뿐 아니라 여래는 그의 관점을 확대하여 모든 사물은 원인에 따라 일어나고 소멸한다고, 열의 원인에는 열의 결과가 나오고, 백의 원인에는 백의 결과가 나온다고 설한다.

그러나 그대들은 알아야 한다. 삶에는 십인십과十因十果 백인백과百因百果를 낳는 인과법이 미치지 않는 면, 즉 주관적·실존적인 면이 있다는 것을. 사람은 삶을 살아가는 동안 괴로움의 밑바닥으로 추락하는 때가 있다.

하지만 외부의 원인 때문에 일어나는 괴로움은 가장 밑바닥 괴로움은 아니니, 가장 큰 괴로움은 그 원인이 자신에게 있는 괴로움이다. 그 경우 그는 아무에게도 책임을 물을 수 없다. 그는 오직 자신만을 견책

할 수 있을 뿐이니, 그 결과 그는 극심한 자괴감과 무력감에 떨어져 몸서리치게 된다. 시장이여, 이런 상황에서 그가 객관적이고 합리적인 시점을 가질 수 있겠는가?"

"그러기는 심히 어렵겠습니다."

"그러하니, 성자가 아닌 사람으로서 언제 어디서나 어느 경우에나 객관적이고 합리적인 시점을 유지하는 사람은 없다. 이로써 그대들은 객관적이고 합리적인 관점은 큰아들처럼 삶의 극심한 어려움에 봉착해 있지 않은 사람에게는 유효하지만 작은아들처럼 삶의 가장 밑바닥에 떨어져 몸부림치는 사람에게는 유효하지 않다는 것, 또는 그런 사람에게는 함부로 적용해서는 안 된다는 것을 알았으리라."

"그 점을 잘 알았습니다."

"그러나 그대들이여, 여래는 삶의 이법理法을 구경究竟까지 보아 선포하는 각자覺者로서 주관적·실존적인 관점을 불법에 함부로 수용해서는 안 된다. 즉, 여래는 작은아들은 응당한 책망을 들어야 한다고, 큰아들은 응당한 포상을 받음이 마땅하다고 보아 설해야만 한다.

이 때문에 세상의 많은 작은아들들은 여래의 법이 냉정하다고 느끼게 된다. 그들은 자신들이 지은 백의 죄(업)에 대해 십의 책망만을 듣고 싶어 하기도 하고, 아무런 값 치름 없이 죄를 탕감받고 싶어하는데, 여래는 그렇게 해 주는 아버지도, 그렇다고 가르치는 스승도 아니기 때문이다.

그러나 여래는 또한 한 점 빈틈도 없는 인과법을 여실히 통찰하는 불안佛眼을 잠시 유보하고 지극한 대연민의 눈으로 세상을 관찰하나니, 그 눈으로 볼 때 세상의 수많은 작은아들들은 꾸지람을 받기 전에 먼저 위로를 받아야 할 자들인바, 그 관점에서 볼 때 그들은 자신의 자유의지를 잘못 사용해서라기보다는 우연, 또는 운명의 눈먼 돌팔매에 맞아 쓰러져 고통받고 있는 자들이다.

그렇기는 해도 여래가 필요하다고 판단될 경우에 한하여 대연민의 관점을 적용할 수는 있지만 그 관점을 언제나 어느 정황에서나 적용할 수는 없다. 그렇게 하면 마치 잘못을 견책당해본 적이 없는 아들이 자제력 없는 어른으로 성장하는 것 같은 부작용이 일어날 것이기 때문이다.

그래서 불법에는 세상의 가엾은 많은 작은아들들을 위해 여래의 법을 한 단계 낮추어 적용하는, 때에 맞추어 잘못이 있음에도 불구하고 너그러이 용서하는 이가 필요해진다. 불법에서 그 역할을 맡은 이가 바로 보살이니, 보살은 한쪽 발은 인과법에 두어 객관적·합리적 입장을 굳게 견지하고, 다른 한쪽 발은 주관적·실존적인 입장에 두어 뭇 중생에게 다가가 그들에게 자신의 마음을 이입한다.

그리하여 보살은 작은아들의 손을 잡고 눈물을 닦아 주며, 그를 안고 어루만지며, 그를 먹이고 입히며, 그를 돕고 위로하나니, 이것이 완전무결한 붓다가 하기에는 적당하지 않은, 일면은 붓다이지만 일면은 중생인 보살이 맡은 역할이다.

다만 보살은 가엾은 작은아들에 대해서는 그의 주관 및 실존에 응하여 바라보지만, 자기 자신에 대해서는 객관적·합리적인 시점을 잃지 않는다. 보살은 타자에게는 관대하지만 자기 자신에 대해서는 엄격하고, 타자에게는 봄처럼 따뜻하지만 자기 자신에게는 얼음처럼 차갑다.

또한 그대들은 보살이 작은아들을 주관적·실존적인 관점으로만 그를 대하지는 않는다는 것을 알아야 한다. 보살은 꼭 필요한 정황에 한해서만 주관적·실존적인 관점으로 그를 대할 뿐, 그렇지 않을 때에는 객관적·합리적인 관점을 견지하는 것이다.

보살은 작은아들의 지친 마음이 회복되기를 기다려 그가 타연을 버리고 자인을 받아들이는 수준, 그럼으로써 당당하게 홀로 서는 수준으로 이끌어 올리나니, 훌륭한 아버지는 아들을 언제까지나 자신의 품 안에 두고 사랑만 하는 아버지가 아니라 사랑이 필요할 때는 사랑을 주고, 책임을 요구해야 할 때는 책임을 요구하는, 두 덕목을 시의적절하게 운용하는 지혜를 갖춘 아버지이다."

"오오, 세존이시여, 실로 그러합니다!"

숩바라까 시장과 원로들이 이렇게 입을 모아 말하자 그에 응하여 삼천대천세계에서 모여든 무량대수의 천신·천인들이 "사두! 사두! 사두!"를 외치며 붓다의 위대한 설법을 찬탄했고, 붓다는 잠잠히 그들의 찬탄을 수용했다.

잠시 후, 붓다가 뭇 생명들을 둘러보며 말했다.

"자, 이제 우리는 빙기사, 보살의 작은아들이었던 사람, 한때 가장 낮은 곳까지 추락했던 사람, 그러나 지금은 향상의 길로 들어선 사람인 그가 자신의 벗들을 격려하는 곳으로, 그가 작은아들들로 하여금 자신들의 의지를 선인善因으로 삼아 배움이 없는 사람들이 운명이라 부르는 것을 선연善緣으로 개척하고 있는 곳으로 가자."

이렇게 말한 다음 붓다는 자리에서 일어섰다. 이에 숩바라까 시민들과 비구들 및 삼천대천세계에서 모여든 하늘중생들은 "예, 세존이시여!" 하고 대답한 다음 붓다의 뒤를 따라 숩바라까를 향해 나아갔다.

41
그대는 장차 붓다가 되리라

그때 빙기사는 도시 뒷면의 한 구역에서 건축 사업을 지휘하고 있었는데, 슬픔이 주조를 이루었던 그의 표정은 의지에 충만한 표정으로 바뀌어 있었다. 그렇기는 해도 그 특유의 예술성 짙은 애조가 아주 사라진 것은 아니었다. 애조는 전에 비해 훨씬 더 우아하고 고상하게 드러나고 있었다.

빙기사의 지휘를 받고 있는 도시 뒷면 사람들의 얼굴에도 건강하고 힘찬 의지가 전이되어 있었다. 그들의 얼굴은 자신들도 얼마 안 있어 좋은 집을 갖게 되리라는 기대에서 생겨난 기쁨이 생생하게 빛났다.

"벗들이여. 그대들은 한 방울의 급료를 받으면서 두 방울의 땀을 흘리는구려."

빙기사가 웃으며 말했다.

"당연하지요!"

한 노인이 삽질을 멈추고 허리를 펴며 웃으며 말했다.

"우리의 힘이자 희망이시, 그리하여 우리의 지도자이신 빙기사님, 지금 우리는 두 방울의 땀방울 값으로 한 방울의 급료를 받던 예전의 우리가 아닐 뿐더러, 혹 그렇다고 해도 저희에게 버젓한 일자리가 생겼다는 것만으로도 매우 고마운 일이 아닐 수 없습니다."

"하지만 이 시점에서도 쉬지 않으신다면 그것은 지나치게 열심히 일하시는 것입니다."

빙기사의 이 말에 노인이 만면에 웃음을 띠고 옆 사람들을 향해 외쳤다.

"여러분! 스승님의 권고도 있고 하니 우리 이쯤에서 잠시 쉬도록 합시다!"

사람들은 땀으로 범벅이 된 얼굴로 허리를 펴며 일어섰다. 그들은 천막 안에 모였다. 그곳에는 그들의 아내와 누이들이 마련한 간식과 음료가 준비되어 있었다. 간단히 손을 씻은 다음 남자들은 행복한 얼굴로 자신들을 바라보고 있는 아내와 누이들의 시선을 느끼며 허기진 배를 채웠다. 그러고는 어떤 이들은 땅바닥에 드러누웠고, 어떤 이들은 두세 명씩 모여 앉아 이야기꽃을 피웠다.

그때 천막 밖에서 누군가가 "부처님이 오신다! 부처님이 오신다!" 하고 외치는 소리가 들렸다. 그들은 지루한 장마 끝에 누군가가 "해가 들었다!" 하고 외칠 때 그런 것처럼 마음이 밑바닥까지 환히 밝아져 오는 느낌을 받았다. 사람들이 천막 밖으로 우르르 몰려나갔고, 그 소란에 짧은 잠에 빠져들었던 사람들까지 벌떡 일어나 밖으로 나왔다.

사람들은 멀리서 붓다 일행이 자신들을 향해 다가오고 있는 것을 보았다. 붓다는 한 번의 도약으로 수미산 정상까지 뛰어오르는 사자왕 같은 당당한 모습으로 맨 앞에서 일행을 이끌고 있었고, 그 뒤를 사리뿟따 마하테라를 비롯한 많은 비구들이, 다시 그 뒤를 시장·원로들·시민들과 붓다가 도착하기를 기다려 합류한 수많은 시민들이 손에 꽃과 향 등 갖가지 공양물들을 들고 뒤따라오고 있었다.

사람들은 그 많은 사람들 말고도 허공을 빽빽이 채우고 붓다를 뒤따라오는 헤아릴 수 없이 많은 천신·천인들을 보았다. 희고 붉고 푸르고 노란 갖가지 하늘옷을 입은 천신·천인들은 혹은 머리에 아름다운 보관을 쓰고, 혹은 목에 찬연한 목걸이를 걸고, 혹은 손에 법륜이나 감로병을 들고, 혹은 허리에 영락이나 꽃을 장식한 모습으로 붓다 일행을 천천히 뒤따라오고 있었다

사람들은 붓다가 자기 앞으로 다가오는 때를 기다려 바닥에 엎드려 큰절을 올려 예를 표했다. 빙기사 또한 멀리서 다가오는 붓다를 보고 땅바닥에 몸을 던졌다. 붓다의 고귀한 외모를 처음으로 친견한, 더하여 남달리 뛰어난 감수성으로 붓다의 외모에 담긴 깨달음의 오의奧義와 불법의 심심甚深함을 통찰해 낸 빙기사의 마음에 벅찬 감격이 물밀듯이 밀려왔다. 그는 몸을 부들부들 떨며 마음속으로 외쳤다.

'아아, 천상천하에서 가장 드높은 경지를 이루신 분은 바로 이분이시다! 이분이 아니면 한량없는 윤회의 사슬을, 중생의 좌절·실패·탄식·한숨·아픔·눈물로 얼룩지는 삶의 기나긴 연쇄를 끊는 길을 누가 제시할 수 있겠는가? 부처님에 의해 설해지는 가르침은 의미의 시작이자 끝이다. 나는 위없는 거룩한 불법에 나 자신을 바치리라!'

빙기사는 땀에 젖은 자신의 윗옷을 벗어 아직 평편하게 메꾸어지지 않은, 붓다가 걸으시게 될 부분을 메꾸어 덮었다. 그러나 다음 순간, 그의 마음에서 지난날 자신이 저지른 끔찍한 악행이 불현듯 떠올랐다. 그리하여 그의 하나뿐인 눈에 눈물이 가득히 고였다.

붓다의 발걸음이 빙기사 앞에 이르렀다. 빙기사는 엎드린 자신의 눈앞에 흙먼지 묻은 두 발이 나란히 멈추어 서는 것을 보았다. 그는 두 손

으로 붓다의 발에 묻어 있는 흙먼지를 닦았다.

붓다가 빙기사에게 말했다.

"빙기사여! 그대는 여래의 발에 묻은 먼지를 닦는구나. 마치 수행자가 마음의 먼지를 닦는 것처럼."

빙기사는 차마 붓다를 우러러뵈올 수 없었다. 자신이 지난날 어리석은 생각으로 지은 죄업이 가장 고귀한 분 붓다를 정면으로 뵈옵기에는 너무나도 두텁고 깊은 줄을 잘 알고 있기 때문이었다.

침묵이 흘렀다. 인간과 천신·천인들 모두가 붓다와 빙기사를 지켜보고 있었다. 이윽고… 빙기사의 눈에 잠시 멈췄던 눈물이 다시 고였다. 그것은 감겨져 있는 쪽의 눈, 무명에 가려져 있었기에 갈애를 일으켰던 눈에서 흘러나오는 눈眼의 물水이었다.

업의 바다!
무명의 바다, 갈애의 바다!
그리하여 아픔의 바다, 번뇌의 바다!

"진선미를 두루 갖추신 스승이시여! 어찌 말로 다 아뢰오리까, 저의 이 아픈 마음을!" 하며 빙기사가 고개를 들어 붓다를 우러러보았다.

붓다는 대답하지 않고 다만 빙기사를 그윽이 내려다보았다.

다시 침묵이 흘렀다.

지옥·아귀·아수라·축생의 가장 밑바닥까지 추락했던 빙기사는 위를 바라보고, 가장 높은 하늘 위까지 향상해 올라간 다음 그마저 초월한 붓다는 아래를 조용히 내려다보고 있었다.

잠시 후, 붓다를 우러러보는 빙기사의 얼굴에 서서히 밝은 기운이 돌아오기 시작했는데, 그것은 붓다를 직접 친견함으로써 빙기사의 오래 묵은 숙업이 멈추었기 때문이었다.

붓다는 빙그레 미소를 지었다. 그 미소는 빙기사의 마음 안으로 우기의 끝을 알리는 새 아침의 햇살처럼 환히 번져갔고, 그 햇살 속에서 빙기사도 잠깐 웃음을 지었다.

"천상천하를 통틀어 으뜸가는 스승이시여! 세존께서는 제가 얼마나 죄 많은 시기를 지나왔는지를 잘 아십니다!"

"그렇다."

"세존이시여, 이제 어렴풋이 동 터오는 새벽을 저는 어떻게 맞아야만 하겠습니까?"

붓다는 행복이 은은히 번져 가는 얼굴로 물었다.

"아침 해는 동쪽 산만을 비추고 저녁 해는 서쪽 산만을 비추지만 한낮의 해는 모든 산을 두루 비춘다. 그대는 이 비유를 이해하느냐?"

"제가 그 비유를 이해하오니, 아침과 저녁의 해는 부처님의 아라한 제자들을 의미하고, 한낮의 해는 부처님을 의미합니다."

"우물 중에는 약간의 물을 길어내면 곧 마르는 우물이 있고, 길어내도 길어내도 마르지 않는 우물이 있다. 그대는 이 비유를 이해하느냐?"

"제가 그 비유를 이해하오니, 약간의 물을 길어내면 마르는 우물은 부처님의 아라한 제자들의 지혜를 의미하고, 길어내도 길어내도 마르지 않는 우물은 부처님의 지혜를 의미합니다."

"그대는 그 둘이 서로 다른 까닭이 무엇인지 짐작하느냐?"

"전자는 물심이 얕고 짧은 데 비해 후자는 물심이 깊고 길기 때문이온즉, 아라한과 부처님의 지혜가 그렇듯 다른 것은 아라한은 전생에 한계가 있는 적은 공덕을 지은 데 비해 부처님께서는 전생에 한계를 정할 수 없을 만큼 무량한 공덕을 지으셨기 때문입니다."

"빙기사여! 그대는 잠시 자신의 마음을 돌아보며 삶의 바탕을 음미하여라."

이에 빙기사는 마음속으로 생각했다.

'나는 십만 개의 지옥이 기다리고 있을 만큼 무거운 죄를 지은 사람이다. 그리하여 나는 큰 자괴감에 빠져 지낸 적이, 땅이 꺼져라 한숨을 쉬었던 적이, 땅을 치며 울었던 적이, 옷을 쥐어뜯고 몸을 비틀었던 적이, 나무에 머리를 박고 바위에 몸을 부딪쳤던 적이, 절벽에 올라가 강에 몸을 던졌던 적이 있다.

그 경험을 통해서, 그리고 아유타라는 고귀한 선지식이 행위로써 보여준 가르침을 통해서 나는 보았다. 그렇다, 중생에게 가장 필요한 것은 위로다. 그들에게는 저 아유타가 그렇게 했던 것처럼, 아무런 기대도 욕망도 없는 텅빈 마음으로 다가가 그들의 아픔에 귀 기울여 주고, 그들의 못남을 부둥켜안고 울어 주는 사람이, 그들을 운명의 희생자로 보아 주는 사람이 필요하다.'

빙기사의 생각은 이어졌다.

'지금 내 앞에는 두 길이 있다, 부처님 아래에 출가하여 아라한의 길을 가는 첫 번째 길과, 세세생생에 걸쳐 타자의 눈물을 닦아 주는 보살의 삶을 산 다음 그 공덕으로 머나먼 미래세에 붓다가 되는 길이!'

이 생각 끝에 그의 가슴에서는 자신에 의해 마음 아파야만 했던 아유타에 대한 사랑의 마음과, 좋은 벗이었던 사람 밧디야에 대한 자책의 마음, 그리고 자신이 원인이 되어 죽어 간 수많은 사람들에 대해 죄갚음을 해야 한다는 마음과, 사랑과 미움, 집착과 번뇌로부터 벗어나는 대해탈을 이루어야 한다는 마음 등이 한 덩어리로 뒤엉킨, 수미산보다도 크나큰 마음이 울끈불끈 일어났다.

그 모든 마음을 하나로 모아 그는 굳게 결심했다.

'나는 세세생생토록 보살의 길을 가리라! 그 기나긴 시간 동안 나의 타자에 대한 사랑은 보상을 바라는 사랑이 아니리니, 또한 나는 모든 중생을 두루 사랑하되 일체의 차별을 두지 않으리라! 착한 자는 착하기에 사랑하고, 죄 있는 자는 죄 있는 자이기에 사랑하며, 깨끗한 자는 깨끗하기에 사랑하고, 더러운 자는 더러운 자이기에 사랑하리라!

그런 끝에 먼 미래세에 나는 십력·사무외지·육불공지를 두루 갖춘 붓다가 되리라! 그리하여 중생계 한가운데에 나의 불국토를 건설하리니, 그 불국토에서 실패하는 자 마침내 성공을 거두고, 좌절하는 자 꺾인 발을 세워 일어서며, 눈물짓는 자 해맑게 웃고, 한숨짓는 자는 한숨을 노래로 바꿔 부르며, 아픈 자와 늙은 자는 아픔과 늙음을 견뎌 낼 힘을 얻고, 근심하고 번뇌하는 자는 근심과 번뇌를 여의리라! 그리하여 그들은 억겁으로 헤아리더라도 오히려 부족한 길고 먼 윤회의 굴레에서 벗어나게 되리라!'

이렇게 서원한 다음 그는 붓다를 우러러보며 여쭈었다.

"한때 악의 구렁텅이에 빠져 있었던 저, 저는 뒤늦게 제 마음이 무명의 먼지에 덮여 있었음을 깨우쳤습니다. 그리하여 이제 무명의 먼지 속에서 우뚝 일어나 삶을 바라지 않되 삶을 사랑하고, 삶을 사랑하되 삶을 바라지 않는 마음으로 이곳에 이르러 있사오니, 세존께서는 제가 지금 어떤 서원을 발하고 있는지를 잘 아십니다."

"그러하니, 나는 그대가 일으킨 서원을 안다."

"제가 세운 서원은 마침내 이루어지겠습니까?"

붓다가 자신을 뒤따르는 사람들을 돌아보며 말했다.

"그대들은 이 사람을 보라."[126]

"예, 저희는 그를 봅니다."

붓다는 보석으로 만들어진 창을 여는 것같이 맑고 푸르게 빛나는 두 눈으로 빙기사를 내려다보며 장엄하게 수기授記했다.

"그대들이여, 이 사람 빙기사는 세세생생토록 중생의 아픔을 보듬어 안기를 서원하고 있다. 그의 서원은 마침내 이루어지리니, 그는 지금으로부터 16아승지겁을 더한 십만대겁 후에 십력·사무외지·육불공지를 두루 갖춘 무상정등각자로서의 붓다가 되리라!

그는 중생계의 한가운데에 그의 불국토를 건설하리라. 그 불국토에서 실패하는 자 마침내 성공을 거두고, 좌절하는 자 꺾인 발을 세워 일어서며, 눈물짓는 자 해맑게 웃고, 한숨짓는 자는 한숨을 노래로 바꿔 부르며, 아픈 자와 늙은 자는 몸의 고통을 견뎌 낼 힘을 얻고, 근심하고 번뇌하는 자는 마음의 고통을 여의리라! 그리하여 그들은 억겁으로 헤아리더라도 오히려 부족한 길고 먼 윤회의 굴레에서 벗어나게 되리라!'"

붓다가 이렇게 선언하자 빙기사의 마음은 잔물결로 빛나는 호수 같은 환희심으로 가득히 차올랐다. 잠시, 시간이 멈춘 듯한 침묵이 차양막이 내리듯 조용히 내렸다.

붓다를 옹위하고 있던 무량대수의 천신·천인들은 지금 자신들의 앞에서 무슨 일이 일어났는지를 뒤늦게야 알았다. 그들의 입에서 찬탄의 음성이 나와 하늘 가득히 울려 퍼졌다. 찬탄의 소리는 천둥 일만 개가

126 신약성서《요한복음》제19장 참조.

한꺼번에 몰아치는 것처럼 컸다. 그리고 다시 천둥 백만 개가 한꺼번에 몰아치는 듯한 소리가 울려 퍼졌다. 모든 천신·천인들이 입을 모아 "사두! 사두! 사두!"를 큰소리로 외쳤던 것이다. 그 장엄한 소리는 삼천대천세계 곳곳을 향해 퍼져나갔다.

소리는 큰 바위 동굴 안쪽을 향해 지른 고함소리처럼 여러 겹으로 메아리치며 되돌아왔다. 메아리가 잔잔히 스러지기를 기다려 도리천왕 삭까가 사방을 에워싸며 회중을 옹위하고 있는 네 천왕 중 동방을 맡고 있는 지국천왕에게 넌지시 눈짓을 보냈다.

지국천왕이 손에 들고 있던 하늘시따르를 연주하기 시작했다. 울림이 깊은 하늘나무로 만들어진 현악기의 공명통에서 인간계에서는 들을 수 없는 미묘한 하늘음악이 흘러나왔다. 그 음률에 응하여 지국천왕을 에워싸며 공중에 머물러 있던 십만의 간답바들이 갖가지 악기를 연주하며 노래와 춤으로써 불법을 찬탄했다. 그들은 고운 하늘옷의 옷자락을 하늘거리며 나비들처럼 땅을 향해 내려왔다.

이어서 남방을 맡고 있는 증장천왕이 자신의 권속인 이십만의 꿈반다들을 이끌고 허공 가득히 금·은·산호·진주·루비·금강석 등 인간계에 있는 보석들과 하늘에만 있는 갖가지 보석들을 찬란히 흩뿌리며 뒤따라 내려왔다. 보석들은 거대한 분수를 이루며 공중으로 높이 솟구쳐 올랐다가 바람 잔잔한 날의 낙엽과도 같이 천천히 아래로 날아 내렸다. 잠시 후, 증장천왕이 크게 손짓하자 보석들은 잘게 부서져 서른일곱 가지 빛깔의 구름으로 변해 공중으로 올라갔다.

꿈반다들에 이어 삼십만의 용들과 사십만의 약카들이 하늘로부터 내려오며 각기 자기들 나름의 온갖 기교로써 불법의 위대함과 진실함을 찬탄했다. 용들은 서방을 맡고 있는 광목천왕의 지휘 아래 입에서 물을 내뿜어 하늘 가득히 모양과 색깔이 각기 다른 크고 작은 무수한 분수 무지개들을 연출했고, 약카들은 북방을 맡고 있는 다문천왕의 지휘 아래 간답바·꿈반다·용들과 어울려 꽃을 뿌리기도 하고, 춤을 추기도 하고, 노래를 부르기도 하고, 얼싸안기도 하고, 몸을 뒹굴리기도 하며 불법의 위대함을 찬탄했다.

42
사두! 사두! 사두!

붓다는 사왕천과 그들의 권속들이 불법을 찬탄해 마치기를 잠잠히 기다렸다. 이윽고 모든 찬탄을 끝내고 그들이 제자리로 돌아가자 천상천하에 으뜸가는 스승은 몸을 굽혀 빙기사의 두 손을 잡아 일으켜 세웠다. 그럼으로써 현재의 대성자와 미래의 대성자는 나란히 마주 서서 서로를 바라보게 되었다.

현재의 붓다가 웃음 지으며 미래의 붓다에게 말했다.

"보살이시여, 보살은 나의 수기가 마음에 들지 않으시오?"

"세존이시여, 저는 그 말씀이 무슨 뜻인지 짐작하오니, 세존께서는 제가 지금 한쪽 눈을 감고 있음을 말씀하시는 것입니다."

"그러하니, 보살에게 신체적 결함이 있는 것은 적절치 아니하오."

이렇게 말한 다음 붓다는 몸을 돌이켜 밧디야를 바라보았다.

밧디야 테라가 앞으로 나왔다. 빙기사는 붓다에게서 세 걸음 옆으로 물러서 밧디야 테라를 맞았다. 두 사람은 조금 떨어져 서서 상대방의 눈을 조용히 응시했다.

한참 만에 빙기사가 말했다.

"불법의 가장 깊은 데 이르신 분이시여! 그리하여 일말의 저어하는 마음 없이 '한때 나의 원수'라고 부를 수 있는 분이시여! 그 옛날, 저의 마음눈은 당신께서 찌르시기 전에 이미 멀어 있어 있었사온즉, 당신께서 저의 육안을 찌름은 이미 죽어 있는 눈을 헛되이 죽이신 데 불과했습니다.

그러나 저는 너무나도 어리석었던 나머지 그 당연한 업보를 자업자득으로 받아들이지 못하였고, 그 결과 육안에 이어 혜안마저 감김으로써 수많은 사람들 위에 검劍의 숲을 드리우니, 저는 여러 겁劫의 죄값음으로써도 다 갚을 수 없는 중업을 지었습니다!

그리고 이제, 끊어질 때는 있으나 사라지는 법은 없는 불도를 완성하기 위해 저 빙기사, 어둠으로부터 밝음으로 걸어 나왔습니다. 그리하여 사랑도 원한도 없는 지고지순한 진실 아래 저는 당신과 마주 섰사온즉, 성자이시여, 부디 저를 더러운 것과 깨끗한 것을 차별 없이 비추는 빛으로서 비춰 주십시오!"

"한때 나의 빛이었던 사람이여, 그러나 어두운 그림자로 나를 덮어버린 사람이여!" 하고 밧디야 테라가 말했다. "그러나 나는 이제 아오. 그림자는 빛의 부재를 의미할 뿐 실체가 없는 헛것이라는 것을. 그 점을 밝히 깨우침으로써 지금 빛 한가운데에 서 있는 나에게 그대가 드리웠던 그림자는 자취조차 남아 있지 않거니, 나는 그대를 바라보며 이렇게 말할 수 있는 것을 부처님과 불법 앞에 감사드리오.

나의 친구 빙기사여! 장차 만중생의 어버이가 되실 미래의 붓다시여! 마음을 혜안으로 밝혀 마치신 보살께서는 그동안 감고 있던 맹안으로서의 육안을 뜨심이 마땅하니, 보살이시여, 부디 몸과 마음의 눈으로 중생의 하많은 좌절과 실패를, 한숨과 탄식을, 아픔과 눈물을 두루 보아 헤아리며, 두루 이해하여 어루만져 주십시오."

이렇게 말한 다음 밧디야 테라는 빙기사 보살에게 한 걸음 다가섰다. 빙기사가 눈을 가리고 있던 안대를 벗었고, 밧디야 테라는 빙기사의 감겨진 눈을 어루만졌다. 그러자 밧디야 테라의 신통력에 의해 빙기사 보살의 눈이 감기기 이전의 모습으로 회복되었다.

"성자시여! 저는 굳이 감사의 말씀을 드리지는 않겠습니다. 오히려 저는 이미 받은 개안의 축복 위에 또 하나의 축복을 더하고 싶은 아름다운 욕심을 내리니, 저에게 새 눈을 주신 성자께서는 그 선물 위에 축하의 꽃 한 송이를 더해 주십시오!"

빙기사 보살은 쌍꺼풀진 총명한 두 눈으로 밧디야 테라를 바라보며 웃었다.

"하지만 보살이시여."

밧디야 테라가 따라 웃으며 말했다.

"지금 부처님께서 보살을 축하하기 위해 손에 꽃을 들고 내 옆에 서 계시거니, 내가 어찌 가장 먼저 미래의 부처님께 축하 드리는 영광을 차지할 수 있겠소?"

밧디야 테라의 말 그대로였다. 붓다가 손에 꽃을 들고 서서 두 사람이 말을 그치기를 기다리고 있었던 것이다. 붓다가 빙기사 보살에게 꽃 한 송이를 건네며 그가 보살이 된 것을 축하했다. 이어서 사리뿟따 마하테라를 비롯한 수많은 비구들이 차례로 빙기사 보살에게 꽃을 공양하여 그가 보살이 된 것을 축하했고, 다음으로 숩바라까 시장을 비롯한 모든 시민들이 보살에게 갖가지 공양물을 바치며 보살의 미래세를 축하했다.

모든 이들이 빙기사 보살에게 공양물을 바치며 찬탄하는 동안 하늘에서는 칠천 겹의 무지개가 뜨고, 팔십만 마리의 금시조[127]가 날아올랐으며, 천만 송이의 우담바라[128]와 십억 송이의 희고 붉고 푸른 연꽃들이 피어났다. 허공에 피어난 꽃은 우담바라와 연꽃만이 아니었다. 인간계에서 볼 수 있는 백만 가지의 꽃들과 하늘세계에서만 볼 수 있는 백억 가지의 꽃들이 연이어 피어났던 것이다.

허공을 빽빽이 채우고 서 있던 천신·천인들이 자신들 앞에 피어난 꽃송이를 하나씩 따 들어 빙기사 보살을 향해 던지기 시작했다. 무수무량한 꽃들이 혹은 꽃송이째로, 혹은 낱낱의 꽃잎으로 나뉘어져 하늘거리며 아래로 아래로 날아내리기 시작했다. 날아내리던 꽃들은 혹은 홍옥으로, 혹은 루비로, 혹은 사파이어로, 혹은 비취로, 혹은 진주로, 혹은 산호로, 혹은 금강석으로 변했다.

그것들은 공중에서 내려오는 동안 잘디잔 가루로 부서지면서 거대한 안개구름을 이루었다. 화사함과 장엄함의 극치를 이루며 날아내리는 꽃들의 휘날림과 보석의 안개구름 사이로 갖가지 향기가 은은히 풍겨나오고 있었다. 천신·천인들을 옹위하고 있던 수많은 간답바들이 연주하는 하늘음악이 다시 시작되었다. 음악 소리는 삼계의 끝까지 울려 퍼진 다음 꽃향기와 함께 빙기사 보살을 향해 되돌아왔다.

"사두! 사두! 사두!"

모든 이들이 다시 한번 빙기사 보살의 미래세를 찬탄하자마자 천지

---

127 금시조(金翅鳥) 인도의 고대 신화에 나오는, 금빛 날개를 갖고 있고, 입에서 불을 내뿜으며, 용을 잡아먹는 거대한 새.

128 우담바라(優曇婆羅) 삼천 년에 한 번, 또는 붓다가 출현하는 등 최고로 길상한 일이 있을 때만 피는 꽃.

가 뒤흔들리는 크나큰 지진이 일어났다. 그것은 불법의 영원함과 무한함을 찬탄하며 무량대수의 천신·천인들이 내는 찬탄의 소리가 삼천대천세계 끝까지 울려 퍼졌다가 되돌아오는 소리가 일으킨 땅의 흔들림이었다. 그러나 정말로 큰 지진이 일어난 곳은 빙기사 보살의 마음이었다. 그것은 크나큰 의지의 지진, 모든 이들의 행복을 염원하는 지극한 사랑의 지진이자 거대한 자비의 지진이었다.

종장

새벽에 동쪽 하늘이 붉어지는 것처럼

잠시 후, 아난다를 제외한 모든 비구 제자들을 각기 자신들이 가야만 하는 곳으로 보낸 붓다는 빙기사가 있는 곳으로부터 삼분의 일 요자나를 걸어 아난다와 함께 산달 향나무 밑, 주변에 따가라꽃과 재스민꽃이 가득히 피어 있는 그늘에 앉아 쉬었다.

붓다 앞에 라자와 시리마가 모습을 나타냈다.

"그동안의 위대한 지도에 감사드립니다. 이제 저희는 저희의 길을 가겠습니다." 하고 라자가 붓다께 사뢰었다.

"너희는 어떤 길을 가려는 것이냐?"

"이 시점에서 저희는 모든 존재가 개별자라는 사실을 다시금 상기하오니, 저희는 그동안의 공부를 통해 저희 부부가 미래세에 각기 다른 길을 가야 한다는 것을, 저 라자에게는 아라한의 길이 알맞다는 것과 저의 아내 시리마에게는 보살의 길이 알맞다는 것을 깨우쳤습니다. 그리하여 도리천에서의 삶이 끝난 다음 저는 불법이 잘 전파되어 있는 인간계에 태어나 아라한과를 성취하게 되기를 발원하옵고, 시리마는 빙기사 보살이 태어나시는 곳마다 함께 태어나 그분을 돕는 소보살이 되기를 발원합니다."

붓다가 시리마에게 물었다.

"너는 라자의 말대로 소보살로서의 미래생을 살 것을 결심하였느냐?"

"저는 세존의 특별제자로서 지난 여섯 달 동안 많은 것을 보고, 많은 것을 듣고, 많은 것을 생각했습니다. 그리하여 저의 마음에서 지금 전 전생에 저를 절망의 구렁텅이로 빠뜨렸던 친부에 대한 원망심이 고즈넉이 가라앉고 있습니다. 나아가, 가라앉아 닿게 된 마음 바탕으로부터 운명이라는 이름의 난폭자에게 학대받고 있는 모든 생명 존재에 대한 연민심이 우러나오고 있습니다.

그럼으로써 저의 라자 도리천인에 대한 사랑은 애욕의 사랑으로부터 연민의 사랑으로 빛깔이 바뀌고 있습니다. 저에게 그것은 아쉽고 가슴 아픈 일입니다. 그러나 또한 그것만이 삶의 진실로 나아가는 좋은 길인 줄을 제가 아옵나니, 저는 라자 천인에 대한 사랑이 사사로운 사랑에서 공공한 사랑으로 바뀌어 가는 것을, 그래서 저희의 사랑이 이번 생까지인 사실을 아쉽고 아픈 마음으로 수용합니다.

세존이시여, 저는 다음생에 빙기사 보살께로 나아가겠습니다. 그분과 함께 세세생생 작은 보살의 길을 걷겠습니다! 그런 끝에 먼 미래세에 그분이 붓다가 되시기를 기다려 그분으로부터 가르침을 받아 열반을 성취하겠습니다!"

이렇게 서원하며 시리마는 라자와 함께 붓다를 향해 합장했다.

붓다가 자리에서 일어나 두 천인들을 축복했다.

"가라, 하늘 중생들이여! 가서 각기 자신이 선택한 고귀한 길을 걸어 갈지니, 여래는 너희가 가는 길에 산달향 같은 계戒의 향기, 따가라향 같은 정定의 향기, 재스민향 같은 혜慧의 향기가 가득하기를 축원하노라!"

이어서 붓다는 두 천인을 위해 불법을 요약한 몇 편의 게송을 읊었다.

위험이 닥쳐오면 사람들은
숭고한 산을 우러러보거나
머나먼 하늘에 기구하거나
거룩한 신의 이름을 부른다.

그러나 그런 것들은
참다운 의지처가 아니니,
내가 의지해야 하는 바는 오직 나,
왜냐하면 삶은 나의 것이기 때문에.

누구든지 불법승 삼보를 찾아오면
삼보는 그에게 사성제를 보이리니,
사성제는 그를 능숙하게 인도하여
그 스스로 그 자신을 구원케 하리라.

괴로움의 진리.
괴로움의 원인의 진리.
괴로움의 소멸의 진리.

괴로움을 소멸시키는 길의 진리.

이것이 가장 숭고한 의지처.
이것이 가장 궁극적인 의지처.
이것이 가장 참다운 의지처.
이것은 진실로 영원한 진리!

이 법을 따라 걸어가라.
그러면 모든 괴로움을 소멸하리라.
여래 또한 이 고귀한 법을 따라
괴로움의 사막을 능히 건넜느니라.

그대여, 스스로 노력하라.
여래는 다만 길을 보여줄 뿐이니,
붓다는 그대의 주인이 아니요,
다만 그대의 인도자일 뿐이다.

담대한 용기를 일으키라.
자신의 삶을 소중히 여기라.
나아가 남들의 삶이 소중함을 알아
뭇 중생을 향한 자비심을 계발하라.

오라! 와서, 여래의 벗이 되라!
새벽에 동쪽 하늘이 붉어지는 것 같은

아름다운 해탈의 전징前徵을 보라!
처음도 좋고 중간도 좋은 길을 따라
한 점 그늘 없는 해가 되어 빛나라!

게송을 읊은 다음 태양족의 후예 사끼야무니 붓다는 두 천인들을 뒤로하고 바다의 종족으로 알려진 숩바라까족의 한 장자가 설법좌를 마련해 놓고 자신을 기다리고 있는 곳을 향해, 그물에 걸리지 않는 바람 같고, 이슬에 젖지 않는 연꽃 같고, 큰 소리에 놀라지 않는 사자 같은 모습으로 천천히 걸어갔다.